T0267215

LA DAMA BLANCA

ALICIA GARCÍA-HERRERA

LA DAMA BLANCA

PLAZA JANÉS

Papel certificado por el Forest Stewardship Council®

Primera edición: septiembre de 2023

Travessera de Gràcia, 47-49. 08021 Barcelona

Printed in Spain – Impreso en España

ISBN: 978-84-01-03225-7
Depósito legal: B-12036-2023

Compuesto en M. I. Maquetacion, S. L.
Impreso en Black Print CPI Ibérica
Sant Andreu de la Barca (Barcelona)

L 0 3 2 2 5 7

A Sebastián Roa, con afecto

Los viajeros volvieron la cabeza y miraron adelante: el sol se levantaba ante ellos, encegueciéndolos, y todos tenían lágrimas en los ojos. Gimli sollozaba.
—Mi última mirada ha sido para aquello que era más hermoso —le dijo a su compañero Legolas—. De aquí en adelante a nada llamaré hermoso si no es un regalo de ella.

J. R. R. Tolkien,
El señor de los anillos: *la Comunidad del Anillo*

Estuvimos solos, sin amor. El tiempo se equivocó, pero tú me esperaste. No hay vida hasta que no amamos y somos amados, y entonces no hay muerte.

William Dieterle,
El retrato de Jennie, 1948

Namárië

¡Ah, como el oro caen las hojas en el viento!
E innumerables como las alas de los árboles son los años.
Los años han pasado como sorbos rápidos
y dulces de hidromiel blanco en las salas
de más allá del Oeste,
bajo las bóvedas azules de Varda,
donde las estrellas tiemblan
cuando oyen el sonido de esa voz, bienaventurada y real.
¿Quién me llenará de nuevo la copa?
Pues ahora la Hechicera, Varda, la Reina de las Estrellas,
desde el Monte Siempre Blanco ha alzado las manos como
nubes,
y todos los caminos se han ahogado en sombras
y la oscuridad que ha venido de un país gris se extiende
sobre las olas espumosas que nos separan,
y la niebla cubre para siempre las joyas de Calacirya.
Ahora se ha perdido, ¡perdido para aquellos del Este,
Valimar!
¡Adiós! Quizá encuentres a Valimar.
Quizá tú lo encuentres. ¡Adiós!

Prefacio

Your dream is over...
or has it just began?

QUEENSRŸCHE, «Silent Lucidity»

Cercanías de Christchurch,
condado de Hampshire, 29 de agosto de 1973

John Ronald Tolkien se caló el sombrero de fieltro gris y volvió a pasarse el pañuelo por el rostro. A su izquierda, justo al inicio del sendero, se abría un bosque poblado de viejos robles amarillos. Las ramas se inclinaron hacia el viajero para darle la bienvenida. Un murmullo suave, apenas un susurro, se extendió a ambos lados del estrecho camino embarrado. Era el viento del mar, que se deslizaba alegre entre las copas. Las gotas titilantes que pendían de las hojas se desprendieron, formando una pequeña lluvia de lágrimas. Ronald Tolkien cerró los ojos e inspiró con lentitud el olor inconfundible, atávico, de la tierra mojada. La magia del bosque dorado inundó sus viejos pulmones del aroma de la niñez, savia que penetraba las raíces y recorría sus arterias para infundirle una calma, una quietud atemporales, como si él mismo fuera un viejo árbol nudoso, no un simple caminante en busca de su destino. Poco a poco el canto de los árboles cesó y el hechizo se fue diluyendo bajo el pálido sol de la mañana.

El anciano avanzó unos pasos más por el sendero, no sin torpeza. La rodilla izquierda se quejaba, síntoma de que el tiempo estaba cambiando. Se anunciaba la lluvia. Caminar le resultaba fatigoso, pero si el guarda forestal estaba en lo cierto, no tardaría en llegar a Rosehill Manor, la antigua mansión de los condes de Aldrich. El hombre, de indudable origen galés a tenor de su acento, le había advertido que allí solo encontraría ruinas. «Tal vez debería volver al pueblo», sugirió entre dientes, pero John Ronald hizo ademán de marcharse en dirección opuesta, de modo que terminó por ceder y le indicó el camino. Mientras se explicaba, sacó una petaca del bolsillo. Le ofreció un poco de licor al viajero con amabilidad, pero este declinó el ofrecimiento.

«Si lo que busca es historia —ahora se expresaba con mejor talante—, debería visitar el Priorato o la casa normanda. También podría subir hasta el castillo de los Highcliff, aunque es un largo trecho. Le valdrá la pena a pesar de la caminata, hay buenas vistas. Rosehill, si me permite que se lo diga, es un lugar triste, siniestro. Ni siquiera es alegre los días soleados, tanto más hoy, que se espera tormenta. Además —y esto lo expresó casi en un susurro—, circulan rumores sobre ese lugar maldito. Parece usted un hombre sensato. Hágame caso y márchese. Allí, en Rosehill, ya no queda nada».

Ronald Tolkien comprobaría pronto que el guarda tenía razón. Nada quedaba en Rosehill, ni siquiera la memoria de los buenos tiempos. Nada excepto soledad, abandono, la consecuencia del olvido. Una vez, sin embargo, la mansión de los Aldrich había sido una de las casas más atrayentes de toda la comarca. El moderno castillo de los Highcliff, propiedad de lord Stuart de Rothesay, no había podido competir con el encanto ni la elegancia depurada de Rosehill Manor. La casa, construida con ladrillos blancos, había sido levantada a mediados del XVIII por el primer conde de Aldrich, un soldado aguerrido que había demostrado su valor en la batalla de Dettingen, la última en la que había participado un rey inglés. Su esposa, lady Leonora, una italiana de mirada ardiente, había imprimido a la finca el estilo de los palacios meridionales. En los jardines hizo construir un laberinto y plantar múltiples macizos de rosas amarillas, sus favoritas. Se decía que, durante la primavera, la fragancia de las rosas llegaba hasta las habitaciones de la dama para despertarla cada mañana. Un siglo después, Frances Aldrich heredaría la pasión de Leonora por las rosas. Para tenerlas cerca impuso a sus herederos la manda de enterrar sus huesos en la colina y no en el Priorato, donde reposaba el resto de la familia. Sus descendientes habían seguido su ejemplo. Por eso Rosehill era una de las pocas fincas que contaba con su propio cementerio familiar.

Pero no eran sus muros pálidos, las rosas abundantes o la excentricidad del cementerio las únicas causas de la notoriedad de Rosehill. La leyenda vinculada al hogar de los Aldrich se debía sobre todo al pequeño aeródromo privado que a principios del siglo XX añadió a la finca William Percival Aldrich, tan excéntrico como su tatarabuela.

El aeródromo se levantaba a pocas millas de Christchurch. Ocupaba buena parte de los terrenos situados al oeste de la finca, en los que el bosque había sido talado. Después de la Gran Guerra, el conde decidió desmantelar el hangar e instalarse en Londres. Durante su ausencia un rayo había incendiado una de las pequeñas torrecillas que flanqueaban la fachada de la casa. Las llamas devoraron la piedra blanca. Las maderas de la techumbre se desplomaron e hirieron el piso y todo lo que había de valor. Los jardines de Leonora Aldrich quedaron devastados. Solo permaneció intacto el pequeño cementerio familiar. Allí era precisamente donde terminaba el sendero por el que transitaba el viejo Ronald Tolkien.

El cementerio de los Aldrich ofrecía una imagen inhóspita, como había advertido el guarda. De la tierra, tapizada de hojas secas y hierbas hirsutas, sobresalían unas cuantas lápidas inclinadas, romas, parecidas a molares desgastados. Los ojos acuosos del anciano profesor recorrieron los monumentos funerarios con ansiedad. Su vista era todavía relativamente buena, pero para leer necesitaba usar lentes de aumento, así que se palpó el bolsillo de su eterna chaqueta de *tweed* y sacó unas gruesas gafas con cristales de lupa que le conferían el aspecto de un búho sabio. Las letras grabadas en algunas de las pocas lápidas que quedaban en pie eran por completo ilegibles. Miró a su alrededor con avidez. Enseguida le llamó la atención un túmulo algo más apartado del resto. Era un pequeño templete de planta rectangular, rodeado de cadenas herrumbrosas. En otro tiempo debió de haber sido de mármol blanco, como la casa, aunque ahora parecía gris. La base estaba circundada por un nido de arbustos salvajes que la abrazaban para protegerla de miradas indiscretas. El viejo corazón del profesor baqueteó a ritmo adolescente, avivado por la emoción de una cita que había estado aplazando durante más de medio siglo. Ronald Tolkien aceleró el paso, casi como si fuera uno de sus *ents*, un viejo árbol andante invadido por un repentino apresuramiento. Ayudado por el bastón, separó las malezas que crecían alrededor del túmulo. Del bolsillo izquierdo de la chaqueta sacó otra vez el arrugado pañuelo de lino, recuerdo de tiempos más felices. Se inclinó con torpeza para limpiar la inscripción en el frontis, manchada de barro y musgo. Allí estaba. Gala Aldrich Eliard. Sus dedos nudosos repasaron el nombre cincelado en la piedra, que parecía inusualmente cálida. Ronald retiró la mano. Le embargaba la misma pesadumbre que a los trece años, cuando supo que su madre, Mabel Tolkien, había muerto.

Un viento fresco levantó las hojas, formando remolinos que jugaban en espiral. Las nubes taparon por un momento el sol. No podía quedarse por más tiempo. Además, el doctor Tolhurst lo esperaba. El doctor había tenido la bondad de invitarlo a pasar unos días en su casa, en Bournemouth, y se inquietaría si se retrasaba demasiado.

El viejo Ronald Tolkien se sacó del bolsillo del pecho una antigua medalla militar, una cruz templaria sobre la que brillaba una estrella de plata. Había pertenecido a un soldado francés ya olvidado, el premio a su valor. El anciano la apretó entre la fina red de arrugas que atravesaba la palma de la mano, hasta que las puntas se le incrustaron en la piel. Luego depositó la condecoración en una pequeña hornacina que había junto a las puertas del mausoleo.

—He cumplido mi promesa —musitó entre dientes.

Pasó de nuevo los dedos sobre la inscripción de la piedra. Cerró los ojos y, al hacerlo, las brumas del tiempo se disiparon para traerle de nuevo aquel bello rostro, la voz musical de reminiscencias francesas y la sonrisa aristocrática no exenta de una cierta tristeza evanescente, de un cierto hastío. La veía como lo hizo por última vez, vestida de blanco entre el tumulto de la estación, la mirada serena, paz en medio del caos de trenes, camilleros, soldados y humo, una luz de esperanza en un mundo que se precipitaba a las tinieblas. Era noviembre y, en aquel momento, en aquella estación, el joven Ronald comprendió con amargura que Gala estaba abocada a un final prematuro. Como Thought, Gilson, G. B. Smith, Ralph Payton o Tea Cake Barnsley, los jóvenes caídos de la King Edward's, ella pertenecía a otro tiempo. Tampoco envejecería jamás.

John Ronald Tolkien rezó frente a la sepultura con la barbilla inclinada hacia el pecho. Un remolino de viento agitó otra vez las hojas. Las últimas palabras del rey Elessar se revolvieron en su memoria: «No estamos sujetos para siempre a los confines del mundo, y del otro lado hay algo más que recuerdos». El viejo profesor sabría muy pronto si en aquellas palabras había algún rastro de verdad. Su momento había pasado. Lo intuyó cuando se reunió con Christopher Wiseman, su *alter ego*, a quien no había vuelto a ver desde su juventud. Terminó de aceptarlo tras la visita a la granja de Evesham, el hogar de su hermano. Los ciruelos que Hilary cuidó amorosamente durante casi toda la vida habían dejado de dar frutos, agostados por el peso del tiempo. Era necesario arrancarlos de raíz y plantar nuevas semillas que se abrieran paso en la tierra fértil. La conciencia del final venía reforzada por los múltiples honores de que era objeto. Varias universidades inglesas y norteamericanas le habían ofrecido doctorados *honoris causa*, e incluso Oxford le otorgó el Grado Honorario en Letras para celebrar su carrera académica. Cuando la reina Isabel II lo nombró Comendador de la Orden del Imperio Británico, Ronald Tolkien se había emocionado hasta el borde de las lágrimas al pensar en el orgullo que habría sentido su madre, la dulce Mabel. Ningún honor, sin embargo, podía compensar el vacío de las ausencias. Regresar a Oxford había ayudado a mitigar la tristeza por la pérdida de Edith, pero, cuando cada noche los estudiantes se marchaban y se imponía el silencio en el viejo caserón que ocupaba en el Merton College, la soledad física terminaba por atraparlo. Únicamente quedaban retazos de recuerdos.

Volvió a mirar la tumba por última vez. Su hora estaba próxima, lo presentía. Pero John Ronald no temía ya la propia muerte. Al contrario, la aceptaba de buen grado. No, la muerte no lo asustaba. Sería la dama de negro la que le traería de nuevo aquella luz que lo había acompañado en las horas oscuras, demasiado frecuentes, y lo había guiado por los senderos de la fantasía para construir nuevos mundos llenos de dragones, magos, elfos, hombres y enanos, seres de otro tiempo. El John Ronald real, profesor, amante, esposo, padre entregado, amigo, ciudadano ejemplar, no habría podido existir sin el consuelo que le otorgaba saberse partícipe de su universo fantástico, y no tan solo su creador. Porque aquella parte que amaba a Gala también permanecía allí, en la Tierra Media, donde ella sería eterna. Tocó de nuevo las letras que había sobre la piedra. Gala Aldrich Eliard. El anciano asintió levemente para sí mismo y sonrió mientras sus ojos se desbordaban. Pronto ambos mundos se harían solo uno. Entonces los viejos fantasmas se marcharían para siempre y él podría encontrar, por fin, la paz.

I

GRIAL

1

Catástrofe

Yes, there are two paths you can go by, but in the long run, and there's still time to change the road you're on.

LED ZEPPELIN, «Starway to Heaven»

España, inicios del verano

Dice la ley de Murphy que todo lo que puede suceder sucede. Que Anna Stahl abandonara la universidad podía suceder, como de hecho sucedió. Ese acontecimiento no dejaba de ser trágico, un verdadero asesinato: la doctora Stahl era una de las especialistas en literatura inglesa más reconocidas entre la comunidad académica. Pero con independencia de si su cese era o no justo, Anna Stahl, la doctora Stahl, hubo de aceptar los hechos. Estaba sin trabajo, en la puta calle, por lo que debía desalojar su despacho de inmediato. Aquello era tanto como morirse.

En aquel momento no era un consuelo para Anna saber que aquella muerte era lo único que podía suceder para que su vida, la cuarta o la quinta ya, adquiriese algo de sentido. En aquel momento solo pensaba que bajo sus pies se abría no ya un camino incierto, sino un verdadero abismo. Lo que había sucedido tenía tintes de catástrofe, o al menos así le parecía entonces. Aquel desenlace tenía solo una ventaja. Estaba cansada de que la hiciesen de menos por sus arriesgadas opiniones sobre John Ronald Tolkien, en cuya obra se había especializado. Ahora ya no tendría que pasar por eso.

Del día en que Anna Stahl dejó de pertenecer a la comunidad académica le quedó después en el recuerdo el calor bochornoso, habitual en una ciudad mediterránea en la que apenas llovía, el desánimo, el silencio en los pasillos vacíos de la facultad. Aquella soledad era un alivio hasta cierto punto, ya que de otro modo se habría visto obligada a aceptar de nuevo aquellas frases de consuelo huecas e inútiles que tanto la irritaron cuando su expulsión se hizo pública. Al pensar en todo aquello se mordió los labios para que el dolor la ayudara a olvidar las lágrimas de rabia que le nublaban la vista. Se sorbió la nariz y pasó todos los ficheros de su ordenador al disco duro. Mientras los documentos se cargaban, despegó del corcho anclado en la pared las fotografías que la habían acompañado todos esos años. Había dos instantáneas que correspondían a los tiempos de St. Hugh, en Oxford. Anna se apoyó sobre la mesa y cerró con fuerza los ojos, como si esto la ayudara a contener sus pensamientos, que corrían desbocados.

Tres años antes, St. Hugh College había sido para ella un lugar de naturaleza alquímica. Tras la muerte de la abuela Rosalía, el último anclaje a la niñez, Oxford se erigió en su tabla de salvación. Era la Universidad con mayúsculas, una madre acogedora que suplía a las suyas propias, porque a estas ya no las tenía. Los edificios de reminiscencias medievales, los estudiantes que lucían la toga negra sobre los tejanos y el ambiente multicultural de la ciudad suscitaban en Anna la impresión de encontrarse en el lugar adecuado en el momento justo. Esos símbolos centenarios y las múltiples asociaciones que le dieron la bienvenida reforzaron esta convicción.

Fue en la época de St. Hugh cuando Anna Stahl conoció a Desmond Gilbert, investigador del Departamento de Inglés. Por una cuestión un tanto azarosa, el profesor Gilbert, especialista en literatura e historia medieval, se convirtió en su supervisor. Aunque su área de estudio era por aquel entonces la poesía inglesa, Anna asistió por cortesía a la mayor parte de los seminarios que Desmond Gilbert impartió ese año. Todos ellos versaban sobre el ciclo artúrico, en el que era un verdadero experto. La joven doctora no se arrepintió en absoluto. Como profesor, Gilbert era mucho más que notable, un auténtico erudito. Por fortuna no tenía nada de pomposo, como acreditaba su atuendo informal, algo descuidado, muy propio de su juventud relativa —la aventajaría solo unos nueve o diez años—, lo que la terminó de fascinar. Era además un hombre alegre, profundo y polifacético, amante del hard rock y escritor aficionado, aunque aún no podía atribuirse ningún gran logro. Aquello no le importaba demasiado porque, según manifestaba, nunca había perseguido la fama, sino la verdad literaria, lo que él llamaba un poco en broma «el grial». Como explicaba en sus seminarios, se trataba de la clase de verdad que no siempre se apoya en la historia, en lo real, pero acerca la obra a su perfección. Anna nunca acabó de entenderlo del todo. Sin embargo, el profesor Gilbert fue para ella un verdadero hallazgo. Ahora que había pasado el tiempo lamentaba que la distancia y una cierta desatención por su parte hubieran enfriado aquella amistad tan valiosa.

Anna guardó las fotografías en un sobre. Necesitaba salir ya de aquel lugar, se asfixiaba. Dio un último vistazo a su antiguo habitáculo. Sobre la mesa solo quedaba un libro. Se trataba de una antología de poetas ingleses del XIX, entre ellos William Wordsworth, Samuel Taylor Coleridge, Lord Byron, Percy Bysshe Shelley, John Keats, Tennyson y otros. Lo introdujo en la caja de cartón, junto al resto de sus cosas. Se mordió de nuevo los labios para contener el llanto. Los poetas de ese libro habían marcado su vida. «Busqué siempre el saber, pero encontré el dominio», se dijo con ironía. Aquel verso de Owen, el mejor de los poetas de trinchera, parecía escrito para ella.

Tomó las cajas que atesoraban todo lo que hasta el momento había sido su vida académica y se marchó por fin. Mientras recorría los pasillos solitarios, Anna maldijo en voz alta a Felix Winter, su mentor. Resultaba extraño que al principio ella se hubiera entusiasmado con él del modo en que lo hizo. Todo el secreto radicaba en la voz, una mezcla deliciosa de acentos que ejercía sobre Anna, y sobre todo el que era capaz de resistirla, una influencia hipnótica. No importaba que Felix Winter pronunciara habitualmente discursos huecos. Él seducía con las palabras, con su mirada intensa y azul. Por eso, cuando aceptó dirigir su tesis sobre las *Memorias completas de George Sherston*, la obra autobiográfica de Siegfried Sassoon, Anna se creyó una privilegiada. Entonces le parecía el mejor, como a la mayoría. No se arredró al afrontar sus exigencias, la sobrecarga de trabajo o los frecuentes cambios de humor, desconcertantes. Se hallaba frente a un reto, en cierto modo ante un misterio, pero cuando logró superar el reto y resolver el misterio, solo experimentó el amargo sabor de la desilusión. Al final de su viaje por los senderos del conocimiento pudo comprender que su mentor no era el hombre probo, íntegro y sabio que parecía, sino una criatura mezquina, injusta y bastante mediocre, un narcisista perverso al que desagradaba el entusiasmo juvenil de Anna, su voluntad de trabajo férrea y su agudeza; todo aquello por lo que la había elegido.

Las primeras manifestaciones explícitas de la animadversión de Felix Winter hacia su pupila se dieron durante la redacción de un diccionario de poetas ingleses de principios del XX. No hacía mucho que Anna había leído ante un tribunal bastante exigente su tesis, premiada con un rotundo y sonoro *cum laude*, y este hecho le dio valor para enredarse en un proyecto de investigación sobre fantasía épica del que Tolkien era protagonista. Anna no pudo evitar enamorarse del profesor, tal y como antes se había enamorado de Siegfried Sassoon. Aquella nueva línea de trabajo, que al principio había contado con el apoyo de Winter, no resultó finalmente de su agrado. A menudo tenían fricciones sobre las cuestiones más insospechadas. El ambiente se fue caldeando, hasta que un día estalló la guerra de un modo más o menos formal.

Todo sucedió durante una reunión del equipo. Anna echó de menos, y así lo expresó, la inclusión de John Ronald Tolkien entre los poetas que integrarían el diccionario. La reacción de Felix Winter fue una sonora carcajada burlesca que expresaba su desprecio hacia las opiniones de la joven doctora, un desprecio de naturaleza personal sin un fundamento científico riguroso.

—La popularidad de Tolkien vino mucho después gracias a Jackson y sus películas. —La afirmación no era exacta, pero el tono de Winter resultaba tan ácido que nadie se atrevió a contradecirlo—. Todo ello sin mencionar que se trataba de un poeta francamente mediocre. No puede figurar en ningún caso junto a creadores de la talla de William Yeats, T.S. Eliot, Sassoon, Owen o incluso Graves, si me apura.

Una ira efervescente atrapó a Anna desde el centro del pecho hasta la garganta, la misma que la había invadido al leer a Graves en *Adiós a todo esto*, pues él tampoco mencionaba a Tolkien entre los poetas oxonienses de su generación, como sin duda también sabía Felix Winter. No era solo que Anna tuviera un interés especial en el maestro, como resultaba notorio, sino que poseía un innato sentido de justicia. Aunque Tolkien no hubiera ganado un Nobel —al que fue nominado por sugerencia de C. S. Lewis—, e incluso aunque el comité de expertos hubiera calificado su obra como prosa de segunda, la producción en verso del profesor no era nada desdeñable, unos ciento dos poemas si no había contado mal. Sus primeras poesías habían aparecido justo en el periodo temporal que abarcaba el diccionario y, aunque a su pesar Anna tuviera que coincidir con su tutor en cuanto a la calidad poética de Tolkien, había un trabajo suyo, *Mitopoeia*, con un Filomito y Misomito bastante reales, cuyas enseñanzas literarias eran tan valiosas como las de Aristóteles para los que sabían mirar bien. Anna insistió por estas razones en su inclusión en el diccionario que, por otra parte, no juzgaba la calidad de los citados, sino su mera existencia. Así se lo hizo saber a Winter con un tono igual de acre que el suyo porque nunca fue ni sería diplomática. En respuesta recibió un silencio gélido.

John Ronald Tolkien fue incorporado finalmente al diccionario de poesía inglesa, pero aquella pequeña victoria no estuvo exenta de consecuencias para Anna. Ese simple hecho supuso, de acuerdo con el código personal de mister Winter, la primera fisura notoria en el pacto de vasallaje que tenía suscrito con su mejor discípula. Luego habría otras, pues él no dejaba de buscar la ocasión de ponerla a prueba. Anna conocía muy bien los riesgos de desviarse del camino señalado por la autoridad, pero sus convicciones terminaron por prevalecer. El precio de la libertad finalmente le supo amargo. Demasiada incertidumbre. Anna no sabía qué iba a suceder a continuación. Esta vez no tenía un plan.

Al llegar a casa ya no pudo hacerse la valiente. Dejó sus pertenencias sobre la mesa y estalló en sollozos incontenibles echada de bruces sobre su portátil. Acababa de recordar algo. Al perder su vinculación con la universidad, no podría seguir utilizando su carnet de la biblioteca. El servicio de informática le cancelaría también la cuenta de correo. Era el deshonor del soldado al que arrancan los galones obtenidos con mérito y esfuerzo.

Mario, su querido Mario, se tomó toda aquella situación con una tranquilidad pasmosa.

—Todo irá bien, bobita. —Ya no hubo ninguna otra palabra. Se calzó sus zapatillas y se marchó a correr por la playa.

Aquella flema tan británica desconcertó a Anna. Hubiera necesitado algo más de pasión, que Mario insultara a Felix Winter, que prometiera patearle las espaldas. Mario solía ser así, incapaz de perder la calma aunque el mundo estallara en mil pedazos, pero aquella frialdad, aquella distancia eran nuevas. Ella lo achacaba a su profesión —Mario era desarrollador de videojuegos— y al actual proyecto en que colaboraba su empresa, un nuevo juego de samuráis inspirado en el *Heike Monogatari*. Era un encargo muy ambicioso, altamente satisfactorio para cualquier artista amante de la cultura japonesa. Mario lo era hasta el frikismo.

Unos días después, cuando ya empezaba a instalarse en ella la desesperanza del náufrago perdido en el mar sin tierra a la vista, recibió una llamada de Felix Winter. Anna le suponía veraneando en aquella lujosa masía alicantina de la que tanto se vanagloriaba, un lugar encantador rodeado de olivos y vides. En un arranque de generosidad que contradecía su actitud de los dos últimos años, Winter se ofreció a ayudar a su ángel caído a buscar una estancia de investigación en alguna universidad europea mientras él negociaba una solución para reintegrarla a su plaza. Anna sospechó. Aquello podía tardar meses, como sabía bien Felix, y ella necesitaba algo de inmediato. Las de Winter eran simples frases huecas destinadas a aliviar la poca conciencia que le quedaba, la tristeza del *invictus* frente a un enemigo evidentemente inferior, incluso una forma de volver a captarla para su causa, esta vez más sumisa y, por supuesto, lejos de proyectos que tuvieran que ver con la fantasía épica.

—¿Por qué no vuelve a St. Hugh? —sugirió.

Anna colgó el teléfono como si quemara. La chispa, sin embargo, había caído en un lugar propicio y empezaba a prender. El consejo de Winter resultaba acertado. Anna pensó en las fotografías que había despegado del corcho unos días atrás. Buscó el sobre donde las había guardado. Por un momento temió haberlas perdido, pero no, ahí estaban. Miró de nuevo su imagen, sonriente, junto a la de Desmond Gilbert. Parecía increíble que solo hubieran pasado unos pocos años, algo más de tres. Ahora parecía como si les separara toda una vida.

A pesar de todo se convenció de que no sería inapropiado enviar un correo a Desmond para explicarle su situación, como le había recomendado Felix Winter. Redactó un escrito atemperado que solo dejaba entrever muy sutilmente su desesperación. Echaría de menos el mar si finalmente volvía a Oxford, lo que, por otro lado, no era nada probable. Se disponía ya a pulsar el *send mail* cuando Mario llegó a la casa. Parecía muy contento, tanto que la tomó de la barbilla y acarició con los labios el hoyuelo que tenía en el centro.

Anna cerró el correo de golpe y bajó la tapa del portátil para ocultar su conato de traición, no menos grave por necesaria. A Mario nunca le había gustado Desmond Gilbert. De hecho, si lo pensaba bien, esta era la razón por la que no habían mantenido apenas contacto tras su vuelta a España. Seguramente a Mario le fastidiaría la idea de que se marchara a Oxford por tiempo indefinido si, por alguna remota casualidad, la aceptaban en St. Hugh. Por eso prefirió no hablarle de Oxford.

—¿Vamos a la playa? —propuso.

Mario parecía algo desconcertado. Habría preferido meterse bajo el grifo de agua fría, pero la expresión de Anna era acuciante.

—Sí, claro.

Caminaron por la arena tomados de la mano. El mar levantaba burbujas de espuma al batirse con furia contra las rocas del malecón. Pequeñas gotas frescas les salpicaban el rostro. Pronto, el horizonte se tiñó de rosa y malva, luego de rojo, y la luna, grande, de un amarillo lechoso, se perfiló sobre sus cabezas. El instante era perfecto, pero la magia de la puesta de sol se deshizo justo cuando el móvil de Mario vibró. No quiso atender la llamada.

—¿Por qué no contestas? —preguntó Anna.

Mario guardó silencio, pese a que el teléfono siguió sonando.

Ya en la casa, mientras trasteaba en la cocina, Anna le oyó conversar. Parecía alterado. Pensó en la misteriosa llamada de antes, pero no quiso darle importancia. Cuando regresó a la sala con la bandeja de la cena, él la miró como si viera a través de ella. Después colgó el teléfono abruptamente, sin despedirse de su interlocutor. Anna arrugó la nariz.

—¿Problemas en el reino? —preguntó. Mario esbozó una sonrisa amplia, algo falsa.

—No es nada. Todo está bajo control.

No era cierto. La vida de Anna se estaba haciendo pedazos, pero Mario prefería ignorarlo. Pese a las fracturas en la porcelana, fue una noche dulce y placentera, la última que pasarían en algún tiempo, al menos juntos.

Al día siguiente Anna despertó algo más tarde de lo habitual. Extendió la mano buscando la huella de Mario, pero solo encontró ausencia. Últimamente era así siempre, hasta que llegaba el atardecer.

Pasó el día revisando el correo, el móvil y las redes en busca de alguna noticia que la sacara de su apatía. Nada, no había nada, tampoco rastro alguno de Desmond Gilbert. Como era lógico, la había olvidado. Isabel Roldán, su única amiga, le había dejado un mensaje tras otro en el contestador. Anna no se veía con fuerzas para atender sus llamadas sin estallar en una nube de autocompasión y, por ende, de llanto. Isabel... Lo cierto es que la echaba de menos. Era una burbuja efervescente, alegre, siempre dispuesta a la broma.

La semana pasó sin novedad alguna. Anna empezaba a aceptar su situación, a la que intentaba sacar todo el partido posible sin lograrlo. Uno de esos días informes en los que no sucedía nada recibió como por ensalmo la visita de Isabel. No era algo del todo inesperado; Anna sabía por los mensajes no contestados que estaba en la ciudad. A pesar de su creciente misantropía, se alegró sinceramente al ver el rostro pecoso y el cabello rojo oscuro de su amiga al otro lado de la puerta. Isabel dio dos besos al aire antes de cruzar el marco como si fuera un torbellino.

—Debería retirarte la palabra —la advirtió—. ¿Te parece justo tratar así a tu hermana, señorita? Por cierto, estás horrible.

Anna se miró con cierto aire de culpa. Llevaba unos pantaloncillos deshilachados y una camiseta blanca con dibujos de mariposas. La había comprado en Camden Town, en Londres, justamente durante su año en Oxford. Hacía tanto calor que, mientras trabajaba, había improvisado un moño con unos cuantos lápices de colores.

Isabel hizo un mohín gracioso.

—No me hagas caso, es pura envidia. Ese bronceado te sienta más que bien. Aunque sé que eso es exactamente lo que mereces, no voy a retirarte la palabra. Anda, miénteme, cielo, y di que no has escuchado ni uno solo de mis mensajes.

Anna cruzó los dedos a su espalda.

—No he escuchado ni uno solo de tus mensajes.

El rostro de Isabel se contrajo en una mueca inquisitiva.

—Tu mirada es directa, la de una mentirosa profesional. Estás faltando a la verdad.

La joven estalló en risas. Necesitaba reír, pero su alegría sonaba algo epidérmica.

—De acuerdo, he mentido —bromeó—. Me conoces mejor que nadie, Isabel, no te hacen falta tácticas policiales. Estoy en una de esas épocas de transición e incertidumbre que tanto detesto, una pura agonía. Necesito estar sola, al menos hasta que pueda sacar la cabeza del pozo o suceda algo que me ayude a remontar. Un imprevisto.

—Mi niña... —Isabel abrió los brazos—. Ven con mamá, anda.

Anna enterró la cabeza en su hombro mientras se preguntaba por qué Mario no era capaz de hacer lo mismo y acogerla para quitarle la angustia de sentir que su vida era un fracaso.

Un momento después fueron a la cocina y prepararon café al estilo árabe, una vieja tradición. El abrazo sensual de las especias —clavo, cardamomo y azafrán— tenía la virtud de trasladar a Anna a aquella parte de su infancia que percibía como un paraíso, un oasis donde todavía era posible la plenitud. En ese lugar ucrónico aún podía sentir la caricia suave de su madre, aspirar su perfume y escuchar el timbre de su voz musical. Allí también habitaba aún su padre, cuya mano sujetaba la suya para guiarla por senderos luminosos llenos de sueños inconcretos. La abuela Rosalía era entonces una sombra que vivía lejos, en una ciudad desconocida para Anna, Tel Aviv.

Mientras degustaban el líquido hirviente en la terraza, Anna le habló de sus inquietudes. También de Oxford.

—Oxford. —Isabel estudió la expresión de Anna—. ¿No es allí donde conociste a aquel profesor tan atractivo? ¿Cómo se llamaba?

—Desmond Gilbert. —Anna se ruborizó—. Era mi tutor en St. Hugh. Pero no me fijé mucho en su aspecto, ya que lo mencionas.

Isabel tomó el rostro de Anna entre sus manos. Era obvio que la compadecía por su ceguera.

—Escríbele entonces. ¿Qué pierdes?

Anna se encogió de hombros en vez de confesarle que ya lo había hecho.

—Supongo que nada, ya que el sentido del ridículo lo he perdido por completo. Pero pensar en una plaza en St. Hugh es casi imposible, Isis. Y aunque lo fuera tendría que separarme de Mario. No es exactamente lo que deseo.

Isabel hizo un gesto que Anna no supo cómo interpretar. Mario no era santo de su devoción.

—Será algo temporal. Sobrevivirá, seguro. Ahora no pienses en Mario y préstame atención. Mira.

Isabel le tendió un sobre rojo. Al abrirlo Anna encontró algo que no esperaba, no al menos en ese momento. Se trataba de dos pasajes de la El Al Israel Airlines. En la reserva estaban impresos su nombre y el de Isabel. Volaban tan solo dos días después.

—¡Tel Aviv!

Desde su vuelta de St. Hugh Anna planeaba de forma cuidadosa el viaje a Israel. Cada año se prometía visitar Tierra Santa, pero los astros se alinearon sistemáticamente en la dirección equivocada, de modo que el viaje se había ido postergando. En esta nueva ocasión no había más causa que el desánimo, pero era suficiente. Anna devolvió el sobre.

—No puedo. No ahora.

A Isabel no le sorprendió aquella respuesta.

—Solo será un fin de semana largo. Lo pasarás bien. Es más, yo diría que lo necesitas más que nunca. Luego puedes quedarte conmigo en Madrid unos días, no tengo vacaciones aún. Podrías visitar el Prado. Es increíble que nunca hayas visto *Las hilanderas*. Una vergüenza.

Anna admitió que lo era.

Mario, siempre reservado con Isabel, alentó esta vez a Anna a marcharse, a no dejar pasar la oportunidad de atrapar el último sueño de una juventud que empezaba a marchitarse bajo el peso de los deseos no cumplidos.

—Ve, Annie. —Anna odiaba que Mario la llamara así—. Te sentará bien cambiar de aires. No te preocupes por mí. Mantendré encendido el fuego del hogar.

Anna sonrió ante la alusión velada a sus trabajos sobre la Primera Guerra Mundial. Era como si por primera vez Mario la tuviese en cuenta. A pesar de todo tenía muchas dudas, de modo que preparó el equipaje de mala gana. Escapar de los problemas no lleva a ninguna parte.

Los días que pasó junto a Isabel fueron extraños. Tel Aviv no llegó a calarle del todo. Anna intentó ser parte de aquella aventura, lo intentó de veras, pero sus sensaciones carecían de sustancia.

La primera noche en Israel fue larga, algo loca, animada por el *techno* del Bavel, pero no bastó para tomar distancia de la tormenta que sacudía su vida. Al día siguiente despertó cerca de las once, aturdida por los restos de una resaca no alcohólica y por la penosa sensación de intuir que estaba perdiendo algo valioso, tanto como su tiempo. No pudo desahogar su desánimo con Isabel, puesto que, mientras ella dormía, había bajado a desayunar. Aprovechó la intimidad para llamar a Mario, pero no contestó. Le supuso enfrascado en su trabajo. Allí, desde la distancia, Anna lamentó su egoísmo. Tuvo la tentación de volver a España ese mismo día y ojalá lo hubiera hecho, porque entonces habría podido seguir encerrada en la burbuja confortable de las mentiras que se obligaba a contarse para no abandonar su ceguera.

Una hora más tarde, Isabel volvió.

—Actívate, tesoro. Es tardísimo. La Ciudad Santa nos espera.

Tomaron el tren. No era un trayecto largo, pero la monotonía mineral del paisaje, la conversación errática de Isabel y el traqueteo del vagón terminaron por adormecerla. Durante ese tiempo tuvo extraños sueños, retazos de pesadillas. Se veía a sí misma en un sótano polvoriento repleto de libros antiguos. La mayoría estaban abandonados sobre una gran mesa de madera o apilados en grandes montones en el suelo. Estar allí le producía una sensación angustiosa, claustrofóbica. En el sueño recorría los pasillos que había entre los anaqueles de aquella extraña biblioteca, pero no encontraba la salida, como si estuviera dentro de un laberinto. A veces volvía sobre sus pasos y miraba a su alrededor buscando por dónde continuar. Finalmente observaba una puerta ojival de madera en una de las paredes, casi oculta tras unas pilas de libros. La empujaba, y al abrirla se daba cuenta de que conducía a un lugar inhóspito, una tierra devastada y gris plagada de cráteres acuosos y rodeada de alambre de espino; una zona de guerra. Anna se quedaba petrificada mientras su mirada seguía la luz de una bengala verde que cruzaba el cielo. Podía ver, bajo aquel resplandor irreal, que del alambre pendían restos humanos.

Despertó sobresaltada. Los cabellos rojos de Isabel, que se desparramaban junto a sus hombros, haciéndole cosquillas, le devolvieron la consciencia de lo real. Su amiga también se había adormecido, solo que sus sueños debían de haber sido mucho más amables, a juzgar por su expresión plácida. Anna la zarandeó con suavidad.

—Hemos llegado a Jerusalén.

En el Muro de las Lamentaciones, Anna se dolió en silencio de sus múltiples desgracias e introdujo una oración en una de las ranuras entre las piedras. Suplicó a Dios que no fuera sordo a sus plegarias, que se dignara a enviarle algún tipo de señal para guiarla entre las tinieblas, pero no sucedió nada.

Cuando llegó la hora del regreso lo que lamentó fue haberse perdido en ilusiones vacuas. Lo fundamental no estaba en Tel Aviv ni en ninguna otra parte, sino en su casa, con Mario. Lo echaba de menos. Apenas habían hablado esos días. Ahora lo sentía tan lejano como si lo hubiera perdido para siempre. Era un pensamiento inquietante aquel. Antes de embarcar, lo telefoneó. Al otro lado de la línea la voz de Mario sonaba serena, incluso alegre, pero ella le adivinaba un leve matiz de preocupación. Luego, durante el vuelo, lo pensó. Mario podía haber visto la solicitud que había dirigido a St. Hugh, ya que tenía permiso para revisar sus correos. Nunca podría perdonarle que le hubiera ocultado aquello, que no hubiera contado con él.

La culpa le remordía, así que al desembarcar en Barajas se despidió de una desconcertada pero comprensiva Isabel y corrió a Atocha para tomar el primer tren que la llevara a casa. Intentó comunicar de nuevo con Mario para avisarlo de su llegada, pero, al abrir el bolso, se dio cuenta de que su teléfono móvil había desaparecido. Se preguntó cuándo lo habían sustraído, pero no dio con el momento.

Amanecía ya cuando llegó a su casa. Supuso que Mario dormiría aún, por lo que empujó la puerta con más sigilo del habitual. Las cortinas de la sala se batían como una bandera, agitadas por una brisa suave que refrescaba su piel, tirante y seca. De puntillas se asomó a la habitación en penumbra, con la impaciencia de la niña anhelante de un abrazo. La respiración suave y acompasada de Mario cortaba el silencio.

Una punzada en el pecho, una tristeza indefinible, atrapó a Anna. No lo comprendió enseguida, pero sus ojos no tardaron en revelarle la causa. El cuerpo dormido de Mario yacía bocabajo. Estaba desnudo, cubierto parcialmente por la sábana. A su lado, otro cuerpo entrelazaba sus piernas con las de él, como la serpiente enroscada en torno al caduceo. Durante un segundo la imagen la desconcertó. Retrocedió hasta la puerta avergonzada de sí misma, como si fuera la ladrona de un instante ajeno, no la víctima de un latrocinio.

Corrió hasta la playa. El mar calmo reflectaba como un espejo, dispuesto a recibir a los primeros bañistas, pero ella apenas podía ver. Anna se sentó en la arena; intentaba ordenar sus pensamientos, que corrían veloces como caballos desbocados. Las lágrimas ayudaban a lavar el dolor de la herida, a borrar de su retina la imagen del descanso prohibido de Mario. Se preguntaba una y otra vez cómo había podido estar tan ciega, aun sabiendo que aquella pregunta era ya completamente inútil. ¡Qué puede hacer la lealtad frente al deseo! El deseo es un dragón muy voraz. Ni siquiera Fausto pudo liberarse de él.

Un rato después una mano temblorosa se apoyó en su hombro. Anna alzó la vista. Era Mario.

—Vamos a casa, por favor.

Ella se puso en pie, dócil como un corderillo. Hubiera debido estallar en una nube de reproches, pero se sentía incapaz de articular una sola palabra. En el fondo no culpaba a Mario por su deslealtad. Nunca la había conocido del todo. En la intimidad Anna había sido como él esperaba que fuese: apasionada, aunque en cierto modo previsible. Él ignoraba que una parte de ella estaba poblada de fantasías oscuras que jamás le había confesado porque nunca las habría aceptado. Mario seguramente también tenía esas pulsiones, y había buscado satisfacerlas en otra parte.

A la mañana siguiente, Anna tomó la única decisión posible. No podía hacer nada más que blindar su dolor y apartar a Mario de su vida para que él pudiera vivir la suya como deseara. Ella misma estaba decidida a empezar de nuevo sin ataduras, a saltar al vacío sin mirar atrás, a seguir buscando la plenitud en el conocimiento, en la verdad y en el amor, en la luz, y quizá también en la oscuridad. Puede que fuera lo mejor para ambos, darse la libertad necesaria y dejar de fingir que eran como se esperaba que fuesen. Aunque dolía hacerlo, tomó una caja, una nueva caja, y puso dentro todos los objetos personales que le recordaban a Mario, como si borrarle físicamente pudiera eliminar la huella que había dejado impresa en su historia.

Agosto llegaba ya y con él el temor de que cada día fuese idéntico al anterior. Por puro aburrimiento, Anna aceptó la oferta de una academia de inglés que hacía revisiones de trabajos para la universidad. Era una tarea mal pagada, clandestina y, desde luego, muy por debajo de sus posibilidades, pero pensó que al menos la ayudaría a mantener la cordura. A veces se dormía frente a la pantalla del ordenador, ya que el calor, la zozobra y su duelo la hacían permanecer insomne mientras repasaba una y otra vez su vida preguntándose qué delito había cometido para ser retribuida con la pena de la desazón.

Estas preguntas la llevaron a dejar de interesarse por la vida, por su vida, que consideraba un fracaso. Isabel la llamó, pero ninguna de las dos quiso mencionar ni una sola vez el nombre de Mario. De nada servía. El daño estaba ahí, al igual que el dolor de la herida. El insomnio crónico, el cansancio y la desesperación provocaron que pensara en la muerte de forma constante. Desde niña la había aterrorizado la idea de morir, pero tan grande era su anhelo de paz, o más bien su deseo de dejar de sufrir, que ahora encontraba en aquella quietud permanente la respuesta a sus padecimientos. Plinio el Viejo acudía tentador en los momentos más desesperados. «No hay que amar la vida hasta el extremo de seguir arrastrándola a cualquier precio... Cualquiera tiene a su disposición el más eficaz de los remedios contra los males del alma... De cuantos dones otorgó la naturaleza al hombre, ninguno es más excelso que el de poder elegir la muerte a tiempo... Lo sublime de esta forma de morir es que cualquiera de nosotros puede optar por ella...». Eran palabras antiguas que ahora volvían para darle una salida, para liberarla.

Siempre práctica, pensó en los diferentes modos de morir que estaban a su alcance: lanzarse al vacío, desangrarse en la bañera, consumir fármacos... Había muchas formas, casi todas dolorosas. De entre todas la única que le parecía aceptable, limpia, era la de sumergirse en el mar hasta que las olas la cubrieran por completo. Cada tarde lo intentaba, se adentraba hasta lo más profundo y dejaba que el agua pasara por encima de su cabeza, pero cuando estaba a punto de asfixiarse la invadía el pánico y ascendía a la superficie en busca de ese sorbo de aire que la atara a la vida. El instinto aún era más fuerte que su deseo de morir, pero se dijo que debía seguir intentándolo hasta que el deseo de morir prevaleciera.

Una de esas mañanas átonas en que Anna esperaba sin mucha convicción el valor para acabar con todo de una vez, un mensaje rebotó en la pantalla de su portátil. Era de Desmond. Desmond Gilbert, de Oxford. Anna abrió la bandeja de entrada con la expectación del prisionero al que se comunica el fallo de su apelación. Sus ojos somnolientos recorrieron las líneas una y otra vez. Le costaba comprender el contenido de aquel escueto correo que fulminaba por el momento sus esperanzas en St. Hugh, una decepción añadida. Quiso olvidar todo aquello. Reanudó la traducción que tenía entre manos, un artículo escrito en un inglés deleznable, pero, tan solo unos minutos después, la alerta del correo sonó de nuevo. Desmond Gilbert otra vez. Anna estuvo a punto de borrar el mensaje, que creyó duplicado por error. Leyó su contenido con un cierta incredulidad: Desmond le enviaba un archivo en el que se adjuntaba un contrato de prestación de servicios y un billete de avión. Era un encargo de un tal mister Julius Walsworth, anticuario, para organizar su biblioteca privada, situada en un lugar llamado Holland House, a escasos kilómetros de Oxford. El contrato tenía una duración de seis meses, prorrogables. Los honorarios eran relativamente generosos, sobre todo teniendo en cuenta que, en caso de firmarlo, debería alojarse en la mansión, lo que suponía evitar los gastos de vivienda. Anna recordó de inmediato el sueño que había tenido en el viaje a Jerusalén, en el que aparecía una vieja biblioteca, y se estremeció. ¿Una casualidad? ¿Una premonición, tal vez? ¿Una respuesta a sus oraciones frente al Muro? No podía ni deseaba saberlo, como tampoco pensar o bucear en Google en busca de información acerca de Julius Walsworth y Holland House. Se dijo que no siempre es posible saberlo todo, así que colocó sin más el cursor sobre la casilla señalada y firmó el contrato que la vinculaba a ese tal Julius Walsworth y a su biblioteca en Oxford. Al día siguiente Anna Stahl, la doctora Stahl, hizo las maletas y se despidió de sus miserias. Mientras caminaba hacia la puerta de embarque recordó sin querer aquella frase que había leído alguna vez, en alguna parte: «Todo lo que puede suceder sucede». Así era, y lo que estaba sucediendo era lo que necesitaba que sucediera para que su vida, la quinta ya si lo recordaba bien, pudiera adquirir por fin algo de sentido.

2
Oxford

Where do we go now,
where do we go,
sweet child of mine.

GUNS N' ROSES, «Sweet Child O' Mine»

Eran cerca de las seis cuando el avión aterrizó en Heathrow. El vuelo había sido tranquilo. Solo el llanto quejumbroso de un niñito, el compañero de asiento de Anna, rompía de cuando en cuando el silencio. La madre, una valquiria de cabellos casi blancos, pasó el viaje intentando calmarlo con juegos y palmaditas, pero la llorera del crío solo cesó cuando ella se levantó púdicamente la camiseta para ofrecerle el pecho. A Anna, poco conocedora del universo infantil, le llamó la atención el gesto egoísta del bebé, tan rubio y rosado como lo era su madre, y la satisfacción ingenua con que extendía sus dedos en forma de estrella sobre la piel del seno, de blancura nívea. El niñito la observaba de soslayo, vigilante, mientras succionaba con avidez. Anna lo miró con envidia. Él tenía el consuelo de una mano omnipotente que conjuraba sus inquietudes, el calor del cariño que a ella le había faltado durante tantos años, el mismo que le faltaba ahora.

La terminal era un hervidero de viajeros en tránsito, de desconocidos que se cruzaban tan solo durante un instante fugaz para perderse de inmediato en el olvido. Antes de salir de la cabina del avión y confundirse en el anonimato de la muchedumbre, Anna se volvió hacia el niño, que montaba a horcajadas sobre las poderosas caderas de su madre. Le sonrió con ternura. El bebé la saludó. Ella lo saludó a su vez y, con aquel gesto sencillo, le expresó el deseo de una vida larga, fructífera y plena. No era probable que se volvieran a encontrar jamás. Incluso aunque el azar los reuniera de nuevo, no se reconocerían. Los no-lugares tienen siempre ese poso de tristeza de los encuentros pasajeros, de las despedidas casi indiferentes.

Anna recogió el escaso equipaje que llevaba, solo una maleta y la bolsa de mano donde estaba su ordenador portátil. Se dirigió hacia la salida con la barbilla alta y el paso firme. Esperaba que Albión, a pesar de su fama de pérfida, se mostrara amistosa.

Desmond aguardaba entre la multitud palpitante que bullía en el aeropuerto. Reconoció de inmediato su figura alta, desgarbada, semejante a la de un árbol nudoso. Se saludaron con un abrazo tímido —en realidad ambos lo eran—, un abrazo muy insuficiente para expresar la alegría del esperado encuentro. Comprobó que Desmond no había cambiado casi nada o nada en absoluto. Vestía como recordaba, de manera casual, algo descuidada: vaqueros desgastados, botas de estilo militar y una sencilla camiseta negra de manga larga con el logo de uno de esos grupos de heavy metal que tanto le gustaban. Seguía llevando el cabello castaño claro, ligeramente ondulado, a la altura de los hombros, lo que le confería cierto aire de profeta moderno. A primera vista no había ningún rasgo que denotara su condición de erudito profesor oxoniense ni su agudeza intelectual, nada excepto sus ojos, profundos e inteligentes, de un extraño color —entre avellana, verde y dorado—, a lo que se añadía su acento impecable y la autoridad que emanaba de sus modales de perfecto caballero inglés, algo más acusada que tres años atrás.

Desmond la ayudó con el equipaje.

—¿Tienes hambre?

Era una pregunta extraña después de tanto tiempo, pero lo cierto es que era ya la hora de cenar, al menos en el Reino Unido. Anna negó con un gesto. La tensión de las últimas semanas había provocado que su apetito desapareciera por completo.

Caminaron hasta el gigantesco aparcamiento de la terminal sin apenas hablar o mirarse. Desmond había sustituido su antiguo utilitario, un viejo Ford que conservaba desde los tiempos de estudiante, por un Mini de aspecto deportivo de la clase Cooper Roadster, lo que sorprendió mucho a Anna. Luego descubrió que el viejo Ford, una chatarra, vivía oculto en un garaje de Oxford, a pesar de que ya no era seguro circular con él, algo que cohonestaba a la perfección con el carácter sentimental de Desmond. Se acomodó en el asiento izquierdo, aunque para hacerlo tuvo que apartar varios discos compactos, casi todos de grupos de rock duro. Anna se extrañó, ya que el coche estaba equipado con un sofisticado equipo multimedia. Desmond confesó que estaba ordenando el despacho y que por eso aquellas antiguallas estaban allí. Tomó entre sus manos la carátula de un disco de Guns N' Roses, *Pretty Tide Up*.

—¿Aún sigues escuchando música imposible?

Desmond asintió con la mirada y arrancó el coche.

—¿Y tú, Anna? ¿Aún sigues escuchando a Wagner?

Ella lo miró. Tenía un perfil agradable, con aquella nariz anglosajona ligeramente proyectada en la punta y los labios bien dibujados.

—No está en el código penal musical, ¿no?

—No, pero ¿no te resulta algo anticuado?

—¿Anticuado? —Anna rio—. ¿Ahora se dice eso de los clásicos?

Desmond activó la música. Los compases inconfundibles de *Sweet Child O' Mine* la envolvieron. Era su particular manera de celebrar su llegada, pero a Anna la cogió desprevenida, tanto que se emocionó.

Durante el trayecto a Oxford, que pasó en un suspiro, no hablaron apenas del motivo de la visita de Anna, ocupados como estuvieron en resumir los últimos tres años de sus vidas y la de los conocidos comunes, muy pocos. Esta parte había sido más fácil para Desmond que para Anna, pues él los había pasado del mismo modo que los tres anteriores, es decir, dedicado únicamente a sus clases, a sus proyectos, a los libros, a la música y a las relaciones ocasionales —tenía mucho éxito con las mujeres, aunque no era exactamente un seductor empedernido—. La experiencia de Anna no distaba demasiado de la suya, pero ella solo había tenido un amante, Mario. A ello debía añadir la falta de reconocimiento en la comunidad, las tensiones con Felix Winter y una ruptura de la que no podía hablar aún.

Cuando llegaron a Oxford la tarde se apagaba ya, pero aún quedaba luz suficiente para apreciar el verde de los prados ingleses y de los árboles que crecían alrededor de la ciudad, un matiz cromático único, imposible de encontrar en ninguna otra parte del mundo. Anna se impregnó del aire húmedo. Era una sensación vivificante.

Aunque Desmond le había ofrecido la hospitalidad de su destartalada vivienda en Leckford Road, la típica guarida de un soltero empedernido poco amante del orden, Anna había preferido alojarse esa primera noche en Parklands, un *bed and breakfast* del que guardaba un grato recuerdo. Era una casa muy agradable, de ladrillos rojos y grandes ventanales blancos decorados con visillos. Supuso que la llegada a Parklands marcaría el final del encuentro con el siempre ocupado Desmond, al menos por aquella tarde. Anna se disponía ya a despedirse, pero, antes de que pudiera decir nada, el profesor le tomó la delantera.

—¿Por qué no vamos a The Chequers? —propuso con aire candoroso.

Aquello era todo un gancho de izquierda. The Chequers, en High Street, había sido uno de los habituales de Anna durante su estancia en St. Hugh. Visto desde fuera no resultaba atractivo en exceso, pero lo cierto es que servían las mejores salchichas de todo Oxford y un pastel de carne absolutamente delicioso. Asintió. En realidad tenía hambre, como descubrió al pensar en el pastel.

Poco después comprobó que, al igual que Desmond, High Street no había cambiado en absoluto y que The Chequers seguía siendo tal y como recordaba. Pidieron la especialidad de la casa como homenaje a los viejos tiempos.

Mientras esperaban a que sirviesen el menú, Anna rogó a Desmond que le hablara de mister Walsworth, con quien tenía previsto entrevistarse a la mañana siguiente. Desmond se mostró algo reservado.

—Anna, no conozco personalmente a Walsworth. No sabría decirte si es alto o bajo, si está en la veintena o es un anciano decrépito. Parece alguien muy celoso de su intimidad. Lo he investigado y ni siquiera existe una sola imagen suya en la red. Solo puedo confirmarte lo que ya sabes, que es un anticuario de reconocido prestigio. Hace algo más de un año adquirió Holland House. La intermediaria fue una abogada londinense, Susan Bales, a quien conozco. Ella se ocupó de contratar al personal que ha acondicionado la casa y también el servicio. Se rumorea que pagó una fortuna, y al contado, a Elisabeth Bedford, la antigua propietaria. Al parecer se encaprichó del laberinto que hay en los jardines de la finca. Lo que sí es cierto es que, aunque hace varios meses que se instaló en Holland House, nadie lo ha visto en Oxford, al menos que se sepa. Tú serás mañana la primera afortunada.

Aquellas palabras eran algo decepcionantes para Anna. Había imaginado a mister Walsworth como un anciano rico, aburrido y venerable, un erudito vinculado de algún modo a la universidad. Por alguna extraña razón suponía que el deseo de catalogar sus libros obedecía al impulso generoso de compartirlos con el resto del mundo. Lo cierto es que esa imagen un tanto romántica la hacía sentir muy cómoda, sobre todo porque nunca había trabajado fuera de la universidad ni conocía exactamente cómo funcionaba el mundo real. Ahora las palabras de Desmond habían cambiado su percepción.

—Una situación curiosa —se limitó a observar—. Comprendo que mister Walsworth es un hombre de negocios muy ocupado. Por lo que cuentas, parece una especie de Jay Gatsby, pero sin fiestas. Al menos que se sepa.

Desmond se pasó de nuevo la mano por los cabellos. La miró con una franqueza tranquilizadora.

—Anna, no importa quién sea. Lo único que importa es que necesitas un trabajo y, al parecer, él requiere de alguien como tú. Susan Bales se mostró muy satisfecha con tu candidatura, tanto que cerró la oferta nada más conocerla.

La joven doctora arrugó graciosamente la nariz.

—Tengo serias dudas acerca de mi capacidad de desarrollar el trabajo con cierta eficacia. ¿No hubiera sido más apropiado recurrir a un experto en biblioteconomía o documentación? —insistió.

Se mordió las labios.

—Supongo que sí, pero lo cierto es que Susan me explicó que Walsworth se sintió realmente halagado cuando aceptaste trabajar para él. Te ha investigado a fondo. Al parecer le impresionaron tus conocimientos literarios sobre la Gran

Guerra, un tema de su interés, y tus estudios sobre fantasía épica. Sé que organizar una biblioteca puede ser un trabajo tedioso y, desde luego, está muy por debajo de tus posibilidades, pero pediste ayuda para volver un tiempo a Oxford y... El hecho de que estés aquí acredita que no te desagrada. ¿O me equivoco?

Anna pensó sin ironía alguna que era, desde luego, una alternativa mejor a la de morir ahogada, pero no podía dejar de pensar que había algo que se le escapaba en aquella situación. Guardó silencio durante unos instantes. Todo el proceso resultaba tan poco ortodoxo que no lograba comprenderlo del todo. Intentaba encajar las piezas del puzle sin conseguirlo. Tenía la vaga sensación de haberse equivocado. La desesperación no es una buena consejera a la hora de tomar decisiones; sin embargo, ya estaba hecho. Desmond tenía razón. Se encontraba allí, eso era incuestionable, así que decidió dejar de ser tan inquisitiva y disfrutar de la cena, de la compañía y de Oxford. No valía la pena estropear un buen comienzo sembrándolo de dudas o temores. Aquel era tan solo un trabajo temporal, una salida provisoria.

A la mañana siguiente el propio Desmond la acompañó a Holland House, a unas ocho millas de Oxford, en plena campiña. Anna Stahl recordaría siempre el momento en que vio por primera vez el torreón de la casa, que emergía como la proa de un buque fantasmal entre los jirones de bruma blanca de la mañana, demasiado fría para sus cánones y para los cánones de agosto incluso en Oxfordshire. A primera vista, Holland House no difería en exceso de las grandes mansiones de campo que salpicaban la zona. Como muchas de ellas, era de ladrillo rojo. El tejado, de pizarra gris, estaba interrumpido por varias hileras de chimeneas. La fachada tenía la simetría perfecta típica del estilo georgiano, con el mismo número de ventanales biselados a cada lado del pórtico de entrada, al que se accedía por unas escaleras desgastadas. Había, sin embargo, algo diferente en aquella mansión, cierto aspecto entre mágico y tenebroso reforzado por la bruma y las enredaderas de hiedra que trepaban por las fachadas y convertían la casa en un animal vivo. En ese momento no pudo ver los jardines traseros, en los que crecían macizos de tulipanes rojos muy cuidados, ni tampoco el famoso laberinto. Entusiasmada, se giró hacia Desmond. La complacía tenerlo a su lado. Era una sensación extraña sentir que había en el mundo alguien dispuesto a acompañarla, aunque fuera brevemente, en su nueva aventura.

A la casa se accedía por un camino de gravilla flanqueado de arbustos que acababa en una placita circular decorada en su centro con un estanque en el que flotaban algunos nenúfares. Desmond detuvo allí el vehículo y ayudó a Anna a descargar su equipaje.

—¿No vas a acompañarme? —le preguntó.

Desmond se llevó una mano al pecho mientras inclinaba ligeramente la barbilla.

—Mi querida doncella, la juzgo a usted una mujer valerosa.

Anna enarcó una ceja, desconcertada.

—Lo soy, desde luego, no me considero débil ni timorata, pero deberías conocer al misterioso mister Walsworth, ¿no crees?

Desmond lo pensó solo un momento

—Admito que la curiosidad me corroe. ¡Qué diablos! Me siento responsable de ti.

El profesor tomó con resolución uno de los bultos que componían el escueto equipaje de Anna y se dirigieron a la entrada principal. La puerta, que tenía una aldaba con la imagen de un león, se abrió ante ellos como por arte de magia antes de que tuvieran ocasión de tocarla. Aquel detalle hacía más acusada la sensación fantasmagórica, estremecedora, que generaba Holland House. Miró a Desmond que, como ella, se obligaba a buscar una explicación racional a aquel golpe de efecto. Se habían percatado de que el terreno, carente de vallado, estaba rodeado de cámaras de vigilancia. Era la explicación más obvia. Ninguno de sus movimientos iba a pasar desapercibido, lo que era aún más inquietante.

La entrada que se abría ante ellos daba paso a un pequeño vestíbulo, amueblado tan solo con una banca antigua y un candelabro de pie. El suelo, de parquet, estaba cubierto de alfombras persas en tonos grises y azulados que aportaban una nota fría a la calidez de la madera, presente no solo en el suelo, sino también en las paredes. Frente a la entrada se abrían unas escaleras flanqueadas por una lujosa balaustrada tallada que ascendía formando una pequeña espiral. En la pared hacia la que avanzaba la escalinata había una hermosa vidriera emplomada que aportaba luz a la estancia, un tanto obscura pese a la enorme lámpara de lágrimas.

Anna no se atrevía a hablar, impresionada por el lujo algo austero, imperturbable y ajeno a cualquier moda. De su garganta solo brotó un débil carraspeo. Casi como si atendieran a su escueta llamada, las puertas correderas de una de las habitaciones laterales se abrieron de par en par, lo que no dejó de sorprenderla. Un hombre de color, alto y circunspecto, surgió de la abertura. Era un gesto teatral e innecesario, pero Anna no tardaría mucho en comprender que mister Walsworth tenía un curioso sentido del humor; era como un mago, se divertía generando expectación.

El hombre se acercó a ella extendiendo ambos brazos con gesto acogedor.

—La doctora Stahl, supongo. Sea bienvenida a Holland House. Mi nombre es Stuart. Soy el asistente personal de mister Walsworth. —Anna comprendió que se trataba de un nuevo apelativo para identificar a los antiguos mayordomos—. No esperábamos que viniera acompañada, pero entiendo que no será ningún inconveniente. ¿A quién debo anunciar? —preguntó dirigiéndose a Desmond con cortesía extrema.

—Soy el profesor Desmond Gilbert, del Departamento de Inglés de St. Hugh College. Tuve ocasión de hablar con miss Bales a propósito de la candidatura de la doctora Stahl para ocupar el puesto de bibliotecaria. Por eso me he tomado la libertad de acompañarla.

—Comprendo. —El asistente le dirigió una mirada afable—. Tengan la bondad de seguirme. Puede dejar aquí su equipaje, doctora Stahl. Después nos ocuparemos de él.

Hicieron lo que les pedía el tal Stuart y fueron tras él a través de un amplio corredor alfombrado que se abría hacia el ala norte. En las paredes había estrechos anaqueles forrados de libros encuadernados en piel azul. El suelo estaba tapizado con tanta riqueza como el vestíbulo. Las alfombras y las estanterías se prolongaban hasta el despacho de mister Walsworth, al final del corredor.

La primera prueba física de la existencia del anticuario fue su voz, profunda y bien articulada, que llegaba desde el otro lado de la puerta. Era sin la menor duda la voz de un hombre seguro de sí mismo, acostumbrado a dar órdenes.

Julius Walsworth los recibió con mucha menos cortesía que su asistente, quien desapareció como por ensalmo cediéndole a él todo el protagonismo. Anna observó a su anfitrión sin disimulo. Era un hombre alto y delgado, de una elegancia refinada, algo fría. Las cejas grises, bien dibujadas, y la nariz romana, sobre la que caían unas gafas semejantes a dos medias lunas, dotaban a su rostro de un gesto severo. El cabello blanco y el rostro labrado por profundas arrugas lo confirmaban como un hombre de edad, pues parecía sobrepasar los sesenta (en realidad le faltaban tan solo unos meses para cumplirlos). Después de intercambiar los saludos de rigor y de comprobar algunas formalidades acerca del contrato, los tres se dirigieron a la biblioteca, el lugar al que Anna iba a entregar los próximos meses de su vida.

La biblioteca de Holland House superó con creces todas sus expectativas. No se trataba exactamente de una habitación, sino de varias salas contiguas forradas de estanterías que llegaban hasta el techo, muy elevado. Esa era la razón por la que también había escaleras para alcanzar los estantes superiores. Los anaqueles estaban vacíos, pero montones de cajas se apilaban junto a ellos, sobre el suelo, con cierto orden, un ejército disonante capaz de romper la armonía. Era un lugar que pertenecía a otro tiempo, vestigios de un mundo que estaba próximo a desaparecer a causa del imperialismo digital. El parecido con la biblioteca del sueño de Anna era realmente asombroso, tanto que tuvo que pellizcarse las palmas para asegurarse de que todo aquello era real. En uno de los laterales de la primera sala, junto a una pequeña chimenea, se abría una zona de lectura con varios sofás y una mesita rectangular. Anna se fijó en un pequeño lienzo que había encastrado sobre la madera, bajo una pequeña lamparilla. Representaba a una niña de cabellos claros que dormía bajo un sauce, sobre una pradera de la que brotaban pequeñas flores rojas. La criatura vestía un delantalito blanco y su sueño parecía tan profundo que por un instante pensó que podía estar muerta. Se percató de que el cuadro no tenía firma. Mister Walsworth, que había seguido el curso de su mirada, parecía bastante satisfecho.

—¿Le gusta? Es obra de un pintor de su tierra, Antonio López. Algún día tendré que pedir que la certifiquen, pero es divertido saber que en un futuro no tan lejano los expertos discutirán sobre su valor y dudarán sobre si es o no un Antonio López o si se trata de una mera imitación. Habrá quien concluya que no vale nada, por lo que no será considerado un cuadro digno de pasar a la historia.

Anna pensó que aquella era una forma muy peculiar de pensar, reveladora de un carácter sumamente retorcido, pero se guardó para sí su opinión.

—Su trabajo, doctora Stahl —aclaró Walsworth—, será digitalizar el catálogo y asegurarse de que cada libro ocupa su lugar. Los ejemplares que deberá clasificar, unos treinta mil, ya tienen su propia signatura. Como observará, los anaqueles disponen también de las indicaciones correspondientes. El orden de clasificación es muy simple, como el de cualquier biblioteca general: poesía, novela, teatro y ensayo. Hay algunos libros que ocuparán las vitrinas de la segunda sala. De estos ejemplares me encargaré personalmente, aunque también deberá registrarlos; le daré instrucciones precisas en cada ocasión. Dispondrá también de un plano de la biblioteca, Stuart se lo proporcionará. Por razones de seguridad deberá trabajar con guantes, puesto que algunos ejemplares son realmente antiguos. No dispone de un horario definido, será usted la que deberá decidir su ritmo de trabajo. Mi objetivo es que la biblioteca esté lista antes de la primavera.

Anna hizo un sencillo cálculo mental. Su contrato la vinculaba por seis meses, por lo que en cada jornada de trabajo debería registrar alrededor de ciento sesenta y seis libros. En caso de invertir ocho horas diarias a pleno rendimiento en la biblioteca, suprimiendo el descanso de los fines de semana, podría ocuparse de veinte libros cada hora, lo que le dejaba casi tres minutos para rellenar cada ficha. Con un poco de concentración podría hacerlo en mucho menos tiempo y acabar antes de la primavera. Lógicamente, no podría ocuparse de colocar los libros en las estanterías, solo en las bandejas adyacentes. Mister Walsworth pareció leerle el pensamiento.

—No forma parte de su actividad colocar los libros en los anaqueles por lo que, después de haber completado cada ficha, deberá apilarlos en la estantería portátil que hay junto a su mesa. Un operario se hará cargo de ellos. El funcionamiento del sistema informático no tiene ningún secreto, aunque estará en conexión telefónica con un ayudante que le dará las indicaciones oportunas.

Walsworth consultó su reloj.

—Supongo que estará deseosa de instalarse, doctora Stahl. Stuart la informará de todo lo relativo al funcionamiento de Holland House. Si necesita algo, no dude en pedírselo a él, como también comunicarle si tiene alguna restricción dietética para que dé las oportunas órdenes a cocina. A pesar de las prohibiciones de los médicos, esos matasanos, no prescindo del pan blanco ni del vino ni de la carne, ni por supuesto del té negro.

No podía decirse que la cocina inglesa figurase entre las preferencias de Anna, pero no era ese el mayor de sus problemas. El mayor era la incertidumbre. Había algo que Julius Walsworth estaba pasando por alto de forma deliberada. A Anna no se le ocurría más medio de resolver la incógnita que siendo directa, pero le resultaba algo violento.

—Mister Walsworth —se atrevió a decir—, le agradezco mucho que haya considerado mi perfil apropiado para organizar su biblioteca. Espero estar a la altura de sus expectativas.

—Lo estará, no tengo ninguna reserva sobre su competencia. —La mirada de Walsworth era cordial. La tomó del codo y avanzaron hacia la salida—. No sé si tiene alguna pregunta, algo que desee aclarar.

Por un segundo Anna dudó, pero prefería no dejar nada en el tintero.

—Ruego que no me juzgue impertinente. Me he preguntado varias veces a lo largo de los días por qué me ha elegido para realizar este trabajo, sobre todo porque los libros en su mayoría ya están catalogados. Mi predecesor en el cargo conocía bien su oficio, de forma que solo hace falta digitalizarlos. ¿Qué le decidió a prescindir de él y reclutarme para su causa?

—No se le escapa nada, por lo que veo. —Walsworth parecía algo preocupado—. Sé que es usted una especialista renombrada en los poetas ingleses de trinchera y que tiene usted varias publicaciones académicas relevantes sobre este tema. También sé que hace poco abrió una línea de investigación sobre fantasía épica. Son conocimientos que me van a resultar muy necesarios por dos razones. —Hizo una pequeña pausa. Al cabo de un instante prosiguió con su discurso. Su voz se tornó dulce, casi aniñada—. Debe de saber, doctora Stahl, que no soy un erudito, sino un coleccionista. Mis estudios son muy básicos, tanto que puedo presumir de no haber abierto jamás un solo libro, aunque poseo una gran biblioteca y podría comprar otras diez similares. Julius Walsworth no es exactamente un experto en literatura, sino alguien con olfato para los negocios. Pero ahora que ha llegado el momento de retirarme y ceder la batuta a mis herederos, he decidido hacer aquello que siempre deseé, leer. No forma parte de su contrato, pero le quedaría muy agradecido si quisiera ser mi cicerone en este inmenso océano de letras. Sería para mí un privilegio que compartiera conmigo sus conocimientos.

—Por supuesto. —Anna intentaba ser cortés, aunque todo aquello resultaba extraño—. Pero no me ha hablado de la segunda de sus razones.

—No se impaciente, doctora Stahl. Espero muy pronto la visita de alguien a quien le gustará conocer. Se trata del doctor Archibald Tomlinson. Hablaremos entonces.

Aquel nombre no era desconocido para Anna.

—¿Tomlinson? ¿El experto en poesía romántica? He leído alguno de sus trabajos. Pero dejó la docencia, ¿no es cierto?

—En realidad la docencia lo dejó a él —aclaró Desmond, que hasta el momento se había comportado como un simple convidado de piedra—. Se ha jubilado, aunque no está desvinculado del todo de la academia.

Walsworth se volvió hacia él como si acabara de reparar en su presencia.

—¿Almorzará con nosotros, mister Gilbert? Hágalo, se lo ruego. En compensación les enseñaré a ustedes mi propiedad. ¿Han oído hablar del laberinto? Si es así, sabrán que no es demasiado grande, pero sí algo peligroso. Para guiarse deberán dominar su miedo y hacer uso de su instinto, como en la vida.

Aquellas enigmáticas palabras quedaron suspendidas en el aire de la biblioteca, como un perfume demasiado cargado. Walsworth esbozó una torva sonrisa para deshacer la tensión mientras conducía a sus invitados hacia el oscuro vestíbulo. Anna pensó en el cuadro de la biblioteca, en la inocencia de la niña dormida bajo el sauce, su cabello desparramado sobre la hierba. Por algún extraño motivo la imagen le resultaba perturbadora, por lo que hizo un esfuerzo deliberado por olvidarla. Estaba de nuevo en Oxfordshire, en pleno verano, rodeada de belleza y misterio, con Desmond. En ese momento él se volvió. Su mirada, radiante, parecía leer los pensamientos de Anna. La efervescencia que había provocado en ella durante el tiempo en St. Hugh despuntó como un brote tierno en medio del dolor.

3

Namárië

¿Quién me llenará de nuevo la copa?
Pues ahora la Inflamadora, Varda, la Reina de las Estrellas,
desde el Monte Siempre Blanco ha alzado las manos como nubes,
y todos los caminos se han ahogado en sombras;
y la oscuridad que ha venido de un país gris se [illegible]
sobre [illegible] que nos separan.

Aiya [illegible]
[illegible] versión musical de «Namárië»
[illegible]

Durante aquellos primeros días en Holland House las tragedias de Anna Stahl parecieron [illegible] oscurecerse. Era una auténtica [illegible] de Julius Walsworth [illegible] tiempo para pensar, sumergida como estaba en [illegible] los datos básicos de cada [illegible] apenas dominar el programa informático, [illegible] el de cualquier [illegible] siempre la habían ayudado en los [illegible] decidió darse unos horarios re-

3

Namárië

¿Quién me llenará de nuevo la copa?
Pues ahora la Hechicera, Varda, la Reina de las Estrellas,
desde el Monte Siempre Blanco ha alzado las manos como nubes,
y todos los caminos se han ahogado en sombras
y la oscuridad que ha venido de un país gris se extiende
sobre las olas espumosas que nos separan.

AIJIN HIDELIAS,
versión musical de «Namárië»

Durante aquellos primeros días en Holland House las tragedias de Anna Stahl parecieron empequeñecerse. Era una auténtica fortuna que la nueva bibliotecaria de Julius Walsworth apenas tuviera tiempo para pensar, sumergida como estaba en el trabajo rutinario de introducir los datos básicos de cada libro en el catálogo digital. No le costó apenas dominar el programa informático, tan elemental como el de cualquier biblioteca de primaria. Como las rutinas siempre la habían ayudado en los momentos de cambio, decidió fijarse unos horarios rígidos desde el principio. Entraba en la biblioteca sobre las siete y media y permanecía allí hasta primera hora de la tarde. Mister Walsworth era bastante madrugador, por lo que solía desayunar con él en uno de los salones de la casa expresamente habilitado para ello. Se trataba de una pequeña estancia situada justo encima de las cocinas, en el ala sur, la opuesta al lugar donde quedaba la biblioteca. De aquella sala llamaba la atención la enorme mesa de madera rústica, muy pulida, y el aparador labrado, cuyos visillos de encaje blanco tras los cristales biselados dejaban ver la vajilla de porcelana, muy antigua e indecentemente valiosa. Junto a la mesa había una zona destinada al bufet, con varias bandejas calientaplatos y un dispensador de bebidas, té, café y chocolate. Anna se habituó pronto a la jalea de frutas; también a los deliciosos bollos y pastelillos. A lo que no se acostumbraba era a la escasez de luz natural, oculta tras los pesados cortinajes que cubrían los enormes ventanales, y al silencio extremo de la casa, interrumpido tan solo por el breve rumor de la cortadora de césped y el sonido de pasos rápidos que llegaba desde los pasillos, lo que acreditaba que no vivía entre fantasmas. El personal de servicio era invisible, tanto que por momentos parecía inexistente, pero era obvio que una casa como Holland House no podía sostenerse sin un pequeño ejército de empleados.

En la biblioteca, la principal dificultad en su labor fue la de alcanzar el registro mínimo del número de ejemplares que se había fijado como objetivo diario. Se dispersaba demasiado. Por sus manos pasaban verdaderos tesoros, entre ellos un volumen del *Lazarillo de Tormes* del siglo XVIII. Creyó que la obra sería una de aquellas joyas destinadas a ocupar alguna de las vitrinas de la biblioteca, pero pronto descubrió que había otras considerablemente más valiosas. Aquella en particular quedaría colocada en un simple anaquel.

A veces Anna levantaba la vista hacia el cuadro sin firma, su única compañía si se exceptuaba el eco de su predecesor.

Sabía por Stuart que su nombre era Marvin Harris y que había aparecido muerto en el laberinto. El tal Marvin debía de haber sido una persona metódica, precisa, tranquila, y en cierto modo lamentaba lo sucedido, aunque le hubiera dado esa oportunidad de salir adelante. Era triste, pero así era la vida, no exenta de contradicciones.

Desmond telefoneó el viernes por la noche para saber si Anna aún pertenecía al mundo de los vivos. La nueva bibliotecaria no pudo evitar una pizca de remordimiento pues, como era natural después de su patrocinio, había estado esperando con impaciencia noticias suyas. Anna le habló con atropello de las novedades de los últimos días; de su maravillosa habitación abuhardillada desde la que podía ver la luna; de los paseos por los alrededores de la casa; de los lirios de Holland House, que competían con las rosas silvestres, los tulipanes y las hortensias azules; de los nidos de pájaros que había descubierto en las torrecillas de la casa; de las gotas de lluvia que resbalaban sobre los cristales; del suelo tapizado de hojas del bosque cercano; de todo aquello, en suma, que despertaba sus sentidos. Desmond escuchaba a Anna con atención. Estimó que todo aquello merecía una conversación más profunda, por lo que sugirió que pasaran juntos el sábado en el festival de rock de Cropredy, uno de los acontecimientos del verano en Oxfordshire. A Anna le preocupó que aquella hospitalaria invitación pudiera ser considerada una cita, aunque de inmediato desechó la idea por pretenciosa y ridícula. Seguramente Desmond tenía vida privada. Pensó mejor en lo deseoso que estaba de saber del oscuro mister Walsworth. Ella era, desde luego, el vehículo más apropiado para arrojar alguna luz sobre el anticuario.

Aunque era sábado, aquella mañana también se levantó temprano, por lo que coincidió con su madrugador anfitrión en la sala del desayuno. Stuart permanecía de pie, a sus espaldas, tan firme e inexpresivo como una estatua de ébano. No era para Anna una situación cómoda. A pesar de sus problemas con el protocolo inglés y de la falta de intimidad, aprovechó el encuentro para informar a Walsworth sobre sus planes para ese día. Su interlocutor asintió con aire distraído —a esas alturas Anna ya sabía que el anticuario sentía verdadera pasión por la comida—, atento a la rebanada de pan untada en abundante mantequilla que descansaba sobre su plato, a los huevos revueltos y al café que le iba sirviendo de cuando en cuando el silencioso Stuart. Siguió masticando en silencio, pero antes de abandonar la estancia la interpeló con esa voz profunda que lo caracterizaba.

—Doctora Stahl. —Anna entornó los ojos con un leve gesto de hastío. Empezaba a aceptar que no la llamaría jamás por su nombre de pila. Aquello la disgustaba—. Quiero pedirle un pequeño favor relacionado con mister Gilbert. Espero para el jueves por la tarde la llegada de Archibald Tomlinson, el profesor de la Universidad de Bangor del que le hablé el primer día. El experto en poesía, ya sabe.

Anna se reservó la sorpresa. Según manifestó Walsworth en su primer encuentro, la visita de mister Tomlinson aclararía la segunda de las razones que justificaban su estancia en Holland House. Estaba impaciente por preguntar, aunque ya conocía lo bastante a su anfitrión para saber que no debía hacerlo de forma directa, sino esperar el momento adecuado. En otro caso jugaría con ella, como era su costumbre.

—Tengo varias joyas en mi biblioteca que querría enseñarle a Tomlinson. Es un auténtico erudito, las apreciará. Puede que su amigo también quiera echarles un vistazo.

Anna se comprometió a hablar con Desmond de la llegada del profesor Tomlinson. Le habría gustado indagar un poco más sobre aquel asunto, pero la presencia del impávido Stuart contuvo su curiosidad. Solo necesitaba esperar seis días para que aquel misterio que apuntaba como un sol naciente se desvelase por fin. «¿Qué son seis días en una vida?», se preguntó. No quiso pensar que pueden ser una eternidad, que una vida entera cambia en cuestión de horas, o incluso de un solo minuto.

Cropredy era exactamente como Anna había imaginado. Escenarios propios de la Tierra Media creada por Tolkien: árboles, colinas, casas de adobe rojo, rincones de ensueño, nada que no pudiera ser estropeado por multitudes, banderas, cometas, humo, ruido y más colesterol del que una naturaleza tan delicada como la de Anna podía soportar.

Se incorporó a la muchedumbre sin apenas intercambiar palabra con Desmond. No eran demasiado habladores, desde luego. Anna carecía de indicios, pero presumía en él alguna desilusión. En realidad, sabían muy poco el uno del otro y seguramente ese era el secreto por el que aquella amistad académica había logrado reanudarse casi en el mismo punto en que la dejaron tres años atrás. Anna desestimó por eso cualquier elucubración. Aquella mañana de sábado necesitaba sentirse en paz, reconciliada con el mundo, aunque bajo esa capa de serenidad autoimpuesta, la parte de ella que no había muerto del todo, esa en la que sobrevivía algo de la antigua Anna, sentía cierta irritación contra Desmond por abocarla a participar de una vida que no había previsto. Bajo la superficie le dolía su fracaso, que no era sino la suma de muchos fracasos previos, de errores sustentados sobre un exceso de fe, pero ahora, a causa de Desmond, no podía evitar una punzada de esperanza que pugnaba por sobresalir como un delgado rayo de sol entre las nubes, y ese atisbo de esperanza en medio del caos la desconcertaba. Se entretenía en estas reflexiones cuando la sorprendió una humedad resbalosa, un líquido fresco que corría sobre sus brazos y su pelo. Cerveza. Anna se giró como un resorte dispuesta a entrar en batalla con el agresor, pero, al volverse, su mirada se cruzó con la de una niña blanca, rubia y gordezuela, colgada de un hombre alto de cabellos color zanahoria que murmuraba una disculpa. Anna la aceptó sin más.

Aquella tarde pudieron escuchar a Steve Hogarth, el vocalista de Marillion y su «Script for a Jester's Tear», una composición lúcida pero amarga. Así se sentía ella, en el patio de recreo de los corazones rotos. Y sin embargo... Su mirada se cruzó con la de Desmond.

—¿Sabías que el nombre original de la banda de Hogarth era Silmarillion? Un pequeño homenaje a Tolkien.

—Sí, claro que lo sabía.

Desmond esbozó una sonrisa cínica.

—Parece que ninguna obra literaria de cierta repercusión se libra de ser explotada hasta la náusea. Las de Tolkien no son una excepción. Todo lo que se mueve en torno a *El señor de los anillos* suscita la atención de los más frikis. Pero la banda de Hogarth es un homenaje sentido y sincero, previo a las películas de Peter Jackson y a la tolkienmanía, por lo que merece todos mis respetos. Disculpa si te ofendo. En cierto modo tú también lo eres, ¿no? Una friki tolkeniana.

Anna frunció el ceño.

—Sí y no. Mis últimos trabajos versaban sobre Tolkien, es decir, sobre sus personajes literarios femeninos. —Ahora que el tiempo había pasado, no podía sino arrepentirse de su romántica defensa del profesor—. No es exactamente lo mismo que ser una friki.

Un minuto después los dos olvidaron a Tolkien. La tarde era hermosa e invitaba a la expansión. Provista de su cámara, Anna tomaba fotografías de cada rincón. Las horas transcurrieron raudas entre sorbos de cerveza, emparedados y risas. La noche los cogió de improviso. Eran pasadas las diez cuando Desmond devolvió a la inquieta señorita Stahl a Holland

House. Se despidieron hasta el jueves siguiente, pues Desmond deseaba estar presente en el encuentro con el profesor Tomlinson. No podía ocultar su ilusión ante la posibilidad de penetrar en la cámara secreta de mister Walsworth y sostener entre sus manos alguno de los raros ejemplares que guardaba allá dentro, lejos de miradas codiciosas.

Ya a solas, Anna descargó su Nikon y subió las fotografías de esa tarde a su cuenta de Instagram. Oxfordshire estaba repleto de belleza: las hojas verdes y doradas del bosque, el sol que lanzaba destellos de colores sobre las gotas de lluvia, el cielo repleto de nubes algodonosas, el canal de Cropredy, una casa con el techo cubierto de paja... En algunas de las imágenes que había tomado en el festival estaba Desmond, absorto en la música. Era muy atractivo, tal y como había advertido Isabel. Apagó el portátil. Se tendió a oscuras en la cama, una mano apoyada en la frente. Estiró el otro brazo, pero estaba sola. Echaba de menos a Mario. Se preguntó si pensaría en ella alguna vez. Supuso que no. Anna tampoco había pensado en él. El aluvión de novedades de los últimos días había ido taponando la herida hasta ahogar el dolor de la pérdida, pero aún reconocía un resto de nostalgia, como también la necesidad de sentirse poseída. Era joven, no podía sepultar para siempre el deseo. Pensó en el último encuentro con Mario. Nunca habría imaginado que sería un dulce punto final de la vida que habían compartido. Se dijo que quizá podría revivir esa noche de otro modo, volver a sentir el placer. Por primera vez en varias semanas dejó que sus manos recorrieran su cintura, sus pechos, la cara interior de los muslos. Quiso pensar en Mario, pero su imagen se confundía con la de Desmond, un Desmond rudo, algo violento. Era Desmond quien la tomaba de las muñecas y la empujaba contra la pared. Desmond quien la dominaba con su cuerpo, quien pasaba las manos por debajo de la camisa, quien subía impetuosamente su falda y la ponía bocabajo sobre la cama. Se avergonzó de sí misma por pensar en él de ese modo tan salvaje. Quiso dejarlo, pero era tarde. Sus dedos tenían vida propia. Anna se agitó entre las sábanas, que no tardaron en impregnarse de la humedad viscosa que sucede al deseo.

Mister Walsworth regresó el martes por la tarde. Había estado en Londres para cerrar un negocio y parecía de excelente humor, incluso rejuvenecido. Anna pensó con malicia que debía de haberse sometido a algún tipo de tratamiento facial, muy probablemente para impresionar a alguna mujer más joven. El anticuario, ajeno a sus elucubraciones, se admiró de los progresos en la biblioteca —su nueva empleada había trabajado sin descanso desde el domingo—. Durante la cena mencionó su admiración por Cervantes, seguramente porque consideraba a Anna española, razón por la que deducía que le fascinaba *El Quijote*.

—Y usted, ¿qué opina?

Anna arrugó graciosamente la nariz.

—¿Sobre *El Quijote*? Es una obra divertida. Esa era al menos la intención de Cervantes, parodiar las novelas de caballería para entretener. Para ello construyó dos figuras, Quijote y Sancho, que invitaban a la hilaridad. Pero hoy día parece difícil reír sin complejos con *El Quijote*, ya que la academia casi le ha conferido un carácter sacrosanto. Por eso no logra entusiasmarme. Los japoneses son los únicos que entienden a Cervantes. Se divierten con sus disparates, y, en mi opinión, es saludable que lo hagan.

Walsworth no había previsto aquella respuesta. Durante un instante pareció tan desconcertado que dejó de comer.

—¿No es usted algo dura con sus colegas? También consigo misma. Al fin y al cabo usted procede del mundo académico.

Anna sonrió de manera taimada.

—No me ha ido muy bien, como se advierte. Después de abandonar la universidad ha cambiado mi perspectiva. Digamos que se ha hecho más amplia. ¿Por qué invertir miles de horas y de papel en explicar el arte, en convencer, en diseccionar con precisión de cirujano, en lugar de disfrutar simplemente? El arte ha de entenderse desde la emoción. Es una forma de demostrarnos que somos seres sensibles y estamos vivos.

Walsworth parecía impresionado, tanto que guardó silencio, como si evaluara la situación. Seguramente no encontró respuesta. Se limitó a contemplar el plato de Anna, aún lleno. Eso pareció incomodarlo. Frunció el ceño con ligero disgusto.

—No ha comido apenas, querida. No quisiera que enfermase.

Anna sonrió con candor.

—Aún no he logrado sincronizar mi apetito a los nuevos horarios —se excusó—. Pero, ya que lo menciona, le diré que no disfruto con la carne tanto como usted, mister Walsworth. Desde que estoy en Oxford me alimento a base de salchichas, ternera y huevos, demasiado para un cuerpo delgado como el mío.

El impertérrito Stuart, que estaba situado frente a ellos, enarcó una ceja. Walsworth miró al mayordomo e hizo un gesto con un dedo.

—Stuart, pase una nota a Gretchen. Que preparen un menú más ligero para la doctora Stahl. Gretchen es nuestra cocinera —aclaró. Anna ya lo sabía, pero asintió con discreción.

Walsworth hizo una nueva seña a Stuart, que le sirvió un poco más de vino. Lo saboreó lentamente mientras miraba a Anna, jubiloso.

—He tenido el placer de leer *El idiota* recientemente, además de *El Quijote*. Gran autor, Dostoievski, un profundo conocedor de la naturaleza humana. ¿No encuentra paralelismos entre Alonso Quijano y el príncipe Myshkin, doctora Stahl?

Anna tomó un sorbo de agua. No le complacían aquellas conversaciones literarias, pero era obvio que a Walsworth lo fascinaban.

—El propio Dostoievski así lo dijo, aunque también se han escrito ríos de tinta sobre este tema, como no podía ser de otro modo. Es cierto que Myshkin y Alonso Quijano destacan por su grandeza. Ambos comparten también el triste destino de quien no puede ser comprendido. No pueden serlo porque su superioridad moral les hace diferentes del resto. La locura es la única forma de sobrellevar esa carga, cuya liberación es la muerte. ¿No es triste?

Walsworth dejó el cubierto sobre la mesa. Su mirada cobró un tono acerado y algo enigmático.

—Posiblemente haya algo de sagrado en la locura. Cristo, al igual que Myshkin o don Quijote, sería para nosotros una representación obvia del arquetipo del loco, precisamente a causa de su bondad. Supongo que la bondad es inaceptable, cuando no peligrosa para los que viven en el vertedero.

Anna asintió. Iba a añadir algo, pero Walsworth se olvidó de ella y cortó de nuevo su bistec. El trozo de carne que tenía en el plato estaba muy poco hecho. Anna sintió una angustia terrible al ver el líquido rojo mezclarse con el puré de patatas. Pensó en la pobre bestia cuyo sacrificio había servido tan solo para el deleite personal de su anfitrión. Dobló su servilleta, de un blanco impoluto, y se levantó de la mesa mientras murmuraba una disculpa.

El reloj del vestíbulo marcó las ocho. Era demasiado pronto para recluirse en su habitación y demasiado tarde para seguir trabajando. Aunque el ambiente era desapacible, decidió salir a pasear por los alrededores de la casa. La curiosidad la condujo hasta el laberinto. Durante unos segundos estuvo dudando. No parecía tan difícil llegar al centro, o al menos no tanto como decía Walsworth, pero finalmente no se atrevió a entrar. El viento levantaba murmullos disuasorios. Volvió a su habitación presa de una extraña inquietud.

Aquella noche Anna tuvo sueños de guerra. Despertó horrorizada al tiempo que las imágenes oníricas se diluían entre la bruma húmeda. Solo recordaba las olas, olas de espuma roja que bañaban sus pies, y el agua. Miraba el agua hipnotizada. Era sangre lo que la teñía de carmesí. Supuso que se trataba tan solo del recuerdo de la cena y le restó importancia, pero desde ese día desarrolló una extraña fobia al sueño que alimentaba aún más sus insomnios habituales. La idea de dormir le resultaba tan perturbadora que hacía lo imposible por permanecer despierta, hasta que el cansancio, cada vez más intenso, lograba abatirla. Llegó al jueves, el día de la visita de Archibald Tomlinson, moralmente agotada.

Holland House recibió al profesor Tomlinson con la misma amabilidad tibia, exquisitamente cortés, con que unas pocas semanas antes la había recibido a ella. En el momento de la llegada del anciano profesor, Anna estaba en la biblioteca. Aún le quedaban por delante casi dos horas de trabajo, por lo que no pudo evitar una punzada de disgusto cuando Walsworth y Tomlinson entraron en la sala donde ella clasificaba los libros. Cerró el programa con resignación. Por aquella tarde sus tareas habían terminado.

Tomlinson le pareció un hombre de aspecto anticuado, nada que ver con mister Walsworth. En el profesor no había mucho que fuera destacable a excepción de sus ojos, unos ojos miopes de un azul desvaído que la miraban tras las gafas, redondas y de pasta, con el interés de un entomólogo que examina un ejemplar de mariposa nuevo, desconocido. Anna habría podido llegar a ahogarse bajo aquel escrutinio atento, inexpresivo y silencioso si Tomlinson no la hubiera desestimado de inmediato tras su examen. La joven supuso que su juicio no había sido favorable. Seguramente había decidido que ella no era más que una mariposa vulgar, porque tras aquel breve encuentro el profesor volvió a prestar toda su atención a Walsworth y la ignoró de plano. El elegante anfitrión parecía disfrutar tanto con el interés de Tomlinson que hizo lo mismo que él, ignorarla. Era un gran conversador y Holland House un lugar fascinante.

Justo en ese momento Desmond apareció en la biblioteca acompañado de Stuart. Anna experimentó de inmediato una intensa sensación de alivio que sosegó su espíritu agitado. El doctor Tomlinson se adelantó para recibir a su colega no sin cierta efusividad. Era obvio que se sentía casi tan incómodo como ella. Walsworth, en cambio, parecía muy cómodo. Su rostro exhibía una inocencia impostada. Apenas podía ocultar lo mucho que se estaba divirtiendo. Tenía, sin duda, un extraño sentido del humor, muy sofisticado. Con un leve gestó convocó a Stuart. Se inclinó hacia él, susurrándole unas palabras. Stuart asintió con un gesto y se marchó. Walsworth lo envolvió con su mirada pálida, algo mortecina.

—Bien, amigos, ha llegado el momento que todos estábamos esperando. Tengo algo que enseñarles. Mi tesoro.

Walsworth sacó de su bolsillo un pequeño aparato. Era un mando a distancia, que pulsó con gesto teatral. Automáticamente dos de las estanterías frontales de la biblioteca se adelantaron y se desplazaron hacia los laterales. Anna se habría echado a reír de buena gana, pero se contuvo. Se acercó a Desmond para protegerse bajo su sombra de las diabluras del sexalescente mister Walsworth. Él le apretó el brazo con un gesto de complicidad.

Anna esperaba encontrar al otro lado de las puertas un lugar vetusto, lleno de telarañas y cadáveres de ratones, pero la sala a la que accedieron, muy pequeña, se parecía mucho más a la cámara blindada de un banco que a una biblioteca gótica secreta. La estancia estaba forrada hasta el techo con una estantería metálica en la que se acumulaban alrededor de medio centenar de libros desiguales. En el centro había una pequeña mesa de consulta sobre la que se apoyaba un atril, junto al que había una gran lupa y un abrecartas. Walsworth había ocultado en la cámara algunos de los ejemplares más valiosos de su colección, libros que habrían merecido estar en alguna biblioteca pública en lugar de en Holland House, ocultos a la vista de miradas curiosas, reservados a unos pocos privilegiados. Como ella.

—Nuestro ejemplar más antiguo data del siglo XII. —Walworsth se expresaba con orgullo—. Es un bestiario mitológico que se encuentra en excelentes condiciones de conservación. No es vanidad de coleccionista, se trata de una pieza de suma importancia, un manuscrito ilustrado por la mano de un artista con una imaginación portentosa. Lo van a comprobar de inmediato.

Walsworth tomó unos guantes de una cajita que había sobre la mesa. Acto seguido empezó a pasar las páginas del bestiario. Paró cuando tuvo delante la imagen de una serpiente adragonada que se mordía la cola formando un círculo.

Tomlinson y Desmond asintieron con satisfacción.

—¡El símbolo del uroboros! —Los dos hablaron a la vez, muy excitados por el hallazgo. Anna se preguntó por qué se sorprendían tanto. El uroboros no era una figura desconocida para el arte medieval.

—Así es —confirmó Walsworth—, una metáfora del eterno retorno simbolizado por la serpiente que forma un anillo. Es un símbolo ancestral que ya aparece en las paredes del templo de Osiris, en Abidos, y quizá también antes.

—¿Cómo consiguió esta pequeña joya? —inquirió Tomlinson.

—Debo agradecerlo a mi agente de París. Pero ya lo sabe, Tomlinson, no hay nada que el dinero no pueda comprar. —Walsworth se expresaba con una amargura falsa, huera, como si aquello le repugnara. Anna se indignó.

—Sí que hay algo, mister Walsworth. El dinero no puede comprar el respeto ni la paz interior, como tampoco el amor o el conocimiento. Y, aunque intente enjaular la belleza, jamás podrá comprarla.

—¿Qué entiende por belleza, doctora Stahl? —Los ojos de Walsworth chispeaban entre las arrugas, animados por la curiosidad.

—Me refiero a la verdadera belleza, no solo la de la forma, sino la de los actos. Platón habló de ella en *El banquete*. ¿Lo recuerda?

—Doctora Stahl, me temo que no. No soy lo bastante rico como para comprar el conocimiento, aunque sí puedo adquirir el resto de las cosas que ha mencionado, incluso el amor.

—Si quiere pensarlo así, hágalo —dijo ella tras sonreír con indulgencia.

Mister Walsworth se ajustó las gafas.

—Se convencerá, tarde o temprano.

—No lo creo. —La mirada de Anna era de hielo—. Tampoco creo que usted sea de los que se conforman con un sucedáneo.

Desmond y Tomlinson los observaban con estupor. No era una conversación apropiada en aquel contexto. El bestiario yacía sobre el atril en la más absoluta indiferencia, menospreciado por la pasión.

—Veo que no pierde usted su espíritu idealista, en cierto modo quijotesco, aunque reniegue de don Quijote —replicó Walsworth realmente dolido.

Desmond y Anna intercambiaron una mirada fugaz.

—Sabe que no reniego de *El Quijote,* sino de los académicos que escriben sobre él. Eso fue exactamente lo que dije.

—Es cierto, así lo dijo. No se enfade con este pobre anciano ignorante. —Anna se irritó aún más. Se burlaba de ella. Walsworth ya no era joven, pero desde luego tampoco un anciano ni por supuesto ignorante. De hecho era más docto de lo que manifestaba. Por qué fingía era otra de sus excentricidades—. Verá enseguida que he pensado en usted, doctora Stahl, aunque no deje de cocearme como una potrilla inquieta. Pero antes le agradecería que se pusiera los guantes. Encontrará unos en ese pequeño armario que hay a su derecha.

Anna omitió la comparación e hizo lo que Walsworth le indicaba.

—¿No me dirá que, además de un bestiario mágico del siglo XII, tiene usted una traducción de *El Quijote* de Shelton? —preguntó mientras movía los dedos forrados de blanco para mostrar que estaba lista.

—No, doctora Stahl. Me temo que la oportunidad no ha surgido. Aún. —Walsworth enfatizó la palabra—. Pero sí le puedo ofrecer la traducción de Jarvis fechada en 1742. La podrá ver a su izquierda, justo a la altura de su hombro. Tenemos también una rareza, una primera edición de *El Quijote* japonés, la traducción de 1893, y uno de los pocos ejemplares que quedan de la versión ilustrada de Keisuke Serizawa, esta de 1978. Pero estos dos no están en la cámara. Los verá en la biblioteca cuando llegue su momento. ¿Será suficiente para usted?

Anna frunció los labios. Se volvió hacia donde había indicado Walsworth. Repasó los títulos con cierta voracidad. Allí estaba, en efecto, *El Quijote* de Jarvis. Sacó el volumen de su posición de durmiente con reverencia. No era ni mucho menos una experta, pero sí alcanzaba a comprender el valor de aquel libro y de todos los que había en aquella cámara secreta.

La selección de los títulos y su adquisición no podía ser únicamente obra de la casualidad. Si los conocimientos de Walsworth eran tan pobres como él aseguraba, habría contado con un asesor inteligente. Pensó en el misterioso agente de su anfitrión. ¿Cómo lo había llamado? No había logrado retener el nombre.

Walsworth tomó de la estantería metálica un nuevo ejemplar que dejó sobre la mesa central. Se trataba de un cuaderno de piel no demasiado grande. Una de sus tapas estaba algo despegada del lomo.

—Esto es para usted, doctora Stahl. La solución a la segunda parte de su enigma.

Anna tomó el libro entre las manos enguantadas. Lo examinó con atención. Tras un vistazo rápido pudo comprobar que se trataba de un manuscrito, un diario que se iniciaba en febrero de 1916. Su propietaria era, tal y como indicaba en la primera página, una mujer llamada Gala Eliard, del Destacamento de Voluntarias de Ayuda (VAD) de la Cruz Roja inglesa, la Red Cross. Le llamó la atención el apellido Eliard, de indudable origen francés, lo que le hizo preguntarse por qué servía con los ingleses. Las anotaciones de las primeras páginas, escritas con letra elegante y pulcra, correspondían a Calais. Anna cerró el manuscrito con un golpe seco.

—El diario de una enfermera que sirvió en el frente occidental durante la Gran Guerra —confirmó—. Un documento interesante. Es prematuro hacer juicios, pero a primera vista no parece que tenga el mismo valor que sus compañeros de celda, incluso aunque estuviera a la altura de diarios como el de Olive Dent o Vera Brittain. ¿Qué lo hace tan especial?

Walsworth sonrió ampliamente.

—Sería interesante que leyera con detenimiento las anotaciones que corresponden al mes de noviembre.

Anna miró de forma alternativa a Tomlinson y a Desmond. Parecían tan expectantes y perplejos como ella. Ninguno se sentía cómodo en aquella cámara endemoniada en manos de un anfitrión tan excéntrico, por lo que Anna se apresuró a hacer aquello que sugería Walsworth. Volteó las hojas del diario hasta que encontró el mes de noviembre. Una lectura rápida le reveló que la enfermera Eliard había estado agregada desde la primavera de 1916 al hospital número 1 de la Red Cross, situado en el casino de Le Touquet. Su estancia allí se había prolongado hasta el momento en que se interrumpía el cuaderno, a principios de 1917. Los dedos le temblaron. Repasó también las anotaciones de las semanas previas y posteriores. Vislumbraba como en una nebulosa el sentido de su estancia en Holland House. El segundo de los motivos. Miró a Walsworth. Como siempre, parecía muy satisfecho de la situación.

—¿Y bien?

Anna se giró hacia Desmond y Tomlinson. Sus rodillas temblaban, pero ellos no podían notarlo.

—Es el mismo hospital donde estuvo convaleciente el teniente John Ronald Reuel Tolkien durante unos ocho días. Luego volvió a Inglaterra, a Birmingham. Supongo que el diario puede revelar datos relativos a su tratamiento o estancia allí. Puede ser interesante para completar una biografía sobre el profesor. Pero... con todos los respetos, mister Walsworth, sigo sin ver por qué equipara el valor de este documento al de un bestiario medieval del siglo XII o algún otro de los tesoros que guarda aquí y nos ha mostrado con tanto orgullo.

—Ya le he dicho alguna vez que soy un sentimental, Anna. —Era la primera vez que la llamaba por su nombre de pila—. Pero no es la única razón. La ayudará saber algo más. Busque en la solapa posterior del cuaderno.

Anna cogió el libro. Lo observó con detenimiento sin ver nada. Tras unos segundos de búsqueda se detuvo. Bajo la tapa despegada, en la parte en que el papel se unía a la cubierta posterior, encontró una estrecha grieta. Tanteó con los dedos, pero no podía ensanchar la hendidura sin provocar algún estropicio. Decidió tomar el abrecartas que había junto al atril para causar el mínimo daño posible al manuscrito, ya de por sí algo deteriorado, y fue levantando la hoja con sumo cuidado. En el cuaderno había un pequeño bolsillo. Tenía una hondura de tan solo unos dos centímetros y medio o tres, razón por la que le había pasado por completo desapercibido. Hubiera sido así para cualquier observador distraído.

Miró a Desmond. Sus ojos tenían la codicia de un gato a punto de atrapar un ratón. Anna se preguntó por qué el autor del guion de su vida la había arrojado de una zona segura, siempre previsible, a una situación tan irreal. Ignoraba la respuesta. Intentó apelar a la razón. Esconder documentos en lugares secretos era casi tan antiguo como la humanidad. Recordó el caso del papiro de Hunefer, hallado en un compartimento de la estatuilla contenedora, una imagen del dios Osiris-Sokar. No creía que la autora de aquel diario, mademoiselle Gala Eliard, tuviese interés en esconder un papiro, pero sí algo que tenía mucho valor para ella y, por lo que era evidente, también para Walsworth.

El silencio en la cámara era absoluto, de sepulcro, tan intenso que solo podía oír su respiración dificultosa, entrecortada, y los latidos de su corazón. Walsworth, Desmond y Tomlinson parecían ser parte de un fotograma en el que la imagen se movía a cámara lenta. Solo ella era capaz de avanzar con rapidez.

Levantó la solapa y rasgó del todo la guarda de la contracubierta. La expectación contenida se transformó en un sudor frío que recorría de arriba abajo su espalda. Abrió despacio los contornos del grueso papel. Dentro de la cavidad que había bajo la solapa encontró varios materiales que fue depositando sobre la mesa con reverencia sacramental. Los primeros eran dos fotografías rotuladas con la leyenda «Personal de enfermería, casino de Le Touquet». Anna supuso que la propietaria del cuaderno formaría parte de la imagen, junto a lady Constance Lewis, la duquesa de Westminster. Si la memoria no la engañaba, era ella quien había patrocinado el hospital situado en Le Touquet-Paris-Plage. Decidió que las examinaría más tarde.

El segundo documento era un fragmento de papel. Anna lo desdobló y lo leyó atentamente. Miró a Walsworth intentando ocultar su perplejidad. Se trataba de un poema escrito a mano firmado con una especie de anagrama. Anna sabía que se asemejaba a los que usaba Tolkien, una «J» y una «R» entrelazadas. El poema, titulado «Namárië», estaba escrito en inglés y aparecía precedido por una sencilla dedicatoria: «A la dama blanca, 7 de noviembre de 1916». Anna intentó dominar la emoción sin conseguirlo del todo. Si la memoria no le fallaba, el poema había sido escrito para *El señor de los anillos* —conocido por los estudiosos españoles por la abreviatura ESDLA—, en algún momento de la década de los cuarenta. Pero esa versión era muy anterior, de 1917. No podía calibrar la importancia de aquel hallazgo más allá de las discusiones sobre si aquella versión del poema, el más modificado por Tolkien, era auténtica o no, como sucedía con el cuadro sin firma de la biblioteca. Recordó un estudio del célebre experto en lenguas élficas, David Salo, sobre las sucesivas modificaciones de «Namárië» del *quenya*, el idioma de los elfos Noldor. A partir de ahí se abrían posibilidades de investigación infinitas sobre la lengua, el poema, la firma, el personaje de Galadriel, la cronología de la obra de Tolkien y otros puntos que ahora se le escapaban. Aquel poema era un caramelo para cualquier académico experto en la materia. Un académico como... Anna inspiró hondo. El enigma se iba resolviendo por momentos. Entregó el poema a Desmond y este a Tomlinson. Ambos lo leyeron con suma atención.

Anna tomó el último documento que había depositado en la mesa, un pliego de papel doblado. Sus ojos recorrieron las letras con verdadera expectación. Se trataba de una breve carta de agradecimiento firmada por el teniente de señales John Ronald Reuel Tolkien. Su fecha: 8 de noviembre de 1916.

Anna la leyó en voz alta. Sentía la necesidad de compartir su contenido.

> Mi querida Gala:
>
> Estoy a punto de embarcar hacia Inglaterra. Aunque débil, le escribo apresuradamente para decirle que, a pesar de la enfermedad (diría que más bien a causa de ella), los días de Le Touquet han sido los más felices y extraordinarios de toda mi vida. Así permanecerán por siempre en mi memoria. He puesto su estrella de la plata, me refiero a la cruz de guerra que me entregó, a buen recaudo en el bolsillo de mi bata, justo a la altura del corazón, el lugar donde guardo todas las imágenes que me quedan de usted.
>
> Buscaré el modo de darle noticias mías. Mientras tanto rece por mí, aunque no crea en Dios. Él sí cree en usted. Como yo.
>
> JOHN RONALD REUEL TOLKIEN

Anna depositó la carta sobre la mesa. Su rostro había adquirido una expresión pétrea, pero el rubor que coloreaba sus mejillas y el brillo húmedo de sus ojos expresaban su intensa emoción. A pesar de todo no quiso precipitarse. No confiaba en Walsworth.

—Es un hallazgo importante siempre y cuando se advere su autenticidad. Un proceso realmente complejo que puede tardar años. Mientras tanto solo podemos atribuirle a este documento un carácter anecdótico.

Walsworth, que la había estado observando sin pestañear, sin perderse ni un solo detalle de sus reacciones, se quitó las gafas, como si le pesaran en exceso.

—Es lo mismo que pensó Marvin, su predecesor. Aun así estimó oportuno que yo guardara estos documentos en la cripta. Es una lástima que Marvin nos dejara así, tan de repente. De todos modos no comprendo del todo la relevancia de estos papeles. Ni soy académico ni he leído a Tolkien. He de confesar que jamás me ha interesado la fantasía, todas esas historias de medio hombres, orcos y elfos, de criaturas parlantes..., qué sé yo.

Anna sonrió. No eran tantos los que habían leído al profesor. Eran muchos más los que habían visto las películas de Jackson. Parecía que Walsworth las conocía después de todo, lo que no dejaba de ser curioso.

—Tolkien ha sido para la historia de la literatura mucho más que un escritor fantástico —aclaró Tomlinson—. Fue un mitólogo, hasta podría decirse que el creador de una nueva poética literaria. Es un clásico casi imprescindible, aún más aquí, en Oxford, donde el profesor pasó la mayor parte de su vida. Cuando lea su obra verá también el interés de la reina Galadriel, aunque su aparición en *El señor de los anillos* es muy limitada. La menciono porque el poema «Namárië», en realidad una canción, se conoce también como «El lamento de Galadriel» o «La canción de los elfos más allá del mar». Por las referencias veladas que contiene la dedicatoria que encabeza el poema parece que esa mujer pudo resultar inspiradora. Resulta obvio por qué.

Tomlinson tomó la lupa que había sobre la mesa y le arrebató la carta a Anna para examinarla. Ella se mordió los labios. Le parecía que la mano del profesor profanaba aquel documento, que lo trataba sin la consideración debida. Durante unos minutos que a todos les parecieron interminables, Tomlinson estudió el manuscrito por los cuatro costados, hasta que lo apartó como si quemara. Sacó un arrugado pañuelo del bolsillo superior de su anticuada chaqueta y se secó el sudor que perlaba su frente. Miró sucesivamente a Walsworth, a Anna y a Desmond.

—Podría ser auténtico, me refiero al poema, pero serán necesarias muchas comprobaciones. No es tan sencillo como pedir una prueba grafológica. Habría que abordar una investigación más profunda con un experto y analizar los poemas de la época en que se escribió la canción, para saber si el estilo es coincidente.

—¿Qué clase de experto? —preguntó Walsworth.

—Un experto en Tolkien, naturalmente.

Los tres hombres se volvieron hacia Anna con curiosidad y respeto. Walsworth decidió que había llegado la hora de ser completamente explícito.

—Sí, Tomlinson. Tiene razón. Es obvio que necesitamos un experto que aclare todo este embrollo. Quizá más de uno. Para eso les hecho venir a Holland House, para invitarlos a tirar del hilo y ver qué es lo que pueden sacar. Si mi olfato no me engaña, tal vez haya detrás una bonita historia.

Tomlinson carraspeó.

—Mi querido amigo. No sé qué decir. Estoy muy agradecido de que me haya tomado en cuenta, pero creo que soy demasiado mayor para ocuparme de un asunto que, ya a primera vista, se perfila complejo, a lo que se suma que Tolkien no es exactamente mi especialidad.

Walsworth se volvió hacia Desmond Gilbert. Durante un momento se sostuvieron la mirada. Anna tuvo la impresión de que ninguno de ellos simpatizaba con el otro. Eran como dos guerreros enfrentados en una justa.

—Me temo que tampoco es la mía, mister Walsworth. —El tono de Desmond, cortés pero tajante, no dejaba ninguna duda sobre su posición—. La doctora Stahl, en cambio, es una acreditada experta en la obra del profesor, como bien sabe. Incluso si el poema no resultara auténtico, la mera historia parece digna de una novela, algo que no debería descuidarse.

Anna se mordió los labios, indecisa. Lo de ser una experta era verdad hasta hacía pocas semanas, pero ahora su futuro estaba en el aire. La situación, además, le provocaba sentimientos encontrados. Una parte de ella abominaba de Tolkien, a quien consideraba, a pesar de su escasa culpa, la causa indirecta de su desgracia profesional, pero, desde el mismo instante en que tuvo en sus manos el poema «Namárië» y aquella carta tan explícita, quiso saber. No podía engañarse. En el fondo deseaba hacerse cargo de la investigación, pero con todos los ojos apuntando hacia ella no sabía qué decir. Intuía cuál era la pretensión de Walsworth: demostrar aquella tesis que había planteado a propósito del supuesto Antonio López, algo que había hecho sin duda con toda la intención. Pero, tras escuchar a Desmond, no resultaba tan obvio que ese fuera su propósito.

—Supongamos que estos documentos son auténticos —observó—. Si lo fueran, ¿qué querría que hiciese con todo esto, mister Walsworth?

—Muy sencillo, doctora Stahl. Quiero que me traiga el grial.

Anna se echó a reír abiertamente. Tomó con sus manos enguantadas el poema y lo agitó casi delante de la cara de Walsworth.

—¿Y qué tiene que ver el grial con todo esto?

—Quizá se lo pueda explicar el profesor Gilbert. ¿Qué opina usted, profesor? ¿Cree que se trata de un encargo descabellado?

—Habla usted en sentido figurado, supongo. —Desmond parecía un poco dubitativo.

—No exactamente en sentido figurado.

—Comprendo.

Desmond Gilbert permaneció en silencio solo un instante mientras estudiaba la situación.

—No es del todo descabellado, me da la impresión. Al menos si no le he entendido mal, mister Walsworth. El grial no es exactamente lo que la mayoría cree que es. Empecemos por el principio, si les parece. —La voz de Desmond se tornó misteriosa. Miró alternativamente a sus contertulios—. En la Edad Media no se concebía como un objeto determinado que debía ser encontrado a toda costa. Como es obvio no habían oído hablar de Indiana Jones ni de Spielberg, para quienes se trata tan solo de una copa. En el *Perceval* de Chrétien de Troyes sí se ve un objeto, un grial del que se desprende luz, pero no se dice qué es exactamente un grial. Es más importante lo que contiene, una oblea que alimenta al padre del rey. No hace mucho una prestigiosa medievalista española, Victoria Cirlot, publicó *Luces del grial*. ¿Conocen la obra? —Todos asintieron, excepto Anna—. Entonces sabrán que el grial ni es copa ni es recipiente. Es realmente la búsqueda, el camino. La búsqueda ¿de qué? El cáliz de la sangre de Cristo, la iluminación, la verdad... No hay una respuesta unívoca. En realidad se trata de la búsqueda de lo imposible. Dicho esto, supongo que el grial al que se refiere mister Walsworth es otra clase de imposibilidad, la verdad que subyace tras la obra artística, todo lo que la lleva a su perfección.

Anna se estremeció. Aquella situación era demencial.

—¡Un imposible!

Desmond se quitó las gafas y las dejó encima de la mesa.

—Sí. Pero lo que parece imposible no lo es siempre, Anna. El grial no lo es de antemano, porque las pruebas son distintas para cada uno. Solo sabemos algo, que si Perceval logra alcanzar el grial es a causa de su inocencia intrínseca. Perceval es un muchacho sencillo y puro, limpio de corazón. Estas virtudes son necesarias para llegar lejos en la búsqueda. Por eso Lancelot no puede alcanzar el grial, porque él no está exento de pecado, a diferencia de su hijo, sir Galahad, que también consigue alcanzarlo.

Al decir aquellas últimas palabras la mirada de Desmond adquirió un brillo acerado. Anna no entendía las resonancias que había en sus ojos. Su expresión oscilaba entre el misterio y la burla, o al menos así se lo parecía a ella. Decidió intervenir.

—Si mis conocimientos no me engañan, a las mujeres les está vetado el grial. —La voz de Anna era muy neutra, pero Desmond podía adivinar su enfado, aunque no sabía a qué atribuirlo exactamente—. Quiero decir que no parece que haya cabida para la mujer en esa búsqueda de lo imposible, incluso aunque algunas seamos un dechado de pureza y virtud. No al menos según la literatura artúrica. No deja de apenarme el hecho de que no hubiera damas de la Tabla Redonda.

—Anna. —Desmond Gilbert la interrumpió—. La literatura artúrica otorga un papel privilegiado a la mujer. Chrétien de Troyes y otros después de él la consideran portadora de la luz. A veces incluso es luz, como en el *Perceval* de Wolfram von Eschenbach.

—Entonces lo que usted desea es una luz que ilumine la oscuridad que oculta la verdad sobre «Namárië», sobre Gala Eliard y John Ronald Tolkien. —dijo Anna mirando de nuevo a Walsworth—. Aunque a tenor de la carta la verdad parece casi obvia, ¿no es así?

El anticuario esbozó una de esas sonrisas amplias y candorosas que tanto la desconcertaban. Era como un niño al que le acaban de regalar un juguete.

—No nos apresuremos a sacar conclusiones. Pero, si así fuera, necesitaría a alguien dispuesto a deconstruir un mito literario para construir uno nuevo. Sé que usted es la elegida. ¿Por quién? No por mí exactamente. Por el profesor Tolkien, quizá, o por la mano de Dios, quién sabe, si es lo bastante ingenua para considerar que guía nuestros actos. Pero eso ahora es irrelevante. Lo relevante es que acepte.

Archibald Tomlinson se marchó de Holland House esa misma noche, rechazando la invitación de Walsworth a hospedarse en la mansión, ya que se iba de viaje a Europa. Solo dos días después, Desmond llamó a Anna para anunciarle que se marchaba a Escocia. Ella también hubiera deseado escapar de la desazón que le suscitaban Walsworth, Holland House y el profesor Tolkien, pero necesitaba ese trabajo, de modo que aceptó finalmente hacerse cargo de la búsqueda del grial. No supo por qué, pero se sintió más sola que nunca.

En los días que siguieron al descubrimiento de «Namárië» no hubo incidentes dignos de mención. Anna pasó la mayor parte de las horas del día en la biblioteca con la única compañía de Stuart, Walsworth y aquellas sombras misteriosas que trabajaban en la casa. Las noches pertenecían al grial, como ella llamaba a aquel asunto que le había encomendado Walsworth o, según él, el propio profesor Tolkien. El mundo real, tan prosaico, quedaba tan solo a unas pocas millas, pero la casa y el misterio la iban absorbiendo, hasta el punto de hacerle olvidar el encanto de todo lo que había al otro lado de sus muros. Ahora que Desmond estaba en Glasgow, Anna no veía motivo para tomar su bicicleta, pedalear hasta la ciudad y tomarse la molestia de buscar nuevos materiales en la Weston Library o en la Bodleiana. Se limitaba a repasar una y otra vez la carta fechada el 8 de noviembre y todas y cada una de las anotaciones del diario de enfermería de Gala Eliard, como si allí estuviera la clave. Pero el diario no era tal. Tenía mucho más que ver con prescripciones médicas y tratamientos; trabajo, en suma. Aquello habría podido ser muy interesante si no hubiese una laguna obvia con respecto a los ocho días que Tolkien pasó en Le Touquet. No resultaba del todo extraño, al menos si se tenía en cuenta que las anotaciones de Gala Eliard eran un tanto erráticas. Era obvio que su trabajo en el hospital había sido tan intenso que probablemente no tendría tiempo para escribir.

Anna quería saber más acerca de Gala, pero en su vida había casi tantos vacíos como en su diario de enfermería. No encontró mucho sobre ella. Había existido, pero, más allá de alguna fotografía o algún recorte de periódico, era como si se hubiera desvanecido en el aire. Mientras no descubriera nada más, su única fuente era Tolkien, no solo aquella carta, sino su obra. La biblioteca del ordenador contenía los escritos más relevantes del maestro: *La caída de Gondolin*, los *Cuentos inconclusos*, *El Silmarillion* y *El señor de los anillos*. A ello añadió en la tarea de pendientes su biografía, sus cartas, sus reflexiones, ensayos sobre su figura, sus entrevistas e incluso el poema «Namárië» cantado y recitado por él mismo —una imagen que a Anna le pareció rayana en lo ridículo y que, a sus ojos, confirmaba a Tolkien como un pedante—. En la oscuridad de las horas que sustraía al sueño, Anna fue devorando una palabra tras otra al tiempo que las ideas se alineaban para conducirla hasta un único lugar posible: Lórien, el bosque donde habitaba la reina de los Noldor, la portadora de Nenya, Galadriel.

Durante dos semanas dedicó todo su tiempo libre a leer de nuevo al profesor. La lluvia de septiembre y la ausencia de Desmond la confinaron en la biblioteca, de modo que pudo sobrepasar la clasificación de los libros diarios que se había impuesto como objetivo. Las cajas amontonadas desaparecían a una velocidad casi vertiginosa. Las elevadas estanterías se iban poblando a la vez que el fichero electrónico aumentaba de tamaño. La obsesión por batir su propio récord era beneficiosa, pues le hizo olvidar las pequeñas inquietudes y la impaciencia de precipitarse adelante en el tiempo en busca de unas circunstancias más amables. Desmond agudizó de forma involuntaria ese deseo de proyectarse al futuro cuando le mandó unas fotografías de sus vacaciones en Glasgow. Se le veía radiante.

Cuando volvió a Oxford Anna habló con él de lo mucho que lo había envidiado. La respuesta de Desmond no se hizo esperar. En un escueto mensaje le habló de su intención de pasar un fin de semana en la costa de Cornualles.

—Podría mostrarte Tintagel para que te empapes del espíritu de Arturo y las damas de la luz.

Aquello parecía tan tentador, al menos a primera vista, que Anna no dio una negativa por respuesta. Tampoco quería. Los días que Desmond había pasado en Escocia lo echó de menos. Ese echar de menos tenía un calado tan intenso que no pudo evitar preocuparse por su significado.

Para evitar enfrentarse a lo que no quería, volvió de nuevo la vista hacia «Namárië». Walsworth había encargado a Tomlinson un estudio grafológico de los poemas del profesor y un análisis literario sobre su estilo en torno a 1917, al objeto de buscar coincidencias con la versión hallada del poema. Anna esperaba con ansiedad la llegada de esos documentos. Mientras, seguía buscando información sobre Gala Eliard, aunque no lograba avanzar demasiado. Así se lo hizo saber una noche a Walsworth durante la cena.

—Es como si alguien se hubiera ocupado de borrar su rastro. A menos que su verdadero nombre no fuera Gala Eliard. Es una posibilidad que he barajado últimamente.

Walsworth asintió distraído. Se comprometió entre bocado y bocado a pulsar unos cuantos resortes, aunque no dijo cuáles. Anna intuía que aquel misterio no era más que uno de sus trucos, una de esas bromas que tanto le divertían. Debía de aburrirse bastante.

La monotonía de Anna se interrumpió unos pocos días después de la escueta conversación entre ella y su anfitrión acerca de Gala Eliard. Serían cerca de las doce cuando el anticuario entró en la biblioteca. Vestía con elegancia, como si fuera a salir o viniera de alguna de sus famosas reuniones en Londres. Detrás de él entró un hombre, un mozo que portaba una carretilla con dos enormes baúles precintados superpuestos. Anna miró distraídamente al muchacho. Le pareció muy del estilo de Desmond Gilbert, alto y desgarbado, ancho de hombros, con el cabello castaño claro casi a la altura de los hombros. Walsworth hizo un gesto al mozo, que descargó las cajas. Cuando terminó, lo despidió de inmediato, no sin antes lanzarle una mirada desdeñosa.

—La diferencia entre un hombre rico y un hombre pobre es la falta de ambición. Me alegra comprobar que usted es ambiciosa, que su falta de fortuna actual no se prolongará por mucho tiempo.

Anna juzgaba poco oportuna la observación.

—Le agradezco el cumplido, mister Walsworth, pero no es del todo cierto lo que dice. Mis ambiciones son más bien inmateriales, por lo que...

—Pero no dejan de ser ambiciones, al fin y al cabo —la interrumpió Walsworth—. No me cabe duda de que llegará hasta donde usted quiera llegar, incluso a la cumbre del conocimiento. Entonces será mucho más rica de lo que yo soy ahora.

La joven soltó una sincera carcajada.

—No existe tal cosa, mister Walsworth. Me refiero a la cumbre del conocimiento. Nadie puede saberlo todo ni pretender saberlo todo.

El anticuario levantó el índice con gesto admonitorio.

—Solo Dios, no lo olvide.

Anna asintió en silencio, confusa, incapaz de discernir si hablaba en serio o en broma. Su vertiente espiritual le resultaba completamente desconocida.

—Mister Walsworth, ¿qué hay en esas cajas? —preguntó deseosa de cambiar de tema.

—Lo va a descubrir muy pronto. Verá, Anna. Tengo que hacerle un encargo muy especial. Espero que esto no sea un trastorno.

Anna entornó los ojos. Su expresión denotaba cierta desconfianza. No deseaba retrasar su salida de Holland House y tenía la intuición de que aquello sería un impedimento. Y no se equivocaba.

—Me gustaría que suspendiera temporalmente su trabajo en la biblioteca y se dedicara a examinar la documentación que hay en los baúles.

—Como quiera. Pero ¿por qué es tan importante, mister Walsworth? —preguntó.

—Se trata de materiales que pertenecieron a una mujer llamada Gala Eliard. Es un curioso hallazgo. Solo a usted le corresponde decidir si nos encontramos ante su Gala Eliard o si solo es una curiosa coincidencia, como sucede a veces.

Anna se aferró a su asiento con tanta fuerza que los nudillos se le pusieron blancos. Era típico de Walsworth dar una noticia trascendente sin inmutarse. Por eso mismo parecía muy satisfecho, por haber logrado semejante reacción en ella.

—Pero... ¿de dónde ha salido todo esto?

—Es un envío de mi agente en París. Un sabueso muy bueno. El mismo que ha logrado hacerse con la mayor parte de los materiales de mi cámara secreta. —Anna recordó que, en efecto, durante sus conversaciones su anfitrión se había referido al agente de París. Quiso preguntar sobre él, pero Walsworth volvió a tomar la palabra: —He sido muy afortunado al conseguir matar dos pájaros de un tiro. En este lote hay, al parecer, documentos que tienen cierto valor histórico, además de literario. O al menos eso me ha asegurado mi agente.

—¿Y cómo dice que se llama su agente? —El interés de Anna se activó de nuevo.

Walsworth se quitó las lentes y las miró al trasluz, como si estuvieran sucias. Tardó en dar una respuesta.

—Oh, en realidad no lo he mencionado.

A Anna le pareció apropiado no seguir insistiendo. Su anfitrión no parecía muy comunicativo.

Cuando el anticuario se marchó, Anna cogió el cúter y cortó las cintas de embalaje del primero de los baúles que había dejado el empleado. Poco a poco fue vaciando su contenido. Lo que había allí era un auténtico tesoro: primeras ediciones de clásicos infantiles del siglo xx. Pero no solo de libros de Beatrix Potter, Lewis Carroll, Rudyard Kipling o James Matthew Barrie, sino también una colección completa de los cuentos de Emilio Salgari y Julio Verne, además de una versión en francés muy cuidada de *Los cuentos de Mamá Ganso*, de Charles Perrault. Los materiales pertenecían, efectivamente, a una mujer llamada Gala Eliard.

Abrió el segundo baúl con mayor interés todavía. Dentro de él había solo unos pocos libros y varias carpetas. Recordó las palabras de Walsworth a propósito de los documentos. Observó que la mayoría de los libros eran poemarios: Coleridge, Wordsworth y Keats, pero también una buena colección de autores franceses, como Rimbaud, Verlaine, Baudelaire, Apollinaire, André Eluard y André Deveroux. Se detuvo en este último. No era experta en literatura francesa, pero desde luego no conocía a ningún poeta renombrado llamado así.

Anna apartó con curiosidad los tres libros de Deveroux. Tenían títulos sencillos pero muy sugestivos: *Des poémes du Cahier Bleu,* del que había tres volúmenes; *Cahiers du Quadern Dorée* y *Sacrifice*. Este último era, al parecer, literatura de trinchera, lo que lo hacía doblemente interesante a sus ojos. Las fechas de publicación eran, por orden sucesivo, 1906-1908, 1914 y 1916.

Abrió distraídamente *Sacrifice.* Le llamó la atención uno de los poemas, «Noviembre no es mes de mariposas». Anna frunció la nariz, como si así pudiera agudizar su olfato. Debajo de los libros había una especie de álbum. Eran recortes amarillentos de artículos de periódicos franceses, ingleses y norteamericanos. Se preguntó qué era lo que no veía. Al cabo de un instante se percató. La mayor parte de ellos venían firmados por André Deveroux, lo que acrecentó su expectación.

Abrió una nueva carpeta conteniendo el aliento, con el mismo espíritu con que se rompen esas galletas chinas que encierran mensajes. Levantó la solapa casi con temor. Pronto encontró lo que buscaba: un mazo de cartas amarillas anudado con una cinta descolorida. Se adivinaba en aquella pulcritud el deseo de que todo ello perdurara. Anna se mordió los labios hasta hacerlos sangrar, como si aquel sabor ferruginoso que sentía en la lengua fuera lo único capaz de anclarla a la realidad de la habitación. Estiró con cautela de la cinta y abrió las cartas. Junto a los textos descoloridos encontró varias fotografías, cinco en total. La primera de ellas mostraba la imagen de dos hombres muy jóvenes y una chiquilla de unos quince o dieciséis años. Todos vestían ropas de tenis. En el reverso había una anotación: «Gala y Alain Eliard con André Deveroux, mayo de 1909». No indicaba el lugar. Anna examinó atentamente la imagen. Tomó una lupa, pero no podía distinguir bien los rostros, desdibujados por las manchas de humedad.

Las otras fotografías eran casi un testimonio de la indumentaria de la época: sombreros imposibles, sombreros de copa, abanicos, plumas, talles de avispa, bigotes engominados... De entre todos los rostros antiguos le llamó la atención el retrato de una mujer joven tocada con una tiara. Su cabello suelto, muy largo, caía en bucles sobre los hombros. Anna examinó atentamente la imagen. Tras el retrato había una anotación: «Gala Eliard, 1912, Rosehill Manor».

Siguió mirando con la lupa las escasas postales en las que ella estaba retratada. Todas le revelaban de forma incompleta los diversos rostros de Gala durante su juventud. Tenía un magnetismo especial. Era tan hermosa como Lucrezia Butti o Simonetta Vespucci, la musa de Botticelli, pero tan sensual como Helena de Esparta. Ahora comprendía mejor el sentido de aquella carta que Tolkien había escrito en noviembre de 1916. El joven poeta se había enamorado de ella de forma desesperada.

Guardó todos los documentos en su carpeta y tomó de nuevo la primera fotografía, la de mayo de 1909. La lupa agrandó la figura de los muchachos. Se preguntó cuál de los dos jóvenes vestidos con traje de tenis era André Deveroux. ¿El alto? ¿El del bigotito? Dudaba, pero quería saberlo. Quería saber todo lo que tuviera que ver con la misteriosa Gala. Mientras subía las escaleras de la casa, siempre silenciosa, recordó de nuevo aquel extraño sueño que había tenido en Tierra Santa, el de la biblioteca cuyas ventanas se abrían hacia una tierra devastada. Se apoyó contra la pared, invadida de pies a cabeza por una sensación ominosa. Los muchachos estaban en edad militar. Se preguntó si alguno de ellos habría sobrevivido a la guerra.

Su curiosidad quedó satisfecha poco después. La última de las carpetas contenía una carta que firmaba un tal padre Maletterre. En ella el sacerdote mencionaba la muerte del soldado Deveroux.

Aunque era tarde, tomó *Sacrifice*, el último de los poemarios de Deveroux, y lo abrió al azar. No le costó mucho comprender que como poeta André era bueno, muy bueno, además de un disidente. Debía buscar más obra suya, si es que la había. Siguió leyendo un rato más hasta que los párpados le escocieron. Luego cayó en un sueño intranquilo.

Esa noche Anna despertó varias veces a causa del viento, desapacible e inoportuno. Las ráfagas sacudían los jardines de Holland House y levantaban remolinos de polvo que golpeaban los cristales de su habitación impidiendo su descanso. Era como si se hallara dentro de uno de esos cuentos victorianos que tanto le habían gustado tiempo atrás. Podía percibir el temblor de los tulipanes, la danza de las hojas secas, la loca carrera de las nubes que por momentos ocultaban la luna. Se refugió bajo el calor de la colcha, impensable en otras latitudes en esas fechas. Le pareció escuchar el sonido de unos pasos apresurados en el vestíbulo, pero no le dio importancia alguna. Había descubierto durante las horas de insomnio que la vida nocturna de Holland House era mucho más ruidosa que la diurna.

Llevaba apenas media hora dormida cuando un crujido chirriante la sacó de su merecida inconsciencia. Anna entreabrió los párpados mientras se incorporaba en la cama, presa de la agitación. Todo a su alrededor tenía un tinte irreal. Los rayos de la luna proyectaban sombras y se mezclaban con una luz que venía del pasillo. Vio cómo se movía la manija de la puerta. Se quedó petrificada, sin poder dar crédito a lo que veía. La rendija se abrió con un chirrido. Aunque un miedo líquido se expandía por toda su piel, hizo acopio de coraje y encendió la lámpara. En el centro de la habitación había un hombre. Vestía con elegancia sencilla, de gris. Tenía el cabello muy oscuro, al igual que la barba, y unos ojos grandes e intensos, de un azul muy claro. Por un instante Anna pensó que se trataba de un fantasma. Entre las brumas del pánico se dijo que la presencia del intruso debía de tener alguna explicación, así que nuevamente se armó de valor.

—¿Quién es usted? ¿Y qué hace aquí?

Anna saltó de la cama dispuesta a hacerle frente con lo único que tenía a mano, su estilográfica. Debió de incorporarse de forma demasiado brusca o tal vez la emoción pudo con ella. Fuere como fuere, no bien hubo pisado el suelo notó que la vista se le nublaba. Fue solo cuestión de segundos que se hundiera por completo en las tinieblas.

4

La dama Loanna

Come out and haunt me,
I know you want me.
Come out and haunt me.

Cigarretes After Sex, «Apocalypse»

—¿Se encuentra bien, doctora Stahl?

Anna abrió lentamente los ojos. Se incorporó con lentitud mientras se frotaba la mandíbula. Soltó un débil quejido. Se había golpeado el mentón al caer. En ese momento se percató de que era Stuart quien le hablaba. Miró a su alrededor. No había ni rastro del hombre que la había asustado. Entre las brumas de la consciencia se dijo que todo había sido un mal sueño.

—¿Se encuentra bien, doctora Stahl? —repitió Stuart. Anna tomó el brazo que el asistente le ofrecía y se sentó en la cama.

—Digamos que he tenido días mejores. Había un extraño, Stuart. Aquí, en mi habitación. Un tipo alto y barbudo, con cara de pocos amigos. ¿Pudo verlo? Han tenido que cruzarse, estoy segura.

Antes de que Stuart tuviera oportunidad de responder alguien golpeó con los nudillos en la puerta, que había quedado a medio abrir.

—Supongo que se refiere a mí. Lamento mucho haberla asustado. —Anna miró al extraño. Su voz tenía un marcado acento francés—. Tenga. Me tomé la libertad de traerle un poco de hielo sintético.

El hombre le ofreció a Anna un pañuelo de tela. En una esquina estaban bordadas unas iniciales, P. B. Anna envolvió el hielo. Lo aplicó contra el mentón mientras profería un exabrupto.

—Pero ¿quién es usted? —La voz de Anna tenía matices ásperos.

—Mi nombre es Pierre Broussard. Trabajo para mister Walsworth. Supongo que usted debe de ser la doctora Stahl. ¿No le anunciaron mi llegada?

Anna se colocó el hielo en la sien, como si aquella revelación también le doliera. El frío resultaba en verdad un alivio. Era, sin duda, una situación insólita.

—¿Por qué habrían de anunciarme su llegada? ¿Quién habría de hacerlo? ¿Mister Walsworth?

—En efecto.

—Entiendo. Pero ¿qué hace en mi habitación?

—¿Su habitación? Oh, claro. Me temo que ha sido un error. Es fácil confundirse en esta enorme casa, más a estas horas. No quería molestar a nadie, pero he terminado perturbándola a usted. ¿De veras se encuentra bien?

Pierre Broussard rozó con las yemas de los dedos el lugar donde estaba la contusión. Era un gesto demasiado íntimo, sobre todo teniendo en cuenta que se acababan de conocer y que ninguno de los dos se había formado una gran opinión acerca del otro.

—Es muy tarde. Creo que todos deberíamos descansar —sugirió Stuart.

Anna no podía estar más de acuerdo. Pierre Broussard se despidió a regañadientes.

—Ya me voy, no quiero importunarla más. Mañana podremos hablar con calma, incluso presentarnos formalmente.

Anna no volvió ver a monsieur Broussard hasta la tarde siguiente. Lo cierto es que sentía mucha curiosidad acerca de su persona. Mientras tanto, lo había investigado en la red, pero no había encontrado absolutamente nada, como sucedía con Walsworth. Era como si viviera entre fantasmas. Podía intuir el motivo por el que monsieur Broussard estaba en Holland House. El maldito grial. Hubiera querido preguntar a Walsworth durante el desayuno para confirmar que Broussard era el agente a quien se había referido tantas veces, el que había conseguido los materiales sobre Gala, pero Stuart manifestó que había salido muy temprano y no se lo esperaba hasta la noche, como tampoco esperaban a monsieur Broussard. Stuart no aclaró si ambos se habían marchado juntos, lo que parecía bastante probable. Desde ese momento Anna estuvo en la biblioteca. La falta de sueño y el exceso de emociones no la habían dejado del todo indemne, ni la monotonía de aquel trabajo mecánico. Sentía los músculos de la espalda agarrotados, la cabeza algodonosa, todo ello junto a una intensa sensación de tener mariposas en el ombligo. Necesitaba un poco de ejercicio, de modo que dejó sobre la mesa el último libro que tenía entre las manos y salió a pasear por el jardín. El aire era húmedo, anticipo de un otoño que se preveía lluvioso, pero se estaba bien allí, lejos del ambiente opresivo que reinaba en la casa. Anna se cruzó la chaqueta de punto sobre el pecho. Durante un rato estuvo paseando entre los macizos de tulipanes, pero no dejaba de mirar hacia el laberinto. Aquel lugar ejercía sobre ella una atracción magnética, pero no se atrevía aún a traspasar el umbral ni a perderse entre sus recovecos. Las palabras cáusticas de Walsworth seguían ejerciendo sobre ella un efecto disuasorio, como también la imagen de aquel hombre, Marvin, muerto en uno de los pasillos de aquella manera repentina y solitaria. Era terrible imaginarlo así, con el cuerpo helado sobre un banco de piedra. Retrocedió unos pasos sin dejar de mirar hacia los setos, perfectamente recortados. Sentía un terror indefinible e injustificado que imprimía velocidad a los latidos de su corazón. El viento de antes levantó susurros de hojas en el silencio de la tarde. Anna se volvió. Al hacerlo, tropezó con Pierre Broussard. Un grito quedó sepultado en su garganta, pírrico intento de dominar el pavor, delatado por la expresión de su rostro. Intentó expulsar el miedo de su cuerpo; un individuo temeroso es un individuo manipulable.

—¿Tiene la costumbre de aparecer de improviso, monsieur Broussard? —Anna se expresaba con la fiereza del animal acorralado.

El hombre no contestó. Miraba más allá de Anna, por encima de su hombro, en dirección al laberinto.

—Le asusta, ¿verdad? La he estado observando. Cómo se acercaba a la entrada, cómo se retiraba. Además, su rostro es un libro abierto en el que resulta fácil leer. Supongo que mister Walsworth le ha hablado de la muerte del antiguo bibliotecario o de que el laberinto es un lugar inexpugnable. Le gusta crear ese aire de misterio en torno a Holland House. Pero no ha de impresionarse, desengáñese. El laberinto es un lugar inofensivo. Entre. Vamos, hágalo.

—No, no lo deseo —dijo Anna tras pensarlo un instante.

—¿Y si la obligara?

Ella se echó a reír.

—No puede obligarme, monsieur Broussard. A menos que me arrastre, lo que no sería demasiado educado por su parte, en especial teniendo en cuenta que, según usted, ha venido a ayudarme.

Pierre sonrió. Tenía unos dientes muy blancos, que contrastaban con la tez morena y la barba oscura. Anna pensó que, bajo aquella luz, parecía más italiano o árabe que francés.

—No, no lo sería. Prefiero que venga conmigo de forma voluntaria. —Le tendió la mano para invitarla, pero ella no la aceptó—. Vamos, doctora, ¿no tiene curiosidad por saber si puede llegar hasta el centro?

—Lo cierto es que ya no.

Pierre insistió y la tomó de las dos manos. Anna sintió la corriente eléctrica fluir a través de la piel.

—Quiero demostrarle que no tiene nada que temer.

—Monsieur Broussard —Anna retiró sus manos—, ¿por qué no me habla mejor de la razón por la que está usted aquí?

—Se lo contaré si es capaz de llegar al centro del laberinto.

—¿Pero qué clase de broma es esta? —Anna sonrió—. ¿Quiere ponerme a prueba?

—Por supuesto. —Pierre Broussard parecía divertirse—. Creo que tiene miedo y quiero saber si es capaz de sobreponerse a sus debilidades.

Anna dio un respingo.

—Monsieur Broussard, ¿no cree que todo esto está fuera de lugar? Ni siquiera me conoce —objetó.

—Lo que pretendo es hacerlo, Anna. Es necesario si voy a trabajar con usted. ¿Viene?

Anna se volvió hacia la entrada del laberinto. Empezaba a oscurecer. Miró a Pierre. Sus ojos, de un azul intenso, brillaban bajo el crepúsculo, hielo sobre fuego.

Los labios de Anna se curvaron en una sonrisa desdeñosa.

—Cuando me conozca, monsieur, comprenderá que suelo hacer mi voluntad, no la de otros.

Aquella noche Anna no bajó a cenar ni tampoco las dos siguientes. Ese tiempo lo pasó recluida en su habitación, ordenando el puzle que era la vida de Gala Eliard. Los materiales que obraban en su poder la permitieron recomponer de forma sucinta su biografía. Gala era hija de Jean Eliard, un médico de gran renombre, y de Sophie, una princesa rusa pariente de Rimski-Kórsakov. En 1911 se había casado con William

Percival, de la casa Aldrich, en Nôtre-Dame de París. La dama perdió a su único hijo en 1913. Falleció durante el invierno de 1917, el 17 de febrero, en el hospital de Le Touquet. Entre los dos extremos de esa corta vida una historia de amor, muerte y eternidad. Eso era todo. O quizá casi nada.

Anna se preguntó reflexivamente en qué momento el joven y sensible John Ronald Tolkien había llegado a saber de la muerte de Gala Eliard. Era probable que la prensa hubiera publicado su obituario, del mismo modo que habría anunciado su boda o el natalicio. Si Ronald Tolkien llegó a conocer la noticia relativamente pronto, mientras estaba convaleciente en Inglaterra, quizá habría alguna mención a Gala Eliard en el *Diario del breve tiempo pasado en Francia y la última vez que vi a Geoffrey Bache Smith*, o más probablemente en cartas inéditas correspondientes a 1917, incluso posteriores. Era perentorio que accediera a esos materiales para hacer el rastreo. Oxford era sin duda alguna el mejor sitio del mundo para consultar esas fuentes. La Biblioteca Bodleiana era la legataria de los papeles de Tolkien.

Sus planes de ir a Oxford esa mañana se interrumpieron cuando Julius Walsworth la convocó a través de Stuart.

Stuart se comportó con la misma formalidad algo encorsetada de siempre. Mirarlo era como contemplar una película antigua o estar inmersa dentro de una. El mayordomo golpeó con suavidad los nudillos de la puerta de madera antes de empujar con cautela el tirador del despacho del anticuario. Julius Walsworth estaba sentado tras el escritorio de nogal, entretenido en garrapatear unas notas. Sus lentes de media luna se deslizaban sobre la larga nariz. Al entrar Anna, la miró por encima de las gafas. Luego se levantó para recibirla.

—Tome asiento, tenga la bondad. Stuart me dijo que se hallaba algo indispuesta. Supongo que por esa razón nos ha estado privando de su compañía. Bien, espero que se le haya pasado. Nos gustaría contar con su presencia, como hasta ahora.

Había un leve matiz de reproche en el fondo de los ojos de Walsworth. Por alguna razón Anna se avergonzó de su comportamiento, que ahora juzgaba pueril.

—Mister Walsworth, yo... Es embarazoso, pero tengo que hablar con usted.

Anna le había estado dando vueltas a la posibilidad de buscar un alojamiento en Oxford, como el antiguo Marvin. Le vendría bien estar allí. Estaría cerca de la Bodleiana, no le bastaba consultar los archivos digitales. Y también de Desmond, que siempre le daba valiosos consejos. Había ensayado varias veces lo que diría a Walsworth, pero el asunto no salió como esperaba.

—Por supuesto. Concédame tan solo un segundo. —El anticuario se inclinó sobre la mesa, levantó el vade y cogió algo. Era un cheque. Se lo tendió a Anna.

La joven tomó el documento bancario con cierta reserva. Miró la cifra escrita, desorbitada. Iba a protestar, pero Walsworth la interrumpió.

—Ya ha visto que he incorporado una pequeña prima. —El hombre se expresaba con falsa modestia—. Es un modo de reconocer su entrega, además de sus gratas conversaciones.

—Es muy generoso por su parte, mister Walsworth.

—No me lo agradezca, doctora Stahl —dijo él haciendo con la mano un gesto displicente—. Es lo justo y Julius Walsworth es, ante todo, un hombre justo. Por cierto, ahora que está aquí, me gustaría que esta noche cenara conmigo y con monsieur Broussard. Sé por Stuart que ya se conocen, pero debemos darle la bienvenida de un modo, digamos, formal. Monsieur Broussard se quedará en Holland House durante un tiempo. Es mi hombre de confianza. No me cabe duda de que le será útil en su búsqueda.

Anna lo pensó un instante antes de perder la calma.

—Mister Walsworth, no necesito ayudantes. Ya tengo suficiente material.

El anticuario la miró de nuevo por encima de las lentes. Sus ojos no eran en absoluto condescendientes.

—Supongo que tiene razón, que no necesita ayudantes. Es usted muy autosuficiente, a veces demasiado. Pero mi olfato me dice que en este asunto hay mucho más de lo que parece a simple vista, muchos viejos secretos, y que aún no sabe lo bastante. Si Broussard resulta prescindible se lo haremos saber. Confíe en mí. Durante la cena Anna aguardó su oportunidad de hablar, como antes en la biblioteca, pero, al igual que había sucedido allí, esta no parecía llegar nunca. Walsworth monopolizaba la conversación y lo cierto es que todo lo que decía era del máximo interés.

—Pierre compró al conde de Aldrich varios muebles muy valiosos, junto con su contenido. Esos muebles habían sido propiedad de Gala Eliard. Eran casi lo único que a George le quedaba por vender. Dentro estaban los materiales que le entregué, como un conejo en la chistera. Supongo que el conde los conservaba por puro sentimentalismo. Cuando conozca su verdadero valor se tirará del escaso cabello que aún le queda. Tendrá que ponerlo al corriente, doctora Stahl.

Anna apretó la servilleta. Detestaba aquella costumbre de Walsworth de reservarse información que ella debía conocer para soltarla así, de forma inesperada, como quien le da un hueso a un perro. Le habría gustado afearle su conducta, pero reaccionar a sus provocaciones era tanto como proporcionarle combustible de primera calidad, así que continuó un rato más fingiendo que todo iba bien. Cuando Walsworth propuso tomar un brandy junto al fuego, aprovechó para retirarse.

—Si me disculpan, señores, tengo trabajo atrasado. Mucho que leer, como bien saben.

Anna no habló con Walsworth ni con Broussard hasta un par de días después. Ambos suponían que estaba de mal humor, como así era, y decidieron dejarla en paz, al menos por el momento. A pesar de todo ella actuó con toda la profesionalidad que esperaba Walsworth, así que cuando la visitó en la biblioteca, Pierre Broussard, su nuevo ayudante, sabía acerca del grial casi tanto como ella.

Pierre parecía algo inquieto aquella mañana. Estuvo curioseando un buen rato entre los estantes sin decir palabra alguna. Anna lo observaba con el rabillo del ojo, irritada.

—¿Puede parar, por favor? O decir lo que tenga que decir. He de trabajar.

Pierre se acercó a la mesa y se sentó en una esquina.

—No tuvimos ocasión de disfrutar de su compañía durante el desayuno, Anna —manifestó Pierre—. Fue una lástima. Justamente mister Walsworth me ha comunicado que ayer estuvo hablando con George Aldrich. Me he tomado la libertad de pedirle una entrevista en su nombre. Nos recibirá mañana mismo, a las cuatro, en su casa de Londres.

Anna asintió distraída. En ese momento tenía entre las manos a Joseph Conrad. *El corazón de las tinieblas* era uno de sus libros de cabecera. Había visto sus adaptaciones al cine hasta saciarse, incluso se había molestado en jugar a *Spec Ops*. Anna terminó de registrarlo. Luego miró a Pierre con frialdad.

—Prefiero acudir sola. —Su voz contenía matices de desagrado.

—Sí, lo sé, pero mister Walsworth me hizo venir para ayudarla. Ha de tenerlo en consideración.

—Le aseguro que lo tengo muy presente. No pretendo menoscabar su dignidad, monsieur Broussard, no es en absoluto mi intención, pero ha de saber que para este asunto en particular no le necesito.

Pierre Broussard tomó el libro de Conrad, que ella acababa de depositar en la bandeja auxiliar.

—Aún no lo ha entendido, Anna. Le guste o no habrá de tenerme en cuenta. Para eso he venido a requerimiento de míster Walsworth. Llevo más tiempo trabajando para él que usted. No voy a decepcionarle. Así que, aunque no me necesite, la acompañaré mañana.

—¿Ha terminado, monsieur Broussard?

—Sí.

—Pues, si no tiene nada más que decir, le ruego que me deje trabajar. Tengo que seguir clasificando libros. A mí también me han contratado para esto, ya lo sabe, y tampoco deseo decepcionar a mi patrón.

Pierre Broussard sonrió lo bastante para dejar ver sus dientes blancos antes de marcharse silbando. Anna también sonrió. Su dentadura era igualmente perfecta.

Cuando Broussard cerró la puerta, Anna dejó de disimular y pateó el suelo. Le parecía un vanidoso. Durante un instante miró hacia los ventanales que flanqueaban la estancia. Había estado lloviendo toda la mañana, pero ahora el sol de septiembre desafiaba las nubes y por fin prevalecía la luz. Aún no era tarde para marcharse a la ciudad. Walsworth la había autorizado a usar un pequeño utilitario, un Smart. Naturalmente tenía el volante a la inglesa. Conducir en esas condiciones la seducía muy poco, por lo que caminó hasta la parada de autobús. Una ráfaga de lluvia fina salpicó su rostro. El sol nunca duraba mucho en Oxfordshire.

En la carretera la soledad era absoluta. Ningún rastro de vida, solo ella y el viento suave, como si en realidad estuviera en una película de Hitchcock de desenlace incierto. Encontró refugio bajo la marquesina. Aguardó allí unos minutos hasta que el rumor renqueante del autobús la sacó de sus fantasías.

Oxford decepcionó a Anna por primera vez. En realidad todo se debía a un talante equivocado. Actuaba como si fuera una visitante ocasional, lo que le dejaba poco margen. Vagabundeó un rato por las callejuelas del centro buscando el modo de olvidar, de sentirse mejor. A veces se detenía frente a los escaparates de las franquicias de moda, repletos ya de ropas invernales. Hizo algunas compras, pero aquello no la satisfizo. Tuvo que admitirlo, estaba triste. La lluvia no cesaba y su hogar, donde siempre brillaba el sol, parecía muy lejos, inalcanzable, tanto que no pudo evitar caer en la trampa de la nostalgia.

Era ya casi de noche, hora de regresar a Holland House, pero la casa le resultaba aún más desalentadora que Oxford. Decidió darse una última oportunidad e ir a The Chequers. Habría podido avisar a Desmond para citarlo allí. De hecho, hubiera sido lo correcto, ya que no se veían desde la visita a la cámara secreta de Walsworth, antes de sus vacaciones en Glasgow. Lo correcto. Mario siempre había criticado en ella su rígida obsesión por las formas. Anna hacía lo pertinente, lo justo, lo apropiado, lo correcto, pero discriminar qué procedía en cada caso era tan difícil como buscar las semillas de amapola volcadas en las cenizas del hogar. Miró de nuevo el reloj. El último autobús salía a las siete. El tiempo apremiaba. Decidió no importunar a Desmond. Pidió un té con limón a la camarera, una joven pálida en su uniforme negro. No contaba con el azar. Justo en el momento que terminaba su reconfortante bebida y se disponía a salir, tropezó con la figura desgarbada de Desmond Gilbert.

—¡Anna! ¡Qué sorpresa!

Lo cierto es que lo era, una de esas maravillosas sincronías que ocurren de vez en cuando.

Desmond miró las monedas que Anna había dejado sobre la mesa.

—¿Te marchabas ya? ¿No será cierto, verdad?

Anna no supo qué contestar. Walsworth la esperaba para la cena, pero no tenía un compromiso formal con él. Pensó que, en esa ocasión, y dadas las circunstancias, lo correcto era quedarse.

Fue una velada agradable. Para Anna era fácil hablar con Desmond. En realidad, si lo pensaba bien, Desmond era la única persona con la que le resultaba fácil hablar. Se disculpó con él por no haberlo llamado antes y le contó las novedades de Holland House. Le confió también sus preocupaciones sobre Pierre Broussard. Desmond escuchaba con gran interés, con las manos entrelazadas bajo la barbilla y los codos apoyados sobre la mesa. A ratos parecía pensativo. A él tampoco parecía gustarle demasiado el agente ni, desde luego, Walsworth.

Desmond pensó en la conveniencia de alejar a Anna de Holland House, al menos durante unos días, por lo que entre pinta y pinta le pidió que lo acompañase a la costa ese fin de semana.

—Anímate, Anna. Tintagel es justo lo que necesitas para imbuirte del espíritu artúrico. Te lo enseñaré.

Anna, siempre responsable, se dijo que debería trabajar a marchas forzadas para poder disfrutar del viaje con plenitud, ya que al día siguiente había de acudir a Londres para la entrevista con George Aldrich. El trabajo en la biblioteca se estaba convirtiendo en algo tedioso a causa de su interés creciente por Gala Eliard, aumentado tanto por la falta de sueño como por las múltiples contracturas de su espalda, fruto de la tensión nerviosa de las últimas semanas.

Se despidió de Desmond con un beso suave en la mejilla. Anna experimentó una calidez eléctrica bajo aquel contacto, como si se tratara de una quemadura. Su rostro se encendió. Se preguntó qué sucedería si Desmond supiera que era objeto de sus fantasías más íntimas. Era un tanto vergonzoso, pero a la vez excitante. Mientras marchaba a Holland House recordó a Mario. Debía poner un punto y final a aquel capítulo. Sellar la fractura con hilos de oro. Tintagel la había estado esperando. Toda la vida.

A la mañana siguiente coincidió en el desayuno con Pierre Broussard. Él le pidió que le enseñara la carta de Tolkien fechada el 8 de noviembre de 1916, que ella mencionaba en su informe, pero que él no conocía. También le requirió los poemas de André Deveroux y el cuaderno de enfermería de Gala Eliard.

—Pero ya los vio en su momento —replicó Anna con aspereza.

Pierre se atusó la barba.

—No los leí. En aquel momento no era consciente de su relevancia. Ahora el asunto ha cambiado. Entiéndalo. He de actuar rigurosamente. Si hemos de trabajar juntos, es preciso que me documente.

Anna frunció el ceño mientras levantaba la barbilla de forma altanera.

—Hay algo que debemos dejar claro. No trabajamos juntos. En realidad usted trabaja para mí. Me ayuda. ¿Lo recuerda? Lo ha subrayado muchas veces.

Por primera vez Pierre parecía desconcertado, pero era solo una impresión.

—Mister Walsworth confía en mí mucho más de lo que confía usted, lo que me apena, porque no dudo de que es usted mejor persona que yo.

Anna se tragó la respuesta, que le ardía en la garganta, antes de cederle, de muy mala gana, los valiosos documentos. Serían cerca de las dos cuando se marcharon a Londres para entrevistarse con lord Aldrich. Pierre se ofreció a conducir el Smart que Walsworth había puesto a disposición de Anna y ella accedió.

George Aldrich vivía en Harrington Road, en South Kensington, muy cerca de tres museos emblemáticos, el de Historia Natural, el de Ciencia y el Victoria and Albert Museum. Aunque Anna no solía preocuparse en exceso por su apariencia, en aquella ocasión decidió invertir algún tiempo en su arreglo personal, no tanto porque quisiera causar una buena impresión, sino porque su anfitrión le estaba contagiando cierto sentido de la estética. Esa tarde había lavado y cepillado su espesa melena; también se había puesto algo de maquillaje para realzar sus ojos, del color de la miel. La única prenda decente que había en su armario era un escotado vestido negro. Decidió usarlo, pero se arrepintió de inmediato cuando Broussard le dedicó una galantería. No pensaba perder su tiempo en flirteos vacuos, por lo que le dirigió una mirada proporcionalmente desdeñosa a su ardor.

El viaje a Londres, de una hora y media, transcurrió en silencio. Anna estaba pendiente de las «Gymnopédie» de Satie que sonaban en del vehículo. La melodía la llevaba hasta Gala Eliard y todo lo que ella representaba, el encanto de la Belle Époque. Tuvo que admitir que Broussard sabía bien cómo pulsar emociones.

La vivienda de lord Aldrich no permitía suponer en absoluto que estaba arruinado, como había dejado entrever Walsworth. Su hogar era uno de esos áticos con ascensor integrado en los que imperaba una sobriedad aparente, no exenta en absoluto de lujo. La sala donde los recibió estaba presidida por enormes cristaleras, de modo que podía contemplarse una panorámica de la ciudad, con sus miles de luces eléctricas que brillaban entre la neblina gris de la tarde moribunda. En uno de los laterales crecía un árbol interior de grandes proporciones, lo único amable, vivo, que había en aquella habitación.

El anfitrión era un hombre alto y bien parecido, de una edad similar a la de Walsworth. Su mirada, muy azul aún, era algo triste. Una cicatriz rojiza sobresalía entre el cabello blanco, corto y escaso. Anna supuso que aquella marca procedía de algún accidente, o más probablemente de una intervención quirúrgica.

El conde de Aldrich saludó de manera afable a Pierre Broussard. Una vez intercambiados los saludos de rigor, se centró en su invitada.

—Así que usted es Anna Stahl. —Su tono de voz era suave, muy cortés, tanto como el de Walsworth—. Supongo que no le importará que evite cualquier formalismo al dirigirme a su grata persona, ¿no es así?

Lord Aldrich hablaba como si fuera un personaje de *Downton Abbey*. Anna tuvo la impresión de que se burlaba un poco de ella.

—Puede llamarme Anna. Para mí no es ningún inconveniente.

El conde la observó con atención.

—En ese caso, Anna, llámeme George. Para mí tampoco lo es.

Los dos sonrieron a la vez, una sonrisa franca. Una conversación distendida era preferible, desde luego, a una conversación formal no exenta de engolamiento, algo que Anna instintivamente atribuía a la aristocracia.

El conde los invitó a sentarse en un elegante sofá de cuero marrón, justo enfrente de él. Lord Aldrich parecía complacido.

—Póngase cómoda, Anna. —Ella lo estaba, aunque casi tuvo temor de pisar la alfombra, una pieza soberbia cruzada por arabescos azules y rojos.

—Estoy bien, George, gracias. —Intentaba expresarse con un cierto aire profesional—. Como ya le comunicó mister Walsworth, buscamos información sobre una antigua pariente suya, Gala Aldrich Eliard. Según nos consta fue esposa del quinto conde de Aldrich hasta el 17 de febrero de 1917, fecha en que se produce su fallecimiento. Como sabe, mister Walsworth adquirió un mueble suyo donde ella guardaba libros, cartas y fotografías. A pesar de todo, ignoramos cómo vivió y cómo murió exactamente. Espero que usted nos pueda ayudar a encontrar más información sobre ella.

George Aldrich cruzó las piernas. Apoyó la mano derecha bajo la barbilla, como si evaluara a sus interlocutores. Se inclinó hacia Anna.

—¿Por qué le interesa tanto Gala Eliard? —Su mirada ya no era amable, sino fija, semejante a la de un reptil.

Pierre sonrió de manera taimada.

—Es un encargo de mister Walsworth. Sabe que no puede sustraerse ni a la belleza ni al misterio, sobre todo cuando se trata de sucesos que ocurrieron hace mucho. Siente debilidad por las antigüedades y por la forma en que vivían y sufrían las personas del pasado.

Anna estuvo de acuerdo.

—Supongo que busca la flor azul —contestó George Aldrich.

Anna entendió el significado de la metáfora, pero no con relación a Walsworth. La flor azul era un símbolo que había usado Novalis en una de sus obras, *Heinrich von Ofterdingen*. En ella, el joven protagonista sueña con la flor azul, que destaca entre cientos de flores. De inmediato lo fascina, hasta el punto de que ya no puede ver nada más. La flor azul evocaba, pues, la búsqueda del sentido de la vida. ¿Esa era la razón última del encargo de Walsworth? Sostuvo la mirada de lord Aldrich y le contestó con aplomo.

—La flor azul es un anhelo imposible. Lo que buscamos nosotros, George, es algo real. Gala existió mientras no se demuestre lo contrario, pero es como si fuera un fantasma, una sombra.

El conde lo pensó un instante.

—La primera esposa de mi abuelo murió muy pronto, es natural que la olvidasen, como me olvidarán a mí, el último representante de la aburrida y políticamente correcta familia Aldrich. Aunque quizá no lo hagan. No soy tan inocente como Gala Eliard. He transitado con frecuencia por los siete pecados capitales. Solo que nadie lo sabe.

Pierre intervino. Su rostro era muy serio.

—¿Qué insinúa exactamente?

George Aldrich parecía incómodo. Anna extendió una mano y la puso sobre su brazo.

—Si tiene alguna información sobre Gala Eliard, George, le agradeceríamos que lo expresara claramente. ¿Nos ayudará a encontrar la verdad que desea mister Walsworth?

George se puso de pie.

—Sí, por supuesto. Lo haré porque me lo pide usted en nombre de mister Walsworth, Pierre, y porque lo hace usted con esa bonita sonrisa, Anna. Podría decirse que soy un romántico empedernido, pero también puede que tenga otras razones más pragmáticas. Vengan conmigo, por favor.

Lord Aldrich condujo a sus invitados a través de un pasillo diáfano decorado con diocrodos colocados estratégicamente. El pasillo conducía a un pequeño despacho también exterior. Lord Aldrich les indicó que se sentaran. Anna lo hizo en un silloncito que había frente a una pequeña mesa. George se sentó a su lado. Aquella intimidad le resultaba algo incómoda, pero el interés por descubrir a Gala era muy superior a cualquier pequeña reticencia.

—Estos días, desde que supe de su visita, he estado revisando mis archivos. —Lord Aldrich parecía un hombre realmente prolijo—. He de confesarles que siempre sentí una profunda admiración por mi abuelo, William Percival Aldrich. ¿Sabían que fue un piloto arriesgado, casi un héroe de guerra?

Anna asintió. Pierre se limitaba a escuchar con cara de pocos amigos. Era obvio que no le interesaba toda aquella retórica. Estaba deseoso de que George fuera al grano.

—Durante un tiempo recopilé toda la información que pude sobre él. Su historia no carece de interés, al menos durante unos cuantos años, justo el tiempo que estuvo casado con Gala Eliard, su primera esposa. Luego contrajo segundas nupcias con mi abuela. A partir de ahí su existencia fue mucho más sosegada, yo diría que incluso feliz, aunque algo insulsa. Gala Eliard añadía un plus de sofisticación e inquietud a su vida.

George Aldrich se colocó ante un mueble blanco de puertas pulidas. Abrió una de las hojas y luego el cajón superior. De allí sacó un abultado cartapacio con tapas de piel que recordaba un tanto al diario de guerra de Gala Eliard. Se lo tendió a Anna.

—Espero que esto pueda servirle en su propósito. Es el trabajo de documentación de varios años, acompañado de algunas notas personales. Les sorprenderá saber que durante un tiempo quise escribir sobre la historia de mi abuelo, pero era demasiado complejo hacerlo. O en realidad es que me faltaba la disciplina necesaria. Los advierto de que entre mis notas no encontrarán demasiado sobre Gala Eliard, solo alguna información básica e impresiones personales. Anna, puede usar este material como le convenga y durante el tiempo que estipule. Solo le voy a pedir algo, que si decide usted completar el trabajo que yo no hice, trate con respeto a mi abuelo. Para preservar el buen nombre de los Aldrich.

Anna evaluó la información. Desconocía por qué el conde se expresaba en esos términos, pero nada perdía por tranquilizarlo.

—Descuide, George. Me ocuparé de que así sea. —La voz de Anna sonó mucho más solemne de lo que hubiera deseado.

—Hay algo más. Deben visitar Rosehill, aunque solo sea para hacerse una idea de lo grandiosa que fue. Mi abuelo hizo construir un pequeño hangar junto a la casa, una excentricidad necesaria si se tiene en cuenta que fue uno de los primeros pilotos de Inglaterra. Entre los documentos que le he facilitado encontrará fotografías, tanto del interior como del exterior. Debo advertirla, sin embargo, de que la casa está derruida en la actualidad. Un incendio lo asoló todo. Mi padre decidió que no valía la pena volver a levantar Rosehill. Ahora estoy negociando la venta de los terrenos con un inversor extranjero, aunque aún no me he decidido del todo. —George Aldrich miró directamente a Pierre Broussard—. Como ya dije, soy un romántico, me apena desprenderme de mi propiedad. En todo caso les aconsejo que vayan por allí cuanto antes. Les interesará saber que Gala está enterrada en el antiguo cementerio, cuyas dimensiones no son nada desdeñables. Tengan en cuenta que estuvo en uso durante dos siglos, incluso algo más. Si el contrato se cierra por fin, lo que puede ser inminente, tendremos que exhumar los cadáveres que quedan en el cementerio familiar, en cuyo caso perderían la oportunidad de visitar la tumba. Hay un guarda, Mirror, que vigila los terrenos, su familia se ha ocupado de ello durante generaciones. Lo pondré en antecedentes, por si deciden visitar la finca.

Anna se dijo que no debían perder la oportunidad de hablar con el guarda. Quizá recordara las viejas leyendas familiares. Pierre Broussard arrebató el cartapacio de las rodillas de ella.

—¿Esto es todo, George? ¿Está seguro de que no tiene nada más sobre Gala Eliard?

Los ojos de Aldrich brillaron como los de un duende.

—Lo siento. Esto es todo. Más que suficiente.

Pierre asintió levemente con un gesto de cabeza, pero sus ojos azules revelaban su desconfianza. Anna se puso en pie y se despidió del conde. Era un cínico, pero no del estilo de Walsworth. Por alguna razón misteriosa le gustaba.

—No olviden visitar las tumbas de los Aldrich —insistió George—. Los muertos se lo agradecerán. No olviden tampoco a Jane Marjory, la institutriz de mi abuelo. Significó mucho para él. Deberían honrarla también a ella.

—¿Jane Marjory? ¿Está enterrada en Londres? —preguntó Anna.

—En realidad Jane Leclerc, de soltera Jane Marjory. Se casó cuando ya era una mujer madura. No, no está enterrada en Londres. Murió en Dover siendo muy anciana. Allí descansa.

Anna prometió que visitaría Rosehill e incluso llevaría algunas flores para Gala, aunque juzgaba todo aquello una excentricidad. No creía que visitar la mansión de los Aldrich pudiera aportarle nada en la búsqueda del grial. A menos que el guarda al que se había referido George supiera algo que él se había reservado.

Anna y Pierre abandonaron la casa del conde de excelente humor. Habrían querido visitar el panteón de los Aldrich en Londres, pero era demasiado tarde, por lo que finalmente desestimaron la idea.

—Si le parece, volveré mañana mismo a la ciudad —propuso Broussard—. Husmearé un poco por el cementerio. Le prometo comprar algunas flores, en serio. Para que no se enfaden los muertos.

Soltó una carcajada, pero Anna no pudo reírle la gracia. Todo aquello era algo morboso. Liberarse de aquella carga no le disgustaba. La muerte era demasiado definitiva para su gusto.

Durante su vuelta a Holland House, Broussard no se mostró demasiado comunicativo. Era obvio que algo le preocupaba, algo relacionado con la visita a George Aldrich. Para hacer el silencio menos tenso, puso música de nuevo. Esta vez olvidó a Satie, decantándose por George Benson y su *Nature Boy*. Anna saboreó el ritmo. Aquella canción antigua era casi un cuento de hadas. ¿Sería verdad lo que cantaba Benson? ¿Que el mejor aprendizaje en la vida es amar y ser correspondido? Estaba casi segura de que había sido así para Gala Eliard. ¿Lo sería para ella alguna vez? ¿O había pasado el tiempo del amor verdadero, como demostraba su historia, y las personas ya no eran únicas, sino reemplazables? Desechó esa clase de pensamientos mientras rumiaba cuándo podría visitar Rosehill. Era perentorio hablar con aquel misterioso hombre, el guarda. Mirror había dicho George que se llamaba. Estaban a jueves y el sábado había prometido ir con Desmond a la costa. Ni un lugar ni otro estaban excesivamente lejos de Cornualles. La idea de compartir su búsqueda con Desmond era sumamente agradable, siempre y cuando no estropease los planes del fin de semana que él se había tomado la molestia de elaborar al detalle. Anna se preguntó si podía haber en el mundo alguien tan generoso como Desmond Gilbert. La había sacado de una situación desesperada para introducirla en una aventura excitante sin pedirle ninguna clase de contrapartida. Eso era ser un caballero, algo francamente en desuso, tanto como el amor verdadero.

Llegaron a Holland House a las siete y media, justo a tiempo para la hora de la cena. Walsworth había dado órdenes a Stuart para que concediera a sus «invitados» un cuarto de hora de cortesía, lo que no dejaba de ser un sacrificio para él.

Durante la sobremesa, el anticuario se complació mucho al saber de lord Aldrich, aunque no lo pilló desprevenido la noticia de que pensaba vender la última de sus propiedades, ya que él era el intermediario. «¿De qué me sorprendo?», se preguntó Anna.

—Supongo que despilfarrará hasta el último penique, como ha hecho siempre. Si es que consigue cerrar esa venta —observó Walsworth—. El conde de Aldrich ha sido y es un vividor, aunque se haya olvidado de su buen gusto. Últimamente se le ha visto en compañía de una actriz más que dudosa, una especie de *influencer*, aunque no por eso deja de ser una preciosidad. George, desde luego, ha invertido mucho en ella, se ha comportado como un auténtico mister Higgins.

Anna recordó aquella cita bíblica sobre ver la paja en el ojo ajeno y no la viga en el propio. Se marchó de la sala balbuciendo una excusa, harta de tanta superficialidad e impaciente por echar un vistazo a los documentos de lord Aldrich. Al cabo de un rato se moría de sueño, pero hizo un enorme esfuerzo por seguir leyendo.

Las notas de George eran muy benevolentes con William Percival Aldrich. Era algo con lo que Anna contaba. En todo caso no carecían de mérito. Aunque había nacido en un ambiente privilegiado, el conde de Aldrich forjó su destino a golpe de bastón. William arrastraba desde muy joven una cojera de rango moderado, resultado de una enfermedad infantil. Este impedimento había condicionado su carácter, no tanto en el sentido de hacerlo huraño, sino inconformista y soñador. Como estudiante había sido mediocre. Aun así logró doctorarse en leyes, un título que era tan solo un adorno. Tenía casi treinta años cuando contrajo matrimonio con Gala Eliard, a quien conocía desde niña. Las dos familias habían coincidido en 1896, durante un viaje a Grecia cuyo propósito era ver las primeras Olimpiadas de la era moderna. Miss Jane Marjory, a la que había aludido George, había sido su institutriz. Al parecer estaba muy unido a ella, como también a su madre, lady Diane. Su padre, un hombre mayor, había fallecido cuando él era muy niño.

A diferencia de lady Diane, que detestaba el sol, William Aldrich era un enamorado del Mediterráneo. Los mejores años de su juventud transcurrieron entre Italia, Grecia y Turquía. En uno de sus últimos viajes a Estambul en el Orient Express, y estando de paso en París, visitó a los Eliard. Al poco de su fugaz estancia en la ciudad, William pidió la mano de la joven Gala pasando por alto los rumores que la vinculaban con un joven escritor francés, André Deveroux, que no era del gusto de la familia Eliard. La boda, muy fastuosa, fue el acontecimiento social del año. La pareja pasó su luna de miel, bastante larga, recorriendo Europa y Asia Menor. A la vuelta se instalaron en Londres, donde su estilo de vida era el característico de la aristocracia inglesa. Pero lord William detestaba la vida de sociedad, de modo que se trasladó al campo, a Rosehill Manor, donde toda la familia vivió hasta que empezó la guerra. Durante ese tiempo abandonó sus actividades políticas y se dedicó por entero a la aviación.

Según George Aldrich, en la primavera de 1914, tras haber perdido a su único hijo, Gala Eliard volvió a París, sola, para asistir al entierro de su padre. A finales de ese mismo año, 1914, lord Aldrich tuvo intención de presentar contra ella una demanda de divorcio. La demanda no figuraba entre los documentos que le había facilitado el conde, pero para Anna resultaba obvio lo que había pasado en París. Todo quedó reflejado en un poemario que la editorial Lemérre publicó en 1915, *Cahiers du Quadern Dorée*. El autor era, por supuesto, André Deveroux.

Antes de concederse un descanso, Anna repasó por enésima vez el historial de guerra de lord Aldrich. Tenía la sensación de que algo se le escapaba. William había sido piloto destacado de la Royal Naval Air Service. Fue herido en Egipto, en una misión de reconocimiento por la que obtuvo la Cruz Militar. Gala, en cambio, no obtuvo reconocimiento alguno por su papel como VAD. Tampoco fundó su propio hospital, a diferencia de otras damas de la aristocracia. Eligió el anonimato o se lo impusieron como castigo.

La joven dejó los papeles sobre la mesa. Podía suponer que el despecho es una fuerza aún más intensa que la pasión amorosa —en realidad el despecho no deja de ser una pasión—, pero ahora solo deseaba dormir y olvidar porque todo aquello la perturbaba. Se tendió sobre la cama, abrumada por las experiencias del día, pero, a pesar del cansancio, no logró conciliar el sueño.

El día siguiente se hizo interminable. Durante la cena, Anna comunicó a Walsworth su intención de ausentarse de Holland House durante el fin de semana para recorrer la costa y visitar Tintagel. Él se mostró curioso. Pierre Broussard, algo desconcertado.

—No es asunto mío, no del todo, doctora Stahl, pero ¿viajará sola a Cornualles? —preguntó.

—No.

—Entiendo.

—Supongo que irá con su amigo, el profesor de Oxford. ¿Cómo se llamaba? —intervino Walsworth mientras chasqueaba los dedos.

Anna carraspeó. Era demasiado suspicaz, pero lo cierto es que le desagradaba el énfasis con que su anfitrión había pronunciado la palabra «amigo».

—Gilbert, Desmond Gilbert.

—Eso es. ¿Sabe, Pierre? —continuó Walsworth—. El profesor Gilbert es un gran experto en literatura medieval. Imagine lo mucho que va a disfrutar nuestra Anna de su compañía, en especial si visitan Tintagel. Supongo que le resultará motivador.

—Puedo suponerlo, aunque en realidad no conozco Cornualles ni, por supuesto, Tintagel —dijo Broussard tras ahogar una risita. Walsworth hizo un gesto a Stuart, que le sirvió más vino.

—Debería hacerlo. Cornualles es una región encantadora, sobre todo ahora, en otoño. Está llena de pueblecitos muy pintorescos.

Anna lamentaba haber mencionado su viaje. No pensaba que Walsworth fuera a embromarla con eso, así que, en cuanto pudo, se escabulló para seguir leyendo las notas de George Aldrich.

Se disponía a acomodarse tranquilamente en uno de los sillones que había en su habitación cuando alguien llamó a su puerta. Era Pierre Broussard.

—¿Puedo pasar? —Anna asintió de mala gana—. He tenido la oportunidad de leer todo esto. —Pierre depositó sobre la mesa los materiales que Anna le había entregado de Gala: la carta del 8 de noviembre y los poemarios de André Deveroux—. Si no le importa, me gustaría casar algunas opiniones.

Anna miró a Pierre con incomodidad.

—Lo lamento, pero estoy muy cansada. Puede hacer un informe y pasarme sus preguntas por escrito. Yo acotaré sus observaciones. Se lo daré de vuelta cuanto antes.

—Vamos, Anna. ¿Un informe? Son solo las nueve y, por lo que sé, no duerme demasiado.

Pierre abrió su chaqueta. Sacó una petaca de licor.

—Es bourbon. El licor dulcificará su carácter. —Pierre le ofreció un trago—. O al menos la ayudará a soportarme. —Anna hizo un mohín de hastío—. Beba, se lo ruego. —Ella tomó un trago. No le gustó—. ¿Qué opina sobre Deveroux?

—Era un disidente.

—Sí, pero mi pregunta se refiere más a lo literario. ¿No es una lástima que haya sido olvidado?

Anna se encogió de hombros.

—Pierre, admito que Deveroux tiene su encanto, pero nos interesa más la conexión entre Gala Eliard y el profesor Tolkien. Solo tenemos una carta, ya la ha visto, un poema impregnado de tristeza y una dedicatoria. Algo inocente, muy distinto a los *Cahiers*.

La mirada de Pierre era brillante, llena de una intensidad que la desarmaba. Agitó el poemario ante la cara de Anna.

—¿Se ha sentido alguna vez así? Como la protagonista de estos poemas.

—No es asunto suyo. —Anna no esperaba aquella pregunta. El fuego incendió su rostro.

—¿Por qué no? Me gustaría conocerla mejor.

—Usted no ha venido a eso, sino, ¿cómo lo dijo?, a «casar opiniones». Si ya ha leído los *Cahiers*, sabe qué sentimientos provocaba Gala en Deveroux. Era deseo, pasión carnal, pero dudosamente amor. El poeta era de esos hombres que están enamorados de sí mismos, o de su obra, lo que no es muy diferente. Gala era tan solo un medio y el sexo un gancho para tenerla. Simplemente la usó. La historia está plagada de casos como este, de artistas que usan sus dones, la excusa de la obra perfecta, para obtener placer a cambio. Para algunas mujeres eso puede ser muy seductor. Ojalá estuvieran en mi poder los diarios de Gala Eliard, me refiero a los personales. Estoy segura de que confirmarían todas mis sospechas.

Pierre cruzó las piernas. Se llevó una de las manos a la frente, calibrando su respuesta.

—Si esos diarios de Gala Eliard existen, los conseguiremos, qué duda cabe. Pero conozco bien la naturaleza humana. Créame si le digo que no ha de quedarse en lo meramente anecdótico. Quién sabe. Puede que André, con todas sus miserias, fuera más honesto que su profesor de Oxford.

Anna enarcó una ceja. Estaba atónita.

—¿Por qué dice eso?

—Porque él le ofreció todo lo que podía ofrecerle —respondió Pierre sin pensarlo demasiado—. No se avergonzó de ella ni la ocultó, aunque estaba casado, al igual que el profesor. He podido comprobarlo. Deveroux dignificó su amor, incluso lo quiso elevar a la categoría de obra de arte, aunque fuera con torpeza.

El rostro de Anna se contrajo. Aquello sonaba plausible, pero no era la realidad que ella había encontrado.

—Es una visión un tanto edulcorada de Deveroux, ¿no le parece? La realidad es que solo utilizó a Gala para intentar alcanzar una chispa de gloria. Las consecuencias fueron catastróficas para ella. Desestructuró su vida. La hizo sufrir y no pudo darle nada, ni siquiera la inmortalidad, todo lo contrario que Tolkien.

—¿Qué quiere decir?

—Tolkien hizo lo que Deveroux no pudo, dar a Gala una segunda vida en la que ella podía ser —respondió Anna condescendiente—. La convirtió en Galadriel, en una reina inmortal. Lo hizo porque para él era importante salvarla de algún modo. Si había error en sus actos, quedaba entre Dios y él. Así que el devoto Tolkien arriesgó aquello que más valoraba, su salvación, por amor o por piedad, o por ambas cosas, no por pura concupiscencia o deseo de gloria. ¿Ve la diferencia? Ahí lo tiene. La fuente de uno de los personajes más poderosos y enigmáticos de la Tierra Media no han sido las valquirias ni las damas de la luz artúricas ni la Virgen María o la Ayesha de Haggard, sino alguien que era todas esas mujeres y algo más también: un ángel caído, una puta, una pecadora, una adúltera redimida a través de la fantasía. Gala Aldrich Eliard, Gala-dri-el.

Anna se deleitó pronunciando una y otra vez aquellas sílabas musicales que tenían textura de salmo mágico. Cerró los ojos durante unos segundos para saborear la sensación placentera que le producía escuchar el nombre saliendo de sus propios labios. El licor la enardecía.

—Creí que lo descubriría por sus propios medios, pero parece que lo he sorprendido —prosiguió Anna—. Galadriel no es solo una derivación del *quenya* Alatáriel, que significa algo así como «doncella coronada con una guirnalda radiante», sino un acrónimo. Alatáriel, Nerwen, la Señora de Lórien, de la Luz, de los Galadhrim, la Dama del Bosque. Galadriel es Gala Aldrich Eliard. Pero también representa a otras figuras como Idril, la princesa de Gondolin. En esencia toda la obra de Tolkien gira en torno a ese arquetipo, además del de Lúthien, representado por su esposa, Edith Bratt, antecedente también de otros, como Arwen.

—Nadie sabe qué anida realmente en el alma de un escritor, cómo se gesta y desarrolla el proceso de construcción de una obra que termina siendo imperecedera —sentenció Pierre tras tomar otro trago de su petaca.

—Así es —convino Anna tras ponerse de pie y estirar los brazos hacia atrás—. Ni siquiera el mismo autor lo sabe. Un suceso externo, un encuentro, una mirada, una sonrisa, la mera contemplación de la belleza pueden activar lo creativo. Pero no descuide lo más importante: hay una enorme distancia entre la obra y la realidad, que siempre se presenta idealizada. A veces la realidad puede ser decepcionante, como en el caso de Edith, la Lúthien de Tolkien o su Arwen. Edith no era más que una mujer común. Pero en el caso de Gala Eliard lo importante es el pellizco, la conmoción que suscita en el escritor. Qué mejor conmoción que la del amor.

Pierre Broussard aplaudió sin ironía alguna.

—Anna, debería beber más a menudo. Es usted mucho más apasionada de lo que parece, lo que no me disgusta. Si esa es la verdad, haremos que se sepa.

—Pierda cuidado —dijo ella encogiéndose de hombros—, se sabrá lo queramos nosotros o no. Pierre, la mentira no es lo opuesto a la verdad. Es la verdad cubierta por un velo. Tarde o temprano, este siempre termina por caer.

El viernes transcurrió sin incidentes dignos de mención. Anna no coincidió con Pierre en el desayuno, pues se había marchado pronto a Londres. A primera hora de la tarde, sin embargo, el hombre de mister Walsworth irrumpió en la biblioteca poseído por una especie de locura. Tenía una mano vendada. Una caída estúpida, según él.

—¿Gala Eliard pudo haber tenido descendencia? Un hijo con Deveroux.

—¿De qué me habla, Pierre? —Anna parecía desconcertada, aunque no sorprendida—. No tengo constancia de ese hecho, al menos por el momento. Pero no lo veo probable. Un hijo la hubiera atado a André o a su matrimonio, no es algo que pueda ocultarse así como así. A menos que...

—A menos que la criatura hubiera muerto.

Pierre abrió la galería de imágenes de su teléfono y le mostró el muro interior de un templete funerario en el que había anotada una inscripción: «Ashley Nicholas Aldrich, 2 de abril de 1915».

—George no menciona a ese niño en las notas sobre su abuelo. —Anna pensaba en voz alta—. Veo que hay una sola fecha en la lápida. Es de suponer que la criatura nació sin vida o prematura o que solo sobrevivió unas horas. Por eso no hay constancia de su nacimiento de manera oficial.

Pierre estaba visiblemente emocionado.

—Si las cuentas no fallan, el niño fue engendrado en la primavera de 1914. Ignoramos si en esas fechas o con carácter previo Gala Eliard tenía trato carnal con su legítimo esposo. No podemos presuponer que no, pero tampoco que sí. Lo más probable es que sus intereses estuvieran en otra parte.

Anna asintió.

—Ha sido lo único inteligente que ha dicho desde que lo conozco.

—¿Lo ve? —Pierre volvió a mostrar sus blancos dientes—. Además de serle útil puedo resultar adorable.

—Es lo que usted cree. —La respuesta de Anna pretendía ser áspera—. Supongo que considera la modestia un defecto.

—Más que un defecto, una virtud. La virtud de los débiles.

Ambos se sostuvieron la mirada. Anna fue la primera que la apartó. No le gustaba lo que veía.

—Usted no lo es. Modesto —sentenció.

—Usted tampoco. Ni débil. —Pierre parecía divertirse con aquella pugna.

Anna no sabía si era débil o no, ni tampoco modesta. Lo único que sabía es que no tenía el control de las circunstancias. Pierre se lo demostró de inmediato.

—Mire, le propongo algo. Cornualles está más o menos de paso hacia Christchurch. Podemos hacer juntos esa parte del camino, ya que yo no puedo conducir. —Pierre levantó la mano, agitando la muñeca vendada—. Tendría que desviarse muy poco. Así concluimos este asunto. Mientras usted viaja a Cornualles y se divierte en privado, aprovecharé para dar una vuelta por Rosehill. Hablaré con el guarda.

Anna dio un respingo.

—No veo la urgencia como tampoco la necesidad. Más útil resultaría conocer cómo murió Gala Eliard, algo que tampoco sabemos. Quizá George Aldrich puede decírnoslo.

—No veo la relevancia. —Pierre le dirigió una mirada capciosa—. Además, George insistió en que no sabía nada más, no podemos incordiarle sin un motivo fundado. Por otro lado, tengo repleta mi agenda para los próximos días.

La joven palideció. Sabía que era inútil insistir. Broussard no aplazaría aquella visita, el placer de fastidiarla era mucho mayor. Visto de otro modo, en realidad puede que fuera lo más práctico, aprovechar el viaje a Cornualles para visitar Rosehill, como ya había pensado. Ella tampoco disponía de demasiado tiempo libre, pero así podría aunar todos los intereses, aunque eso implicara hacer alguna que otra concesión.

—Sí, tiene razón. Christchurch casi viene de camino. El profesor Gilbert no pondrá objeciones si nos desviamos un poco, es mucho mejor persona que usted. Buscaremos al guarda. Quizá podamos obtener nuevos datos.

Pierre Broussard miró a Anna con divertida ternura.

—¿Está segura de que no voy a ser una molestia para ustedes? Supongo que desearán estar a solas.

Esas palabras sonaban para Anna como una intromisión en toda regla. Su azoramiento era visible.

—No es lo que piensa, Pierre, aunque sí es verdad que se trata de un viaje privado y su compañía no resulta apropiada. Haremos lo que propone. Pero, en cuanto visitemos Rosehill, habrá de marcharse. Puede tomar en Truro un tren de regreso, supongo que podrá soportarlo, o contratar un vehículo o un helicóptero o lo que mejor le parezca. Avisaré al profesor.

Esa misma tarde Anna habló con Desmond Gilbert y le pidió permiso para incorporar a Pierre Broussard a la «expedición». Desmond aceptó sin objeciones aquel cambio de circunstancias. Si aquello lo contrariaba, Anna no lo supo.

La víspera del viaje Anna durmió mal, presa de extraños sueños que no logró recordar del todo al día siguiente. Solo tenía una imagen, la de ella sobre una roca en medio de un mar desapacible. Parecía que se iba a desatar una fuerte tormenta. Su única opción era lanzarse al mar o agarrarse a la roca con más fuerza. Decidió hacer esto último, pero el agua empezó a azotarla. Tarde o temprano la fuerza de las olas terminaría por arrastrarla. Entonces vio en el cielo un ave de gran envergadura que se debatía contra el viento para llegar hasta ella. Cuando lo consiguió la atrapó entre sus garras para sacarla de allí. Anna lo interpretó como un buen augurio.

Desmond llegó después del desayuno. Parecía que él tampoco había dormido demasiado, a tenor de las sombras violáceas que cercaban sus ojos. En la mano llevaba una caja blanca alargada.

—Te he traído una rosa de invierno. Para Gala Eliard.

Anna la contempló con admiración. Era una rosa amarilla simplemente perfecta.

—¿Por qué amarilla?

—Porque me recuerda el color de tu pelo. Y también el del suyo.

Anna aspiró el olor de la rosa y sonrió, detestándose por haber impuesto a Desmond aquella carga que ahora tanto le pesaba. Debería haber delegado en Pierre. Aquel asunto le estaba haciendo perder la perspectiva.

Durante el trayecto hacia la ciudad costera, Desmond estuvo muy callado, lo que acrecentó la culpa de Anna. Pierre, en cambio, parloteaba sin cesar. Era una tortura. En Exeter, Desmond tomó con su coche el desvío hacia Christchurch y encendió el reproductor de música. El sonido estridente de «Disturbed» inundó la cabina del vehículo. Pierre debió de entender la indirecta, pues poco a poco su voz se fue convirtiendo en un murmullo, hasta que finalmente cesó.

Pronto llegaron al lugar donde había estado ubicada Rosehill Manor. La finca era una pura ruina, como había advertido George Aldrich. De la casa apenas quedaban en pie unos cuantos muros ennegrecidos, tapizados parcialmente de musgo y hiedra salvaje. Impresionados por la visión de aquel deterioro, los tres avanzaron hacia la necrópolis, sin preocuparse de buscar al guarda. Anna sabía por las notas de Aldrich que los condes no usaban el cementerio desde finales del XIX. Que Gala estuviera enterrada allí era una anomalía. Supuso que ese olvido póstumo reflejaba la sanción de la familia por su deslealtad. Si finalmente George vendía la finca, sus huesos serían arrojados a un vertedero, de eso estaba segura, en lugar de ser trasladados al panteón de Londres.

Desmond empujó con cierta expectación la puerta desvencijada, de hierros retorcidos, el comienzo del reino de los muertos. La ausencia de luz, el frío y la humedad de principios del otoño, la bruma y los túmulos inclinados que sobresalían entre la delgada capa de nieve acentuaban la soledad de aquel paraje en el que Gala Eliard descansaba. La tristeza y el silencio eran sobrecogedores. Caminaron despacio entre las tumbas verdinosas, temiendo casi desafiar la paz, la quietud. La mirada de Anna recorrió con avidez las inscripciones de las lápidas, casi ilegibles. Un ángel de piedra la contempló a su vez con ojos mudos. El sol pálido del mediodía le prestó un rayo que se reflejó sobre sus alas rotas, enfermas de vejez y olvido. Anna tiró de la manga de Desmond. Al final de la calle principal, a su izquierda, se elevaba un pequeño templete rodeado de cadenas oxidadas. Pierre silbó, pero no le prestaron atención alguna. Anna estaba realmente conmovida, tanto que Desmond la rodeó con sus brazos de forma paternal. Allí, frente a ellos, se erguía la última prueba física de que Gala Eliard, quinta condesa de Aldrich, había sido algo más que el sueño etéreo de un escritor. Anna se adelantó unos pasos. Con la mano enguantada limpió la lápida. Sus dedos recorrieron con cuidado las letras cinceladas en piedra mientras una nube de lágrimas empañaba sus ojos. La invadía una pena infinita, la pena del que constata una vez más la voracidad de la muerte, su poder destructivo, su irreversibilidad. No era un consuelo saber que la muerte es democrática, que no solo devora la alegría, la belleza, la pasión o la juventud, sino también el sufrimiento, el dolor, la nostalgia. Para los afligidos la muerte puede ser liberadora, un don.

Anna depositó junto al túmulo la rosa amarilla que había llevado Desmond. Los pétalos brillaban bajo el sol de invierno, como si una luz los hubiera encendido por dentro. Consideraba apropiado decir alguna oración en silencio, saludar a Gala de algún modo, pero justo en ese momento oyó a sus espaldas el ladrido de un perro. Era un braco, que golpeaba alegremente con las patas delanteras el cercado, como si quisiera empujar la puerta. Supuso que su dueño no estaría lejos.

Unos segundos después llegó el guarda, un hombre alto tocado con una boina aviserada que ocultaba la expresión de su rostro. Vestía como un cazador, con una chaqueta impermeable verde oscuro, pantalones *knickers* y botas altas. Anna observó que llevaba al hombro una escopeta de caza. En cuanto abrió la puerta, el braco se acercó a los tres viajeros y saltó alegremente a su alrededor mientras ladraba. El guarda silbó.

—Siéntate, Westley —ordenó al perro.

Westley obedeció de mala gana, gimiendo lastimeramente. El guarda le tendió la mano a Pierre.

—Soy Mirror, Quincey Mirror.

Pierre saludó al guarda y se volvió hacia sus compañeros señalándolos.

—La doctora Stahl y el profesor Desmond Gilbert, como puede suponer. Venimos de parte de lord Aldrich. Veo que ya le ha puesto en antecedentes.

Mirror asintió en silencio.

—Síganme. Es mejor que nos marchemos de aquí cuanto antes.

Anna comprendió que el cementerio no le gustaba al guarda. Abandonaron el inhóspito lugar custodiados por Westley, que danzaba alegremente alrededor de Anna —al parecer le había tomado simpatía—. Se dirigieron hacia la antigua pista de aterrizaje de Rosehill Manor, que no quedaba lejos del camposanto. La casa del guarda, una sencilla construcción de piedra y madera, se levantaba sobre los terrenos donde antes estaba el hangar.

Mirror era un hombre de modales toscos, acostumbrado como estaba a la soledad. Parecía algo mayor ya, quizá de la edad de Walsworth. Su rostro, sin embargo, era curtido, duro, el de alguien acostumbrado a vivir a la intemperie. A pesar de que Mirror se esforzaba por ser amable con los forasteros, se le notaba molesto. Dejó su rifle junto a la puerta de su casa, casi tan tosca como él, y ofreció a los invitados asiento junto a la lumbre, además de un reconfortante té caliente con galletas. También dio de comer a Westley, que olvidó por un momento a los intrusos.

El guarda encendió su pipa. El aroma suave del tabaco se mezcló con el de la madera, con el olor a bosque que se filtraba por las rendijas. Durante un rato estuvo fumando en silencio, observando a Anna entre las volutas de humo. Al cabo de un rato se puso en pie y abrió el cajón de una cómoda que había junto a una estantería. De allí sacó un pequeño estuche forrado en terciopelo rojo.

—Supongo que es esto lo que ha venido a buscar en realidad.

Sorprendida, Anna tomó la cajita que le tendía el guarda y se volvió hacia Desmond. Él asintió con un leve gesto. Aquello se estaba poniendo interesante. Había esperado encontrar dentro un anillo, una joya, algo que evocara a Gala Eliard, pero el contenido del cofrecillo era por completo inesperado. Se trataba de una cruz templaria atravesada en los extremos por dos espadas. En el centro resaltaba, encerrada en un círculo, la efigie de una dama. Pero lo importante no era aquello, sino que la cruz pendía de una cinta corta con rayas listadas en verde y rojo en cuyo centro había una brillante estrella de cinco puntas. Anna la acarició.

—*Aiya Eärendil elenion ancalima* —pronunció en voz alta.

—¿Qué dice? —Pierre estaba visiblemente excitado.

—En la mitología de Tolkien, Eärendil, al principio llamada Eärendel, es una estrella, en realidad un Silmaril, una joya luminosa forjada por Feänor inspirándose en el brillo de los cabellos de Galadriel. La dama del bosque es capaz de capturar su luz en un frasco. Para encenderla se usan esas palabras. Una larga historia. Digamos, para entendernos, que la luz de la estrella tiene el poder de guiarnos en la oscuridad. Eso es lo importante. ¿Recuerda la carta del 8 de noviembre? Esta es la estrella de plata. La estrella que hay sobre la cruz.

Anna apretó la medalla en la palma de la mano. Se volvió hacia el guarda.

—Creo que tiene una historia que contar.

El guarda aspiró su pipa. Sus ojos, pequeños y penetrantes, quedaron semivelados por una voluta de humo. Volvió a tomar asiento frente al fuego.

—Sucedió hace mucho tiempo, exactamente cincuenta años. —Mirror parecía hablar para sí mismo—. Lo recuerdo bien. Sería principios de septiembre cuando un hombre mayor llegó a Rosehill. El viejo buscaba el cementerio, lo mismo que ustedes, incluso llegó a preguntar a mi padre, que lo vio por el camino, como supe después. En aquella época no recibíamos muchas visitas en este lugar endemoniado, por lo que aquello no dejaba de ser llamativo. Yo tenía entonces catorce años y andaba siempre zascandileando de aquí para allá. Al ver al forastero acercarse a las tumbas, lo seguí. Supe de inmediato que buscaba a la condesa maldita, al igual que ustedes. Se quedó junto a ella un buen rato, como rezando. Antes de marcharse vi cómo dejaba algo en la hornacina que hay junto al templete.

Anna levantó la cruz sobre la que brillaba la estrella.

—Supongo que fue esto lo que dejó allí. ¿Llegó a saber quién era aquel hombre?

—Sí, por supuesto. Era John Ronald Reuel Tolkien.

—¿Cómo lo supo?

—Porque durante las Navidades del setenta me regalaron uno de sus libros, *El hobbit*. Era ya un autor conocido en todo el mundo. Y porque pocos días después de su visita a Rosehill su muerte se anunció en los periódicos. Ya no hubo ninguna duda.

No había mucho más que hacer en Christchurch, así que, tras despedirse de Mirror, los tres salieron hacia Truro, donde Pierre tenía previsto tomar el tren de Londres. No hablaron de la cruz de guerra, que Anna entregó a Pierre para que se la llevara a Walsworth, conmovidos como estaban por todo lo que había sucedido aquel día.

—Imagino que pertenecería a alguien que era importante para Gala Eliard. Deveroux, ¿no cree? O quizá su hermano, Alain Eliard —observó el agente.

Anna, sin embargo, no contestó, sumida en sus propios pensamientos. La verdad estaba ahí, bajo la luz de Eärendil. *Aiya Eärendil elenion ancalima.*

Un rato después llegaron a la ciudad. Allí descubrieron con horror que la línea de ferrocarril estaba averiada, por lo que no habría trenes disponibles ni en Truro ni en los pueblos de alrededor hasta que la incidencia fuera reparada. Eso suponía una demora de al menos un día. El autobús hacia Londres ya había pasado. Tampoco se esperaba otro hasta dentro de varias horas. El servicio de taxis estaba ocupado. Dadas las circunstancias y las dificultades para conseguir un transporte alternativo, solo había una solución: cargar con Pierre. Desmond había alquilado dos habitaciones individuales en el Fall River Cottage, que desafortunadamente estaba completo. Era tarde para buscar soluciones, de modo que Desmond se ofreció a compartir la habitación con él.

—¿Está seguro? —preguntó Pierre.

Desmond asintió con escasa convicción.

—Solo voy a pedirle algo. Olvidemos por un par de días Rosehill, a Mirror y la estrella de plata. Ya habrá tiempo de ocuparse de eso.

Pierre le dio su palabra.

Después de comer, los viajeros decidieron ir a St. Ives. Tintagel era un lugar fascinante, sin duda, y la excusa de aquel viaje, aunque ahora su brillo se hubiera visto empañado por el enigma de la estrella.

Los tres llegaron hasta el pie del castillo. Se disponían a subir cuando Broussard se echó atrás.

—Vayan ustedes dos —insistió—. No deben preocuparse por mí. Necesito tomar algunas fotografías.

Anna se sintió ostensiblemente aliviada. Desmond, más diplomático, intentó atemperar.

—Lo esperaremos arriba, Pierre. Por si cambia de opinión.

Marcharon por un sendero desde el que se contemplaba una vista magnífica, algo abrumadora. Al final del camino había una larga escalinata de piedra que ascendía hacia la cima del acantilado, donde aún permanecían los restos del castillo. Anna subió los peldaños pesadamente, como si llevara herraduras adheridas a las plantas de los pies.

—Vamos. —Desmond la empujó desde el centro de la espalda con delicadeza. Era, como pensaba, un perfecto caballero, aunque a veces Anna se sorprendía anhelando que dejara de serlo.

Mientras ascendían, Desmond le fue hablando de los últimos hallazgos en Tintagel. El año anterior los arqueólogos habían desenterrado los restos de un complejo que databa de los años oscuros. Se trataba de un asentamiento real, a juzgar por las piezas de vidrio y cerámica que habían aparecido en la excavación, algunas procedentes del Mediterráneo oriental. Había quien argumentaba que aquel era el centro real del reino de Dumnonia, la Britania posromana.

—¿Crees que realmente existió el rey Arturo? —preguntó Anna sin ingenuidad alguna.

Desmond se ajustó las gafas.

—Es posible que en los tiempos antiguos existiera algún rey llamado Arturo o algún caballero que vivió sucesos extraordinarios. Puede que naciera aquí, en Tintagel. Pero ¿qué importa si existió o no, Anna? Arturo existe como mito literario y eso por sí solo ya es capaz de crear una realidad que resulta aceptada. Frente a eso, ¿qué relevancia tiene la verdad?

¿Tiene algún sentido deconstruir el mito? Ni siquiera debería intentarse. Es más, sin la existencia del mito tú no te verías ahora en la necesidad de encontrar tu grial, lo que no deja de ser apasionante. Te has convertido ya en toda una dama de la Tabla Redonda.

Anna rio abiertamente.

—Sí, no te rías. Una dama —insistió Desmond—. Ocuparás tu asiento y te llamarás... Déjame que piense. ¡Ya está! Loanna.

—Me suena a tira cómica —bromeó Anna, aunque la expresión de su rostro era solemne—. Está bien, acepto ser la dama Loanna. Pero, si lo soy, habré de pronunciar mi juramento.

—Por supuesto.

Anna hincó una rodilla en tierra.

—Nos ha sido negada la visión del santo grial y anuncio que mañana saldré en su búsqueda y no regresaré a Camelot hasta que lo haya visto.

Desmond puso las manos sobre los hombros de Anna. Al mirarlo, le pareció que todo a su alrededor adquiría un tinte mágico. Los ojos de Desmond parecían casi transparentes, tamizados por la luz del atardecer. Tras él, en el horizonte, las nubes algodonosas se hundían en un mar grisáceo, agitado y convulso, que contrastaba con el verde de la hierba inglesa. Anna se levantó para contemplar el atardecer prematuro. Permanecieron juntos en silencio, los hombros casi pegados, las manos rozándose apenas, los cabellos, castaño oscuro contra rubio, entremezclados por el viento. Las olas se estrellaban contra los farallones con un estruendo ensordecedor. Las gotas de espuma blanca que flotaban en el aire salpicaron el rostro de Anna. Recordó el sueño de la noche anterior. Miró abajo y tuvo miedo, no ya de caer y ver su cuerpo desmadejado, deshecho, flotando sobre las olas, sino de aquella luz pálida que le hacía desear que aquella tarde no acabase nunca, que aquel viento no dejase de soplar jamás. Mientras miraba hacia el infinito se prometió que en adelante dejaría de poner obstáculos a la vida, que parecía tomar su propio curso al margen del miedo.

Desmond la tomó del brazo.

—Vamos, Anna. O, mejor dicho, Loanna.

Anna se volvió. Estaba muy seria.

—Si yo soy una dama del grial, ¿quién eres tú? —Su pregunta era mucho menos ingenua de lo que parecía—. ¿Arturo Pendragon? No, mejor sir Lancelot.

Desmond se encogió de hombros.

—Podemos dejar el papel de Arturo a mister Walsworth y el de Lancelot a Pierre Broussard. Parece muy adecuado para él.

Anna le dio la razón.

—Entonces tú puedes ser Merlín, el mago.

—Podría serlo. O incluso Mordred —admitió Desmond. Tampoco su respuesta resultaba ingenua, como Anna supuso.

Descendieron hasta el punto de partida en silencio, acompañados por una lluvia fina. Pierre Broussard había desaparecido. Anna se dispuso a llamarlo, pero entonces leyó su mensaje. Decía que los esperaba en el pueblo, en una taberna llamada King Arthur's Arm.

—¿Lo ves? Una nueva prueba de la vigencia del mito.

Lo encontraron en la cantina, bebiendo cerveza negra y comiendo cordero con patatas asadas mientras contemplaba las fotografías que había tomado esa tarde.

—Así que ya están de vuelta —observó—. Supongo que tendrán hambre. Les pido perdón por haberme anticipado. El frío me abrió el apetito.

Pierre hizo un gesto al camarero, que sirvió lo mismo a los recién llegados.

Anna, que se había quedado helada, disfrutó de las patatas con mantequilla y algo menos del cordero. Mientras masticaba en silencio los tubérculos, cobrando fuerzas, observó de soslayo a Desmond y a Pierre. No estaban cómodos el uno con el otro, pese a lo mucho que disimulaban. Se dijo que había sido muy egoísta. Era su fin de semana con Desmond, pero lo había ensombrecido a causa de la impaciencia por ir a Rosehill Manor. No pensaba, desde luego, que tendría que cargar con Pierre todo el viaje. Debería hacer algo para compensar a Desmond.

El domingo muy de mañana emprendieron el camino de regreso a Holland House. Anna habló poco durante el viaje. Mientras apretaba en su mano la estrella de plata —ahora ella era la portadora—, repasaba una y otra vez las imágenes de la tarde anterior, cada detalle de la conversación con Mirror, las observaciones de Broussard. Sin pretenderlo, reconstruía los muros de Rosehill reviviendo a Gala Eliard. La veía caminando regia e inaccesible entre los salones tapizados de alfombras persas, sin fijarse apenas en las rosas que los adornaban. Adivinaba sus anhelos secretos, su nostalgia de París, el deseo velado de romper los barrotes de la jaula de oro en que la había encerrado su matrimonio con William, su tristeza ante la pérdida de sus hijos, la pasión física que André Deveroux había encendido en su cuerpo, su huida a Le Touquet, el cansancio, las largas jornadas, el intento vano de olvidar, la ternura hacia Tolkien, la entrega de aquella cruz coronada por una estrella llamada a iluminar sus horas más oscuras, su Eärendil. Quizá era eso el amor, esa ternura que inspira el deseo del bien para el otro. ¿Acababa todo aquello tras la muerte? La mera existencia de la obra de Tolkien revelaba que no, que aquel era un amor que se extendía más allá.

La tarde se había apagado bajo la llovizna, que arreciaba. Anna cerró los ojos en un intento vano de olvidar las imágenes de la noche fatídica en que perdió a sus padres, fragmentos de cristales rotos mezclados con la lluvia. Miró a Pierre, cuyo humor era excelente, pero no podía entender bien lo que decía. Era como si la realidad se desdibujara. Extendió la mano y tocó el brazo de Desmond.

—Para el coche, por favor.

Desmond la miró sin comprender, pero al ver que el rostro de Anna tenía un tinte verdinoso puso las luces de emergencia mientras se desplazaba hacia el arcén para detener el vehículo. Anna salió y se adentró en un pequeño bosquecillo que había junto a la carretera. Tenía un nudo en el estómago. Desmond salió tras ella.

—¿Qué te pasa, Anna? ¿Te encuentras bien?

No, no se encontraba bien. Sus pérdidas, sus fracasos le pesaban tanto como el indigesto cordero destinado a alimentarla. El recuerdo del animal muerto terminó de sofocarla. Se dobló sobre sí misma y vomitó mientras Desmond la sujetaba por los hombros.

—Triste comienzo para una dama del grial —murmuró Anna mientras se incorporaba.

Desmond tomó su pañuelo. Limpió su boca y secó sus ojos, que se habían inundado de lágrimas. Era la primera vez que estaban tan cerca.

—Lo que importa es el final, boba.

La rodeó los hombros con el brazo y la llevó al coche. A pesar de la incomodidad que le producía el vendaje, Pierre se tomó la molestia de ponerse al volante mientras Anna, en el asiento trasero, reclinaba su cabeza sobre el pecho de Desmond. Se estaba bien allí. Era como estar en casa. Su casa.

Durante el resto del viaje a Oxford, Desmond les fue regalando pequeños retazos de historias antiguas, viejas leyendas sobre normandos y sajones. Era un orador extraordinario. Mientras se adormecía sobre su hombro, Anna cayó en la cuenta de algo. Nadie dijo que en su papel de dama debía encontrar únicamente el grial de mister Walsworth. También podría encontrar el suyo.

5

Una lección magistral

A ti te quedé grande y por eso estás con una igualita que tú...

SHAKIRA, «Pa tipos como tú»

Los días que siguieron a la vuelta de Tintagel fueron mucho más estáticos de lo que todos habrían deseado. Arturo había abandonado el reino. Lancelot y Merlín estaban lejos de alcanzar el grial, en caso de que lo estuvieran buscando. La dama Loanna, en cambio, se había tomado aún más en serio su papel e investigaba en silencio, tocando de cuando en cuando la estrella de plata con sus dedos, esperando que obrara un milagro y también iluminara su oscuridad. Consumidos los materiales que había aportado lord Aldrich, nada más podía hacer por el momento salvo volver la vista hacia Tolkien. Esos pocos días había revisado abundante material y reflexionado mucho acerca de la concepción del profesor sobre el amor y el sexo, coherente con sus creencias, pero no exenta de interés por algunas ideas novedosas. Había repasado una y otra vez la carta que envió John Ronald a su hijo Michael, fechada entre el 6 y el 8 de marzo de 1941. Ahora las palabras adquirían para ella un nuevo significado.

> En nuestra cultura occidental la tradición caballeresca romántica es todavía fuerte, aunque, como producto del cristianismo (de ningún modo lo mismo que la ética cristiana), los tiempos le son enemigos [...]. Su centro no era Dios, sino unas deidades imaginarias: el Amor y la Señora. Tiende todavía a hacer de la Señora una especie de estrella conductora o divinidad; la divinidad es equivalente a la mujer amada, el objeto o la razón de la conducta noble [...]. Produce todavía en los que retienen algún vestigio de cristianismo lo que se considera el más alto ideal de amor entre el hombre y la mujer. Sin embargo, aun así considero que tiene sus riesgos [...]. Evita, o cuando menos en el pasado ha evitado, que el hombre joven vea a las mujeres tal como son: como compañeras de naufragio, no como estrellas conductoras.

Anna no dejaba de darle vueltas a una intuición, más que a una idea. Pensaba que cuando escribió aquella carta, Tolkien aún no era consciente de la importancia que iba a tener en su vida gozar de aquello a lo que llamaba «una estrella conductora», representada simbólicamente por la cruz que le había entregado Gala, la condesa maldita, como la había llamado Mirror. Solo lo supo al principio y también al final. Que el amor a «la Señora» era amor después de todo y, como tal, digno y desde luego no incompatible por la fuerza de las circunstancias con el afecto a su «compañera de naufragio».

Tenía aún pendiente la visita a la Bodleiana para consultar los diarios del profesor y algunas de las cartas inéditas, que había ido aplazando para no faltar a sus compromisos con Walsworth. Sabía que no le iba a resultar fácil obtener las acreditaciones necesarias para acceder al material restringido, el único que podía darle alguna pista, pero decidió intentarlo.

Absorta en las obligaciones de la biblioteca y en aquel nuevo frente que se abría ante sus ojos, Anna olvidó que se acercaba su cumpleaños. La fecha le habría pasado desapercibida si no hubiera sucedido algo muy extraordinario. Mario llamó para decirle que estaba en Oxford.

Rehusar verlo era una opción, desde luego, pero ella no quiso privarlo del derecho a darle las explicaciones que le había negado cuando rompieron. Habían pasado nueve semanas y media desde aquel momento, que ahora parecía demasiado lejano en el tiempo, como si perteneciera a otra vida.

Lo citó en Acanthus, un lugar de estilo clásico situado en Beaumont Street, cerca de la zona universitaria. Era un sitio caro y elegante, más que apropiado para el cierre digno de una relación que había significado mucho para ella. Su ánimo era sereno, tanto que aquella tarde se atrevió a usar por primera vez el Smart negro de Walsworth y desafió los miedos que la embargaban cuando se ponía al volante. Todo eso, los temores infundados y Mario, debía quedar atrás. «Soy la dama Loanna», se dijo recordando las palabras de Desmond. Sonrió. Por primera vez en mucho tiempo se sintió dueña de su vida, aunque no lo fuera de su destino. Este estaba escrito. Todo lo más que podía hacer era aceptarlo o rehuirlo.

Ver a Mario abrió una brecha en las defensas que Anna había levantado con cierta eficacia desde que llegó a Oxford. Habría deseado mayor inmunidad, pero la memoria inconsciente de las noches junto a la playa, el sabor de la sal sobre su piel, los atardeceres que compartían en silencio, las lágrimas que él secaba con sus dedos cuando la invadía la nostalgia pesaban en exceso. No podía negar el pasado, habría sido injusto, además de necio, pero tampoco podía permitir que ese pasado ni la tristeza de la pérdida condicionasen su futuro.

Mientras se sentaban el uno frente al otro, él atractivo y bronceado, ella algo pálida, Anna se preguntaba por qué no había sido bastante para Mario, cuál había sido su error. O quizá no era culpa suya. Tal vez era que el amor está abocado a morir siempre, que en realidad no es más que una quimera, un invento de poetas y literatos. Que al igual que sucede con la virginidad, el amor pierde su pureza una vez que se toca, que se goza, hasta que se emponzoña por completo y desaparece.

No quería iniciar una conversación trivial con Mario ni intercambiar frases de cortesía huecas e innecesarias, así que decidió preguntarle sin más rodeos cuál era el verdadero motivo de aquella visita intempestiva que perturbaba su paz ficticia, perdida casi al mismo tiempo que conquistada.

—Te echo de menos. Te quiero, Anna —contestó con sencillez.

Anna había esperado algo más prosaico, la reclamación de las pertenencias que aún quedaban en su apartamento, la liquidación de las cuentas conjuntas, un reproche, pero nunca una propuesta implícita de desandar lo andado. Buscó en el rostro de Mario un atisbo de doblez, pero la mirada era limpia.

—¿Qué pretendes, Mario? —Anna se expresaba con calma, su actitud era fría—. ¿Mi absolución, mi perdón? ¿Qué todo vuelva a ser como antes?

Mario apretó la mandíbula.

—Sí, pero sé que es imposible, lo leo en tus ojos.

—Lees bien. Lo es.

Mario asintió en silencio.

—No puedo pedir imposibles, pero al menos no me guardes rencor. Lo que sentí por ti fue real, aún lo es, ya lo sabes. Pero había vivencias que necesitaba experimentar. Elegí el camino fácil, el de la mentira, pensando que nunca lo descubrirías, que aquello pasaría, como pasa siempre, que quedaría impune. No supe cómo hacerlo para no provocarte dolor.

Anna sabía que Mario era sincero, pero en ocasiones la sinceridad no es un paliativo, sino todo lo contrario. Estaba muy enfadada, hasta ese momento no había sabido cuánto. Arrugó la servilleta y la apretó con fuerza entre las manos hasta que los nudillos se le pusieron blancos. Desde su ruptura algo la había estado atormentando. Pensaba que era una simpleza. Pese a todo decidió decirlo sin rodeos, ya no tenía nada que perder. Mario la interrumpió.

—No fue algo que buscara. Sucedió, sin más —insistió él.

—¿Aún estás con ella? —Anna no quería saberlo en realidad, pero era necesario. Para quemar todos los puentes.

Mario asintió de forma imperceptible.

—Eso depende de ti.

Anna hizo un gesto de hastío con las manos.

—Entonces ahórrate esa clase de explicaciones. No me digas que surgió así, sin más, porque eso no me ayuda. Podría comprenderlo, incluso disculpar tu debilidad y seguir adelante, pero ¿sabes? Hay algo que no te puedo perdonar, Mario. Que esas vivencias, como tú las llamas, las llevaras a término en mi casa, en mi cama, entre mis sábanas. Ni siquiera te molestabas en lavarlas. Es repulsivo. Yo tenía que dormir allí, abrazada a ti, porque no podía conciliar el sueño, después de que tú...

Se había propuesto dar a aquella relación un cierre digno, así que contuvo su ira. La llegada del camarero resultó providencial. El carpaccio de salmón ahumado parecía absolutamente delicioso. Ella, sin embargo, había perdido todo interés. Levantó su copa, llena de vino espumoso.

—Brindo por lo que fuimos tú y yo una vez. Y por la dama Loanna.

Mario no entendió esto último, pero no quiso preguntar más. Un minuto después Anna llamó al camarero. Cuando trajo la cuenta, arrojó sobre la mesa tres billetes de cincuenta libras y salió del restaurante sin mirar atrás. A sus espaldas quedaba el vacío, la ausencia, el dolor de las ilusiones no cumplidas, de la vida no vivida, pero por delante brillaba la esperanza de los nuevos comienzos. Bastaba.

Estuvo un rato callejeando a solas por Oxford, aspirando la humedad de la noche solitaria, el silencio. Pensó en llamar a Desmond, pero desechó la idea. No deseaba que la viese triste. Serían cerca de las diez cuando regresó a Holland House. No tenía ganas de estar sola, de modo que fue a la sala de recreo para ver si Walsworth ya había vuelto, pero no había nadie. Anna fue al mueble bar y se sirvió un poco de whisky escocés para compensar los sinsabores de la tarde, pero no le gustó. Decidió probar una segunda vez con brandy. No estaba tan mal como el whisky, por lo que se sirvió una tercera copa. Al cabo de un rato comprendió por qué la gente se dedica a beber. Una sensación euforizante recorría su cuerpo. Los problemas parecían más pequeños ahora, incluso inexistentes.

El alcohol la abocó a un sueño largo, comatoso y profundo, plagado de imágenes confusas que luego no logró recordar. Despertó a la hora de siempre. Mientras apartaba la ropa de cama se preguntó quién era el imbécil que aseguraba que el whisky y el brandy no producen resaca. Tenía un terrible dolor de cabeza. Bajó a la salita para servirse un café bien cargado. No encontró a Walsworth. Pierre, al parecer, ya había salido.

Volvió a la biblioteca con la esperanza de encontrar a Stuart por el pasillo para saber cuándo regresaba el señor, pero tampoco lo vio. Era como si todo el mundo se hubiera esfumado.

Mientras la pantalla del ordenador se activaba, Anna consultó el correo en su teléfono. No había nada de interés, salvo una recomendación de la secretaria de mister Winter. Necesitaba un informe actualizado de la estancia de investigación en St. Hugh para completar su currículo. Anna maldijo en voz alta su mala suerte. Aquello tenía que llegar el único día de su vida en que tenía resaca. Odiaba el papeleo. Debería, además, recurrir de nuevo a Desmond Gilbert. Estaba segura de que él no pondría objeción alguna, pero Anna no deseaba generar una impresión equivocada. A lo largo de su vida académica había conocido demasiada gente rastrera. Habría sido injusto que a la desesperación apaciguada se sumara también la sombra de cierto nepotismo. Si ella también hubiera sido así, no estaría probablemente en una posición tan insegura, viviendo de expectativas.

Tenía trabajo que hacer en Oxford, además de pedir el informe, pero también en Holland House, así que consumió un par de horas más en la biblioteca para cumplir con su compromiso de registrar los trescientos. Era casi gimnasia mental. Pan comido.

Antes de salir, Anna revisó sus notas. Desde que conoció la versión primitiva de «Namárië», había hecho una lista de bibliografía que le interesaba consultar para acercarse al Tolkien de 1916 y establecer conexiones con el que un par de décadas después escribió *El señor de los anillos*. La mayoría de esos libros estaban en la Bodleiana y no tenía dificultades para acceder a ellos, pero, a pesar de su valor, no eran sino una bagatela en comparación con el *Diario del breve tiempo pasado en Francia y de las últimas siete veces que vi a Geoffrey Bache Smith*, del propio Tolkien, además de su diario personal. Incorporó a la lista de bibliografía pendiente, abrumadora, la lectura de la obra de John Garth, *Tolkien and the Great War*. El británico mantenía la tesis de que *El señor de los anillos* no habría sido posible sin la participación de su autor en la Gran Guerra, una tesis que también era compartida por otros investigadores, como Joseph Loconte. Garth situaba el punto de partida de la mitología tolkieniana en el poema «El viaje de Eärendil», el marinero, pero el punto de arranque de su obra completa en prosa era *La caída de Gondolin*, que Tolkien había empezado a escribir en forma de poema épico, tal y como se desprendía de la carta de Gala. Para ella, sin embargo, el desencadenante de la Tierra Media estaba en «Namárië» y en la mujer a la que había sido dedicado. Estaba más que dispuesta a demostrarlo.

El tiempo parecía amable, así que tomó la bicicleta del garaje. Provista de un impermeable y su inseparable portátil en la mochila, tomó la carretera de Oxford. Pedaleó sin salir del arcén, algo asustada por los escasos vehículos que circulaban a su alrededor a toda velocidad. En aquel momento la lluvia había cesado, pero Anna disfrutaba del petricor, el olor de la tierra mojada, y del fresco sobre su rostro descubierto. Era frágil, pero no tanto como pensaba.

Pronto Oxford se abrió ante ella palpitante de vida, con sus casas adosadas de ladrillo rojo y ventanas blancas tras las que se adivinaban objetos imposibles. Encadenó la bicicleta al primer sitio que vio desocupado. Su talante era optimista. Frente a ella se erguía la cámara Radcliffe, una de las extensiones de la Biblioteca Bodleiana y también uno de los puntos de acceso a las colecciones.

La biblioteca ejercía sobre ella una atracción poderosa. La historia de aquel lugar casi sagrado se remontaba al siglo XIV, cuando Thomas de Cobham, obispo de Worcester, donó la primera colección. A partir de ahí la Bodleiana fue creciendo de tal modo que se amplió con la construcción de una sala conocida como la Duke Humfrey's Library, en la que se albergaban tomos de las tres disciplinas que se estudiaban en la universidad: Teología, Leyes y Medicina. En el Arts End, el resto de los tomos. Durante la Reforma luterana muchos volúmenes fueron destruidos, de modo que la biblioteca entró en declive. Resurgió como el ave fénix en el siglo XVII de la mano de Thomas Bodley. A partir de ese momento la Bodleiana se había comportado como una madre acogedora, generosa. Cada título impreso en la isla llegaba de inmediato a ella gracias al acuerdo de Bodley. Más de cuatro millones de libros y unos noventa mil manuscritos, además de miles de atlas y mapas, estaban encerrados entre aquellas paredes de piedra, entre ellos *The Book of Curiosities*, compilado por una mano anónima durante la segunda mitad del siglo XI, y *The Red Book of Hergest*, este ya del siglo XIV, en el que Tolkien había encontrado una buena fuente de inspiración. Obviamente no se podía comparar a la biblioteca de Walsworth. Frente a la Bodleiana, resultaba muy pobre.

Anna franqueó el umbral con la misma ilusión de la primera vez, consciente de la grandiosidad que se extendía ante sus ojos. El día era gris, pero las cristaleras convertían en dorada la luz pálida, otoñal. Aspiró el olor resinoso de las estanterías repletas de libros desde el suelo hasta el artesonado de madera del techo. Conocía bien la distribución del edificio, de modo que recorrió presurosa el pasillo y se dirigió al mostrador para rellenar la documentación necesaria. Necesitaba obtener un nuevo pase, ya que el antiguo había dejado de tener validez. No pronunció esta vez el juramento de no dañar los libros o de obedecer las normas de la biblioteca. Ahora había una diferencia con respecto a tres años atrás. Era menos que nada, menos que cualquier estudiante de grado, algo que no había tenido en cuenta o que había preferido ignorar: no tenía tras ella el respaldo de un departamento universitario. Aunque los papeles de Tolkien estaban en la Bodleiana, pertenecían a la familia. Hasta que no pasasen setenta años desde la muerte del erudito profesor no estarían a disposición del gran público —a menos que la familia lo consintiera—, de modo que solo podían ser consultados por investigadores académicos con tales fines, no literarios. Su situación era un tanto extraña. Era doctora, con un título validado en Oxford, pero no mantenía relación laboral con ninguna universidad y esto era un obstáculo. Debía admitir, por otro lado, que sus fines no eran del todo académicos o, al menos, estaban orientados más a su beneficio personal que al de la ciencia.

Intentó presionar al bibliotecario para que no la vetara, pero probablemente estaba entrenado para lidiar con personas como ella. Eran muchos los escritores, cineastas y guionistas que querían consultar los documentos privados de Tolkien para acceder a su mundo íntimo, un mundo que la familia se encargaba de proteger con el mismo afán de Cerbero. Era misión de la «empresa» Tolkien State gestionar el patrimonio intelectual del escritor.

Anna dio un pisotón de impotencia contra el suelo. Seis meses antes no habría tenido el problema al que se enfrentaba en ese momento. Y eso la indignaba tanto que de buena gana habría roto su juramente implícito. Tan enojada estaba que si hubiera dispuesto de una antorcha habría hecho arder la biblioteca entera, con los papeles de Tolkien incluidos y aquel molesto bibliotecario inglés con cara de ratón que la miraba sin saber qué hacer. El empleado se hallaba tan desconcertado como ella misma ante lo insólito de su situación.

—Lamento no poder ayudarla —manifestó compungido—. Debe hablar con la encargada de las colecciones especiales. Está tan solo a un par de minutos, en el otro edificio. La Weston Library.

El hombrecito le tendió un papel con el nombre de la archivera. Anna arrugó el entrecejo. Recordaba bien a aquella mujer. Seria, seca y eficiente, con tantos años como malas pulgas. Era experta en Tolkien, incluso había publicado algún libro sobre él. Con ella no habría negociación posible. Mientras volvía sobre sus pasos y caminaba por Broad Street bajo las gotas de lluvia intermitente, notó en la garganta el sabor de la derrota anticipada. La rabia sacudió todo su cuerpo. Tenía la presa a su alcance, pero veía que se le escapaba entre los dedos.

Sus pesimistas predicciones no tardaron en cumplirse. La archivera la recibió con la misma cortesía helada con que recibía a todos los que se intentaban aproximar a los materiales. Con gesto lánguido le indicó a la visitante, la quinta aquel día, que se sentara. Anna expuso su caso de una manera sucinta. No era mucho lo que podía decirle para justificar su interés por acceder a las colecciones especiales. No le pudo contar que obraban en su poder dos documentos de relevancia histórico-académica ni tampoco pudo hablarle de Gala Eliard, de su relación con el profesor ni de la supuesta influencia no solo en el poema «Namárië», sino en toda la Tierra Media. Si lo hubiera mencionado la habría juzgado seguramente una chiflada, algo que, por otra parte, no estaba tan lejos de la verdad. Desde que llegó a Holland House no dejaban de ocurrir sucesos inverosímiles.

La bibliotecaria le dio de inmediato una respuesta que frenó en seco sus desvaríos. El tono de la mujer era muy educado pero cortante. Vino a decir que, como empleada de la Bodleiana, respetaba la participación de su interlocutora en la vida académica y su trayectoria profesional, pero el caso es que en ese momento Anna era un ángel caído, una de las cambiadas de bando, algo que no podía obviar. Es decir, con su tarjeta podía acceder a cualquiera de los cuatro millones de volúmenes de la biblioteca y a cierta clase de manuscritos, pero no a las colecciones reservadas para los investigadores académicos. Los labios arrugados de la bibliotecaria articulaban palabras que sonaban amables, pero en la práctica todas ellas se orientaban a dar una misma respuesta: no. Un rotundo y mayúsculo no.

—Comprenda que no está en mi mano. —La voz nasal de la archivera tenía un tono compasivo, tierno incluso—. Estos documentos pertenecen a la familia Tolkien, insisto en ello. La informo también de que existe el proyecto inmediato de escanear materiales que podrán serle de utilidad. Yo misma he preparado un libro con publicaciones inéditas. Puedo regalarle uno si lo desea. Le servirá. —Anna no daba crédito. La mujer leyó el estupor en su cara—. Todo cambiaría si obtuviera usted un permiso especial de la familia, pero, claro, los hijos ya han fallecido. Quizá quiera visitar a otros parientes vivos y probar suerte. O incluso acudir a la «empresa». Me refiero a la Tolkien State.

Anna buscó la ironía en las palabras de la mujer, pero no la encontró. Pensó que habría sido mucho más fácil derrotar al Balrog o incluso llevar el anillo a Mordor y arrojarlo al Monte del Destino. Era cierto que tenía una buena excusa para hablar con los nietos del profesor o con la Tolkien State. Sin embargo, sin pruebas fehacientes era de locos intentar concertar un encuentro con ellos. Debía esperar a que Tomlinson y su equipo emitiesen un informe. En otro caso, Anna se arriesgaba a ser considerada cuando menos una oportunista y, aunque su futuro estaba en el aire, tenía un nombre y una reputación que se había ganado a pulso. No se le escapaba tampoco que, si lograba demostrar la influencia de Gala sobre la obra del profesor Tolkien, surgirían todo tipo de especulaciones indeseadas sobre la naturaleza de la relación entre ambos. Anna tenía la certeza de que había sido por completo honesta. De lo que no tenía garantías ni las tendría nunca es de que no se pudiera llamar amor a lo que había sucedido entre ambos. Puede que hubiese ahí, en los ocho días que habían compartido juntos, más amor del que cabe en toda una vida.

Era algo tarde. Anna se sentía pequeña, insignificante, sola y también hambrienta. St. Hugh estaba a poco más de una milla de Broad Street, así que subió a la bicicleta y pedaleó con energía. Necesitaba hablar con Desmond. Supuso que, a menos que tuviera alguna clase, aún estaría en su despacho. Sus costumbres eran muy rígidas.

Unos minutos más tarde llegó al edificio departamental de St. Hugh. Cada vez que veía aquellos muros de ladrillo rojo experimentaba la alegría del soldado que regresa a casa de permiso. Le parecía que aquel lugar era un puerto seguro.

Desmond estaba en su despacho, sentado en lo que denominaba «el sillón de pensar», un sofá negro que había bajo el póster de una vidriera gótica. Tenía buen aspecto. Como siempre vestía de negro, con un suéter grueso de cuello en pico tras el que asomaba una de esas camisetas de hard rock que tanto le gustaban. Con la melena suelta sobre los hombros tenía el aspecto de un monje guerrero. Le ofreció la silla que había frente a su mesa, un auténtico caos. Anna apartó un par de libros para poder sentarse. Miró impotente a su alrededor. No sabía dónde dejarlos, así que los depositó sobre la moqueta.

—Sigo sin entender cómo puedes aclararte en todo este maremágnum. ¿Desde cuándo no haces limpieza?

Desmond se quitó las gafas y se frotó los ojos. Tenía aspecto de no haber dormido demasiado las últimas noches.

—Querida Anna, es un desorden muy ordenado, créeme.

Ella se encogió levemente de hombros y preguntó:

—¿En qué andas ahora?

—En un artículo sobre puntos de conexión entre los mitos. Hay algo en común en todas las mitologías. Básicamente es que todas, cristianismo incluido, nos describen modos diferentes de acercarnos a las mismas verdades.

—Parece interesante.

—Sí, lo es. Lo mismo que su conexión con la religión. Sin embargo, me interesa mucho más saber a qué se debe el honor de tu inesperada visita. No te prodigas demasiado. Supongo que los encantos de Holland House son mayores.

Anna apreció un poco de ironía en sus palabras. ¿Estaba celoso Desmond? ¿De Pierre? ¿De Walsworth? Si él supiera... Se mordió los labios.

—Oh, no, no es eso, te lo aseguro. No soy tan superficial. Sobre mi visita. Necesito un certificado de mi estancia en St. Hugh. Son méritos que he de acreditar por cuestiones administrativas.

—¿Solo es eso? —Desmond parecía algo decepcionado.

Anna lo pensó un instante. Quería hablarle de lo que había sucedido con la archivera de la Weston Library, pero no se decidía. Desmond tomó la palabra.

—Supongo que si necesitas un certificado es porque te planteas volver a España. No tengo un recuerdo especialmente grato de tu país. Mucho calor, multitudes por todas partes, como en Londres, horarios antinaturales... No dejan demasiado espacio para el ocio o la familia. ¿Estás segura de que quieres volver?

—No creo que pueda quedarme en Oxford de forma indefinida —contestó—. En pocos meses acabará mi trabajo con mister Walsworth. Salir de la universidad ha sido aleccionador. He logrado comprender que el orgullo es un lujo fuera de mi alcance.

Desmond consultó su viejo reloj, el que tenía grabada en la esfera la imagen de Tintín y Milú. Anna sonrío con dulzura. Sabía que Desmond tenía a aquel reloj tanto cariño como a su viejo coche.

—Tengo una cita con mis doctorandos. Sigo reuniéndome con ellos los jueves en aquel japonés que tanto te gustaba, Koto. Puedes sumarte si lo deseas. Sabes que la comida no es nada del otro mundo, pero te ayudará a pensar un poco menos. Además, será divertido.

Una reunión de doctorandos bulliciosos obsesionados con su trabajo no encajaba exactamente con el concepto de diversión de Anna. Es más, aquello sería como ver una imagen retrospectiva de sí misma antes de saber que todo aquel esfuerzo, todo aquel entusiasmo, terminaría en desperdicio y decepción amarga. Decidió declinar la invitación.

—Te lo agradezco mucho, pero acabo de recordar que debo pasar por la Bodleiana para recoger unos libros antes de regresar a Holland House.

—Pero querías hablarme de algo, Anna. Lo sé.

—Oh, sí, es cierto. Pero puedo esperar. Ya buscaremos la ocasión.

Intentaba restar importancia al asunto, pero Desmond la miraba de forma tan inquisitiva que no pudo contenerse.

—Está bien. Verás, si realmente fueras Merlín y yo la dama Loanna me darías acreditaciones para consultar las colecciones privadas de la Bodleiana, pero no voy a pedírtelo ni a aceptarlo aun en el caso de que lo dieras sin pedirlo. El grial de mister

Walsworth se complica por momentos. Si no dispongo de más información, no podré seguir avanzando. No sé hasta qué punto Pierre Broussard resultará útil. Si no tengo nada más, exploraré la conexión francesa, a ver qué logro averiguar sobre la estrella de plata, me refiero a la cruz templaria. Era asunto de Pierre, pero tras nuestro viaje a Cornualles tanto él como mister Walsworth han desaparecido, apenas puedo comunicar con ellos. Bien, ahora he de volver a la Bodleiana.

Desmond la sujetó por el brazo. No estaba dispuesto a dejarla ir con tanta facilidad.

—Hoy voy a estar ocupado hasta las cuatro y media, por lo de mis alumnos. Si realmente no quieres venir, ¿puedes quedarte en Oxford hasta esa hora? Vamos a ver cómo podemos resolver todo este embrollo.

Anna pensó que aquello ya no sonaba tan mal.

—Supongo que podré. Aunque mister Walsworth regrese de improviso no me echará de menos.

Desmond la miró con atención.

—Un tipo curioso mister Walsworth. —Eso fue todo lo que dijo.

Anna tomó de nuevo su bicicleta y volvió a la Bodleiana. Por el camino compró un batido de manzana y espinacas. La sorprendió comprobar que la asombrosa combinación resultaba deliciosa, mucho más que las salchichas de Oxford, que ya había aborrecido. El resto de la tarde lo pasó en la sala de estudio, consultando los registros relativos al reclutamiento del servicio militar de los Fusileros de Lancashire. Eso le sirvió al menos para acotar la cronología, pero no encontró ahí nada de lo que buscaba. No lo hallaría en ninguna parte. Pero allí estaba la estrella y también la historia que les había contado Quincey Mirror, el guarda de los Aldrich. Ojalá tuviera la capacidad de bajar al infierno, o de subir al paraíso, si era allí donde permanecían Gala o el viejo profesor. Solo ellos podrían darle algunas respuestas. Ojalá pudiera hablar con los muertos.

Cuando salió de la Bodleiana le pilló la lluvia, muy intensa. El tiempo siempre era imprevisible, a menudo lo olvidaba. Hacía frío y un mes más tarde la nieve invadiría Oxford hasta hacer de la ciudad una postal navideña. En el Mediterráneo, noviembre ni siquiera era frío. Era eso lo que echaba de menos, el no sentirse inmersa en un invierno perpetuo. Hubiera sido prudente esperar a que cesara la lluvia, pero Anna detestaba llegar tarde a una cita, así que apretó los dientes y continuó hacia St. Hugh.

Unos minutos más tarde se presentó en el despacho de Desmond. Las gotas de lluvia adheridas a sus ropas dejaron su huella sobre la moqueta que forraba el piso. Desmond la miró con aire paternal.

—Te iba a proponer una visita a La Tasca, por eso de apaciguar las nostalgias, pero será mejor que vayamos a mi casa y te preste algo de ropa. Estás empapada, Anna. Supongo que me aceptarás también un té de sobre. Así podremos hablar con tranquilidad.

Lo cierto es que Anna temblaba, aunque no solo de frío. La sola idea de usar la ropa de su antiguo tutor le resultaba perturbadora, pero dadas las circunstancias aquella propuesta no parecía inadecuada, sobre todo teniendo en cuenta que la casa de Desmond Gilbert estaba muy cerca, en Leckford Road.

Caminaron en silencio bajo la protección de un inmenso paraguas negro mientras Anna arrastraba su bicicleta del manillar, como si se tratara de un joven toro asido por los cuernos. No eran más de diez minutos, pero los dientes le castañeteaban.

Al llegar a la casa, cálida y confortable, Desmond le prestó un jersey negro de punto, además de unos calcetines sin estrenar. Teniendo en cuenta que Gilbert le sacaba unos treinta centímetros aquello era suficiente para no sobrepasar los límites del decoro. Él, sin embargo, no parecía prestar atención a su aspecto, lo que no dejaba de ser un profundo alivio.

—Esta tarde dejamos la conversación a medias. Lo último que me dijiste es que, a falta de datos fidedignos, no sabías cómo continuar avanzando con el asunto Tolkien.

—Así es —confesó Anna—. Esta tarde la he pasado consultando los movimientos militares del regimiento del profesor, el undécimo batallón de los Fusileros de Lancashire. Con lo que tengo puedo construir una historia verosímil, al menos por esa parte. De forma global voy forjando una hipótesis de lo que pasó, aunque es imposible verificarla.

Anna se llevó la taza a los labios. Casi quemaba. Sopló sobre el líquido para enfriarlo. Sus ojos brillaban con el calor de la pasión cuando se volvieron hacia Desmond.

—Verás. Tolkien estuvo en el Somme entre junio de 1916 y octubre. Acababa de casarse con Edith Bratt y de fijarse nuevos objetivos literarios, algo que activó la guerra. Recordarás el famoso «Concilio de Londres», la reunión de su club de amigos, el Tea Club and Barrovian Society, que tuvo lugar en diciembre de 1914 cuando estalló la guerra. Pero volvamos a Francia. A finales de octubre de 1916, tras la toma de uno de los tramos de la trinchera alemana Regina, en Thiepval, Tolkien contrajo un tipo especial de fiebre, conocida como «fiebre de las trincheras». Era un caso relativamente común. La causa eran los piojos, que transmitían una bacteria, la *Bartonella quintana*. Aunque la enfermedad no era necesariamente mortal, solía provocar fiebre alta y convulsiones, más aún en organismos debilitados por la tensión, el cansancio y el hambre. El profesor tuvo suerte. Tras su paso por Le Touquet regresó a Birmingham con cierta dignidad y nunca más volvió al frente activo. Si lo hubiera hecho, podría haber muerto, como sucedió con sus dos mejores amigos, o haber sucumbido al pánico incluso. Sabes que muchos soldados se autolesionaban para volver a casa y cientos de ellos fueron sometidos a consejos de guerra o abandonados en tierra de nadie, expuestos a una muerte segura. Pero él no. Se salvó. O quizá, lo he pensado, fue Gala quien lo salvó. La fiebre de las trincheras no era motivo para embarcarlo hacia Inglaterra a pocos meses de su llegada a Francia. El resto de la guerra lo pasó entre recaída y recaída, incapaz para el servicio. Como él mismo admite en sus cartas, Dios tenía otros planes para él. Posiblemente Merton College y la construcción de la Tierra Media. Hasta ahí todos estamos de acuerdo. Pero lo que desencadenó la catarsis no fue el «horror animal» de las trincheras del Somme, como sostiene John Garth, sino todo lo que significa «Namárië», una despedida no exenta de la esperanza del reencuentro. Supongo que Gala le entregó en prenda algo que era valioso para ella, la estrella de plata, Eärendil, llamada Gil-Estel por la gente de la Tierra Media. Creo que lo hizo con la esperanza de que se la devolviera llegado el momento, pero eso sucedió cincuenta años después. La muerte se interpuso entre ambos, aunque creo que de algún modo eso también les volvió a unir. Ya sé que no suena muy racional; sin embargo, es así como lo veo.

Desmond se quitó las gafas. Sus manos temblaban ligeramente. Estaba tan interesado en las palabras de Anna que su torso se inclinaba hacia ella.

—Sigue hablando —le pidió.

Anna obedeció sin atreverse a pensar en que las rodillas de Desmond estaban tan cerca de las suyas que ya invadían su espacio vital.

—«Namárië» —continuó— es equiparable en importancia a la salve a la Virgen María. Significa, como ya sabes, «adiós», pero un adiós no definitivo. En «Namárië» ya aparece el personaje de la reina Galadriel, que en teoría fue creado en los años cuarenta, al mismo tiempo que *El señor de los anillos*. La historia de Galadriel se narró después en *El Silmarillion*, donde el personaje es una elfa Noldor, la más grande, tanto en belleza como en inteligencia y poder. Pero sus caracteres básicos, Desmond, ya estarían creados en el poema de 1916, perfilados incluso en la reina Idril, la madre de Eärendil en el primero de los relatos del profesor, *La caída de Gondolin*. Más tarde la figura adquiriría rasgos bien definidos y ocuparía el centro de ese espacio mágico que es el bosque de Lórien. Encuentro un paralelismo evidente con la realidad, con esa Galadriel juvenil rebelde que quería un reino propio. Gala consiguió ese reino en Le Touquet, al menos por un corto espacio de tiempo. Había muchos bosques de pinos allí, alrededor del casino donde la duquesa de Westminster levantó el hospital, una construcción de madera que pudo haber inspirado las moradas de los elfos.

Desmond Gilbert estaba pendiente de cada una de sus palabras, absolutamente fascinado.

—Anna, como tema de investigación es interesante y, desde luego, muy ambicioso, pero imagínate lo que sería novelar todo esto, te lo advertí desde el principio. Llegaría a miles de personas, no tan solo a un puñado de eruditos o de frikis tolkienianos.

Anna guardó silencio. Mordisqueó un trozo de bizcocho de manzana que le ofreció él. Lo saboreó en silencio mientras meditaba una respuesta.

—No es mucho lo que tengo que perder ahora que casi lo he perdido todo. Pero no creo que pueda hacerlo, Desmond, a pesar de que en Tintagel me nombraras dama del grial. No soy escritora, por mucho que la idea de hacer justicia tanto tiempo después a una mujer cuyo nombre se ha perdido en el olvido y rescatar su importancia como musa, incluso como artista, sea muy seductora.

—¿Cómo artista? ¿Qué quieres decir? —Desmond tenía una expresión de intriga en su rostro.

—Mmm, sí. —Anna engulló el bizcocho para poder hablar—. Gala tenía dotes artísticas. Un gran talento como pintora. Sus dibujos son muy buenos. Encontré un retrato a carbón de Deveroux entre sus documentos. Eso contribuye a perfilar una nueva dimensión de su personalidad. No era solamente un rostro bello, sino mucho más.

—Esto se pone cada vez más interesante. Verás, Anna. Creo que te subestimas. Solo tú puedes hacer ese trabajo. Has de seguir cavando en esa trinchera, no puedes renunciar a esta misión. Te ayudaré. Sé que no puedes acceder por tus propios medios a los materiales del profesor, me lo dijiste esta mañana, y también sé que no querías pedirme favores. Voy a respetar tu decisión, al menos hasta que cambies de criterio, pero si necesitas algo específico, algún documento, yo puedo conseguirlo para ti.

En ese momento Anna sintió hacia Desmond una intensa ternura.

—Nada puede garantizar que entre esos papeles esté lo que busco. Pero, ya que te ofreces, me vendría bien consultar el *Diario del breve tiempo pasado en Francia y de las últimas siete veces que vi a Geoffrey Bache Smith.*

—Lo tendrás. ¿Necesitas algo más?

Anna se pasó la mano por los cabellos, ya bastante secos. Desmond le lanzó una mirada admirativa que excitó su rubor. Encogió más las piernas sobre sí misma y huyó casi hasta la esquina del cómodo sofá donde estaban sentados.

—Me pregunto sobre ciertos detalles prácticos. Cómo murió Gala exactamente, quién recogió los objetos personales tras su muerte y los mandó a Inglaterra, si hubo más correspondencia entre ella y Tolkien, si hubo una amiga o confidente que estuviera al tanto de lo que ocurría...

—Difícil saberlo. Será necesario rastrear en los archivos de la Red Cross o de la St. John Ambulance, otra organización muy presente en los escenarios franceses de la época, para ver quiénes formaban parte del personal de enfermería durante el periodo que ella pasó en el hospital. Déjalo de mi cuenta. Indagaré un poco por aquí y por allá, a ver qué sale.

Anna sonrió. Habría abrazado a Desmond de buena gana, pero recordó que debía volver a Holland House. Su ropa ya debía de estar seca.

—Sí, pero recuerda que no soy escritora. En realidad no sé lo que soy.

—¿Y qué hace a alguien escritor? Es lo mismo que ser alto o rubio o más o menos hermoso. Solo sé que cuando naces ya está decidido. En tu caso lo está, lo aceptes o no, no nos conocemos de hoy. He sido tu tutor, recuérdalo. Acabas de pedirme un documento para acreditarlo. Sabes que yo mismo probé en el mundo literario, y, aunque no he tenido demasiado éxito, sé reconocer el talento. Tú lo tienes, Anna. Además, eras tan voluntariosa, tan dichosamente tozuda. Puedes hacer todo lo que te propongas. Recrea de forma literaria todo eso que me has contado hace un momento sobre Tolkien, te lo ruego.

—Lo pensaré, profesor Gilbert —bromeó ella—. Es posible que así pueda ver más clara la verdad. Pero, bueno, ahora será mejor que me marche. Es tarde.

En ese momento un relámpago iluminó la habitación. Le siguió el estruendo de la tormenta que se desplomó sobre Oxford. Desmond se puso en pie. Miró por la ventana. Llovía sin parar, exageradamente.

—Volver a Holland House pedaleando no parece una idea óptima. Te ruego que aceptes mi hospitalidad, porque mi coche tiene una avería y no podría llevarte de regreso. No puedo ofrecerte las mismas comodidades que mister Walsworth, soy consciente. No tengo tulipanes en los jardines ni un mayordomo negro, pero tengo un techo sin goteras, buena música y pasta para cenar, además de una conversación agradable. Por cierto, ¿has entrado ya en el famoso laberinto?

Anna arrugó la nariz.

—Nuestro ínclito amigo Pierre me retó, pero no quise. Habría preferido perderme en el infierno de Dante que darle el gusto.

Desmond rio de buena gana. Ella también. Fue la risa amistosa, comprensiva, franca, la que aquella noche la llevó a aceptar la propuesta de quedarse en Oxford. No era consciente de las consecuencias. O no quería serlo.

Siguieron conversando durante la cena. Cuando acabaron, Desmond retiró los platos y le ofreció una copa de vidrio rojo, semejante a un pequeño cáliz, que dejó sobre la mesita auxiliar. Se acomodaron en el sofá, el uno frente al otro. Anna recogió sus piernas para sentarse de medio lado. Era un gesto muy suyo, muy característico. Acercó el cristal a los labios. El licor transparente con tendencia a dorado le supo dulce.

—¿Qué es? —preguntó.

—Hidromiel. La bebida más antigua de la humanidad. —Desmond levantó su copa—. ¡Por ti! Y por Tolkien.

Anna bebió otra vez. El licor tenía un sabor tan agradable que quiso dejarlo. Temía perder el control, pero Desmond la animaba a probar un poco más. Llevó de nuevo la copa a los labios.

—Muy sugerente. —La voz de Anna se había vuelto aterciopelada.

Desmond la miró de un modo turbador. Anna sintió otra vez el calor en su rostro. Dejó la copa en la mesa.

—Se sube mucho.

Desmond colocó sobre sus rodillas un bonito cojín que yacía abandonado sobre el suelo.

—Pon aquí tus pies. Verás cómo se pasa el efecto.

Anna estaba lo bastante achispada para abrirse a la experiencia. Estiró las piernas y colocó los pies sobre el cojín. Observó los calcetines grises de lana irlandesa, gruesos y cálidos. Desmond se los quitó despacio, como si fueran un guante de seda. Examinó sus pies, de dedos delicados. Luego cogió el pie izquierdo por el talón y lo acarició con lentitud. Era un contacto íntimo, muy placentero. Quiso ponerse en guardia, pero todo parecía natural, demasiado sutil para expresar objeciones.

Desmond se detuvo un instante para mirarla con atención. Le parecía que aquella noche Anna estaba especialmente encantadora, con las mejillas encendidas, los ojos chispeantes y el recuerdo de la lluvia en su pelo. Entonces él hizo algo insólito. Se quitó las gafas, que dejó sobre la mesa, se arrodilló frente a ella y, sin dejar de mirarla, tomó de nuevo su pie y se lo llevó a la boca. Ella sentía sobre la piel el tacto de la lengua, que se deslizaba entre los dedos, impregnándolos de una humedad tibia y suave. La joven se estremeció de modestia, pero también de deseo. Sus fantasías se hacían realidad. Desmond volvió a mirarla mientras los dedos de su mano derecha se entrelazaban con los deditos de su pie izquierdo. Anna estaba muy quieta. Temblaba. Entonces Desmond soltó el pie. Muy lentamente separó sus rodillas. Luego la tomó de la cintura y la empujó hasta el borde del sofá. Recorrió con la lengua la cara interna de sus muslos al tiempo que deslizaba sus manos bajo el suéter para atrapar sus pechos, abundantes y suaves. Su sexo se impregnó de humedad, los pezones erizados bajo la tela áspera. El placer recorría sus venas y arrancaba de su garganta gemidos suaves, como de gata, mientras enarcaba la espalda y exponía la garganta. El calor se le antojó insoportable. Perdía el dominio de sí misma. Un líquido ámbar y dulce llenó la boca de Desmond al tiempo que ella exhalaba un quejido de derrota.

Desmond la tomó entonces entre sus brazos. La llevó a la cama con delicadeza. Le pidió que se desnudara para contemplar su cuerpo. Ella obedeció, como antes, incapaz de negarle nada. Él dejó escapar un gruñido de satisfacción, como si fuera un animal, al verla desnuda, blanca, del color de las estatuas. El deseo lo dominaba de tal modo que los dedos le temblaban. Se quitó el suéter negro con rapidez mientras ella desabrochaba con impaciencia su cinturón.

Desmond se tumbó junto a ella y la besó por primera vez en los labios. Su lengua sabía dulce. Anna le devolvió el beso con tanta intensidad como si quisiera devorarlo. Mordisqueó el lóbulo de su oreja y deslizó la lengua por su cuello esbelto. Desmond gimió como un animal herido. Se separó un instante. La mirada de él era ahora fiera, como la de un lobo perdido en la nieve. Desmond conocía sus anhelos, las fantasías que nunca admitiría ni siquiera ante sí misma. Anna se levantó y susurró algo a su oído.

Desmond tomó el cinturón, que esperaba su turno sobre la cama. Con el cuero acarició su rostro, también la curva de su pecho, el bajo vientre y la cara interna de los muslos. Luego pasó un extremo del cinturón por uno de los barrotes del cabezal, la cogió de las muñecas y las ciñó con fuerza hasta inmovilizarla. Anna quiso protestar, pero su boca quedó sellada con un nuevo beso, solo que esta vez ya no era tierno, sino lúbrico, sofocante. Ella se doblegó bajo la caricia con la sumisión de la presa que intuye el peligro. Había caído en la trampa, en su propia trampa. Antes de que pudiera decir nada, sintió la mano de Desmond sobre su boca y tembló. Intuía cuál iba a ser el próximo paso. Tiró con fuerza para escapar, pero él la había atado de tal modo que ya no podía hacerlo. En realidad tampoco lo deseaba. Solo un reducto estaba en rebeldía. Entonces Desmond se tendió sobre ella y la dominó con el peso de su cuerpo mientras intentaba abrirse paso entre sus muslos. Lucharon el uno contra el otro, ella para huir, él para retenerla, hasta que Anna sintió dentro de su cuerpo el calor de Desmond. El deseo era casi insoportable. Ya no tenía sentido alguno seguir fingiendo, mentirse. Solo entonces dejó de tirar con impotencia de los barrotes donde había sido aprisionada por voluntad propia y se rindió al placer que él le daba.

6

El reino de los muertos

Master of illusion, can you realize
your dream's alive, you can be the guide but...

QUEENSRŸCHE, «Silent Lucidity»

Siguieron días de confusión para Anna. Era difícil concentrarse con tantas emociones que levantaban ampollas en la piel. Mister Walsworth y Pierre habían vuelto de donde quisiera que hubiesen estado. El anticuario, naturalmente, ya estaba en antecedentes sobre el hallazgo en Rosehill Manor, pero, ocupado en sus negocios, no prestó mucha atención a Eärendil, la estrella de plata, que se limitó a contemplar con el interés de un coleccionista. Lo único que se le ocurrió decir es que no valdría mucho más de doscientas libras en el mercado, lo que no dejó de herir la sensibilidad de Anna. Aunque no le iba ni le venía, pidió permiso para limpiar la cruz y recuperar su brillo. Walsworth no puso objeciones.

Ya limpia, la cruz templaria refulgía, pero no tanto como la estrella que había cosida a la cinta; Anna se acostumbró a tenerla cerca, a tocar sus cinco puntas. De alguna forma, encendía en ella una luz creativa, como si fuera una especie de talismán. Pensó en el reto que le había propuesto Desmond, el de recrear literariamente la historia. Quería hacerlo, sí, pero no podía. No podía porque era él y no Tolkien quien ocupaba cada rincón de sus pensamientos. Anna no podía decidir si la noche de la lluvia en Oxford había sido un principio o un final. El final de una amistad y el comienzo de una relación o si era simplemente lo que parecía: sexo apasionado. Había quedado patente que Desmond sabía muy bien cómo desenvolverse en la intimidad, lo que remitía sin duda a un largo elenco de conquistas en el que ella era una más, una muesca en su revólver. En este terreno, y pese a Mario, o precisamente a causa de él, Anna era como un zorro joven e inexperto que pisa hielo escarchado, una presa fácil. Lo que sí resultaba cierto es que, desde aquella noche, algo había cambiado entre ellos. Él ya no podía verla como un erizo perdido al que salvar ni ella como una especie de caballero andante sobre el que proyectar sus fantasías románticas. Ahora eran amantes. Le estuvo dando vueltas y más vueltas al asunto, analizando los matices de la palabra y sus implicaciones básicas, sin llegar a ninguna conclusión. Solo había una, la más que razonable: era prematuro ir más allá de la situación actual. Aquello no tenía por qué repetirse. O sí. Había al menos una razón: lo deseaba por puro goce. Pero no podía engañarse. La intimidad con Desmond también había liberado sentimientos encadenados. Antes de esa noche en Oxford ya estaban allí, agazapados, disfrazados de mil formas. Todo había empezado durante su estancia en St. Hugh, lo que explicaba las reticencias de Mario cuando a veces ella hablaba de ese periodo. La situación sería más fácil si Desmond no le hubiera ofrecido su ayuda para proseguir con sus investigaciones sobre Tolkien, podía tener la impresión de que lo estaba utilizando en su propio beneficio a cambio de sexo, una mala base para empezar una relación sentimental, si era eso lo que estaba sucediendo. Pero no, no era eso. Seguro que no era eso. Desmond tenía a su alcance al menos a una decena de mujeres infinitamente menos complicadas y más dispuestas que ella, incluso más jóvenes y atractivas.

Esperar es una palabra maldita para un impaciente. Anna lo era, y mucho. No estaba acostumbrada a esperar, sino a todo lo contrario, a tomar la vida al asalto. Pero aunque era una combatiente feroz en la guerra de la vida, aunque era capaz de dar hasta la última gota de su sangre cuando creía en algo, sabía que en ocasiones no es posible actuar. Con Desmond se obligó a no hacerlo. Estaba deseando volver a Oxford, y, desde luego, a su cama, atada al cabezal o encima de su cuerpo, dando placer, recibiéndolo, pero se obligó a contenerse. Pondría toda su pasión al servicio de la escritura mientras el tiempo colocaba las cosas en su lugar.

Todos sus sensatos propósitos se esfumaron por el sumidero cuando Desmond le envío un intenso y apasionado mensaje. Hubiera sido prudente no contestar, o al menos no hacerlo en el mismo tono, pero no pudo evitarlo. A partir de ese momento la hoguera virtual no dejó de crecer, a pesar de que una voz que se parecía mucho a la de la abuela Rosalía la advirtió de que corría el riesgo de quemarse si persistía en esa actitud. A Anna ahora no le importaba nada de aquello. Es más, le parecía una magnífica idea quemarse, y quemarse con Desmond. Pero no, no era acertado. Su dignidad y su libertad eran todo lo que le quedaba después del naufragio. Se arriesgaba a perderlas.

Por suerte Pierre la visitó en la biblioteca y la distrajo de forma momentánea. Parecía completamente restablecido de su contusión en la muñeca, por lo que insistió en continuar con las visitas mortuorias. Creía necesario ir a Dover, el lugar donde estaba enterrada la institutriz inglesa de William Percival Aldrich, tal y como había recomendado George.

—¿Cree que resultará de utilidad? —observó Anna.

—No podría asegurarlo —dijo encogiéndose de hombros—. Fue una sugerencia del conde de Aldrich y ya ve que al menos la visita a Rosehill Manor puede considerarse productiva.

Anna hizo un mohín de hastío.

—Si damos por válido el testimonio de Mirror, al menos podemos estar algo más seguros de lo que ya sabíamos, que Tolkien nunca olvidó a Gala Eliard.

—¿No le parece bonito? —Era una pregunta que Anna no se había hecho.

—Supongo que se refiere a la vertiente romántica de la historia. No tengo una opinión al respecto. De todos modos, me gustaría enfocar la cuestión desde otro punto de vista. Mi objetivo es dilucidar en la medida de lo posible los aspectos de la vida de Gala Eliard presentes en la obra de Tolkien. Cómo encontramos ahí una visión idealizada de su figura. Pero entre la realidad y la ficción puede existir un abismo. Mientras tanto podría hacer usted algo útil. Confirmar si la cruz de hierro pertenecía a André Deveroux y desde cuándo y por qué la tenía Gala. Me interesa porque es un conector. Hay algo mágico en ella, si me permite que lo diga así.

—Estoy en ello, descuide.

Anna asintió, complacida.

—Entonces puede usted dedicarse a explorar ese frente. Mientras, yo visitaré Dover. Puedo ir mañana mismo por mi propia cuenta, en cuanto me descargue del trabajo en la biblioteca. —La expresión de Anna no podía ser más huraña.

—*Oh, là là!* No irá sola, no después de lo que pasó cuando volvimos de Cornualles. —Pierre fue tajante—. Detesta conducir, lo sé, por mucho que se esfuerce en ocultarlo o hacerse la valiente. Dover está a más de dos horas de Oxford. No lo soportaría.

Anna no contestó de inmediato. Tenía razón. Conducir con el volante a la izquierda le seguía resultando incómodo. Por otra parte no tenía mucha autoridad para imponerse. Al igual que Pierre, estaba al servicio de Walsworth. Supuso que habría recibido alguna instrucción al respecto, ya que el anticuario estaba siempre al tanto de todo.

—Insisto en ir sola.

—Y yo insisto en que no lo haga —replicó Pierre sonriendo—. No sea tiquismiquis. Si conduzco yo, usted podrá concentrarse en sus notas y ganar tiempo. Eso la obsesiona. También lo sé.

Anna claudicó. Debía admitir que «el hombre de mister Walsworth», como lo llamaba en su fuero interno, estaba en lo cierto. La suerte, sin embargo, no favoreció a Pierre. Al día siguiente una prematura tormenta de nieve azotó Oxford y ya no pudieron salir. Anna no lo lamentó. Holland House ofrecía una imagen de postal gótica, con los tejados grises, los alféizares de las ventanas cubiertos de blanco y el sempiterno verde del laberinto oculto por una capa de hielo. Era una imagen engañosa, pues la nieve no tenía nada de amable. La temperatura mínima era de cero grados centígrados, la máxima de cinco, algo difícilmente soportable para un ave del sur. Recorrer los pocos kilómetros que separaban la mansión Walsworth de Oxford resultaba casi un desafío. Parecía que las circunstancias proponían una cierta distancia de Leckford Road, de Dover y de lo que los esperara allí, la necesaria para recuperar el equilibrio.

Aquello, la paz y la tranquilidad de saberse aislados hasta cierto punto, fue conveniente para que se centrara en el reto que le había propuesto Desmond, el de la escritura. Pero el tercer día de la nevada, él ya no pudo reprimirse por más tiempo y, en lugar de enviarle mensajes capaces de derretir el hielo, se presentó en Holland House sin previo aviso. No era una visita ni mucho menos protocolaria, por lo que Stuart, que había ido a buscarla a la biblioteca para advertirla de la llegada de Desmond, le indicó que no era preceptivo informar a mister Walsworth. Tampoco fue necesario, Desmond y él se encontraron en el vestíbulo. Charlaban de forma tan amistosa que por un instante Anna temió interrumpirlos. Era un juicio de valor inexacto, porque, en cuanto Desmond la vio, la tomó de ambas manos y la besó con delicadeza en los labios sin escatimar en absoluto la presencia del anticuario. Anna respondió con cautela al beso. Hubiera preferido algo de reserva, no una publicidad tan notoria de los cambios en su relación. Miró a Walsworth con disimulo. Parecía tan sorprendido como ella, incluso molesto. Anna supuso que aquel arrebato afectivo no entraba en el manual de buenas formas imperante en Holland House, donde todo era rígido.

—Temo que tengo trabajo atrasado. —La voz de Walsworth era fría—. Pueden ocupar la sala de recreo. El fuego está encendido y disponen de bebidas en el bar. Si necesitan ayuda, llamen a Stuart, aunque seguramente prefieran estar solos.

Desmond tenía la intención de llevarse a Anna de Holland House, pero, dadas las circunstancias, aceptaron la sugerencia, de modo que pasaron a la salita. Tras cerrar la puerta, Desmond tomó el rostro de Anna entre sus manos y la besó con toda la intensidad que le había estado vetada. Ella quiso resistirse. La cercanía de Walsworth la intimidaba. Él, sin embargo, no compartía su prevención, así que la cogió por el cabello e hizo que echara la cabeza hacia atrás para besarla en el cuello. Luego soltó los botones de su camisa blanca y dejó sus pechos al desnudo. Desmond los oprimió con avidez, hasta casi hacerle daño, mientras hundía la nariz en los cabellos de Anna y buscaba el lóbulo sonrosado de su oreja para besarlo. Ella entrecerró los ojos, girando levemente el rostro para encontrar la boca de Desmond.

Entregados como estaban a sus caricias, no se percataron de que no estaban solos. Broussard estaba en la sala, acomodado en uno de los sillones de orejas que había frente a la chimenea. Estaba sentado de tal modo que no lo veían desde la puerta. Él, sin embargo, sí había podido verlos, desde el principio, y, aunque comprendió que estaba de más, no supo cómo salir del brete. Tenía la esperanza de que los dos tortolitos se marcharan a un lugar mucho más íntimo, pero cuando Anna se quitó la blusa optó por hacerse visible.

—Esto... Lo lamento de veras. Interrumpir una escena tan tórrida es un pecado, pero creo que será mejor que me vaya. Así podrán continuar a sus anchas.

Anna se quedó petrificada. Sentía tanta vergüenza que hubiera preferido morir antes que verse en semejante compromiso, pero, dado que Pierre se había confirmado como lo que era, un auténtico indeseable, pensó que lo apropiado era expresar naturalidad, incluso indiferencia, así que se volvió a colocar la blusa tan rápido como pudo mientras hacía lo indecible para recuperar la compostura.

—Pierre, hubiera debido hacer notar su presencia mucho antes —manifestó Desmond.

Pierre se levantó y se dirigió al bar. Actuaba con exagerada discreción, tanta que resultaba afectado.

—No ha de tomarla conmigo. No estoy habituado a esta clase de escenas. Les serviré una bebida para compensar mi falta de tacto. Será bueno que bebamos y actuemos como personas civilizadas. ¿Qué prefieren? Puedo sugerir un cóctel.

Anna declinó la invitación con aspereza.

—¿Y usted, profesor Gilbert? ¿Beberá conmigo?

El rostro de Desmond adquirió un tinte pálido, casi verdoso, como sus ojos, que chispeaban de indignación contenida ante la impertinente osadía de Broussard. Se obligó a ser flemático, a contenerse al igual que había hecho Anna.

—No se moleste, no me quedaré mucho tiempo. —Sus puños se cerraron con fuerza. De buena gana hubiera descargado uno de ellos sobre el antipático rostro de Pierre.

—Oh, vamos, quédese. No quiero convertirme en un aguafiestas.

Anna sujetó el brazo de Desmond y lo presionó.

—Será mejor que nos vayamos.

Desmond no podía estar más de acuerdo. Pierre los contempló a ambos. Lo cierto es que hacían una pareja deliciosa. Él, alto y algo torvo, ligeramente bohemio, con cara de desear fulminarlo. Ella, grácil y esbelta, como una porcelana a punto de romperse en mil pedazos. El caballero y la dama, solo que al menos por esta vez la dama era más fuerte que el caballero. Pierre sabía ya que la fragilidad de Anna solo era aparente.

—Lamento haberlos incomodado —insistió con voz hueca—, aunque esto ya lo he dicho.

Desmond y Anna se dirigieron hacia la puerta con dignidad. Estaban a punto de salir de la sala de recreo cuando Pierre hizo una última observación.

—Supongo que sigue en pie nuestra visita a Dover. Puedo recogerla a primera hora si no está demasiado cansada. Según mi aplicación, el tiempo será suficientemente bueno mañana. Estaremos de regreso en el día.

Anna se volvió, sobresaltada.

—Me temo que ha equivocado usted el momento, como antes. Hablaremos de eso a su debido tiempo.

Cuando salieron de la sala de recreo, Anna pudo ver sombras en el rostro de Desmond.

—¿Qué era eso de Dover?

Anna había temido aquello.

—Pierre Broussard quiere llevarme de nuevo al reino de Hades, ya sabes qué quiero decir. En Dover está la tumba de Jane Leclerc, la institutriz inglesa de William Aldrich. Al parecer desempeñó un papel muy importante en su vida y también en la de Gala Eliard. Fue para ambos una especie de segunda madre.

Desmond abrazó a Anna y besó su pelo.

—Parece un juego macabro urdido por una mente ociosa. No sé hasta qué punto es útil, pero mi instinto dice que has de aceptar el reto, a pesar incluso de lo que ha ocurrido ahora. Debes olvidarlo.

—Eso es lo que se dice «pasar por el aro». —Anna se expresó involuntariamente en su idioma.

Él acarició su rubia cabeza. Le gustaba mucho el cabello de Anna.

—No conozco la expresión. Supongo que equivale a *jump through hoops*.

—En español tiene un matiz de resignación que no existe en el inglés. Pero a veces pasar por el aro, ceder, resulta muy necesario. Hasta que llegue el momento en que se pueda actuar con libertad.

Anna se alzó sobre las puntas de los pies y besó apasionadamente a Desmond. Estaba decidida. El mal trago pasado a causa de Pierre no iba a condicionarla.

—¿Subimos a mi habitación? Tengo algo que enseñarte.

—¿Un nuevo hallazgo?

La boca de Anna se curvó con una sonrisa llena de misterio. Desmond admiró sus labios, brillantes y jugosos.

—No. El comienzo de un sueño. —Anna se soltó el botón superior de la blusa que minutos antes había abrochado con precipitación—. Y quizá algo más.

No volvió a ver a Desmond hasta varios días después. A la mañana siguiente, muy temprano, Anna salió hacia Dover en compañía de Pierre, con las sensaciones de la noche burbujeando sobre la piel. Nunca había creído que el sexo apasionado pudiera elevarla de esa manera ni volverla luminosa. Quizá también eso fuera el amor.

La carretera estaba poco concurrida aquella mañana. Durante el viaje, Anna no se mostró muy comunicativa, concentrada como estaba en sus lecturas. Solo reaccionó cuando Pierre le pidió que le hablara de Jane Marjory.

—No sé mucho acerca de ella —le confesó—. La mayor parte de las referencias a la dama están incluidas entre las notas de George. También hay algunas cartas cruzadas entre Jane Marjory y Gala Eliard. Ya sabe que Jane fue la institutriz de Gala y también la de William Aldrich. Hubo por tanto un trato previo entre las familias. Es decir, que probablemente se generaron expectativas tempranas sobre la unión entre los dos muchachos. Supongo que la lealtad de Jane Marjory estaría muy dividida. Aunque es posible que tuviera una unión más estrecha con Gala Eliard, supongo que finalmente se colocaría del lado de los Aldrich. De acuerdo con una de las cartas que usted me facilitó, miss Marjory dejó de trabajar como institutriz cuando Gala fue presentada en sociedad, a los diecisiete años. Luego contrajo matrimonio con un cartero llamado Henri Leclerc, del que enviudó en 1915. Tras este hecho luctuoso abandonó Francia y se instaló en Dover, lugar en el que había crecido. Hay algo que me llama la atención. Sus orígenes eran modestos, pero, según las notas de George, miss Marjory terminó sus días acumulando un pingüe capital, lo que no deja de ser algo llamativo. Supongo que la ayudaron los Aldrich por razones de afecto. Por cierto, ¿cuándo cree que llegaremos a Dover?

—En algo menos de una hora si todo va bien.

Eran pasadas las diez de la mañana cuando llegaron a la costa. El día resultaba algo ventoso, y la sensación de soledad, sobrecogedora, como sucede en todas las ciudades turísticas en invierno. Pierre le propuso hacer un alto para tomar una bebida caliente. Anna aceptó. Encontraron un lugar céntrico, muy agradable, llamado The House of Coffee. Se sentaron a la barra. Pierre parecía algo enigmático. Acariciaba el borde de la taza sin llegar a beber, como si le diera vueltas a alguna idea.

—Si tiene algo que decir, dígalo ya. —Anna no podía disimular su impaciencia.

—No hace falta que esté de uñas. Verá. En el distrito de Dover hay ocho cementerios. Cada uno tiene su propio registro de difuntos —le explicó Pierre mientras tomaba por fin un sorbo de un enorme café con leche—. Si tenemos datos exactos sobre la fecha de defunción de la institutriz, y los tenemos, puede resultar relativamente sencillo encontrar el enterramiento de esa mujer, miss Marjory. Pero debe tener presente que no todos los registros están digitalizados, en cuyo caso la búsqueda debe hacerse de manera personal. Podemos llamar a cada cementerio, imagino que tendrán su propia oficina, o, si lo prefiere, tomar un atajo y dirigirnos al Ayuntamiento. Allí nos informarán mejor.

Anna frunció el ceño. Se habían precipitado, obviamente. Encontrar la tumba de Jane Marjory podía llevarles días.

—¡Creí que sabía lo que se hacía! —rugió—. Que íbamos a tiro hecho.

—No quise desanimarla con esta clase de menudencias. Confíe en mí, se lo ruego. En todo caso no habrá sido un viaje en balde. Siempre podremos consolarnos visitando los acantilados blancos. Debe de ser grandioso verlos en esta época.

Anna dominó su ira. Estaban perdiendo el tiempo de forma miserable.

—No vinimos aquí para hacer turismo, Pierre, sino para encontrar un cadáver. O, mejor, el lugar donde reposa, aunque esto no sirva de mucho. Recuerde el objetivo. ¿No le parece que nos estamos desviando?

Pierre sonrió de esa manera que ella tanto aborrecía. Anna, maliciosa, admiró al dentista que le había dotado de aquellos dientes blancos, perfectos. Se equivocaba, como se equivocaría otras veces con Pierre. Su buena dentadura era fruto de la naturaleza, como también su instinto, del que no dejaría de dar muestras.

—¿Sabe si miss Marjory era de religión católica? —preguntó.

Anna arrugó la nariz con un gesto gracioso.

—No es algo en lo que haya pensado. Supongo que, como la mayoría de los ingleses, pertenecería a la iglesia anglicana.

—Podría ser así, pero Gala Eliard era católica. Lo he comprobado. No abjuró de su religión al contraer matrimonio con lord Aldrich, lo que supone que su familia daba bastante importancia a esta cuestión. Si así era, ¿hubieran contratado como institutriz a un *nanny* protestante? No lo creo.

—Los católicos ingleses son minoría, recuerde el caso de Tolkien. Pero ¿por qué de repente saca a relucir este asunto? ¿Dónde quiere ir a parar? —Anna notaba ya palpitaciones en las sienes.

—Verá, Anna. Hay en Dover un cementerio solo para personas de religión católica, St. Mary. Puede que los restos de nuestra dama reposen allí, siempre y cuando fuera «papista». Como no hay constancia, es aconsejable visitar primero el Ayuntamiento para ahorrarnos el viaje. Así nos evitaríamos estar deambulando entre las tumbas. No podemos registrar una por una ni tampoco resulta una ocupación agradable. A menos que cambie de opinión y quiera hacer algo de turismo. El cementerio de St. Mary es un lugar histórico. Allí están enterrados algunos de los ciudadanos más notables de Dover y…

—¡Oh, basta ya de tanta cháchara! —interrumpió Anna—. Vayamos al Ayuntamiento. Pero lo esperaré en el coche mientras repaso mis notas.

Media hora después Pierre regresó. Anna suspiró con alivio. Se estaba quedando aterida de frío.

—Las corazonadas… ¿Por qué no las seguimos más a menudo? —Pierre se expresaba de una manera teatral—. Ya lo tenemos. Jane Marjory está enterrada en St. Mary, como sospechaba.

La reacción de Anna no fue amable, sino todo lo contrario. Aquello le pareció una burla.

—¿Cómo lo sabe? Ni siquiera ha tenido tiempo material de consultar los registros.

Pierre enarcó una ceja de disgusto.

—¿No cree en las casualidades? Pues acaba de perderse una y, además, enorme. Usted misma podrá comprobarlo si se molesta en charlar con la amable señora que me atendió hace un momento. Su nombre es Mildred Smith. Mientras usted estaba aquí tranquila, leyendo, he tenido el placer de hablar con la funcionaria encargada del registro. Es una acogedora mujer ya entrada en años, supongo que a punto de jubilarse. Gracias a ella he sabido que Jane Leclerc Marjory era prima hermana de su abuela. Ya sabe, el mundo es un pañuelo, más en estos pueblos tan pequeños. —Anna fulminó a Pierre con la mirada—. La abuela de miss Smith, es decir, Elisabeth Murphy, sirvió en la casa de la institutriz, que se hacía llamar madame Leclerc. Madame Leclerc se instaló en la ciudad en el invierno de 1914 junto con alguien que decía ser su hija, una dama de gran belleza que esperaba un hijo.

—¿Podría tratarse de Gala Eliard?

—Es una posibilidad, porque Jane Marjory no tuvo descendencia. Me temo que hay lagunas en la vida de su querida Galadriel que no hemos logrado rellenar.

—¿Puedo hablar con miss Smith? Es todo tan extraño.

—Por supuesto, Anna. Pero ¿no confía en mí?

—Oh, sabe que no, desde luego.

—Hace mal, Anna. —Pierre hizo un gesto de resignación—. Por mí puede aguardar pacientemente su turno para hablar con miss Smith. Mientras lo hace le interesará saber que su madre, Elisabeth Murphy, aún vive. Debe de ser muy anciana, pero no puede descartarse que pueda aportarnos algún dato, alguna descripción de interés. Supongo que tanto ella como su hija son de esa clase de mujeres que observan a través de los visillos. Esas que lo saben todo acerca de todos.

Anna se sentó. Estaba a punto de desmayarse.

—La madre de miss Smith ¿vive aquí, en Dover? —Se llevó la mano a la boca como si temiera haber hablado demasiado.

—Así es. Vive con su hija, la funcionaria.

—¿Y sería posible visitarla?

—Supongo que sí. Pero habremos de aguardar pacientemente nuestro turno para preguntar a miss Smith.

Anna consultó su reloj. Eran ya las doce y media.

—Seguramente falta un buen rato para que miss Smith termine su trabajo. Será mejor abordarla al final. ¿Qué le parece si entretanto visitamos el cementerio de St. Mary?

Pierre se encogió de hombros, indiferente, pero su mirada era enigmática.

Un cuarto de hora después entraron en el cementerio de St. Mary. Era un lugar mucho más amable que Rosehill. Resultó que el camposanto estaba más concurrido de lo que habían imaginado. Varias mujeres de mediana edad lavaban los monumentos funerarios y barrían las lápidas. Anna recordó que Halloween estaba cerca. Por eso preparaban las tumbas. Para la visita anual. Fueron las buenas damas las que les indicaron dónde estaba exactamente la sepultura de Jane Leclerc.

Pronto Pierre y Anna se hallaron frente a ella. No había nada de particular en la sencilla lápida de piedra coronada por una cruz bajo la que descansaba la institutriz de los Aldrich. Inspiraba soledad, como el resto de los enterramientos que habían visitado hasta la fecha, pero también algo más: abandono, incluso olvido y desprecio. Todo lo que tenía en ese momento Jane Leclerc era aquella visita inesperada de dos desconocidos que intentaban recuperar algo de su huella. Eso era sin duda más de lo que seguramente había tenido desde hacía mucho y de lo que tendría en los tiempos venideros. Pierre, que percibía la tristeza de Anna, la tomó del codo.

—¿Qué le parece si regresamos y hablamos con Elisabeth Murphy?

—¿Lo cree necesario? —dijo ella tras negar con la cabeza—. No deberíamos remover este asunto por el momento. Tampoco creo que en Dover alguien sepa la verdad. Quien la supo está aquí, bajo esta lápida.

—Por una vez voy a coincidir con usted. No creo que debamos remover más este asunto, al menos por el momento. Así tendremos la posibilidad de pensar con calma y ordenar la información. Si es necesario volver para hablar con la anciana miss Murphy, lo haremos. A menos que muera antes, claro, lo que es bastante probable. Pero siempre nos quedará su hija, como nos quedará París.

Todo aquello parecía sensato. Sencillo. Anna se metió en el coche con docilidad, como una niña buena, se quitó los guantes de lana y se ató el cinturón de seguridad, pero, antes de que Pierre encendiera el motor, se volvió hacia él.

—Lo sabía desde que fuimos a Rosehill. Todo esto. Lo de Jane Leclerc, miss Smith, miss Murphy. ¿Por qué venir entonces?

Pierre se giró hacia ella. Su mirada era contenida, incluso fría.

—Supuse que podríamos atar algunos cabos sueltos por lo de Ashley Nicholas Aldrich. No quiero caer en lo fácil y en lo obvio, es demasiado novelesco. Pero al estar aquí he logrado comprender que, si Marjory Leclerc estaba protegiendo el honor de los Aldrich, no se delataría jamás. Al hablar con miss Murphy lo he comprendido del todo. Supongo que tendremos que volver a visitar a George Aldrich para que nos hable del pequeño bastardo.

—Sí, es una posibilidad —dijo Anna tras pensarlo—. Pero recuerde que en todo caso es un dato anecdótico que poco tiene que ver con la relación entre Gala Eliard y Ronald Tolkien. Si pudiera saber algo acerca de esto, si encontrara el modo... Pero ya se lo dije, los muertos no hablan.

Pierre se inclinó y abrió su cartera para sacar de ella un cuaderno de piel marrón, bastante similar al diario de enfermería de Gala Eliard.

—Anna. Necesito seguir con el encargo que usted me encomendó sobre Deveroux y la estrella de plata. Mientras lo hago, lea esto. Puede que después de todo los muertos sí hablen, aunque no sé si lo bastante.

Anna experimentó un enorme desasosiego, tan grande que los dedos le temblaban. Lo supo de inmediato. Aquellas páginas estaban escritas por la misma mano que había atesorado todos los libros, todos aquellos recortes que permanecían a buen recaudo en su habitación. El resumen de toda una vida.

—¿Qué es?

Pierre se acercó a ella.

—Gala Eliard escribía un diario. De hecho ya lo sabía porque, como usted vio, entre los documentos que le entregué había varias hojas arrancadas de un cuaderno íntimo que correspondía a 1916. El libro es un relato de ciertos acontecimientos que tuvieron lugar desde abril de 1914 hasta 1915. Una especie de confesiones un tanto erráticas, como un libro de memorias.

—¿Cómo ha conseguido esto? —Anna parecía a punto de desmayarse.

—Piénselo. Era obvio que George Aldrich se reservaba información.

—¿Y el diario de 1916?

—No lo tengo. No sé dónde está.

Anna salió del coche. El aire frío la abofeteó, pero no podía seguir discutiendo allí dentro. Se frotó las manos y las acercó a los labios para calentarlas con el vaho de su respiración. Pierre salió tras ella.

—No se ponga así. Vamos, vuelva al coche. Hace frío aquí fuera.

—Actúa a mis espaldas, Pierre. Va por delante de mí en todo momento. Si es así, no sé por qué me necesita mister Walsworth. ¿Qué quiere de mí? De verdad.

—Escúcheme bien. —Pierre se puso serio—. Le doy la información cuando estoy completamente seguro de que es veraz y puede recibirla. Lo he repetido hasta la saciedad. Vine aquí para ayudarla. Ambos dependemos de los cheques de mister Walsworth y por alguna maldita razón él tiene interés en saber la verdad sobre «el asunto Tolkien», disculpe que lo llame así. Personalmente preferiría dedicarme a mi trabajo de siempre y dejar de investigar sobre mujeres muertas, elfos y enanos, pero hay que tomar la vida como viene. Ahora la llevaré de regreso a Holland House o, si lo prefiere, a Oxford, con su querido amigo Desmond o lo que sea que signifique para usted.

—Le exijo que no me hable en esos términos. Mi vida privada es asunto mío. Y usted, ¿dónde irá exactamente después de devolverme a casita?

—Se lo diré pronto. Pero por ahora disfrute de los diarios. Así que duerma, y, cuando llegue a Oxford, hágase un favor. Coma decentemente, distráigase un poco con el tal Desmond si lo desea y, cuando se sienta con fuerzas, lea los diarios y haga un informe coherente con todo lo que dispone. Demos algo de carnaza al gran jefe. Tiene exactamente tres días para hacerlo a partir de mañana. Al cuarto volveré.

—Insisto en saberlo. ¿Dónde piensa ir? —Anna estaba boquiabierta.

—A París.

—¡Maldita sea! Así que tiene usted una pista —exclamó a punto de saltar sobre Pierre.

—Cuide ese lenguaje, señora. Sí. Ahora sí, sé más. Se me da bien conseguir información, aunque no me mire bien. Pero no quiso venir conmigo a entrevistar a Mildred Smith, usted se lo perdió. Seguro que le hubiera sacado su jugo.

—Oh, no me haga sentir culpable. ¿De qué se trata? —Anna meneó la cabeza de manera compulsiva.

—Se lo contaré a mi regreso —respondió él haciéndose el interesante.

Anna se plantó delante de Pierre. Su cabello se agitaba al viento, como si sus mechones fueran las serpientes que coronaban la cabeza de Medusa.

—Escúcheme bien, Pierre Broussard. —La mirada de Anna era la de una pantera—. No irá usted a París solo a buscar lo que sea que busca. No después de haber interferido en mi fin de semana en Cornualles y de traerme ahora a Dover para ver una simple lápida. Dejé mi trabajo en la biblioteca, una cena pendiente y algo más que no viene al caso. Me lo debe.

Pierre hizo un gesto de resignación exagerado.

—¡Aaah! Me temo que no podré librarme fácilmente de usted.

—No, no podrá. ¿Cuánto tiempo tardaremos en llegar a París?

—Unas tres horas. Tiempo suficiente para que se haga una idea de qué hay dentro de este cuaderno.

—¿Qué hay exactamente?

—Algo que a usted le fascina —respondió Pierre intentando reprimir su satisfacción—, la verdad. O al menos parte de la verdad sobre Gala Eliard. Tenga cuidado al leer, no se atragante. Creo que aún es un poco mojigata.

Anna lo miró con desdén. A pesar de todo no pudo acceder enseguida al tesoro que tenía entre las manos. Sentía una especie de temor reverencial ante aquel momento en que abriría el cuaderno para adentrarse en la vida secreta de Gala Eliard y caminar por sus laberintos. Aguardó unos minutos. Pierre la contemplaba de reojo mientras conducía en silencio.

—¿Ni siquiera va a leer el manuscrito?

Anna frunció el ceño.

—Esperaba una señal divina, algo así como los cielos abriéndose o un rayo, o incluso un ángel anunciador, no sé, pero supongo que habré de conformarme con usted.

La risita irónica de Pierre afiló sus nervios.

—Le parezco poco.

—No es personal. Es que no es usted Dios.

—A veces lo parezco, ¿no cree?

Anna abrió la boca, absolutamente estupefacta. Decidió no contestar. Aquel tipo era un vanidoso. Se limitó a abrir el diario sin más y a sumergirse en su lectura. Estuvo examinándolo un buen rato, absorta por completo. Pierre tenía razón. Aquel documento no era exactamente un diario, sino una especie de libro de memorias del que faltaban fragmentos. La primera anotación era de abril de 1914 y la última, por desgracia, de julio de 1915, mucho antes del encuentro de Gala y Tolkien en el hospital de Le Touquet. Anna quería creer que existía un diario de Gala que comenzaría justo después de que este acabara y se prolongaría hasta la fecha de su muerte en 1917. Volvió a insistirle a Pierre, por si se guardaba algún conejo en la chistera, pero no era así.

Mientras Pierre fijaba la vista en la carretera, Anna volvió a su tesoro. La letra pequeña y elegante de Gala Eliard llenaba todas las hojas, pero había muchos espacios en blanco, como si se hubiera propuesto escribir y por alguna circunstancia adversa, la falta de tiempo o la imposibilidad de enfrentarse a la propia emoción, no lo hubiera logrado. Había cosidas algunas cartas; también fotografías y flores secas que en algún momento habían significado algo para ella. El papel tenía tantas manchas de humedad como el resto de los documentos que obraban en su poder.

Pierre estaba atento a la carretera, pero de cuando en cuando la observaba de soslayo con evidente placer.

—¿Se marea?

—En absoluto.

—Hay personas que se marean cuando leen en movimiento. Si no es su caso, ¿querría leer para mí, Anna? Sería edificante y también instructivo.

—No sé si me siento cómoda prestando mi voz a los escritos de Gala Eliard. Es como si usurpara algo suyo.

—Puede verlo de otro modo —insistió Pierre—. Prestarle su voz es tanto como devolverla a la vida. ¿Cómo lo dijo? «Hacer hablar a los muertos».

Anna sintió un intenso escalofrío. Pensó en Desmond, en lo que le había dicho sobre la necesidad de recrear la historia. Empezaba a tener suficiente material.

—Está bien. Le ruego que no me interrumpa.

Anna se aclaró la voz y leyó con la emoción de una nueva Scheherezade contenida las palabras que Gala había escrito aquella primavera de 1914. Pierre no la interrumpió.

7

Regreso al pasado

Satie, «Gymnopédie n.º 2»

París, 4 de abril de 1914

Esta tarde he tomado el té en el jardín, sola. Se estaba bien allí, al fresco, bajo el recuerdo de la lluvia de estos días. La tarde estaba clara y las mariposas blancas han vuelto. Las he visto revoloteando alrededor del árbol donde jugaba de niña. Me he sentado allí un rato extendiendo los dedos para tocarlas. Una se ha posado en mi mano un momento. Luego se ha marchado. Me he sentido triste mientras la veía volar, cada vez más alto. Ella, como las demás, morirá mañana.

Mi padre también ha muerto. Lo encontró Augustine en el jardín, sentado en su silla de siempre. Su taza de té estaba en el suelo, rota. Al verlo, maman *pensó que* pére *dormía y no quiso despertarlo.*

A veces yo misma pienso que sigue durmiendo en el jardín. Salgo a buscarlo, pero ya no está. Solo encuentro su sombra, como si se tratara de un lienzo hurtado a la pared, y los trozos de porcelana junto a su silla, que maman *ha ordenado dejar allí como testigos mudos de su ausencia.*

La pérdida de pére *ha acabado con la ilusión de que los Eliard éramos una familia unida. No lo somos ni podremos serlo nunca. Lo supe hace unas semanas, cuando fui vestida de blanco al entierro de* pére, *a la usanza de las antiguas doncellas francesas. Nadie, salvo* maman, *comprendió mis razones. ¡Quién hubiera pensado que sería ella, siempre tan exigente con las formas, la que me defendería! Pero también lo supe cuando el abogado Saint-Marie leyó el testamento.* Pére *optó por dejar una pequeña cantidad a* maman. *El resto de sus bienes, a Alain y a mí. Mi hermano no está conforme. Pretende que renuncie a mi cuota. No puedo. Tampoco puedo explicarle que no es a causa de un sentimiento egoísta, sino por otra razón: no deseo consolidar aún más mi dependencia de William. Planeo abandonarlo. Por eso estoy aún en París y no he vuelto a Rosehill Manor. Bajo la superficie, nuestras vidas perfectas están llenas de podredumbre. William ya no se esfuerza por ocultar la relación con su nuevo secretario, un joven ambicioso que lo ha convertido en un depravado.*

No culpo del todo a mi esposo. A veces pienso que la pérdida de nuestro hijo lo ha trastornado. Otras me digo que sería así si William tuviera sentimientos verdaderamente humanos, pero no los tiene. Fue educado en la creencia de que es impune por el simple hecho de pertenecer a una élite, que puede hacer su voluntad. No es así. Yo podría acudir a un juez y hacer que mi esposo acabara en prisión, como sucedió con mister Wilde. Si no lo hago no es por falta de carácter. Es porque me sobra compasión.

Sé que pére *estaría de acuerdo en que actuara con contundencia respecto a mi matrimonio. Él veía lo que otros nunca quisieron ver de William, toda su hipocresía y egoísmo. Antes de su muerte escribió una carta para mí que me entregó el abogado Saint-Marie. En su nota,* pére *es muy duro consigo mismo. Se hace totalmente responsable de mi infelicidad. No lo era, no del todo, pero comprendo que habré de vivir con las consecuencias de las elecciones pasadas si no hago otras nuevas. Me pregunto ahora, como me he preguntado tantas veces, si es demasiado tarde para poder enmendar el error de haber elegido la vida equivocada. A veces pienso que es así y ya no podré liberarme de mis cadenas; otras, no estoy tan segura.*

10 de abril

Querido diario:

He de disculparme contigo. Te tengo muy olvidado. Pronto te explicaré por qué. Estos días ha sucedido algo significativo. Madame Ducruet y su hija Elaine, antiguas amigas de la familia, vinieron a visitarnos. Maman *estaba recluida en su habitación. Llevaba varios días con jaqueca y ni quiso ni pudo bajar a recibirlas. Me alegré por ello. Sabía que madame Ducruet y* maman *llevaban algún tiempo distanciadas. Ni ella ni su hija habían asistido al entierro de mi padre, algo que en otro tiempo habría resultado inaudito. Esta tarde he descubierto la razón. Te lo contaré, no puedo ocultarte nada.*

Al principio las Ducruet fueron previsibles. Las dos me expresaron su sincero pesar por la desgracia que ha sacudido a nuestra familia. Elaine en especial se mostró sumamente dulce. Observé que está distinta. Nunca ha sido bonita, pero parece rejuvenecida incluso. Supuse que aquel cambio se debía a un hombre. Decidí indagar.

—Me alegro de verla, Elaine. ¿Qué es de su vida? —pregunté con amabilidad.

Elaine bajó los ojos y sonrió con timidez. Su silencio parecía insólito, incluso inadecuado.

—Elaine se casó hace casi dos años —apuntó madame Ducruet.

—Entonces, debo felicitarla. —Mi voz sonaba demasiado

cortés para no pasar por mordaz. Nunca, ni en los tiempos en que las Ducruet eran amigas de la casa, he apreciado a Elaine.

Se hizo un silencio incómodo. Decidí continuar con mi interrogatorio. Me invadía la curiosidad.

—¿Tiene hijos? —Era una pregunta muy directa y algo invasiva, pero aun así la hice.

Elaine carraspeó.

—No. No aún. Quiero decir que estuve a punto de ser madre, pero nuestro hijo no llegó a nacer. Ahora ya soy demasiado mayor para intentarlo de nuevo. O al menos eso dicen los médicos.

Recuerdo que me conmoví sinceramente.

—Por fortuna tiene a su esposo —contesté.

Los delgados labios de Elaine se contrajeron durante un instante. Su rostro adquirió una expresión peculiar, pero no supe juzgar en aquel momento a qué se debía. Hubiera debido recordar que Elaine era el tipo de mujer a quien maman *solía calificar como avispa muerta. Las avispas muertas también tienen aguijón y, a veces, cuando menos lo esperas, pueden inocular su veneno.*

—Sí, es cierto, tengo a mi esposo. André es muy bueno conmigo. Como bien sabe, siempre piensa en los demás antes que en sí mismo. Ahora está muy involucrado en sus escritos y yo intento olvidar mis propios deseos para ayudarlo en la medida de lo posible.

Enmudecí por un instante. Intentaba entender, pero no lo conseguía del todo.

Madame Ducruet debió de leer en mi silencio.

—Sin duda recordará usted a André Deveroux, puesto que era amigo de su familia.

André... ¿Se refería realmente a André Deveroux? Nadie me había hablado de él desde hacía mucho. Era un nombre prohibido para mi familia. Ahí lo tenía, la razón del distanciamiento entre maman *y madame Ducruet. No podía creerlo.*

Bajé los ojos visiblemente azorada. Hubo un tiempo en que André y yo nos habíamos amado de una manera inocente. Éramos tan solo dos niños. La nostalgia del recuerdo me tomó por sorpresa y me hizo parpadear para espantar la emoción. No se me daba mal fingir, llevaba años haciéndolo, así que levanté la vista y esbocé una sonrisa de compromiso.

—Mis padres conocían a su padrastro, Armand Deveroux, desde jóvenes. Pero hacía mucho tiempo que no tenía noticias suyas. Lo último que supe de monsieur Deveroux es que había marchado a los Estados Unidos y que Armand y su esposa murieron un tiempo después en un accidente.

Intentaba restar importancia a lo que había sucedido entre nosotros, aunque tanto Elaine como madame Ducruet sabían mejor que nadie lo que habíamos significado el uno para el otro. Por eso me miraban de esa manera tan incómoda. Quería que aquellas mujeres, aves de mal agüero, se marcharan cuanto antes de mi casa, que me dejaran a solas con mi nostalgia. Me puse en pie.

—Deben disculparme. Tengo una reunión en la embajada inglesa. Aún debo cambiarme. —Mentía, pero ellas lo ignoraban—. Ha sido un consuelo recibir su visita y también saber de los viejos amigos.

Elaine, Elaine Deveroux, y madame Ducruet se marcharon. Tras cerrar la puerta sentí que el mundo se tambaleaba bajo mis pies.

Pasé el resto de la tarde en el jardín, buscando bajo el árbol de los juegos los ecos de un pasado que se empeñaba en volver para golpearme con fiereza. Yo había sido una jovencita solitaria. André, el único amigo al que había dejado penetrar en mi mundo. Recordaba bien cómo era entonces: un muchacho alto, desgarbado, de mirada clara y flequillo rebelde. Solía entretenerme con sus versos, con sus juegos de palabras, con sus canciones. Cuando supimos que estábamos enamorados, también con los besos hurtados entre las hortensias azules del jardín. Era un secreto que guardaba con celo. Solo miss Marjory llegó a saberlo. Ella me desaconsejaba con tino aquella amistad, a la que mis padres se hubieran opuesto. El tiempo no dejó de darle la razón. Cuando André publicó los Cahiers todo se puso tan difícil entre nosotros que pensamos en huir a Nueva York. Yo lo hubiera seguido de buena gana para poder vivir libremente a su lado, pero no pude. No pude.

Nunca he hablado de esto. Es la primera vez que me atrevo a remover el pasado y mirar la realidad frente a frente. Necesito hacerlo, aunque no sé por qué. Hubo alguien que me separó de André con mayor eficacia que la voluntad de mis padres: Robin.

Los jueves yo solía acudir a las cuatro a la casa del profesor Robin, un viejo conocido de pére, para tomar clases de latín y griego, lenguas que miss Marjory no manejaba con soltura. Era una alumna aplicada, aunque a veces me dejaba llevar por la impaciencia y cometía errores. Robin solía ser indulgente conmigo. Siempre había sido así, ya que mi padre le pagaba bien. Hasta aquella tarde.

Aquella tarde estaba muy distraída. Maman había vuelto a advertirme. Que tenía que madurar, dejar de lado la amistad de André. Pensaba en eso y no en la clase. El profesor Robin se daba cuenta de mi falta de entrega, tanto que terminó por reprenderme.

—Si va a seguir con la cabeza en las nubes, tendré que pedirle que deje de importunarme y se marche a casa.

Recibí la amonestación con humildad. Procuré enmendarme de inmediato, pero lo cierto es que me mostraba torpe, incapaz de seguir el ritmo. Lo intenté varias veces sin éxito alguno. Cuanto más me presionaba Robin, más me equivocaba.

—¡Error, craso error! ¿Cuántas veces he de decirle que toda regla tiene su excepción?

Robin se expresaba de forma dura. Su rostro, por lo general

amable, parecía el del mismísimo demonio. Intenté hacer una traducción más correcta. Fracasé.

—Le ruego por enésima vez que se concentre en la tarea. —Su voz contenía notas de apremio.

Mis ojos se llenaron de lágrimas inconvenientes. Robin hizo como que no veía. Los ataques persistieron y también los errores. Estallé en llanto. Fue embarazoso.

—Pero ¿qué tiene, mademoiselle? Si está hecha un mar de lágrimas...

Robin se acercó a mí. Yo estaba sentada en mi silla aún. Él no sabía qué hacer exactamente para calmarme, así que me golpeó la espalda con las puntas de los dedos al tiempo que emitía una especie de «och, och». Me abracé a su cintura y apoyé mi cabeza contra su vientre blando. Acarició bondadosamente mi cabeza, hasta que dejé de llorar.

Robin quiso asegurarse de que estaba bien. Tomó con dos dedos mi barbilla y me hizo mirarlo. Sonreí con timidez entre las lágrimas para ganarme su favor. Entonces él se inclinó muy despacio para besar mis labios. Me sorprendí mucho, ya que no esperaba aquello. Me puse de pie, asqueada, dispuesta a huir, pero Robin me sujetó con más fuerza la cabeza y aplastó mis labios contra los suyos mientras introducía su lengua en mi boca. Era horrible. Sabía a agrio, a viejo. Una oleada de náusea subió por mi garganta. Forcejeé con Robin intentando apartar la cabeza mientras le pedía entre sollozos que me soltara.

Entonces el profesor me tapó la boca. Intenté morderle la mano, pero me arrastró hasta su habitación mientras me sujetaba por la cintura. Yo me debatía, agitando las piernas para anclarme al suelo. Le mordí la mano con rebeldía, me abofeteó. Luego me empujó, como si fuera un fardo, y me obligó a inclinarme sobre el borde de la cama, de rodillas, mientras aplastaba mi cabeza con sus manos. Aunque me ordenó que callara, yo no dejaba de llorar y suplicar, por lo que volvió a aprisionar mi boca. Me faltaba el aire y, entre gritos y sollozos, me desmayé. Cuando *desperté estaba casi desnuda, tendida bocarriba sobre la cama. Robin estaba junto a mí. Acariciaba mi pelo con sus grandes manos. Miré con horror los ojos mortecinos enterrados entre una red de arrugas, las cejas blancas, la boca blanda que, al verme despierta, buscó mis pechos. Hice ademán de escapar, pero él se tendió sobre mí sujetándome con su cuerpo. Me ordenó que abriera las piernas. Como no lo hice me sujetó por el cuello. Me resistía, por lo que me golpeó. Hice lo que me pedía y separé las rodillas. Sabía lo que deseaba, aunque yo me cerraba tanto que Robin no podía entrar. Entonces me cogió por los cabellos y me tapó la nariz. Me dijo que me asfixiaría si no colaboraba. Era una crueldad. Robin sabía que aquello me aterrorizaba, morir sin aire. Dejé de moverme en la medida de lo posible, aunque a pesar de los esfuerzos mi cuerpo se convulsionaba de miedo, incredulidad, vergüenza y asco. Robin separó mis muslos. Volvió a empujar con más fuerza. Sentí un terrible dolor, como si una espada desgarrara mi sexo de niña. Continuó empujando, cada vez con menor violencia, mientras ponía las manos sobre mi cabeza y pronunciaba palabras horribles. «Ssh, no temas nada, pequeña —decía—. Terminará gustándote». Aquello era espantoso. Supongo que debió de leer en mis ojos el desprecio que sentía hacia él porque rodeó mi cuello con ambas manos, como si fuera a asfixiarme de verdad. Intenté zafarme mientras mi rostro se cubría otra vez de espanto. Aquello debió de gustarle mucho porque jadeaba, hasta que finalmente su excitación llegó al máximo y, entre sonidos guturales semejantes a los de una bestia, se derramó encima de mí.*

Cuando todo hubo acabado apartó mis cabellos del rostro y acarició paternalmente la curva de mis mejillas, llenas de lágrimas sucias. No podía moverme ni tampoco aceptar lo que había pasado. Me quedé allí sobre la cama, llorando en silencio, con la mirada perdida, mientras Robin mojaba una esponja y limpiaba con delicadeza mis muslos, impregnados de sangre y sustancias viscosas. Luego cepilló mis cabellos y me vistió, como si se tratara de una muñeca rota.

Después de aquello enfermé de desasosiego. Me sentía despreciable, tanto que dejé de ver a André por voluntad propia, como me había pedido maman. *Ya no era digna de él ni de sus besos ni de sus versos. Entonces él se marchó a Nueva York, humillado por mis desaires. Luego llegó William para pedir mi mano. Estábamos destinados a estar juntos, aunque eso no nos hiciera felices.*

24 de abril

Querido diario:

Ha habido algunos cambios estos días. Desde la perturbadora visita de madame Ducruet no he dejado de remover las viejas historias. Intenté olvidarlas buscando refugio en mis pequeñas rutinas, pero no logré encontrar asidero alguno para salir a flote. No puedo concebir París sin mi padre. Ni siquiera ha resultado un consuelo ir cada mañana a Montparnasse para visitar su sepultura. Saber que sus huesos están allí, bajo la lápida de piedra, es tranquilizador. Mis visitas me lo devuelven por un instante. Me gusta detenerme en una pequeña floristería que hay cerca del cementerio. La dueña, una alegre mujer de pelo blanco, me atiende con agrado obsequioso. Yo marcho con mi ramo calle abajo para entregar a mi padre la pequeña ofrenda y rezar ante la tumba. Luego deambulo un rato por los alrededores. Montparnasse está infestado de pintores, escritores, artistas e intelectuales pobres como ratas. Suelo actuar sin prevención alguna, exponiéndome de forma innecesaria. No me disuade el riesgo. Aquí gozo de la libertad tanto tiempo anhelada, la libertad que da el anonimato. Puedo desplazarme, ir de un lugar a otro sin tener que dar ninguna clase de explicaciones, pero en realidad no puedo disfrutarlo. La tristeza es la peor de las barreras.

Algunas tardes acudo a Nôtre-Dame, el lugar donde sellé

mi pacto con William. Me gusta sentarme en un banco frente al altar y contemplar la luz que se filtra por el rosetón. El olor del incienso, el sonido de las campanas, la compañía de los viejos fantasmas me llevan a aquella parte del pasado en que mi padre estaba vivo y tenía ante mí un mundo lleno de posibilidades. Me veo a mí misma recorriendo el pasillo del brazo de pére, *acercándome al altar mientras el órgano toca el «Ave Maria» de Louis Vierne para saludar a los invitados, que admiran el brillo de los diamantes que me coronan. Todo fue una ilusión que la realidad ha resquebrajado. No duele. Lo único que duele ahora es el pasado no vivido, el que me arrebató Robin.*

No he podido dejar de pensar en eso estos días. Me he obligado a enterrar de nuevo en el olvido aquel inocente amor de juventud que ahora me trae recuerdos impregnados de ternura y hace que a mi rostro aflore una sonrisa boba. Soy consciente de los engaños de la memoria, de sus trampas, e intento contenerme. No contaba con el azar, si es que es eso lo que está volviendo ahora mi vida del revés.

Hace justo una semana, al cruzar la plaza que hay frente a la catedral, escuché a mis espaldas una voz de hombre que me llamaba por mi nombre de soltera.

—¡Gala! ¡Gala Eliard! ¿Es realmente usted?

Me volví, asombrada, mientras recorría con rapidez los pasadizos de una memoria que ahora se presentaba como algo muy reciente.

—¡Monsieur Deveroux!

En la mirada de André brilló una llama tornasolada que me penetró por completo. Me pareció que se burlaba de mí. Pero no era así exactamente.

—Me alegro de verlo —acerté a balbucir—. Ha pasado mucho tiempo, aunque supe de usted por su esposa. Me visitó no hace mucho.

—Así es, ella misma me lo dijo y también que se ha convertido en una hermosa mujer, como es posible advertir.

Aquel flirteo era agradable, pero no resultaba conveniente. André pareció percatarse de mi inquietud, de modo que desvió la conversación. Me habló de sí mismo, poco. Me contó solo que sigue dedicándose a la escritura y un poco a la política, algo que mi padre nunca aprobó. Callé al pensar en pére, *en su renuencia. El silencio era incómodo. Por suerte un hombre moreno se aproximó a nosotros e interrumpió la conversación. Al parecer acompañaba a André.*

—He de marcharme ahora, madame. —André tomó mi mano y se inclinó para besarla—. Tenemos mañana en mi casa una pequeña reunión de escritores y aún quedan varios asuntos por resolver. Si lo desea, puede venir. Por los viejos tiempos.

Sonreí con amabilidad. No tenía ninguna intención de acudir a aquella cita. Había sido agradable ver a André, recordar, como él decía, los viejos tiempos, pero todo debía terminar ahí, en la sonrisa mutua que iluminó espontáneamente nuestros rostros cuando nos encontramos, en aquella inquietud que hacía que mis rodillas temblasen de emoción contenida.

Esa noche apenas logré dormir, sofocada por el encuentro. Pasé la mañana fingiendo que todo era normal, que nada había sucedido. Por la tarde acepté que no podría luchar contra el pasado a menos que lo enfrentara, así que me vestí con modestia y, aunque no era apropiado por estar de luto, acudí a la antigua casa de los Deveroux decidida a aceptar la invitación de André. Creía honestamente que confrontar la causa de mi nostalgia era el mejor modo de deshacerme de ella, de asegurar que el pasado y los sentimientos de entonces estaban tan muertos como lo estaba mi padre.

Desde fuera la vieja mansión de Leonor Faire Dumont, la primera propietaria, parecía la de siempre, pero dentro encontré la mismas ausencias que había en la mía, las mismas sombras. Lucille y Armand Deveroux, los padres de André, la tía Augustine, el ama de llaves, ya no estaban, como tampoco el André Deveroux que yo había conocido. Tampoco sobrevivía la jovencita que yo misma había sido una vez, la que tocaba a Satie desafiando a pére en sus frecuentes visitas a los Deveroux —Armand y él habían sido muy amigos—. Mientras mis dedos recorrían los lomos de los libros en la biblioteca, no pude evitar preguntarme qué hacía allí. Era ridículo. No comprendía aún que yo también formaba parte de aquello, que un trozo de mi pasado había quedado atrapado entre aquellas viejas paredes que hubieran podido ser mías. Ahora pertenecían a Elaine, como Rosehill me pertenecía a mí, pero aquella posesión solo se sustentaba en un contrato, no en un sentimiento verdadero.

Me decía todo eso mientras intentaba participar de aquella curiosa reunión en la casa de los Deveroux. André me presentó a los concurrentes: un profesor de La Sorbona apellidado Ferré; dos redactores de un diario que pére juzgaba escandaloso, L'Humanitè; y al caballero de tez oscura que había visto el día anterior en Nôtre-Dame, un escritor español, Vicente Blasco. Elaine no estaba, pero sí la esposa del español, una distinguida mujer llamada Elena Ortúzar, y también la hermanastra de André, Angélique.

La estuve observando un buen rato, a Angélique, sorprendida de su transformación. La recordaba como una niña, pero había crecido, como todos nosotros. Ahora era una joven agraciada, aunque no llegaba a ser tan espléndida como lo había sido su madre, Lucille Deveroux, por la que Armand perdió la cabeza. Angélique parecía muy unida a André, pues apenas se separó de él en toda la tarde. Él ejercía un efecto poderoso, magnético, sobre ella, aunque también sobre todos los que estábamos presentes.

Los hombres hablaron la mayor parte del tiempo de política internacional, un tema sobre el que los periodistas y el profesor Ferré demostraron sobrada competencia. Pensaban que la guerra entre Francia y Alemania estaba próxima. Como los ánimos se acaloraban entre el profesor Ferré, partidario de la guerra, y sus detractores, los dos periodistas y el *propio André, Angélique propuso delicadamente que olvidáramos el tema, bebiéramos y escucháramos los relatos de monsieur Blasco. Era una forma de introducir un paréntesis.*

El español quiso zafarse del compromiso alegando que sus relatos eran demasiado humildes para un público tan selecto. Sonreí para mis adentros. Era obvio que el escritor disfrutaba concitando la atención de los demás, que insistieron en escucharlo. Yo no lo hice. Por alguna razón aquel hombre me resultaba antipático, pero, de haberlo manifestado, él habría considerado que solo se trataba de odio de clases, lo que no era cierto. Pero él sí nos odiaba a nosotros, los que formábamos parte de la aristocracia. Así me lo confirmaron sus escritos que, aunque de prosa rica, juzgaba panfletarios.

Me interesó más la esposa del español, Elena Ortúzar. Aunque no era una mujer bella sí parecía distinguida, tanto que me pregunté cómo había llegado a congeniar con aquel hombre de ardiente temperamento y voz profunda. Luego supe que eran dos adúlteros: su relación había empezado cuando ambos estaban casados.

Incómoda, me despedí con algo de brusquedad. André me acompañó a la puerta y me besó delicadamente en la mejilla. Era un beso de hermanos, de antiguos amigos, pero, al volverme, tropecé con Elaine y su madre, madame Ducruet. Ambas me miraron con desdén. Fue terrible ser juzgada por aquellas miradas sin derecho alguno a la defensa. No comprendían que había ido allí para conciliarme con el pasado con la única intención de seguir viviendo.

Regresé a casa cubierta de oprobio. Rosehill ya no era acogedora para mí, pero París tampoco lo era. Había pasado demasiado tiempo lejos de Francia para considerarla ya mi hogar. Era una persona sin tierra. Tenía que construir mi propio reino o continuar con la farsa que era mi vida. En todo caso había algo que necesitaba hacer para sobrevivir: nunca más volvería la vista atrás.

No pude sostener mi juramento durante mucho tiempo porque, al día siguiente de aquella absurda reunión, André me visitó.

Me negué a recibirlo. La sola idea de verlo me resultaba angustiosa. Le pedí a Augustine, mi fiel doncella, que lo despidiera, pero él, que esperaba en el vestíbulo, porfiaba con ella y lo hacía con tanta vehemencia que el escándalo llegaba hasta el piso superior. Bajé las escaleras con toda la premura que pude. No quería que maman *supiera de la presencia de aquel hombre en la casa, que la delicada homeostasis a que habíamos llegado después de tantos desencuentros pudiera alterarse por causa de André.*

Mandé a Augustine a la cocina. Tomé a André del brazo con desconfianza, pero ya no sentía nada. Me dije en el instante que no había motivos para expulsarlo de la casa, que todo se debía a mi exceso de sensibilidad. Abrí el despacho de mi padre, invitándolo a pasar, pero André me propuso que fuéramos al jardín. Accedí.

Paseamos un rato entre las hortensias, que se inclinaban alegres a nuestro paso, como si recordaran nuestras caricias infantiles. Al final del jardín, vimos el árbol de los juegos. Seguía siendo el mismo de siempre. André sonrió.

—Nunca olvidaré la primera vez que te vi. Te encontrabas justo aquí, donde estás ahora. ¿Lo recuerdas? —Mentí. Le dije que no—. Yo no lo olvidaré jamás. Vestías de azul y estabas rodeada de pequeñas mariposas blancas que se posaban sobre tus manos, tu delantalito, sobre tu pelo, que brillaba como un casco de oro bajo los últimos rayos de sol. Me quedé paralizado, subyugado por la belleza de aquel atardecer. Luego, cuando te percataste de mi presencia, agitaste las manos y las mariposas, obedientes, se fueron. «Morirán mañana», dijiste, y tu mirada era triste. Entonces señalé con los dedos al cielo para mostrarte la primera estrella de la tarde y te revelé un secreto.

—Sí. —Bajé la guardia—. Que era allí donde iban las mariposas. Que algún día llegaríamos a tocar la estrella.

—Entonces no lo has olvidado. —Me miró con ternura—. Recuerdo tu risa cuando te dije aquello. Te había tomado por una niña, pero no lo eras. Sabías que la estrella era en realidad un planeta y se llamaba Venus. Dijiste que nunca podríamos llegar tan lejos.

La nostalgia de aquel momento me ahogó. Me rehíce como pude.

—Pero saliste airoso del apuro. Porque contestaste que un poeta tiene otra mirada. Que donde otros ven una piedra él es capaz de ver el esqueleto de Dios. —Me detuve un instante. No quería recordar más—. ¿A qué has venido, André?

André se sentó en el columpio que aún pendía del árbol.

—Ayer te marchaste atropelladamente de mi casa, como si algo te hubiera incomodado. Temía que nunca más quisieras regresar. No deseo que eso suceda. Si he venido hasta aquí es solo para disculparme y también para ofrecerte mi amistad. Me gustaría que formaras parte de mi vida. De algún modo, si eso es posible.

Recordé a madame Ducruet y a su hija. Un escalofrío de desagrado sacudió mi cuerpo.

—Es un gesto muy dulce, pero absolutamente inútil. Has de saber que no me quedaré mucho tiempo en París. Pero, aunque me quedara, tampoco sería una buena idea frecuentarnos. No hace ningún bien a nadie remover el pasado.

André movió la cabeza con un gesto negativo.

—No es lo que pretendo, condesa, perturbar su vida perfecta y excluyente. —Su gesto expresaba una impotencia que me resultaba conmovedora.

—¿Qué pretendes entonces?

—Nada, Gala, no pretendo nada. Te perdí en algún momento del camino. Sufrí por ello, pero ahora, al mirarte y ver-

te tan hermosa, tan dueña de ti misma, entiendo que escogiste lo correcto. Nueva York no era para ti.

Me horrorizó escuchar aquellas palabras. André era capaz de ver el esqueleto de Dios en un trozo de piedra, pero no sabía leer en mi alma.

—No hables así —le dije—. Nueva York era la única posibilidad que teníamos de estar juntos, un sueño. Pero la realidad, André, empieza donde terminan los sueños. No pude escoger. No hice lo correcto. Solo hice lo que pude.

No sé cómo sucedió exactamente. Perdí el dominio de mí misma al pensar en Robin. Mi garganta era un nudo y las lágrimas terminaron por desbordarse. André me acogió entre sus brazos, que me rodearon con ternura. Levanté la cabeza y entonces él me besó con suavidad. Fue delicioso, dulce, un pasaporte hacia aquellos días en que éramos dos chiquillos. Había querido sepultar aquel recuerdo que ahora volvía, al igual que volvía la tristeza por su pérdida, la infelicidad del presente de la que en parte era causa aquella otra infelicidad. Me separé de André, asustada.

Él se pasó la mano por el cabello, que se había desordenado, y me miró.

—Juro que he intentado olvidarte, pero cuando te vi hace unos días, en Nôtre-Dame, supe que no podré hacerlo. No quiero hacerlo, Gala. No impedirás que te ame aunque no pueda ser, aunque no me correspondas.

Guardé silencio un instante. Me senté en el columpio, como antes.

—Lo he pensado muchas veces estos años. Leí tantas veces tus poemas, todos tus escritos. Lo he pensado. Que nunca me amaste en realidad. Que yo tampoco te amé. Era algo distinto. Dos niños que jugaban a ser adultos.

André parecía desconcertado.

—Todo eso pasó hace mucho tiempo.

—Es posible. Pero ahora hemos crecido. Ya no somos inocentes.

André se situó tras el columpio y se inclinó hacia mí. Sus labios rozaron mi mejilla. Notaba su cuerpo pegado al mío. Contuve la respiración.

—Recuerdo cómo te estremecías de placer entre mis brazos cuando besaba tu cuello, tus labios, cuando acariciaba tu pecho por encima de la ropa. —Su aliento cálido me quemaba—. ¿Es eso lo que hacen los niños?

André puso una mano sobre mi cuello. Por un instante el pánico me invadió. Me levanté, pero él me empujó hacia el árbol. Me besó otra vez. Luego se apartó.

—¿Sabes qué estimula realmente el deseo? El temor a la muerte. Pero en ese instante, el de morir, es cuando el cuerpo se desintegra y el alma vuela.

Lo miré fijamente.

—Ingrávida... —murmuré.

—Justo así. Como las mariposas blancas.

André aplastó su pecho contra el mío. Sus manos buscaron por encima de la falda mientras hundía sus dientes en mi cuello. Notaba mi ropa interior húmeda, mis rodillas temblorosas. Me odié y lo odié por rebajarme del modo que lo hacía, por acabar con la inocencia de mi recuerdo. Él leyó mi rostro. Su boca se curvó con una leve sonrisa.

—No te desprecies de ese modo, Gala. Eso que sientes es también amor.

Sacó de su bolsillo un sobre. Lo miré. En él estaba escrito su nombre y una dirección, calle Montmartre n.º 17.

—Te esperaré aquí cada día a las seis. Toda la vida.

Aquellas palabras me conmovieron profundamente. ¿Cuánto tiempo es eso, toda la vida? Mientras me hacía esa pregunta arrugué el papel entre los dedos, que rompí en mil pedazos. Pero no puedo no hacerlo, me elevaré como las mariposas, volaré hasta lo alto para sentirme ingrávida, aunque solo sea por un instante.

8

La ciudad de la luz

Her mystic powers calling me.
The lady wore black,
her love can set me free.

QUEENSRŸCHE, «The Lady Wore Black»

Anna cerró el diario. Experimentaba cierto malestar. Se volvió hacia Pierre.

—¿Sabía que Gala Eliard sufrió abusos?

—Querrá decir que el profesor Robin la violó.

Anna coincidió en que esa era la palabra, por dura que sonase.

—¿Qué vamos a hacer exactamente en París?

Pierre no desvió la vista de la carretera. Su rostro parecía pétreo.

—París tiene sus encantos.

—No voy a discutirlo. Pero temo que París nos aleje de Tolkien.

—Sí, tiene razón —admitió Pierre—, no es conveniente perder de vista el objetivo, como suele decir, pero París también nos acercará a él. Ya ha visto lo que representa la estrella de plata a través del diario, al menos para André. Él la asociaba al amor que perdura más allá de la muerte, si no suena demasiado almibarado decirlo de este modo. Por todo el asunto ese de las mariposas, Venus y el árbol de los juegos. Pero no sabemos aún si significaba lo mismo para Gala, algo que no encontrará en sus diarios, como tampoco hallará respuestas sobre por qué la depositó Tolkien sobre su tumba.

—A tenor de la carta del 8 de noviembre ella se la entregó como talismán creativo, pero, asociada a lo que significa Eärendil, contenía la esperanza de un reencuentro. Si no se producía en vida, debía tener lugar tras la muerte. Eso para un católico es aceptable.

Pierre no estaba seguro de haber comprendido del todo lo que Anna quería decir, pero prefirió no indagar más.

—Por cierto, no conozco mucho la vida del profesor. ¿Podría ponerme en antecedentes? Luego puede continuar leyendo a Gala Eliard si quiere. Aún falta más de una hora para llegar a la ciudad.

Anna arrugó la nariz.

—Le aconsejo que se documente por su propia cuenta. Lea alguna biografía de Tolkien si quiere saber. Ahora cuénteme qué busca en París.

—Se lo diré si hace lo que le he pedido. Hábleme de Tolkien.

Anna deseaba seguir leyendo el diario, pero terminó por claudicar.

—Usted gana. Le contaré algunos datos básicos. Pero no me interrumpa, o al menos no demasiado. Verá, Tolkien era huérfano de padre desde los tres años. Tenía un único hermano, Hilary, al que estaba muy unido durante la infancia. También estaba muy unido a su madre, Mabel Tolkien.

»Mabel era una mujer muy valerosa. Tenía unas ideas muy avanzadas para la época. Hoy no nos parecería nada extraordinario, pero siendo muy joven fue capaz de viajar a Zanzíbar junto a sus hermanas, dos adolescentes, con la idea de evangelizar a las mujeres del sultán. No tuvo éxito, como puede comprender, pero lo cierto es que le tomó gusto a los viajes. Tanto es así que al poco tiempo volvió a Sudáfrica para casarse con su prometido, Arthur Tolkien, que era director de una oficina bancaria en Bloemfontein. No fue una decisión muy acertada. El clima era atroz para una dama acostumbrada al ambiente húmedo de Inglaterra y su hijo mayor, Ronald Tolkien, un niño de constitución endeble, sufría por ello.

—Así que Tolkien era un blandengue. —Pierre parecía divertirse con aquello.

Anna frunció el ceño.

—Le he pedido que no me interrumpa. Bueno, continúo. Miss Tolkien debía de echar mucho de menos su país de origen, por lo que un buen día embarcó con sus hijos y viajó a Birmingham para ver a su familia. Mientras estaba de visita, su esposo enfermó de unas fiebres hemorrágicas. El pobre murió. Fue una tragedia, y, además, la familia quedó en la ruina. Arthur Tolkien había realizado algunas malas inversiones, por lo que tras su muerte, y sin un hombre que la sostuviera, Mabel pasó estrecheces. La infancia del profesor estuvo llena de privaciones, lo que no lo eximió de ser feliz.

Pierre silbó.

—Una mujer interesante.

—Sí, desde luego. Merecería un estudio en profundidad. Tenía una cultura muy extensa.

—¿Era de buena cuna?

—No sé cómo tomarme eso —dijo Anna tras pensárselo—. Podría decirse que los Suffield eran una familia burguesa venida a menos. El padre, John, se dedicaba al comercio de telas. Cuando cerró su establecimiento no le quedó más alternativa que dedicarse a la representación comercial. En todo caso, aunque relativamente pobres, me refiero a pobreza material, eran gente con inquietudes artísticas. John Suffield era un excelente calígrafo.

—¡Calígrafo! —se admiró Broussard—. Hay que ver lo útil que es vivir sin tecnología. Da tiempo a cultivar talentos inverosímiles.

Anna no podía estar más de acuerdo.

—Era una afición que le venía por tradición familiar —aclaró—. Mabel heredó esa habilidad de los Suffield, que transmitió a su hijo. No sé mucho sobre Emily, la abuela Suffield, solo que ayudaba a su marido en la mercería. Supongo que sería una mujer de la época, apegada a lo tradicional. Sus hijas, en cambio, como le he dicho, no eran en absoluto convencionales. Se lo explico. Jane y May Suffield eran ambiciosas intelectualmente. Jane estudió Botánica, e incluso llegó a regentar junto a su esposo una granja, Phoenix Farm, donde terminó trabajando Hilary Tolkien. Si le cuento todo esto es porque Mabel Tolkien, y en general los Suffield, influyeron mucho en John Ronald Tolkien.

Pierre frunció el ceño.

—¿Qué fue de la otra hermana? ¿Cómo ha dicho que se llamaba?

—May. Esta se casó con un comerciante, Walter Incledon, y tuvo dos hermosas niñas. Fueron casi las únicas amistades femeninas de Tolkien durante su infancia. Los tres practicaban un juego para encriptar palabras, el «animálico», la primera piedra en ese vicio secreto que tuvo Tolkien de inventar «lenguas de hadas», como él decía. May estuvo muy unida a Mabel, incluso vivió un tiempo con los Tolkien en Bloemfontein.

—Una familia de mujeres poderosas —observó Pierre.

—En efecto, aunque los Suffield también tenían un hijo, William, que murió el mismo año que Mabel. Pero a mi juicio ella fue la más influyente de las hermanas. Como le decía antes, tras la muerte de su esposo quedó en una situación muy vulnerable. Por un tiempo dependió de su familia, sobre todo de los Incledon, pero no tardó demasiado en organizar su propia vida. Se convirtió al catolicismo y buscó casa propia, lejos de los Suffield, que la rechazaron por sus nuevas creencias y le retiraron toda ayuda económica. De hecho, el asunto debió de ser grave, ya que Mabel nombró como tutor de sus hijos a un sacerdote, el padre Francis Morgan, en caso de que falleciese. Sarehole, a pocas millas de Birmingham, fue su puerto seguro, un lugar que Tolkien siempre asoció a los tiempos felices de la infancia.

—¿Cuándo viene la parte triste de la historia? —preguntó Pierre.

—Enseguida. Antes le diré que Mabel se preocupó mucho por la educación de sus hijos, por eso de que eran una familia con intereses culturales elevados. Ella misma formó a Ronald Tolkien para que entrara en un buen colegio, la King Edward's School. Arthur Tolkien había estudiado allí. Como puede comprender, la escuela era el único trampolín social para Ronald y el crío se aplicó con ganas, ya que estaba becado. Poco tiempo después Mabel enfermó de diabetes. Murió. Para el joven Tolkien y su hermano, tenían solo trece y once años, aquella pérdida fue terrible. Ronald siguió teniendo relación con los Suffield, pero creo que, en el fondo, el muchacho nunca perdonó a su familia la falta de piedad hacia su madre. Por suerte se apoyó mucho en su fe y también en la escuela. Allí hizo grandes amigos: Wilson, Geoffrey Bache Smith y Christopher Wiseman, su gran gemelo. Fueron los fundadores de un club juvenil, el Tea Club and Barrovian Society, llamado así porque los chicos solían tomar té en la biblioteca.

Pierre volvió ligeramente la cabeza.

—Es obvio que el tema la fascina.

—Puede que me deje arrastrar un poco. Pero quizá solo sigo mi instinto o mi destino, si quiere considerarlo así. ¿Sabe? Esta conversación me ha hecho pensar en algo. En los rasgos comunes entre Gala Eliard y Mabel Tolkien. Reflexionaré sobre ello cuando mi cabeza encuentre un minuto de sosiego, no sé cuándo sucederá. Ahora, si me lo permite, voy a seguir un rato más con el diario de Gala Eliard.

—Está bien. Ya queda menos para París y no necesita darme conversación, la llevaré igualmente. Puede volver a los diarios, ya no hace falta que lea para mí, la parte que viene ahora es aún más escabrosa que la anterior. Pero tenga cuidado, Anna. André Deveroux era un seductor. Puede que a usted también termine por atraparla.

Anna hizo un aspaviento con las manos, como si intentara librarse de una molesta mosca.

—No debe preocuparse por mí. Estoy hecha a prueba de seductores.

Pierre le lanzó una mirada llena de interés. Recordaba bien la escena de la biblioteca, cuando la sorprendió con Desmond.

—Mi querida Brunilda, hasta las valquirias tienen grietas en su coraza. Creo que lo ha demostrado no hace tanto. Se lo repito. Tenga cuidado. Esto es París.

Anna se ruborizó. Sabía exactamente lo que pensaba Pierre.

—París está sobreestimada, créame.

Anna volvió al diario y se enfrascó en su lectura. Cuando avanzó unas pocas páginas comprendió la advertencia de Pierre. Anna tenía una visión tan idealizada de Gala Eliard como el propio profesor Tolkien. A pesar de la dura escena de la violación, la consideraba una mujer soñadora, muy romántica. Por eso no esperaba encontrar lo que encontró entre sus memorias: la narración de un puñado de escenas de sexo *bondage*.

Cerró el cuaderno, pensativa. Comprendía bien lo que todo aquello podía significar para Gala: confusión. Para una mujer como ella, sin apenas experiencia con los hombres, el sexo y el placer podían ser tan adictivos como la heroína. Anna despreció profundamente a Deveroux. Él sabía bien cuál era el juego y sus consecuencias. Había corrompido a Gala para hundirla, para vengarse de ella por su abandono o simplemente para usarla en su propio provecho, con un afán creativo. La pobre muchacha había confundido todo aquello con amor. Tolkien, en cambio, no había amado la ilusión, como quizá había hecho Deveroux en el fondo, sino a la mujer que había escogido el camino de la humildad, esa virtud de la que tanto abominaba Pierre por ser un valor netamente cristiano. Pero Anna suponía que si Gala buscó el anonimato o la humildad no fue por una simple creencia mística. Es posible que partiera a Francia para tapar un escándalo, para cumplir con una vocación, incluso para redimirse, pero lo que encontró allí fue lo que había buscado en Deveroux sin éxito, aquello que había conocido una vez bajo el árbol de los juegos siendo casi una niña. Un amor que la sostenía en el aire cuando lo daba todo por perdido, que la elevaba para otorgarle la ingravidez de aquellas mariposas blancas con las que jugaba en el jardín de su casa, esa que necesitaba para volar hacia las estrellas, el lugar donde el amor se hacía eterno. Esa clase de amor no había podido arraigar en lo físico, al menos no de un modo convencional, pero sí podía prolongarse más allá de la vida, al cobijo de Dios y de su luz. Por eso ella había entregado al joven soldado enfermo la cruz sobre la que brillaba la estrella, Eärendil, la luz que iluminaba la oscuridad de la vida terrena con destellos de fantasía, destellos que eran a su vez un reflejo del amor divino, del amor que ella le había profesado. No era la muerte la que se había interpuesto entre ambos ni tampoco la vida. Era el tiempo el que había errado. «El tiempo se equivocó, pero tú me esperaste...». Él le había entregado la estrella de plata poco antes de morir, cuando ya había completado su misión creativa. Ya no la necesitaba, la muerte los reuniría de nuevo. Por toda la eternidad. Edith había sido su amor terrenal, al igual que André había sido, al menos hasta cierto punto, el amor terrenal de Gala. Pero Gala era la esposa eterna que Dios había elegido para John Ronald Tolkien.

Anna se preguntó si ella llegaría a conocer alguna vez esa clase de amor desinteresado, compasivo, elevado o, por el contrario, si caería en las mismas trampas terrenales en que había caído Gala Eliard.

Pierre interrumpió sus pensamientos.

—Madame Stahl. —Pierre jugaba con su apellido y lo pronunciaba como Stäel, un personaje un tanto oscuro—. ¿Sigue ahí? Ya estamos llegando.

Anna se volvió hacia su compañero de viaje. Su voz había sonado tan abrupta que le costaba comprender qué decía exactamente. Al mirar hacia su derecha vio la torre Eiffel. Pierre hizo un gesto que podría interpretarse como una sonrisa.

—Lamento que se perdiera el atasco de la entrada, ese grandioso espectáculo que indica que ya estamos en París. La he visto tan ensimismada que no quise molestarla. ¿Qué le parece?

—Es interesante.

Pierre enarcó una ceja.

—¿Se refiere al atasco?

—No. A la experiencia de sumergirse en el mundo íntimo de otra persona.

—¿Qué quiere decir exactamente? —Pierre frenó con tanta brusquedad que Anna tuvo que sujetarse al asidero de la puerta.

—¿Qué hace? —preguntó sobresaltada.

Pierre señaló con el índice hacia arriba.

—No deseo saltarme un semáforo en rojo. Sobre su pregunta: un diario nos convierte por definición en cronistas de nuestras propias vidas, pero solo de los sucesos que nos marcan. Si hablamos de la vida de Gala Eliard, puede suponer qué suceso la marcó por siempre.

—Sí, sé a lo que se refiere. La vida de Gala Eliard es como un cuento de hadas, pero no en un sentido convencional, sino en su versión primitiva. Me refiero a que no están exentos de crueldad. Pero no veo el final feliz, lo que Tolkien llamó la «eucatástrofe». Pierre, tan solo una pregunta más: ¿cree que Tolkien amó a Gala?

Pierre lo pensó un instante. El semáforo cambió de color. El vehículo continuó avanzando.

—Para poder contestarle tendría que encontrar primero una definición de amor. ¿Qué es para usted?

—¿Qué se yo del amor? —respondió Anna con el rostro contraído.

Pierre le lanzó una mirada capciosa.

—¿Acaso no está enamorada?

—No es asunto suyo —respondió Anna ofendida—. En lo que no creo es en los cuentos de hadas.

—¿Y si la vida le demostrara lo contrario?

—¿A qué se refiere exactamente? Mejor no me lo diga. Centrémonos en Gala, si le parece. Supongo que, como todos, deseaba ser querida y que ese anhelo lo satisfizo mejor el joven soldado Tolkien que Deveroux con toda su pasión o William con sus riquezas; era eso sobre lo que meditaba hace un rato. Lo que me pregunto es qué sentía ella. No se ofenda, pero, aunque estos diarios son muy valiosos no responden esta pregunta, que juzgo esencial. Necesito más información para saber de qué naturaleza fue la chispa que encendió el *legendarium.* Si lo que sucedió entre Tolkien y Gala Eliard fue algo puramente platónico, con coro de ángeles y música de violines, o hubo algo más carnal.

—¿Se refiere a alguna clase de contacto físico? Eso suena a amarillismo, ¿no le parece?

—¡Acabáramos! ¡Qué le vamos a hacer! Si Ronald Tolkien no hubiera sido un escritor de éxito y ella una hermosa aristócrata de dudosa reputación no estaríamos hablando de ellos cien años después.

—Así que no le interesa demasiado si Gala Eliard fue infiel a William. Solo le interesa saber en qué medida entregó sus sentimientos o algo más al profesor. ¿Lo he dicho bien?

—Más o menos. El tema de su aventura con Deveroux tiene su importancia, no lo desdeño. Es un asunto muy literario, muy de moda en la época. Ya sabe que dio lugar a grandes obras: *La letra escarlata, Madame Bovary, Anna Karenina, La Regenta, El amante de Lady Chatterley...* Pero a mí solo me interesa en la medida en que es la causa última de su llegada a Francia en 1916.

—¿Le parece bien el Nolinski? —propuso Pierre tras detener de nuevo el vehículo—. Me refiero a nuestro alojamiento. Estamos en la puerta.

—No lo conozco —respondió Anna tras encogerse de hombros.

—Es un hotel con mucho encanto. Suelo hospedarme aquí cada vez que viajo a la ciudad, que es a menudo. Está situado en un lugar muy céntrico, con vistas a la Ópera.

—Pero ¿podemos permitírnoslo?

Pierre pensó en ese momento que Anna era adorable.

—No ha de preocuparse por esas menudencias. Recuerde que mister Walsworth abrió una cuenta para sufragar nuestras investigaciones.

—Pierre, soy consciente de ese detalle, pero cargar estos gastos sin más a la cuenta de mister Walsworth me parece excesivo. A menos que este sea realmente un viaje en el marco de nuestra investigación. ¿Lo es? Le he hablado de Tolkien, de su vida, pero usted aún no me ha dicho qué se propone hacer en París. Estoy faltando a mis compromisos, es imperdonable que además se me financie el absentismo. Usted puede alojarse si lo desea en un hotel de cinco estrellas y tomar Moët & Chandon y caviar para desayunar, pero si no me asegura que seguimos una pista concreta que ayude a completar el círculo deberé considerar este como un viaje privado.

—¿No puede relajarse por una vez en su vida? —La voz de Pierre sonaba tan poco amable que Anna se sobresaltó—. Busco a una persona que nos puede dar información valiosa sobre la vida militar de André Deveroux. Su nombre es Angélique Garnier. Así sabrá algo más sobre la dichosa estrella de plata. ¿Lo entiende ahora?

Anna respiró aliviada. Al parecer no harían el viaje en balde.

—Pero ¿por qué no lo dijo antes? ¿Quién es esa persona?

—Se lo contaré más tarde si deja de armar tanto alboroto. Ahora, por favor, instalémonos. El Nolinski es un lugar extraordinario, aunque, claro, no es Holland House. En cuanto al Moët & Chandon le aconsejo que no lo sobreestime. Hay espumosos mejores. Por cierto, no se acomode. Mañana a primera hora iremos a Metz. Madame Garnier, la persona que busco, vive allí, en una residencia de ancianos. Si nos hemos detenido en París es porque necesito visitar a mi madre.

—¿Su madre?

—Sí. Marie Broussard. Ya tendrá ocasión de conocerla.

Como había advertido Pierre, el Nolinski era un lugar de ensueño. Anna admiró el vestíbulo, de baldosas ajedrezadas muy pulidas. Les adjudicaron habitaciones contiguas, ambas ubicadas en la planta cuarta. Mientras subían, Pierre miró su reloj de pulsera. Era un reloj suizo muy caro. Anna recordó el reloj infantil de Desmond y sintió una oleada cálida. En cuanto estuviera a solas lo llamaría. Pensó en la pregunta que antes le había hecho Pierre. ¿Aquello era realmente amor? ¿Se trataba de eso? Desde luego no era tan puro como el que había existido ente Tolkien y Gala Eliard, al menos ya no, pero tampoco era el juego perverso, algo tóxico, que Gala había mantenido con André Deveroux. Era mejor no pensarlo. No se percató de que Pierre la observaba de soslayo. No solo la observaba, sino que comprendía muy bien sus tormentas interiores.

—Son más de las seis, Anna. ¿Le parece bien que nos veamos dentro de algo más de dos horas para cenar? Así le dará tiempo a llamar a su Romeo. Supongo que estará inquieto sabiendo que está usted conmigo, a solas en París después de...

Anna le dirigió una mirada asesina. Sabía que Pierre aludía de nuevo a la escena de la biblioteca.

—Es usted insoportable. En cuanto a lo de la cena, ¿qué le parece si hablamos ahora? De esa mujer a la que hemos de visitar. Luego puedo pedir que me suban algo a la habitación. Estoy muy cansada, Pierre, y, con tanta imprevisión, ni siquiera he traído una muda.

—He de hacer ahora un par de gestiones. Me ocuparé de su ropa, no sufra. Si no se siente con fuerzas, podemos hablar mañana. De camino a Metz. Son casi cuatro horas de viaje. Saldremos a las seis. Luego por la tarde podrá tomar un avión en Luxemburgo. Estará de regreso en Oxford en el día.

Era imposible pensar en esperar tanto.

—No, hablaremos durante la cena. Usted siempre se sale con la suya, ¿verdad?

Pierre le guiñó un ojo.

—Procuro hacerlo.

La habitación de Anna, la 407, era una suite espaciosa, aunque no tanto como su cuarto en Holland House. Había flores en los jarrones, cojines mullidos y una cama enorme, pero se sentía sola allí, arrojada de su propia vida. Faltaban casi dos horas para la cena, tiempo más que suficiente para rebajar sus tensiones, así que abrió los grifos de la bañera mientras vertía en el fondo una botellita de jabón para crear espuma. Cuando estuvo llena, enrolló una toalla para apoyar la cabeza. Se desnudó, asegurándose antes de que tanto el teléfono móvil como el diario de Gala quedaran al alcance de la mano, sobre una banqueta, por si acaso se animaba a seguir leyendo. Se sumergió en el agua tibia y pensó en aquella palabra, «ingravidez», que había leído tantas veces en el diario.

Anna se había sentido así, ligera, sin peso, entre los brazos de Mario. Todo había cambiado desde entonces, incluido su centro de gravedad y su manera de sentirse incorpórea. Desmond Gilbert era la causa. Anna frunció el entrecejo, cavilosa. Si meses atrás un oráculo le hubiese vaticinado que volvería a Oxford para investigar una versión perdida de un poema de Tolkien; que iba a enamorarse, al menos hasta donde alcanzaba a entender; que probaría el mejor sexo que había experimentado jamás, habría creído que se burlaban de ella. Ahora todo aquello estaba sucediendo, todo lo que nunca se había atrevido a soñar. Pero el sueño existía desde hacía mucho, como el deseo larvado de que todo aquello tuviera lugar, aunque no quisiera admitirlo. La inclinación que había sentido por Desmond durante su estancia en St. Hugh era en realidad lo que Mario sospechaba. Que la vida la hubiese liberado de sus ataduras lo había hecho posible, así que en cierto modo debía estar agradecida a Mario. Estaba pagando un alto coste en cuanto a sufrimiento, era cierto, pero valía la pena tener la libertad suficiente para poder vivir lo que estaba viviendo, lo que Gala no había podido vivir sin censura. Era emocionante viajar atrás en el tiempo y en la historia para propulsarse a su vez hacia delante, hacia un lugar desconocido. Pero tan emocionante como eso era ver su reflejo en los ojos de Desmond mientras se dejaban llevar por la pasión. No se atrevía a hacer un pronóstico de lo que pasaría en un futuro entre ambos. Ignoraba si el hilo que los unía era lo bastante fuerte para llegar a sostenerlos. No era algo que la preocupase, no al menos en ese momento. Había pasado de la zona segura a la incertidumbre. Esta última no dejaba de resultarle atractiva, aunque estuviera poniendo el cuello a su alcance.

Estiró el brazo y tomó su móvil. Era muy excitante conversar con Desmond estando desnuda, pero no era necesario que él lo supiera. O sí. La solemnidad no le había servido de nada en el pasado. Podía ser pícara, traviesa, una Anna nueva, la que hubiera debido ser años atrás, así que marcó su número.

Desmond contestó de inmediato.

—Leí tus mensajes. Te he llamado un par de veces, pero tu móvil estaba en modo avión. ¿Cómo es posible que estés en París? Si viajabas a Dover, nena.

—Es muy largo de explicar.

—No digas más. Pierre. Esa maldita rata. Seguro que todo ha sido idea suya.

—Así es, Desmond. Ya sabes lo que pienso de él, pero no lo juzgues de un modo tan descarnado. Esto terminará pronto. Como te expliqué en el mensaje, me entregó en Dover el diario de Gala Eliard que corresponde a 1914 y 1915. Contiene información muy valiosa sobre su vida.

Al otro lado de la línea se escuchó un silbido.

—Me gustaría saber cómo lo ha conseguido.

—Está claro que se reserva información. Probablemente se lo entregó lord Aldrich en una segunda visita que hizo a Londres. Verás, Desmond, Pierre tiene un hilo para saber más acerca del asunto de la estrella de plata, la condecoración que nos entregó Quincey Mirror. Al parecer hay una mujer que conoce al dedillo la historia de André Deveroux, una tal Angélique Garnier, que vive en Metz y a la que visitaremos mañana. No puedo anticiparte nada, no sé quién es esa mujer ni si resultará útil que la visitemos. Tengo una reunión con Pierre en un rato. Cuando hable con él, podré contarte más.

—Anna, no es mi intención inmiscuirme ni que creas que estoy celoso o algo parecido a causa de ese tipo. Puede que haya un poco de eso, no soy de piedra, no me cae bien Pierre —admitió Desmond—, pero lo principal es que no le veo pleno sentido a todo esto. Plantéatelo. ¿Realmente necesitas a Pierre Broussard para sacar adelante tu proyecto sobre Tolkien? A tu regreso debes hablar con mister Walsworth y quitártelo de encima. Me da la impresión de que te está complicando de manera innecesaria en su propio provecho. Todo sin mencionar que estoy impaciente... Pensaba secuestrarte esta noche de Holland House, a tu regreso de Dover, sorprenderte. Lo de ayer no me bastó. Anna, estoy muerto de deseo. Tengo muchas ganas de acariciar otra vez tu cuerpo, tantas que me cuesta contenerme.

Anna se mordió los labios y abrió la espita del agua con el pie.

—No lo hagas. No te contengas. Olvídate de Pierre. Estoy desnuda, sola, mientras el agua corre sobre la bañera. Puedo hacer todo lo que me pidas. Ahora mismo.

Desmond guardó silencio.

—Se me ocurren unas cuantas ideas, pero acabo de decidirlo. No voy a esperar. ¿Qué te parece si tomo uno de esos vuelos *last minute* y dormimos juntos esta noche? No, no es una pregunta. Voy a hacerlo. Definitivamente.

Anna cerró el grifo de la bañera.

—Confía en mí. Volveré mañana si todo va bien. Tomaré un vuelo desde Luxemburgo, no queda muy lejos de Metz. Dormiremos juntos, te lo prometo. Aunque esté muerta de cansancio.

Desmond claudicó.

—Está bien. Cuando vengas te daré algo que te gustará. —La voz de Desmond sonaba profunda, muy sensual.

—Lo deseo.

—Sí, sé en qué piensas, Anna. No tengas duda de que eso lo tendrás, ya te he dicho que estoy impaciente. Pero también te daré algo más si eres buena conmigo y haces todo lo que te pida. Recuerda. Has de hacer todo lo que te pida. Voy a ser muy exigente cuando te tenga delante.

Anna se removió en la bañera como un delfín inquieto.

—Haré todo lo que me pidas. —Su voz era sugerente.

—No lo olvides. Esta vez seré duro contigo.

Los dedos de Anna temblaron de tal modo que el teléfono estuvo a punto de perderse entre el agua y la espuma.

Aquellas palabras excitaban su curiosidad, como también su deseo.

—¿Anna? ¿Sigues ahí?

—Sí.

—Quiero una prueba —pidió él.

—¿Qué prueba? ¿Qué quieres decir?

—¿Tienes algo donde apoyar el teléfono?

Anna tomó aire. Sospechaba qué pretendía Desmond.

—Sí. Hay una banqueta al alcance de mi mano. He dejado sobre ella el libro de memorias de Gala Eliard. Te gustará leerlo.

—Está bien. Apoya ahí el teléfono y enfoca el visor de la cámara para que yo te vea. Después no hables. Solo quiero escuchar tus gemidos.

Ella dudó un instante. Finalmente aceptó el juego.

—Bien. Ya te tengo. —Desmond la veía a ella, pero Anna solo escuchaba su voz—. Ahora ponte de pie. Estás preciosa así, llena de espuma, como una sirena. Siéntate en el borde de la bañera, muy despacio. Abre el grifo otra vez. Quiero que todo se cubra de vapor, será como verte entre la niebla. Perfecto. Imagina que estoy ahí, contigo. Lleva dos dedos a tus labios, el índice y el corazón. Mételos en tu boca. Muy bien. Más despacio, muñeca. Si estuviera ahí ya sabes lo que haría. Imagina que lo hago. Hazlo. Acaríciate. Así. Muy bien. Cierra los ojos, Anna. Ahora estoy detrás de ti. Soy yo el que toca tus pechos, no son tus manos. Mírame. Quiero ver tu cara de placer. Sigue. Un poco más. No sabes lo que me gustas así, con el pelo alborotado, con esa carita de niña mala. Echa el cuello hacia atrás. Imagina que paso la lengua de arriba abajo, hasta llegar al lóbulo de tu oreja. Ahora baja las manos. Deja que te vea. No lo dejes. Sigue.

Al otro lado de la línea, la respiración de Desmond se hizo entrecortada. Las órdenes se fueron espaciando. De vez en cuando se escuchaba un silencio. Anna podía suponer por qué. Recordó las palabras de Pierre. «Esto es París». Era cierto. Era París. En París podía ser quien no era o quien era sin saber que lo era. Una Anna sin velos.

Unos minutos después se sumergió en la bañera mientras el agua la cubría por completo. Cuando salió, estalló en risas.

—¿Te llamo más tarde? —preguntó Desmond.

Ella miró directo a la cámara. Estaba preciosa con el rostro sonrojado, el rímel corrido, el pelo mojado. Como la noche de la lluvia. Sonrió con picardía.

—Como desees.

Aún quedaba un buen rato para la cena así que salió de la bañera, se cepilló el pelo y se vistió con las mismas ropas que había llevado, ya que no tenía otras. Solo faltaba un toque de color en su rostro. El espejo le devolvió una imagen más que presentable.

Se acomodó sobre la cama con el diario de Gala entre las manos. Por lo que había podido hojear, venía una parte muy erótica. La ayudaría a desinhibirse un poco más, así que buscó la página donde se había quedado. Estaba ya sumergida en la lectura cuando en la puerta se escucharon unos golpes. Anna se puso en pie y abrió. Era Pierre Broussard. Por suerte, no se percató de su turbación.

—Le he traído algo de ropa. Puede cambiarse. La espero en el vestíbulo. Ya he encargado la cena.

Pierre había sacado de alguna parte un atuendo informal que le hacía parecer mucho más inofensivo de lo que era. Pero Anna sabía que solo era un disfraz. Pierre Broussard no era inofensivo en absoluto. Era un tiburón que trabajaba para un tiburón aún más grande, mister Walsworth. Pierre y Walsworth sabían que ella sabía y que era su obligación hacer como que no.

Durante la cena Pierre se percató de su intranquilidad, que achacaba a los hallazgos de las últimas horas y a los de las venideras. Intentaba distraerla, pero no lo conseguía del todo. La cena que había encargado era deliciosa y sofisticada, *verrine* de carpaccio de frambuesa, remolacha y queso y pasta rellena con setas y trufa, todo ello acompañado de un reserva Corton-Charlemagne exageradamente caro. Anna decidió no desdeñar el vino. Era realmente bueno.

—Pedí un blanco borgoñés pensando en usted. Veo que lo está disfrutando con el interés del neófito y eso me complace.

Anna sonrió. No era una hedonista, pero pasar el día rodeada de personas de gustos refinados la estaba alejando de la austeridad que siempre la había caracterizado. Acercó la copa a los labios y volvió a beber mientras miraba a Pierre de una forma provocativa.

—¿Puede decirme ya quién es madame Garnier? —preguntó. Pierre engulló el carpaccio.

—Empezaré por el principio, para que no se pierda detalle. En 1975 alguien compró los derechos sobre la obra de André Deveroux, una mujer llamada Angélique Garnier. Le gustará saber que esa mujer es de su gremio o algo parecido. Quiero decir que trabajaba en la Biblioteca Nacional de Francia. Más de cuarenta años haciendo el mismo trabajo hasta la fecha de su jubilación en 2015.

—Pero ¿por qué compró los poemarios? ¿Por interés bibliófilo?

—No. Las obras de Deveroux nunca se volvieron a editar. Esta mujer las adquirió para meterlas en un cajón, lo que no deja de resultar peculiar. Dado que ahora ha trascurrido un siglo desde aquellas primeras ediciones, la obra se puede considerar libre de derechos. Es decir, cualquiera podría volver a editar la obra completa de Deveroux. Pero entonces no era así.

—Pero ¿qué sentido tiene comprar los derechos de una obra y no compartirla?

—Ignoro por qué lo hizo. También ignoro su relación con Deveroux. Espero que podamos saberlo tras entrevistarnos con ella, aunque a mí todo esto ni me va ni me viene. Lo hago por expreso deseo de mister Walsworth, para que usted escriba sobre un poema que alguien escribió a su vez hace más de cien años y que, además, es una cursilada. Pero admito que este encargo tiene sus ventajas. Por el momento estamos a solas disfrutando de una buena cena, un buen vino y una buena conversación frente a la plaza de la Ópera. Y todo hay que decirlo: la veo esta noche a usted especialmente bonita.

—No me habrá traído a París para seducirme, ¿verdad? —Anna se puso en guardia—. Admito que el atrezo sería perfecto para otra clase de mujeres, pero a mí no me impresiona.

—Después de presenciar cierta escena en la sala de recreo alguna tentación he tenido, no le voy a mentir, pero sé bien que no soy su tipo, aunque no comprendo por qué. ¿Qué le impresiona a usted, Anna? —La voz de Pierre se tornó arrulladora.

—Debería saberlo ya. La honestidad, la pureza de intenciones. Llámelo como prefiera.

—Valores que usted ha encontrado en el profesor Gilbert —replicó él con sarcasmo—. Lo cree así, ¿verdad? Ojalá nunca tenga motivos que alimenten su desengaño. Los hombres mentimos de continuo, a veces llevados por el instinto, otras por la ambición. Casi siempre porque queremos tenerlo todo. Pero, Anna, mis intenciones también son puras. ¿Qué le parece el diario de Gala Eliard? ¿Ha podido avanzar en su lectura?

Anna desvió la conversación.

—No creo que debamos recrearnos en eso más allá de lo indispensable. Hablamos de un diario con un alto contenido erótico, algo muy íntimo. ¿De verdad cree necesario que hablemos de eso?

—No, en absoluto. No si la incomoda. Pero ya sabe de qué pasta estaba hecha su Galadriel. ¿Qué le parece si me habla un poco más sobre el tal Tolkien? Me temo que no sería tan apasionado como André Deveroux.

Anna frunció el ceño. El vino se le estaba subiendo. Tenía cierta sensación de efervescencia.

—Debería hablar del profesor con más respeto. Era un genio. Lo juzga de un modo equivocado. ¿Qué quiere saber acerca de él, Pierre?

—Usted dijo que Ronald Tolkien había tenido una adolescencia traumática a causa de la pérdida de su madre.

Anna asintió con un leve gesto de cabeza.

—Lo sería para cualquiera que pasara por un trance semejante. —Le resultaba fácil imaginar el sufrimiento de los hermanos. Como los Tolkien, también había sentido el horror y la desesperanza de saberse sola en el mundo—. Es tarde y no quiero abrumarlo con más datos de los necesarios. Ya le expresé que tras la muerte de Mabel Tolkien la tutela de los hermanos, por entonces dos adolescentes, recayó en el padre Francis Morgan, un sacerdote, ya que para ella era importante que sus hijos no se apartaran de la fe católica. Lógicamente el padre Francis no podía atenderlos de forma personal, de modo que, tras el entierro de miss Tolkien en Rednal, sobrevino el problema de dónde alojar a los muchachos.

—¿Rednal?

—Sí. Una población rural a unas nueve millas de Birmingham. Los Tolkien pasaron allí el verano de 1904, el último de Mabel. El campo, ya lo sabe, siempre fue importante para ella, algo que logró transmitir a sus dos hijos. La Comarca, el lugar en el que viven los hobbits, es en buena medida un reflejo del campo inglés, que Tolkien siempre asociaría a los mejores años de su vida, los años en que vivió junto a su madre en Sarehole, y también aquel último verano en el que fueron, a decir de Mabel, «ridículamente felices».

—Tengo que admitir que no conozco la obra de Tolkien, aunque me hago una idea de quiénes son los hobbits y su Comarca. —Pierre parecía avergonzado.

—Aún está a tiempo de enmendar su crimen literario. De hecho se lo recomiendo. No crea que se trata solo de lecturas juveniles. Tolkien es apto para todos los públicos.

—No se ofenda, Anna, pero hace tiempo que perdí el gusto por la lectura y, en fin, elfos, enanos, magos, hobbits... Definitivamente esos temas no son para mí. Lo lamento. Soy un cochino materialista que prefiere un buen baño de realidad.

Anna estudió el rostro de Pierre. Era un cínico, pero no podía culparlo. Ella misma había despreciado durante la mayor parte de su vida el poder de la imaginación.

—Muchas veces encontramos más realidad en la fantasía que en aquello que las personas como usted llaman realidad.

Pierre terminó de masticar la pasta.

—Eso parece contradictorio. Ahora usted busca realidades tangibles. Justo por eso estamos aquí.

—Es cierto, pero no del todo. Nosotros buscamos datos para construir una historia que se aproxime a la realidad, pero nos quedamos en lo puramente anecdótico. Porque las emociones que suscitan los hechos no las encontramos en un informe, en un mero relato, sino en la literatura. Es la creatividad la que permite elevar un hecho común al rango de obra de arte. Cómo sucede es un misterio. Porque al conocer la realidad casi siempre nos decepciona.

—Ha de hablarme de eso. Parece interesante.

—Puede que lo sea. —Anna se retiró su melena clara del rostro y la dejó caer sobre uno de sus hombros. No advirtió la mirada admirativa de Pierre.

—¿Quiere saber algo más acerca del profesor? —preguntó—. Solo nos queda el postre. Después habremos de marcharnos.

—Ah, qué prisa tiene por deshacerse de mí. ¿Tiene algo mejor que hacer que conversar conmigo?

—Por supuesto que sí.

—Supongo que no se fía de mí. Hace bien. En ese caso, hábleme un poco más de la boda del profesor. Mencionó que era un hombre casado cuando conoció a la seductora Gala Eliard.

Anna sonrió de forma amable.

—A primera vista podría considerarse un relato sumamente romántico. Me refiero a las circunstancias de su noviazgo. Aunque lo cierto es que en la mayor parte de las ocasiones un mismo hecho admite lecturas distintas.

—¿Puede ser más explícita?

Pierre volvió a llenar su copa. Si continuaba así, acabaría completamente ebrio.

—Verá. Ya le he dicho que, cuando los hermanos Tolkien dejaron de vivir con su tía, Beatrice Suffield, se instalaron en una casa de huéspedes. Pues bien, en el nuevo alojamiento, regentado por una tal miss Faulkner, vivía Edith, una joven de diecinueve años que tenía aspiraciones musicales. También era huérfana. Era cuestión de tiempo que dos almas tan solitarias terminaran acercándose.

—Es una historia bastante convencional. La de enamorarse de la primera chica que se cruzó en su camino.

—Admito que lo sería si tuviera otros protagonistas o si no hubiera habido una férrea oposición por parte del padre Francis. Esto fue crucial. Cuando el sacerdote supo lo que estaba pasando, disuadió a su pupilo de persistir en aquel error. Aquella relación lo distraía de sus estudios, ya que su objetivo era Oxford. Para alcanzarlo era necesario mantener un promedio elevado y obtener una beca. La joven era un entretenimiento innecesario. Tampoco era la esposa apropiada para Ronald. Edith era mayor que él, protestante y, aunque siempre lo ocultó, hija de madre soltera. Ronald tuvo que romper con ella.

—Pero todo acabó bien.

Anna guiñó un ojo a Pierre.

—Sí, si por bien entiende que acabaron juntos. Es una bonita historia, la del reencuentro. El día que Ronald cumplió los veintiún años se consideró libre de sus obligaciones con el padre Francis Morgan y escribió a Edith, que vivía entonces en Cheltenham. Ella ya estaba comprometida. Cuando leyó su respuesta, negativa como puede suponer, Ronald tomó un tren y fue a verla. Quería persuadirla de que olvidara el compromiso con su futuro esposo, el hermano de su mejor amiga. Años después, en plena guerra, la pareja se casó. Pero no siempre el matrimonio es garantía de felicidad. En realidad, casi nunca lo es.

Pierre hizo un gesto irónico.

—Sobre todo si uno de los dos ha de marchar al frente y se prenda de otra mujer con la que se dedica a fantasear buena parte de su vida.

—¿Qué tiene de malo? —preguntó Anna.

—Es una forma de infidelidad, ¿no cree? Incluso más grave que una relación física transitoria. Por lo sostenida en el tiempo, por la intencionalidad. No sé.

Anna admitió en su fuero interno que había pensado así al principio, pero luego descartó que la cuestión pudiera contemplarse de ese modo. Era un asunto mucho más complejo.

—La palabra infidelidad es cuestionable, Pierre, mucho más en este caso. Nadie sabe qué anida en el alma de un escritor.

—Pero es lo que usted quiere descubrir, ¿no es cierto?

—Hipotéticamente. Admito que me gustaría, pero incluso en el mejor de los casos lo máximo que podré hacer es fabular.

Pierre se llevó las manos a la barbilla. Su gesto era reflexivo.

—Debería aprovechar su ascendente sobre el profesor Gilbert para tener acceso a cierta clase de información relevante. Me refiero a husmear entre los papeles de Tolkien. O quizá ya lo ha hecho y yo la he subestimado.

Anna dio un respingo. Su rostro perdió el color.

—¿Qué insinúa?

—He sido muy claro.

—¿Cree que mantengo una relación personal para obtener alguna clase de beneficios? Es un insulto. Olvídelo. Ahora, si me disculpa. Me gustaría seguir leyendo el diario.

Pierre tomó la botella de vino y abandonó la mesa.

—No pretendía ofenderla. Espero que no se divierta demasiado esta noche con la lectura, Anna.

Anna sonrió de forma pícara. Pierre ignoraba que, por lo que a ella concernía, ya se había divertido lo bastante en la bañera, pero acababa de darle una idea. Aún tenía una llamada pendiente. A Desmond le gustaría que le leyera alguna que otra escena erótica del libro de memorias de Gala Eliard. Seguro que sí. Pero tuvo que posponer la llamada porque cayó rendida en la cama.

Al día siguiente, ya durante el trayecto a Metz, Anna pudo reanudar la lectura del libro de memorias de Gala. Pierre tenía razón. Las escenas íntimas que describía no dejaban de ser escabrosas. Para Anna no había dudas. Su sometimiento, las vejaciones de que había sido objeto entre las sábanas, quedaba recreado sin pudor en los *Cahiers du Quadern Dorée*. Aquel poemario no era más que una venganza sofisticada, no un sentido homenaje. La literatura también está hecha para herir. Al cabo de lo que se le antojó tan solo un momento, y advertida por Pierre, levantó la vista y miró por la ventanilla. Frente a ella el paisaje era bellísimo. Entraban en Metz. Las aguas del Mosela transcurrían plácidas bajo el puente mientras las agujas de las torres se erguían hacia el cielo.

Pierre detuvo el coche en una avenida muy amplia. Los árboles desnudos flanqueaban la acera y conferían a la calle un aspecto invernal. La residencia de ancianos donde vivía madame Garnier era un edificio señorial de ladrillo blanco. La entrada, sobre la que ondeaba la bandera de Francia, la del estado de Lorena y la de la Unión Europea, estaba rodeada por una verja de hierro, lo que acentuaba aún más su aspecto elegante.

Angélique Garnier era una mujer menuda y pulcra, con una dicción exquisita. Sus grandes ojos azules brillaban como dos brasas entre las autopistas de arrugas que surcaban su rostro, dando fe de una agudeza mental que no habían logrado reducir los años —estaba cerca de los ochenta—. La edad y cierta indisposición con el presente la hacían vivir en el pasado. Para ella todo lo que había sucedido en 1915 era todavía real, como acreditaba su estrecha vinculación con la Association Nationale 1914-1918, de la que aún era parte activa.

La anciana los recibió en una especie de sala de estar, un lugar luminoso con vistas a la avenida y cómodos sillones de piel marrón. Como conocía bien los motivos de la visita de Anna y Pierre Broussard, y lo valioso de su tiempo, había dispuesto a su alcance, sobre la mesa, dos archivadores con documentación relevante, una primera edición de los poemas de André Deveroux y algunas fotografías que Pierre miró codiciosamente. Angélique tomó una y se la tendió a Anna. En ella se veía a un sonriente *poilu* de grandes bigotes que cavaba una trinchera en mangas de camisa.

—Mi padre, Jean-Claude Nourisson. Fue soldado de segunda en el Regimiento 56 de Infantería. En 1915 estuvo en el tercer batallón, a las órdenes de André Deveroux, subteniente.

La anciana les mostró el retrato de un oficial, un hombre apuesto de mandíbula firme y ojos soñadores. Anna reconoció el rostro de André Deveroux y también la cruz de guerra con la estrella de plata que llevaba prendida en su guerrera.

—Era alguien muy querido entre la tropa. Un verdadero héroe, como pueden ver.

Angélique señaló la condecoración. Los tres guardaron silencio durante un instante.

—¿Cómo consiguió la medalla?

—Se distinguió por su valor. Fue al principio de 1915. Varios de sus hombres sufrieron una emboscada mientras participaban en una misión de reconocimiento. El teniente consiguió hacerse con un nido de ametralladoras y barrió la resistencia alemana. Salvó muchas vidas, incluida la del capitán del batallón, Girod.

Los tres guardaron un respetuoso silencio. Angélique continuó enseguida.

—Antes de hablarles de los *Cahiers* y de *Sacrifice* querría contarles algo para que se hagan cargo de quién era exactamente André Deveroux. No quiero abrumarlos con los detalles, pero comprenderán lo injusto que es que el teniente haya pasado a la historia como un cobarde. Si tienen interés, dispongo de un montón de documentos, pero por suerte el historial del 56 está digitalizado en Gallica y lo pueden consultar allí, en caso de duda. El resto de los documentos relativos al proceso los tienen en Vincennes, donde está el archivo militar en la actualidad. Yo no pude obtener una copia, pero no dudo de que también se digitalizarán. La mayoría de los documentos permanecen almacenados en cajas de cartón y algunos están muy deteriorados. De todo esto los puede informar mi abogado, monsieur Antoine Deschamps. Él se encarga de todo lo relativo a la rehabilitación de la memoria de Deveroux. Lo que sí les ruego es que no me interrumpan demasiado mientras hablo. Mi memoria es buena, pero a mi edad a veces falla.

El francés de Anna era bastante básico. Le costaba seguir el discurso, por lo que pidió permiso a la anciana para grabar la conversación. Madame Garnier no puso objeciones. Al contrario, parecía satisfecha de poder expresarse. Pierre colocó su móvil, un aparato de última generación, sobre un pequeño atril y pidió a la anciana que mirase directamente a la cámara. Angélique les contó cómo Deveroux logró salvar a casi treinta hombres que abandonaron las filas durante un ataque suicida en los bosques de Ailly. Poincaré en persona los indultó.

—Fue una proeza que le costó cara. Siempre hubo la sospecha de que fue él quien presionó a causa de sus contactos con Guesde, el ministro. A partir de ahí su oposición a la guerra continuó con mayor firmeza. Durante aquellos días oscuros Deveroux reunió los poemas que había escrito en el frente. Hizo también uno más, «Sacrifice», el que da título al que sería el último de sus libros. Lo conocen, ¿verdad? —preguntó Angélique—. Anna y Pierre asintieron con la expresión de dos escolares aplicados—. Luego se los envió a Gala Eliard, condesa de Aldrich, a quien siempre estuvo unido. Ella debía encargarse de hablar con Lemerre, el editor de André desde 1911. Miren, aquí tienen una carta de la aceptación del editor dirigida a la condesa. *Sacrifice* salió muy pronto.

Anna y Pierre estudiaron el documento, pero evitaron mirarse.

—¿Qué pasó después?

—La difusión de una obra que tenía un evidente espíritu antibélico no lo benefició en absoluto, a pesar de ser un héroe de guerra. El capitán del batallón, Girod, a quien había salvado la vida, era uno de los que sospechaban de él por su relación con Guesde. Estaba en el punto de mira y fue castigado por ello.

—¿Puede ser más explícita? —preguntó Pierre.

—El teniente Deveroux murió en Verdún, pero no en un acto heroico, sino sometido a un consejo de guerra por rebelión militar. En el ataque a La Poudrière, un polvorín, ordenó a sus hombres que se retiraran. Avanzar era una masacre, pero el Ejército no tuvo en cuenta que contravenir las órdenes era un acto de humanidad. Tras su fusilamiento, su nombre fue borrado del mapa. Hasta su esposa renegó de él. Solo Angélique, su hermana, la misma persona a quien debo el nombre, se empeñó en preservar su memoria. Pero ella murió muy joven.

—¿No tiene más familia? André Deveroux.

—No, no la tiene, a todos los efectos. Yo soy su única legataria. Como pueden suponer, no duraré eternamente.

—¿Y sus poemas? ¿Por qué nunca los volvió a editar? —preguntó Pierre.

—Él pensaba que su obra debía morir con él. Sus poemas eran su historia.

Angélique Garnier volvió la vista hacia la ventana. Durante un par de minutos permaneció en silencio. Luego buscó algo en sus archivadores. Un mazo de papeles mecanografiados y grapados.

—Es una crónica de la muerte de André Deveroux. No fue fácil escribirla. Incorporo testimonios y documentos auténticos. Todos están a su disposición si desean verlos. Me temo que es todo lo que puedo ofrecer. Oficialmente el teniente Deveroux murió porque una bala seccionó su garganta, pero podrán comprender que la verdadera causa de su muerte fue Gala Eliard.

Anna no lo entendió.

—¿Qué quiere decir?

—André Deveroux tenía un extraño presentimiento. —Angélique Garnier se mostraba críptica—. Creía que Gala moriría antes que él y no pudo soportarlo.

Esta vez Anna y Pierre sí se miraron, con verdadera estupefacción. Aquella historia se complicaba por momentos.

—¿Cómo lo sabe? —preguntó Anna, y madame Garnier buscó entre sus papeles.

—Tengo una carta que Deveroux envió a su hermana Angélique desde Fleury. Era casi una carta de despedida, muy breve. Fíjense en estas líneas: «Estos días he tenido extraños sueños. En ellos veo a Gala muerta, tal y como ella dijo que pasaría. Pero no sucederá así. Yo me iré primero». —Angélique guardó silencio. Parecía agotada. Aun así hizo un último esfuerzo—. La tristeza de esa posible pérdida se refleja también en el último de sus poemas. Es uno inédito, «Noviembre no es mes de mariposas». Ustedes no pueden conocerlo, pero, si han leído la obra de Deveroux, sabrán que él siempre las asoció con Gala Eliard. Eran para él un símbolo de trascendencia.

La anciana estaba agotada. Anna se inclinó y apagó la grabadora. Pierre tomó las manos de madame Garnier entre las suyas.

—¿Sabe dónde está enterrado Deveroux? —preguntó.

Angélique Garnier asintió.

9

Amantes

Satie, «Gymnopédie n.º 1»

Mayo de 1914

[...]

Resistí dos días. Solo dos días. Al tercero acudí a la calle Montmartre. Aquella tarde me vestí como si fuera a asistir a una fiesta, pese al escándalo de mi criada. Bajo mi abrigo de primavera llevaba una falda azul pálido forrada de encaje blanco y una blusa a juego muy escotada cuyas mangas evocaban la forma de una campánula. Había prescindido del corsé. Ceñí mi cintura con una banda en la que destacaba el dibujo de unas rosas, de las que partía una hilera de círculos semejantes a los pétalos de una flor. Decidí dejar el sombrero y cubrir mis cabellos, recogidos con horquillas, con un sencillo pañuelo.

El número 17 de la calle Montmartre era un edificio algo antiguo que carecía de elevador. Dentro del patio olía a viejo. Me llevé la mano al cuello. Aquel aire vetusto, polvoriento, se me quedó atravesado en los pulmones. Crucé sobre mi rostro al modo árabe el pañuelo que cubría mi pelo para protegerme de aquel olor repulsivo.

Estuve a punto de marcharme, pero justo en ese momento una mujer menuda y sucia emergió de entre las sombras. Sus ojos de gato me observaron con algo de desprecio.

—Es azufre. El olor. Había ratas. ¿A quién busca? —preguntó la portera.

—A monsieur Deveroux. Soy pariente suyo. Su prima.

Ella me echó un vistazo mientras torcía el gesto.

—El joven señor es muy familiar. Antes, hace un rato, lo visitó también otra de sus primas. —La mujer enfatizó la palabra, en la que volcó toda su ironía—. A punto han estado de cruzarse.

Me avergoncé de mí misma. Aquella mujer pensaba que yo era una prostituta, o quizá algo peor. Una oleada de náusea me recorrió de arriba abajo. Todo aquello me pareció vulgar. Ignoraba quién era la mujer que había visitado a André esa tarde, pero, fuera quien fuera, no quería que me igualara a ella. Me dije que era un error, que debía dar media vuelta, pero estaba petrificada, como si del suelo emergieran raíces que me retuviesen. Habría debido marcharme justo en aquel instante. En lugar de hacerlo me precipité hacia las escaleras llevada por un extraño impulso.

—¡Es el segundo piso! —gritó la mujer—. No tiene pérdida.

Subí rezando entre dientes para no encontrarme con ningún vecino inoportuno. La vergüenza y la culpa me asediaban, pero las deseché de inmediato. Sentía una extraña efervescencia que me llevaba a rebelarme contra mí misma, contra mis limitaciones, mis convenciones, contra la farsa que era mi vida.

Llegué al rellano. La puerta de la única vivienda que había allí estaba abierta. La empujé con cautela. Luego la cerré a mis espaldas. Me llevé las manos a ambos lados de la cabeza para detener el tormento de saber que estaba pisoteando los valores en que había sido educada, pero había llegado tan lejos que ya no podía detenerme. Frente a mí se presentaba un pasillo oscuro. Había puertas a ambos lados. No sabía cuál abrir ni tampo-

co si debía abrir alguna. Al final del corredor había una habitación sin puertas, el único sitio con luz.

André estaba allí, sentado tras un enorme escritorio de madera. Al verme se levantó. No dijo palabra alguna, ningún gesto de bienvenida, ningún reproche por la tardanza. Se limitó a cogerme de la cintura y atraerme hacia sí. Sus manos temblaban de emoción, al igual que todo mi cuerpo. Me quitó con lentitud el velo y me miró un momento. Entonces hundió los dedos entre mis cabellos mientras me despojaba de las horquillas, que cayeron sobre las baldosas policromadas como gotas de lluvia metálicas. Luego deslizó las manos entre mis bucles, desparramándolos sobre mis hombros. Me mordí el labio inferior para contener aquella emoción, aquel deseo que crecía con cada roce. Entonces él puso los dedos en el lugar de la mordedura y luego me besó con suavidad justo allí. Sentía mi boca temblorosa bajo la suya. Creo que dijo mi nombre mientras me besaba, pero no soy capaz de recordarlo. Luego me tomó de la mano y me llevó a su dormitorio.

Se trataba de un lugar sencillo, casi la habitación de un monje. Lo único que la distinguía eran las cortinas espesas, que tapaban la luz, y las velas encendidas, que proyectaban sombras rojas en las paredes. Me fijé en que la cama, amplia, estaba abierta. Pensé en la mujer a la que había aludido la portera. Me obligué a desterrarla de mis pensamientos, que conspiraban en mi contra. Solo importaba el instante. Ahora era yo la que estaba allí.

André apartó los cabellos de mi nuca. Después desabrochó uno a uno, con mano firme, los botones traseros de mi blusa y de mi falda. No llevaba apenas ropa interior, tan solo un brasserie *y unos pantaloncillos de seda, como cuando era muy joven. Hizo que me sentara en el borde de la cama con las rodillas muy juntas. Entonces se agachó para quitarme los zapatitos, que abrochaba con cintas y me apretaban. Luego me bajó las medias.*

—Desnúdate del todo. —Su voz, grave, no admitía réplica alguna.

Me quité toda la ropa, tal y como pedía, mientras él hacía lo mismo. Desvié la vista y crucé los brazos sobre mis pechos, pero él me obligó a separarlos para que se los mostrara. Los acarició con dulzura. Sus dedos siguieron explorando mi piel con lentitud, la cara interior de los brazos, la curva del vientre, el ombligo... Mi cuerpo temblaba. Entonces André puso la mano sobre mi nuca mientras me empujaba suavemente sobre la cama. Giré la cabeza para que no viera las lágrimas. No sé por qué lloraba. Emoción, deseo, culpa, vergüenza, o todo a la vez. Él me tomó de la barbilla, buscando mi boca. Me besaba con tanta vehemencia que apenas si podía respirar. Notaba la presión de su cuerpo contra el mío, sus latidos, la humedad de sus labios, que me incendiaban como nunca antes; el tacto de sus dedos expertos, que se movían dentro de mi sexo con una cadencia que me enloquecía. El goce se multiplicó cuando me apretó el cuello, al principio con ternura, luego con violencia. Sus dedos buscaron mi pecho, luego el ombligo. Bajó un poco más... Entonces me cogió de la cintura haciendo que me deslizara sobre la cama deshecha. Me apretó las muñecas y me penetró con fuerza mientras volvía a besar mi garganta. Poco después, mientras me moría de placer bajo su cuerpo, comprendí que no debía mentirme más, que si estaba allí, desnuda, en aquella cama donde presentía la huella de otras mujeres, era porque lo deseaba. Y porque estaba lo bastante segura de mí misma para saber que ninguna le haría sentir lo mismo que yo.

Viví los dos días siguientes en estado de confusión, como si fuera uno de esos ingenios mecánicos a los que llaman autómatas. No podía comprender dónde empezaba el sueño y dónde terminaba la realidad; o quizá era al contrario, que lo que tenía por realidad no lo era. Me preguntaba si era real la muerte de papá, si lo era el encuentro con André, la locura de maman, *mi propia locura. Intenté comportarme tal y como se esperaba de mí, pero las horas fuera de «la habitación dorada», como la llamaba en mi fuero interno, se me antojaban insípidas, vacías. Solo existía aquella habitación en Montmartre, todo lo que había sucedido allí, todo lo que podría volver a suceder. La vida no era nada sin el tacto de aquellas caricias, sin la luz carmesí, sin el olor a cera de las velas, pero sabía que la nuestra no podía ser nada más que una relación sujeta a término. Era angustioso.*

Hace unos días, al poco de empezar a acudir regularmente a Montmartre, recibí una carta de William. El matasellos es de Egipto. Al parecer está en Luxor, con su secretario, visitando los templos. El tono de William es amable, muy cariñoso. Me anima a permanecer en París un tiempo más y a comprarme algo bonito. Promete anticipar su vuelta de Egipto para «malgastar» unos días en la ciudad antes de que regresemos juntos a Rosehill a pasar una parte del verano. Luego iremos a América.

La carta de William me ha angustiado, pues me ha hecho enfrentarme a la evidencia: soy una mujer casada. Poco me importan ya las sospechas o las certezas acerca de su verdadera relación con su secretario. Un pecado no se lava con otro.

Después de aquello fui a casa de André dispuesta a terminar de una vez con todo, a cerrar para siempre aquella puerta que no debería haber abierto jamás. André escuchó con displicencia mis razones. Estaba sentado a su mesa de trabajo, los dedos entrecruzados, los pulgares apoyados bajo la barbilla. La luz de la tarde se reflejaba en su rostro y hacía más claro el iris de sus ojos. Aquello me desarmaba, aquella luz.

—Ambos estamos casados —concluí con un hilo de voz.

André se pasó la yema del pulgar izquierdo por la ceja. Se levantó y me tomó por la barbilla. Bajé los ojos.

—No, no hagas eso. Mírame, Gala.

Hice lo que me pedía.

—¿No crees que es una suerte para nosotros? Me refiero al hecho de que ambos estemos casados. Por eso, porque no tengo

derecho alguno sobre ti, es por lo que te anhelo hasta el delirio. Porque te haré gozar mucho más de lo que él te hará gozar jamás.

Me escandalizaron aquellas palabras.

—¿Pretendes vengarte de William?

—No, querida. Eso es tan solo un regalo añadido, como el placer perverso que sientes al quitarle a Elaine algo que aprecia mucho.

Aquello me hizo daño, sobre todo porque era cierto.

—Eres un monstruo.

André sonrió. Sus dientes blancos, algo irregulares, brillaban.

—Sí, soy un monstruo, no un caballero. Es el monstruo el que se conmueve ante la humedad de tu pantalón de seda, ante el temblor que domina tus dedos y tus rodillas. Por eso has venido aquí, Gala. Porque eres mi presa.

Mientras hablaba acariciaba mi cuello, mis mejillas, mis labios. Era incapaz de moverme, subyugada por la verdad que había en sus palabras. Cerré los ojos y me retiré, rebelde.

—¿Quién era la mujer que te visitó la otra tarde? La primera que yo vine.

—No hubo ninguna mujer.

—Mientes. ¿A cuántas otras has traído aquí?

André atrapó mi nuca y me besó. Intentaba resistir, pero no podía. Dos lágrimas resbalaron por mis mejillas.

—¿Mujeres? Ninguna. Tú eres la primera.

—Mientes —susurré.

Adiviné su sonrisa mientras deslizaba su lengua por mi piel y abría con dedos ágiles los botones que cerraban mi vestido. Intenté rechazarlo. Pese a mi forcejeo me arrastró a la habitación sin dejar de besarme y de repetir mi nombre, una y otra vez, otra vez, hasta que logró doblegarme. Mi ropa iba desapareciendo a cada beso, al igual que mis recelos. Tiré de su camisa. Pasé los dedos largos por el pecho terso, enredé mis dedos entre el vello suave. Me aferraba a él con la misma desesperación que el náufrago se aferra a su tabla de salvación. Aquella tarde me pidió que fuera yo quien lo poseyera a él. Puse las rodillas a los lados de su cintura y me incliné sobre él. Me sentía torpe, inexperta, pero él me cogió por la cintura y me guio de forma rítmica mientras besaba mis pechos, susurrando palabras que no entendía. Aquello era gozoso, tanto que por momentos me parecía insoportable, como si todo mi cuerpo fuera a estallar de un momento a otro.

Poco después, cuando el placer se convirtió en anhelo satisfecho, me hizo girar bocabajo. André dejó caer el peso de su pecho sobre mi espalda al tiempo que elevaba mis caderas y exponía mis nalgas. Me apartó los cabellos de la cara. «Para ser ángel tienes que ser una putita», susurró.

Esta tarde descubrí que el goce que sigue al dolor es aún más intenso. Es así como he entrado, ya sin escapatoria, en este infierno que me lleva hasta el cielo y de regreso otra vez a los infiernos.

12 de junio de 1914

Querido diario:

¡Ha pasado tanto desde que no te escribo! Tengo los pies en el fango. Sé que si me muevo me hundiré, aunque también si no lo hago. No hay solución posible.

Mi cuñada vino a verme. Desde que André y yo somos amantes no la visito, lo que no deja de ser imperdonable, ya que Christine está muy ocupada con los gemelos. Por eso le ofrecí mis disculpas y le expliqué que estaba muy pendiente de maman, *cuya salud ha empeorado a causa de las jaquecas. Pasa buena parte del día durmiendo, lo que es mucho mejor que verla poseída por la locura. Sigue sin aceptar la muerte de* pére. *Se comporta a menudo como si aún estuviera vivo, incluso ha dado órdenes al servicio para que en la mesa no falte su cubierto, para que cada noche pongan su pijama y su gorro de dormir sobre la almohada. Intento distraerla sin éxito. La llevo cuando puedo a la iglesia o al mercado, como si nada fuese distinto. Algunas tardes, cuando la jaqueca no la doblega, vamos al cinematógrafo o paseamos por los Campos Elíseos para comprar todo tipo de baratijas inútiles: sombreros, collares, pulseras, guantes, bañadores, medias y lencería para el verano.* Maman *irá a Niza con el tío Leon, como siempre.*

Christine no me quitó la vista de encima durante nuestra entrevista. Me observaba con atención mientras tomábamos el té y charlábamos acerca de maman. *Aunque mi preocupación por ella es sincera, lo único que me importaba era no demorarme. Tenía una cita con André. Desde que somos amantes suelo verlo al caer la tarde, cuando* maman *está cenando. Christine notaba mi impaciencia, tanto que finalmente dejó la taza de té sobre la mesa. Puso su mano enguantada sobre la mía. Temblaba.*

—¿Qué sucede, Gala?

No encuentro placer alguno en el arte del engaño, pero no pude decir la verdad, ni siquiera a Christine. No, no pude hacerlo. Sería un escándalo, cuando no un delito. No tengo derecho a disgustar a mi familia. Por eso desvié la conversación.

—Mi madre saldrá adelante. Nos las arreglaremos —insistí. No pude convencerla.

—Oh, Gala, sabes bien que no es de eso de lo que hablo. ¿Qué me ocultas, querida? Estás cambiada.

Rompí a llorar, no pude evitarlo. Christine se sentó a mi lado y me cogió de los hombros.

—Ma puce. *Estás distraída, ausente, mucho más alegre de lo que te corresponde dadas las circunstancias. Tus ropas... Has cambiado. Es André, ¿verdad? Volviste a verlo.* Maman *lo mencionó. Le preocupaba que salieras sola por París. Pensaba que él te buscaría.*

Comprendí entonces que ella ya sabía la verdad.

—Confía en mí, Christine. Sé lo que hago.

Pero no, no era cierto. No lo sabía.

La tarde que Christine me visitó acudí con mucho retraso a la cita con André. No había podido avisarlo.

Cuando llegué a Montmartre él estaba en su estudio, escribiendo. La luz de la lámpara proyectaba sombras rojizas sobre su cabello oscuro. Levantó ligeramente la vista, pero ni siquiera sonrió. Siguió trabajando. Me coloqué a su espalda para abrazarlo, pero me ignoró. Aquel silencio, aquella indiferencia, me resultaron dolorosos. Entonces tomé para distraerme una de las cuartillas que había sobre una pila. Fue la primera vez que André reaccionó. Me sujetó la muñeca con brusquedad. Lo tomé como un juego. Empecé a reír mientras intentaba desasirme, pero no me dejó. Me sujetó con tanta violencia que me hizo daño. Mis ojos se inundaron de lágrimas. No entendía por qué me hacía aquello. Solté la hoja escrita. Él dejó mi mano. Me volví para no darle la satisfacción de verme llorar. Un momento después noté su aliento en mi nuca, las manos que subían hacia los costados, hacia mis pechos, que clamaban por una caricia. Aquella noche vestía tan solo una túnica de estilo oriental. No llevaba debajo nada más. Me despojé de ella. André me miró complacido. Me empujó hasta el borde de la mesa y me obligó a abrir las piernas. Me penetró suavemente mientras envolvía sus dedos con mis cabellos y tiraba, al tiempo que me besaba con ternura. Le creía arrepentido por lo de antes. Rodeé su cuello con mis brazos buscando su boca, pero no quiso besarme. Tomó mi barbilla entre sus manos y me obligó a mirarlo. Estudió mi rostro desapasionadamente, como si fuera una extraña. Luego me soltó con desprecio.

—No eres más que una zorra.

Aquellas palabras me hirieron profundamente. Lo abofeteé, pero él se rio y me abofeteó aún más fuerte. Sentía el dolor en mi rostro, aunque aún me dolía más la expresión de odio, de rencor, que había en sus ojos.

Asustada, recogí la ropa que había en el suelo. Quería marcharme de allí. Entonces él volvió a reírse. Me sujetó por la cintura mientras yo me debatía. Me empujó hasta la cama y forcejeamos. Logró colocarme de espaldas. Intenté soltarme, pero me había atado las muñecas con mis propios cabellos y estaba inmóvil. Fue terrible estar así, indefensa. Me debatía, le suplicaba clemencia, pero no podía desasirme. Me tapó la boca para no escuchar mis súplicas mientras me poseía. Entonces le mordí la mano. Lejos de desistir, empujó con mayor dureza. Me rendí ante lo inevitable mientras sollozaba. Poco a poco fui cediendo hasta que mis gritos se fueron apagando, convertidos en suspiros. Era una contradicción que no sabía cómo resolver, pero que estaba destruyendo mi vida. Esa noche decidí no verlo más. Me dije que esta vez tenía que ser firme.

Al día siguiente llamé a William. Fue una conversación larga, agradable. El relato de las anécdotas de «la experiencia egipcia», como William la llamaba, me hizo olvidar momentáneamente las heridas que me había infligido el tiempo en que parecíamos ser un matrimonio bien avenido. En mi vuelta a París había aprendido que el placer puede sometemos hasta límites insospechados, por lo que ahora ya no sentía rencor hacia William. Solo envidiaba su felicidad, que me hacía sentir todavía más infeliz. Era difícil renunciar a lo que había vivido las últimas semanas.

Al final de nuestra civilizada charla, William me pidió que regresara a Rosehill de inmediato.

—No me esperes. Has de salir de París. La guerra con Alemania es inminente.

Me pareció que William exageraba. Hacía años que se hablaba de la guerra y nunca sucedía.

—Sabes bien que solo son rumores —contesté.

—No esta vez, querida. Cualquier pequeño golpe hará que las piezas que sostienen nuestro frágil equilibrio se desmoronen por completo.

—Sí, quiero marcharme. Iré a Rosehill en cuanto maman *se vaya a Niza. Será muy pronto.*

—De acuerdo. Le pediré a Alain que compre los pasajes. Te llamaré a menudo.

Colgué el teléfono y volví al comedor. Augustine me sirvió la cena. No pude probar bocado. Tenía un temor extraño, como si fuera a suceder algo que no podía controlar, quizá una desgracia.

Intenté leer unos fragmentos de la última novela de moda, no recuerdo el título, pero tampoco pude. La casa estaba quieta. Necesitaba romper aquel silencio maléfico de algún modo. Me senté al piano y toqué algunas notas, pero el dolor que se me incrustaba dentro del pecho era insoportable. Mis pensamientos volaban al pasado, y al día que se decidió mi futuro. Comprendí que deseaba un imposible. No podía borrar lo que había sucedido. Tampoco recuperar lo que perdí con André. Sin Robin quizá todo habría sido distinto.

Apoyé la cabeza sobre los brazos y me deshice en llanto. Estaba tan desolada que no escuché los pasos en el corredor. Augustine golpeó la puerta con los nudillos. Sus ojos redondos expresaban cierta alarma.

—Tiene visita, madame.

Levanté la vista. Era André.

Me sequé los ojos como pude para recibirlo, pero no podía decir palabra. Él tampoco habló. Se quitó la chaqueta y se sentó a mi lado, frente al piano. Sus dedos pulsaron las teclas mientras rozaban los míos. No hizo falta que dijéramos nada. Eran las notas de la Gymnopédie n.º 2 *las que hablaban por nosotros, las que lloraban nuestra separación pasada, la futura, la imposibilidad de nuestra historia. Me volví ligeramente para contemplar el perfil de halcón de André, el flequillo desordenado, los hombros anchos que se agitaban levemente. Junto a él podía soportar la nostalgia de todo cuanto habíamos dejado de vivir, pero ya no nos pertenecíamos. Cuando él dejó de tocar entrelacé mis dedos con los suyos. Él extendió la mano y acarició mi mejilla.*

—Preciosa pero frágil, más cerca del cielo que de la tierra.

No entendí sus palabras. No hizo falta. André se puso de pie y me cogió en volandas. Luego me llevó a mi habitación. Allí me quité el vestido, que cayó a mis pies. Me senté en el borde de la cama. Él se arrodilló junto a mí. Apoyó su cabeza en mi vientre. Lo besó. Me besaba como si fuera un principiante, no un hombre experimentado, como si no fuera el mismo André de las tardes de Montmartre. Nos amamos esa tarde de varias maneras, con la ternura y pasión de los jóvenes que fuimos una vez, como si aún lo fuéramos. Antes de marcharse vi que sus ojos tenían una expresión triste. Dijo que hay lazos que no pueden romperse jamás, pues no los anudamos nosotros, sino una voluntad superior: Dios, el destino o quizá el diablo, pero no supe si con aquellas palabras se refería a nosotros o a aquello de lo que había hablado William: la guerra.

20 de junio de 1914

Ayer por la tarde volví a Montmartre. Era un nuevo acto de rendición. Sabiendo que la ropa no me duraría mucho tiempo, me puse un vestido ligero, como si en lugar de ser la esposa de un conde británico fuera una de las cocottes *del Folies Bergère. A pesar de todo no me sentía indigna, sino en mi derecho.*

André no me esperaba, pero al verme nuestras bocas se buscaron con pasión, tanta que casi nos mordíamos en lugar de besarnos. Sus manos arrancaron mi ropa al tiempo que me empujaba por el pasillo para llevarme a la cama. Un instante después sentí su cuerpo desnudo sobre el mío. Me apartó el ca-

bello y besó despacio la boca, el cuello, los pechos. Sentía su calor, la presión sobre mis muslos, que separé para recibirlo. Mientras me poseía, me pidió que no cerrara los ojos como hacía siempre. Lo miraba y me perdía en su iris, de un verde dorado, como de puesta de sol en un bosque. Durante un instante el mundo se detuvo. Escuchaba el latido apresurado de su corazón sobre el mío. Su cuerpo palpitaba de deseo y de furia contenida mientras el mío se retorcía de placer. Entonces, sin previo aviso, cerró las manos sobre mi cuello con brusquedad.

—A veces creo que debería matarte —masculló.

Mis ojos se llenaron de lágrimas. Estaba asustada. Llevé una mano a las suyas para desasirme, pero él me soltó con cierto desprecio. Luego me obligó a colocarme bocabajo en la cama. Tomó una de mis medias y me ató las manos a la espalda. Me dejaba hacer, como si fuera una muñeca desmadejada. Intuía lo que quería de mí. Noté como otras veces el peso de su cuerpo sobre el mío. Poco después volví a sentir lo que significa desintegrarse para recomponerse y entrar en aquel estado de no ser en el que ya nada importa. Era capaz de elevarme por encima del bien y del mal. Sobre mis escápulas brotaban las alas de ángel que él me había prometido durante mis horas de puta. Sabía que si las desplegaba escaparía para siempre de todo aquello que me atormentaba. Era eso lo que tenía que hacer.

Esta mañana escribí a William para anunciarle que no volvería a Inglaterra, que me marcharía con maman. *Estaba a punto de rubricarla cuando llegó un mensaje de Rosehill. Sabía que era de lady Diane, mi suegra. En ella me advertía de la necesidad de que regresara a Inglaterra de inmediato.*

Lady Diane sabía de mí mucho más que yo misma. No puedo sustraerme a mis obligaciones, por mucho que lo desee. Tengo un compromiso no solo legal, sino moral, con los Aldrich. He querido enviar la carta, pero en lugar de hacerlo la he roto en mil pedazos.

22 de junio de 1914

Estoy enferma de desasosiego. Pequeños malestares que achaco a los nervios y que alivio con infusiones de lavanda y compresas en las sienes. Por las tardes, cuando acudo a Montmartre, revivo como las flores cuando reciben el abrazo de la tierra fértil, del sol y el agua. Allí me siento libre, aunque en realidad no lo sea. En Montmartre no soy más que una esclava sujeta a los cambios de humor de mi dueño. Nunca es igual. A veces se comporta con ternura; otras actúa con violencia. Sea como sea, navega por los recovecos de mi piel provocándome más placer del que jamás me habría atrevido a imaginar. Pero ya no es solo la necesidad de alcanzar la tierra prometida de su cuerpo lo que me impulsa a acudir a su estudio cada tarde. Tan placentero como el sexo es que lea para mí los poemas que prepara para Lemerre.

Me reconozco en sus líneas. Él sabe que esas palabras serán entre nosotros una atadura mayor que el placer que nos vinculará para siempre, aunque estemos lejos el uno del otro. Aunque no lo desee, pronto habré de marcharme de París y todo lo que he vivido este final de la primavera habrá terminado. Volveré a mi casa con mis recuerdos secretos. Montaré a caballo cada mañana, arreglaré el invernadero, organizaré alguna que otra fiesta, visitaré a la modista, viajaré un poco, quizá me atreveré por fin a volar junto a William. Al comienzo del invierno me instalaré en Londres para la temporada, tendré joyas nuevas y brillaré entre el resto de las damas. Quizá provoque alguna que otra habladuría, levante alguna que otra envidia o tenga algún amante ocasional que podré compartir con William. Puede que intente tener otro hijo. Mi vida parecerá llena, feliz, pero cada noche, justo cuando me deje caer sobre la almohada, sentiré el vacío de la ausencia de André, la nostalgia de este tiempo y del otro, del que no pudimos vivir, y lamentaré mi decisión de no haber seguido el último de los consejos que me dio mi padre: vive.

El anticipo de la nostalgia venidera se me antoja insoportable estos días, mucho más que convivir con los celos de compartirlo con Elaine, con aquellas otras amantes ocasionales de rostro desdibujado cuyas huellas presiento y que menoscaban mi dignidad. No puedo volver a Rosehill sin convencerme de que es imposible que nuestra historia tenga continuidad. Esta tarde he hablado con André de mi vuelta a Inglaterra. Él me ha escuchado sumido en un silencio reflexivo.

—Es mejor que te marches ahora, antes de que sea demasiado tarde.

—¿Demasiado tarde para qué? —Mi pregunta era ingenua.

—Para que no podamos retornar sin herirnos al punto exacto en el que estábamos antes de Nôtre-Dame.

—¿Tú quieres volver?

André se ha encogido de hombros.

—Es difícil recuperarse de tus zarpazos.

Lo he comprendido de súbito. Que no me perdonará jamás por haberlo dejado. Él cree que solo lo hice por ambición. Le he contado la verdad, la causa de mi deserción, todo lo que nunca dije a nadie, por qué no podía elegir. Con voz neutra, exenta de sentimientos, le he hablado de Robin. Le he hablado de su codicia, de sus golpes, de sus manos que se abrían paso entre mis enaguas, de aquel olor terrible, de sus jadeos mientras intentaba violentarme sin conseguirlo, de mi propio cuerpo que cedía bajo el suyo y se estremecía involuntariamente de gozo a pesar de ser profanado.

—Me sentí sucia tras todo aquello, indigna. Ahora sabes qué clase de mujer soy.

André me ha mirado sin verme. Luego me ha acunado entre sus brazos, como si fuera una niña, hasta que me he dormido.

He despertado ya de noche, alertada por el golpe seco de una puerta al cerrarse. Al incorporarme he visto a André frente a mí. Es hermoso, a pesar de su delgadez. Bebe demasiado.

Me ha pedido que me levante de la cama. He tomado su mano y lo he seguido con los ojos cerrados. Es parte del juego, que yo obedezca siempre. Me quiere sumisa, aunque me sepa salvaje.

Poco después he escuchado la caricia del agua sobre la porcelana blanca. Al abrir los ojos me he descubierto en la habitación del baño. La llama de las velas temblaba entre la niebla del vapor. Supongo que es aquella horrible mujer de la portería quien ha encendido las luces. Me repugna la idea de que haya podido verme sobre la cama, dormida.

Al meterme en el agua me ha invadido de nuevo esa plácida sensación de ligereza a la que ya me he hecho adicta. André se ha sentado junto a la bañera. Las llamas rojas de las velas se reflejaban en su rostro y le daban un tinte misterioso, como si fuera el sacerdote de un ritual pagano. Con el jabón, que olía a azahar, y una esponja, ha ido trazando círculos sobre mi piel para lavarla, como si la limpiara de la huella de Robin. Solo se ha detenido al llegar a mi pie. Entonces ha hundido la esponja en el agua jabonosa. He observado fascinada cómo la levantaba con la mano derecha mientras sujetaba mi pie con la zurda. El agua caía sobre las puntas de los dedos porque él apretaba la esponja para vaciar la hinchazón. Solo entonces he comprendido la verdad. Que aquello era un ritual pagano y yo era la víctima que él pensaba ofrecer en sacrificio. No hay ya salvación posible.

Julio de 1914

Supe que estaba encinta a finales de julio. Aquel hecho inesperado hizo que no prestara demasiada atención a lo que pasaba más allá de las fronteras de mi pequeño mundo ni a aquellas muertes que cambiarían para siempre el curso de la historia. En aquellos momentos solo podía pensar que para vivir todo lo que hubiera debido vivir cinco años atrás mi único camino era el engaño. Pero ¿acaso yo misma no había sido engañada?

La misma tarde que murieron los herederos austriacos recibí una llamada de William. Me instaba a regresar de inmediato. No juzgaba que París fuera seguro.

Corrí a Montmartre para hablarle a André de todo aquello. Mientras yacíamos desnudos sobre la cama deshecha, le conté la llamada de William y su imperativo. André encendió un cigarro. Durante un buen rato permaneció en silencio, fumando. Cuando dio casi la última bocanada, me apartó los cabellos del rostro y expulsó un poco de humo sobre mi boca. Me gustaba que lo hiciera. Necesitaba impregnarme de él.

—William está en lo cierto. La guerra es un hecho. Debes irte de inmediato. Hay una mínima posibilidad de evitar la catástrofe, el socialismo. —Su tono de voz carecía, sin embargo, de esperanza—. Si todos los hombres de bien se unieran en favor de la paz, se evitaría un baño de sangre.

Me levanté de la cama. Si había de marcharme, si él no deseaba retenerme, debía irme cuanto antes. No dejó que hiciera mi voluntad. Me tomó de la cintura y me atrajo hacia sí. Empujó mi cabeza hacia abajo y, mientras tiraba de mis cabellos, me pidió que esta vez llegara hasta el final, hasta que sintiera su sabor en mi boca.

Al día siguiente recibí la visita de Alain. Me ordenó que cerrara los baúles de maman, *que estaban ya casi preparados. El equipaje había de viajar en tren, en tanto que la familia emprendería la aventura de ir a Niza en coche. A mí me entregó billetes de tren hasta Le Havre y un pasaje para el barco hasta Southampton. Debía partir en dos días.*

—No demores tu marcha —me aconsejó.

Sabía que aquellas palabras contenían una advertencia que no estaba dispuesta a escuchar.

Escondí los billetes. Decidí ignorarlos, no marcharme. Era una sensación placentera la de saberme libre. Libre incluso para equivocarme.

Volví a Montmartre y me instalé allí unos días. Prefería su ambiente bohemio a mi casa de los Campos Elíseos. La guerra era inminente, pero nadie parecía ser consciente de ello. La ciudad estaba más viva que nunca. A las familias que desalojaban París en busca de la tranquilidad del campo o de un balneario, se sumaban otras que salían del encierro invernal e inundaban las orillas del Sena, los jardines de las Tullerías, el Campo de Marte o el Luco. André y yo paseábamos al atardecer como si fuéramos esposos. La sensación de desafiar lo prohibido me resultaba deliciosa. Lo prohibido no eran las horas que compartíamos entre las sábanas húmedas de sudor y sexo, sino aquella leve caricia pública que nos estaba vetada. Vivíamos el presente y lo vivíamos al máximo, como si el mundo se fuera a acabar al minuto siguiente. Sabíamos que probablemente sería así. Solo hacía falta leer la prensa.

William me envió un cable. Venía a París. Por un momento temí que imitara a Blériot y cruzara el canal con su swallow, *su golondrina, el nombre que solía darle a aquella endiablada máquina voladora que pilotaba. Estoy segura de que se hubiera atrevido de haberse dado las condiciones.*

La llegada de William apresuraba para mí la necesidad de tomar una decisión. Con el incendio de la guerra en el horizonte no resultaba fácil saber qué hacer. Solo había una salida.

Recuerdo el rostro de William cuando le confesé la verdad. No movió ni un solo músculo. Reaccionó con toda la flema y falta de pasión que cabe esperar de un caballero inglés. Solo la piel, ligeramente tostada, pareció teñirse de una fina capa de rubor ante la afrenta.

—Si firmo el divorcio, me pondrás en ridículo —se limitó a decir. No esperaba aquellas palabras.

—¿Eso es todo lo que te preocupa?

Se levantó. Sus manos se agitaron en un leve gesto de hastío.

—No, sabes que no. Es solo tu mal gusto. Siempre has tenido cierta tendencia a ser vulgar, incluso cuando luces joyas dignas de una reina o presumes de la sangre azul que corre por tus venas.

Sus palabras me dolían.

—Insúltame si quieres. Nada cambiará. Estoy cansada de esta farsa. No estoy tan ciega como crees, aunque me subestimes.

William comprendió que me estaba refiriendo a su secretario.

—Una de las lecciones que nunca aprendiste, querida, es la de la hipocresía. Todos nosotros tenemos una semilla de perversión que de vez en cuando necesitamos alimentar, es comprensible. Nunca te dije que no debieras hacerlo, tener uno, dos, tres amantes. Diviértete cuanto desees, pero mantén las formas. Es todo lo que se espera de ti. Hay reglas no escritas que deben cumplirse, compromisos que ambos asumimos libremente cuando nos casamos y que nos vinculan.

—Los vínculos pueden deshacerse, William. Para ser felices sin tapujos. Con la discreción que cada uno elija.

William se puso de pie. Metió las manos en los bolsillos del pantalón.

—Nuestros pequeños caprichos privados no son del agrado de la ley, espero que no lo olvides. Nuestro matrimonio no solo nos protege del oprobio, sino de la justicia. Hemos de pensar en las consecuencias de nuestros actos. Si se supiera, otros sufrirían. Además, ¿has pensado cómo sería tu vida sin la protección que te da esta farsa, como tú la llamas? No, no lo has pensado. No piensas. Hay una diferencia entre el mundo que imaginas y el mundo real. No sabes cuidar de ti ni vivir con modestia. La vida en Francia es terriblemente cara. Los impuestos son devoradores. Tu única fortuna son bienes heredados. Careces de liquidez.

Los argumentos de William me hicieron dudar un instante. Había desoído todo consejo, pero él podía tener razón. Luego comprendí que intentaba amedrentarme.

—¿Qué más da? —contesté—. La guerra acabará con todo. Es necesario destrenzar los lazos que nos unen. Espero un hijo.

Vi que mi esposo tomaba su bastón. Apenas un segundo después lo alzó sobre su cabeza y lo dejó caer sobre mí, al tiempo que decía: «¡Pobre idiota!».

Aquella tarde no pude acudir a la cita con André. No pude hacerlo hasta dos días después, cuando la guerra entre Austria y Serbia ya era un hecho declarado y Europa apuraba los últimos cartuchos de la diplomacia. La expectación ante el futuro inmediato generaba cierta efervescencia.

Encontré a André más preocupado que de costumbre. Preveía un nuevo apocalipsis. Jean Jaurès, uno de sus mentores, director de L'Humanité, *aún confiaba en salvar Francia. Su prestigio y su ascendente moral eran un aval muy sólido, pero Poincaré y Viviani no lo escuchaban. André, cuya mentalidad era a veces tan práctica como la de* maman, *pensaba que era demasiado tarde, que Jaurès no lograría detener la guerra. Las tropas francesas estaban ya apostadas en las fronteras. El mundo que habíamos conocido se desmoronaba y nosotros, restos de una antigua civilización, con él. Nunca podríamos recuperar lo que habíamos sido ni ser lo que hubiéramos podido llegar a ser.*

Mi talante tampoco era alegre aquella soleada tarde en que julio terminaba para dar paso a nuevas incertidumbres. Tenía motivos personales. Me senté sobre la cama con el rostro cabizbajo y fui quitándome la ropa muy despacio, como siempre. La lentitud no impidió que fueran emergiendo los verdugones que afeaban mi carne, mis brazos, mis muslos, mi espalda. André se arrodilló junto a mí, incrédulo.

—¿Quién te ha hecho esto?

Bajé la mirada, avergonzada por no haber sabido protegerme.

—Fue William. Lo he dejado.

—Lo mataré. Juró que lo mataré.

André tomó una de mis manos entre las suyas. Luego entrelazó sus dedos con los míos al tiempo que me dejaba caer sobre la cama. Me besó con cuidado, la boca, el cuello, los pechos, cada verdugón, hasta que mi cuerpo se confundió con el suyo y sentí que ya no era nada, que no éramos nada.

Aquella misma tarde, mientras yo me rendía, se decidió el destino de Francia.

Era ya de noche cuando la puerta de la casa de Montmartre tembló bajo los golpes de un puño apresurado. Me deshice del abrazo de André, alarmada por un pavor denso. Por un momento temí que fuera William quien batía de aquel modo la puerta. Desde la habitación en penumbra escuchaba las voces en el pasillo, los pasos apresurados y el sonido que se emite al amartillar un arma.

André entró en la habitación.

—Quédate aquí esta noche. Habrá disturbios, no te quepa la menor duda. Esta misma mañana la policía ha cargado contra los disidentes que se han concentrado en las calles para pedir la paz. Los molinos de Corbeil, el Elíseo y la torre Eiffel están guarnecidos militarmente y también algunos puentes. Hay largas colas en las tiendas.

—Pero ¿qué ocurre?

La voz estuvo a punto de quebrársele.

—El mundo es hoy aún peor de lo que era ayer, un lugar sin esperanza. Han asesinado a Jean Jaurès. ¡Pobre amigo! Le han disparado un tiro en la nuca. En el café Croissant mientras cenaba. Pensar que yo podría haber estado allí... ¡Diablos! Tengo que marcharme. No salgas hasta que regrese. No desobedezcas esta vez, Gala. Temo por ti.

Esperé pacientemente la salida del sol, atenta a todos los movimientos que me llegaban de la escalera. No me había percatado de lo bulliciosa que era la casa de André, habituada como estaba al silencio de Rosehill y de mi propio hogar. Espié a través de la ventana. La calle estaba silenciosa, en calma. Tan solo adiviné la silueta de algunas beatas que se dirigían a misa. Pasé la mañana tendida sobre la cama. Leía los Cahiers *en soledad, ajena por completo a lo que sucedía en las calles de París. Recitaba en voz alta para adueñarme de las palabras. Veía las tardes de Montmartre en aquellas líneas y la conciencia de su exquisita belleza santificaba mi pecado al tiempo que calmaba el temor acerca del futuro.*

El mediodía me sorprendió así, despreocupada y ociosa. Bajé para preguntar a la portera dónde podía encontrar algún lugar donde vendieran periódicos. Ella misma se ofreció a traerlos. Ya se había acostumbrado a mi presencia y se mostraba servicial, obsequiosa.

Un rato después la desagradable mujer subió con la prensa. Intenté leer los diarios, pero finalmente los aparté. El asesinato de Jaurès acababa con el último foco de resistencia contra la guerra. Los ultranacionalistas de Alsacia-Lorena, representados por el asesino, Raoul Villain, habían aniquilado toda esperanza.

André regresó a media tarde. Cuando escuché que la llave giraba en la cerradura guardé rápidamente los poemas, ya que los leía sin su permiso. Se sentó a mi lado, compungido, y acarició mi cabello, que llevaba suelto. No podía peinarme sin mi doncella.

—Me han dicho que se inclinó del lado izquierdo para morir, como si se hubiera quedado dormido. —André hablaba de la muerte de Jaurès—. Sus ojos se cerraron apaciblemente. No parecía muerto. Solo aquel líquido blancuzco que manaba de la herida…

Me abracé a la cintura de André y rompí en sollozos. No por Jaurès, sino por la injusticia de nuestra vida interrumpida. Era eso lo que estaba sucediendo en aquel momento. Nuestras vidas y las de muchos otros se iban a interrumpir.

Esa tarde André me acompañó a mi casa. Comprobé con satisfacción que mi fiel Augustine se había hecho cargo de la situación. Nuestra despensa estaba llena. A pesar de todo me encontraba nerviosa, irritable y tomé una dosis de láudano para poder dormir.

—Son días difíciles —observó Augustine—. Descanse. Yo la avisaré si sucede algo.

Puse la pistola de mi padre bajo la almohada. Arrullada por aquella frialdad, dormí durante horas, sumergida en la protección de una inconsciencia realmente dulce.

Me despertaron unos pequeños golpes en la puerta. Debían de ser cerca de las once de la mañana. Era Augustine. Traía una carta de William. Estaba escrita en papel que llevaba el sello y la marca del hotel Ritz. Al parecer mi esposo no había abandonado París, como yo había supuesto. Aquel pensamiento me sobrecogió. Me puse una bata y fui a la biblioteca para leer el mensaje:

> Había pensado tras nuestra conversación que lo mejor para ambos era el divorcio, que tus circunstancias actuales suponen mucho más de lo que mi dignidad puede llegar a soportar. Ahora, con la certeza de que Inglaterra entrará en el juego de la guerra, he vuelto a considerar toda esta situación bajo una nueva luz. Puedo renunciar a mi honor si a cambio obtengo tu compañía. Lo hemos pasado bien juntos, a pesar de que hemos tenido que afrontar la dura prueba de la pérdida de nuestro hijo. No puedo condenarte por intentar escapar del dolor a través del placer más primario. Te propongo por eso que vuelvas a Rosehill, para que pases allí el invierno. Que te des a ti y le des a tu hijo la oportunidad de vivir. Cuando nazca, podrás entregarlo a una buena ama que lo críe. Nadie tiene por qué saber la verdad.
>
> Estaré unos días más en París. Espero que durante este tiempo decaiga tu ceguera y regresemos juntos a nuestro hogar. En otro caso pediré el divorcio.

Doblé la carta. Pedí a Augustine que me subiera unos cuantos diarios y me ayudara a vestirme. Intentaba olvidar las palabras de William, que estimulaban de nuevo la duda. Era tentador, pero si aceptaba aquel trato caería de nuevo en las redes de la hipocresía. No podía volver atrás. ¿O sí? No lo sabía.

Durante un rato estuve leyendo todo lo que no quería leer. El día anterior, mientras yo dormía el sueño de los justos, Alemania había declarado la guerra a Francia. El lunes por la noche, tras una reunión con Viviani, el embajador alemán en París había abandonado la ciudad. A las tres y media de ese mismo día el ministro había firmado la orden de movilización de los Ejércitos de tierra y mar y la requisa de animales, vehículos y arneses necesarios. Durante la madrugada, el anuncio se había fijado en las esquinas de París y enviado a toda Francia. El 3 de agosto Poincaré redactó un mensaje que se hizo público al día siguiente, el 4: «El mismo día que las tropas alemanas cruzaban Bélgica, Inglaterra se puso al fin de nuestra parte. Amor a la patria, reparaciones legítimas, progreso, el bien de la humanidad, libertad, justicia, razón». Estas bellas y grandilocuentes palabras justificaron la movilización de miles de hombres, tropas de reserva y millares de voluntarios.

Le Figaro, *sin embargo, desmentía que los alemanes estuvieran ya en Bélgica, pero al mismo tiempo una de las columnas hablaba de las atrocidades cometidas a su paso.* Le Figaro *ocultaba la verdad.*

—No debes leer esa basura. —André tomó el diario y lo rompió en varios pedazos.

Tenía razón. En Lieja los cañones alemanes se enfrentaban al pequeño ejército del rey Leopoldo II. El general Gérard Leman defendía la ciudad con coraje. A partir de ese momento la prensa se pondría al servicio de la ocultación y la población civil quedaría lejos de saber lo que iba a ocurrir realmente en el frente: barro, miseria, muerte masiva.

La madrugada del 7 de agosto André se marchó. Fue de los primeros en alistarse, como la mayor parte de los socialistas que habían encabezado las manifestaciones multitudinarias en contra de la guerra. Todos respondieron a la llamada de Francia. De repente era como si cada hombre supiera exactamente lo que tenía que hacer. Yo también lo supe.

La víspera de su partida nos amamos por última vez. Las lágrimas corrían por mi rostro mientras nuestros cuerpos se entrelazaban. Me dormí entre sollozos. Al despertar vi los ojos de André sobre los míos. Intentaba penetrar más allá de mis pupilas para llegar hasta mis pensamientos más íntimos, pero mi corazón albergaba muchos secretos. Me levanté y me vestí. Le pedí que me abotonara la camisa. Cuando terminó, rodeó mi cintura.

—Dime, Gala. ¿Es mío?

No pude hablar. Pensé en Rosehill, en la tranquila serenidad de sus campos, en todo lo que podía significar para mi hijo. Seguridad, paz.

—No, no lo es. —No sé por qué lo negué.

André me soltó. Tomó mi barbilla entre sus dedos y me hizo mirarlo de nuevo. Cerré los ojos. Me conocía demasiado bien. Quería evitar ese contacto a toda costa.

—Mientes.

Enterré el rostro entre mis manos.

—¿Qué importa? Vas a irte. Puede que no vuelvas nunca.

Cogió mis manos entre las suyas y las llevó a sus labios. No pude evitar conmoverme.

—No quería tener que hacer la guerra para ganar la paz, pero eso no significa renunciar a ti, sino todo lo contrario. Aunque no pueda ser. Recuérdalo siempre.

Enterré la cabeza en su pecho. Tomó mis bucles entre sus dedos y los besó.

Antes de marchar me entregó una llave de su casa y un tomo encuadernado en piel. Eran los Cahiers.

—Llévalos a Lemerre. Así no olvidarás nunca las tardes doradas de Montmartre.

Descendimos las escaleras abrazados. La calle estaba desierta. Miré hacia las chimeneas de los edificios, que se erguían grises ante nosotros, recortadas contra el cielo claro del amanecer. Me quedé allí, inerte, los brazos colgando a ambos lados del cuerpo mientras lo veía alejarse. Llevaba la chaqueta al hombro y una maleta de cartón con sus pertenencias. El sol levantaba en su cabello castaño oscuro reflejos de color rojizo. Antes de doblar la esquina se giró y me sonrió. Agité una mano a modo de despedida. En ese momento dos pequeñas mariposas blancas revolotearon a mi alrededor. Extendí los dedos, maravillada ante semejante prodigio. Una de ellas se posó en mi mano. Al levantar la vista pude comprobar que André ya no estaba. Mi mundo se detuvo en ese instante, como si yo fuera uno de esos relojes parados que habitan la casa de un muerto.

Volví a Rosehill mientras André era enviado a Chalon-sur-Saône, en los bosques de Ailly. Antes de marcharme hice lo que me pidió: llevé el poemario a Lemerre. Eran las tardes de Montmartre las que habían generado el milagro de la poesía, el de la vida, y era mi deber preservarlos. Aunque el invierno fuera frío, aunque la primavera no volviera ni yo caminara de la mano de André bajo el cielo iluminado de París.

10

Un anillo para gobernarlos a todos

Dans le temps qui lie ciel et terre se cache le plus beau des mystères penses-y quand tu t'endors, l'amour est plus fort que la mort.

FRANÇOISE HARDY,
«Tant de belles choses»

Nixéville-Blercourt quedaba a unos cincuenta kilómetros de Metz, a menos de una hora en coche. Era demasiado tentador no hacer una visita a la tumba de André Deveroux, aunque fuera absolutamente inútil, como recalcó Anna en numerosas ocasiones, e innecesario para sus propósitos, añadió Pierre.

Desmond, que esperaba a Anna en Oxford, se tomó bien aquel cambio de planes, sobre todo cuando ella le prometió regresar esa misma tarde —había un vuelo directo a Londres desde Luxemburgo, a unas cincuenta y nueve millas de Metz—. Desmond se ofreció a recogerla, como la primera vez. Era obvio que deseaba estar a solas con ella.

Durante el trayecto hacia Nixéville, Anna leyó la crónica de Angélique Garnier sobre la muerte de André Deveroux. Su desacato en Fleury había obtenido una respuesta inmediata. En cuestión de horas el oficial fue conducido a prisión y juzgado por el consejo especial de guerra del Regimiento 56, que se reunió a esos efectos en Nixéville. El reo fue condenado a muerte sin derecho a indulto. Entre los doce hombres del pelotón estaba el cabo Malroux. Él disparó la bala que le seccionó la garganta a petición expresa de su teniente. Era el único modo de evitar su sufrimiento.

Antes de ser fusilado el reo tuvo ocasión de confesarse. El sacerdote, el padre Malaterre, no ignoraba que el teniente Deveroux era agnóstico. Aun así lo escuchó. Deveroux aceptó el sacramento solo a cambio de que Malaterre se comprometiera a entregar a la condesa de Aldrich su cruz de guerra, que había ocultado, y a la que acompañaba una escueta nota: «Te amé desde que te vi bajo el árbol de los juegos».

En Nixéville no había tantos vestigios de la Primera Guerra Mundial como en otras poblaciones cercanas a Verdún. Mosa Romagne-sous-Montfaucon albergaba el cementerio americano, cincuenta y dos hectáreas que acogían los cuerpos de los más de catorce mil estadounidenses caídos durante la ofensiva de Meuse-Argonne. En Douaumont estaba el Osario, el santuario nacional de los desaparecidos sin sepulturas. La tumba de Deveroux se encontraba en el cementerio militar de Blercourt. El hecho de que fuera un renegado no excluía automáticamente su derecho a un enterramiento digno. Pero era muy probable que alguien hubiera ejercido algún tipo de presión. Esa persona podría haber sido Elaine Deveroux, su esposa, una mujer resolutiva a tenor del diario de Gala Eliard.

Blercourt tenía la misma desolación y decadencia que habían encontrado semanas atrás en Rosehill. Las tumbas de piedra, en su mayor parte coronadas por cruces, estaban rodeadas de maleza. Anna sentía una pena infinita, la misma que cuando visitó Rosehill.

—Un país que pierde su memoria termina perdiendo su dignidad —observó—. Deberían hacer algo para rehabilitar lugares como este.

—Sí, deberían —confirmó Pierre.

Broussard consultó la ubicación exacta del enterramiento según el plano que le había facilitado madame Garnier. En 2010 muchos de los cuerpos de los *poilus* que yacían en el cementerio habían sido exhumados y colocados en una fosa común. No había sucedido así con Deveroux, gracias a los esfuerzos de la anciana.

La maleza cubría la tumba del teniente, una simple lápida de piedra colocada bajo un árbol. No había cruz ni ningún símbolo religioso sobre la placa, solo unas cuantas flores silvestres blancas semejantes a mariposas que crecían alrededor. Anna se sintió impresionada. Miró a Pierre de soslayo. También parecía conmovido, si es que una persona tan cínica y fría como él podía realmente emocionarse. Él se volvió hacia Anna.

—Supongo que alguno de sus abuelos combatió también en la Gran Guerra.

—Así fue. —Anna no deseaba hablar de aquello—. Solo que luchaba en el bando contrario al de Deveroux. Mi abuela mencionó alguna vez las aventuras de su padre. Tenía solo quince años cuando se alistó. Pensó que la guerra sería mejor que pasar hambre. Era tan joven que incluso le habría dado tiempo a participar en la Segunda Guerra Mundial si en el 39 no hubiera huido a Israel para salvarse de Hitler.

Anna contempló de nuevo el cementerio, toda aquella desolación. Miró a Pierre.

—¿Qué me dice de su familia? ¿Tuvo algún héroe?

Él se sentó sobre una de las lápidas. Era algo irreverente, pero a Anna no le importó. Era obvio que le pasaba algo. Puso una de sus manos sobre la frente, como si quisiera detener sus pensamientos. Durante un momento Anna creyó que había entrado en trance. Luego se puso de pie. Su cuerpo temblaba.

—Hay algo que he de decirle, Anna. Algo sobre mí.

—¿No puede esperar a que estemos de regreso en Oxford?

—No. Ha de ser ahora, justo ahora. —Pierre la sujetó por los hombros y Anna se encogió sobre sí misma.

—Bien. ¿Puede soltarme? Es molesto. —Pierre la dejó ir.

—Míreme, Anna. Broussard es el apellido de mi padre. El de mi madre es Deveroux. Marie Deveroux.

Anna se llevó las manos a la boca para contener un grito. Había sido una idiota. Ahora comprendía por qué Broussard obtenía documentos de interés, pistas sobre el caso, como el mago que saca de la chistera un conejo tras otro. Eran papeles que pertenecían a su familia. Se preguntó si mister Walsworth estaba al corriente. Supuso que sí. Tenía un extraño modo de divertirse y lo odió por ello.

—Así que es usted pariente de Gala Eliard. —Anna se expresaba sin demasiada convicción. Las nubes taparon el sol.

—No lo sé, Anna. De forma oficial soy descendiente por línea materna de Elaine Deveroux. La esposa legítima de André Deveroux.

El viaje desde Blercourt a Luxemburgo no fue tan silencioso como lo había sido el de ida hacia Nixéville. La revelación de Pierre Broussard había desarmado por completo a Anna. No era capaz aún de hacer un juicio de valor ni de encajar aquella nueva pieza del puzle en la historia. Estaba deseosa de compartir aquella bomba con Desmond. Si todo iba bien, si el vuelo no se retrasaba, si Pierre era capaz de llevarla a tiempo, esa noche se lo diría. Cruzó los dedos. Decidió indagar un poco más sobre el asunto.

—¿Cómo llegó a sospechar que su familia tenía secretos inconfesables? —preguntó sin rodeos.

—Todas las familias los tienen, Anna.

—Sí, es cierto. Pero hablamos de delitos si lo que pretende decirme es que tiene algo que ver con Gala Eliard. No tengo ninguna prueba al respecto. Solo tengo su palabra y ya sabe lo poco que confío en usted.

—No las hay, que yo sepa —dijo Pierre tras atusarse el bigote—. Solo cuento con el testimonio de mi madre, Marie Broussard, gran amiga de mister Walsworth. Según ella, mi abuelo, Paul Deveroux, reveló a su esposa la identidad de su madre biológica justo antes de morir ejecutado ante un pelotón de fusilamiento nazi. —Anna dio un respingo.

—Parece, por lo que cuenta, que su familia repite destino. Espero que rompa usted esa extraña maldición.

—Oh, por supuesto. Supongo que el hijo quiso ser un héroe, como su padre. El mío en cambio era un hombre tranquilo. Claro, él no era un Deveroux.

Se quedaron por un instante sumidos en sus propios pensamientos.

—Entonces la compra de los muebles y los libros de Gala Eliard no fue una casualidad. —Anna pensaba en voz alta.

—No, desde luego. Era algo de lo que mister Walsworth estaba al corriente. Por eso nos ayudó. No viene al caso, pero él siempre ha admirado profundamente a mi madre y, en cierto modo, la ha protegido. Mister Walsworth siempre defiende a las personas que tienen talento. La protegerá también a usted si le demuestra que lo tiene. —Anna enarcó una ceja.

—No necesito esa clase de protección, se lo aseguro.

—No la desdeñe de antemano, Anna. Puede que algún día le resulte necesaria.

—El hallazgo del poema de Tolkien fue entonces una sorpresa, ¿es así? —dijo Anna obviando el comentario.

Pierre sonrió de aquella forma tan odiosa en que lo hacía a veces.

—Una bendita sorpresa que me hizo tenerla a usted como compañera de viaje. Pero ahora que ya sé la verdad Tolkien no me interesa. Mi ambición tampoco tiene mucho que ver con la memoria histórica ni con Deveroux, sino con los Aldrich. Pretendo comprar Holland House. Quizá levante allí un bonito hotel. Simplemente necesito una leyenda interesante que se proyecte sobre la casa, incluso atribuirme algún derecho por razón de parentesco. Su trabajo me ayudará a materializar mis ambiciones. Ya lo sabe. Toda mansión inglesa necesita de sus propios fantasmas. Rosehill los tiene, si Mirror no nos informó mal, pero será más interesante hablar del hijo perdido de Gala Eliard y William Aldrich.

—Cada mansión inglesa tiene sus propios fantasmas... —repitió Anna apretando los puños.

—Veo que comprende —confirmó Pierre.

—Entonces, si tenía alguna sospecha, ¿por qué no habló directamente con George Aldrich? ¿Por qué involucrarme?

—Era una historia difícil, un tanto rocambolesca —dijo Pierre con un gesto de resignación—. Y estaba también ese poema de Tolkien. Sin todo esto George Aldrich no habría claudicado ni accedido a vender Rosehill Manor a pesar de su ruina. Ahora a la ruina se añade una motivación un tanto romántica.

Anna estaba un poco confusa. Necesitaba ver a Desmond Gilbert. Ojalá su avión no saliera con retraso.

Se despidió de Pierre en el aeropuerto, aún desconcertada a causa de las intensas emociones de las últimas horas. Durante el vuelo leyó con detenimiento la documentación relacionada con la vida de Gala en París. Solo podía centrarse en los hechos y no en los sentimientos que suscitaban estos, lo que no dejaba de ser relevante. No era difícil saber que, cuando marchó a Francia como enfermera, Gala era una persona rota; le daba lo mismo vivir que morir. Ni siquiera podía vivir para su hijo porque o lo había perdido o se lo habían arrebatado y no se sentía digna para luchar por él, como antes no se había sentido digna para luchar por André. Eso era algo que Anna no comprendía: por qué pesaba sobre ella aquel estigma y no sobre su hipócrita y mendaz esposo o sobre André, que había vivido su propia vida al margen del matrimonio o de su relación con Gala. Eran muchas las cuestiones que dejaba al descubierto aquella historia. Anna se alegraba de vivir en el siglo XXI. Por más compleja que fuera su vida disponía de cierta libertad, al menos en lo personal. Nadie la censuraría nunca por disfrutar de juegos sexuales con Desmond o incluso por tener varias relaciones a la vez. Gala Eliard también debería haber tenido esa posibilidad, incluso si eso significaba saltarse las normas. Era lo justo. Le habían mentido y la habían usado. Solo Tolkien supo ver, entre las brumas de la fiebre, lo que ella era, cuánto había sufrido. Suponía una locura, pero Anna pensaba que en esos ocho días que estuvieron juntos, Gala Eliard se entregó a él de un modo más completo que si hubiera entregado su cuerpo, le dio su alma. En los diarios quedaba reflejada una inquietud. Ella siempre se había preguntado si su vida, que consideraba malgastada, tenía algún propósito. Tolkien le dio uno. Por eso Gala se convirtió en su guía en el proceloso mundo de la creación, para generar una obra capaz de trascender las fronteras del espacio y el tiempo. Todo aquello parecía una locura, nunca podría justificarlo, a menos que sucediera un milagro. Pero los milagros nunca ocurren, salvo que Dios lo quiera.

Anna abrió el ordenador para escribir el informe que pensaba entregar a mister Walsworth. Intentó ser lo más breve y concisa posible. Parte de los datos se apoyaban en conjeturas, pero todo era verosímil. Verosímil. Tanto como una novela.

El avión tomó tierra en lo que le pareció un suspiro. Desmond ya la esperaba. Anna avanzó hacia él con determinación. Estaba acostumbrada a dominar sus emociones, pero ahora todos los controles habían saltado por los aires. Durante la cena, Anna lo puso en antecedentes. Le habló además de las motivaciones de Pierre Broussard. Él, sin embargo, restó importancia a esto último. Por un instante, volvió a ser el profesor Gilbert, la única persona que tenía autoridad sobre Anna.

—No intentes que la verdad se ajuste a tus deseos. Eso por lo que a la verdad, o a lo que conocemos por verdad, se refiere. Tu reto es diferente. Tener los datos para conformar otra clase de verdad, la literaria. Ese es tu grial. ¿Has pensado en lo que te propuse? Ya tienes suficiente material.

Anna se encogió de hombros.

—Me temo que aún estoy en fase de investigación. Faltan algunas piezas para completar el círculo. Pero dudo de mi capacidad. Creo que no me resultaría difícil ponerme en la piel de Gala Eliard, pero Tolkien parece un tipo escurridizo. Puedo comprender al Tolkien niño y al adulto maduro, incluso al anciano. Un hombre de costumbres rígidas con una vida interior muy rica. Desde que llegué a Oxford y apareció aquella primera versión de «Namárië», he estado leyendo una y otra vez la biografía del profesor, sus principales obras...

—A veces eres muy analítica. —Desmond la interrumpió—. Debes aprender a dejarte llevar. Cierra los ojos, Anna. Quiero que sientas el misterio. —Puso algo entre sus manos. Era pequeño y rectangular.

—¿Qué es? —preguntó sin abrir los ojos.

—He escaneado para ti *Diario del breve tiempo pasado en Francia*.

Anna abrió los ojos y buscó la mirada de Desmond. No había en ella nada turbio.

—¿Has hecho eso por mí?

—Sí. Quiero ayudarte. Te dije que podía hacerlo. Soy miembro de la Academia. Tengo libre acceso a los papeles de Tolkien y también a cierta información reservada. Es de esto de lo que quiero hablarte cuando volvamos a Oxford. De un hallazgo que te va a interesar y que te resultará muy necesario para seguir adelante con la investigación. Hasta entonces no se admiten preguntas. Pero quiero aclarar algo, Anna. Esto no tiene nada que ver con lo que sucede entre nosotros. Tiene que ver contigo, con lo que eres y cómo eres al margen de mí. Me entristece que ni Winter ni Mario hayan sabido valorarte, que mister Walsworth juegue contigo y no tengas más remedio que aceptarlo.

Anna apoyó la palma de la mano en la mejilla de Desmond y lo miró con ternura. Él había sido el artífice de transformar su pesadilla en un sueño. Era cierto que aún quedaban demasiadas rémoras para considerarse feliz, pero si no lo era aún ya estaba en el camino.

—No sé cómo podría agradecerte todo lo que haces por mí. —La voz de Anna tenía un matiz de derrota.

—No tienes que hacerlo, solo disfrútalo. Pero quiero que me prometas algo. Que no hablarás de esto con Broussard ni con tu patrón. No son de fiar.

—No lo haré, por supuesto.

—Bien, Anna. Será nuestro pequeño secreto. Hay algo más. Quiero que tengas esto. —Desmond le tendió un objeto redondo en forma de anillo.

—¿Qué es?

—Es un pendrive personalizado. Lo encargué para ti. Para que guardes en él tu novela.

—¡Mi novela! —Anna frunció el ceño. Su rostro expresaba auténtica pesadumbre, al igual que su voz.

—Sí. La que escribirás con todos los materiales que estás reuniendo sobre Gala Eliard y Ronald Tolkien.

Anna abrió la boca, como si fuera a decir algo. Pero meditó la respuesta y decidió ser sincera.

—No sé si estaré a la altura. Soy investigadora.

Desmond acarició el pecho de Anna, como si quisiera distraerla de pensamientos tan inconvenientes.

—Desprecias la intuición, Anna, pero la intuición es fuente de conocimiento y, desde luego, no la más desdeñable. ¿Por qué no seguir el camino de la intuición? Déjate llevar y escribe. Estoy seguro de tu potencial. Deja la literatura académica y adéntrate en los terrenos de la ficción. La ocasión lo merece, una bonita historia de amor.

Anna se mordió los labios. Dudaba.

—Sabes también que jamás he trabajado con intuiciones ni falseado la realidad. Todos los libros que he escrito, todos mis artículos, tienen rigor científico. Absoluto. Son obras académicas, no simple literatura.

Desmond la miró con mucha calma. En sus ojos brillaba un fuego extraño. Durante un instante le pareció que crecía mientras ella se achicaba, como si hubiera mordido la galleta mágica.

—La literatura no está para analizarla, sino para vivirla, porque no hay ninguna diferencia entre la literatura y la vida, como tampoco la hay entre realidad y fantasía, solo que a veces el muro de nuestros prejuicios nos impide verlo. Es la literatura lo que a menudo nos permite descubrir la verdad, las verdades presentes, pasadas y futuras. Y la verdad, la Verdad con mayúsculas, quizá me importe a mí, Anna, y a otros como yo. Aún no somos como el resto de los académicos, una manada de dinosaurios disecados. Pero sobre todo te importa a ti y, aunque esto suene fantasioso, le importa también a Gala Eliard o al profesor Tolkien. Es extraño, pero he llegado a pensar que son los temas los que nos eligen, como nos elige una vocación. O puede que sea Dios quien se manifiesta y escoge a unos pocos para transmitir su mensaje. Todo lo que te ha sucedido, llegar a Oxford, trabajar en Holland House, encontrarte del modo en que lo has hecho con ese poema, «Namárïe», con esta hermosa y secreta historia de amor entre Gala y el maestro, así me lleva a pensarlo. Escribe sobre este nuevo Tolkien desconocido, pero no lo hagas de manera académica, sino literaria. O mejor. Hazlo con el corazón. Hazlo como a él le gustaría que lo hicieras, escuchando las palabras que ya están escritas dentro de ti, las que susurra tu alma. La vida te ha dado todos los recursos. Tiempo, materiales básicos, conocimientos, el acceso a los mejores centros de documentación, pero sobre todo tienes lo único que necesitas: pasión. Bien lo sé, me lo demuestras cada vez que estamos juntos. Como en toda pasión que se precie es necesario dejarse llevar también cuando escribimos. Escribir supone entregarse sin reservas. Entrégate a la hoja en blanco como te entregarás a mí esta noche y haz aquello para lo que has sido elegida. Cumple tu destino. Escribe esa historia. «Subcrea», como diría el profesor.

—Lo único que tengo es mi nombre. Me quemarán en la hoguera si hago lo que me pides —contestó con un hilo de voz mientras apretaba el pendrive en forma de anillo entre sus dedos.

Desmond acarició de nuevo sus cabellos y también su rostro con gesto y mirada protectores.

—¿No te das cuenta, mi ingenua y voluntariosa Anna, de que ya te han quemado?

Durante unos segundos sostuvo atónita la mirada de Desmond mientras intentaba comprender la razón de aquellas hirientes aunque certeras palabras. Solo había una. Debía aceptar que no tenía nada que perder. Si alguna ventaja debía a su destierro de la comunidad académica era la libertad. Recordó una frase que había leído una vez en un libro cuando era niña. «Haz lo que quieras». ¿Haz lo que quieras? Lo que deseas no significa hacer lo que te dé la gana, sino seguir los anhelos del corazón. Nada hay más difícil.

Anna se colocó el anillo en el dedo. La ataba tanto como una promesa.

—La hoguera no está tan mal después de todo. De acuerdo, profesor Gilbert. Aún no sé cómo, pero haré eso que me estás pidiendo, literatura. Pura invención fundada en pruebas circunstanciales. Historia ficticia.

Desmond tomó las manos de Anna.

—Me complace escuchar esto porque aún no he terminado. He encontrado una pista, varias cartas de Tolkien dirigidas a Gala Eliard.

Una mueca de incredulidad asomó en el rostro de Anna. Su tez palideció. Su pulso se aceleró. Las sienes le latían y su respiración se volvió entrecortada.

—¿De dónde las has sacado?

—Aún no las tengo. Me las entregará una mujer llamada Alizee Bourdeu. Tarde o temprano tendrás que volver a París, me temo. Pero iré contigo. ¿Qué te parece para fin de año? Ella quiere recibirnos por el aniversario del profesor Tolkien, el 3 de enero, no antes.

Anna intentó procesar la información. Le parecía estar oyendo eso, pero dudaba.

—Supongo que esto no es una broma pesada.

Desmond la miró de aquella manera enigmática y especial que la desarmaba. Sabía jugar muy bien su papel.

—En absoluto.

—¿Quién es Alizee Bourdeu?

—La nieta de Augustine Mirabeau, la doncella personal de Gala Eliard. Ella fue la depositaria de sus objetos personales, la única que le fue fiel hasta el final. Era una mujer muy interesante. La nieta conserva muchos de sus recuerdos en su casa de París. Era enfermera, un homenaje a Gala Eliard.

Todo aquello parecía producto de una alucinación.

—Júrame otra vez que no es una broma pesada, Desmond Gilbert. ¿Lo es? Ah, veo que te diviertes.

La risa diáfana de Desmond expresaba que sí, que se divertía. En sus ojos, sin embargo, se reflejaba una sombra. Anna no estaba segura. Ignoraba qué pasaba exactamente.

—Quizá te cuente con detalle todo el proceso si realmente te lo mereces, pero lo pensaré, me apetece la idea de tenerte intrigada.

—Solo contéstame algo. ¿Está Pierre detrás de esto?

—No, Anna. Encontré a esa mujer por mis propios medios. No fue demasiado difícil con los datos disponibles. A veces es interesante consultar el Registro de la Propiedad y seguir la historia de las transmisiones de una vivienda.

—¿Confías en ella? Puede ser simplemente una oportunista.

—Es una anciana, no lo creo. Pero en una novela, aunque no poseyéramos esas cartas, tendrías la opción de inventarlas.

Anna hizo un mohín de disgusto.

—Esos documentos nos revelarían la naturaleza exacta de la relación entre Gala Eliard y el profesor. Serían muy valiosos.

—Sigues subestimando el hecho de que en una novela, incluso si esta versa sobre personajes históricos, pesa ante todo la verosimilitud. Presta atención. Solo voy a repetirlo una vez. No parece que haya más manuscritos o cartas referidos a Gala Eliard. Por eso, hoy por hoy, eres la persona que más la conoce. Hasta que podamos reunirnos con esa mujer, tendrás que olvidar las cartas, lo que no significa en absoluto olvidar tu trabajo. Debes ordenar los materiales y preparar una estructura básica, un guion sobre el que armar la historia. Una vez lo hagas, no solo tendrás que escribir como ella, sino ser ella. Escribirás la historia cubriendo los vacíos. Para eso tendrás que recurrir con frecuencia a tu imaginación. Cuando tengas estos materiales, los colocarás en el anillo, me refiero al pendrive, y me los darás. También contestarás las cartas cuando las tengamos. Inventarás anécdotas o escenas basándote en lo que tienes. Quiero alrededor de cuatrocientas páginas con todo esto. Ni una más ni una menos. El trabajo habrá de terminar a principios del verano del año que viene. Crees que he sido duro contigo, pero tan solo era una prueba. Quiero ver de lo que eres capaz.

Anna se percataba de que Desmond tenía ya un plan perfectamente orquestado.

—¿A qué te refieres?

Él sonrió con complacencia.

—A que seré de nuevo tu profesor. No tendré piedad contigo por el hecho de que estemos juntos. A cambio de todo esto, te apoyaré en St. Hugh, o quizá en Merton College, para que te incorpores como profesora visitante en el Departamento de Literatura Contemporánea cuando empiece el nuevo curso. No puedo asegurarte nada, pero posiblemente al rector le encantará tener una escritora experta en Tolkien en plantilla.

Anna entendió que Desmond le ofrecía la oportunidad de levantar un nuevo reino. Junto a él. Hasta dónde se extendía ese compromiso era en ese momento algo incierto. Hizo ademán de hablar, pero Desmond se anticipó a sus objeciones y no se lo permitió.

—Un último detalle. Durante este tiempo tendrás que comer decentemente, solo para soportar todo lo que vendrá, incluso vestir de manera sensual, como hoy. Te resultará inspirador y, desde luego, a mí también, se te ve encantadora esta noche. Ahora acaba tu postre. No quiero que dejes nada. En un rato me agradecerás esa dosis extra de energía.

Anna tomó una cucharada abundante de la crema que bañaba la tarta de manzana. Unas gotas resbalaron por la comisura de los labios. Llevó la punta de su índice hasta la crema que caía hacia la barbilla y metió su dedo en la boca mientras lo succionaba. Desmond le había puesto condiciones en el terreno literario, pero en lo personal ella marcaría las reglas.

Él, sin embargo, no se dejó tentar por la prisa. La llevaba esperando dos días, dos días en los que había tenido que dominar la impaciencia y controlar la animadversión que le suscitaba el hecho de saberla a merced de un indeseable. Llenó un par de copas con trozos de hielo en las que vertió un licor ambarino. Le pidió a Anna que se sentara frente a una mesa baja, donde había velas gruesas de diferentes tamaños. Desmond tomó una cerilla y las encendió a la par que silenciaba el resto de las lámparas. Unos instantes después la luz suave se desparramó a su alrededor y confirió a la estancia un tono cálido, sensual y algo misterioso. Parecían estar dentro de una fantasía onírica de tintes medievales o incluso en un bosque, sensación que reforzaban las láminas de Böcklin que tapizaban las paredes de la habitación, imágenes de árboles, de arroyos que fluían entre las piedras, paisajes algo fantasmales, oscuros y neblinosos. Era como si la Tierra Media y todo lo que esta representaba se hiciera realidad a través de Desmond Gilbert, una impresión que no dejaba de ser curiosa. Anna se volvió hacia él, que la observaba con intensidad, como si quisiera leer sus pensamientos más íntimos. Se acercó a ella sin dejar de mirarla mientras tomaba una de las copas que había dejado sobre la mesa. Desmond saboreó el líquido con lentitud. Luego se inclinó hacia Anna y la besó mientras vertía el licor en su boca. Sentir los labios sobre los suyos impregnados de aquella dulzura un tanto amarga a la vez era una sensación excitante. Desmond volvió a beber. Atrapó un cubito de hielo con los dientes. La besó otra vez mientras jugueteaba con él en su boca. Apuró la copa. En el fondo quedaron los trocitos de hielo que no se habían derretido. Entonces bajó los tirantes del vestido de Anna. Sin dejar de mirarla pasó el cubito que tenía entre los labios con lentitud por el escote, el contorno del pecho, el pezón. La piel reaccionó con un escalofrío. Desmond se puso serio. Aquel demonio que lo animaba cuando ambos estaban a solas emergía otra vez. Ya no era el compañero en quien podía confiar, el amigo con quien Anna compartía todos sus secretos, el profesor de quien podía aprender. Era un hombre y ella, una mujer.

—Quítate el vestido, Anna. —Su voz sonó autoritaria.

—No —contestó muy seria—. Quítamelo tú.

Desmond se sentó a su lado. Le gustaba que lo desafiara. Apartó con suavidad su cabello. La nuca quedó al descubierto. Sus dedos tomaron otro hielo y lo pasó por la parte superior de los hombros, el costado y de nuevo el pecho. Anna tembló de frío hasta que él la besó de nuevo al tiempo que la obligaba a tenderse de espaldas. Él, en cambio, permanecía a su lado, aún vestido. La luz de las velas mantenía su rostro en penumbra. Solo los ojos emitían pequeñas lenguas de fuego que la perturbaban. Le subió el vestido. Anna volvió a temblar. Ignoraba cuál era el juego, qué sucedería a continuación, cómo reaccionaría ella misma. Ya no podía ser Anna, la Anna de siempre. Estaba inmersa en aquel sueño que Desmond Gilbert había construido solo para ella. Su parte era hacerlo realidad, como él hacía realidad todas sus fantasías más oscuras.

II

LA NOVELA DE ANNA

11

Los cuatro inmortales

[illegible]

Matemáticas [illegible]

Oxford, agosto de 1914

El 4 de agosto, Inglaterra entró en guerra. En aquellos momentos su ejército [illegible] demasiado numeroso, por lo que se anunció la movilización general. El llamamiento a las armas de lord Kitchener suscitó una oleada de entusiasmo que también llegó a Oxford. La sede de la Delegación Militar examinadora, [illegible] en Alfred Street, se llenó de jóvenes deseosos de [illegible] patria inmediatamente.

En [illegible] la universidad cambió de aspecto. Muchos de los colegios fueron utilizados como lugares de entrenamiento para soldados. [illegible] de Parks, [illegible] de la guerra.

[illegible]

11

Los cuatro inmortales

When the darkness takes me over
face down, emptier than zero,
invisible you come to me...

MARILLION, «Neverland»

Oxford, agosto de 1914

El 4 de agosto Inglaterra entró en guerra. En aquellos momentos su Ejército no era demasiado numeroso, por lo que se ordenó la movilización general. El llamamiento a las armas de lord Kitchener suscitó una oleada de entusiasmo que también llegó a Oxford. La sede de la Delegación Militar oxoniense, situada en Alfred Street, se llenó de jóvenes deseosos de dar una buena paliza a los alemanes.

La fisonomía de la universidad cambió en lo externo. Muchos de los edificios fueron utilizados como lugares de entrenamiento para cadetes. Los laboratorios científicos de Física, Química, Fisiología y Patología también se pusieron al servicio de la guerra.

Ronald, en cambio, no compartía el fervor generalizado, por lo que decidió mantenerse al margen. Tenía una motivación personal: completar sus estudios. El joven se sintió mejor cuando supo que sus dos mejores amigos, Wiseman y Gilson, habían optado por hacer lo mismo. La decisión de Ronald fue recibida con alivio por su prometida, Mary Edith, al menos de forma momentánea. La familia de Ronald, sin embargo, no vio con buenos ojos aquella deserción y así lo manifestó Hilary cuando se despidió de él antes de marchar al continente como corneta.

Cuando Ronald regresó a Oxford, las dudas de conciencia que había sepultado durante el verano emergieron. El clima que se respiraba en la pequeña ciudad no podía dejar de alimentarlas. En las aulas solo había estudiantes extranjeros y mujeres. Todos los antiguos alumnos de la King Edward's parecían decididos a ir al frente. Rob Gilson y Smith habían cambiado de criterio y revocado la decisión de completar sus estudios. Robby se había incorporado al batallón de Cambridgeshire como teniente segundo; Smith fue adscrito a la Oxford and Buckinghamshire Light Infantry. Al primero le había pesado el hecho de que Sidney Barrowclough, Ralph Payton y T. K. Barnsley, antiguos compañeros de clase y asiduos de la T. C. B. S., su club juvenil, se hubieran alistado. Smith había terminado por seguir la estela de Gilson. Para hacer su parte, aunque fuera a crédito, Ronald se acogió al programa de formación de oficiales del University Officers, Training Corps (UOTC), compatible con sus estudios y con la escritura. Esta lo ayudaba a despegarse de una realidad que se volvía cada vez más aciaga, sobre todo cuando algunas de las instalaciones de la universidad se acondicionaron como hospitales para acoger a los primeros heridos que llegaban de Europa. El muchacho volcó en lo creativo toda su energía. La sombra de la muerte era alargada.

Sus esfuerzos no dejaron de dar sus frutos, a pesar de que en apariencia fueran algo pobres. A finales de noviembre Ronald presentó en el club literario, el Exeter, un poema que había escrito a finales de verano, durante una de sus visitas a su familia. Lo había llamado «El viaje de Eärendel, la estrella vespertina».

Eärendel se precipitó desde la copa del océano,
la oscuridad del aro del medio mundo:
desde la puerta de la noche como un rayo de luz
saltó sobre el borde del ocaso,
y empujando su barca como una chispa de plata
desde la arena de oro desfalleciente
hacia el aliento soleado de la fiera muerte del día
partió de Westerland.

Ronald estaba satisfecho del resultado. Aunque se había inspirado en la primera línea del «Christ» de Cynewulf, el poema era una obra original. Sin embargo, el escaso público que asistió a la presentación lo acogió con reservas. Solo una norteamericana despierta, a la que nunca había visto, se atrevió a romper el hielo.

—Pero ¿por qué ese nombre tan extraño?

—Es anglosajón, o más probablemente un caso de coincidencia lingüística —aclaró Ronald—. Pero la palabra evoca algo mucho más antiguo, pagano, precristiano.

—¿Una divinidad quizá?

Ronald nunca lo había pensado.

—No, en absoluto. Eärendel es humano, aunque se convierta en un ser excepcional, el portador de una luz que precede al hombre.

La luz. Esa era ahora su obsesión. Buscar la luz que traía la esperanza.

En las Navidades el «ala moral» de la T.C.B.S. concertó un encuentro *in extremis*. Ronald hacía tiempo que se había desligado del grupo. A su juicio la sociedad se había convertido en un club de chistes más o menos ingeniosos, pero dadas las circunstancias se dijo que no podía eludir su responsabilidad. Podía ser la última oportunidad de ver a sus amigos. Siguieron días de intensa correspondencia. Gilson y Smith tenían dificultades para acudir a Londres. A Ronald lo vencía el desánimo. Si no hubiera comprometido su palabra con Smith quizá habría desistido. Finalmente, los cuatro acordaron reunirse el 12 de diciembre en Londres, en casa de la familia de Wiseman, en el 33 de Routh Road, en Wandsworth.

Christopher Wiseman aguardaba impaciente la llegada de sus amigos. Temía, con razón, que aquel encuentro se desmoronase en el último momento. Cuando vio llegar a Gilson lo abrazó con alivio.

—He llegado de puro milagro. —Gilson se había mudado a los barracones de su regimiento en Oxford justo el día anterior.

De inmediato se atrincheraron en su cuarto, situado en el primer piso. Era el lugar idóneo para charlar con calma sobre cómo iban a enfocar su vida creativa, ahora que venían tiempos de gran incertidumbre. Pero antes los cuatro jóvenes comieron y bebieron con largueza, sonrientes, reunidos al calor de la estufa de gas. Tras el té encendieron sus pipas. Había llegado el momento de poner las cartas sobre la mesa. Fue Wiseman el primero que tomó la palabra.

—Queridos amigos, miembros por derecho propio de la T.C.B.S. —Su tono de voz era distendido, pero también solemne—. Me siento realmente feliz de estar entre vosotros esta tarde. Soy consciente de lo afortunado de la circunstancia y de las dificultades que habéis tenido que sortear para llegar hasta aquí. Las tinieblas acechan en el mundo exterior, aunque ahora parecen tan solo un recuerdo siniestro.

»Si nos hemos reunido hoy —prosiguió Wiseman— es para hablar de lo que esperamos de la T.C.B.S. y de su supervivencia, que hoy está comprometida por razones obvias. Hemos disfrutado mucho de nuestros encuentros todos estos años, pero ahora tengo la impresión de que últimamente solo nos hemos desviado del camino. Una reunión de amigos que se citan para bromear y divertirse es legítima, pero el clima de nuestras últimas reuniones no ha estado exento de superficialidad, un espíritu fatuo, lo que ha impulsado a que alguno de nosotros tome distancia. —Wiseman miró a Ronald, que asintió de forma imperceptible—. Eso ha de cambiar para proponernos realizaciones mayores. Los tiempos sin duda exigen un mayor compromiso. No pretendo menospreciar a nadie, pero propongo prescindir de todo lo que menoscabe la grandeza de nuestra asociación».

Gilson se pasó la mano por el rostro. No podía evitar ser algo escéptico.

—Nunca he pasado horas más felices que junto a vosotros. Pero ¿por qué no limitarnos a reunirnos y charlar sin más, sin cerrar a nadie ninguna puerta? No creo que la T.C.B.S. deba ser un club cerrado.

Ronald tomó despacio un sorbo de té. Luego miró a cada uno de sus amigos.

—Wiseman tiene razón. La T.C.B.S. somos cuatro y solo cuatro. Todos nosotros tenemos cierta clase de dones creativos que nos impulsan hacia realizaciones de naturaleza artística. Cuando estamos juntos, además de disfrutar de la compañía mutua, esas cualidades se multiplican de forma exponencial. Exactamente por cuatro.

Wiseman no pudo disimular su satisfacción ante las palabras de John Ronald.

—Hemos de aferrarnos a la idea —apostilló Wiseman— de que el mundo puede mejorar a través del arte y de la escritura. Esa ha de ser la brújula que nos guíe en nuestro camino, en especial en esta hora sombría. Tenemos mucho que decir, aunque quizá no tengamos la oportunidad. Eso nos obliga a doblar nuestros esfuerzos.

Ronald estaba de acuerdo y añadió:

—Se trata de resucitar valores relacionados con temas fundamentales, como la religión, el amor humano, la obligación patriótica o el nacionalismo; valores que están en franca decadencia. Hemos de reflexionar sobre todo y forjar nuestra posición para aportar al mundo una luz nueva a través de lo que mejor sepamos hacer. Música, poesía, ciencia, lenguajes, dibujo...

Los cuatro jóvenes reflexionaron un instante antes de proseguir.

—Yo dudo mucho que llegue jamás a alcanzar vuestra genialidad —Smith pensaba sobre todo en Ronald—, pero cuando estoy con vosotros vuestra grandeza me impulsa a sacar todo lo bueno que puede haber en mí, aunque solo sea para alcanzaros.

—Yo comparto vuestros puntos de vista —intervino Gilson—. Creo que si nos esforzamos y nos alentamos mutuamente podemos hacer algo grande, pero no quisiera que nos convirtiéramos en un puñado de arrogantes. ¿No crees que ya lo estamos siendo? —le preguntó a Ronald.

—Es posible —admitió el muchacho—. Pero lo que está en juego es nuestro compromiso con el arte, el hacer algo que valga la pena, algo que ofrecer al mundo y que pueda tener trascendencia. No se trata de alcanzar la gloria *per se*, por vanidad, sino de poner intelecto, espíritu, corazón, genio al servicio de una causa mayor que la de la guerra. Creo que debemos ofrecer a Inglaterra algo más valioso que nuestra sangre.

Los cuatro amigos permanecieron en silencio hasta que Wiseman habló de nuevo:

—Bien. Creo que todos estamos de acuerdo en que la T.C.B.S. ha de circunscribirse a nosotros cuatro, sin menoscabo en su caso de nuestras parientas. —Wiseman miró significativamente a Ronald y a Gilson, también en ciernes de un compromiso—. Dicho esto, creo que la piedra angular de nuestro club ha de ser el respeto de nuestras convicciones más íntimas, sin perjuicio de una cierta disensión. Lógicamente esta no ha de ser tan profunda que pueda poner en peligro nuestra esencia.

—Veremos qué grado de disensión podemos llegar a soportar dentro de nuestro club —bromeó Gilson.

—Nada podrá acabar con nosotros, ni siquiera la muerte. —Los ojos de Smith tenían un brillo que impresionó profundamente a Ronald—. La grandeza de la T. C. B. S. nos hará inmortales. Porque, si alguno de nosotros cae, los que queden completarán la misión.

Wiseman miró a Ronald y sonrió. Recordaba una conversación que había tenido lugar durante el último curso de la King Edward's, en la biblioteca. Ambos discutían a propósito de la inmortalidad y la gloria. Wiseman sonrió. Estaba seguro de que John Ronald también la recordaba.

—Como Aquiles.

Ronald asintió.

—Como Aquiles...

El «Concilio de Londres», como terminaron por llamar a aquella reunión que tanto influiría después en sus vidas creativas, significó para los cuatro amigos una nueva esperanza. Activó, desde luego, sus ambiciones literarias. Estimulado por aquel nuevo impulso, el joven Tolkien se dedicó aquellas Navidades a trabajar con ahínco en varios frentes. Leyó a Geoffrey Chaucer y también una gramática de finés de Elliot que influyó mucho sobre el nuevo lenguaje que estaba construyendo. Coqueteó también con el dibujo, haciendo un trabajo al que llamó *La tierra de Pohja*, inspirado en el «Kalevala». Le enseñó la obra a su compañero de habitación, Cullis. Él tampoco se había alistado a causa de un defecto físico.

—El sol y la luna que se asientan sobre las ramas de tres árboles y llenan la tierra con su luz. —Cullis parecía impresionado.

Ronald se quedó pensativo. Luz. La poesía aportaba una nueva luz. Por eso decidió consagrar sus esfuerzos a la poesía y consolidar los pasos que había comenzado a dar con Eärendel, el marinero de las estrellas.

Pero debía admitir que a veces sus esfuerzos no generaban un resultado óptimo. Cuando le enseñó a Wiseman un poema basado en sus vacaciones en Cornualles que había escrito antes del Concilio, su amigo no tuvo pelos en la lengua.

—En este momento sería conveniente recordar las palabras de Symons a Meredith, cuando le comparaba con una señora a quien le gusta ponerse todas las joyas tras el desayuno. Sé un poco más prolijo, amigo. No exageres.

Ronald aceptó la crítica con humildad. Era duro admitir sus limitaciones, pero tenía que hacerlo. En sus nuevos poemas, y en particular en uno que le dedicó a Edith, eligió cuidadosamente las palabras para no resultar barroco ni grandilocuente.

¡Mira! Somos jóvenes y sin embargo hemos sido
como corazones plantados en el gran sol
del amor tanto tiempo (así como dos bellos árboles
que en el bosque o en un prado abierto
se alzan por completo entrelazados y respiran
los aires y absorben la luz misma
Juntos) que nos hemos vuelto
uno, profundamente enraizado en el suelo
de la Vida, y enredado en la dulce hierba.

Edith recibió su regalo con reservas.

—Es una bonita imagen. Que nos compares con dos árboles que se entrelazan y crecen en un bosque o en el prado es delicioso. Me gustan los árboles, la primavera, las flores. Ah, y la gente pequeña. ¿Por qué no escribes sobre esto? Sobre elfos, enanos, trasgos.

Ronald no estaba seguro de apreciar lo que él llamaba «temas de hadas», tan de moda, pero para complacer a su prometida escribió algunos poemas que evocaban todo lo que era de su agrado. El resultado seguía pareciéndole insatisfactorio, francamente mediocre. Si lograra encontrar un camino, algo que lo impulsara...

Decidió regresar al origen. Tras la esperanzadora y corta tregua de Navidad, empezó a crear un lenguaje nuevo influido por el finés. A veces, incluso, escribía poemas en esa lengua.

«Es el idioma que hablaban los pueblos vistos por Eärendel durante su viaje, antes de que su barca se convirtiera en estrella», se dijo. Se trataba de una lengua que tenía su propio pasado. Quizá así hallara lo que buscaba.

Ronald no sabía aún nada acerca de esos pueblos. Solo que aquella gente era hermosa y amaba el arte. Si cerraba los ojos, Ronald podía vislumbrar algunas imágenes de la tierra que habitaban, misteriosa y mágica, similar a *La tierra de Pohja*, un mundo que tomaba elementos del nuestro, pero que era diferente. La llamó Valinor en su fantasía. Imaginó que allí había dos árboles que irradiaban luz, una de sol y otra de luna. Cuando un árbol brillaba, el otro estaba apagado. Ambas luces, la plateada y la dorada, se mezclaban tan solo durante una hora.

Aquellas luces que habitaban su fantasía resultaban tan poderosas que lo distraían del mundo real. En el frente occidental la guerra se había enterrado en las trincheras. En el oriental, una batalla atroz se libraba en Galípoli, con los turcos como aliados de los alemanes. Era una carnicería.

Smith intentaba que su amigo bajara de su torre de marfil, al menos creativamente hablando, ya que conectar con la realidad tampoco a él le parecía posible.

—Insisto en que deberías acercarte a la literatura moderna. Lee a Rupert Brooke. Es excelente. Estudió en Cambridge, en el King's College, y luego se ha movido en varios círculos literarios de cierta importancia, con los poetas georgianos. También es un aventurero. Ha estado en todas partes. En Estados Unidos, Canadá y también en el Pacífico. El relato de sus experiencias es fantástico.

Ronald torció el gesto.

—Mis intereses no están en el presente, sino en el pasado. En quitar capa tras capa, velo tras velo, hasta llegar al origen.

—Quieres verle la cara a Dios —bromeó Smith.

—O crear nuevos mundos a su imagen y semejanza.

—Entonces quieres ser Dios.

Ronald, desconcertado, guardó silencio.

En marzo, la T. C. B. S. propuso una nueva reunión en Cambridge. Ronald no acudió, a pesar de la insistencia de Gilson. Preparar el examen final, que estaba previsto para la segunda semana de junio, además de diez ensayos sobre diferentes áreas, era perentorio. También publicar con dignidad, antes de que fuera demasiado tarde. No quería perder el tiempo.

A pesar de todo, envió a Smith algunos de los poemas que había escrito. Uno de ellos era la recreación de una canción infantil que había compuesto a finales de marzo, «Por qué el hombre de la luna bajó demasiado pronto». Smith no tardó en darle respuesta.

> Querido Ronald:
>
> No sabes cuánto me alegra saber que contamos con un nuevo poeta entre las filas de la T. C. B. S. Envío también con tu permiso tus trabajos a Wiseman. Él ha de convencerse aún de tu cambio de trayectoria y de que albergas un verdadero poeta en tu interior.
>
> Siempre tuyo,
>
> G. B. Smith

Pocos días después de recibir la carta de Smith, Ronald Tolkien empaquetó sus libros y se marchó a Warwick a pasar las vacaciones de Pascua con Edith. La joven esperaba con ansia aquella visita. Disfrutar de la compañía de Ronald era lo único que la arrancaba de su vida monótona, siempre idéntica. Pero aquellas Pascuas él parecía demasiado ocupado. No despegaba la cabeza de los libros, ignorándola en extremo.

—Edith, he de preparar el examen final, compréndelo.

Ella lo comprendía, pero no deseaba que la apartase.

—Entonces deja que te ayude. Para que al menos pueda estar un poco más junto a ti.

—¿Cómo podrías hacerlo?

Edith lo pensó un instante.

—No sé. Podría hacer de copista, organizar tus notas, algo así.

Ronald apretó la mandíbula.

—Edith, prefiero trabajar solo. Necesito concentración absoluta y tú eres tan bonita que no podría dejar de mirarte.

La muchacha habría aceptado mejor la galantería si no se hubiera sentido tan sola.

—Explícame al menos en qué trabajas ahora —insistió.

—¿De verdad quieres saberlo? —Ronald parecía muy escéptico.

—Sí. Adelante.

—Trabajo en la lectura de un poema medieval, de alrededor del año 1200. Se llama «El búho y el ruiseñor».

—¿De qué trata?

—Es una discusión entre el búho y el ruiseñor. Pretenden averiguar quién es más útil. El talento poético caracteriza al ruiseñor. El búho, en cambio, es un ser de probada reputación moral. Ambas son cualidades positivas, pero cada uno las presenta como cargas cuando habla del otro. Para el búho los dones poéticos del ruiseñor son ligereza y necedad. El ruiseñor considera al búho un envidioso. Como no llegan a acuerdos deciden interpelar a maese Nicholas de Guilford para que emita un juicio al respecto. Pero maese Nicholas no es capaz de hacerlo, por lo que el caso queda sin resolver.

—Qué contrariedad —exclamó Edith.

—¿A quién hubieras preferido tú?

Edith arrugó la nariz.

—Siento enorme simpatía por el ruiseñor, aunque me desagrada su forma de tratar al búho. Pero el búho no hace honor a su reputación, me temo, y se desacredita al menospreciar la poesía. Comprendo la dificultad de maese Nicholas.

Ronald la miró de forma risueña.

—El ruiseñor es un seductor.

Edith se inclinó y besó a Ronald en los labios de manera superficial. Ronald aceptó la caricia, que no quiso prolongar por respeto a su prometida.

—Ahora debo trabajar un poco, pequeña. Tengo una lista interminable de lecturas. Te prometo que luego saldremos un rato. ¿Quieres que cenemos en el Black Horse?

Edith estaba harta del Black Horse, pero no quiso insistir más. Bastante era con tener a Ronald en casa, y no desangrándose en una trinchera. Se oían historias horribles sobre la guerra.

—Sí, me gustaría —mintió.

—Estupendo.

Ronald volvió a su poema y Edith se retiró. Durante un rato estuvo tocando el «Sueño de amor» de Franz Liszt, hasta que Ronald la interrumpió.

—Querida, tocas tan maravillosamente bien que no puedo concentrarme. Silencio, por favor.

Edith cerró la tapa del piano de un golpe. Subió a su habitación, sofocada, para dar los últimos toques a un vestido que estaba terminando. Eso la entretendría hasta que Ronald acabara con su ensayo. A veces Edith pensaba que era un intransigente. Eso la hacía infeliz. Mientras cosía, la joven se pinchó un dedo. Estaba tan nerviosa que ni siquiera podía coser, así que se tumbó sobre la cama. La realidad traicionaba el mundo de los sueños. Si no quisiera tanto a Ronald, si no lo quisiera... Una lágrima resbaló por su mejilla, y luego otra y otra. Ay, si no lo quisiera.

Warwick tampoco sentó bien a Ronald. Regresó de sus vacaciones de Pascua con la sensación de sentirse incomprendido. Definitivamente las mujeres eran un misterio. Por suerte tenía demasiado trabajo para pensar en ello. Al poco de llegar a Oxford recibió una alentadora carta de Wiseman. En ella le expresaba lo orgulloso que se sentía de aquel cambio de rumbo y de su estilo, que juzgaba mucho más depurado.

Animado por las palabras de su gran gemelo, compuso un nuevo poema para Edith al que llamó «Tú y yo y la Cabaña del Juego perdido», y también dos poemas de fantasía, «Pies de duende» y «Tinfang Tino». Las hadas estaban de moda, tanto que eran aprovechadas para la causa de la guerra. Las hadas ayudaban a los hombres a despegar los pies del barro helado, a creer en la magia y en las promesas de inmortalidad que derivaban de un mundo imaginario. *La princesa y los trasgos*, de George MacDonald, las recopilaciones de Andrew Lang, el *Peter Pan* de Barrie o *El viento en los sauces*, de Kenneth Grahame, sobre las aventuras del topo, se habían hecho populares entre la tropa. Los voluntarios solían ser tan jóvenes que la niñez les quedaba tan solo unos cuantos pasos por detrás.

Pero a pesar de todo, a pesar de los elogios de Wiseman, de la ilusión con que Edith recibía aquellas valiosas joyas y de la moda de las hadas, Ronald tenía la impresión de que se estaba desviando de su verdadero camino. Sus nuevos poemas hundían sus raíces en lo tradicional, lo manido. Necesitaba un nuevo estímulo.

En aquellos días de hadas y desolación, de preparación para la guerra, Ronald se mudó a una casa de estudiantes en St. John Street. Las casitas adosadas de St. John's habían sido impulsadas por el *college* homónimo en 1820. No fueron terminadas hasta casi el inicio de la era victoriana, dos décadas después. En sus habitaciones se había alojado el ilustre pintor William Turner, un maestro en el arte de pintar paisajes. Aquella circunstancia complacía secretamente a Ronald. Aunque no era un gran entendido, agradecía mucho las visitas del pintor a Lyme Regis. Estas le habían dejado escenas memorables. Por eso, el día que tomó posesión de la casa fue un día realmente feliz. La desolación de la guerra y el exceso de trabajo no habían sido capaces de acabar con la maravillosa sensación de libertad que le proporcionaba saberse dueño del propio espacio, aunque fuese de forma muy temporal. Ronald sabría que no iba a poder aprovechar la casa durante mucho tiempo. Los *schools*, los exámenes finales, estaban a la vuelta de la esquina. Tras ellos tendría que continuar su formación como oficial. Luego marcharía al frente. Quizá no volvería.

La casa le resultó inspiradora, o al menos así lo pensaba él. Alboreaba mayo cuando dio las últimas puntadas a un soneto titulado «Kôr». Ronald había tomado el nombre de *She*, un relato de Haggard, protagonista de la huelga de la biblioteca en 1911, y que era uno de sus favoritos. Pero cuando lo acabó hubo de rendirse a la evidencia: necesitaba comprometerse con sus estudios. Había apenas comenzado dos ensayos que necesitaba entregar en breve, uno sobre obras de Shakespeare y otro sobre obras de Marlowe, Dryden y Samuel Johnson. Si había ido aplazando estos trabajos era porque ninguno de ellos encajaba dentro de sus gustos y porque el éxito en los exámenes ya no le parecía importante.

A principios de junio, Ronald recibió noticias de Smith. Su amigo confiaba en poder hacer las gestiones oportunas para que Tolkien se incorporase a su mismo batallón en cuanto se graduase. Pero antes de esa clase de luchas, Ronald debía librar otra no menos intensa: los *schools* empezaron el 10 de junio. En aquellos días el joven tuvo la impresión de que, pese a haber pasado varios años en Oxford, estaba como al principio. La ciudad no cambiaría, incluso si ninguno de ellos pudiese regresar. Lo único que había descubierto era la estrella de la tarde, Eärendel.

Los *schools* dejaron en Ronald la sensación del deber cumplido con honor. Aún quedaban, sin embargo, otros deberes pendientes. Nada más terminar los exámenes, John Ronald se dirigió a la Oficina de Reclutamiento de Oxford. Nadie podía asegurarle que fuera transferido al batallón de Smith. Aquella idea ensombreció una noticia que en otro tiempo le habría enorgullecido: había obtenido en los *schools* honores de primera clase.

Escribió a Edith para darle la noticia, y para anunciarle que la visitaría unos días en Warwick.

Querida mía:

Todo ha acabado ya de manera exitosa. Tu prometido es licenciado en Lengua y Literatura Inglesas y, además, con matrícula. Tengo que decirte en su nombre que no ha sido tarea fácil. Durante diez sesiones agotadoras ha tenido que luchar contra la astucia de sus profesores, dispuestos a pasar una severa criba para discriminar quién podía ser acreedor de su confianza y quién no. Por fortuna se ha encomendado a su dama y esta ha tenido a bien favorecer sus intereses.

Ahora imagina una vida feliz y larga junto a ella, en una casita con ventanas blancas por cuyas paredes, de ladrillo rojo, trepa la hiedra. Así será nuestra vida, Edith. No todavía, querida, sino cuando esta guerra termine.

Tuyo,

John Ronald Tolkien

Ronald pasó muy pocos días en Warwick. Por algún motivo la Edith real no se parecía a la de sus sueños. Antes de que la sombra de la decepción terminara por atraparlo, decidió marchar a Barnt Green para ver a sus tíos, los Incledon. Necesitaba pensar y trabajar.

La tía May se alegró de su visita. Su rostro maduro y redondo se iluminó de felicidad al saber que su sobrino había logrado graduarse con honor.

—Si mi querida hermana levantara la cabeza... ¡Qué orgullosa estaría de ti, Ronald!

Durante aquellos días la tía se esforzó por atender a su sobrino del mejor modo posible. Procuraba molestar lo mínimo para que Ronald pudiera concentrarse en sus lecturas. Cocinó para él sus platos favoritos. Planchó su ropa con mimo. Perfumó las sábanas donde dormía y, sobre todo, sugirió a su esposo Walter que se expresara con tacto delante de él.

—No es necesario hablar todo el tiempo de la guerra.

Como otros miembros de la familia, Walter no había aprobado en su momento la decisión de Ronald de eludir su responsabilidad con Inglaterra.

—No estaría de más que nuestro sobrino trajera alguna medalla, si es que la guerra continúa lo suficiente para que se aliste. —Walter Incledon solía ser muy escéptico con Ronald.

—Ronald hará su parte, no te quepa duda. —El tono de tía May no admitía réplica—. Nunca ha escurrido el bulto. Si se está formando para ser oficial.

Walter se encogió de hombros.

—Es que es un muchacho tan delicado, tan poco varonil. Admito que es brillante, pero no canaliza bien sus esfuerzos. Esta nueva afición a la poesía...

—Muchos chicos escriben —lo defendió la tía—. Es propio de la juventud. Pero sabes bien que es un muchacho juicioso. Además, en estos tiempos es necesario buscar vías de evasión. La realidad es demasiado triste.

Pero Ronald no buscaba exactamente fuentes de evasión. Buscaba la verdad. Una verdad que quedaba oculta en el ropaje de esa tierra de límites umbríos llamada fantasía.

Aquellos primeros días de julio compuso un poema en el que hablaba de Kôr. Utilizaba algunas de las imágenes que había contemplado Eärendel en su viaje: los árboles de plata y oro, la montaña sagrada, Taniquetil y la tierra de Valinor. Valinor... Necesitaba saber más de aquel país, su presente, su pasado e incluso su futuro, pero las interferencias del mundo exterior le impedían ver con precisión.

Antes de que julio mediara, Wiseman escribió diciendo que se había alistado en la Marina. Pronto saldría para Greenwich para aprender nociones básicas de navegación. Chris deseaba que los «tecebesianos» pudieran compartir un par de semanas juntos, pero era un deseo imposible. Ronald no pudo evitar una punzada de tristeza. Smith estaba con su batallón en Brough Hall, Yorkshire. Gilson en el campamento Lindrick, cerca de la abadía de Fountains, según sus últimas noticias. Él tendría que presentarse en Bedford el 19 de julio. Justo dos días antes de que Chris Wiseman escribiera, Ronald recibió carta del Ministerio de Guerra. Se le nombraba subteniente y se le asignaba al Batallón número 13 de los Fusileros de Lancashire. Cada uno seguiría destinos separados.

Smith no se tomó demasiado bien aquel destino. «Me he quedado absolutamente atónito ante tus horribles noticias», manifestó. Ronald también estaba desolado, no podía evitarlo, pero recordó las palabras del hombrecillo de la Oficina de Reclutamiento, que también se desprendían en cierto modo de la carta de Smith.

Siguiendo los consejos de su amigo, Ronald invirtió las cincuenta libras que recibió del Ejército en comprar los pertrechos imprescindibles, además del uniforme. Intentó que la cama de lona, la almohada y el saco de dormir fueran de la mejor calidad posible. En la lista que le mandó Smith bajo el apartado «Discursos marcianos» figuraba un reloj «decente». Ronald tenía el que había pertenecido a su padre. Decidió que lo acompañaría a Europa.

Cuando Cullis lo vio vestido de oficial, con la guerrera caqui poblada de bolsillos, las polainas y la gorra de plato, se impresionó. Hacía tiempo que Ronald se había dejado crecer el bigote, como Gilson, lo que le confería cierta autoridad.

—No intentes ser un maldito héroe. Vuelve vivo. —La voz de Cullis expresaba una profunda emoción. En el fondo lo envidiaba, no podía evitarlo.

—Cuídate este tiempo.

Los dos amigos se abrazaron. La lana del uniforme picaba bajo el sol de julio.

Esa misma tarde Ronald se presentó en la avenida de Parys, en Bedford, ante el coronel Tobin, y se instaló en unos barracones muy cómodos junto a otros seis oficiales. Una semana más tarde pidió un permiso de fin de semana para volver a Barnt Green. Había algo que necesitaba hacer: visitar Rednal.

No le habló de ello a nadie, ni siquiera a la tía May o a las primas. Mientras ascendía la suave pendiente que llevaba al cementerio, Ronald recordó el verano de sus trece años y volvió a experimentar de nuevo la felicidad sencilla de antaño. Las suaves colinas verdes en las que brotaban flores rojas eran las de siempre. El viento, cálido, el de antes. Idénticos los trinos de los pájaros que rompían el silencio. El tiempo se había detenido. Una voz dulce y cantarina resonó entre los árboles. Ronald se quitó la chaqueta y dobló las mangas de su camisa blanca. Apretó el ramo de flores de brezo contra su pecho. Caminaba tan rápido como podía. Ella lo esperaba.

El viento revoloteó a su alrededor, sacudiendo ligeramente las flores. Un aroma silvestre se extendió en torno a él. Ronald depositó el brezo junto a la cruz.

—Madre, he cumplido tu voluntad. Me he graduado en Oxford con honores de primera clase. Ahora he de prepararme. Marcho a Europa, a la guerra. Sé que velarás por mí como ya velas por mi hermano, y que si caemos en el barro estarás ahí para acogernos en tu seno amoroso.

Ronald tocó la lápida. Estaba caliente bajo el sol del verano. Sus ojos azules, tan profundos e intensos como los de su madre, estaban húmedos. No podía saber aún si Mabel Tolkien, humilde y humana, podría conmover a Dios para que eximiera a su hijo de su destino. O quizá alguien más podría ayudarlo. Un ángel.

12

El honor de los muertos

You give me your smile,
a piece of your heart.
You give me the feel I've been looking for.
You give me your soul,
your innocent love.

Scorpions, «When You Came into My Life»

Dos días después con sus respectivas noches Anna dio por concluido el primer capítulo de su novela, que guardó en el pendrive circular que le había regalado Desmond. Activar aquella faceta creativa que había sacrificado años atrás en aras de lo académico le estaba resultando muy satisfactorio. Era casi como viajar en el tiempo, como cuando era una niña e inventaba historias para sus juguetes. La única diferencia es que ahora tenía un compañero de juegos con quien deseaba compartirlas. Un compañero de juegos que la ayudaba no solo a divertirse, sino a buscar la forma de salir adelante. Si lograba completar aquel libro, si el plan de Desmond tenía éxito, podría recuperar el respeto que había perdido cuando la academia le cerró las puertas de un modo tan intempestivo e injusto.

Estuvo trabajando en la biblioteca hasta las cinco, casi sin despegar la vista de las fichas, pero una vez sobrepasado el registro mínimo que se había impuesto desde el principio sus ojos volvieron hacia sus notas. Debía encontrar el modo de continuar. Se levantó un momento y deambuló por la sala mientras sus dedos recorrían los estantes, cada vez más llenos de libros. Anna hubiera podido disfrutar sinceramente de todo aquello, de aquella biblioteca que semejaba un árbol lleno de brotes, si el grial y Desmond no se hubieran convertido en una especie de *aleph*, el lugar único hacia el que confluían todos sus pensamientos. Se preguntó si algún día el libro que acababa de empezar a escribir quedaría por fin completo, si habría alguien que, como ella, rellenaría alguna vez una ficha para darle un lugar en la biblioteca de algún excéntrico coleccionista. O puede que fuera el compañero de lágrimas de alguna mujer que, como ella, buscara una salida. Era una enorme responsabilidad, si es que lograba completar su tarea.

Anna se encogió dentro de la chaqueta de lana y se acercó a la ventana. El cielo crepuscular aparecía enturbiado por nubes de un color gris oscuro. Durante un instante echó de menos la luz del Mediterráneo, los atardeceres rosas que contemplaba a menudo cuando corría junto a la playa y reía después entre los brazos de Mario mientras la brisa nocturna agitaba las cortinas de su habitación. Era aquel tiempo pasado un tiempo muelle, donde los imprevistos eran casi previsibles, donde bastaba con dejarse llevar. Pero no, no había bastado, como quizá no bastaría ahora su entrega. Todo lo que había en Oxford tenía tintes de transitoriedad. En cuanto acabara su trabajo en la biblioteca, en cuanto completara los encargos de mister Walsworth, en cuanto terminara el libro, debería regresar a aquella casa que languidecía de soledad frente al mar. Todo lo que era real, todo lo que ahora importaba, Desmond, Tolkien y aquel triste poema, «Namárië», quedaría atrás. Con un poco de suerte permanecería concentrado en apenas cinco centímetros que marcarían el principio y el fin de una historia, no la de Tolkien, Gala y los Aldrich, sino la suya propia. Pero no. No podía dejar que aquello sucediera. Lo había pensado muchas veces. Su historia en Oxford no había empezado unas cuantas semanas atrás, sino mucho antes, justo el día que conoció a Desmond Gilbert. Lo que la vida exigía de ella era un compromiso mayor, incluso si debía renunciar al mar que tanto amaba.

La biblioteca estaba demasiado cálida. Necesitaba una bofetada de aire fresco, así que tomó su abrigo. Los jardines de Holland House eran preciosos también en invierno. Caminó hasta la entrada del laberinto. Recordó brevemente el día que Pierre Broussard la había desafiado. «Suelo cumplir mi voluntad, no la de otros», le había dicho. Entonces lo pensaba así, pero ahora ya sabía que no era del todo cierto. Hacía lo que podía. Eso significaba sobrevivir, hacer lo que uno puede.

Un crujido en la gravilla provocó que se volviera. Era Walsworth. Se aproximaba a ella con paso elástico, alegre. Anna se preguntó desde cuándo la observaba antes de hacerse presente.

—Menudo tiempo de perros, ¿no le parece? —Walsworth se frotó las manos sonriendo de forma hipócrita. Parecía intuir exactamente lo que pensaba.

—Por lo general siempre hace un tiempo de perros en Oxford —contestó Anna con flema británica.

Ambos se estudiaron un instante. Anna decidió que ya estaba bien de circunloquios.

—¿De verdad quería hablar del tiempo, mister Walsworth?
—Este carraspeó, como si se excusara.

—No exactamente. Quería consultar su opinión sobre algo que le atañe: la inauguración de la biblioteca. ¿Le gustaría que entráramos en el laberinto? Podríamos hablar con tranquilidad mientras recorremos los pasillos.

Anna no encontró ninguna razón para negarse. Es más, consideraba que había llegado el momento de hacerlo.

Avanzaron un rato entre los setos recortados artísticamente mientras las piedrecillas crujían bajo sus pies.

—Como sabe bien, doctora Stahl, su contrato la vincula a Holland House por seis meses. Supongo que, a tenor de lo visto, terminará de archivar los libros a principios de año, digamos que dentro de tres semanas como máximo. Estoy muy sorprendido por su capacidad de trabajo. ¿Nunca duerme? Es igual, no hace falta que conteste, ya sé que no lo hace. Iré directamente al grano. He pensado en celebrar una fiesta por todo lo alto. Con ese propósito estoy elaborando un listado de personalidades vinculadas a Oxford. Intelectuales, académicos, escritores de prestigio, artistas plásticos y, cómo no, hombres de negocios. Invitaría a algunos miembros de la familia Tolkien y a lord Aldrich, desde luego. Pero además de impresionar a mis invitados mostrándoles mis tesoros de la cámara secreta, me gustaría presentar sus hallazgos sobre «Namárië». Imagine cómo serán recibidos, con los miembros de la Tolkien State presentes y todas las personas que han contribuido a hacer posible su investigación. Traeremos a quien usted quiera. ¿Qué le parece?

Anna arrugó la nariz de esa manera graciosa en que lo hacía a veces. No había pensado que Walsworth quisiera dar publicidad a la historia. Ahora que trabajaba en su novela no podía valorar exactamente las implicaciones que la difusión de todo aquello podía tener. El anticuario ignoraba que Desmond esperaba conseguir más cartas de Tolkien, aunque hasta que no se acreditara que eran tan fidedignas como el poema o la primera de las cartas, no tendrían ningún valor. Walsworth ignoraba también que ella estaba dando vida literaria a aquella historia secreta de amor y creación. Tener a la Tolkien State o a otras personalidades oxonienses al corriente de todo lo que estaba haciendo era arriesgado, aunque tarde o temprano todo aquello terminaría saliendo a la luz. Justamente trabajaba para que eso sucediera.

Walsworth debió de percatarse de sus dudas.

—Dele un par de vueltas a la idea. Por cierto, esta Nochebuena unos cuantos amigos nos reuniremos en Holland House. A alguno, como a Pierre o lord Aldrich, ya los conoce. Aunque no sean santo de su devoción, ¿es así como se dice?, al menos se evitará la parte de tener que romper el hielo. Me gustaría mucho que nos acompañara. En el caso de que no tenga mejores planes, naturalmente. Si necesita unos días para reunirse con su familia o amigos, tiene mi beneplácito.

Anna torció el gesto. La necesidad de completar el trabajo la había hecho olvidar las fiestas. Volver a España para precipitarse a la nada no era la mejor opción, pero quedarse en Oxford la obligaba implícitamente a definir mejor su relación con Desmond. Su familia vivía en Escocia, en Glasgow, pero Anna no había recibido invitación alguna para acompañarlo ni allí ni a ninguna otra parte. No podía descartar que la recibiera en los próximos días o incluso que Desmond Gilbert cancelara sus planes de viajar, si los tenía, para estar junto a ella. Walsworth pareció leerle de nuevo el pensamiento.

—Naturalmente su amigo, el profesor Gilbert, también está invitado. Sabe que contamos con suficientes habitaciones en caso de que decida quedarse.

Anna inclinó la cabeza con delicadeza, agradeciendo el gesto a Walsworth. Luego se marchó a su cuarto, rumiando en silencio qué hacer. Estaba mirando posibles fechas de los vuelos a España cuando recibió una llamada de Desmond. La citaba en Acanthus. Estuvo a punto de poner alguna objeción. Acanthus era el lugar donde había visto a Mario por última vez, donde ambos se habían despedido. No quería volver allí con Desmond. Era como si en aquel lugar hubiera quedado la huella de aquella antigua Anna, esa con la que ahora no se sentía identificada, la que no deseaba regresar a casa para pasar las vacaciones de Navidad porque allí ya no había nadie que la esperara. Habría querido explicarle a

Desmond sus razones, pero él parecía tan ilusionado con aquel encuentro que decidió callar. Se dijo que la única manera de vencer al pasado, a los recuerdos, era atravesarlos con el mismo ímpetu del que atraviesa el fuego, aunque por un momento le quemase. Pero, si iba a arder de todos modos, que fuera a lo grande.

Aquella noche se enfundó un vestido que le había regalado Mario. Se ceñía como un guante a las caderas y a las rodillas, aunque su sensualidad estribaba en el largo escote trasero, que caía ligeramente drapeado, obligándola a prescindir del sujetador. Conociendo a Desmond, no lo echaría de menos esa noche. En realidad no solía detenerse a apreciar su bonita lencería.

Se disponía a marcharse de Holland House cuando Pierre la sorprendió en el vestíbulo. Emitió un silbido admirativo.

—Veo que ha sacado la artillería pesada. ¿Una cita con su enamorado?

—No es asunto suyo —dijo Anna sonrojada.

Él sonrió de aquel modo pícaro en que solía hacerlo.

—En cierto modo lo es. Las cenas en Holland House son mucho menos aburridas cuando usted está presente. Últimamente mister Walsworth es demasiado intenso para mi gusto. Es consciente de que padece lo que él llama «el síndrome de don Quijote».

—Oh, déjese de pamplinas. Sabe que no me gustan —replicó Anna mientras se ponía el abrigo—. Además, mister Walsworth no lee libros de caballerías ni por supuesto perderá el seso. Pero consuélese. Quizá nos veamos en la cena de Nochebuena. Hasta entonces estaré ocupada.

—No se arrepentirá si viene. —Pierre parecía complacido—. Ese mismo día ultimaré los detalles de la compra de Rosehill Manor, por lo que no solamente celebraremos el nacimiento de Dios, sino mucho más, el renacimiento de Rosehill Manor. O el retorno del rey, si lo prefiere.

Anna hizo una mueca de disgusto.

—Veo que ya ha leído a Tolkien. Tenga cuidado, no vaya a contagiarse del mismo síndrome que mister Walsworth. La cantera de Tolkien es inagotable. Pero ¿qué se propone hacer en Rosehill exactamente, Pierre? ¿De verdad quiere convertirla en hotel?

—No exactamente, Anna. Lo que quiero es recuperar mi casa. La que le negaron a mi familia.

Anna pensó en las palabras de Pierre mientras iba camino de Oxford. Por más vueltas que le daba no llegaba a creerlo del todo. No lo veía desde luego como un hombre con vocación de justicia. Sin embargo, no tuvo oportunidad de pensar demasiado en el asunto. Oxford estaba a un tiro de piedra. Momentos después estacionó su coche en un garaje que había a mitad de camino entre Leckford Road y Beaumont Street. Entró en Acanthus con paso firme, como si, en lugar de estar caminando sobre la cuerda floja, la noche entera fuera suya. Si no lo era, lo sería.

Durante la cena Anna le habló a Desmond de la inauguración de la biblioteca de Holland House, así como del deseo de Walsworth de invitar a Simon Tolkien y otras personalidades vinculadas a Oxford para hablar de la gestación de «Namárië».

—Me preocupa exponerme demasiado pronto. ¿No crees que puede ser contraproducente hablar de la relación entre Gala y el profesor?

—No hay nada de malo en ello. Es más, puede ser una magnífica base para el lanzamiento de tu novela. —Desmond parecía entusiasmado con la idea—. Nadie podrá hacerte ningún reproche. Es posible que para cuando se inaugure la biblioteca ya tengamos más indicios sobre la veracidad del poema. Llamaré a Tomlinson si lo deseas para ver si ya puede confirmarse la autenticidad de los documentos.

Anna tomó una de las ostras flambeadas que le habían servido. Al probarlas evocó el sabor del mar, pero ya no sentía ninguna nostalgia de casa. Incluso cubierta de una capa de hielo, Oxford era mucho más interesante, como demostraba la conversación de esa noche.

—No te preocupes por Tomlinson —contestó alegremente—. Estoy en contacto con él y seguimos como al principio. La balanza parece inclinarse del lado de la autenticidad del poema, pero no es en absoluto concluyente. Será necesario esperar un poco más. Por cierto, estos días no he perdido el tiempo. Tengo una idea más o menos clara de cómo narrar la historia. ¿Sabes? He he hecho un esbozo de trama, incluso he escrito un primer capítulo. Además, tengo muchas ideas de cómo seguir adelante, aunque necesitaré consultar un poco más de material. Seguramente podrás ayudarme con eso, ya te diré lo que necesito. Estoy tan impaciente por conseguir más cartas de Tolkien. No puede haber mejor acicate. Ojalá pudiéramos ir ya a París. Pero, bueno, esperaremos al cumpleaños del profesor, como desea Alizee. Me pregunto por qué ha escogido ese momento.

Desmond se había hecho esa pregunta muchas veces.

—Supongo que, como diría Tolkien, para ella es un momento «muy significativo». Pero también es posible que solo quiera ganar tiempo. En todo caso, hay que tomar la vida como viene. Madame Bordeau no cederá, de eso estoy seguro.

Un rato después ambos fueron caminando hacia Leckford Road. Hacía frío, pero la noche era clara, muy agradable. Una inmensa luna llena iluminaba el cielo, de boca de lobo, sobre el que titilaba Rigel, la estrella más brillante de Orion, un antídoto contra las sombras. Estaban a solo una manzana de la casa cuando Desmond se detuvo en medio de la acera. Anna pensó que deseaba disfrutar del bello espectáculo nocturno que se cernía sobre sus cabezas, pero no, no era eso. Lo que deseaba era besarla. Fue un beso largo y excitante, preludio de los muchos que vendrían después.

Entraron en la casa en silencio, tomados de la mano. Anna observó que Desmond había hecho algunos cambios en la sala de estar. En las paredes había nuevos cuadros que daban a la estancia un aire un tanto oscuro. Mientras le iba explicando el origen de algunas láminas buscó la botella de licor de miel que tanto les gustaba. Luego se acomodó junto a ella, tras encender las luces supletorias y poner música. Las voces del coro medieval The Norwegian Girls vibraron a través de los altavoces. «Namárië», en la versión de Romberg. Anna sintió un escalofrío. Desmond la observaba con atención mientras recorría con el índice su perfil regular, de nariz recta y aristocrática.

—¿No te transporta a la Tierra Media?

Ella asintió. La música abría un portal que la llevaba muy lejos, más allá incluso de la Tierra Media, al principio de todo, cuando el mundo fue creado con la música de los Ainur. Se inclinó sobre Desmond. Aquella cercanía sin apenas contacto era por sí misma excitante. Se retiró con una sonrisa pícara. Abrió su bolso y sacó el pendrive circular.

—Es mi trabajo de los últimos días. No duermo apenas. Espero que valga la pena.

Un relámpago de avidez pasó por la mirada de Desmond. Tomó el pendrive circular con la misma codicia con que Gollum atrapó el anillo. Anna se percató del ligero temblor de sus dedos. Aquello la desconcertó por un instante. No comprendía por qué daba tanta importancia a aquel documento sin valor.

Desmond tomó su iPad e introdujo el dispositivo. Allí estaba el fichero, que ella había nombrado como «Grial». Ante sus ojos apareció el trabajo de Anna, un capítulo entero de su novela.

—¿Quieres leerlo a solas? Más tarde.

Desmond negó.

—No, hagámoslo ahora. Lo leeremos juntos. Es otra forma de hacer el amor, ¿no crees?

Anna no lo había pensado, que aquello podía ser también parte del juego de la pasión, si es que había entendido bien a Desmond. Por su parte hubiera preferido dejar aquello al margen, aunque si lo pensaba bien aquel matiz literario incorporaba nuevos registros a la relación, registros que hacían de ella algo único, como si fuera un espejo de la realidad que iba tejiendo cada noche a golpe de tecla. Decidió en todo caso aceptar la propuesta de Desmond, así que tomó un sorbo del licor de miel y leyó con toda la pasión que era capaz de atesorar, mucha. Le importaba la opinión de Desmond Gilbert. Le importaba la intimidad que compartían, esa nueva forma de hacer el amor en la que no estaba implicado el sexo, tan solo su promesa. Porque sabía que después él acabaría tomándola de las muñecas y atándola al cabezal de la cama para poseerla con la misma intensidad con que ella daba vida a las palabras.

Desmond escuchaba con interés el relato de Anna, observándola en silencio. A veces ella levantaba la vista para buscar su mirada, pero sus ojos permanecían ocultos bajo una sombra, sin que ella pudiera adivinar lo que pensaba. Mediaba la lectura cuando sintió el roce de sus dedos. Su voz tembló. Él siguió acariciándola. No supo cuánto tiempo más aguantaría sin pedirle que se olvidaran por el momento de aquella historia que había sucedido hacía cien años para construir la propia. No tuvo que esperar demasiado. Un minuto después la mano de Desmond atrapó su nuca. Apartó el cabello con delicadeza y se inclinó hacia ella para besar despacio, primero la raíz del cabello, luego la piel del cuello. Con la otra mano bajó los tirantes del vestido. Los hombros y los pechos quedaron al descubierto. También los besó.

Anna apartó la pantalla. Su cuerpo temblaba.

—¿No quieres que siga leyendo? —preguntó con un hilo de voz.

—Luego...

No hubo ocasión aquella noche. La batalla entre las sábanas lo impidió. Cuando Anna despertó ya era por la mañana, cerca de las nueve. Una luz mortecina se filtraba por la ventana dejando a la vista el desorden de la noche anterior. Desmond no estaba. Supuso que ya se habría marchado a la facultad. Ocultó el rostro con las manos mientras pensaba, entre rubores, si todo lo que había sucedido la noche anterior había sido cierto. Una variedad de imágenes eróticas la sacudía. Permaneció bajo el chorro a presión del agua hasta que su piel se encogió, escaldada. Luego tomó del cajón una camiseta negra y bajó alegremente a la sala. Sobre la mesa había un espléndido desayuno, todo lo que a Anna le gustaba. Se sirvió una taza de café aún caliente. Entonces se percató del sobre color crema que había junto a la bandeja. Los dedos le temblaban. Sabía que dentro estaba de vuelta el pendrive circular, con anotaciones o sugerencias de cómo continuar escribiendo. Pero también había algo más. Una invitación explícita para que se quedara en la casa si podía hacerlo.

Anna se acercó a la ventana y apoyó su frente contra el cristal, como solía hacer, mientras miraba hacia la delgada línea de luz que marcaba el inicio de un nuevo día. La niebla aún no se había levantado del todo. Apenas dejaba ver las copas de los árboles, cubiertas con la escarcha de la mañana. El vaho de su aliento empañó la luna. Con la punta del índice escribió el nombre de Galadriel. Tolkien había hecho de ella su bandera. La deslealtad del corazón hacia los compromisos adquiridos, burlados mediante la ocultación y el secreto, quedaba empequeñecida frente a la pureza de su propósito: escribir para traer a un mundo en ruinas algo de luz. Era una empresa ardua, como el mismo Tolkien sabía. No hacía mucho que Anna había leído ESDLA y recordaba bien las palabras de Frodo tras el Concilio de Elrond: «¡Yo lo llevaré! ¡Yo lo llevaré! Yo llevaré el Anillo a Mordor. Aunque... no sé cómo voy a hacerlo». Frodo podía contar con la sabiduría de Gandalf, el arco de Legolas, la espada de Aragorn o el hacha de Gimli, incluso con Boromir, Sam, Merry y Pippin, pero sin la luz de Galadriel, la que pertenecía a Eärendil, no hubiera podido escapar del antro de Ella-Laraña ni llegar al Monte del Destino. Era ella quien le había mostrado en su espejo lo que había sido, lo que era y lo que podía ser. Como Frodo, Anna también ignoraba cómo podría llevar su anillo. Solo sabía que la luz de ese amor un tanto impuro, pues ardía no solo en su corazón, sino también entre sus muslos, era ahora su Eärendil.

Decidió volver a Holland House. Esa mañana trabajó en paz, convertida de nuevo en la dama Loanna. Mientras convocaba las ideas para encontrar la manera de continuar con el libro, repasó de nuevo el diario de enfermería de Olive Dent, *A Volunteer Nurse on the Western Front*, que no le aportó más información que el propio diario de Gala Eliard. Eran mucho menos literarios y agradables de leer que *Testament of Youth*, de Vera Brittain, o los libros de Edith Wharton sobre la Primera Guerra Mundial: *Francia combatiente. De Dunkerque a Belfort*, *Un hijo en el frente* o *The Refugees*.

Escogió al final *Testament of Youth*, que había sido llevado al cine con mucha dignidad. Antes de la guerra Vera Brittain había sido estudiante en Oxford y, tras el estallido del conflicto, enfermera voluntaria, una VAD. Anna no podía descartar que en algún momento hubiera podido coincidir en el espacio y en el tiempo con Ronald Tolkien o Gala Eliard, aunque de haber sido así probablemente habría alguna mención, dada la dimensión pública de ambos personajes. Tolkien, desde luego, había sido estudiante en Oxford y Gala Eliard una VAD, al igual que Vera. Ser una voluntaria no era fácil. Durante la guerra había una clara diferencia entre ellas y las enfermeras del Servicio de Enfermería Militar Imperial de la Reina Alexandra (QAIMNS). Al principio las primeras solo se ocupaban de tareas domésticas, pero en 1915 la presión en el frente era tan grande que también se les encomendó atender a los heridos. La posición de estas mujeres era realmente compleja. Muchas no solo tenían que enfrentarse a sus familias para poder materializar su vocación de servicio, sino que también eran mal vistas por las enfermeras militares. La relación entre ambas solía reducirse a una vigilancia escrupulosa del cumplimiento de las tareas de las VAD, con la imposición de un estricto código de conducta.

Era una injusticia, desde luego. Estas jóvenes voluntarias realizaban sin apenas descanso tareas extenuantes y repulsivas, cuando no peligrosas o mortales. Muchas enfermaban de puro agotamiento, de modo que tenían que ser dispensadas del servicio o acudir a una casa de curación, donde terminaban por recibir los mismos cuidados que ellas dispensaban a los hombres.

Aunque la realidad era desalentadora, el mito de la enfermera voluntaria vestida de blanco, bondadosa y bella, un verdadero ángel para los soldados, terminó por imponerse, sobre todo habida cuenta de que la enorme separación entre el frente y la vida civil era un poderoso incentivo para estimular la imaginación que llevaba a ver seres de luz o ángeles donde solo había mujeres bien dispuestas. La relación de la enfermera con ciertas leyendas inglesas vinculadas al ciclo artúrico, donde caballeros del grial heridos encontraban jóvenes gráciles que se encargaban de cuidarlos, recogida también en el *Enrique V*, de Shakespeare, dotaba a las VAD de un halo mágico de romanticismo que quedaba reflejado en carteles, litografías o incluso portadas de revista.

Gala Eliard respondía muy bien al ideal que representaban no solo por su aspecto, sino también por su carácter dulce y abnegado, por el aire de misterio que la envolvía. Para el joven soldado Tolkien, tan sensible a los mitos medievales, debió de ser muy natural asociar a Gala con una dama de la luz, como quedaba reflejado en sus personajes. Idril, la madre de Eärendel, más tarde Eärendil, tenía rasgos muy similares a los de Gala Eliard, como muchas otras de las heroínas de sus historias, y estas a su vez con las damas de la luz.

Anna comprendía que, a falta de una declaración específica de similitudes más obvias, todo eso no eran más que meras especulaciones que partían de una base: la vida está presente en la literatura, sobre todo la vida secreta, aunque el resultado es algo nuevo y tan imprevisible que escapa incluso del deseo del escritor, lo sobrepasa, porque ni siquiera el artista puede huir de las garras de la idealización, capaz de transformar el barro en porcelana. El abismo entre persona y personaje no era sin embargo tan obvio en Tolkien, quizá porque la persona elegida como estrella conductora era única, o porque en realidad él también lo era.

Pero ahora había algo distinto que le preocupaba, a lo que no había dado en su momento la importancia que merecía: la muerte de Gala Eliard. Deveroux pensaba que ella no sobreviviría a la guerra. Sabía que había muerto en el hospital, pero no cómo. Esa no era sin embargo la única incógnita. Anna buscó en sus archivos la cronología de la hoja de servicio de Gala Eliard y repasó los datos por enésima vez para convencerse también por enésima vez de que había una laguna en su actividad como VAD en Le Touquet: había llegado a Francia como voluntaria en la primavera de 1916, pero el diario se interrumpía un tiempo, durante el verano; luego se reanudaba el 2 de septiembre de 1916 y perduraba hasta la fecha de la muerte en febrero de 1917. Era de suponer que durante un breve lapso, dos o tres semanas, ella había cesado en su actividad como voluntaria. Pero ¿dónde estuvo exactamente? Anna no creía que hubiese vuelto a Inglaterra, a Rosehill Manor. Si había permanecido en Francia, ¿se habría reunido con André antes de su fusilamiento? ¿Habría intentado mover hilos para salvarlo? ¿Habría buscado su cuerpo para darle una sepultura digna? ¿Visitaría su sepultura o se entrevistaría con Malaterre? ¿O este le envió sin más la estrella de plata? ¿Soportó el dolor o había enfermado de tristeza? Eran posibilidades que se le abrían, todas juntas o bien por separado. Si Gala Eliard se encontró con André en una mazmorra o lavó su cuerpo tras el fusilamiento, quería saberlo, como también si había enfermado realmente.

Anna se puso de pie. Tendría que volver a hablar con George Aldrich. Él, como historiador y cronista de su propia familia, habría encontrado un modo de rellenar las lagunas. Podía esperar hasta la cena de Navidad de Walsworth para reunirse con él, pues faltaban ya muy pocos días. Decidió sin embargo agarrar el toro por los cuernos y no esperar. Le escribiría de inmediato.

Tres días después, George Aldrich recibió a Anna en su apartamento de Londres.

—He de decirle que le sienta verdaderamente bien la sencillez —observó—. Es una lástima que no se haya dedicado a la moda. —Aquel comentario sonaba a disparate.

—Soy investigadora, George. Mi aspecto no debería importar.

George se sentó frente a ella y se inclinó un poco hacia adelante.

—Vivimos en una sociedad donde la imagen sí importa. Debería aprovecharlo. Cuando su vida se ordene.

Anna se sentó y cruzó las piernas, como si estuviera a la defensiva.

—Oh, no deseo que tal cosa suceda. Me he acostumbrado a vivir en el caos y lo cierto es que lo disfruto, esta incertidumbre. Es mucho más estimulante que una vida plana.

George llenó un vaso de licor. Se lo ofreció a Anna. Ella lo sujetó con ambas manos, aunque no bebió. El conde sí lo hizo. Luego se sentó a su lado.

—Pero usted ha venido aquí en busca de orden. Si no recuerdo mal, cuando hablamos hace unos días me indicó que quería saber por qué Gala abandonó el servicio durante el verano de 1916 y si tuvo ocasión de encontrarse con Deveroux antes de su muerte. —Anna asintió. Estaba confusa—. ¿Qué piensa qué ocurrió, doctora?

Ella sabía que George Aldrich la estaba poniendo a prueba. Anna lo miró fijamente, lo suficiente para pensar qué debía decir y qué no.

—Lo crea o no tengo una teoría. El 5 de junio de 1916 el avión del capitán William Aldrich fue derribado a las 7 a. m. mientras participaba en una misión de reconocimiento en el frente de Ailly. El conde, un piloto acreditado, resultó herido a causa de la metralla, pero aun así logro salvar el avión y también la vida del joven que volaba con él. William Aldrich no pudo volver a volar jamás, pero recibió la Cruz de la Victoria por sus méritos. Cuando Gala Eliard supo que su esposo estaba herido abandonó el servicio y volvió a Inglaterra. No creo que fuera por caridad o impelida por cierto sentido del deber, sino para despedirse de él y oficializar su divorcio. De hecho me consta que la demanda ya estaba en curso cuando ella se incorporó a Le Touquet. Tras la pérdida de su hijo Ashley no había nada que la uniera a William. Luego volvió a Francia. Es posible que, aunque André y ella ya no eran amantes ni mantenían correspondencia alguna, Gala supiera de su condena a muerte, pues debió de enterarse del encarcelamiento de André, quizá a través de Elaine Deveroux. ¿Podrían haberse encontrado ambas mujeres, rivales desde la infancia? Cabe esa posibilidad. Hay algo que he pensado estos días, si no fue la misma Gala la que encargó a Elaine que buscara a su hijo y preservara para él la memoria de André. No lo veo improbable, aunque no hay modo de saberlo sin leer los diarios que faltan. ¿Existen, George?

Aldrich cruzó las piernas y pasó los dedos por el borde de su copa, una especie de tic. Anna se percataba de su nerviosismo, que solo podía achacar a algo: sus conclusiones estaban cerca de la verdad.

—No, Anna, no existen los diarios de 1916. —George estaba convencido—. Al menos yo jamás los encontré. Creo que Gala Eliard no tuvo tiempo de escribirlos. En aquella época estaba ya en Le Touquet. Lo máximo que podía hacer era llevar su diario de enfermería. La vida real terminó por imponerse.

—¿Y si consultara los archivos de los duques de Westminster? ¿Podría hallar alguna clase de información relevante?

—No se da por vencida. —George enarcó las cejas mientras elevaba los ojos al techo—. No le serviría de nada, se lo aseguro. Lady Constance y la condesa de Aldrich no simpatizaban, a pesar de que la duquesa la acogió en su hospital pocos meses antes de que Tolkien enfermara de fiebre de las trincheras y sus caminos se cruzasen.

—La ejecución de Deveroux fue el 14 de julio de 1916, pero Gala no se volvió a incorporar al hospital número 1 de la Red Cross hasta el 26 de agosto. Hay dos o tres semanas en las que no parece haber servido como voluntaria. ¿Qué hizo durante ese tiempo?

George Aldrich aguardó unos segundos antes de contestar.

—Gala Eliard estuvo en una casa de curación para enfermeras a la que el padre Malaterre le escribiría para cumplir con el encargo de Deveroux, y sabría de su paradero a través de la familia de Gala Eliard. La casa de las Miller, en Le Touquet-Paris-Plage, era un lugar pequeño y muy tranquilo. Brice

Miller era una aguerrida mujer. Lo suyo no era esperar en el hogar con el fuego encendido, como la mayoría, así que fundó una casa para enfermeras con sus propios recursos. Solo había espacio para ocho personas y no era suficiente, pero ella supo dar a sus pacientes lo mejor de sí misma. —Anna escuchaba expectante. Todo su rostro era una interrogación que alentaba a George a continuar—. Que Gala enfermara es probable, doctora Stahl. Después de todo era una orquídea, poco acostumbrada al trabajo manual. Sabe que además arrastraba problemas de salud desde niña, asma infantil. Aunque los tratamientos del doctor Eliard demostraron ser muy efectivos, ella tuvo que pagar su precio: el aislamiento y la soledad. Deveroux la salvó de una adolescencia solitaria. Puede decirse que al llegar a la edad adulta, la dama ya estaba curada, al menos de sus dolencias físicas, pero someterse a condiciones extremas, al agotamiento, al cansancio y a las pérdidas mermó su salud, como también estar expuesta continuamente a la anestesia. Piense que entonces la anestesia se administraba por inhalación y que las enfermeras que asistían a las operaciones la aspiraban. Gala era muy valiosa. Participaba de forma habitual en las operaciones.

—Pero la muerte de Gala Eliard no era esperable —observó pendiente de cada palabra.

George Aldrich dejó la copa en la mesa. Su rostro expresaba cierta congoja, como si la muerte de Gala Eliard fuera reciente y no hubiera ocurrido hacía un siglo.

—No, no lo era. Tengo la impresión de que, de alguna forma, buscaba morir. —Anna coincidía con el conde—. Perder a su hijo fue para ella un duro golpe, pero no tenía otra opción. Aceptó desprenderse de él para poder darle la oportunidad de vivir. Los Aldrich no querían un bastardo en la familia, o un posible bastardo, y lo entregaron para su crianza a Jane Marjory, que acababa de enviudar. Gala nunca lo supo. Que Jane Marjory la había traicionado.

—Pero ¿cómo llegó el niño a manos de Elaine?

—Fue después de la muerte de Gala Eliard. Usted tiene razón en algo. Fue Gala quien le pidió a Elaine que lo buscara. Para que jamás se olvidara de su padre.

—Pero al parecer no tuvo éxito a la hora de cumplir su misión. Supongo que pesaba el hecho de que él deseara que su obra no trascendiera o morir como un traidor. Todos parecemos dispuestos a olvidarlo, incluido usted.

—La verdad es que los bastardos de Deveroux se quedarán las propiedades de los Aldrich. Es una manera de hacer justicia al pasado, ¿no cree? ¿Ve una forma mejor?

—Tiene lógica, no lo dudo —dijo Anna tras procesar las palabras de Aldrich.

El conde calibró su respuesta. Se inclinó hacia ella y la miró como si la traspasara.

—Pero usted no ha venido a juzgarme, ¿verdad?, por querer sacar un poco de partido del interés de los Broussard-Deveroux, sino a saber cómo murió Gala Eliard.

—Sí, en efecto.

George Aldrich se levantó. Volvió al bar. Llenó de nuevo su copa. Anna admiraba su capacidad para beber y parecer sobrio a un tiempo. Se sentó junto a la joven.

—Fue una muerte dulce, Anna. Como le decía, la inhalación continua de anestesia había hecho su camino, al igual que el agotamiento. Una mañana, durante una amputación, hubo un incidente en el quirófano. La enfermera encargada de la anestesia, Rebecca Bradford, era una mujer muy experimentada. Ese día, sin embargo, no calculó bien las dosis y su paciente despertó cuando aún no habían concluido. Hubo que volver a dormirlo, pero, con los nervios, miss Bradford dejó caer una ampolla de anestésico. Gala Eliard respiró directamente los vapores. A pesar de todo se mantuvo impertérrita y continuó hasta el final. Pasó unos días en una casa de curación para enfermeras, pero su salud se dañó de manera irreversible, aunque, como he dicho al principio, dudo de que se tratara tan solo de un asunto físico. Supongo que todo el dolor que experimentó también tendría su papel. El caso es que, poco después, tras una jornada de operaciones muy intensa, fue a descansar a su habitación alegando cierto malestar. Murió allí, sola. Cuando se percataron de su ausencia y acudieron a buscarla era demasiado tarde. No se pudo hacer nada por ella.

Anna estudió el rostro de Aldrich. Parecía realmente apenado, lo que era contradictorio.

—¿Quién informó a la familia de forma tan prolija?

—La duquesa, Shelagh, naturalmente.

Se oyeron pasos en el corredor. George Aldrich retiró la mano de la rodilla de su invitada.

—Es extraño que Gala no fuera condecorada como lo fue la propia duquesa u otras enfermeras voluntarias, ¿no le parece? Al fin y al cabo murió en acto de servicio.

—Es algo que lady Diane siempre reprochó a su hijo —George hizo un gesto de resignación—, pero él, que terminó por aborrecer el nombre de Gala Eliard, alegó que solo quiso ser consecuente con su elección: el anonimato.

Anna lo pensó un instante antes de concluir que sí, que aquello tenía algo de sentido, por injusto que pareciese. Quizá le influyera el ejemplo de André, aunque lo dudaba. La realidad podría ser más simple: a tenor de sus diarios Gala había terminado por aborrecer la hipocresía.

—¿Puedo leer la carta? En la que se notifica a la familia el fallecimiento de Gala.

—¿Qué daría por ver ese documento, Anna? —La mirada de George se volvió opaca.

Anna se puso de pie, con la barbilla en alto. De su mirada emanaba tanta dignidad que George también se levantó.

—No tengo nada que pueda ofrecer a quien ya lo tiene todo.

Los ojos azul claro del conde brillaban de forma gélida, un poco burlona. La tomó del codo empujándola ligeramente.

—Creo que está equivocada, tiene mucho que ofrecer a cualquier hombre que no sea ciego, pero le enseñaré de todos modos la carta de la duquesa. Le ruego que venga a mi despacho.

Anna hizo lo que George le pedía. Lo acompañó a una sala que había al principio del largo pasillo de su apartamento. Era un lugar magnífico, moderno, con una amplia mesa de cristal en el centro y un enorme ventanal con vistas al lago Serpentine.

En uno de los laterales de la habitación, forrada de libros, había un secreter. Aquel lugar era perfecto, o al menos Anna así lo pensaba, para guardar documentos valiosos. Tenía razón. El conde abrió el escritorio. Sacó de uno de los cajones una especie de álbum de fotografías y lo abrió por la mitad. Anna miró donde George señalaba. Durante un buen rato buceó entre la letra elegante y anticuada de lady Constance, en su dicción algo ampulosa cuando no dramática. En esencia era como Aldrich había dicho. Devolvió el documento al conde.

—Morimos como vivimos, Anna. ¿No le parece?

—No tengo una opinión bien formada al respecto. Supongo que habrá de ser así. Parece sensato. Si una persona viaja a menudo, es más probable que muera en un avión que acostada en el sofá de su casa, pero nunca se sabe. La muerte es imprevisible.

—La muerte es un acto natural, desde luego —admitió George—, pero no me refería a eso exactamente.

Ya no tenía nada más que hacer allí. Anna hizo ademán de marcharse.

—Cuando quiera puede volver a consultarla. A cualquier hora del día y de la noche. —George era un seductor profesional.

—Debería sentar la cabeza, ¿no cree? —Anna acompañaba sus palabras de una enorme sonrisa.

—Debería, es cierto, pero prefiero perderla por una buena razón.

—Una mujer nunca es suficiente razón. ¿Qué hay de Polina?

—Ella es muy comprensiva. La trato bien. —George guio a Anna a la salida.

—¿La veré en la cena de Walsworth? Sería una pena que no estuviera, ya sabe por qué. Ahora es parte de esta historia.

El gesto de Anna expresaba una duda razonable.

Cuando volvió a Holland House estaba confusa. Se tumbó en la cama. Las imágenes acudían en tropel, tanto que la desazón se apoderó de ella. Necesitaba resistir el bombardeo. Solo había un modo. Tomó el portátil y lo llevó a la cama mientras acomodaba la espalda sobre un mullido cojín. Pronto empezó a mover los dedos sobre el teclado, poseída por lo que había empezado a llamar «espíritu 1916». Jamás podría decirle a nadie, ni siquiera a Desmond, que era Gala quien le dictaba las palabras.

13

La casa de curación

It must have been love, but it's over now
from the moment we touched, 'til the time had run out.

ROXETTE, «It Must Have Been Love»

Le Touquet-Paris-Plage, 1916

La pérdida del pequeño Ashley despojó a Gala Eliard de sus ilusiones. Ya no había nada que esperar, nada salvo el dolor, tan insoportable que día y noche rogaba a Dios que se apiadara de ella, que pusiera fin de una vez por todas a aquella muerte a medias o vida a medias. Dios, lejos de escucharla, le mandó más pruebas. Christine llamó para decirle que Alain había caído cerca de Château-Thierry. El hospital de campaña en el que servía como oficial médico resultó bombardeado y hubo muchas bajas. Christine estaba deshecha, preocupada por su suerte y la de los gemelos. *Maman*, por el contrario, reaccionó con dignidad. Ahora tenían un héroe en la familia. También le habló de algo más, de la desgracia de madame Ducruet: André Deveroux había sido acusado de alta traición. Nada lo salvaría. Sería ejecutado.

Todo aquello trastornó el ánimo de Gala, hasta el punto de que lady Diane aceptó por fin que el lugar de su nuera no estaba en Rosehill, por lo que decidió sobreponerse a sus sentimientos y confiarla a la duquesa de Westminster. Se daba la circunstancia de que la dama, llamada familiarmente Shelagh, se había hecho cargo del hospital de Le Touquet, instalado en el casino de la pequeña ciudad costera. Aunque estaba bajo la autoridad militar, podía saltarse el protocolo y aceptar a Gala como enfermera voluntaria. Era la mejor solución posible. Solo puso una condición: nadie debía saber que era una Aldrich.

Gala atravesó el Canal a principios de abril. Durante unos días permaneció en Calais, en el hospital número 9 de la Red Cross, recibiendo formación básica. Poco después fue transferida al hospital número 1. La joven se acostumbró con rapidez a estar junto a la duquesa, a pesar de lo mucho que esta disfrutaba concitando todo el protagonismo. Gala disculpó, sin embargo, aquel rasgo de su carácter. Shelagh estaba tan llena de vida que no permitía que su ejército de enfermeras se derrumbara. Siempre tenía algo entre manos, ya fuera zurcir, lavar o conducir una ambulancia. Gala también solía estar ocupada, lo que le impedía pensar. Solo a veces, si cerraba los ojos, sentía el retorno de los días antiguos, cuando era casi una niña y se escondía de André bajo el árbol de los juegos. A veces, en la noche, él regresaba. «Tiene usted la mala costumbre de aparecer cuando menos se lo espera», decía en voz alta a la sombra, pero al volverse solo abrazaba el vacío. Entonces volvía al hospital, aunque no fuera su turno, y cuidaba de los pacientes o fregaba los suelos arrodillada hasta que las manos le sangraban.

El ritmo frenético que se vivía en Le Touquet pronto hizo mella en su cuerpo, poco acostumbrado al trabajo. Su debilidad fue en aumento durante el verano, sobre todo desde que un sacerdote, un tal Maleterre, fue a verla. Desde entonces se hallaba más silenciosa que nunca. Shelagh estaba sinceramente preocupada por su pupila y, por supuesto, por la opinión de lady Diane. Le había costado mucho ganarse su adhesión, tanto que decidió hablar con Brice Miller para protegerla. Miss Miller era una institución en Le Touquet. Como muchas señoras de alcurnia marchó a Francia con su hija, una sirvienta, un ayudante y un chófer. Allí fundó con su dinero una casa de curación para enfermeras, Le Petit Château. Era un lugar apacible, de altos muros blancos y aire conventual. El bosque que lo rodeaba contribuía a fomentar la sensación de paz que la institución deseaba trasladar a sus pacientes.

Una de ellas había sido Mary Elisabeth Reynolds. Poco antes de la llegada de Gala Eliard a Le Touquet, la enfermera voluntaria Reynolds había sufrido una severa infección, a la que se sumaba un comprensible estado de labilidad. Su prometido, miembro de la British Expeditionary Force (BEF), había muerto a principios de la guerra. Era tanta la gratitud que Mary Reynolds sentía hacia miss Miller que no desaprovechaba la ocasión de visitarla cuando podía. Una tarde en que acudió a Le Petit Château, la duquesa instó a Gala Eliard a que la acompañara. Shelagh no aceptó una negativa.

Las dos enfermeras llegaron a la casa cargadas de lirios de agua, las flores favoritas de miss Miller. La señora estaba realmente muy ocupada, pero se concedió una hora para enseñar a Gala las dependencias del edificio.

—Nos levantamos cerca de las cinco. Nosotras mismas atendemos la cocina. Tenemos un pequeño huerto del que nos abastecemos. Como verá las flores nunca nos faltan. Creerá que se trata de un adorno superfluo, pero aquí resultan muy necesarias. —La dama se inclinó hacia ella como si le confiara un secreto—. Ayudan a olvidar el olor de la enfermedad.

Pasaron por un corredor espacioso. Miss Miller le mostró el comedor, la sala de descanso y las cocinas.

—En la casa solo disponemos de ocho camas, de manera que el trato es muy personal. Eso hace que en la mayor parte de los casos el afecto surja de forma espontánea. Usted me comprende, ¿no es cierto?

Gala lo pensó un instante.

—Sin duda. Es algo natural.

Miss Miller indicó a las visitantes que tomarían el té en la terraza, donde en ese momento descansaban algunas de las enfermas que aprovechaban los últimos rayos del sol del verano.

—La luz solar tiene efectos terapéuticos indudables, a pesar de la desventaja de la pigmentación de la piel. Llegará el día en que estar pálido deje de considerarse sinónimo de elegancia o una señal inequívoca de pertenecer a la aristocracia. —Miss Miller miró intencionadamente a Gala. Su cutis de alabastro no ofrecía la más mínima imperfección ni, por supuesto, dudas acerca de su origen social.

La enfermera Reynolds quiso decir algo, pero en ese momento llegó el servicio con el té. Las mujeres continuaron conversando de forma distendida un rato más. Pronto el sol descendió. La tarde, como la conversación, se fue apagando poco a poco. Gala aprovechó el crepúsculo para despedirse de su anfitriona.

—Ha sido un verdadero placer conocer esta casa, miss Miller. Seguiré sus recomendaciones. Me vendrá bien tomar algún que otro baño de sol siempre y cuando el tiempo lo permita. —Gala sonrió de forma tan agradable que la ironía de sus palabras casi pasó desapercibida.

—Siempre hay algún día soleado incluso en lo más profundo del invierno. —La sonrisa de miss Miller no era menos encantadora que la de Gala—. Vuelva cuando lo desee, madame. No se ofenda si le digo que ha excitado usted mi curiosidad. Es como si la conociera de antes. ¿Está segura de que nunca nos hemos visto?

Gala bajó los ojos, pero no contestó.

La enfermera Eliard no volvió a Le Petit Château, desoyendo los consejos de la duquesa de quedarse allí por un tiempo. No estaba en absoluto enferma, solo algo cansada. Aquella visita, sin embargo, le hizo ganar la amistad de Mary Reynolds. Por aquellos días el trabajo en el hospital era excesivo, a causa de la batalla que se estaba librando en el Somme. Los hombres llegaban en un estado lamentable. Nadie habría pensado que se trataba de oficiales del Ejército inglés. Dadas las circunstancias la mayoría había perdido la costumbre de afeitarse, de modo que lucían barbas ralas y poco cuidadas. Los elegantes uniformes caqui se habían convertido en harapos cubiertos de costras de barro y sangre. Por si no fuera suficiente, apestaban a alcohol, incluso a otros efluvios muy poco agradables.

Gala se multiplicaba para atender a los heridos. Si era requerida, ayudaba a los doctores y enfermeras, desbordados, que trabajaban en el hospital. La magnitud de las heridas físicas que presentaban muchos de los soldados no era inferior a la de las heridas morales. Algunos hombres se quejaban de mareos, temblores, *tinnitus*, amnesia y de alteraciones sensoriales. Otros quedaban temporalmente privados de la vista, el olfato o el gusto, incluso de la voz, o tenían terribles dolores de cabeza. Los que presentaban esta clase de síntomas fueron tildados inicialmente de cobardes. Más de trescientos habían sido ajusticiados. Los mandos querían evitar a toda costa que el desánimo, el peor de los virus, pudiera propagarse entre las tropas.

El doctor Charles Myers, psicólogo asesor de los ejércitos británicos en Francia, había demostrado que estos soldados no eran unos traidores, simplemente estaban enfermos. Durante el año anterior Myers había visitado el hospital para examinar a tres de estos pacientes y estudiar sus casos. El doctor llegó a conclusiones inequívocas que quedaron reflejadas en un revolucionario artículo que apareció en *The Lancet*. Las condiciones deplorables de las trincheras, la convivencia con cadáveres y cuerpos mutilados, la inseguridad que provocaba el uso de armas nuevas, los bombardeos incesantes y la vergüenza ante la propia barbarie eran capaces de provocar en los soldados una fatiga de orden psicológico que se conocía como *shell shock*.

Reconocida la enfermedad, quedaba subsistente el problema de cómo afrontar aquella nueva epidemia. Pero Myers no sabía cómo hacerlo. Las sesiones de psicoterapia no siempre funcionaban. Cada paciente era distinto.

En su búsqueda de respuestas el doctor no desestimaba ninguna fuente. Decidió hablar con Gala Eliard, una de las voluntarias. La enfermera Eliard se había ocupado de atender al teniente Howard, de los Fusileros Reales. Aunque era un caso difícil, la joven había conseguido que el oficial pudiera pronunciar unas pocas palabras y levantarse de su silla de ruedas. Su mirada parecía ahora más humana. El doctor estaba ocupado cuando ella entró en el despacho. Gala tuvo la impresión de que Myers redactaba un informe. Levantó un momento la vista por encima de las gafas y se limitó a pedirle que se sentara.

—¿Y bien? —preguntó inclinándose levemente hacia ella.

—Usted me convocó. Si es mal momento, puedo volver otro día —dijo Gala intentando no parecer desconcertada.

La enfermera hizo ademán de levantarse, pero el doctor extendió una mano al modo de los viejos emperadores romanos.

—No la interrumpiré demasiado, enfermera Eliard. Iré al fondo del asunto. He visto ciertos casos complejos de pacientes afectados por *shell shock* que mejoran ostensiblemente bajo sus cuidados. El último caso fue el del teniente Edmund Howard, al que llevábamos tratando varias semanas. No es una coincidencia. Usted aplica estrictamente el protocolo indicado, pero hay algo más. ¿Cuál es su método?

Gala experimentó un profundo alivio. Una sonrisa alegre iluminó su rostro. El doctor Myers no pudo evitar rendirse a sus pies. Vislumbraba ya algo de lo que les sucedía a los enfermos.

—Solo hago mi trabajo lo mejor que sé, aunque sepa que es inútil. Porque si sanan tendrán que volver a la primera línea de combate.

El doctor sacó un pañuelo y se lo pasó por los ojos.

—Explíqueme cómo procede.

—No sabría decirle. Acudo donde me llaman y hago el trabajo que se me encomienda, ya se trate de fregar suelos, hacer camas, lavar la ropa, coser o curar a los heridos.

—Pero en el trato personal a los pacientes, ¿hay algo que la distinga de las demás enfermeras?

Ella lo pensó.

—A veces, mientras hago las camas o lavo a los pacientes, canto en francés provenzal. Canciones que aprendí en mi infancia. Pero fuera de eso no recuerdo hacer nada extraordinario.

El doctor frunció las gruesas cejas.

—No me da nada, enfermera.

Gala se impacientó. Estaba cansada de escuchar preguntas absurdas.

—¿Quién cree que soy? ¿Un hada? —Hablaba al doctor con la misma condescendencia con que trataba al personal de servicio en Rosehill—. Trabajo guiada únicamente por la piedad infinita que me inspiran mis pacientes. Cada uno de ellos ha vivido horrores que nosotros no comprenderemos jamás porque, por mucho que lo intentemos, no podremos ponernos nunca en su piel.

El doctor Myers miró dentro de los bellos ojos de la enfermera Eliard. En ellos había una tristeza que iba más allá de la compasión.

—Perdió a alguien, ¿no es cierto? Y ahora intenta salvarlo. Lo busca en esos hombres. —Los labios de Gala Eliard temblaron.

—Doctor Myers, me necesitan en sala. Discúlpeme.

Gala abandonó el despacho. Las lágrimas corrían abiertamente por su rostro, sin que pudiera hacer nada para detenerlas.

Mientras caminaba hacia la sala, se topó con Rebecca Bradford. En su rostro, severo y seco, se dibujó una mueca de disgusto.

—¿Dónde se ha metido? —La expresión de miss Bradford era severa—. No es su turno de descanso. ¿No sabe que acaba de llegar un nuevo tren de heridos? Todas las manos son necesarias. Haga el favor de componerse, enfermera. Su uniforme, su toca, esas lágrimas absurdas... Todo está fuera de lugar. ¿Cree que así podrá ocuparse de sus pacientes? Somos muy pocas. Ellos necesitan de su serenidad.

Gala se secó las lágrimas con el dorso de la mano. Admitía que su aspecto era mejorable. Sus cabellos, mal anudados, escapaban rebeldes del moño y se esparcían alrededor de su rostro como un torrente de oro. Pese a que la tarde era fría el sudor había empapado la blusa gris. Eran faltas de decoro que Rebecca Bradford no toleraba.

No le dio a la matrona la satisfacción de una réplica. Ahogó las lágrimas y recorrió el pasillo con paso rápido hasta el pequeño habitáculo reservado a las enfermeras. Allí se deshizo de la ropa sucia, recompuso su peinado y se colocó correctamente la toca. Luego se fue a la sala.

Mientras Gala atendía a sus pacientes, el doctor Myers se preguntaba tras su escritorio cómo podría hablar en su estudio del poder curativo de la belleza. Durante un rato intentó escribir unas líneas, pero finalmente arrugó la hoja. Era inútil, nadie lo tomaría en serio. Cogió un pliego nuevo para reanudar la escritura: «Una atención temprana resulta absolutamente imprescindible para el tratamiento de los enfermos de *shell shock*. Cuando se observan los primeros síntomas conviene separarlos de la línea de combate lo suficiente, pero no aislarlos del entorno militar. Para ello deberían crearse unidades especializadas en el propio frente». El doctor esperó a que secara la tinta y echó un vistazo a lo escrito. Quizá no era del todo cierto, pero sonaba mucho mejor así. Verosímil.

Unos días después de la entrevista con el doctor Myers, Gala pidió permiso a Rebecca Bradford para asistir en el quirófano a una amputación. Se trataba de uno de los pacientes a los que atendía, un joven oficial llamado Frederick Adams. Adams había sido atleta en la vida civil, incluso había llegado a participar en los Juegos Olímpicos de Estocolmo en 1912. Ahora su pierna derecha apestaba a gangrena. Era terrible que tuviera que perderla.

Gala Eliard se inclinó sobre el herido.

—¿Qué harán con mi pierna cuando la corten? —preguntó el paciente—. ¿La enterrarán? Supongo que no es posible hacer un funeral para ella si el resto de mi cuerpo sigue vivo, pero me gustaría que no fuera tratada como basura, pese a su olor pestilente.

La enfermera sonrió con displicencia.

—No debe pensar en eso ahora. Procure sosegarse. Así la anestesia será más llevadera.

—¡No quiero que me corten la pierna, enfermera! Prefiero morir antes que ser un inválido —siguió porfiando el hombre.

—No debe decir eso. —Gala sostuvo la cabeza del herido entre sus manos—. Incluso con una pierna de menos seguirá siendo un hombre apuesto. Hay muchos como usted; aún habrá muchos más antes de que todo esto termine. En esta guerra lo verdaderamente imposible es acabarla completo.

—No volveré a correr jamás. —El oficial insistía, como un chiquillo caprichoso.

La enfermera Eliard puso una mano en la mejilla del herido.

—Verá, hace unos años nadie creyó que el hombre pudiera volar. Tenga fe. No hablo exactamente de fe en Dios, sino en la vida.

—Habla como si fuera una mujer muy anciana, pero no lo es. Quizá no haya vivido lo suficiente para saber de qué habla.

—Quizá.

—Aun así, déjeme morir, enfermera. —El oficial Adams no se daba por satisfecho.

—Oh, no hable de ese modo. No puedo desafiar las leyes no escritas que rigen nuestras vidas, incluida la suya, no tengo ese poder. Ahora debe dormir.

Le hablaba a él, pero sobre todo se hablaba a sí misma. No quiso decirle al muchacho que el miembro fantasma le seguiría provocando dolor por mucho tiempo, como si aún estuviera ahí.

Entraron al quirófano, donde ya esperaban Mary, la enfermera Bradford y el doctor Hawkings, el médico de guardia. Gala lo ayudó a ponerse la bata; también le anudó la mascarilla tras la nuca. Hawkings estaba de paso en el hospital. Gala lamentaba que tuviera que marcharse tan pronto; sabía diferenciar bien un carpintero de un ebanista y, como cirujano, Hawkings era comparable a un auténtico ebanista.

Mary comprobó que todos los instrumentos estaban en su sitio. Rebecca Bradford midió la presión y las constantes vitales del oficial antes de preparar la dosis necesaria de éter. Luego vertió las gotas sobre la boca del soldado. La enfermera jefe procedía con mucho cuidado, vigilando bien los efectos que la anestesia provocaba en el paciente. Adams dirigió a la enfermera Eliard una última mirada antes de perder la conciencia.

El doctor Hawkings limpió la zona. Se inclinó sobre el herido y seccionó la pierna evitando dañar más tejido del necesario. El olor que inundó el quirófano fue terrible. Gala tuvo que contener la náusea. Recordó las palabras de Adams acerca del futuro de su pierna. Tomó el miembro ennegrecido. Con el máximo respeto lo depositó en una mesita auxiliar. El doctor se disponía ya a cauterizar los vasos cuando sucedió algo terrible. El paciente se agitó sobre la mesa, gritando:

—¡No, no! ¡Suéltenme! ¡No, por favor!

Durante un instante el doctor Hawkings y las tres mujeres quedaron paralizados por el espanto. Fue solo eso, un instante. Gala se precipitó sobre el oficial Adams. Con toda la fuerza que era capaz lo sujetó por los hombros.

—Ayúdame, Mary.

Las dos enfermeras inmovilizaron al oficial. Rebecca Bradford dejó caer nuevas gotas de éter sobre la máscara que cubría la boca de Adams, pero las manos le temblaban, de modo que le resultaba muy difícil manipular el líquido. Pronto el anestésico hizo su efecto y el paciente volvió al estado de inconsciencia previa, pero cuando todo parecía haberse calmado la ampolla de éter resbaló de las manos de Bradford y se hizo añicos contra el suelo, justo a los pies de Gala. Un olor dulzón se extendió por el quirófano.

Gala creyó morir. Sintió la falta de aire, la quemazón en los pulmones. Hubiera debido salir del quirófano para protegerse. El doctor, sin embargo, había empezado ya a cauterizar los vasos. Ninguna mano era prescindible, pues Mary se afanaba por arreglar el estropicio. El sentido del deber se impuso al pánico al ahogo. Se dijo a sí misma que podía controlar la situación, que solo era miedo. Intentó tomar el aire a pequeños sorbos y retenerlo, como le había enseñado su padre. Le parecía sentir su presencia a su alrededor, protegiéndola.

Unos minutos después el doctor dio el último punto de sutura. Se quitó la mascarilla. Miró a las enfermeras con agradecimiento.

—Lo hemos conseguido. Por fin. Ha perdido mucha sangre. Necesitará de una transfusión, pero sobrevivirá.

Justo en ese momento Gala dejó de aguantar el aire y perdió la consciencia.

Esta vez Shelagh actuó con mayor contundencia: envió a Gala a la casa de miss Miller, lo que resultó una bendición para Rebecca Bradford. La vieja bruja tenía el temor de que Gala difundiera entre médicos y enfermeras rumores que la perjudicaran. El hospital número 1 de la Red Cross era una pequeña comunidad donde todo se sabía. O casi todo. Hubo algo que nadie supo: Gala había sufrido más daño de lo que podía imaginarse.

—No está relacionado necesariamente con el asma que sufrió de niña —informó el doctor Hawkings—, pero no puede descartarse. Con independencia de la causa, presenta usted cierta predisposición a la enfermedad pulmonar. Hemos tratado satisfactoriamente la crisis. A partir de aquí la enfermedad puede continuar avanzando. Lo mejor para su salud es descansar. Sus mucosas son pálidas, lo que indica un cuadro anémico. Ha de comer mejor.

—Lo haré, doctor Hawkings. —Gala entrelazó sus dedos con los del doctor, nerviosa—. Solo le pido un pequeño favor. Le ruego encarecidamente que no hable de esto con nadie, mucho menos con la duquesa. No quiero volver a Inglaterra. Antes prefiero morir.

El doctor miró a Gala. No comprendía qué impulsaba a una mujer como aquella a actuar de una forma tan imprudente.

—Seré discreto, enfermera, aunque por el momento, por lo que a mí respecta, queda relevada de sus funciones. Le sentará bien un pequeño descanso.

Esa misma tarde Gala se instaló en casa de miss Miller. Se dio además la circunstancia de que ese día había quedado libre una cama, por lo que no hubo dudas.

Las Miller se alegraron de poder hacer algo por ella.

—Reponerse es la mejor manera de seguir resultando útil para la causa —le recordaron.

Gala lo sabía, pero no por ello se sintió mejor. No se resignaba a esperar en ese territorio pantanoso entre la vida y la muerte que es la enfermedad. Tenía motivos para vivir. El doctor Myers había sabido verlo.

El escaso tiempo que Gala estuvo en la casa de curación pudo pensar no solo en el pasado, que siempre la acompañaba, sino también en el futuro. La guerra terminaría tarde o temprano y ella tendría que tomar decisiones sobre las que no se atrevía a pensar. Si las circunstancias hubieran sido otras, habría intentado recomponer su matrimonio, empezar de nuevo y construir una familia, pero no veía posibilidades, no después de perder a su hijo. Ojalá Elaine Deveroux tuviera más suerte que ella y lo encontrara.

El descanso y el cariño de las Miller hicieron que al cabo de muy pocos días Gala se considerara curada. Quiso abandonar la casa, pero Brice fue tajante.

—No puedo autorizarla hasta que no la vea el doctor. Lo peor ya ha pasado, pero no puede descartarse que sufra una recaída. Además, con este tiempo tan seco proliferan las enfermedades contagiosas.

Gala no tuvo más remedio que tener paciencia. Iban a cumplirse ya dos semanas de su estancia en Le Petit Château cuando recibió la visita de la enfermera Reynolds.

—Se te ve bien, aún mejor que de costumbre.

—El privilegio de una vida ociosa, ya no recordaba lo que era —bromeó Gala—. Comida nutritiva, horarios regulares, buenas conversaciones. Las mujeres Miller no me permiten hacer nada, ni siquiera ayudar en la cocina. Echo de menos un poco de acción. ¿Qué noticias me traes del hospital?

—No muchas. La vieja yegua sigue coceando como siempre. Y nos falta ropa blanca. La duquesa se las ha agenciado para traer una máquina de coser para confeccionarla ella misma. Es casi tan trabajadora como tú, pero solo casi. Por las tardes le gusta visitar a los heridos ataviada con sus mejores joyas, como si fuera vestida para una fiesta. Es todo un espectáculo. Ah, también ha llegado una nueva enfermera. Una joven muy animosa. Tiene un curioso nombre, Mercedes. Lo mejor es que toca muy bien el piano. Los hombres lo agradecen mucho. Un poco de civilización.

—¿Y mis pacientes?

Mary Reynolds no quiso hablar a su amiga de las pérdidas.

—Hay buenas y malas noticias, como siempre. Pero ha sucedido algo que te alegrará saber. El teniente Adams ya ha sido evacuado. En estos momentos se dirige a Le Havre en el tren hospital. El doctor Hawkings también ha sido transferido. Ah, y dentro de dos días algunas voluntarias iremos a Calais con la duquesa para recoger una ambulancia.

A pesar del aprecio que sentía hacia el doctor, Gala se alegró de su marcha. Él era el único que sabía la verdad sobre su estado. Mary se sentó junto a su amiga y apoyó la cabeza en su hombro. Gala la acarició con suavidad, como si fuera una niña.

—Hay algo más. Algo de lo que quería hablarte. Espero que no me juzgues.

Mary le contó que se veía en secreto con un joven capitán, Tristan Templeton. El soldado caminaba con dificultad, de modo que Mary lo ayudaba en sus paseos diarios. Fue así como se desarrolló entre ellos una intimidad creciente. Todo había sucedido muy rápido, pero el diagnóstico era concluyente esta vez: se habían enamorado. Gala lo había sospechado desde el principio.

—Mi padre es pastor —continuó Mary—. Si él supiera de mi relación con Tristan, me condenaría al infierno. A mí ya no me importa la condenación eterna. Si alguien pidiera mi parecer, diría que es un precio justo. Pero me pregunto qué pensaría Robert de mi inconsistencia. Cuando murió me prometí llorarle durante el resto de mis días. Mírame ahora. Pobre Robert, pensar que él se pudre bajo tierra mientras yo me entrego al placer sin haber guardado luto. No puedo superar esa terrible dualidad. ¿Qué debo hacer?

—Mary, nadie puede decirte qué debes hacer. —Gala la tomó de la barbilla—. Robert sabe que nunca vas a olvidarlo, ya que tuviste que perderlo para poder encontrar esa felicidad que ahora leo en tus ojos. Ahora, ve.

La joven se volvió hacia Gala para besarla en la frente. Por alguna extraña razón, ella se sintió en paz. Deseaba tenerla a su lado.

—Le pediré a la duquesa que te permita venir a Calais. Regresaremos en la ambulancia.

Al día siguiente la enfermera Eliard abandonó la casa de curación. Miss Miller le hizo prometer que cuidaría de sí misma, pero Gala sabía que no podría cumplir esa promesa, del mismo modo que Mary tampoco había podido cumplir la suya.

14

Adiós a Lórien

But every time I see into your eyes,
I see the reasons
that I'll always come back, come back to you.

WINGER, «Always Within Me»

La cercanía del solsticio de invierno trajo cambios a Holland House. Por esos días un pequeño ejército de interioristas trabajaba decorando la casa y los jardines. Los operarios distraían a Anna de sus obligaciones. En tales circunstancias le resultaba difícil concentrarse. Era una buena excusa que le impedía afrontar el terror a la hoja en blanco, el mismo que la hacía dilatar en exceso el momento de ponerse a escribir. Anna temía no poder sostener en su manuscrito el tono o la intensidad narrativa de las primeras veces, que atribuía de manera errónea a la suerte.

Desmond, que estaba al tanto de sus dificultades, la invitó a dormir en su casa. Le aconsejó, además, que llevara consigo el pendrive con los nuevos materiales para ayudarla en la medida de lo posible con el bloqueo. Anna aceptó sin pensarlo. En su escueto mensaje, él le hablaba de una sorpresa. La curiosidad invadió a Anna. ¿Habría conseguido por fin alguna de esas cartas de Tolkien que la dama Alizee guardaba con tanto celo? La historia de cómo habían llegado a su poder era un tanto inverosímil, pero así era la vida, más difícil de creer que una simple ficción. Sin embargo, aún faltaba tiempo para el 3 de enero, el aniversario de Tolkien, por lo que supuso con buena lógica que la sorpresa sería otra. Pero con independencia de aquello, de la curiosidad que suscitaban en ellas las cartas, lo que anhelaba de verdad era estar con Desmond, entre sus brazos, para compartir con él aquella intimidad apasionada que caracterizaba sus encuentros. Anna responsabilizaba a la oxitocina de sus anhelos, pero no era eso.

Aquella noche se puso el vestido azul que Pierre compró en París y un abrigo blanco ajustado de doble botonadura. Quería que Desmond la viera deseable. Al salir apreció luz en el despacho de Walsworth. Tocó con los nudillos para saludarle un momento e informarle de que pernoctaría fuera. Él no contestó. Estaba, sin embargo, porque oía su voz y también el sonido de una guitarra. Anna habría jurado que estaba cantando.

Pegó bien la oreja a la puerta para comprobar si tal prodigio podía ser posible. Justo en ese momento apareció Stuart como surgido de la nada. Anna sintió que la tierra se abría bajo sus pies.

—Ha pedido su guitarra —aclaró el mayordomo mientras enseñaba sus dientes blancos—. La tenía muy olvidada. Es muy buena señal. Significa que está muy contento.

Ambos quedaron como dos pasmarotes frente a la puerta cerrada hasta que el sonido de la música cesó. Era una extraña situación, desde luego hilarante. Anna nunca habría supuesto que Walsworth tuviera alma de trovador. No dejaba de sorprenderla, en efecto.

Cuando entró al despacho lo felicitó por su talento. Su voz estaba exenta de ironía.

—Algún día le haré un recital privado. Por su amabilidad. Entonces cambiará de opinión y me odiará para siempre. —Anna admitió que Walsworth podía estar en lo cierto. Después de intercambiar algunas frases huecas, le habló sobre la cena de Navidad—. A George Aldrich también le gustaría mucho que estuviera presente. Sé que le visitó hace unos días en busca de información sobre Gala Eliard. ¿Para qué la quiere exactamente, por cierto?

—Para completar mis investigaciones, por supuesto. Soy meticulosa.

Walsworth la traspasó con la mirada. Anna aguantó aquel escrutinio. Estaba en su derecho de escribir una novela que tuviera a Tolkien como protagonista, de la que Gala formara parte, si era eso lo que quería hacer. Walsworth, al que nada se le escapaba, habría debido de contar con ello desde el principio. De hecho, contaba con ello, aunque no lo manifestara.

—No olvide comprarse algo bonito para la fiesta. Esas prendas baratas no le hacen justicia.

Anna se tragó el exabrupto que apuntaba entre sus labios. No iba a dejar que mister Walsworth le aguara la fiesta.

Por fortuna, Desmond Gilbert no fue tan remilgado con su atuendo. Le gustó mucho su vestido azul, tanto que no pudo esperar ni a la cena ni a la lectura del contenido del pendrive para quitárselo. Tras el beso de saludo, empujó su cuerpo hacia la pared al tiempo que la tomaba de las manos para elevar sus brazos por encima de la cabeza. Anna bajó los ojos. La sombra de sus pestañas espesas caía sobre las mejillas. Desmond pasó los dedos por su rostro, como si lo dibujara mientras la alzaba a horcajadas, apoyando su peso sobre las piernas.

—¿No puedes esperar a llegar a la cama? —preguntó ella con la respiración entrecortada. Desmond empujaba con fiereza.

—No.

—Intento mantener el equilibrio.

—No sufras. No te dejaré caer —dijo él sosteniéndola por la cintura.

Un rato después, mientras yacían desnudos sobre la cama, abrazados, escuchando música, ella le habló de Pierre, de su negativa a reeditar la obra de Deveroux.

—Odio decirlo, pero posiblemente tenga razón. —Anna se apoyó sobre los codos. El cabello le caía sobre el rostro, escondiendo apenas su expresión de incredulidad—. Vamos, no te lo tomes así, querida. No es un agravio dar la razón al que la tiene. Al menos ese es mi punto de vista.

—Podrás expresarle tu apoyo en persona si lo deseas. Mister Walsworth me ha pedido que pase la Nochebuena en Holland House. ¿Querrás venir? Me gustaría mucho. A menos que viajes a Escocia, naturalmente.

—Estaré donde tú estés, mi dulce Anna. —Desmond sujetó su rostro entre sus manos.

Aquella frase sencilla contenía resonancias muy serias. Anna se preguntó si no se estaba precipitando en sus conclusiones, pero no era el momento de comprobarlo. Dejaría que los hechos hablasen por sí solos.

—He de volver a Holland House. He de continuar escribiendo.

Anna se puso de pie. Buscó su vestido, que había quedado abandonado en el suelo. Desmond admiró su cuerpo. Pensar en lo cerca que habían estado el uno del otro hacía un momento alimentaba de nuevo su deseo.

—Es fin de semana. Pasémoslo juntos. ¿Por qué no escribes aquí? —le propuso mientras él también le vestía—. Te compraré un cepillo de dientes. Y unas medias. Las tuyas se han roto...

Anna se cubrió el rostro con las manos. Desmond se acercó y entrelazó sus dedos con los de ella mientras la empujaba de nuevo hacia la cama. Rodaron riendo, el uno sobre la otra, hasta que Anna se dio la vuelta y quedó encima. Miró a Desmond desde arriba con los ojos entrecerrados, evaluando la situación.

—Podría funcionar —dijo Anna.

—Sí. Podría funcionar —sentenció Desmond.

El lunes temprano la doctora Stahl volvió a Holland House. El profesor Gilbert se fue unos días a Londres para atender algunos asuntos con su antiguo editor, quería mostrarle el contenido del pendrive para pedir su opinión. Anna no era muy consciente del impacto de las gestiones de Desmond, aunque desde luego valoraba mucho su compromiso con su trabajo, con el grial. Pero no era eso lo verdaderamente significativo, sino el tiempo que habían compartido juntos ese fin de semana. Si lo pensaba, aquella era la vida que quería vivir en realidad, una llena de ilusiones, de proyectos, de esperanzas, de risas, de besos, de pasión; una vida donde se sintiera como en casa, incluso aunque esa casa estuviera lejos del mar.

Subió la escalinata de Holland House embriagada por las sensaciones del largo fin de semana. Sin embargo, nada más empujar la puerta de su habitación se percató de que algo no iba bien. Un sudor frío la recorrió de arriba abajo. Todo parecía en orden, pero solo era una apariencia. Alguien había estado allí hacía poco. Tanto el ordenador como la luz de la mesa estaban encendidos. Era terrible. Por fortuna llevaba consigo el pendrive y el ordenador personal. Si alguien usurpara su clave, tendría acceso a su información personal y a todos los archivos que había en el ordenador, por lo que siempre actuaba con suma cautela. Anna encendió todas las luces. Alarmada, miró en la mesa, donde estaban los papeles de Gala. Suspiró aliviada al comprobar que seguían allí. Pensó que aquello no podía pasarlo por alto, que tendría que comunicar a mister Walsworth aquel atentado contra su privacidad y protestar, patalear, indignarse, reclamar, exigir respeto. Respeto. Era todo lo que buscaba. Respeto. Iba a llamar a Stuart, pero se detuvo. Probablemente lo que Walsworth buscaba era su reacción. Eso le permitiría saber si le estaba ocultando algo. Anna se preguntó qué hacía mal. Quizá buscar en lo transitorio vocación de permanencia. Por muy seductor que resultara Holland House, tarde o temprano debería abandonar la casa. Seguramente también Oxford. No quiso pensarlo. Si lo pensaba, se le hacía un nudo en la garganta.

Permaneció varios días encerrada, trabajando en la biblioteca una parte del tiempo y leyendo a Tolkien la otra, con la única compañía de Stuart. A Pierre y a Walsworth parecía habérselos tragado la tierra. Supuso que estarían juntos, inmersos en sus oscuros negocios, ya fuera en Londres o en cualquier otro lugar.

Leer al profesor tras haber atado los cabos sueltos en la vida de Gala Eliard hizo que Anna contemplara a la Señora de Lórien, la dama blanca, con nuevos ojos. De acuerdo con la versión oficial, la historia de Galadriel, la reina más poderosa, bella e independiente de la mitología tolkieniana, fue emergiendo de forma progresiva, ya que el maestro la rehízo durante casi toda su vida.

Galadriel conoció a la Comunidad del Anillo en el 3019. Fue especialmente atenta con el hobbit Frodo Bolsón, que era portador del Anillo Único en ese momento. Él le ofreció la valiosa joya, pero Galadriel resistió la tentación con éxito: «He pasado la prueba —dijo—. Me iré empequeñeciendo, marcharé al oeste y continuaré siendo Galadriel».

Fue en estas palabras donde Anna reconoció a Gala Eliard. Ella, como Galadriel, podía tener alguna sombra, aunque finalmente la luz era prevalente, incluso si ello significaba renunciar al poder. Tolkien concebía a Galadriel como una combinación de belleza, virtud y poder, además de un elenco de características que reconducían en esencia a la unión de los opuestos: Gala, Galadriel, era el hada y la bruja; la santa y la pecadora; el demonio y el ángel; la carne frente al espíritu; la fortaleza y la fragilidad.

Pero aún quedaba un episodio crucial: su despedida de Gimli, recogida en el capítulo octavo del libro segundo, *Las Dos Torres*, «Adiós a Lórien». Ella le dio el mejor de los regalos: tres hebras de su hermoso cabello, algo que le había negado a su primer pretendiente, Fëanor.

Gimli sollozó de tristeza al despedirse de Galadriel. Sabía que nunca más volverían a encontrarse, no al menos en la Tierra Media. El desdichado enano se confesó a su amigo.

> Dime, Legolas, ¿cómo me he incorporado a esta misión? ¡Yo ni siquiera sabía dónde estaba el peligro mayor! Elrond decía la verdad cuando anunciaba que no podíamos prever lo que encontraríamos en el camino. El peligro que yo temía era el tormento en la oscuridad y eso no me retuvo. Pero, si hubiese conocido el peligro de la luz y de la alegría, no hubiese venido. Mi peor herida la he recibido en esta separación, aunque cayera hoy mismo en manos del Señor Oscuro. ¡Ay de Gimli, hijo de Glóin!

Legolas había intentado consolarlo sin mucho éxito.

> ¡No! ¡Ay de todos nosotros! Y de todos aquellos que recorran el mundo en los días próximos. Pues tal es el orden de las cosas: encontrar y perder, como le parece a aquel que navega siguiendo el curso de las aguas.

Encontrar y perder. Encontrar y perder. Anna suponía que el último resquicio de la verdad, de la vida transformada en literatura, se hallaba allí, en aquellas líneas, encontrar y perder, a lo que Gimli replicaba expresando que lo que anhelaba el corazón no eran recuerdos, pues aquello era solo un espejo.

Pero para asegurarlo era perentorio hallar la correspondencia entre Gala y el profesor. Encontrar y perder. Encontrar y perder...

El día de Nochebuena nevó de nuevo copiosamente en Oxford. El frío externo no arredró a Anna. Había seguido el consejo de Walsworth y esa noche se atrevió con un escueto vestido negro entretejido con hilos de oro. Lo había comprado en una tienda virtual mientras Desmond estaba en Londres.

A la cena de Walsworth concurrieron Pierre Broussard y su madre, la famosa Marie; George Aldrich y su acompañante, Polina; un pariente lejano de Walsworth, Frederick Archer, abogado, y su pareja, un joven llamado Arthur. A última hora y sin que nadie excepto el anfitrión lo esperara, se presentó Susan Bales, la mujer que había seleccionado la candidatura de Anna. Anna había oído hablar muy poco de ella y lo cierto es que deseaba conocerla. Se trataba de una mujer de mediana edad, de espesa cabellera negra, rostro cuadrado y ojos claros, bien proporcionada. Pero Anna olvidó pronto a la atractiva Susan Bales, que dejó en manos de Desmond, a quien parecía conocer bastante, fascinada por el encanto de Marie Broussard. Aquella mujer la había impresionado desde el principio. Tenía un porte elegante que acentuaba el cabello níveo, que lucía muy corto.

Observando su elegancia, su feminidad delicada, ya algo frágil, podía comprender por qué aquella mujer fue el gran amor de juventud de Julius Walsworth, por qué aún había entre ellos un hilo que no los separaba, aunque, como George, Walsworth prefiera a mujeres más jóvenes. Anna habría querido hablar con ella, pero estaban demasiado lejos para poder conversar. Suponía con acierto que Marie era la verdadera impulsora de la compra de Rosehill Manor. Desde esa perspectiva las palabras de Pierre cobraban verdadero sentido.

Sin embargo, esa noche no se habló de Rosehill Manor en la mesa, a pesar de que su traspaso era para la mayoría un suceso cuando menos significativo, como lo hubiera expresado el profesor Tolkien. Pierre, desde luego, parecía exultante, aunque no más que George Aldrich, que ya tenía ingresada en su cuenta corriente una sustanciosa cantidad de libras, la mayoría de las cuales malgastaría con Polina.

Tras la cena, Marie Broussard exhibió para los invitados uno de sus lienzos, *Eternity.* Había ido con ella para acompañar la inauguración de la biblioteca de mister Walsworth. Aún tenían que llegar algunos más para una exposición en el Barbican. Anna se admiró del talento de Marie para el retrato.

—Es una bella durmiente. La última de una serie de trece.

Anna contempló el lienzo. Por algún motivo le recordaba al cuadro sin firma que había colgado en la biblioteca. Pensó que después de todo no se trataba de un Antonio López, sino que ella era la autora. Seguramente Walsworth pretendía demostrar que la inmortalidad de una obra de arte no depende solo de su calidad. Salvar o condenar no deja de ser fruto de una convención, de la causalidad o quizá del juicio de Dios.

George Aldrich se acercó en ese momento. Señaló en dirección a Desmond Gilbert, que seguía bajo el influjo de miss Bales. Su rostro, sin embargo, ya no era animoso, sino serio.

—Haría bien en vigilar sus propiedades, si me permite que se lo diga. Cuando hay algo valioso a la vista es frecuente que surjan los ladrones.

Anna reprimió una carcajada.

—Yo no tengo propiedades, lord Aldrich. Tampoco las deseo. Mis únicos bienes son intangibles.

Anna sonrió a Desmond. Él le devolvió una mirada cómplice y se separó de miss Bales. Un rato después, cuando todos pasaron a la sala de recreo para tomar una copa, Susan la interceptó. Su conversación era agradable, pero también inquisitiva, y estaba muy interesada en saber de sus planes futuros.

—¿Qué hará cuando termine su contrato? ¿Se quedará en Oxford?

Anna no tuvo oportunidad de contestar. Desmond la tomó del brazo y la apartó de Susan.

—Vamos a tu habitación. —No era una sugerencia. El tono de voz de Desmond era imperativo.

—¿No es un poco abrupto?—Anna lo miró de una manera encendida—. Es descortés retirarse ahora. Solo son las once.

—Sí, pero me gustaría estar a solas contigo.

Acuciada por la urgencia de Desmond, Anna anunció a los presentes su retirada. Walsworth parecía contrariado. Aun así respondió con la misma cortesía de siempre.

—Espero que esté cómodo en Holland House, profesor Gilbert. Stuart le ha asignado la habitación que está al final del pasillo. —Walsworth sabía bien que Desmond dormiría con Anna y no se preocupaba en ocultar lo mucho que le molestaba—. Cualquier necesidad que surja...

—Avisaré a Stuart —interrumpió Desmond—. Gracias por esta magnífica velada. Y feliz Navidad.

En la habitación el fuego estaba encendido. Las llamas se reflejaban en el cuerpo de metal de su vestido confiriéndole una apariencia de guerrera. Desmond la contempló con verdadera codicia.

—Cada vez estás más hermosa. Supongo que desearás un regalo muy especial, a la altura de tu vestido. —Se metió una mano en el bolsillo de la americana y sacó un sobre de color crema.

Anna estuvo a punto de dar un salto de alegría. Estaba emocionada. Pensaba que lo que le daba era alguna de las cartas del teniente Tolkien, pero no era eso. Anna estudió el documento y miró a Desmond con incredulidad.

—¿Qué es?

—Tu contrato editorial. Cuando salgas de Holland House vas a tener mucho tiempo para escribir, ¿verdad? Y tu marcha es casi inminente.

Anna se sentó sobre la cama. Miraba el papel sin ser consciente de su importancia.

—Había esperado otra cosa.

—¿Otra cosa?

—Sí. Las cartas del teniente Tolkien. Creo que toda la verdad de la relación entre Tolkien y Gala se encuentra en el «Adiós a Lórien» de *Las Dos Torres*, donde se inserta como colofón el poema «Namárië». Pero querría que esto fuera algo más que una mera especulación. Las cartas podrían aclararlo todo. Por favor, vayamos ya a París, Desmond.

—No seas impaciente, brujita. Faltan apenas unos días. No las voy a tener antes. Madame Bordeau es muy hermética. Mientras llega el momento, quizá puedas escribirlas tú, aunque sea como mero ejercicio.

Anna enarcó una ceja.

—¿Una carta para Gala? Si el teniente y ella ni siquiera se conocen aún.

Desmond tomó uno de los mechones de su cabello. Tiró suavemente hasta que sacó una hebra. La sostuvo entre sus dedos mientras la alzaba a la altura de los ojos para verla más de cerca.

—Entonces tendrás que solucionarlo. —Desmond miró a Anna a través del hilo de oro—. Haz que se encuentren.

—¿Dónde?

—De camino a los bosques de Lórien.

15

La dama blanca

You ask me if I known love...

Jon Bon Jovi, «Blaze of Glory»

Frente occidental, verano de 1916

Ronald Tolkien partió a Francia en junio de 1916. Embarcar hacia el continente significó para el joven oficial de señales tanto como morir en vida, pero no podía volverse atrás. Había llegado la hora de hacer su parte. Su único consuelo era estar cerca de su amigo Geoffrey Bache Smith, el tercero de los Camaradas de Salford, que servía en el Batallón número 19.

Apenas dos días después de salir de Inglaterra, los Fusileros de Lancashire llegaron a Calais. Una marea caqui invadió el muelle generando una enorme confusión. El caos era tan grande que Ronald, desconcertado, fue incapaz de encontrar su equipaje, preparado con tanto esmero. Intentaba dar con él cuando un joven de rostro pecoso y orejas puntiagudas se le acercó.

—Soldado raso Scott. —El muchacho se cuadró al presentarse al teniente—. Tengo órdenes de conducirle a Étaples, a unas cuarenta millas. ¿No trae ningún bulto?

John Ronald contempló al joven.

—Temo que se haya extraviado.

—Son tantos los hombres que han llegado estos días que resulta raro que esto no ocurra. —El soldado Scott hizo un gesto de disgusto—. Un verdadero caso de mala suerte.

El teniente pensó que no era aquel un caso de mala suerte, sino de incompetencia o, peor aún, de codicia. No descartaba que alguien hubiera podido robar su equipo. Un equipo como el suyo era un auténtico lujo.

—Con su permiso, teniente. Indagaré un poco, a ver si aún aparece.

Aguardó en el muelle con los puños cerrados, acuciado por la impotencia. Ronald Tolkien no tenía mucha fe en el soldado Scott. Parecía un muchacho realmente simple. Se odió por opinar de este modo, pero no podía evitarlo. Pensó que debía encontrarlo por sus propios medios. Empezó a mirar a su alrededor aguzando la vista.

Mientras buscaba se fijó que en uno de los extremos del muelle había un pequeño alboroto. Unos cuantos soldados se concentraba allí, frente a una ambulancia de la Red Cross. Las enfermeras, varias muchachas jóvenes, habían estado repartiendo agua y limonada para los soldados que aguardaban su destino bajo el sol cálido de junio, aunque parecía que ya se marchaban. Se preguntó si sería inadecuado acercarse al bullicioso grupo para pedir algo de agua. Tenía la boca seca.

Indeciso, regresó al lugar donde había dejado al soldado Scott, pero el muchacho no volvía. La sed se hizo más persistente, así que Ronald Tolkien caminó en dirección a la ambulancia. Allí se dirigió a la única enfermera que aún no había subido a los camiones.

—¿Podría darme algo de beber, señorita?

La mujer se volvió un momento.

—Me temo que la limonada ya se nos ha acabado, pero aún queda agua en el bidón. ¿Tiene su jarra?

Ronald no pudo contestar. Durante un instante quedó atrapado entre las palabras, que sonaban musicales, en la mirada profunda de la mujer, de un color muy inusual, gris en los extremos del iris y castaño claro o dorado alrededor de la pupila, un color que le hacía pensar en bosques de otoño y arroyos de agua fresca, nueva. Sus mejillas se sonrojaron.

—No, temo que no —acertó a contestar.

—Juntaré mis manos, si lo desea. Procuraremos que no se desperdicie demasiado.

La enfermera apoyó una palma contra la otra y las llenó de agua. Mientras Ronald recibía el valioso líquido se preguntó cómo sonaría en los labios de aquella mujer el idioma de los elfos.

—Se lo agradezco mucho, señorita.

—No ha sido nada —dijo ella sonriendo.

Ronald miró a la joven. Las imágenes se agolpaban en su retina. Las palabras pugnaban por salir sin conseguirlo.

—No diga eso —balbució por fin—. No tengo derecho alguno a que me sirva.

La enfermera lo miró de manera enigmática. Su rostro dulce era algo serio.

—Vine aquí para eso. Ahora he de marcharme. Buena suerte, oficial.

Ronald la observó un instante, sin comprender del todo el sentido de sus palabras. Hubiera querido retenerla, pero ya no tenía ningún pretexto. Sin embargo antes de subir al camión ella se volvió un instante y sonrió de una manera tan encantadora que el mundo entero se detuvo. Cuando el teniente quiso recuperarse de la conmoción, ella ya se había marchado. Sus ojos siguieron el vehículo, que se alejaba formando una polvareda. Se preguntó adónde iría.

El soldado Scott regresó. No era portador de buenas noticias. El equipaje se había perdido o, a lo peor, alguien lo había usurpado. Nada de aquello le importaba ya a Ronald, ocupado como estaba en buscar una nueva palabra en su lengua de hadas para describir la emoción de aquel encuentro.

La primera noche en el campamento de la Fuerza Expedicionaria Británica, el oficial Tolkien recibió una noticia catastrófica.

—Lo transferirán al Batallón número 11 —le comunicó el teniente Kenderline, del Batallón número 13.

El undécimo no era precisamente un batallón seguro, pero ya nada podía hacerse. Su caso no era el único. Muchos de los recién llegados fueron trasladados para reemplazar las bajas que se habían producido durante la lucha por Vimy. Antes de incorporarse a su batallón escribió a Edith para darle cuenta de todo lo que había pasado esos días.

> Mi querida señora Tolkien:
>
> No puedes imaginarte lo feliz que me hace poder llamarte de este modo, una auténtica bendición que compensa el natural desánimo de estos días. Estar lejos de Inglaterra, lejos de ti, es un verdadero suplicio.
>
> El pasado lunes embarcamos en Folkestone. Con el bullicio de la guerra la ciudad ha perdido su antiguo encanto, que recuerdo bien de los tiempos de la King Edward's, cuando estuve haciendo prácticas en el campamento ecuestre.
>
> En el viaje a Francia nos ha escoltado un destructor. Esa presencia amenazadora nos ha recordado continuamente que pronto estaremos en primera línea, algo que no siempre tenemos presente. Creo que la mayor parte de los hombres que se dirigen al frente no comprenden las consecuencias. Quizá para ellos morir debe de ser una aventura espantosamente grande, como escribió Barrie. Para mí es tan solo una tragedia irreversible.

Al llegar a nuestro destino la «maldición francesa» que parece perseguirme al estar en contacto con esta tierra ha empezado a operar. Perdí todo mi equipo y también me han transferido a otro batallón.

Los días aquí, en la base, son todos iguales. Cada jornada nos concentramos en un estadio que llamamos «la plaza de toros». Desde el camino se divisan los hospitales y también un enorme cementerio militar. Aquí pasamos la mañana haciendo instrucción. Con nuestras botas levantamos una polvareda blanca completamente enceguecedora mientras las aves marinas nos vigilan desde el cielo, como buitres al acecho. El resto del día poco hay que hacer. Intento leer, estudiar algo de islandés y escribir, una forma de salvarme del embrutecimiento que me rodea. Los comandantes son en su mayoría soldados profesionales. Desde luego no se han sentido en absoluto impresionados por un licenciado en Oxford, ni siquiera con uno que cuenta con honores de primera clase.

Pronto nos marcharemos de aquí. Estoy a la espera de instrucciones. He ideado un nuevo alfabeto, un sencillo sistema de puntos, para comunicarme contigo. Así sabrás de mí, dónde estoy exactamente y por cuánto tiempo. Esta forma de engañar a la censura, de desafiar las normas, me recuerda nuestros antiguos juegos en Duchess Road, cuando burlábamos la vigilancia de nuestra casera. No hace tanto de aquello y sin embargo parece que haya transcurrido una eternidad.

Tu esposo,

JOHN RONALD TOLKIEN

Esa era toda la verdad que podía contar a Edith. Había otra que decidió reservar solo para sí mismo. Durante las horas yermas que pasó en Étaples, el teniente Tolkien recordó muchas veces a la bella enfermera de Calais, a la que en secreto llamaba la dama blanca. Intentaba escapar al embrujo de aquellos ojos grises que la falta de luz oscurecía, al tacto suave de sus palabras y a la elegancia de su porte, aunque no siempre lo conseguía. La culpa le corroía, pero se repitió hasta convencerse que nada vergonzoso había en su recuerdo.

Las preocupaciones de la guerra desplazaron pronto aquellas otras, menores. A finales de mes, justo cuando el verano hacía su entrada triunfal, el batallón partió al frente. Se dirigían a primera línea por Amiens. Ni el teniente John Ronald Tolkien ni el resto de los soldados conocía el verdadero alcance de lo que los aguardaba, pero los movimientos de las tropas, el mutismo de los mandos, la llegada de abundantes suministros y de munición hacían prever que algo importante se estaba cociendo.

Tras largas horas de tránsito, por fin descendieron en Amiens. Los hombres acamparon en la plaza de la catedral. Esperaban con impaciencia el rancho, una sopa espesa en la que flotaban trozos de nabos, guisantes, zanahorias y algo de carne. El teniente Tolkien también estaba hambriento, pero sus ojos claros se elevaban hacia las torres que apuntaban al cielo, admirado. Sentía en aquel momento la llamada de Dios y esta era más imperiosa que el hambre. Algo más poderoso que la guerra perturbaba su ánimo. Quizá a Dios podría hablarle de la misteriosa dama blanca.

Pidió permiso al capitán para orar.

—Tiene quince minutos. Supongo que para Dios será bastante. —Los labios del capitán se estiraron sobre el fino bigotito en una sonrisa desdeñosa—. Luego tendrá que ir a buscar los equipos de radio y hacerse cargo de ellos. No se retrase. Nos espera un largo camino hasta las trincheras. Thiepval no está cerca.

La perspectiva de ir a pie, que en otros momentos hubiera distado de desagradarle, se convertía ahora en un gravamen, agobiados como iban por el peso de la impedimenta.

La iglesia calmó su desdicha. La luz que se filtraba a través del enorme rosetón central era ajena por completo a la guerra. Entre aquellos muros se estaba bien, como cuando era pequeño y acudía con su hermano al oratorio para ayudar al padre Francis Morgan y jugar con el gato de la sacristía. Ronald oró. Oró por Edith. Oró por Hilary. Oró por Chris, que estaba en Scapa Flow con la Marina; oró por Rob y por Smith; por los compañeros y profesores de Oxford y la King Edward's; oró por los muertos, los pasados y los futuros; oró por sí mismo y también por la bella enfermera de Calais, su dama blanca.

Poco después el batallón se puso en marcha. El camino, bordeado de largas praderas amarillas, se llenó de hombres y de carros de munición. Algunos de los cañones, excedentes de la Marina Real inglesa, eran tan largos que habían tenido que ser transportados por ferrocarril en varias piezas. El camino estaba lleno de baches, por lo que, de cuando en cuando, tenía que ayudar a los animales que tiraban de los equipos para que pudieran remontar. Las pobres bestias estaban exhaustas.

Unos días después los hombres supieron cuál era el motivo de todo aquel trasiego. Al amanecer del primero de julio el Batallón de Fusileros despertó con el estruendo del tambor de fuego. La batalla por el Somme había empezado. A ellos también los esperaban para unirse a aquella estúpida orgía de sangre.

La tropa reanudó la marcha en dirección a Bouzincourt el 3 de julio, cuarenta y ocho horas después del inicio de la batalla. El tráfico en la carretera era muy intenso. A veces tropezaban con camiones que se dirigían al hospital de Warloy. Era descorazonador.

La desazón de los hombres iba en aumento a cada paso que daban hacia Bouzincourt. En las cercanías de la población tropezaron con una división de los Highlanders. Sus rostros expresaban un terror que era nuevo para Ronald. Nadie tenía noticias de lo que estaba sucediendo realmente en primera línea, pero el flujo de heridos era tan abundante que los hombres se inquietaron.

Al llegar a la aldea los temores se confirmaron. Frente a ellos se extendía un espectáculo absolutamente dantesco. Sobre el suelo, repartidos sobre camillas o mantas, yacían cientos de heridos. El lamento de los hombres era sobrecogedor. Muchos de ellos estaban mutilados de forma horrible. Cuando el grupo en el que iba el teniente Tolkien avanzó hacia el campo vieron que los soldados cavaban tumbas para albergar a los muertos, que se apilaban por docenas. Era obvio que la ofensiva había sido un fracaso. Tolkien se preguntó qué habría sucedido con Rob y Smith, cuyos batallones estaban en primera línea. También se preguntó dónde estaría la bella dama blanca, y si algunos de los heridos tendrían el consuelo de sus manos. Decidió encomendarse a ella si resultaba herido en combate.

La suerte, sin embargo, favoreció a Ronald. El 6 de julio parte del Undécimo de los Fusileros de Lancashire fue enviado a primera línea. No obstante, el teniente se quedó en Bouzincourt al cargo de la oficina de señales. No había noticias ni de Rob Gilson ni tampoco de Geoffrey B. Smith. No tardó en saber del segundo, que volvió ileso a la base esa misma noche, lo que alivió parcialmente a Ronald. Smith había estado luchando con su batallón en el saliente de Leipzig, al pie de Thiepval. Parecía el de siempre, pero en sus ojos navegaba la sombra del pánico.

—Nos han barrido, Ronald. Si vieras el bosque... Los hombres se desvanecían ante mis ojos, bajo la cortina de fuego, nada más salir de la linde. Han caído cuatro oficiales, ¡cuatro! Muchos heridos, más de un centenar. Es terrible. Tengo suerte de no dirigir un pelotón. Al retirarnos al bosque hemos encontrado un triste espectáculo de munición abandonada.

¿Cómo podría pedirles que mantuvieran la moral alta? Es imposible.

John Ronald no supo qué decir. Por un instante pensó que su amigo exageraba.

—Las órdenes eran avanzar como si fuéramos a recolectar fresas en la campiña. Se suponía que la artillería pesada habría pulverizado las trincheras, pero al parecer esos malditos bastardos nos veían venir, de modo que reforzaron sus madrigueras con hormigón. Nuestras bombas no han hecho más que arañar las líneas enemigas. Nos han hecho trizas.

Ronald sintió un nudo en la garganta. Aún no sabían nada de Rob Gilson. En los últimos días el cementerio se había expandido de una manera terrible. Muchos de los hombres que yacían allí habían pertenecido a la unidad de Robby.

John Ronald meneó la cabeza.

—Esta es una guerra distinta, Jiffy.

El joven oficial tenía razón. Era una guerra distinta. La guerra del fin del mundo.

La hora de la verdad llegó para la Compañía C el 14 de julio. En esa fecha el IV Ejército ya estaba preparado para reanudar la ofensiva en el sector sur. El grueso del ataque se concentró en las poblaciones próximas al bosque de Elville. Algo más lejos, al otro lado de la línea de colinas, se encontraba el bosque alto de Bazentin.

Se acordó que el Batallón Undécimo de los Fusileros de Lancashire y los Royal Irish se unieran a la Séptima Brigada de Infantería para atacar Ovillers por el sureste. Tolkien se despidió de Smith. Este se mostró mucho más solemne que de costumbre. Ronald nunca olvidaría aquellas palabras.

—No seré yo quien te dé ningún consejo, de nada valen frente a un obús. Solo quiero recordarte algo que sabes bien. Esta de aquí no es tu verdadera misión. Por eso tienes el deber de preservarte en la medida de lo posible. Eso no es ser un cobarde. Si sobrevives, cuenta a las generaciones venideras todo aquello en lo que estábamos de acuerdo. Que Dios te proteja.

Ronald estrechó con fuerza a Smith. Aquella carga era mucho mayor que los treinta y dos kilos de impedimenta y el equipo.

Se sumó a sus hombres, que caminaron de noche a través de los callejones de enlace hasta la primera línea. Al llegar allí el teniente Ronald Tolkien miró con incredulidad el espectáculo que se abría ante sus ojos, anunciado desde lejos por el olor nauseabundo de la putrefacción. Ninguna escuela de oficiales lo había preparado para lo que vio. Las trincheras inglesas eran el paraíso de la muerte. En cada rincón de la red subterránea encontraba cuerpos que yacían entre montañas de escombros como muñecos desmadejados, semejantes a piezas dispuestas a ser exhibidas en un macabro museo. Muchos de los hombres ya no tenían rostro; en otros había quedado congelada una expresión de horror que en sí misma resultaba aterradora. Algunos soldados estaban aún agarrados al alambre, donde habían quedado también prendidos restos humanos o torsos desmembrados. Fuera de la trinchera, la tierra de nadie era un mar de cráteres cubiertos de agua donde se descomponían seres que poco antes habían sido humanos.

El teniente estaba atónito ante aquel horror animal. La náusea lo invadió. Estaba vomitando sobre el barro cuando recibió la llamada del oficial de señales Reynolds. Tolkien se sobrepuso como pudo y acudió a la oficina de comunicaciones. Las órdenes de su superior fueron tajantes.

—No puede usar el telégrafo, excepto para los mensajes menos importantes. Tampoco el morse. Esos hijos de perra han intervenido las líneas. Tendrá que confiar en luces y banderas. También dispone de correos, incluso si lo estima oportuno podrá recurrir a las palomas, si es que sobreviven en este aire viciado. Ahora prepárese. No queda demasiado tiempo para que se familiarice con el equipo.

Estaba previsto que el ataque tuviera lugar de madrugada, a las dos. La luna llena brillaba en el cielo. Poco antes, el capitán del batallón arengó a los hombres. En sus rostros podía leerse el miedo, pero también la valentía. John Ronald asistía impávido al espectáculo.

—¡Oficiales, soldados! —La voz del capitán era grave—. Han visto bien la difícil tarea de romper las líneas alemanas. Hoy deberán hacer lo imposible.

Lo imposible. Lo imposible era llegar vivo al día siguiente. Mientras rezaba en silencio el teniente Tolkien palpó con los dedos su guerrera para asegurarse de llevar bien cosido al uniforme el paquete que contenía vendas. De uno u otro modo las iba a necesitar.

Minutos después la artillería martilleó las líneas enemigas. El fuego intenso se mantuvo durante unos cinco minutos. Las bengalas surcaron el cielo como estrellas fugaces de muerte. Entre las bombas que iluminaban de rojo el horizonte se oyó el timbre agudo del silbato.

La noche se estremeció con el rugido desesperado de los ingleses. Los hombres saltaron de la trinchera con sus cantos de guerra. A paso raudo avanzaron entre la cortina de humo provocada por el fuego artillero, que reducía la visibilidad de los alemanes. Los obuses estallaban a su alrededor, levantando trozos de tierra y carne humana. Ronald ya no pensaba en el sentido de todo aquello, sino tan solo en salir de aquel infierno, en escapar a cualquier precio, pero era su deber conservar la calma y disparar a aquellos que, aterrorizados, osaban retroceder.

La metralla alemana mordía el suelo, duro y seco. Una bala pasó a su lado, rozando el casco. Uno de los hombres que arrastraba el equipo de comunicaciones saltó por los aires. El teniente Tolkien observó cómo su mano, mutilada, aún se aferraba al equipo. Aquello le hizo reaccionar por fin.

—¡Corred! ¡Corred! ¡Por la luz de Eärendel!

Nadie entendió lo que decía, pero los hombres lo siguieron. Poco después, al amanecer, el ataque se detuvo y la tropa recibió permiso para descansar hasta que volvieran a reagruparse.

Ronald se refugió con su equipo en una hondonada. No era un lugar precisamente confortable, pero al menos estaban protegidos. Cerró los ojos un instante, aunque le parecía imposible abandonarse al sueño entre toda aquella inmundicia. Miró a un muchacho que había frente a él. Su rostro, hermoso, expresaba mucha paz. Ronald envidió su serenidad, que parecía sobrehumana.

Despertó dos horas después, sobresaltado. El fuego artillero se había reanudado. Era hora de salir de aquel agujero. Ordenó a sus hombres que se prepararan. Solo el muchacho que había frente a él seguía dormido. El teniente Tolkien se acercó y lo sacudió por los hombros. Una lombriz salió de su boca. No estaba dormido, sino muerto.

El 18 de julio Ronald regresó a Bouzincourt. Habría debido de sentirse satisfecho, pero tenía un extraño presentimiento. Los peores temores no tardaron en confirmarse. Allí encontró una carta de Smith.

15 de julio de 1916

Mi querido John Ronald:

He leído esta mañana que Rob ha muerto.

Yo estoy bien, pero ¿qué importa?...

Tolkien no pudo seguir. Rob Gilson había muerto. A las 7.30 a. m. del 1 de julio de 1916, justo cuando los tambores de fuego callaron por primera vez en días, Gilson sopló el silbato y condujo a sus hombres hacia una cima situada cerca de La Boisselle. Su objetivo era el reducto Suffolk, a poco menos de dos millas. Ignoraba la verdad: que los cañones enemigos no habían sido destruidos por los bombardeos de la artillería británica, de modo que cuando los cambridgeshires avanzaron y la cortina de fuego desapareció, los alemanes dispararon enloquecidos. Un soldado del batallón informó que, a pesar de todo, el teniente Gilson empuñó su pistola y caminó sin perder el paso hacia delante para guiar a sus hombres. Continuaba avanzando cuando cayeron los oficiales al mando, hasta que él mismo murió tras una explosión de proyectil. No dejó carta alguna de despedida, ni siquiera a la mujer de la que estaba enamorado, Estelle King. El teniente Gilson fue solo una de las 6380 bajas que la 34.ª División tuvo aquel fatídico día en que batallones enteros quedaron pulverizados.

Tolkien enterró la cabeza entre las manos. Estaba desolado. Las palabras de Smith resonaron de nuevo en sus oídos. «Cuenta a las generaciones venideras todo aquello en lo que estábamos de acuerdo». Debía hacerlo, escapar de aquel horror y ofrecer a Inglaterra algo más grande que el orgullo de sus generales. Un conjunto de leyendas sobre el abuso de poder y sus consecuencias; sobre la pérdida y el coraje; sobre la amistad imperecedera; sobre la muerte y la inmortalidad; sobre el amor imposible... Ese era el camino. Solo que no sabía cómo iba a recorrerlo.

16

Comment te dire adieu

Just remember in the winter,
far beneath the bitter snows,
lies the seed that with the sun's love
in the spring becomes the rose.

BETTE MIDLER, «The Rose»

Cuando Anna despertó, Desmond no estaba. Lo lamentó mucho, pues le habría gustado hablarle de los sueños de esa noche. Ahora ya sabía más del encuentro entre Gala y el profesor. Se lo contaría más adelante a Desmond, cuando lo escribiera. Desmond... Hundió su nariz entre las sábanas buscando la huella de su amante, su olor ligeramente salino, el mismo que impregnaba su propia piel. Un fuego cálido la sacudió de arriba abajo al recordar las tórridas escenas de la noche anterior. Mientras se incorporaba se preguntó dónde estaba Desmond. Su ausencia acrecentaba la sensación de que todo lo ocurrido entre ellos no había sido real, que no había sido real toda la pasión con la que se habían entregado el uno al otro, de la que solo quedaba como prueba esa laxitud que desmadejaba su cuerpo, el sabor dulce y acre que inundaba su boca.

Eran cerca de las nueve. Supuso que la mayoría de los invitados de Holland House aún dormía. Así era. Walsworth, sin embargo, llevaba algún tiempo levantado. Anna lo encontró en la sala de desayuno, tomando un té, pensativo. Stuart estaba asistiéndolo, como siempre. Al verla le sirvió a ella un poco de café. Lo necesitaba, desde luego. Walsworth la observó de reojo.

—He visto salir a su Romeo hace un rato —obviamente bromeaba—. El profesor Gilbert le dio a Stuart un paquete, pero yo mismo me ofrecí a hacerme cargo de su entrega. Ya ve que soy un hombre modesto.

Walsworth le tendió una bolsa de una conocida librería de Oxford y la estudió con ojos curiosos mientras Anna rasgaba el papel. Dentro había una novela titulada *No Man's Land*. La firmaba Simon Tolkien. Anna sabía de su existencia, pero no había tenido oportunidad de leerla. En realidad, no había querido hacerlo. Al hojearla, un pequeño sobre que había bajo la solapa cayó al suelo. Lo tomó y volvió a colocarlo en su sitio. Estaba impaciente por abrirlo, pero la presencia de Walsworth y de Stuart la intimidaba. Cerró el libro de sopetón, sonriendo ampliamente al anticuario mientras se acercaba la taza de café a los labios.

—¿Interesante?

—No del todo. Se trata de una lectura que podrá ayudarme a completar mi trabajo sobre Gala Eliard.

—Comprendo. No se concede una tregua. Pero es Navidad. Debería deponer las armas, ¿no le parece? —Anna se encogió de hombros.

—No estoy en guerra, mister Walsworth. Simplemente no puedo «deponer» mi curiosidad, ni siquiera en Navidades. De todos modos, no leeré este libro. No al menos por el momento.

—No será necesario. Tendrá oportunidad de hablar con el autor dentro de poco. Cuando inauguremos la biblioteca.

Anna tomó un nuevo sorbo de su café. No mencionó que Simon Tolkien, aunque tenía una excelente formación como historiador, era la oveja negra de la familia. De hecho había roto relaciones con la Tolkien State por su apoyo a las creaciones cinematográficas de Peter Jackson. Ahora que había participado como asesor en la producción de Amazon, *Los anillos de poder,* no creía que las relaciones fueran mejores. No era del todo eficiente posicionarse en contra de la Tolkien State. Anna debía hablar de aquello con Desmond, aunque a buen seguro que lo había tenido en cuenta. Suponía que no se iban a tomar muy bien una investigación o una novela que hablara de una relación oculta, aunque se tratara de una relación casi platónica, y que incluso podría tener problemas de naturaleza legal. Se volvió hacia Walsworth dispuesta a ponerlo en antecedentes, pero este la interrumpió.

—He sabido que pasará el fin de año en París. —El gesto de Anna fue de ligero estupor—. ¿No lo ignoraba, verdad? El profesor Gilbert lo mencionó casualmente. Le sugerí que se hospedaran en el Shangri-La, justo al lado de Trocadero. ¿No le parece que Shangri-La y grial suenan parecido? Se lo mencioné al profesor, pero al parecer tenía sus propios planes. —Anna casi se atragantó, tanto que tuvo que toser. Walsworth parecía satisfecho—. ¡Oh!, la he incomodado. Lo lamento de veras. Espero que no me juzgue un viejo entrometido. Solo me preocupo de su bienestar. Casi lo tomo como un asunto propio. Ha de pasarlo bien, querida Anna. —Ella no pudo evitar sonreír con ternura.

—Mister Walsworth, usted no es viejo, o al menos no lo es en el sentido literal de la palabra. De hecho, su aspecto es inmejorable. Pero respóndame a una pregunta: ¿por qué le preocupa exactamente mi bienestar?

—Porque merece ser feliz, Anna. ¿No lo ha pensado?

—Supongo que sí, claro, que alguna vez he pensado que merecía más de lo que obtengo. No deja de ser un discurso muy humano.

Walsworth tomó sus manos. Anna se encogió sobre sí misma, pero no rehuyó el contacto.

—Verá, Anna. Le propongo un trato. Creo que es justo. Usted seguirá ocupándose de mi educación y yo de la suya.

—¿A qué se refiere exactamente? —dijo Anna frunciendo el ceño.

Walsworth no respondió de inmediato. Parecía muy serio.

—A veces tengo la impresión de que es usted un cervatillo perdido en el bosque, aunque proyecte la imagen de mujer de mundo. No sé hasta qué punto lo es. Lo que pretendo es que se conozca. Necesita algunas lecciones de hipocresía social. Va a ser divertido ser su Pigmalión.

—Es muy amable. —Anna sonrió queriendo disimular su inquietud—. No sé si me servirá saber todo eso. Mi vida es solitaria, la propia de una intelectual.

Mister Walsworth la estudió un instante.

—¿Nunca se permite soñar?

—No duermo lo suficiente para poder hacerlo. Trabajo por el día para usted y de noche en lo que me apasiona.

—En efecto. Pero creo que ya está en disposición de poder dormir lo bastante. Verá, Anna. Usted ya es casi parte de mi pequeña familia. Si sus afectos no estuviesen en otro lugar, incluso podría serlo. Voy a decirle algo. Supongo que esta vez sí me juzgará entrometido, aunque según me dice usted no viejo. No me ha pasado por alto que Pierre parece fascinado por usted. Tampoco me ha pasado por alto la actitud del profesor Gilbert. Creo necesario advertirla, porque es posible que lo ignore. Si lo hago es porque no deseo que sufra. El profesor Gilbert fue amante de Susan Bales, la socia de Archer. Rompieron más o menos cuando usted llegó a Holland House, lo que no me parece una casualidad. Antes de tomar decisiones que comprometan su futuro, debería asegurarse de que esa relación está del todo cerrada. Es algo de lo que dudo, a tenor de lo que vi ayer.

En ese momento entró a la sala Broussard, lo que evitó que Anna reaccionase de forma brusca. Al recordar las palabras de Walsworth se azoró. Se levantó de forma precipitada, buscando una excusa.

—No olvide su libro —la advirtió.

Anna lo miró sin comprender. Luego se percató que se dejaba *No Man's Land* sobre la mesa. Escapó a la biblioteca con él. Le urgía leer la nota de Desmond.

Al abrir el sobre solo encontró una frase escueta:

> Abre tu correo. No tardes. Luego reúnete conmigo en los jardines, frente al laberinto. Hace frío, abrígate.
>
> D.

Anna corrió a su habitación. Se preguntaba a qué venía todo aquello. Abrió el adjunto, tal y como le había pedido Desmond. No esperaba aquello. Era una carta. De Tolkien. Las lágrimas se cuajaron en sus ojos hasta casi impedirla ver a causa de la emoción. Enseguida supo de qué se trataba: era la confesión de un hombre que no podía evitar ir en contra de sus principios.

> Barco Asturias, 8 de noviembre de 1916
> Canal de la Mancha
>
> Querida Edith:
>
> Vuelvo a casa. Navego ya rumbo a Inglaterra. El barco hospital de la Red Cross que me lleva hacia ti es confortable y limpio, pintado de blanco, rojo y verde. Los hombres que me rodean, la mayoría enfermos de escasa gravedad, se muestran muy contentos. Los heridos más graves siempre quedan en los campos. No llegan normalmente más allá del puesto de primeros auxilios, donde suelen agonizar entre grandes dolores.

Pronto la costa de Inglaterra dejará de ser una ilusión. Si supieras cuántas veces he soñado con verla... Ahora que llega el momento noto, sin embargo, que he perdido parte de aquella ansiedad esperanzada que acompañaba a mi deseo. Temo que la enfermedad que ha debilitado mi cuerpo, una extraña fiebre provocada por algo tan sucio y vulgar como un piojo común, haya invadido también mi alma para privarme de todos los principios a los que solía aferrarme y que hoy me parecen endebles, inconsistentes, incluso rígidos y estúpidos. No soy el mismo, Edith. Hace unos días te advertía en una carta que nunca llegué a enviarte que nadie sale indemne cuando contempla el mal absoluto, su rostro terrible, despiadado, horrendo. Pero hay algo todavía peor que enfrentar el mal cara a cara. Hoy he de decirte que la experiencia de la alegría, de la belleza, de la bondad puede ser aún más devastadora si a su contemplación va unida la pérdida. Triste destino, pues, el del andariego que tiene que proseguir el camino dejando atrás esa luz, porque entonces resultará condenado a vivir un nuevo infierno de tinieblas que solo culminará con la muerte, a la que habrá dejado de temer por no parecerle ya el peor de los males.

Te preguntarás sin duda cuál es la causa de estas palabras. Es difícil no sentir dolor al saberse arrojado del paraíso, sobre todo cuando este brota en un desierto de caos y destrucción. El hospital para oficiales de Le Touquet ha sido un inesperado oasis que surge en un mundo que se desmorona, el cielo en la tierra. No es solo la caricia de las sábanas blancas y limpias, el calor de un pijama seco, la presencia de una mano compasiva que enjuga nuestro dolor, nuestro sufrimiento, el silencio, sino el último reducto de algo que existió una vez, pero que no existirá nunca más salvo en el recuerdo de los sueños imposibles. Sin embargo durante un pequeño lapso de tiempo ese mundo fue real para mí.

Creo que presentí a Gala siendo aún muy niño, mucho antes de conocerte, cuando nuestro mundo aún estaba lleno de posibilidades. Su imagen difusa atravesaba la sutil frontera del tiempo y del espacio que nos separaba. Solía venir a mí durante las tardes lluviosas en Sarehole, cuando mi madre me daba la lección de francés. Veía su sombra reflejada en esas palabras suaves, cadentes, musicales, y mi sabiduría infantil me hacía huir para protegerme de ellas porque serían esas palabras y no las mías, las que me atan a ti, las que terminarían por traerme el desasosiego que hoy invade mi corazón, el dolor que me atraviesa como un puñal. Es ese dolor el que me hace comprender que durante todos estos meses ya estaba muerto, que morí quizá cuando te dejé en la estación, que mi cuerpo habría muerto como mi alma si ella no hubiera acudido en mi auxilio para rescatarme de la espesa niebla que nublaba mi vista. En aquella niebla solo veía el gris y, entre el gris, escuchaba las voces que susurraban a mi alrededor. Pero había una que era diferente a las demás. En esa voz reconocí los ecos de esa lengua que siempre me había resultado odiosa, pero que ahora me confortaba y tiraba de mí. A veces, en mis sueños, veía un puente de piedra sobre un río de aguas pacíficas y tranquilas que discurría en medio de un bosque. Habría querido atravesarlo, bañarme en las aguas frescas y limpias de la otra orilla. Pero entonces escuchaba aquella voz dulce que entonaba una canción que nunca podré escuchar sin nostalgia y notaba el lienzo húmedo y limpio, los dedos suaves que refrescaban mi rostro, mi espalda, mi pecho. Me hizo quedarme junto a ella, Edith, y por eso no podré dejar de amarla, aunque la razón me diga que quien la ama es mi debilidad, que ese amor es amor a lo incorrecto. Pero ¿quién puede decir qué es lo correcto y qué no? El nuestro, el amor que nos unió durante nuestra juventud, también era incorrecto a los ojos del padre Francis, a quien tanto debo. Pero ¿lo era? No lo creo. Era tan solo un sentimiento joven, como el que me embargó los días en que creía estar muerto.

No quiero hacerte daño con mis palabras. Las palabras pueden herir más aún que los trozos de metralla. Pero aunque me duelan o te hagan daño no podré olvidar jamás las suyas, palabras que llevaré prendidas en la memoria, como el tacto de su pelo suave y dorado, la caricia de las manos de dedos largos y finos, su mirada luminosa, cálida como la luz de una vela. Si la hubieras visto como la he visto yo, si la hubieras tenido como yo la he tenido, tan cerca e inaccesible a un tiempo... Quizá eso te ayude a comprender sin juzgarme, Edith, y sin juzgarla a ella. Soy tan solo un hombre rendido ante el poder superior de una mujer a la que me encomiendo para seguir andando el camino que recorreré junto a ti.

Durante estos días me he prohibido mil veces hablar como hablo, escribir como escribo, sentir lo que siento. Si hubiera podido rodear mi corazón de cadenas, si pudiera. Pero no puedo, Edith. No sé cuál es la naturaleza de esta locura que me lleva a experimentar anhelos inexpresables en los que no me permito ni siquiera pensar. Es curiosa la naturaleza humana, pequeña. Hinchamos el pecho ante palabras como nación, patria o gloria; imponemos medallas al valor por la comisión de asesinatos masivos que nos impulsan a avanzar un palmo más en nuestro deseo de predominar sobre el otro, de aniquilar al otro, y, sin embargo, se condena el sentimiento de dos almas afines que se encuentran y reconocen la una en la otra, aunque sea durante un breve instante, porque ambas saben que jamás podrán vencer la imposibilidad.

Quisiera hacerlo, pero no puedo elegir no amar, aunque me haya equivocado de mujer, de tiempo y de lugar. Solo sé que jamás regresaré a esta tierra que ahora ya no puedo aborrecer y también que no volveré a encontrarla en este mundo. Pero, mientras ella exista y yo crea que alguna vez recordará a aquel soldado que se cruzó en su camino una mañana fría y seca de invierno, seguirá acompañándome la esperanza de que aún es posible recuperar la belleza de otro tiempo. Sin embargo, un oscuro presentimiento me ahoga y deshace ese pequeño hilo de esperanza. Temo por ella, Edith. Temo que la muerte que ronda estas tierras también se prende de ella y la lleve lejos, donde nada ni nadie pueda alcanzarla. Sé que ella aguarda pacientemente esa visita, que no la temerá, que se entregará gustosa, y esa posibilidad me aterra, como me aterra la posibilidad de vivir para siempre con esta carga, con este secreto que jamás podré confesarte ni a ti ni a nadie y que aflige mi pecho, un secreto que será para siempre mi paraíso y mi infierno. No podré dejar que muera.

Me pediste la verdad y no puedo decirla, Edith. Trasladar las palabras al papel ha sido mi último acto de valentía.

Querida Edith. Vuelvo a casa, a ti, herido por el recuerdo de una sola palabra, Namárië.

RONALD TOLKIEN

Anna cerró el archivo. Se preguntó si sería aquella carta un anticipo de las que debían recoger en París. Reconocía en ella el tono de Tolkien, pero en esencia le parecía espuria. Una carta así no era posible. Tenía que hablar con Desmond, así que cogió su abrigo, tal y como él le había indicado, para dirigirse a la entrada del laberinto. Hacía realmente mucho frío.

Mientras recorría los jardines escarchados pensó en Edith, la Lúthien de Tolkien, de la que Arwen era un reflejo. Edith había renunciado a su carrera musical, a su compromiso con George Field y a la fe anglicana para estar con el profesor. Durante años lo había esperado, hasta que por fin ambos se unieron como esposos en la catedral católica de Warwick, asistidos por el padre Murphy. Pero aquel matrimonio no empezó bien. No era solo que el fantasma de la guerra planeara sobre el horizonte, sino que el consentimiento de Ronald se asentaba sobre una mentira: Edith, por temor a perder a Ronald, había ocultado que era hija ilegítima. Su padre, un tal Alfred Frederick Warrilow, empresario de Birmingham, nunca la había reconocido.

La verdad salió a la luz de un modo lamentable durante la firma del acta de matrimonio. Aquello fue una torpeza, pero también algo más: la ocultación había invalidado el vínculo a los ojos de Dios. Probablemente ese era el motivo por el que a su vuelta de Francia, cuando ya había fallecido Gala Eliard, Tolkien renovó sus votos con Edith. Pero ¿y si Gala no hubiera muerto? ¿Habría encontrado aquel amor una forma de materializarse en el mundo real? El único obstáculo no eran los vínculos divinos, sino los humanos, y estos podían deshacerse.

La capa de hielo que cubría el jardín crujió bajo sus pies, como un nuevo Helcaraxë. No era aquel, sin embargo, un infierno helado. Al llegar al final del seto se fijó en que una de las rosas que crecían en una pérgola se había abierto durante la noche. El rocío se había escarchado sobre los pétalos, de un amarillo brillante. Aquella flor era un milagro. Anna tocó la corola, suave, aterciopelada, y también las gruesas espinas que crecían en torno al tallo. En ese momento vio a Desmond. Corrió hacia él, excitada por la carta, por los sueños de la noche anterior, por lo sucedido entre ambos, pero su conducta fue algo distante. Las palabras de Walsworth durante el desayuno, la actitud misteriosa, la llevaron a ponerse en guardia.

—¿Por qué estamos aquí? —le preguntó sin más preámbulos.

—¿De verdad no lo sabes? Habrás leído el fichero que te envié.

Anna decidió coger el toro por los cuernos. Las palabras le hervían en los labios.

—Tienes mucho que explicarme. Me gustaría que me hablaras de la carta, pero también de alguien más. Susan Bales. He de suponer que la habrás visto estos días, cuando te fuiste a Londres a hablar con tu editor.

Desmond no contestó. Tomó a Anna de la mano.

—Hace frío. ¿Quieres que volvamos a la casa?

—No. Me citaste aquí, aunque no sé por qué. Quizá para que viera la rosa. ¿La has visto? Es perfecta, un milagro. Me recuerda a Gala, por el color de sus cabellos.

Desmond sujetó las manos de Anna. Temblaba.

—La carta la escribí yo.

Anna lo sospechaba, pero desechó la idea.

—¿Por qué?

—Para demostrarte que, aunque las cartas no aparezcan, puedes construir igualmente la historia. Eso sobre tu primera pregunta. Con respecto a tu segunda pregunta —la mirada de Desmond pareció taladrarla—, Susan Bales y yo fuimos amantes hasta la noche de la tormenta, la primera vez que estuvimos juntos. Después de lo que sucedió entre nosotros rompí con ella. Susan no era libre, por eso no quise hablarte de esa relación, por pura caballerosidad. Ella se sintió muy desgraciada por mi abandono, que le pareció repentino. Pensó que la razón por la que lo dejábamos era esa, pero eres tú. Y también porque me sentía miserable. Estaba cansado de mentir. Pero hace poco ella habló con su pareja. Ahora es libre.

—Supongo que eso cambia la situación. —Anna soltó las manos de Desmond.

—No para mí. Yo estoy contigo. Eso no va a cambiar.

—¿Y qué sucederá cuando vuelva a España? —Era una pregunta necesaria—. No creo en las relaciones a distancia, aunque admito que el sexo online es placentero. Pero aquella vez en París no fue igual que cuando estoy contigo.

—¿No crees en una relación no carnal? ¿Como la de Tolkien y Gala?

—¿Entre tú y yo? —Anna rio abiertamente—. No, imposible. Susan tendría entonces que leer tu carta, pues le darías a ella o cualquiera que me reemplace un papel similar al de Edith si de verdad me quieres.

Una lágrima incómoda se deslizó por las mejillas de Anna. Desmond la tomó entre sus dedos, como si fuera un diamante precioso. Sus labios, amoratados por el frío, buscaron los de Anna.

—Entonces no vuelvas —susurró entre beso y beso—. Quédate en Oxford. Conmigo. Los dos somos libres ahora. No hay ningún obstáculo entre nosotros.

Pero Anna no podía garantizar nada. No todo dependía de ella. Su futuro era incierto. No sabía siquiera si iba a poder elegir. Además, ahora la sombra de esa mujer le pesaba, ya que traía el recuerdo de la traición de Mario y volvía a abrir la herida. Mientras se entregaba al beso recordó la rosa de invierno que había visto junto al seto. Por extraordinario y brillante que parezca, tarde o temprano el amor termina doliendo. Era eso o no sentir nada, absolutamente nada.

Volvió a su habitación con la tristeza agarrada el pecho. Hasta ese momento todo había sido un juego con fecha de caducidad en el horizonte, lo que explicaba precisamente su intensidad, pero ahora había una propuesta formal, un camino. Si aceptaba, solo había dos opciones: saltar al vacío o no hacerlo. Si de verdad era el amor lo que la unía a Desmond, no se haría daño, porque sería él quien la sostendría en el aire. ¿Pero y si no era amor? ¿Y si era otra cosa? Fuera como fuera, no había llegado el momento de saltar al vacío, solo de acercarse al precipicio. Ahora debía prepararse para la fiesta. Se enfundó esta vez en el vestido de plata, una bonita prenda confeccionada en honor a Telperion, el árbol de Valinor que emitía luz blanca. Quizá Walsworth, un verdadero esteta, entendiera el simbolismo.

Bajó las escaleras con cuidado de no enredarse en el vestido, ensayando algunas fórmulas protocolarias para saludar a los invitados. Ya no sabía muy bien qué se celebraba. Walsworth, que estaba acodado frente a la chimenea parloteando alegremente con George Aldrich, se volvió hacia ella al verla llegar.

—He aquí a nuestra Anna. Irradia tanta luz que es capaz de deslumbrarnos.

Anna sonrió. Walsworth sabía que estaba inmersa en la búsqueda del grial, solo que con un propósito propio.

George Aldrich se acercó para hablar con ella. Su mirada era elocuente.

—Que tenga una feliz Navidad, lady Anna. —El conde le tomó la mano con caballerosidad—. He aquí mi último regalo, el último que puedo hacerle ahora que es inminente la venta de Rosehill. Se trata de un consejo: visite de nuevo la finca o lo que queda de ella antes de que cualquier vestigio de lo que fueron los Aldrich desaparezca.

—¿Qué quiere decir?

—Que quizá quiera despedirse de Gala y también de Mirror, le ha resultado muy útil, ¿no? Ninguno de los dos será ya necesario una vez que los acuerdos que hemos adoptado hoy se formalicen. Ignoro los planes de Mirror, pero los míos pasan por trasladar a Gala Eliard al panteón de los Aldrich en Londres, tengo un plazo de tres semanas para hacerlo, o devolverla a Francia con los suyos. Le parecerá estúpido, pero sus huesos son lo único que queda de lo que fue Rosehill, por lo que me apena que marchen a Francia. Supongo que es lo adecuado, pero no dejaré nunca de ser un sentimental.

—¿Podría estar presente en el acto? Cuando trasladen los huesos.

—Naturalmente. Pero piénselo bien. Esta muy involucrada en este asunto. Podría hacerle daño.

Anna no entendía bien el motivo de aquella reserva. Estuvo dándole vueltas un rato, hasta que una tenue luz iluminó las sombras. La verdad estaba, siempre había estado, ahí, al alcance de todos. Solo necesitaba una prueba más.

No habló con Desmond de la conversación con Aldrich, a pesar de que durante el tiempo en que el conde y ella estuvieron juntos no le quitó la vista de encima. Después de los postres, Desmond quiso abandonar Holland House. Pese a que todos se comportaron de forma civilizada, la presencia de Susan Bales lo incomodaba. Anna decidió quedarse para hablar con Marie.

—Te esperaré esta noche si decides venir. —Desmond la apremiaba.

Pero Anna no estaba segura. Llevaba dos días sumida en un carrusel de emociones. La velocidad empezaba a darle un poco de vértigo. Necesitaba frenar.

La conversación con Marie fue provechosa. Ella confirmó todo lo que sospechaba sobre la suerte de Ashley Aldrich, luego Paul Deveroux, pero cuando Anna le preguntó acerca de Rosehill Manor, Marie le confesó algo inesperado.

—Durante mucho tiempo tuve la ambición de trascender a través del arte. He conseguido algunos logros, pero comprendo que, como la de mi abuelo, mi obra no está hecha para perdurar. Cuando me deshice de mi vanidad artística, cuando entendí que no podía hacer la obra de arte perfecta porque ninguna lo es, comprendí que en lugar de proyectarme hacia delante debía hacerlo hacia atrás. Recuperar mis raíces para Pierre. Cuando yo me vaya mi obra perecerá conmigo, pero mi hijo tendrá Rosehill Manor, el lugar donde empezó realmente nuestra historia.

Anna supuso que en el fondo Marie se contaba muchas mentiras para justificar la ambición, por otro lado legítima, de Pierre.

—Marie, sus raíces están en Francia, no en Inglaterra. Rosehill Manor era el hogar de los Aldrich, pero Gala eligió no serlo. De hecho, George se llevará sus huesos a Francia, con los suyos.

Marie inspiró hondo, algo decepcionada por aquella reacción. Decidió cambiar de tema.

—Supongo que continuará su trabajo sobre el poema de Tolkien hasta que llegue al final.

—¿El final? El final no existe —replicó—. Usted lo ha dicho. No hay un final porque ninguna obra es perfecta. Tampoco lo son las del profesor.

Anna volvió a su habitación. Eran las siete aún. La intención era quedarse allí, pero se ahogaba en Holland House. Además, estaba aquel sobre que Desmond había dejado sobre su almohada. Desmond... la estaba esperando. Hacía frío, estaba cansada, pero necesitaba estar con él. Al llegar a Leckford Road comprobó con alivio que estaba en casa. La música que se filtraba por debajo de la puerta disipó sus dudas.

La puerta tardó un rato en abrirse. Al parecer Desmond había estado haciendo un poco de ejercicio en el sótano con una espada Claymore. Anna la había visto a veces apoyada en una de las estanterías, pero nunca le había prestado atención. Aquella imagen le resultó tan perturbadora que estuvo a punto de olvidar el propósito de su visita. A veces veía aspectos de Desmond que la desconcertaban por completo.

Él no se fijó en su rostro perplejo. Se limitó a inclinarse para darle un beso dulce en la mejilla, lo que tampoco dejó de sorprenderla.

—Adelante, Anna. Te estaba esperando.

Ella apoyó una mano en su pecho. Le gustaba el tacto de la piel, empañada de pequeñas gotas cálidas.

—¿Sabías que vendría? No te lo dije.

—Por supuesto. —Desmond tocó su mano y la besó—. Holland House es un museo y tú estás llena de vida. Sal de allí, Anna. Antes de que te conviertas en una de esas joyas que mister Walsworth encierra en su cámara secreta.

Ella se mordió los labios.

—Mister Walsworth es tan solo un cínico, Desmond. Antes me parecía un frívolo, pero al fin empiezo a comprenderlo. —Anna sacó el sobre del bolso.

—¿Lo has firmado?

Guardó silencio, aunque no pudo evitar que sus ojos se llenaran de lágrimas. Él la condujo al sofá, el mismo donde la había poseído por primera vez.

—Tengo dudas, Desmond.

Él esperaba aquella reacción.

—¿Es por la carta que escribí?

—Sí, profesor Gilbert. Por la carta que has escrito para Edith. Es tan real... No he pensado en ella en ningún momento, absorta como estaba en el amor de Tolkien hacia Gala Eliard. Me parecía justificado, hasta que leí tu carta. Me aportó nuevas perspectivas, lo admito, y también todo lo que hablamos frente al laberinto. Creo que lo sabes. Que no hace mucho comenté con Pierre el honor de los muertos, su voluntad. Es algo que no quiero pasar por alto antes de tomar una decisión sobre compartir la historia novelada.

Desmond apoyó una mano en la frente de Anna, como si quisiera detener sus pensamientos.

—Descansa ahora, querida. La búsqueda del grial obliga a hacer alguna parada. Si es ese tu deseo, volveré a hablar con el editor. Esperaremos al menos un par de meses hasta que termine tu contrato con Walsworth, o si lo prefieres hasta el verano. Así habrás avanzado algo más en tus investigaciones y podrás tomar una decisión menos emocional, mucho más ponderada.

Anna no quiso mencionar la propuesta de Walsworth sobre la ampliación de su contrato. No era el momento. Miraba a Desmond, y al mirarlo su cuerpo se llenaba de burbujas efervescentes. El deseo empujaba con la misma insistencia de la lava volcánica. Desmond acarició sus labios con el pulgar, que ella mordió suavemente Estuvieron así un rato, besándose con tanta pasión como dulzura, pero finalmente ella se apartó.

—¿No quieres hacer el amor?

Era estúpido, pero las palabras de Walsworth sobre Desmond y Susan Bales volvían para perturbarla. Anna no contestó. Se limitó a apoyar la cabeza contra su pecho, buscando los latidos de su corazón. Desmond, que pareció adivinar sus dudas, se levantó. Volvió un momento después con una bebida en las manos.

—Toma esto. Mi pócima mágica. Te sentará bien.

Anna reconoció el sabor del hidromiel, pero también de algo más. Desmond se inclinó sobre ella y continuó besando sus labios, el cuello, el pecho. Era placentero. Quiso resistirse, pero no pudo. En el fondo tampoco deseaba hacerlo, a pesar del veneno que Walsworth le había inoculado. Una sensación muelle inundaba su cuerpo por momentos, dejándolo blando. Se hundía en un sopor dulce, como si aspirara humo. Desmond siguió acariciándola hasta que la oscuridad cayó sobre ella. Sintió cómo él la sostenía entre los brazos para llevarla a la cama. Anna apretó su cuerpo contra el de Desmond mientras hacía a un lado sus inquietudes. Con cartas o sin ellas, con dudas o sin ellas, mañana sería otro día. Mañana continuaría buscando el grial y su sentido.

17

En un agujero en el suelo

It's gonna be a long winter,
long cold winter without your love.

CINDERELLA, «Long Cold Winter»

Frente del Somme, octubre de 1916

El teniente Ronald Tolkien despertó sobresaltado. Se había quedado dormido en una posición inverosímil, la cabeza entre los brazos, la pluma entre los dedos, el cuaderno abierto sobre la endeble y destartalada mesa de madera del cuarto de oficiales, si es que aquel agujero en el suelo podía llamarse así. Pronto descubrió la causa de su inquietud. Sobre la pila de libros de la esquina una rata gruesa lo observaba con atención. El atrevimiento del animal era molesto, tanto o más que la repugnancia que causaba. El teniente alargó el brazo muy despacio, tomó una pala que había junto a la silla y le asestó un fuerte golpe. La rata rebotó contra la pared, pero no fue suficiente para acabar con ella, pues, cuando Ronald se acercó para recoger el cadáver, salió huyendo. El joven torció el gesto, asqueado. Había ratas en cada rincón. Acudían atraídas por la carne de los numerosos cadáveres que se deshacían bajo el parapeto. Sobre ellas cabalgaban los piojos, capaces de transmitir el tifus o la fiebre recurrente.

Ronald dobló el papel y lo guardó dentro de su cuaderno. Se trataba de un diario que había empezado a escribir cuatro meses atrás, cuando llegó a Francia. Aquella noche, en la breve hora destinada a un descanso que no acababa de llegar, Ronald Tolkien había estado tomando notas. También había escrito a su esposa.

Mi querida Edith:

Me pides en tu última carta que sea sincero. Lo haces porque adivinas que mi optimismo es tan falso como intuyes. Es así, la realidad es otra. Si pretendo endulzarla es porque deseo preservar esa confianza en el futuro que ha sido siempre tu mejor patrimonio. Temo que si estuvieras aquí, en lugar de aguardar mi regreso en nuestra casita del bosque, sentirías, como yo, que ya no hay esperanza. La verdad que me pides es terrible, demasiado para poder describirla. El hambre, el frío, la lluvia, la enfermedad y la muerte hacen de este valle, que meses atrás fue un pequeño paraíso, el infierno en la tierra. A mi trinchera, apenas un agujero bajo tierra, no llega la luz del sol, tan solo el temblor de la tierra sofocada por el incesante martilleo de la artillería. Fuera, en las galerías, mis hombres, gente sencilla que apenas sabe leer y escribir, se arraciman contra las paredes y esperan. Esperan mientras hunden los pies hinchados en el agua helada, envueltos en mantas bajo las que corren nubes de parásitos, aterrorizados por el silbido de los obuses, por aviones que aletean sobre nosotros como pájaros de mal agüero.

Yo también espero, como mis hombres. A eso se reduce esta guerra, a una agónica espera. Cuando nos despedimos en la estación —qué lejano parece ahora ese día—, los dos aceptamos que debíamos renunciar, quizá para siempre, a la felicidad por la que tanto habíamos luchado. Fuiste muy valiente, pues no te permitiste el desahogo de las lágrimas. Leer en tus labios temblorosos la hondura de tu sufrimiento, adivinarlo en tus cartas como tú adivinas el mío, ha reavivado incluso mis viejos agravios de filólogo contra esta tierra. ¿Sabes, Edith? La mayor parte de los vocablos de guerra, *army*, *navy*, *peace*, *arms*, *battle*, *soldier*, *spy*, *lieutenant*, *sergeant*... son en realidad palabras francesas. Francia no solo ha impuesto la forma de nombrar la guerra, nos ha abocado a ella. También me ha separado de ti y me ha quitado a Gilson.

Te mentiría de nuevo si te dijera que ese sacrificio tuyo, el mío, el de Rob, el de mis muchachos, ha servido para alimentar una causa noble: la guerra por la civilización. Edith, no hay nada menos noble que esta guerra. Los bosques han desaparecido, los árboles han sido talados, los pájaros se han ido, los animales mueren masivamente, como los hombres. La tierra de nadie está infectada de cuerpos descompuestos, hinchados, dentro de los cráteres que han abierto las bombas y que ahora la lluvia del otoño cubre de aguas putrefactas. El olor es nauseabundo. Mañana, si sobrevivo, tendré que contestar las cartas de las madres, hermanas y viudas de los desaparecidos, hombres que se han esfumado en el aire. «Si algo quiero saber, querido señor —escribía hace poco miss Sumner, la esposa de uno de mis hombres— es qué le pasó a mi marido. Sé que no todos pueden volver salvos a casa...». No puedo decírselo. No puedo decirle que, en julio, el cuerpo de Sumner se desintegró bajo el impacto de cientos de balas. No puedo decirle tampoco que en la ceniza flotan partículas de seres humanos, que quizá sea el viento el que le lleve a su esposo.

Ahora nos preparamos de nuevo para la batalla. Solo la lluvia que no cesa ha aplazado este terrible encuentro con lo inevitable.

Como ves, la esperanza se apaga, Edith. La luz de Eärendel, la estrella de la tarde, pertenece a otro tiempo. Es el fin del mundo, del mundo que conocimos y soñamos una vez tú y yo juntos.

Ronald Tolkien dobló la cuartilla de papel. No podría enviar la carta. Aquellas palabras eran indignas de un oficial, aunque fueran la verdad que le había pedido Edith. Nunca podría repetirlas. Acercó el papel a la lámpara de gas. Una llama lamió el borde de la hoja, pero antes de que prendiera se apagó. Del pasillo llegaron ruidos. El teniente guardó el papel dentro de su cuaderno y lo ocultó cuidadosamente entre sus pertenencias. Si alguien lo descubría, sería amonestado, incluso sometido a un consejo de guerra. Siempre estaba bajo sospecha a causa de las resonancias de su apellido y de su tardía incorporación a filas. No era eso, sin embargo, lo que le preocupaba. Lo que le preocupaba era el bienestar de Edith. El teniente se tumbó sobre el jergón. Colocó los brazos tras la nuca mientras miraba reflexivamente al techo, preguntándose si después de todo debería enviar la carta. La sombra de una rata se proyectó de nuevo sobre la pared. Se tapó la boca para reprimir el vómito. Se lo volvió a repetir, que no podía contarle la verdad a su esposa. Que a veces es mejor no saber.

La madrugada del 21 de octubre la lluvia cesó. Una pesada bruma se elevó sobre el paisaje fantasmal, sobre los muñones de árboles, sobre los cráteres que, desde arriba, daban a la tierra el aspecto de una piel de sapo. El frío era tan intenso que el terreno cenagoso corría el riesgo de congelarse. En la primera línea del frente los hombres se revolvían, inquietos. El viento, que soplaba con intensidad, traía el presagio de la batalla.

Eran cerca de las cinco cuando se oyeron los primeros disparos de los largos cañones, el preludio de la ofensiva. El plan del general Haig exigía proseguir la lucha por la cresta de Thiepval, defendida por la Marina alemana. Después de algunos éxitos, el siguiente objetivo era la larguísima trinchera Regina. El plan era que el Batallón número 11 de los Fusileros de Lancashire golpeara por el norte, lo que se conocía como reducto Stuff, a unos doscientos metros de la trinchera Hessian. La cuarta división canadiense caería sobre el flanco este. La hora del ataque se fijó seis minutos después del mediodía.

A media mañana el suboficial encargado de las cocinas repartió el rancho, un caldo aguado y frío en el que flotaban trozos de nabo, zanahorias y col. No había ni una brizna de tocino. Durante los últimos meses la comida del batallón era simplemente desastrosa, lo que poco o nada tenía que ver con la mala fama atribuida a la cocina inglesa. La carne hacía tiempo que escaseaba. El pan había sido sustituido por nabos deshidratados. El azúcar y la jalea eran un lujo imposible para los *tommies* y se reservaba para los oficiales. El hambre y el ayuno se habían convertido en una constante, con el tabaco y el alcohol como única compensación. Llevar la comida al frente era una misión casi imposible.

Uno de los soldados que más acusaba la falta de alimento era un herrero procedente de Wootton, en Bedfordshire. Era uno de los encargados de reparar las líneas de teléfono, continuamente desarticuladas a causa del efecto de las bombas. A Ronald Tolkien le gustaba su sinceridad. El hombre solía recordar los buenos tiempos, cuando se sentaba en la taberna del pueblo y era capaz de tomar de una sola sentada una ristra de salchichas, una hogaza de pan y doce huevos duros. Ahora pasaba tanta hambre que se sentía encogido dentro de su uniforme.

Aquel día el herrero estaba más nervioso que de costumbre. Como apenas sabía escribir, había pedido al teniente Tolkien que mandara en su nombre una carta dejando instrucciones sencillas para su mujer y sus dos hijos, por si no volvía.

Todo aquello había ensombrecido su ánimo, de modo que cuando el encargado de la cocina, al que le faltaba un trozo de oreja, le sirvió el rancho, el herrero, iracundo, volcó su escudilla.

—¡Maldita bazofia! —silbó entre dientes—. Es comida de ratas, una porquería. Ni siquiera está caliente.

El encargado se burló del herrero mientras seguía sirviendo a los soldados.

—Come, desgraciado. He visto que la sombra te ronda.

Harto, el hombre cogió al cocinero por el cuello y le hundió la cabeza en la marmita.

El teniente Tolkien contempló la escena, impávido. Estaba tan asombrado que no fue capaz de reaccionar. Por fortuna, el sargento mayor de la compañía se abrió paso entre los hombres y sujetó al herrero.

—Suéltalo, estúpido. ¿No ves que aún tiene que repartir el ron?

El hombre soltó al desorejado. El ron era un acto de caridad, imprescindible antes de cualquier asalto. El cocinero se limpió la cara y llevó una garrafa. Por orden del sargento sirvió al herrero una ración doble de licor, pero, para demostrar que le guardaba rencor, lo sirvió en último lugar. El licor animó tanto al herrero que entonó por lo bajo «It's a Long Way to Tipperary». Varias voces se elevaron al unísono entre estrépito de los cañones, que rugían ya con todas sus fuerzas. Los malditos boches se iban a llevar una buena paliza aquella mañana.

Cerca de las doce el herrero de Wootton se reunió con el teniente Tolkien y el resto de los hombres que debían transportar el equipo. Ninguno recordaba ya el incidente de la mañana. Ronald tampoco se acordaba de las dudas que lo habían atormentado los últimos días, sofocadas ahora por el exceso de trabajo y de responsabilidad. Entre sus cometidos estaba la sincronización de los relojes de todo el batallón. Era una tarea ingrata. Un error de cálculo podía costar muchas vidas extra.

El teniente coronel Bird, bajo cuyas órdenes combatía, era optimista con respecto al ataque, tanto que se dejó llevar por la elocuencia al arengar a los hombres.

—Cuento con ustedes, señores. Si ha caído Zollern, casi inexpugnable, caerá Stuff. Ahora salgan allá fuera. Están en manos de Dios y de su propio valor.

Las palabras de Bird no lograron, sin embargo, elevar la moral que había animado a los soldados un rato antes, cuando el encargado de las cocinas había servido el ron. Un silencio denso se extendía como un manto que cubría los pasillos de la trinchera de una oscura resignación. Ateridos de frío, los hombres se arracimaban unos contra otros prestos para el combate, las eficaces palas y los machetes a la espalda, los rifles Lee-Enfield de afilada hoja al hombro.

Al borde de la escala el capitán, reloj en mano, recitó la cuenta atrás. Menos quince, menos catorce, menos trece, menos doce, menos once, menos diez, nueve, ocho, siete... El timbre agudo del silbato se impuso sobre el ruido de la artillería y la Compañía A, la primera oleada de Fusileros, saltó la trinchera. Las ametralladoras alemanas abrieron fuego. Pronto empezaron a caer los primeros hombres. Algunos eran heridos a ras y obstaculizaban la salida.

La Compañía B salió en una nueva oleada, bajo los disparos y el estallido de las minas. El teniente Tolkien asistía impávido a aquella escena, aguardando el momento de subir la escala y adentrarse en el humo con el equipo. El cansancio extremo había sido sustituido por una extraña excitación que recorría sus venas, la misma efervescencia que experimentaba cuando jugaba al rugby en el equipo de la escuela. Atravesar la tierra de nadie se parecía bastante a jugar un partido. El secreto para poder llegar a la meta con el balón entre las manos no era otro que velocidad, coraje, determinación y algo de suerte. Lo mismo se necesitaba para poder llegar vivo a la línea enemiga. Eran unos pocos metros, unos pocos minutos, los que marcaban la diferencia entre la vida y la muerte.

El silbato sonó de nuevo. La tercera oleada abandonó la trinchera. Era el momento. Tolkien apretó entre sus manos su revólver, un Webley Mk VI, el arma de los oficiales británicos. Su mirada se cruzó con la de un joven llamado Sam, un curtidor que venía de Leeds al que John Ronald apreciaba mucho. El rostro de Sam estaba lívido bajo el pesado casco de hierro. El teniente quiso ver en él el reflejo de su propio miedo, el que tenían todos los hombres, pero la aceptación que expresaban los ojos castaños y profundos del hombre le parecía más sobrecogedora que la misma muerte. Era como si Sam supiera que jugaba con cartas marcadas, que pronto una esquirla de metralla o una bala truncaría todos sus deseos, anhelos y esperanzas. Ronald Tolkien compadeció al muchacho y se compadeció de sí mismo. Ninguno de los dos merecía morir de una manera tan absurda. Sam tenía planes, una vida y, como él, una muchacha a la que amaba. Lo sabía porque alguna vez lo había ayudado a escribir a su novia, a la que llamaban Rosita. Aquellas cartas Rosita las guardaría siempre como si fueran su mayor tesoro. Eso era algo que sabía Sam y de algún modo lo consolaba, pues si le pasara algo, ¡ay!, si le pasara algo, al menos Rosita tendría el recuerdo de palabras hermosas que a él jamás se le hubieran ocurrido, pero que expresaban todo lo que sentía.

—Lo logrará, Sam. Limítese a correr tan rápido como pueda —le aconsejó Tolkien.

—Teniente, si sucede lo peor, si no lo logro, ¿escribirá a Rosita por mí? Dígale que mis bendiciones la acompañarán por siempre y que le deseo una vida larga y plena. Que no debe avergonzarle la felicidad, aunque yo ya no esté.

El teniente Tolkien palmeó la espalda del muchacho.
—Pierda cuidado, Sam. Lo haré.
Los ojos castaños del muchacho expresaron una gratitud profunda. Le gustaba que el teniente Tolkien no fuera distante en el trato, como la mayoría de los oficiales, y que en cierto modo se ocupase de él. El joven empuñó con fuerza el fusil, apretó los dientes y bajó la barbilla para adentrarse bajo la cortina de fuego. El último hombre salió. Era el turno de Tolkien. Miró a los hombres que cargaban con el equipo. Hizo al herrero una señal. Había llegado el momento. Durante un instante fugaz, apenas un segundo, sus pensamientos retrocedieron hasta la tranquila aldea de Sarehole. Aquella felicidad sencilla parecía imposible ahora, pero sabía que la casita de ladrillos rojos junto al camino que se bifurcaba, la colina, el molino de agua, la noria, el prado donde jugaba de niño habían existido una vez. ¿Existirían aún? Tolkien pensó en su madre, en el rostro sereno que enmascaraba las tragedias cotidianas. La sentía tan cerca que casi podía notar el roce de sus dedos en su rostro. Asió con fuerza la pistola y saltó a la tierra de nadie. De su garganta salió un grito salvaje, animal, que contrarrestaba la tristeza, el miedo y el desamparo de los últimos doce años.

Apenas quince minutos después el reducto Stuff cayó. Los defensores, un batallón aislado de la Marina alemana, habían infligido, sin embargo, numerosas bajas. Sobre el barro congelado sembrado de cadáveres un herido se arrastraba hacia la trinchera enemiga. Era el herrero. Sus manos ensangrentadas sujetaban su paquete intestinal mientras intentaban detener la hemorragia. Sabía que todo era inútil, que no tardaría mucho en estar muerto. Pronto la oscuridad cayó sobre él como una mortaja. En aquel momento solemne su último pensamiento no fue ni para su esposa ni para su hijo, al que tanto amaba. Tampoco para sus padres, los vecinos, su patria o su Dios. Su último pensamiento fue para la sopa. Lamentaba no haberla tomado. Le hubiera calentado las tripas, que ahora sentía enfriarse entre sus dedos de moribundo.

El teniente Tolkien comprobó con horror que Sam también había muerto. La bala de un francotirador alemán le había volado literalmente el cerebro mientras corría hacia la trinchera. La masa gris había quedado tras él, intacta, tan perfecta como si acabara de ser extirpada por el mejor de los cirujanos. Los hombres que recogieron el cadáver habían contemplado la masa gris con estupor, pero no se habían atrevido a tocarla y allí permaneció durante horas, deshaciéndose en el barro. Seguramente ambos, Sam y el rudo herrero, serían enterrados como muchos de los soldados en alguno de los cráteres que plagaban aquel maldito valle. Sus mujeres no tendrían el consuelo de honrar sus cuerpos.

La pérdida de aquellos dos hombres hizo más gravosa para el teniente Tolkien la tarea de recibir a los prisioneros alemanes, muy numerosos. A la mayoría de los chicos les hubiera gustado darles una buena lección a aquellos malditos cerdos, hacia los que albergaban un odio visceral. De hecho los recibieron con insultos. En su fuero interno el teniente Tolkien debía admitir que tenía sentimientos encontrados frente al enemigo. El pueblo alemán le inspiraba la misma inclinación que se tiene hacia los parientes lejanos, pero cualquier rasgo de simpatía hacia el enemigo desaparecía al contemplar los devastadores efectos de la guerra o al pensar en Sam y en el herrero.

Aquella fría mañana, desde luego, tenía motivos sobrados para desestimar todo rasgo de compasión. A pesar de todo no pudo evitar que la piedad se apoderase de él al contemplar a los prisioneros. Los soldados alemanes estaban tan enflaquecidos, demacrados y harapientos como ellos mismos. Algunos cubrían sus heridas con sucios vendajes. Los rostros de casi todos los prisioneros reflejaban una mezcla de culpa por la guerra y de terror ante su suerte. Los de todos excepto uno. Aquel hombre, un oficial, no bajó la mirada cuando el teniente Tolkien se acercó. No parecía tener miedo alguno. Es más, parecía tranquilo, incluso satisfecho o aliviado. Para él la guerra había acabado.

Tolkien le ofreció un poco de agua, como al resto de los prisioneros. Era un acto de caridad. Al mover el brazo, el oficial emitió un quejido. La guerrera tenía una mancha húmeda a la altura del costado. Era obvio que el hombre estaba malherido, por lo que ordenó a uno de los camilleros que le desabrochara la guerrera. Al hacerlo un pequeño mazo de dibujos ensangrentados cayó al suelo. El teniente los recogió y los estudió con interés mientras miraba al joven de soslayo. Evocaban mundos imposibles, paisajes oníricos con jardines colgantes, bosques umbríos donde habitaban seres extraordinarios. Una de las imágenes representaba a una esbelta y agraciada joven de hermosos y largos cabellos dorados. A sus pies reposaba un gato. El teniente la reconoció de inmediato. Era Freya, la diosa escandinava de la fertilidad.

—Son muy buenos. Lo felicito. —Ronald Tolkien había olvidado de pronto que el oficial era un soldado enemigo.

—Le agradezco el cumplido, señor. Seguramente serán las únicas palabras amables que escuche antes de morir.

El joven se expresaba trabajosamente. Aunque no era el momento de explicarse, en la vida civil había sido uno de los estudiantes más aventajados de la Kunstschule de Berlín. Si estaba allí, en el frente, era justamente por eso, por haber sido un buen discípulo y obedecer a sus profesores, pues eran ellos los que habían incitado a sus alumnos a luchar por el káiser.

El teniente miró al moribundo. Quiso ver en él al enemigo que había cercenado las vidas de Sam y del herrero de Wootton, pero no pudo. Se dijo mientras apretaba los puños, devorado por la impotencia, que el enemigo no era aquel muchacho ni ninguno de aquellos que lo miraban con cara de pánico, sino el mal que existía en él, en cada uno de los hombres, el mal que cercenaba vidas, que destruía la hierba, que arrancaba los árboles, que empañaba la luz del sol, el mal que negaba la esperanza. Tolkien se había convencido de que existían ciertos resortes capaces de pulsar las cuerdas del mal. El nacionalismo exacerbado, el sentimiento excluyente de pertenencia a una nación era uno de ellos.

—Lleve a este hombre al puesto médico —ordenó a uno de los soldados que recogían heridos.

—Con todos mis respetos, mi teniente —replicó el hombre—, dudo que sobreviva. ¿No cree que ejecutarlo sería un acto de caridad?

—Este hombre no necesita su caridad, soldado —replicó con dureza—. Su vida está en manos de Dios, no en las suyas. Ahora vaya por una camilla.

El oficial herido miró al teniente. En el fondo de sus ojos latía la misma aceptación que había visto hacía apenas unas horas en el rostro de Sam.

—Puede quedárselas, señor, si le gustan. Como recuerdo de nuestro encuentro.

Ronald Tolkien guardó los dibujos. Apretó los labios. Si algo aborrecía era el despilfarro y esta guerra era un despilfarro enorme de talento. Resignado, los guardó en uno de los bolsillos de su guerrera y continuó adelante con el trabajo de registrar a los prisioneros.

Después de la toma de la Stuff, el Batallón número 11 de los Fusileros de Lancashire fue transferido al Segundo Ejército. Esa decisión militar supuso retornar al puesto base, en Ovillers. El domingo los oficiales partieron a caballo. Por el camino sintieron el rumor de los tanques, que se dirigían a paso de elefante a la primera línea de combate. El teniente contempló con asombro aquellas lentas y terroríficas criaturas blindadas que se desplazaban sobre orugas, capaces de sortear el alambre. Tolkien había oído hablar de ellas, pero nunca había tenido oportunidad de verlas. Una pena infinita le atravesó la garganta. Cada poco se inventaban nuevos artefactos que se ponían al servicio de la muerte.

Siguieron días de marchas interminables, de niebla, lodo, humedad. Después de un intenso peregrinaje, los hombres llegaron a Beauval. Con sus casitas de ladrillo rojo y tejadillos de pizarra gris, y sus pulcras calles empedradas, el pueblo ofrecía una peligrosa impresión de normalidad. Peligrosa porque actuaba como una suerte de contraste con la anormalidad de la guerra, a la que los hombres ya se habían acostumbrado, algo que nunca habría debido suceder.

Por primera vez en varias semanas el teniente Tolkien pudo tomar una comida decente y dormir en una cama mullida. Aquellos placeres sencillos se volvieron en su contra. Dos días después, justo cuando la vida parecía más amable, enfermó de gravedad. Hacía días que sentía picores en la piel, además de un intenso dolor en la espalda y en las piernas, lo que atribuía simplemente a las condiciones extremas del frente y al cansancio físico. Pero cuando la fiebre se apoderó de su cuerpo comprendió que había enfermado. El oficial médico aconsejó su ingreso, de modo que el teniente fue transferido a un puesto de heridos, la estación número 11, y de allí al hospital número 1 de la Red Cross. El hospital en el que servía como voluntaria Gala Aldrich Eliard.

18

Los saqueadores de tumbas

People like us, we don't
need that much just someone that starts,
starts the spark in our bonfire hearts...

JAMES BLUNT, «Bonfire Heart»

París era una fiesta aquel día. El año tocaba a su fin en unas pocas horas y los Campos Elíseos estaban abarrotados de transeúntes que hacían las últimas compras antes de que el mortecino sol del mediodía se pusiera. Anna y Desmond recorrían la avenida confundidos entre la muchedumbre. Estaban alegres. Salir de Holland House le había sentado bien a Anna. Necesitaba bajar el ritmo. Desmond tenía ya algunas dudas sobre su propio comportamiento. Le preocupaba haberle exigido demasiado a la joven, que trabajaba día y noche para avanzar en su manuscrito. Su única disculpa, si es que la tenía, era que la historia de Gala también lo había subyugado.

—Hemos de marcharnos, madame —le dijo tomándola de la mano—. Sí. Te aguarda una pequeña sorpresa.

—¿Una sorpresa? ¿Un regalo? —Anna se expresaba con un cierto candor.

—Esa era la intención al principio.

—¿Qué quieres decir?

Desmond se detuvo. Atrapó el rostro de Anna entre las manos. La miró con intensidad.

—Nada. Solo recuerda que te quiero.

Era la primera vez que se lo decía.

La sorpresa de Desmond los llevó al número 17 de la calle Montmartre. Se trataba de una finca antigua, no demasiado lejos del Moulin de la Galette. La fachada blanca, modernista, en la que destacaban varios balcones con miradores, había sido remozada recientemente. Era la vivienda de André Deveroux.

—¿Por qué estamos aquí? —Anna parecía desconcertada—. ¿Es por esa mujer, Alizee? ¿Nos recibirá hoy?

Desmond no contestó. Los portones de madera, abiertos hacia un patio de techos altos decorado con molduras de yeso, los invitaban a pasar. Al igual que la fachada, el interior del edificio estaba recién restaurado. De hecho, la pintura aún estaba fresca. Anna echó de menos el olor a moho del que hablaba Gala en su diario.

Acarició la barandilla mientras subía despacio las escaleras, sumida en una especie de trance. Buscaba los desconchones, las mismas manchas en la pared que había acariciado Gala Eliard con las puntas enguantadas de los dedos, pero todo había quedado borrado por la obra. Al llegar al segundo piso reconoció la puerta de madera oscura con la enorme mirilla de hierro forjado en el centro. Se volvió hacia Desmond con ojos suplicantes.

—¿Quién vive aquí, Desmond? Dímelo.

—Aguanta un poco más.

Anna apretó la mandíbula. Apenas si podía contenerse. Desmond pulsó el timbre. Una voz femenina pronunció un suave «Ya va» y abrió la hoja. Los goznes crujieron entonando un largo lamento. La mujer asomó la cabeza. Anna ahogó una exclamación de sorpresa justo a tiempo. No podía creerlo. Marie Broussard.

—Pasen, queridos. Los estaba esperando.

Avanzaron por un largo y oscuro pasillo de baldosas ajedrezadas. A ambos lados de las paredes, pintadas de verde claro, había puertas de madera blanca de diferentes tamaños. Al final del corredor se abría una sala enorme forrada en uno de los laterales por un panel de ladrillos. En la parte frontal, tres grandes ventanales ofrecían una vista completa de la ciudad de París. Era algo muy hermoso, sentir la luz crepuscular del atardecer, aunque fuera invierno y no primavera. Aquel era un pobre anticipo de las tardes doradas de Montmartre.

Marie les ofreció asiento a los recién llegados. Anna se acomodó en una silla clásica tapizada de tela blanca; Desmond, justo al lado, en una hermosa *chaise longue*. La anciana quedó frente a ellos en una silla gemela a la de Anna. Su rostro, enmarcado por el cabello corto plateado, parecía más que nunca el de una anciana reina elfa, Melian, quizá.

—¿Dónde está Alizee? —preguntó Anna.

Marie la miró de manera enigmática.

—Anna, no vendrá. Ni hoy ni dentro de tres días. Murió hace muy poco, a causa de una gripe. Yo represento a Alizee, como puede suponer.

Anna se volvió hacia Desmond.

—¿Sabías esto?

—No desde el principio. Lo supe hace unos días porque la misma Marie me habló de ello. Le rogué que no te contara nada hasta este mismo momento. Temía que, al decepcionarte, ya no quisieras venir a París. Y hay un buen motivo, créeme.

Anna intentaba que su rostro permaneciera sereno, pero no lo conseguía.

—No han hecho el viaje en balde. —La voz de Marie sonaba dulce—. Verán, tengo que contarles una historia. Por eso les hice venir aquí, a la casa de Deveroux. Pero antes les enseñaré algo.

Marie se levantó y abrió un escritorio que había apoyado contra la pared de ladrillo. De allí sacó una carpeta que incluía separadores. En cada uno de los apartados había una hoja plastificada por ambas caras con varias fotografías. Marie le tendió una a Desmond. Se trataba del retrato de una mujer de mediana edad, alta y corpulenta pero bien formada. Tenía un rostro campesino, de frente ancha, los ojos de forma oblicua. Vestía un traje de lana de dos piezas. Sobre la cabeza llevaba un sombrero plano muy elegante. Anna sabía que aquella mujer era Sophie Eliard. La había visto otras veces. Así lo manifestó. Marie parecía muy satisfecha.

—Era una mujer fuerte, aunque convencional. Cuando Sophie Eliard supo que Gala había vuelto a Francia quiso persuadirla para que dejara el servicio en Le Touquet. Aún estaba convencida de que podía arreglar su matrimonio con William. De haber sobrevivido nadie sabe qué hubiera pasado. Lo que sí sabemos es que cuando su hija murió, Sophie Eliard y Augustine, la doncella personal de Gala, se trasladaron urgentemente a la costa. Ellas mismas se encargaron de preparar la mortaja y de recoger sus pertenencias. En ese proceso aparecieron varias cartas, algunas de ellas firmadas por Tolkien. Todo quedó en poder de Sophie Eliard. Luego, tras celebrar una misa improvisada, las dos mujeres devolvieron a Gala a Rosehill Manor, el lugar al que pertenecía. Viajaron con ella en el barco, custodiando el féretro. Imagine cuánto dolor.

Anna podía suponerlo, que el pesar de Sophie no era cuantificable, pero no era aquello lo que le preocupaba ahora.

—Marie, ¿cómo llegaron entonces esas cartas a sus manos? Las tiene, ¿no es así? Si es así, no entiendo por qué no me enseñaron enseguida estos materiales si lo que pretendían era que yo pudiera construir un relato fidedigno. ¿Por qué esperar hasta el aniversario del profesor? Si estuvo en Rosehill hace tan solo unos días…

Marie Broussard miró fijamente a Desmond Gilbert, tanto que sus ojos se volvieron tan redondos como los de un pez.

—Anna, no nos apresuremos, habrá tiempo de contestar a sus preguntas. Antes quiero hablarle de algo. Conocerá por los diarios de Gala que madame Ducruet y Sophie Eliard habían sido amigas desde siempre y que tras el matrimonio de Elaine con André Deveroux ambas se distanciaron, ya sabe por qué. Tras la guerra, las dos familias habían sufrido tantas pérdidas que volvieron a estar muy unidas. Sophie Eliard disfrutó mucho del pequeño Paul, el hijo de Elaine, al que trató exactamente como si fuera su propio nieto. Esa era la realidad. Lógicamente Pierre pensó que sí podía haber más correspondencia entre Gala y el profesor Tolkien, pero no era obvio. Cuando el profesor Gilbert encontró a la nieta de Augustine, nuestro interés se activó. Ella tenía en su poder varios papeles de su abuela, correspondencia entre Gala y Sophie Eliard, pero no las cartas que buscábamos.

Anna se mantuvo derecha en su asiento. Miró a Desmond.

—Entonces, lo que quiere decirme, Marie, es que usted nunca ha visto las cartas que Tolkien dirigió a Gala Eliard durante su convalecencia. ¿Es así?

—No, no las he visto. Pero sabemos que existieron, al igual que esa primera versión de «Namárië» de la que ahora es usted custodia. Todo eso según el testimonio de la nieta de Augustine, la mujer que las tuvo entre sus manos. Si le dieron importancia a todo eso hasta el punto de convertirse en una leyenda es porque aquello le pareció a Sophie un nuevo escándalo, de modo que quiso ocultarlo.

—¿Dónde? —Anna se expresaba de manera inquisitiva.

El rostro de Marie se tornó serio. Sus labios temblaron ligeramente.

—Cuando ya estaba muy enferma, Sophie pidió a Augustine que fuera enterrada con algunos objetos personales muy queridos para ella, objetos que habían pertenecido a Gala Eliard.

Cartas y fotografías. Esa es al menos la historia que ha trascendido hasta nosotros. No se puede acreditar, pues nuestra única fuente era Alizee Bordeau, como puede confirmarle el profesor Gilbert. Pero la anciana no tenía ningún incentivo para mentir. Ella misma tenía curiosidad por saber qué había sido de aquellos documentos y colaboró con nosotros.

Anna se dio una ligera palmada en la frente.

—Entonces estaban en su féretro. Por eso quisieron retrasar nuestro encuentro, para ganar tiempo y poder encontrarlas en esta fecha tan significativa.

Marie se pasó la mano por el cabello.

—Así es. El profesor Gilbert lo consideró apropiado. La lástima es que madame Bordeau no llegó a conocer el resultado. Murió al menos con una ilusión. Hace poco los restos de Sophie y los de los parientes más antiguos tuvieron que ser arrojados a la fosa común a causa de unas filtraciones que provocaron un derrumbe parcial de la sepultura. Esa fue la versión oficial. En realidad Pierre presionó a los familiares vivos para que abrieran el panteón. Fue fácil, ya que no habían pagado las tasas administrativas desde hacía muchos años, lo que quiere decir que los cuerpos iban a ser exhumados de todos modos. —Marie se volvió hacia Desmond—. Pero, lo lamento mucho, profesor. Dentro del ataúd no había más que polvo, como usted temía. El papel se degrada a los pocos meses, más aún bajo el líquido acuoso que expide un cuerpo al descomponerse. Imagine lo que sucedió con aquellas cartas que madame Eliard se llevó a la tumba. El tiempo las destruyó por completo.

Anna contuvo la náusea. Luego se volvió hacia Desmond, que apoyó una mano sobre la suya para sujetar la desilusión.

—Llévense si lo desean los papeles de Alizee. Aunque ya los examinó el profesor Gilbert y no los consideró útiles.

Se despidieron de Marie con la promesa de volver a encontrarse en pocas semanas, en la inauguración de la biblioteca de Holland House. Luego se fueron a la escalinata del Sacré Coeur para ver la última puesta de sol del año. Un momento después de que el astro rey se ocultara en el horizonte, una masa de luces titilantes se extendió ante sus ojos. Era una de las escenas de París que más emocionaban a Anna. Desmond lo sabía. Por eso la abrazó por detrás mientras besaba su pelo.

—¿Cómo puedo compensarte? —susurró mientras mordisqueaba el lóbulo de su oreja.

—No necesitas hacerlo. —Desmond parecía realmente afligido.

—No sé qué más puedo hacer ni decir. No era mi intención arruinarte el fin de año, sino empezarlo dándote algo que valorabas mucho. Ahora mi fracaso es lo único que puedo ofrecerte.

Aquello conmovió a Anna, pues había dejado de ser importante. Lo que importaba eran los pequeños momentos. Momentos como aquel.

—Desmond. Las cartas no estaban en la tumba de Sophie Eliard. Siempre han estado en el mismo lugar. Hemos de regresar cuanto antes a Rosehill, antes de que el conde de Aldrich se lleve a Gala de allí. Es nuestra última oportunidad.

—¿Qué propones? ¿Que nos convirtamos en saqueadores de tumbas? Lo más probable es que solo encontremos el mismo espectáculo triste que encontraron los Broussard. Además del hecho de que estaremos actuando de manera ilegal. Si nos sorprenden, tu reputación se irá a pique, esta vez sin remisión.

Anna admitió que Desmond estaba en lo cierto.

—Quizá sea sensato pensarlo un poco. ¿Volvemos al hotel? Necesito cambiarme.

—¿Qué te parece si nos saltamos la cena? —La mirada de Desmond se volvió pícara. Ella le guiñó un ojo.

—No hará falta. Llegaremos a tiempo.

Pero, como Desmond había supuesto, no llegaron.

Al día siguiente, el primero del año, llevados por un impulso, Anna y Desmond viajaron a Le Touquet-Paris-Plage. Era un lugar encantador. La calle principal del pueblo tenía un sabor antiguo, pintoresco, con la cicatriz del tranvía que la atravesaba de parte a parte. A ambos lados de los raíles, entre las casitas desiguales de piedra y madera, se erguían los pequeños comercios de siempre: la cruz de la farmacia, el cartel con la consulta del dentista, la tienda de comestibles y el quiosco, además de la oficina de Correos.

El Casino Barrière se levantaba a unos quince minutos de la playa. La estructura del edificio era casi idéntica a la que tenía el siglo anterior, una construcción de madera blanca con tejados de pizarra. La entrada principal estaba al final de un sendero flanqueado por pequeños setos verdes recortados con la forma de los ases de una baraja de póquer, con el jardín salpicado de dados. Anna cerró los ojos un momento. Todo aquello era maravilloso.

La habitación que les asignaron tenía vistas al mar. Anna contempló el horizonte pensativa.

—No queda aquí nada de lo que yo llamo «espíritu 1916». —La boca de Anna tenía una curva de nostalgia—. Pese a todo, ¿no te parece que este lugar evoca el Gondolin de Tolkien, la ciudad blanca? ¿O es pura sugestión? Casi puedo ver al profesor transformado en Tuor, el futuro esposo de Idril, la princesa. Ya sabes que fue la primera unión mixta entre un hombre y una elfa, anterior incluso a la de Beren y Lúthien.

—¿Crees que Tolkien pensaba en Gala cuando creó a Idril?

Anna se estiró perezosamente.

—Supongo que sí, que sería un primer antecedente. Idril también guarda muchos rasgos comunes con Gala. En *La caída de Gondolin* se dice que Idril es más hermosa que todas las maravillas de Gondolin y que sus cabellos son como el oro de Laurelin, el árbol del que emanaba una luz dorada.

—Al final todo reconduce al mismo arquetipo, representado por una misma mujer —observó Desmond.

—Quizá dos. No olvides a Edith. Ella fue su Lúthien, una pieza clave de su *legendarium*. Lúthien tiene un matiz distinto, pues no representa el poder tal y como lo concibe Tolkien para Galadriel, sino la renuncia a un don, la inmortalidad. Pero ambas historias están entrelazadas, me refiero a la historia de Lúthien y de Galadriel, y lo están a causa del Silmaril, que es robado por Lúthien de la corona de Morgoth y termina aniquilándola. A su vez los Silmarils fueron creados presumiblemente a imagen del cabello de Galadriel. Luego Eärendil sube a los cielos con su barca llevando en su frente la luz del Silmaril que rescató su esposa, Elwing, de la destrucción de Doriath, el reino de Lúthien. El Silmaril es visto desde la tierra como una estrella refulgente. Esa luz es un símbolo de esperanza para hombres y elfos. Era lo que Gala quiso transmitir a Tolkien cuando le entregó la insignia de Deveroux, aunque también algo más.

Anna y Desmond se tomaron de la mano. Permanecieron así, quietos, mirando al horizonte, buscando la luz de Eärendil para encontrar también ellos la esperanza. Fue Desmond quien quebró el silencio.

—¿Qué has decidido sobre Rosehill, Anna?

—Seguir el consejo de George. —Su tono de voz fue tajante—. Acudir a Christchurch para despedirme de Gala Eliard.

—Supongo que en tu equipaje llevarás unos guantes, un martillo grueso, una palanca, cuerdas, e incluso un pasamontañas negro.

Anna se rio con la ocurrencia.

—Sabes que en mi equipaje solo hay lencería y vestidos elegantes. Pero, bueno, no será tan difícil remover una lápida de granito que ni siquiera está sellada. Ella no descansa en la tierra, recuerda, sino dentro de una urna de piedra. Lo único que hay que hacer es franquear la puerta y abrir la sepultura. Fácil. Cuento, además, con el permiso del conde.

—¿Sigues olvidando que es un delito? ¿Que posiblemente George Aldrich te ha tendido una trampa solo por pura diversión? Además, está Mirror. No le pasará desapercibido ningún movimiento en el cementerio. El camino para subir al cementerio pasa prácticamente por delante de su casa. No es una casualidad.

—Desmond, delito sería dejar pasar esta oportunidad sin hacer nada. Se me ocurrirá algo. Pero esta vez iré sola. Yo asumiré el riesgo. —Desmond dio un respingo.

—No lo permitiré, de ninguna de las maneras. Te ayudaré, sola no podrás distraer a Mirror. Además, vas a necesitar un hombro en el que llorar, porque sé que vas a llevarte una gran decepción. El tiempo lo ha arrasado todo, como en el caso de Sophie Eliard.

Anna contempló fascinada el sol tímido de enero, que se abría paso entre las nubes. Se sentó sobre las rodillas de Desmond y se reclinó sobre su pecho.

—Es casi seguro, pero no por eso dejaré de intentarlo. Una vez alguien me preguntó hasta dónde llegaría para saber la verdad. Mi respuesta es la misma que entonces: hasta el final y hasta las últimas consecuencias.

Le Touquet estaba a algo más de tres horas de Christchurch desde el paso de Calais. Según las previsiones de Desmond, llegarían a Rosehill Manor entre las dos y las tres de la tarde. Durante el viaje Anna estuvo sumida la mayor parte del tiempo en una especie de consciente duermevela. En realidad no dejaba de pensar. Estaba siendo un comienzo de año muy inquieto. No habían obtenido las cartas en París, pero, si su instinto no fallaba, sí información valiosa que conducía a ellas. Trazaba un plan. Era bastante simple, casi hasta natural. Pero si fallaba diría la verdad. No creía que Mirror se resistiese demasiado. Era bastante supersticioso.

En Bournemouth, Desmond tuvo la sensatez de detenerse en una tienda de deportes situada en The Arcade, la galería comercial. Anna le había contagiado sus ganas de aventura, de modo que parecía haber dejado de lado las reticencias iniciales. O es que simplemente se había resignado al ver su determinación.

—Necesitaremos linternas frontales, Anna. También algo que nos sirva para hacer palanca, por ejemplo, arpones de escalada. Para no llamar la atención, llevaremos un piolet de mango recto. Ah, y un martillo. Guantes técnicos, por supuesto, y una cuerda; en casos como este siempre suele hacer falta una cuerda.

Anna escogió algunas prendas térmicas que se ajustaban al cuerpo y un pasamontañas. Todas eran negras. Cuando salió del probador parecía una ladrona profesional.

—¿Te parece que me vista de ninja? —bromeó. Desmond quiso seguir la broma, pero no pudo.

—El primer principio de un ninja es no parecerlo.

Anna pensó que aquello era sensato. A pesar de todo decidió quedarse la ropa. No podía andarse con remilgos. El tiempo apremiaba.

—Profesor, no ponga esa cara tan seria. Recuerde que esperan mi visita. Y quizá no seamos los únicos.

—¿Te refieres a los Broussard? No, no sufras por eso. Ya tienen todo lo que desean. No les interesa Tolkien.

—No, me refiero al propio George. Mientras tú conducías lo he pensado. Que él mismo podría haber abierto la sepultura de Gala si tenía sospechas de que podría encontrar allí algo de interés. ¿Qué lo ha llevado a no hacerlo?

—Supongo que no lo ha hecho por temor o simple superchería. Entiendo que nos ha elegido a nosotros para hacer el trabajo sucio. Supone que de encontrar algo no vamos a silenciarlo.

Desmond se quitó las delgadas gafas y se frotó los ojos. Parecía cansado. Anna se sintió culpable.

—¿Tienes un plan? —preguntó Desmond.

—No exactamente. Pero es importante que mantengas ocupado a Mirror. Mientras vosotros conversáis amigablemente, yo entraré en el mausoleo. Me vendrá bien un poco de acción.

Desmond volvió a colocarse las gafas. Conocía a Anna lo bastante para saber que no lograría disuadirla.

—No te olvides del perro de Mirror. Westley no suele separarse de su amo.

Pero Anna no escuchó bien esto último, absorta como estaba en sus pensamientos.

Los dos viajeros llegaron a Rosehill cerca de las cuatro de la tarde. Se habían demorado demasiado en Bournemouth. El cielo estaba lleno de cirros grises entre los que brillaba la luz roja del atardecer, un fondo sobrecogedor contra el que se recortaban las ruinas del cementerio. Si los cálculos no les fallaban, el sol se pondría antes de las cinco. Anna asumió que tendría que actuar sin luz, lo que no le resultaba en absoluto tranquilizador. Aquello tenía una explicación científica, desde luego, pues la oscuridad siempre tiene el poder de activar el miedo, pero también había algo más sobrecogedor. Encontrase o no lo que buscaba, debería enfrentarse a la realidad: todo lo que había animado a Gala, su belleza, sus inquietudes, su dolor, su amor, había quedado reducido a polvo, a los huesos que albergaba la urna de piedra que ahora ella quería profanar. No importaba que la excusa fuera más o menos legítima, pues lo que ella deseaba era que no prevaleciera el olvido, que el tiempo no mordiera también la memoria de lo que una vez fue. Podía nombrarlo con sus palabras, pero no lo deseaba. Quería las genuinas. Sabía que estaban allí, junto a ella.

Desmond dejó el coche al pie de la colina, justo donde se abría el sendero que llevaba a las ruinas del cementerio. Antes de llegar a lo alto escucharon los ladridos de Westley. Anna apretó la mano de Desmond.

—Deja las herramientas tras ese arbusto. —Anna señaló un brezal espeso que creía junto al camino—. Me dará tiempo a volver a por ellas.

—¿Preparada?

Miró hacia la cabaña sin contestar. Mirror debía de estar allí, como acreditaba el fuego de la chimenea que se elevaba hacia el cielo, en el que ya se insinuaba Venus. Preparada o no, era su última oportunidad de encontrar las cartas.

Mirror recibió a los forasteros sin sorpresa alguna, como si los estuviera esperando desde hacía largo rato. Puso sobre la mesa una botella de whisky irlandés y tres tazas con té negro. Abrió también una lata de galletas de mantequilla.

—Últimamente Rosehill está muy animado. Hace tan solo unos días, justo antes del Año Nuevo, estuvo por aquí el conde con los nuevos propietarios, esa gente que habla como si escupiera, y un arquitecto gordo. No deberían perturbar la paz de los muertos, pero al parecer les importan un rábano las leyendas que corren por este lugar. El conde mencionó, como quien no quiere la cosa, que pronto llegarían las máquinas, pero que antes vendrían ustedes. Supongo que querrán husmear un poco por aquí y por allá.

Sus ojos vivaces escudriñaban a Anna con tanta intensidad que parecían adivinar sus pensamientos. En su fuero interno agradeció que George hubiera advertido a Mirror. Nada tenía que esconder entonces. Mientras se calentaba las manos con la taza de té negro, amargo pero vivificante, Anna se dirigió al guarda.

—Eso es exactamente lo que queremos. Husmear. Supongo que tendrá por alguna parte las llaves del mausoleo. Necesito hacer algunas fotografías del interior para completar mis investigaciones.

Por un momento el miedo del guarda se volvió líquido, tanto que hasta el dócil perro se puso en guardia.

—A ella no le va a gustar.

—¿A quién se refiere exactamente?

Mirror suspiró. Vertió una porción generosa de whisky en su taza de té.

—A la condesa maldita. Gala Eliard. Los llevaré, como hice antes, ya que vienen de parte del conde, pero me mantendré lejos de aquel lugar bendecido por el diablo. Al fin y al cabo el que tendrá que dormir esta noche en Rosehill seré yo. No querría ver la sombra de la dama vagando por el bosque.

Anna sorbió de su taza con los ojos bajos. No entendía el temor de Mirror. Ella lo hubiera dado todo por ver el fantasma de Gala Eliard, si es que algo así podía existir bajo la luz.

Como habían temido, el sol estaba a punto de caer cuando Mirror se decidió por fin a coger las llaves del mausoleo para subir con ellos al cementerio. No parecía entusiasmado con la idea. Lo cierto es que, más allá de toda superstición, la humedad del ambiente no invitaba aquella tarde a estar demasiado lejos de la chimenea, sino a disfrutar de los restos de las viandas propias del Año Nuevo, y así debió considerarlo el perro, Westley, que, ahíto de golosinas, prefirió permanecer junto al fuego. Su amo no insistió.

No fue fácil abrir las puertas del templete funerario donde yacía el cuerpo de Gala. Al parecer nadie lo había hecho desde 1917, al menos que supiese Mirror. Tras un breve forcejeo cedió por fin la cerradura, doblegada ante la pericia de Anna, como si obedeciera más a su voluntad, al intenso deseo que la animaba, que a la fuerza bruta del guarda forestal. Mirror enfocó la linterna, pero no se atrevió a traspasar el umbral, por el que salía como una boca hedionda el olor polvoriento de los lugares cerrados durante largo tiempo y que ahora el guarda confundía con el del hálito frío de la muerte. Una nube tapó el último rayo de sol. Para el guarda aquello fue un presagio.

—Bien, amigos, ya han visto bastante. Ahora deben marcharse. No es bueno estar en ciertos lugares según a qué horas.

—¿Teme que aparezca el fantasma? —Anna jugaba con el terror del hombre hacia lo desconocido.

—No bromee con esas cosas, joven. Hay quien los ha visto, y también a ella.

—Yo no tengo miedo de los fantasmas —protestó Anna—, si acaso de los vivos. Pueden marcharse ustedes dos si quieren. Yo me quedaré para presentar mis respetos a Gala Eliard. Quizá eso la aplaque, ya que pronto se la llevarán de aquí y también al resto de los Aldrich. Eso sí que le hará enfadar.

El guarda dudó. El olor a muerte que salía del mausoleo le revolvía el estómago.

—Ya sabe cómo son las mujeres y esta, se lo aseguro, es terca como una mula. Vayámonos. —Desmond parecía tan inquieto como Mirror—. Lo invitaré a una pinta en el pueblo si lo desea. Tengo el coche al final del camino.

—Pero el perro...

—Está tranquilo en la casa. No tardaremos, se lo prometo. Hemos de volver cuanto antes a Oxford.

Mirror se dirigió a Anna. Sus ojos cansados contenían una advertencia.

—No debería perturbar el descanso de los muertos.

Anna encendió la linterna de su teléfono móvil y penetró en el interior del mausoleo. Era un espacio muy reducido, lo justo para albergar un sarcófago pequeño. Lo que buscaba estaba allí, justo en el centro. Encima había un pequeño ventanuco acristalado, protegido con unos barrotes de hierro forjado. La falta de ventilación hacía que el ambiente fuera opresivo. Anna se tapó la boca con la bufanda. Pasó la linterna por las paredes y por la superficie de mármol de la lápida, lisa, sin ninguna clase de adornos, ni siquiera su nombre. Tocó con los dedos enguantados los bordes de la sepultura, sobre la que crecía una capa de polvo. No vio nada especial, solo el brillo de la tela de araña que tapizaba los rincones, y percibió el silencio, un silencio tan denso, tan espeso, como el aire que respiraba.

Anna corrió en busca de las herramientas que Desmond había guardado tras el brezal. La oscuridad se derramaba a su alrededor. Se colocó la linterna frontal y regresó al camposanto. Sus cinco sentidos estaban alerta, pero no se escuchaba nada, absolutamente nada, ni siquiera el sonido del viento entre los álamos. Tomó de la bolsa el martillo y una de las finas estacas de nieve. Su propósito era introducir el filo por alguna abertura bajo la tapa, hacer palanca y deslizar la piedra en la medida de lo posible. Necesitaba apresurarse, pero había sobrepasado el límite del miedo, de modo que ya no sentía nada.

Se quitó los guantes para buscar con los dedos cualquier resquicio. Al final encontró una junta y metió allí la estaca. Su intención era pasarla de una parte a otra de los ángulos para levantarla un poco, pero no tenía fuerza suficiente. Se sentó en el suelo junto al sarcófago. Necesitaba pensar rápido, pero sobre todo actuar. Desmond no tardaría en regresar con Mirror. Durante un momento se planteó la posibilidad de perforar la urna golpeándola, pero decidió hacer un último intento. Esta vez se ayudó con el martillo. Los golpes resonaron en el interior de la cripta, aturdiéndola. Finalmente logró desplazar la lápida hacia una de las esquinas.

Las gotas de sudor inundaban su rostro. El aire era irrespirable. Salió un momento para ensanchar los pulmones, pero volvió de inmediato. La oscuridad que había fuera le resultaba amenazante. Entornó las hojas de la puerta para tener mayor privacidad. Anna apoyó todo su peso contra la palanca y empujó con todas sus fuerzas. Poco a poco la tapa se fue desplazando. El sepulcro de Gala ya estaba lo bastante abierto por una de las esquinas, la derecha, lo que no significaba demasiado. Anna enfocó la linterna y encendió también el móvil para mirar por la abertura. Esperaba encontrar un segundo sarcófago de madera dentro, pero solo vio polvo. Entonces cogió la cuerda, la ató a los barrotes de la ventana y alrededor de su cintura para tener algo de estabilidad. Apoyando la espalda contra la pared, empujó con los talones. La piedra cedió un poco más y luego un poco más, hasta que el hueco fue lo suficientemente grande para poder ver su contenido.

El olor a tierra podrida se hizo más intenso. La luz de la linterna rebotó contra el gris lechoso de unos pocos huesos cubiertos de jirones de tela y de tierra. Jamás pudo imaginar lo espantoso que fue ver aquello. Anna volvió la cabeza y contuvo la náusea. Hubiera querido gritar, salir de allí, olvidarse de todo, pero pudo darse cuenta de que en el fondo del sepulcro había algo más que huesos. Tomó otra de las estacas y removió el amasijo informe que había en una de las esquinas. Entonces lo vio, el brillo del metal. Enfocó un momento la linterna del móvil. No le cabía ninguna duda. Lo que buscaba estaba allí. George lo había sabido todo el tiempo. George... Anna contempló los despojos. Recordó las palabras que pronunció el enano Gimli al marcharse de Lórien: «Mi última mirada ha sido para aquello que era más hermoso». Sus lágrimas cayeron sobre la calavera de Gala, cubierta de polvo. Durante un instante pensó que ella sonreía y el mundo se complacía de nuevo con su belleza de antes, tanto más intensa por su brevedad. Anna atrapó la caja que había en el lateral. Sus dedos se mancharon de polvo y cenizas. Desplazó de nuevo la lápida para cerrarla con las últimas fuerzas que le quedaban antes de salir.

Metió la caja y las herramientas sucias en la bolsa y se la colgó del hombro. Fuera oyó ruidos de pisadas. Supuso que se trataba de Desmond y de Mirror, que ya volvían. Empujó las puertas del mausoleo para cerrarlas y al hacerlo sintió que salía a una nueva dimensión, el lugar donde podían conjugarse los tres tiempos de los verbos.

Miró a su alrededor, esperando ver a Desmond, pero la oscuridad era absoluta. La luna del lobo, la primera luna llena de enero, derramaba su luz blanquecina a su alrededor. Volvió a escuchar un crujido y se quedó muy quieta. Algo no iba bien, lo presentía. Quiso llamar a Desmond, pero antes de que pudiera decir palabra alguna sintió que algo la golpeaba por detrás. Mientras se desplomaba, la luz de la luna se apagó.

Despertó minutos después. Sentía sobre la cara una sensación viscosa, húmeda. A su lado una respiración. Anna se quedó muy rígida, la espalda apoyada contra el suelo. Notó de nuevo la humedad sobre la cara, el olor a animal. El terror se apoderó de ella. Las palabras de Mirror acudieron en tropel. ¿Y si tenía razón? Entonces escuchó un ladrido a su lado, y luego otro y otro. Abrió los ojos. Giró la cabeza muy lentamente. Maldita sea, se había asustado tan solo por causa del perro de Mirror, Westley. Al ver que su amo tardaba en regresar había salido a buscarlo, siguiendo su rastro.

Las linternas la deslumbraron. Unos brazos la rodearon mientras la ayudaban a ponerse en pie.

—Anna. Estoy aquí, a tu lado. ¿Qué ha sucedido?

Anna miró a Desmond. Sus ojos rasgados, vivos, buscaban respuestas en el fondo de los suyos, pero ella era incapaz de hablar. Aplastó la nariz contra su pecho y aspiró su olor. Allí, entre sus brazos, estaba la vida; atrás, la muerte; eso era lo único que contaba.

Se despidieron de Mirror y caminaron hasta el coche.

—¿Encontraste lo que buscabas? —La voz de Desmond era ansiosa.

Antes de contestar Anna recordó de nuevo las palabras de Gimli: «El peligro que yo temía era el tormento en la oscuridad y eso no me retuvo. Pero, si hubiese conocido el peligro de la luz y de la alegría, no hubiese venido. Mi peor herida la he recibido en esta separación».

Miró a Desmond y no supo por qué dijo aquello:

—Desmond, tú tenías razón. El tiempo hizo su trabajo. Ya no queda nada. Solo nosotros para dar testimonio de lo vivido. Estamos solos.

19

Ocho días en Le Touquet

Oh, Elbereth iluminadora de estrellas
desde el cielo observando a lo lejos,
a ti te imploro ahora
en la sombra de (el terror a) la muerte.

Oh mira hacia mí,
siempre blanca

TOLKIEN, *Cartas*, 278
«A Elbereth Gilthoniel» (himno élfico),
30 de octubre de 1916, hospital n.º 1
de la Red Cross, Le Touquet,

Gala Eliard trenzó su largo cabello y lo fijó sobre la nuca con ganchos de plata. Fuera aún estaba oscuro. Con cuidado, se puso las medias, la falda y la blusa blancas. Terminaba ya de peinarse cuando una punta de luz la coronó de oro frente al espejo. La muchacha se volvió un instante hacia la ventana. Debía apresurarse ahora, así que anudó la toca por debajo del trenzado. Al cabo de un rato estaría deshecho, no podía evitarlo. Se encogió de hombros, pues anticipaba ya el disgusto de Bradford, la enfermera jefe. Aquella mañana tendría que pasar ronda con ella antes de empezar el reparto de los desayunos. Luego debería asear a sus pacientes para la visita del equipo médico.

En la sala del hospital los hombres descansaban aún. Gala Eliard se deslizó con suavidad entre las camas de los durmientes para asegurarse de que todo estaba en orden. Mientras recorrían los pasillos, la enfermera Bradford miró de soslayo a su subordinada. La tarde anterior la duquesa había convocado a miss Bradford en su despacho para pedirle expresamente que relevara a la enfermera Eliard de las tareas más pesadas. Rebecca Bradford no preguntó el motivo.

Al terminar la ronda, la supervisora se volvió hacia ella.

—Cuando termine de preparar a sus pacientes acuda al quirófano. Hoy no podré ayudar al doctor Hawkings.

Gala asintió, pero bajó la vista para que Rebecca no adivinara su emoción tras escuchar aquellas palabras. Nada había deseado más que ser una enfermera de verdad. Definitivamente, había esperanza.

Serían cerca de las doce cuando el doctor Hawkings terminó de extraer esquirlas de metralla de la espalda de uno de sus pacientes. Era un caso muy triste. Aquel hombre no volvería a andar. Tampoco volvería a experimentar el placer de entrar en un cuerpo femenino. El doctor había hecho todo lo posible por no dañar más tejido del necesario, pero a veces todo lo posible no es bastante.

Gala abandonó el quirófano, exhausta. Parecía una paloma herida, el delantal blanco salpicado de rojo, los cabellos descompuestos. Durante un momento tuvo la tentación de quitarse la toca y pisotearla. Mil porqués luchaban por abrirse paso, pero no tenía ninguna respuesta, solo lágrimas de rabia e impotencia. Se apoyó contra la pared maldiciendo en voz baja. Minutos después se compuso los cabellos desordenados y fue al comedor de enfermeras para tomar un pequeño refrigerio. No hubo suerte. Mary Reynolds la interceptó en el pasillo.

—¿Puedes sustituirme en mi sector? —Mary tenía una expresión ansiosa, un tanto culpable—. Solo será un momento.

Gala extendió una mano para acariciar las mejillas de su amiga, que se encendieron de rubor.

—¿Hasta cuándo vas a seguir así, querida?

—Tristan se marchará pronto. —Mary reprimió un sollozo—. Cúbreme, por favor. No es un caso grave. Solo fiebre alta y convulsiones. La *Bartonella quintana,* ya sabes.

Gala hizo un pequeño mohín con la cabeza. Fiebre de las trincheras. No era un asunto menor, como consideraba Mary. La bacteria se había convertido en motivo serio de preocupación entre las autoridades militares, casi tanto como el *shell shock,* porque, a pesar de no ser tan grave como tener metralla en las vértebras, incapacitaba a los hombres justo más cuando se los necesitaba. La fiebre elevada, los exantemas y el dolor les impedían combatir. Los piojos eran la causa. Las ratas el medio de transporte de estos.

—Está bien. Ve con tu oficial, incauta. Pero ándate con cuidado. Bradford no dudará en echarte a los perros si te coge en falta. No tardará en olvidar que eres su niña mimada. —Era cierto. Mary era la única voluntaria a la que la enfermera jefe manifestaba aprecio—. Ah, y pienso cobrarme esto. ¡Piojos!

Mary alargó la mano para acariciar las hebras doradas que escapaban de la toca blanca.

—No será que no abunden por aquí. Yo misma los he tenido. Ten cuidado. Si te infectas, tendrías que prescindir de tu hermoso pelo.

Mary Reynolds esbozó su mejor sonrisa mientras se alejaba. Su falda revoloteaba airosa tras ella.

Gala volvió a la sala del hospital para buscar al paciente de Mary, cuya cama estaba oculta tras unas cortinillas para preservar su intimidad. Dio un rápido vistazo al enfermo, que en esos momentos dormía un sueño agitado. A primera vista no había en él nada que lo diferenciara de los demás oficiales que cuidaba en el hospital. A Gala, sin embargo, le pareció distinto, quizá porque sus dedos eran de artista o porque tenía el aire romántico de los poetas. Puso su mano sobre la frente, perlada de sudor. La fiebre era muy alta.

Miró el registro que figuraba tras la cabecera de la cama, donde estaban anotados el nombre del oficial, su graduación y datos mínimos sobre su dolencia y el tratamiento prescrito. Le llamó la atención el apellido del enfermo, muy inusual —nunca había sabido de ningún Tolkien—, pero no había tiempo para preguntarse sobre eso. El soldado respiraba de forma entrecortada. Su rostro estaba muy congestionado, casi de color escarlata. Tenía, además, manchas rojas en el cuello y en el pecho. Miró la evolución de la temperatura en el registro: hacía tan solo una hora era superior a cuarenta grados centígrados. La enfermera apretó los labios. El tratamiento habitual de quinina no estaba surtiendo efecto. Era lógico. El paciente estaba demasiado abrigado. En voz baja maldijo la estúpida costumbre de poner mantas a los pacientes para hacerles «sudar la fiebre». Si la temperatura de aquel hombre subía tan solo unas décimas más, podría tener convulsiones, incluso entrar en coma, tal y como había sucedido con Willie. Gala intentó no pensar en su hijo, en su cuerpecillo consumido por la quemazón de la fiebre, del mismo modo que intentaba no pensar en el otro hijo que la ira de su esposo le había arrebatado.

Gala se sentó junto a Tolkien. Tomó su mano para controlar el pulso. El hombre giró la cabeza y abrió los ojos. Su mirada clara, azul, traspasó a Gala. Era como si viera más allá de ella. Los labios de la enfermera temblaron. Dejó de tomarle el pulso y puso una mano delante de los ojos. El paciente no reaccionó. Estaba ciego. Una lágrima de compasión cayó sobre la frente del soldado, pero si llegó a notarlo Gala no lo supo.

—Buenas tardes, teniente Tolkien. —Su voz sonó en los oídos del enfermo tan fresca y clara como el agua de un manantial—. Su temperatura es muy elevada. Adoptaré algunas medidas higiénicas para que descienda.

—No puedo verla con claridad, enfermera —musitó Tolkien.

—No debe preocuparse ahora. Puede cerrar los ojos si lo desea. Se sentirá más cómodo así.

El joven teniente asintió. Gala retiró las mantas. Con delicadeza le quitó la parte superior del pijama hasta que el delgado torso quedó desnudo.

Gala empapó unos paños en la jofaina para refrescar el rostro, la frente y el pecho del enfermo, que tiritaba. El oficial protestó.

—Tengo frío. Un frío insoportable.

—Lo sé. Dentro de un rato se sentirá mejor.

Gala observó que, por debajo del descuidado bigote rubio, los labios del teniente estaban llagados. Tomó la jarra de agua que había junto a la cama.

—Tenga, beba. Debemos evitar que se deshidrate.

El teniente Tolkien se incorporó. Tomó un par de sorbos de agua, pero luego volvió la cabeza.

—No me encuentro bien. Tengo náuseas. —A tientas buscó las mantas para cubrirse. Su cuerpo temblaba, sacudido por espasmos.

—Le daré más quinina, pero no se abrigue de nuevo aunque esté incómodo ni deje que nadie lo haga. Es muy importante. Ahora descanse. Volveré más tarde.

Gala cerró tras de sí las cortinas y dejó a solas al teniente Tolkien.

Iba de camino hacia la sala de enfermeras cuando se encontró con Mary, que volvía de su cita clandestina. Ahora su rostro tenía un brillo especial.

—Mary, ¿podrías conseguir que Rebecca Bradford me transfiera a tu nuevo paciente? —Mary lo pensó un instante.

—Supongo que podría influir en ella. No podría asegurarlo. Pero ahora parece que cuenta contigo en el quirófano para algo más que limpiar la sangre o recoger los restos. Al menos eso me han dicho.

—En este hospital las noticias vuelan. No te preocupes, me las arreglaré. ¿Entonces lo harás?

—¿Qué ocurre? —preguntó Mary. Su expresión era soñadora. Gala abrió mucho los ojos.

—Oh, no, no es lo que imaginas. Los enamorados estáis dispuestos a ver el amor en todas partes. Mi interés hacia tu paciente es estrictamente profesional. —Una sonrisa luminosa adornó el rostro de Mary.

—¿Qué tienen de atractivo los piojos?

—No son solo los piojos. —Gala eligió las palabras con cuidado—. Temo que la fiebre pueda venir acompañada de males peores.

—¿A qué te refieres, querida? —Mary se sintió algo desilusionada. Un flechazo habría sido mucho más interesante.

—Es pronto para hablar —contestó Gala.

Mary decidió no darse por vencida. Era de las que siempre llegan al fondo del asunto.

—¿Estás segura de que eso es todo? —Gala enterró el rostro entre sus manos.

—No lo sé en realidad, Mary. Es... No sé decirte lo que es. Un impulso absurdo. Necesito hacerlo, es todo.

Mary suspiró. Conocía bien aquella sensación.

—Sé cómo puedo convencer a esa vieja yegua. Déjalo en mis manos.

Un rato después Mary regresó a la sala de enfermeras. Pellizcó cariñosamente a su amiga en la palma de la mano.

—El teniente Tolkien es todo tuyo —dijo en un susurro. Gala le devolvió el pellizquito.

—¿Cómo la has convencido?

—Fácil. ¿Recuerdas lo que dije acerca de tus cabellos? Lo mencioné casualmente delante de Rebecca Bradford, que era una suerte que no tuvieras que ocuparte de ese tal Tolkien porque en otro caso podrías contagiarte y entonces no tendrías más remedio que cortar tu hermoso pelo. —Gala admiró la sagacidad de Mary.

—La vieja bruja debe de odiarme.

—Oh, querida, no lo tomes como algo personal. En el fondo Rebecca Bradford solo se odia a sí misma. Tú, yo, la duquesa, las mujeres que nos atrevemos a vivir sin prejuicios somos lo que ella nunca podrá llegar a ser.

Las dos jóvenes se abrazaron riendo. El sol de noviembre sí había traído la esperanza.

A media tarde Gala volvió a visitar al teniente Tolkien. La fiebre había descendido hasta los treinta y ocho grados centígrados, pero no había recuperado la visión. Resultaba inquietante. Así se lo dijo al doctor Myers.

—Creo que puede ser un caso de ceguera histérica.

El doctor Myers escuchó atentamente a Gala. Le hizo muchas preguntas.

—No podemos descartarlo —concluyó—, aunque es más frecuente que el *shell shock* curse con síntomas oculares diferentes a los que describe. Mañana procuraré visitar a su paciente, ¿cómo me ha dicho que se llama? ¿Tolkien? Un apellido francamente extraño. Me pregunto cuál será su origen. Ni siquiera parece inglés. Téngame al tanto de cualquier cambio que pueda producirse, enfermera. Confío en usted, ya lo sabe.

Gala salió del despacho del doctor. La oscuridad se filtraba por las cristaleras. Necesitaba descansar, pero antes visitó a sus pacientes para asegurarse de que todo estaba en orden. Dejó al teniente Tolkien para el último lugar. Cuando lo vio de nuevo lamentó no haber acudido con mayor premura. La fiebre había vuelto a subir hasta casi cuarenta y un grados centígrados. El débil pecho del enfermo subía y bajaba, agitado. Gala le administró una nueva dosis de quinina, además de algo de arsénico para tratar la infección. Luego fue a buscar un pequeño balde de agua fresca. Pasó algunas horas junto al teniente, enjugando su rostro y su pecho con lienzos empapados hasta que Rebecca Bradford la convocó a la sala comunal.

—Su turno ha acabado, enfermera. Tiene la responsabilidad de cuidar de sí misma. Mañana deberá estar fresca. La vuelvo a necesitar en el quirófano.

Gala supuso que todo aquello era cierto, pero decidió que había llegado la hora de poner las cartas bocarriba.

—No sé por qué se interesa por mí. Sé que no me aprecia.

—Rebeca Bradford se irguió.

—Mis sentimientos son irrelevantes. Solo cumplo con mi deber. Entre ellos figura asegurar un rendimiento óptimo de las mujeres que sirven en este hospital. ¿Qué quiere demostrar? Acaba casi de volver de la casa de curación y...

—Olvida que también yo cumplo con mi deber, miss. Bradford —la interrumpió Gala—. No abandonaré a mi paciente hasta que no lo estime necesario. Soy dueña de mi descanso. Si juzga que mañana mi rendimiento no es óptimo, puede presentar una queja. Entonces sí, me obligaré a descansar.

El rostro de Rebecca Bradford estaba lívido. No esperaba semejante insubordinación.

—Me limito a repetirle que su turno ha acabado.

—Entonces considere que estoy en mi tiempo libre y en él hago lo que me place.

—Escúcheme bien, madame Eliard. —La enfermera Bradford estaba lívida—. ¿Cree que puede venir aquí, con esos aires de reina, y hacer lo que se le antoje? Se cree mejor que los demás, pero no lo es. Ni siquiera tiene un título que avale sus conocimientos ni sangre inglesa en sus venas. ¿Por qué no vuelve con los suyos?

Gala levantó la barbilla. Su mirada era tan gélida que Rebecca Bradford dio un paso atrás. Mostraba una faceta que a la enfermera jefe le resultaba desconocida.

—El mejor título, enfermera miss Bradford, es la experiencia que nos da la vida. Le puedo asegurar que en eso la aventajo. No voy a dejar que ese hombre muera a causa de su necedad.

No le concedió la satisfacción de una réplica. Simplemente la dejó con la palabra en la boca, sin saber qué significaban exactamente sus últimas palabras.

El teniente Ronald Tolkien pasó una noche muy agitada. La fiebre se resistía a marcharse. Su delgado cuerpo estaba envuelto en sudor. Su delirio era tormentoso. Había perdido la noción del espacio y del tiempo. El joven creía estar en la King Edward's jugando un partido de rugby. La desazón del enfermo era tan extrema que se incorporó sobre la cama gritando «¡Corra, Sam, corra!». Gala lo sujetó por los hombros. Entonces él la abrazó y lloró contra su pecho, como si fuera un niño.

Al amanecer la fiebre descendió. El teniente dormía, pero su sueño era agitado. Pronunciaba palabras que Gala no entendía, palabras que pertenecían a un idioma desconocido para ella. Los sonidos de aquella lengua producían en ella un extraño efecto, pues eran capaces de activar la nostalgia de lo imposible, de toda la belleza que había sido y de la que nunca podría llegar a ser. Agarró el balde mientras se ponía en pie para huir del misterio de aquellos sonidos envolventes que evocaban lugares hermosos e inaccesibles, bosques lejanos, cascadas de agua clara, mañanas frescas, lugares ignotos llenos de misterio, pero sus manos temblaban sin control alguno, de modo que el agua se volcó sobre el delantal impoluto, empapándola. Notaba la humedad, el charco bajo sus pies, pero no podía reaccionar. La voz gruesa del doctor Dickens, el sustituto de Hawkings, la sobresaltó. No se había dado cuenta de que ya era tarde. Los médicos hacían la ronda.

—¿Qué sucede, enfermera? —Gala intentó responder, pero las palabras se le atascaban en la garganta—. ¿Se encuentra bien?

Gala miró el charco de agua que había junto a sus pies.

—Sí, es tan solo un poco de fatiga. Necesito que me dispense de ayudarlo en el quirófano. Solo por unos días, doctor Dickens.

El doctor pensó que aquello era acertado. La tensión entre Rebecca Bradford y ella podía cortarse con un cuchillo.

—Pierda cuidado. Nos las arreglaremos.

Gala recogió el agua vertida. Después se marchó sin decir palabra. El doctor la observó con compasión. Apreciaba a la enfermera Eliard, pero no era mucho lo que podía hacer por ayudarla, salvo pedir que la relevasen. Lo haría.

Unos días después de su llegada al hospital de Le Touquet la elevada temperatura del oficial Tolkien remitió de manera espontánea. Durante todo ese tiempo Gala Eliard apenas se había separado de la cama de su paciente.

—Déjalo ya —insistía Mary—. Vas a enfermar si sigues así.

Gala, sin embargo, no la escuchaba. El oficial Tolkien ejercía sobre ella una extraña fascinación. A veces en sus delirios volvía a hablar en aquella extraña lengua que parecía apta solo para nombrar cosas bellas. Ver que por fin recuperaba la consciencia fue un pequeño milagro.

—¿Puede verme, teniente?

El joven fijó su mirada en el rostro de la enfermera. Por un momento no supo si en realidad aquella imagen formaba parte de los delirios de los días pasados. Con las yemas de los dedos rozó las mejillas de la mujer, la nariz recta y fina, las cuencas de sus grandes ojos. Las brumas se disiparon por completo.

—Así que es usted. La dama blanca. La reconozco ahora.

Gala se inclinó hacia su paciente, intrigada.

—Creo que se confunde. Aún tiene fiebre.

—¿No lo recuerda? Me dio de beber en Calais —dijo el teniente incorporándose.

Gala miró con atención el rostro del teniente Tolkien y se preguntó cómo había podido olvidarlo. Supuso que todo se debía a la barba descuidada que lucía.

—Sí, es cierto. Le di de beber. También le deseé buena suerte. Me alegra comprobar que mi deseo no fue en vano, pues ya está mejor y por fin puede verme. Los médicos pasarán visita en unos minutos. Tenga la bondad de dejar el torso al descubierto. Necesitarán auscultarlo. —El teniente Tolkien bajó la mirada—. No debe preocuparse por mí. Entienda que no veré nada que no haya visto antes. Lo he estado atendiendo todos estos días. Además, el sentido del pudor necesariamente se diluye en tiempos como estos. Estamos en un hospital militar.

Gala empapó la esponja en el agua jabonosa de un pequeño balde y la pasó con delicadeza por el rostro, el cuello y el pecho del oficial, como otras veces. Estaba tan cerca que Ronald podía contemplar la perfección del rostro de la joven, aspirar su olor a limpio. La sangre circulaba por sus venas a toda velocidad, desbocada, tanto como sus pensamientos. Aquella cercanía era una sensación embriagadora, absolutamente deliciosa, un pequeño anticipo del paraíso. El teniente se ruborizó, sorprendido. Intentó refugiarse en el recuerdo de Edith, pero le resultaba imposible luchar contra lo inevitable. Lo inevitable estaba allí, al alcance de la vista. Era tan turbador que hubiera preferido seguir estando ciego.

—Confieso que he llegado a temer por su vida. —La voz de la enfermera tenía un tono maternal—. Aún está muy débil, pero saldrá adelante. Con un poco de suerte dentro de unos días estará al otro lado del mar. ¿De dónde es exactamente, teniente?

—¿Se refiere al lugar donde nací? Fue en el sur de África, aunque tuve la suerte de criarme en Inglaterra.

Gala observó a su paciente con interés

—¿Recuerda algo? Me refiero a Sudáfrica.

Ronald Tolkien pensó que no podría resistir ni un minuto más su presencia. Aunque estaba débil, intentó buscar las palabras necesarias para mantener la mente ocupada.

—Recuerdo, déjeme pensar, la larga terraza de la casa donde vivíamos. También una especie de cactus esmirriado, creo que llegamos a usarlo como árbol de Navidad. Y una araña que me picó. Desde entonces las detesto.

—Levante un momento los brazos —le pidió ella—. ¿Puede hacerlo? —La enfermera se situó tras el teniente—. ¿Y después?

El teniente intentó hacer acopio de voluntad.

—Después vino Inglaterra. Birmingham. Los últimos años los pasé en Oxford.

—¿Es usted estudiante?

—No exactamente. Me gradué antes de alistarme. Soy filólogo.

—Así que es usted un especialista en lenguas.

—Quizá. —El teniente Tolkien bajó los brazos. Intentó abrocharse los botones del grueso pijama, pero, como no conseguía hacerlo, tiró de la ropa de cama hasta casi subirla a la barbilla—. Por eso sé que usted aprendió inglés con una *nanny* galesa aunque, en realidad, procede usted de París.

El rostro de Gala Eliard se iluminó.

—Veo que se dedica usted a la magia. Ahora déjeme que le cierre la camisa. Sea bueno unos minutos más. Debo afeitarlo. Hasta ahora no he podido hacerlo. Por eso no lo reconocí al principio.

Se inclinó sobre él para enjabonar su rostro. Luego pasó la navaja sobre el mentón. Ronald Tolkien se encomendó a Dios, no tanto porque temiera que ella le cortase, sino porque le resultaba difícil dejar de mirarla. Al cabo de un rato acabó su tarea. Ronald Tolkien experimentó un fuerte alivio.

Gala se puso en pie. Ronald lamentó haber deseado que se marchara.

—No me ha dicho su nombre —balbució con el afán de retenerla un poco más.

—¿No se lo dije? En realidad los nombres tienen muy poca importancia. Puede usted llamarme Gala. Gala Eliard.

Luego tomó su balde de agua y salió cerrando las cortinas tras ella.

Volvió a verla unas horas después, cuando la tarde caía. Durante ese tiempo el teniente Tolkien había intentado ordenar sus pensamientos sin éxito alguno; ella los ocupaba todos. O quizá era aquella maldita enfermedad. El tratamiento de quinina fracasaba una y otra vez. La fiebre se había elevado unas décimas, como también el dolor. Tenía de nuevo la vista nublada. No se fijó por eso en que ella traía en sus manos un tazón.

Gala se sentó junto al enfermo. Dejó el cuenco sobre la mesita auxiliar y anudó un pañolón alrededor de su cuello Luego le ofreció una cucharada de caldo.

—No se moleste. —El teniente se expresaba con cierta sequedad—. En realidad no tengo apetito.

—Es tan solo una sopa. Lo ayudará a reponerse. Debe intentarlo. Hay alguien que lo espera en su isla, al otro lado del mar.

El teniente dio un respingo. La piel del rostro se volvió carmesí. Gala advirtió su desasosiego.

—Le pido disculpas. —Gala temió haberse sobrepasado—. No quería avergonzarlo. Solo es que, a veces, cuando deliraba, llamaba usted a su esposa.

El teniente aceptó la sopa.

—¿Dije alguna inconveniencia?

—No, en absoluto. Siempre fue un caballero.

Ella dudó un instante. Quería preguntarle por aquellas extrañas palabras que acompañaban sus delirios.

—¿Qué significa *namárië*? Lo repetía usted a menudo.

—Quiere decir «adiós». Pero es un adiós que encierra la esperanza de volver a encontrarse.

—Entonces es una palabra bella. —Gala le ofreció otra cucharada de sopa—. Pero ¿a qué lengua pertenece? Nunca antes la había escuchado.

—La inventé. —Ahora era el teniente Tolkien el que parecía avergonzado de sí mismo.

—¿La lengua? —Gala lo miró con extrañeza—. ¿Es posible inventar algo así? Pero ¿por qué hacerlo si nadie más que usted es capaz de comprender el significado?

—No lo sé. Lo cierto es que nunca lo he pensado. Es como un impulso. O un vicio. Conocer una lengua me ayuda a crear la historia de los seres que la hablan.

—Así que es eso. —La mirada de Gala se hizo más viva—. Me temo que usted quiere ser escritor, ¿no es cierto? O quizá ya lo es.

—Supongo que no es del todo la palabra adecuada. —El teniente parecía algo confuso—. Apenas he logrado publicar un par de poemas. —Tolkien volvió la cabeza. Se sentía azorado, pequeño, por no tener nada más que ofrecerle a ella—. Por favor, márchese —le pidió secamente.

—Como prefiera.

Gala Eliard se levantó. Su rostro no había cambiado, pero su tez estaba pálida. El teniente alargó su mano, larga y huesuda. La sujetó por la muñeca.

—He sido brusco con usted. No lo merece. Perdóneme, por favor.

Ella se desasió con suavidad. Sus ojos oscuros brillaban como luciérnagas en la noche. Parecía haber crecido.

—No tema, no puedo albergar odio en mi corazón. Estoy aquí para servirle, ya lo dije una vez.

Por la mañana fue otra mujer la que dispensó sus cuidados al teniente. Ronald Tolkien se sentía menos coartado en presencia de la nueva enfermera, una joven de rostro campesino, pero en el fondo quería que Gala regresara.

No volvió a verla hasta la tarde. Para entonces la fiebre había vuelto a subir. Las pesadillas regresaban en forma de dragones alados que escupían fuego y destruían todo aquello que encontraban a su paso. En medio de una llanura helada una mujer de hermosos cabellos rubios vestida con armadura luchaba contra una extraña criatura alada. De las manos de la joven brotaban estrellas blancas que intentaban en vano detener el fuego. El teniente se incorporó sobre la cama bañado en sudor.

—¡Gala, Gala! —gritó.

Una mano fresca se posó sobre su frente. Era ella, que había vuelto.

—No debe torturarse de ese modo. Tome, beba esto. Lo ayudará a dormir. Ahora descanse.

Durante los breves días que siguieron a este nuevo encuentro la intimidad entre ambos creció. En el hospital corrían rumores. Una noche Mary la abordó.

—La vieja yegua está de muy malas pulgas. Harías bien en ser algo más prudente.

—No hago nada malo —protestó Gala.

—Pero te estás excediendo. Todo el mundo habla, incluso los doctores. Pueden sancionarte o hacer que abandones el servicio.

—No sucederá nada de eso, Mary. Déjalos que hablen. Dame unos días más, dos o tres a lo sumo. El teniente Tolkien se marchará pronto.

—¿Cómo lo sabes?

—Oh, no sabría decirte. Simplemente lo sé.

A la mañana siguiente trasladaron al teniente de cama. Estar cerca de la ventana, ver el verde de los pinos que había alrededor del hospital le resultaba beneficioso. El único inconveniente era el de las vecindades incómodas. Para evitar conversaciones que no deseaba tener optó por permanecer la mayor parte del tiempo con los ojos cerrados. Al mediodía distinguió el ruido de los pasos de ella, que resonaban airosos en el pasillo de la gran sala donde los hombres se arracimaban. Su corazón se regocijó de contento. Ya no pensaba en Edith. Se había rendido a Gala por completo.

—Buenas tardes, teniente. Espero que se encuentre cómodo.

Ronald Tolkien no contestó de inmediato. Más que hablar de sí mismo prefería escucharla a ella. Volvió a cerrar los ojos.

—Voy a tomarle la temperatura. —Gala puso el termómetro bajo la axila.

La fiebre había debilitado mucho a Ronald, pero ya estaba mejor. Quizá era eso lo que le hacía sentirse distinto, atrevido.

—Es usted bastante misteriosa —le espetó a bocajarro.

Gala se mordió los labios.

—No debe hablar ahora. O al menos no en exceso. No le conviene.

La enfermera sacó un pequeño reloj del bolsillo de su vestido blanco.

—Aguardaremos unos minutos a que el mercurio nos dé su veredicto. —Hizo ademán de sentarse en el borde de la cama—. ¿Qué desea saber exactamente de mí? Verá que soy una mujer común.

—Creo que fue usted una niña solitaria. —El teniente se incorporó un poco.

—Así es —asintió asombrada—. ¿Puede creer que apenas fui a la escuela? De niña mis pulmones eran algo débiles. Mi padre, que era médico, me amaba mucho, siempre temía por mí. Por suerte tuve la mejor maestra del mundo, miss Marjory, además de una enorme biblioteca a mi disposición. Pasaba las horas muertas entre libros. Mis preferidos eran los tratados de medicina, desde luego, pero nunca desdeñé los cuentos de hadas. ¿Le gustan los cuentos de hadas, teniente?

Ronald Tolkien se llevó los dedos índice y corazón a ambos lados de la cabeza, como si le costara pensar.

—Es una pregunta compleja, demasiado. Como bien sabe no puedo razonar debidamente. Creo que debo pensar con cuidado la respuesta.

—¿Siempre es tan analítico? —La voz de la joven sonaba algo burlona.

—Oh, la mayoría de las veces, no se sorprenda por eso. En realidad las hadas no me resultan simpáticas. Son pequeñas, molestonas, demasiado revoltosas y superficiales.

—Si no le gusta el tamaño de algo, puede aumentarlo. —Tras meditar un instante añadió—: Sus hadas pueden crecer. Recuérdelo cuando escriba.

El teniente se prometió recordarlo.

Al día siguiente de aquella conversación Gala invitó al oficial Tolkien a ponerse de pie. El joven lo intentó varias veces, pero se sentía demasiado débil.

—Le resultará más fácil si se apoya en mí.

El orgullo del teniente quedó herido. Gala rodeó su espalda con un brazo. El contacto suave de la carne, el olor de su perfume, el calor de su cuerpo resultaba perturbador. Ronald Tolkien se encomendó a Dios para alejar de sí cualquier clase de pensamiento impuro.

Caminaron en silencio por el corredor, entre las camas. Algunos pacientes emitieron silbidos de aprobación que pronto cesaron. La tarde, a pesar de ser fría, era luminosa e invitaba a la expansión. Del vestíbulo llegó el sonido del piano. La enfermera Mercedes tocaba a Debussy. Para evitar que su paciente se fatigara en exceso, Gala le pidió que se detuvieran en uno de los bancos que había en el pasillo.

El pequeño paseo había animado a Ronald. Por fin se atrevió a preguntar algo en lo que había estado pensando.

—¿De quién huye usted, Gala? —Era una pregunta excesivamente personal. Enseguida se arrepintió de haberla hecho.

Gala fijó sus pupilas en las del teniente. En ellas brillaba una luz de ternura.

—No debe afligirse por mí. —Gala se llevó las manos al cuello y se volvió hacia él, enigmática—. ¿Teme usted a la muerte, teniente Tolkien?

—Sí, desde luego. —Él sostuvo su mirada—. A los tres años perdí a mi padre. Luego, cuando tenía cerca de trece, mi madre enfermó. Era una mujer excepcional. También la perdí a ella. No puedo explicarle el cataclismo que eso supuso en mi vida. Desde entonces sueño con una enorme ola que se desparrama y lo cubre todo. Es lo que yo llamo mi «complejo de la Atlántida». ¿Y usted, Gala? ¿A qué teme?

Gala bajó la vista. Una lágrima se enredaba en sus pestañas. Al parpadear cayó rodando por su mejilla. Tolkien la atrapó entre sus dedos, como si fuera un diamante. Entre las nubes, ella sonrió.

Por la mañana el doctor Myers mandó llamar a la enfermera Eliard.

—He estado estudiando a su paciente preferido, el oficial de comunicaciones Tolkien. El primer examen apuntaba a que podía padecer *shell shock*, pero apenas una semana después los síntomas, pérdida de la vista, confusión, alucinaciones, han remitido, incluso puede caminar. Por mi parte no hay inconveniente en que sea transferido a un hospital ordinario, siempre y cuando los síntomas físicos asociados a la fiebre de las trincheras le permitan viajar. Prepararé un informe.

Gala asintió.

—Necesito asegurarme de que va a estar bien.

—Lo sé. Sé que quiere salvarlo. Hablaré con su médico. Creo que será posible enviarlo a Inglaterra en un día o dos. Con eso ya habrá cumplido su propósito. Supongo que por fin podrá perdonarse a sí misma.

Hasta la tarde Gala no pudo visitar al teniente para darle la buena noticia. Esa mañana tan solo la vio unos segundos, lo que lo decepcionó profundamente.

—Veo que hoy no tiene tiempo para mí.

—No debe enfadarse conmigo. —La enfermera sonrió con indulgencia—. ¿Se siente con fuerzas para dar un paseo? Le pondré su abrigo.

El teniente asintió. Salieron a la terraza. Se sentaron en uno de los bancos a contemplar el atardecer, en el que ya apuntaba la luna. Una luna llena grande, luminosa, que derramaba su reflejo sobre el mar.

—¿Por qué no me recita uno de sus poemas? —La voz de la enfermera contenía una súplica implícita.

—No podría.

—Insisto en que lo haga.

—Me temo que no serviría decirle que no. —El teniente se aclaró la garganta—. Le recitaré un fragmento de uno de los pocos poemas que he publicado. Habla del viaje de Eärendel, un marinero cuya barca se convierte en estrella:

Al este de la Luna, al oeste del Sol
hay una colina solitaria;
sus pies están en el mar verde claro,
sus torres son blancas y quietas,
más allá de Taniquetil
en Valinor.
Allí no van las estrellas, excepto una solitaria
que huyó de la Luna;
y allí están los dos árboles desnudos
que daban la flor plateada de la Noche,
que daban el esférico fruto del Mediodía
en Valinor.

La voz del teniente se apagó en un murmullo. La sonrisa de ella le desconcertaba.

—Tiene usted mucho talento, pero no para la poesía —sentenció Gala con franqueza—. Debería escribir prosa.

Ronald se sintió herido en su orgullo de escritor.

—No sabía que entendiera usted de poesía.

—No quiero dar una falsa impresión. No sé mucho. Solo que la poesía está hecha para atrapar la emoción de un instante, una conmoción. Pero aquí, teniente, no veo esa emoción tan solo. Hay una gran historia. Usted es un contador de historias, además de un alquimista capaz de transformar los sonidos en palabras. ¿Por qué la estrella solitaria huyó de la luna? ¿Qué representaban los árboles? ¿Y quién es ese Eärendel en realidad?

Ronald Tolkien estaba perplejo. Era peor que escuchar a Wiseman o Geoffrey Bache Smith juntos.

—Eärendel es una estrella. Quizá si leyera de nuevo el poema comprendería —insistió. Ella juntó las manos en un gesto de súplica.

—Creo que he sido cruel con usted. No me lo tenga en cuenta. Regáleme su poema, se lo ruego. ¿Podrá escribirlo? Le conseguiré papel. Si lo hace, lo guardaré como un tesoro. Como prenda quiero darle algo antes de que se marche. Algo que en otro tiempo fue valioso para mí. —La enfermera Eliard se llevó las manos al bolsillo de su delantal. De allí sacó una cruz de hierro sobre la que brillaba una estrella.—. Aquí tiene a su Eärendel. Le dará buena suerte.

El joven se incorporó sobre los almohadones.

—No puedo aceptarlo.

—Hágalo. Lo acompañará cuando vuelva a Inglaterra. Lo ayudará a escribir su historia. Cuando lo haga podrá devolvérmela.

—¿Cómo sabe que volveré? ¿Que podré devolvérsela?

Gala lo miró de aquella manera enigmática en que lo miraba a veces. Sus ojos grises lanzaban destellos dorados.

—Porque, como usted, yo también tengo algo de hechicera. Verá, no tengo una bola de cristal, pero he consultado a mi espejo. En él veo lo que es y lo que fue y, solo a veces, lo que también será. Usted tiene mucho talento, teniente. Debe tener fe en sus propias posibilidades, dar a la estrella las gracias por anticipado por todas las bendiciones que traerá a su vida. Ahora ya puede vestirse. Su médico no tardará en llegar. He hablado con él. Mañana mismo volverá usted a Inglaterra. Era lo que quería decirle. Lo acompañaré a la estación, pero quizá no podamos hablarnos. Será mejor que nos despidamos ahora.

Gala se puso de pie. El teniente Tolkien estiró el brazo para retenerla. Con suavidad tiró de ella hacia delante hasta que se sentó de nuevo. Los dos se miraban sin decir palabra, cada vez más cerca, mientras los ojos se agrandaban. Ronald estiró el índice y tocó el borde de la boca de Gala, como si la dibujara. Sus labios no tardaron en buscarse. Mientras la besaba, la sintió temblar contra él, como la imagen de la luna reflejada en el agua del mar que brillaba sobre el horizonte. Ronald le quitó la toca mientras deshacía el sencillo nudo que atrapaba sus cabellos por debajo. Los rizos dorados escaparon de su celda y brillaron durante un instante bajo la luz de noviembre. Una hebra cayó sobre su abrigo. Ronald Tolkien la atrapó, al igual que días antes había atrapado sus lágrimas.

El rostro de Gala estaba mortalmente pálido. Los labios le quemaban, bendecidos por el sacramento del beso. Entre sollozos contenidos, exhaló una palabra que parecía un suspiro: *namárië.*

20

El sueño de Cenicienta

And I'm getting old.
Keeps me searching
for a heart of gold
and I'm getting old.

NEIL YOUNG, «Heart of Gold»

Holland House, 17 de febrero

La noche que se inauguró la biblioteca, Holland House parecía un hervidero. Por primera vez se dejaron ver algunos de los habitantes invisibles del personal de servicio, además de los representantes de Alexander's, la casa que se había encargado del catering para la cena. Alexander's había hecho bien su trabajo. Los auxiliares, sacados casi de una portada del *Harper Baazar's*, ofrecían a los invitados bebidas y platos con toda clase de exquisiteces. En la larga mesa que presidía el salón no faltaban el caviar de beluga, el jamón español o el foie de oca de la patería de Sousa, pero tampoco bocados veganos de lujo. Mister Walsworth jugaba a ser una especie de Jay Gatsby, solo que algo intelectualizado.

Anna permanecía atrincherada en su habitación, ajena a lo que se gestaba en el piso inferior. Sobre la cama descansaba el vestido, los zapatos y las joyas que debía usar esa noche. El vestido, de color beis, era un modelo palabra de honor tan delicado como los vestidos oro y plata de las Navidades, a los que Anna llamaba en secreto Laurelin y Telperion. Su particularidad era que tenía el cuerpo salpicado de piedrecitas que simulaban estrellas. Ellas iluminarían aquella noche, la última que pasaría en Holland House, ya que su contrato acabaría exactamente a las doce. Finalmente Walsworth no le había hecho ninguna propuesta. Ella tampoco había querido forzar la situación. Podía sostenerse como mínimo hasta junio y consagrar todos sus esfuerzos a completar su novela.

Se recogió el pelo en un moño bajo y se deslizó dentro del vestido. Era tan bonito que, al mirarse en el espejo, no se reconoció. ¿Era ella la Cenicienta moderna que se veía del otro lado? Sí, era ella, no cabía la menor duda, por mucho que se sintiera distinta. Mientras se calzaba los zapatos se preguntó si lo que parecía un cuento de hadas terminaría no en «eucatástrofe», como diría el profesor Tolkien, sino en verdadera catástrofe, como la historia de antes, pero por el momento todo parecía perfecto, demasiado para ser verdad.

Walsworth había decidido escoger el aniversario del fallecimiento de Gala Eliard como fecha para inaugurar la biblioteca, que llevaba el nombre de Marie Broussard. Era un gesto romántico, sin duda, aunque algo contradictorio si se tenía en cuenta que Marie había abandonado a Julius Walsworth para escapar con un músico. Supuso que el anticuario habría encontrado alguna clase de compensación tras aquella pérdida y que era eso lo que celebraba con su humor sutil. Seis meses atrás, cuando volvió de Israel, Anna creyó morir de dolor a causa de la traición de Mario. Sin embargo, sin ese dolor no hubiera conocido el secreto de Tolkien ni habría encontrado a Gala Eliard ni vivido la apasionada aventura que estaba viviendo con Desmond. Desmond... Había buscado en él la calma, pero lo que él le había ofrecido era la conmoción, el trueno que agita el lodo, y revolucionado su vida hasta el punto de hacerla olvidar el pasado inmediato. Como le costaba separar «Namárië» de todo lo que estaba viviendo con Desmond Gilbert, ya no sabía qué era su grial, si las historias de amor que giraban en torno al poema y que ahora necesitaba comprender o si en realidad era su propia vida, pues de su novela en esencia también formaba parte todo lo que Oxford representaba en ese momento para ella: Desmond, Holland House, George Aldrich, Pierre Broussard, la biblioteca de Marie, Rosehill Manor, hasta Mirror y el fiel Westley.

Se miró de nuevo en el espejo. La Anna reflejada parecía escéptica y le preguntaba si las motivaciones de Desmond, la necesidad de salvarla y al mismo tiempo de poseerla, eran las únicas que lo inspiraban. Una idea tenebrosa se abría paso en las noches de insomnio. La relación de Desmond con Susan Bales, la pérdida de su trabajo en España, su llegada a Oxford, el poema y los diarios secretos de Gala, su insistencia con que hiciera de todo aquello una novela, sus gestiones editoriales. ¿La había manipulado para involucrarla en aquella investigación con el cebo de la biblioteca? Aquello no tenía demasiado sentido, pero no dejaba de dudar. Recordó lo último que le había dicho a lord Aldrich, «No tengo nada que le pueda interesar», pero ¿y si estuviera equivocada? Solo había un modo de descubrirlo.

Se sentó en la cama. Los zapatos tenían un tacón tan afilado que temía tambalearse y caer. Inspiró profundo mientras se decía que era hora de bajar. Antes de hacerlo, miró la pantalla del móvil por puro instinto. Tenía una alerta de correo. Era del profesor Tomlinson.

> He presentado tu candidatura como profesora visitante para Merton College. Han aceptado. Si todo va bien, el próximo curso serás profesora de literatura comparada. En el mismo lugar donde impartió sus clases el profesor Tolkien.
>
> ARCHIBALD TOMLINSON

Anna se llevó una mano a la boca para reprimir la emoción. Ya no había excusas. Se quedaba en Oxford. La luz de Eärendil, que ahora llevaba prendida en su vestido cuajado de estrellas, le había abierto un camino que partía de Holland House. Pensó en la vieja canción de Bilbo Bolsón. ¿Cómo era? Ya recordaba: «El camino sigue y sigue desde la puerta. El camino ha ido muy lejos y si es posible he de seguirlo...».

Holland House era una fiesta. Por primera vez las puertas de la mansión estaban abiertas de par en par. Fuera había un desfile de coches de gama alta, un pequeño exceso. Anna buscó a Desmond entre los invitados, pero se acumulaba tanta gente en el piso inferior que fue incapaz de encontrarlo.

Iba a entrar en la biblioteca, donde ya se reunía más de un centenar de personas, cuando tropezó con Walsworth. Su cara expresaba enfado, lo que por otro lado no era tan raro. Últimamente estaba de un humor de perros.

—Por fin la encuentro, Anna. ¿En qué estaba pensando? He estado a punto de ir a buscarla en persona. Pero, en fin, ya está aquí. Venga conmigo, por favor. Supongo que habrá preparado un pequeño discurso. —Anna abrió mucho la boca.

—¿Un discurso? No lo mencionó.

Mister Walsworth parecía falsamente contrariado.

—¿No lo hice? Supongo que entonces tendrá que improvisar. No ha de temer. Nadie se fijará en lo que diga. Mirarán su vestido. La favorece, si me permite que se lo diga. Le da un aire menos solemne, primaveral.

—¿Ha visto al profesor Gilbert?

—Oh, sí, lo vi muy entretenido hablando con Susan Bales, no se le despega, ya la advertí. —Anna dio un respingo—. Pero consuélese, anda por ahí Simon Tolkien. Es una pena lo de mister Tolkien. Al igual que no se puede comprar el conocimiento tampoco parece posible heredar el talento, ya me comprende. ¿Por qué no me avisó de que mister Tolkien era una especie de oveja negra? El director de la Bodleiana sí lo hizo y también la encargada de las colecciones especiales. Por lo que me indicó el profesor Gilbert creo que se conocen, aunque sospecho que a usted no le gusta. Ahora prepárese, doctora. Es su momento. Quiero antes hacerle un regalo.

—¿Un regalo?

Walsworth parecía emocionado. Sus manos temblaban ligeramente.

—Es algo que me acompaña desde niño. Llevo toda la vida buscando la persona adecuada para legárselo. Un modo de compartir mi buena suerte. He pensado que le gustará tenerlo. Yo ya no lo necesito. Dentro de un momento comprenderá por qué.

Walsworth sacó de su bolsillo un corazón de oro que pendía de una cadenita. Anna lo tomó entre los dedos. Luego movió la cabeza en sentido negativo. Iba a excusarse, no podía aceptar algo tan personal, pero su anfitrión le quitó la palabra.

—No tiene ningún valor material. Guárdelo, por favor. Quiero que siempre recuerde algo: el grial es para aquellos que son limpios de corazón. No lo olvide. Es una enseñanza valiosa en estos tiempos sin valores. Bien, doctora. La lección de hipocresía social ha llegado, lo que no es exactamente incompatible con tener un buen corazón. Ahora prepárese para sonreír. No es difícil. Míreme a mí.

Walsworth le ofreció su brazo. Se burlaba de ella, era obvio, pero ya no le importaba. Atendió a su demanda, y, con una enorme sonrisa digna de la mejor actriz de Hollywood, atravesó junto a su anfitrión las puertas de la biblioteca.

La sala había cambiado de aspecto. El silencio de convento había sido sustituido por un rumor de mar confuso. La biblioteca era grande, con sus dos pisos, pero ahora, llena, parecía diminuta. Una de las doce bellezas dormidas de Marie Broussard, *Eternity*, ocupaba un lugar destacado. Anna contempló el lienzo impresionada, pero no pudo detenerse para admirarlo, ya que Walsworth tiraba de ella.

No supo cómo sucedió exactamente, pero cuando los concurrentes se percataron de la presencia del anticuario aplaudieron de manera espontánea. Walsworth levantó la mano con displicencia, como si considerara todo aquello un exceso inapropiado para su enorme modestia. No había ninguna duda de que a Walsworth le gustaba el teatro. Disfrutaba enormemente de la situación. Sus mejillas, algo ajadas, surcadas por el paso del tiempo, estaban enrojecidas, lo que le confería un aspecto vital, juvenil, acentuado por el brillo algo malévolo de sus ojos azul claro, algo acuosos por el efecto de la edad.

Anna miró a su alrededor. Aún no había visto a Desmond. Distinguió su figura alta y desgarbada al fondo de la sala, con el pelo largo y ligeramente ondulado cayendo sobre los hombros. Era inconfundible, el único que no se dejaba llevar por el juego fútil de las apariencias. Quiso dejar a Walsworth para aproximarse a él, pero el anticuario la hizo avanzar hacia una pequeña tribuna instalada a pie de estantería.

El rumor de fondo de la gran sala se apagó poco a poco para dar paso a la voz atronadora del anfitrión, que saludaba a todos los presentes con el mismo entusiasmo de un predicador. Su discurso era emotivo en sus manifestaciones, de modo que los presentes parecían fascinados ante cada palabra. Lo hubieran estado simplemente por mera cortesía, aunque hubiera dicho necedades, pero lo cierto es que no las decía ni tampoco era presuntuoso. Se limitaba a hablar un poco de sí mismo, con humildad, y también del propósito de la Biblioteca Marie Broussard.

—Es difícil hacer una obra de arte que realmente valga la pena y resista el paso del tiempo, aunque resulte excepcional. —Walsworth señaló con la mirada la obra de Marie, *Eternity*, e hizo una pausa—. En *Lo bello y lo triste*, del premio nobel Yasunari Kawabata, hay un pasaje en que se describe el musgo en el famoso templo Saihō-ji. Las tumbas cubiertas de verdín, los templos de madera, el *ikebana* y muchos escritos no están hechos para durar una eternidad, solo lo suficiente para ser apreciados, lo que no casa bien con nuestra visión occidental de lo perpetuo. Aun sabiendo que la mayor parte de los libros que forran estas paredes no lograrán resistir lo digital, de modo que tarde o temprano caerán en el olvido, he de admitir que mi cultura, o quizá mi falta de ella, me impulsa a convertir Holland House en uno de los focos de acogida del saber que hoy se alberga entre sus estanterías y a dar a los autores que forran estas paredes la oportunidad de resistir un poco más entre nosotros, por si alguien quiere escuchar todo lo que tienen que decir. Por ese motivo, y porque el conocimiento y la belleza no deberían ser el privilegio de unos pocos, desde mañana la Biblioteca Marie Broussard quedará asociada a la red de bibliotecas de Oxford y permanecerá abierta a todos aquellos que aún crean en el papel, aunque esto no sea más que un acto de rebeldía. Los invito a disfrutar de sus múltiples tesoros, a palpar los libros, a manosearlos, a perderse entre las palabras.

Anna contemplaba atónita a Walsworth. Estaba realmente sorprendida por su discurso y su tono.

—Pero nada de esto que ven ustedes hubiera sido posible sin la doctora Anna Stahl, aquí presente, digna sucesora de Marvin Harris. Marvin, como ustedes saben, ya no está entre nosotros, pero queda su labor, que continuó y culminó la doctora Stahl casi en un tiempo récord. Ella no solo ha trabajado sin descanso día y noche para que todos pudiéramos disfrutar hoy de esta reunión, que estaba prevista para la primavera, sino que también se encarga en estos momentos de llevar a cabo una investigación relacionada con algunos de los materiales que han aparecido al tiempo que se levantaba esta biblioteca. Estamos en Oxford, donde la literatura fantástica ocupa un lugar privilegiado. Uno de sus padres fundacionales fue un modesto profesor de universidad que creó en el garaje de su casa un universo donde el bien y el mal se enfrentaron en una lucha singular, la Tierra Media, reflejo de nuestro propio mundo. Les hablo de John Ronald Reuel Tolkien.

Walsworth miró directamente a Simon Tolkien, a los representantes de la Tolkien State y a la encargada de colecciones especiales de la Biblioteca Bodleiana. También al profesor Tomlinson, que había acudido a Holland House para la ocasión. Complacido con el efecto que causaban sus palabras, continuó.

—Pues bien, como les decía, en estos momentos la doctora Stahl estudia la génesis de un poema o canción del profesor Tolkien, «Namárië», todo a raíz de una primera versión del mismo que data de noviembre de 1916. Tenemos aquí a varios expertos en literatura inglesa que apreciarán mejor que nosotros, los profanos, la importancia del hallazgo, cuya autenticidad está confirmada por autoridades mundiales especializadas en la obra del profesor, como nos explicará después el profesor Tomlinson, de la Universidad de Bangor, aquí presente. Pero estoy seguro de que todos ustedes están ansiosos por escuchar a la doctora Stahl, a la que cedo la palabra no sin antes preguntarle algo.

Walsworth tomó una de las manos de Anna y se colocó ante ella al tiempo que hincaba la rodilla en el suelo. En la biblioteca se impuso un silencio de sepulcro. Anna se quedó petrificada, como si fuera una estatua de sal. Se preguntaba hasta dónde quería llegar Walsworth y por qué la ponía en ridículo.

—Anna, querida —preguntó el postrado anticuario—. ¿Aceptaría usted ser la guardiana de estos tesoros?

Anna miró a su alrededor. Todos esperaban respuesta. Nadie, excepto Tomlinson, sabía que acababa de ser aceptada en Merton College. Desmond se adelantó hasta situarse en primera línea. Su mirada tenía un brillo gélido. Un sí significaba un elevado grado de compromiso con Oxford, lo que sin duda podría repercutir en su vida privada. Anna se volvió hacia Walsworth e hizo que se pusiera en pie mientras esbozaba una enorme sonrisa.

—Supongo que no es una propuesta de matrimonio y que su oferta solo se circunscribe a la gestión de su biblioteca. —La lección de hipocresía social le estaba resultando mucho más fácil de lo que pensaba, porque en la sala estalló una risa agradable—. Será un gran honor aceptar, ya que no es incompatible con la vida académica. Les anuncio que hoy mismo he sabido que a partir del próximo curso quedaré adscrita como profesora visitante a Merton College.

Walsworth se dirigió a sus invitados mientras sostenía una de las manos de Anna entre las suyas y las elevaba ligeramente, como si fueran actores de teatro que saludan a su público.

—Señores, la doctora Stahl ha dicho sí, lo que me complace enormemente.

Era obvio lo que venía a continuación. Aplausos. Eran aplausos flemáticos, comedidos, de personas educadas y poco dadas a las manifestaciones emotivas ostentosas. Anna se volvió hacia Desmond. El brillo de su mirada ya no era frío, pero aún no estaba en calma, sino que permanecía al acecho. Por primera vez fue consciente de forma palmaria de lo que sabía desde el principio, que Walsworth la necesitaba para que construyera un mito que deconstruyera otro, pero que Desmond Gilbert la necesitaba también para algo que estaba más allá de la relación entre ambos, aunque no sabía exactamente qué. Por eso necesitaba tenerla cerca.

Como todos esperaban, Anna tomó la palabra. Tras saludar a los presentes, agradeció a George Aldrich su buena disposición y a mister Walsworth el encargo. Mencionó a Pierre Broussard, que le había proporcionado información valiosa para completar una investigación que involucraba a sus propios ancestros y los relacionaba con los Aldrich, y, aunque la despreciaba profundamente, mencionó también a miss Bales, que había posibilitado su vinculación a Holland House. Llegaba el momento de hablar de Desmond. Ahora ya sabía que la dama Loanna nunca alcanzaría la verdad literaria ni la perfección porque por el camino, sin esperarlo, había encontrado otra verdad. Sus ojos se velaron por un instante, aunque nadie lo notó, pues, como había predicho Walsworth, todos estaban pendientes del brillo de las estrellas que adornaban su vestido, que emitían destellos bajo la luz de las arañas de cristal.

—Menciono en último lugar al profesor Gilbert. Él ha sido una pieza clave en esta investigación, una figura de apoyo esencial. No solo me ha proporcionado material valioso, sino que ha buscado el modo de que no me desaliente, de que continúe atada a «Namárië» y encuentre lo que significa verdaderamente en la mitología del profesor Tolkien. Parece cierto, y así lo considera la comunidad académica, que las primeras imágenes de la Tierra Media arrancan ante todo del «Christ», de Cynewulf, del que nacen los poemas dedicados a Eärendil, el marinero de las estrellas. Pero hay un cambio de registro desde finales de 1916 y 1917, momento en que el profesor escribe *La caída de Gondolin*, un cuento en el que resulta patente la influencia de la Gran Guerra. Entre esos dos puntos surge esta primera y desconocida versión de «Namárië», un poema olvidado que el teniente dedica, según los hallazgos, a la enfermera voluntaria que le atiende durante su estancia en el hospital número 1 de la Red Cross, ubicado en Le Touquet. Esa mujer fue la primera esposa de William Percival Aldrich, conde de Aldrich, as de la aviación inglesa. Su nombre era Gala Eliard. Hoy, el día en que inauguramos esta biblioteca, es también el aniversario de su muerte en acto de servicio, un suceso que coincide prácticamente en el tiempo con la finalización del primero de los cuentos de Tolkien, *La caída de Gondolin.*

El silencio en la sala era espectral, casi sobrecogedor. Por primera vez Anna era consciente de que estaba frente a un auditorio realmente selecto. Sus palabras tendrían un eco de resonancias imprevisibles.

—Gala es un personaje fascinante. Fue una bella mujer de destino trágico. Lo que resulta desconocido es la enorme influencia que tuvo sobre la obra del profesor. De acuerdo con mi tesis ella propició que Tolkien abandonara la poesía y virase hacia la epopeya hasta convertirse prácticamente en el padre de la literatura fantástica moderna. Actuó después como modelo femenino cuya influencia es patente en varias figuras de poder. La más representativa de todas sería la reina Galadriel, a la que él llamó en repetidas ocasiones la dama blanca.

»Es importante recordar que Tolkien se comportaba con respecto a su obra como si fuera el propio Creador. En el mundo de Tolkien, fantasía y realidad lograban superponerse. Pero la cabeza del profesor no estaba poblada de elfos y enanos solo, sino también de personas reales, como los amigos fallecidos de la T. C. B. S. Pero a su vez en su mundo imaginario Tolkien podía jugar a ser todo lo que no era en la vida real. En la Tierra Media podía ser cualquiera de sus héroes, no solo un padre de familia o un profesor de literatura inglesa de Oxford. Lo que sucedió fue que sus escritos llegaron a cambiar su propia realidad, hasta el punto de que, al construir mitos literarios, él mismo se hizo un mito.

»Sería interesante que, alguna vez, alguien escribiera sobre esto, sobre el proceso de creación del escritor que fue Tolkien, pero no de modo académico, sino puramente literario. —Anna se volvió hacia Desmond Gilbert y lo atravesó con la mirada—. Pero lo mejor de todo sería que las intenciones del elegido para cumplir ese cometido fueran tan puras como las del profesor, de modo que al escribir lograra que operase la magia, esta vez de forma inversa, no para encontrar la vida presente en la literatura, sino para que la literatura también se hiciera vida para cambiar las nuestras, recogiendo así el mensaje de esperanza que quiso transmitir el profesor. Claro que esto es solo una quimera, un cierto desvarío que no puedo achacar sino a la influencia de Gala Eliard y todo lo que representa, o quizá al propio Tolkien, autor de una poética casi alquímica que a mí también ha terminado, como a otros, por atraparme.

Walsworth estaba ligeramente intrigado, ya que no podía comprender el sentido completo de aquellas palabras. Interrumpió de forma algo abrupta el discurso de Anna y dio las gracias a los invitados. La volvió a tomar del brazo, empujándola con suavidad.

—Apresúrese. Simon Tolkien está deseando conocerla. Tendrá que ser discreta. Mister Peck, de la Tolkien State, y la encargada de colecciones especiales de la Weston Library están pendientes de sus movimientos. También querrán intercambiar impresiones. Ah, lo mismo que el rector de Merton College. Se ha sentido muy halagado de que lo mencionara.

Anna tragó saliva. Todas esas personas que había mencionado Walsworth eran las mismas que podían quemarla en la hoguera si el manuscrito que iba materializándose en el pendrive en forma de anillo salía a la luz.

—Sí, por supuesto. Si me permite. Será solo un instante.

Anna fue al encuentro de Desmond, que estaba impaciente por hablar con ella. Se inclinó hacia él para besarlo en los labios con suavidad y luego en la mejilla. En voz muy baja le pidió que se reuniera con ella a la entrada del laberinto aproximadamente media hora más tarde. Pensó de forma práctica que necesitaría coger su abrigo, que había dejado en la habitación. Luego buscó a Walsworth, que charlaba alegremente con Simon Tolkien.

Simon, el nieto mayor de John Ronald, era un hombre de frente amplia y mirada penetrante. Su rostro estaba ya surcado de profundas arrugas en la frente y a ambos lados de la boca. A pesar de todo, su mirada no había perdido la curiosidad de la juventud.

Walsworth le presentó a Anna con extrema cortesía. Ambos estaban evidentemente interesados el uno en el otro. Conversaron de forma intrascendente.

—Su investigación me toma completamente por sorpresa —mencionó Simon una vez que hubo roto el hielo.

—¿No sabía usted de la existencia de Gala Eliard? —La expresión de Simon era de sorpresa y curiosidad extrema.

—No, en absoluto. Nunca llegué a saber quién había atendido exactamente a mi abuelo durante esos días en Le Touquet. Tuve acceso al listado de las enfermeras tituladas, pero no al de las VAD que sirvieron en el hospital durante ese lapso. Supongo que esos registros se perdieron.

—Pero ¿nunca habló a la familia de su experiencia en el hospital? —insistió Anna.

—No que yo sepa. Recibió cuidados en el hospital francés y también en el barco que le sacó de Francia. Él llego a Birmingham muy debilitado por la fiebre, consumido por lo que había vivido en el frente. Recordará usted que participó en la toma de la trinchera Regina, su única experiencia en combate cuerpo a cuerpo, tan solo unos días antes de que enfermara. —Anna lo recordaba muy bien.

—Simon —insistió—, ¿alguna vez su abuelo les habló de Francia en un sentido íntimo, personal? Sus impresiones del país, sus afectos.

Walsworth estaba pendiente de cada una de sus palabras. Simon se había percatado de la atención que Anna suscitaba en su anfitrión. Era una mujer hermosa y se preguntaba hasta qué punto estaban unidos.

—No solía hacerlo. Todo o parte está en sus diarios y notas e incluso en su obra literaria, en especial en *La caída de Gondolin*. Quizá el capítulo «Las Casas de Curación» de *El Retorno del Rey* tenga algo que ver con su experiencia en el hospital, pero nunca lo mencionó. Solo recuerdo una anécdota de la que me habló no él, sino mi padre. Se produjo después de la toma de Regina. Mi abuelo sabía alemán, por lo que solía coger los datos de los prisioneros de guerra. Hubo un joven muy malherido, un estudiante de Bellas Artes, que le regaló unas postales. Inmediatamente ese joven murió. Le impresionó mucho. Creo que ese hecho influyó en las postales que él dibujaba para sus hijos y nietos, recogidas por mi padre en *Cartas a Papá Noel*.

El rostro de Anna se contrajo. Ella había escrito sobre eso. Pero no podía ser. Lo había inventado.

Por el rabillo del ojo vio cruzar a Desmond, que le hizo un guiño. Walsworth, que de todo se daba cuenta, se percató del cruce de miradas. Su rostro se endureció. Anna aguardó un par de minutos que se le hicieron interminables y, cuando hubieron pasado, inclinó ligeramente la cabeza para excusarse con Walsworth y con Tolkien.

—He de dejarles ahora.

Simon atrapó sus manos entre las suyas, estrechándolas efusivamente.

—Manténgame informado de sus avances. Ya sabe que tengo una visión diferente a la de los miembros de la Tolkien State. Ni siquiera me han saludado esta noche. Pero estoy deseando conocer mejor a Gala Eliard, aunque creo que sobreestima su poder sobre mi abuelo. Él era un romántico, pero no un sentimental. En fin, esperemos a ver publicado su trabajo para juzgar.

Se inclinó hacia ella y la besó en la mejilla. Anna pensó en el beso de Judas mientras sonreía de manera luminosa. Hipocresía social.

Tomó el abrigo y fue a la entrada del laberinto. Hacía mucho frío a pesar de las estufas portátiles que Walsworth había hecho colocar de forma estratégica, por si alguno de sus invitados se atrevía a adentrarse en los jardines. Anna temblaba bajo la lana. Desmond la rodeó con sus brazos.

—Así que te quedas en Oxford.

—Solo de forma provisional, por un curso. Pero puede que me quede más tiempo si encuentro una buena razón, ya has escuchado a mister Walsworth. —Anna imitó su voz profunda y sonrió con picardía—: Guardiana permanente de los tesoros de Holland House.

Desmond la besó con intensidad.

—¿Esta te parece suficiente razón? Porque a veces un beso tiene el poder de un sacramento. Aunque eso ya lo sabes.

Anna se puso seria. Pensó en aquella mujer, Susan Bales, cuya sombra se interponía entre ambos. ¿Desmond le habría dicho también las mismas palabras? Era una posibilidad.

—Volvamos a la fiesta.

—¿Y si vamos a tu habitación? —Desmond introdujo una de sus manos bajo el abrigo.

Anna se estremeció. Se había hecho adicta a su tacto, a pesar de que ya no confiaba del todo en él.

—Deberíamos volver a la biblioteca. Estoy hambrienta. ¿Tú no?

—No. Pero haremos lo que desees.

Volvieron a la casa, pero cuando llegaron al vestíbulo Desmond la tomó en sus brazos y la cargó escaleras arriba. Ella le pidió entre risas que la dejara en el suelo, pero él no lo hizo. No era un ingenuo. Adivinaba las dudas de Anna, sus reservas, y sabía cuál era el mejor modo de acabar con ellas. La dejó sobre la cama, apoyando su cuerpo sobre el suyo, sujetándola de las muñecas para inmovilizarla. Buscó entonces su rostro.

—Te quiero, Anna. —Aquella declaración la pilló de improviso.

—En lengua española existen diferencias de matiz entre querer y amar. Creo que tú solo me quieres, pero no sé para qué —bromeó ella. Pero en realidad no hablaba en broma.

—En lengua inglesa no existen esos matices de los que hablas —dijo Desmond tras tomarle las manos—. No vayas más allá de lo que es obvio. Te quiero sin más, si es que puedes soportarlo.

Anna soltó sus manos. Se sentó en la cama, desinflada. Varias de las estrellas del cuerpo del vestido se habían desprendido y brillaban sobre la colcha. Miró una. La estrella de plata. La estrella de plata sobre la cruz de guerra había trazado un puente entre Tolkien y Gala Eliard que los había unido durante más de cincuenta años, incluso aunque ella estuviera muerta. No sabía cuál era el puente que la unía a Desmond, si su amor se agotaría al mismo tiempo que el deseo. O quizá cuando ella acabara su búsqueda.

Una lágrima resbaló por su rostro, brillante como la estrella. Desmond se inclinó hacia ella y la besó otra vez de forma dulce, profunda, mientras la empujaba poco a poco para que se tendiera en la cama. Cuando la tuvo así, apoyó de nuevo su cuerpo sobre el suyo mientras sostenía la cabeza entre sus manos y la obligaba a abrir la boca para besarla una y otra vez hasta casi ahogarla. Sus dedos se aferraron a las sábanas crispándose sobre ellas mientras gemía y sollozaba a la vez, abrumada por la luz que brillaba reflejada en los ojos de Desmond, su propia luz. No sabía hacer otra cosa, solo huir, aunque no pudiera huir de sí misma. Pero esta vez debía ser diferente.

Empujó con suavidad a Desmond.

—No, ahora no. Tengo que darte algo. Por eso te cité en el laberinto. No te dije la verdad. En Rosehill. Fue una estupidez. Perdóname, por favor.

Anna se levantó y abrió el armario donde guardaba los documentos del grial. Extendió los sobres ante Desmond. La sorpresa vino al abrirlos. Había cuatro cartas de Tolkien y cuatro de Gala Eliard, copias de sus respuestas originales. Algunas eran realmente breves. Anna había añadido otra: una última carta del profesor que había quedado sin responder. Era obvio por qué.

III

LAS CARTAS

21

Cartas a Gala Eliard

When you cried, I'd wipe away all of your tears.
When you'd scream, I'd fight away all of your fears
And I held your hand through all of these years.
And you still have all of me.

EVANESCENCE, «My Inmortal»

CARTA I

Birmingham, 17 de noviembre 1916

Querida Gala:

Me apresuro a escribirle, tal y como me hizo prometer, para darle cuenta de mis progresos. Hace unos días que llegué a Birmingham, cansado, pero milagrosamente vivo. Fue un viaje agotador. Embarcamos en Le Havre con un tiempo regular, lo que se tradujo en una travesía un tanto accidentada. A la bravura del oleaje hubo de sumarse la amenaza de los torpederos alemanes, que nos persiguió durante todo el Canal. Parece que, después de la tragedia del Sussex, el enemigo nos ha dado una tregua, pero, dadas las circunstan-

cias, la navegación no es segura. Cuando desembarcamos en Southampton todos los pasajeros, o el menos yo, suspiramos con alivio. Morir en el mar entre las ruinas de un barco en llamas debe de ser espantoso.

Estar en Inglaterra, lejos del frente, es en estos momentos lo más parecido a estar en el cielo. Eso sí, un cielo en el que no acaba de apagarse ese fuego que me consume por dentro. La fiebre viene por oleadas. Me provoca visiones horribles, sueños perturbadores. Entonces Inglaterra desaparece y vuelvo a la Picardía francesa, a esos escenarios de horror en los que perecen tantos de los nuestros, y también a su hospital. Es en ese momento cuando más la echo en falta. Busco su rostro a mi alrededor, pero, aunque tiendo mis manos para que tome las mías, no soy capaz de verla. Es otro rostro, otras manos las que me confortan y me sostienen. No soy agradecido, Gala, ni tampoco fiel a mis compromisos. Tengo a mi disposición un ejército entero de enfermeras, una mujer solícita, pero yo, egoísta de mí, solo pienso en usted de forma casi obsesiva. En el color de sus cabellos, que la coronan como una guirnalda dorada y que se empeñan en escapar de la toca blanca; en el olor a limpio de sus ropas; en la belleza de sus ojos, tan luminosos que parecen dos soles. La veo sentada al borde de mi cama lavando mi pecho con agua fría, poniendo paños sobre mi frente, dándome la sopa con infinita paciencia o recitando para mí mis pobres versos —qué tristeza pensar que eran las resonancias de su voz las que les daban valor—. Sus palabras, en realidad las mías, vuelven una y otra vez, dulcificadas, y revolotean a mi alrededor como esas mariposas blancas de las que me habló una vez, aquellas que la visitaban de niña.

No puedo mentirle, Gala. Tengo el papel, la conmoción y la emoción, el mechón de cabellos que cortó para mí, el recuerdo de nuestros días en Le Touquet y de su beso, tan dulce y cálido que aún me dura en los labios. Tengo la fantasía y esa memoria que, en lugar de caminar hacia atrás, camina hacia delante para cumplir la promesa que le hice de abandonar mis hábitos de poeta y escribir, o al menos intentar hacerlo, algo que realmente valga la pena. He pedido un cuaderno y una pluma para volcar lo que sueño en las horas en que las fuerzas regresan. Me digo que he de contarlo antes de que se pierda todo, pero la duda llega para corroerme. No soy un pesimista, no se equivoque. Es que no sé si será suficiente el propósito y el coraje para afrontar mi misión. No crea que me perturba mi estado de salud, sino la terrible paradoja de recuperarme para volver al campo de batalla. ¿No es estúpido?

Estos días he empezado a componer un relato algo fantástico. Versa sobre un lugar al que he llamado Gondolin. Gondolin es una ciudad hermosa, alta y blanca, rodeada de murallas. En ella sobresalen orgullosas numerosas torres que se elevan al cielo. Es el reino de Idril, una princesa de cabellos tan dorados como los suyos, hija del rey Turgon y madre de Eärendel. Recuerda el poema, ¿verdad? El del marino estelar. Lo recité para usted.

En la ciudad son muy felices, pero no se toman en serio el mal que acecha y adopta formas horribles. Formas de seres semejantes a monstruos, de lobos y dragones que siembran a su paso la muerte y la destrucción. Creo que finalmente la ciudad será aniquilada, lo que supondrá el fin de una era. Me resisto a creer que hay una esperanza.

Entonces surge su rostro en la oscuridad. Me toma de la mano y me guía para mostrarme un túnel secreto, un pasillo hacia la luz mientras me susurra algo que me maravilla: que esta historia forma parte de otras y que todas juntas formarán a su vez parte de un libro, al que habré de llamar «el de los cuentos perdidos». Esas palabras me dan vida. Son un acicate para continuar confiando en que podré llevar a cabo esta ardua tarea, a la que me he consagrado con devoción.

Le ruego que no olvide, Gala, a ese soldado que atendió una vez en Le Touquet. Porque mientras usted me recuerde no se perderán los días que pasamos juntos ni tampoco su belleza. Temo que la enfermedad, la guerra o la muerte borren ese recuerdo de mi memoria o que la vida se haga tan gris que lo contamine y me lleve a pensar que lo que sucedió entre nosotros no fue real, sino tan solo un espejismo. Mi poema, «Namárië», fue una triste despedida en la que solo brillaba una tenue esperanza. Pero sé que regresará a Valinor, y yo con usted.

J. R. R. Tolkien

P. D.: Aunque mi letra es aún muy torpe, le mando con esta carta una transcripción de las dos primeras páginas de mi relato sobre Gondolin. Espero que logre entretenerla.

Le Touquet, 3 de diciembre de 1916

Mi querido teniente Tolkien:

He leído su carta con enorme placer. No sabe lo mucho que me alegran sus noticias, saber que por fin está en Inglaterra, a salvo, y se siente lo bastante fuerte y animado para volver a escribir. Ha de insistir en su curación y dejar de lado esos pensamientos tan oscuros que le asolan y que no son sino consecuencia de la enfermedad. Tenemos la obligación de seguir vivos, incluso si la realidad confirma esa amarga paradoja de la que me habla. No crea que no le comprendo. Estos días el hospital está lleno. Los frentes del Somme y de Verdún siguen muy activos y el tren que pasa por la estación número 11 transporta decenas de oficiales heridos. Las bajas de los hombres que llegan al hospital son desalentadoras. Casi alrededor de la mitad de nuestros pacientes no sobreviven a causa de las infecciones, por septicemia, lo que obliga a consumir medicinas de forma inútil. Pero sobrevivir no siempre resulta la mejor opción. Ayer, qué tristeza, un oficial se disparó antes de entrar en quirófano porque no podía soportar la idea de que le amputaran las dos piernas. Era inaceptable para él la idea de no volver a moverse. Por eso me hace feliz saber que está bien atendido, lejos de todo esto, aunque sean otras las manos que lo cuidan ahora.

Le agradezco mucho que me haya enviado las primeras páginas de su relato. Me ha complacido leerlas, aunque avivan mi impaciencia y también mi nostalgia. He de confesarle que en los escasos momentos que consagro al ocio y logro escapar de la vigilancia, de las demandas de la enfermera jefe, yo también pienso mucho en usted. No ha de temer por ello el olvido. ¿Cómo podría olvidar que dejó su vida en mis manos? ¿Que, aun consumido por la debilidad y la fiebre, recibí de usted el regalo de la esperanza? Tiene, como dice, mis cabellos, mi amistad y mi afecto y un lazo que nos une, el amor a la belleza y al arte. Por eso «Namárië» no es en absoluto un adiós, sino el principio de algo muy hermoso, su obra, y la continuación de algo más a lo que no debemos poner nombre. No estoy llamada a la abnegación absoluta. Mi corazón, como el suyo, anhela también imposibles. Pero sé, como usted, que algún día volveremos a encontrarnos bajo el mismo cielo y me devolverá la estrella de plata que le entregué como prenda de su promesa.

Esa historia de la que me habla, la de la ciudad de Gondolin, el lugar donde sitúa los orígenes de Eärendel, es muy trágica. Me gusta mucho su comienzo, con Corazoncito relatando algo que sucedió en un tiempo que nunca existió. Parece casi un cuento de hadas, con su castillo, su princesa, el enamorado y los obstáculos que se oponen a ese amor; los ríos y el mar, los cisnes y tantas otras maravillas propias de un reino de fantasía. ¿Qué pretende exactamente? ¿Escribir cuentos de hadas? ¿O se trata de otra clase de historias? Su relato es algo muy épico o quizá mítico, con esos dos dioses poderosos en el trasfondo. Estas reflexiones me llevan a pensar en su público. Se lo dije cuando leí sus poemas, en especial «El viaje de Eärendel» y «Las costas de Fairy». No escribimos para nosotros mismos, sino también para ser leídos. ¿Pero quién leerá su historia? ¿Los niños? Me temo que su cuento, aunque situado en un reino imaginario, tiene resonancias muy serias, puesto que refleja la lucha entre el bien y el mal propia de nuestro tiempo, y que ese humor sombrío que lo acompaña hará que nos prive del final feliz. ¿Estoy en lo cierto? No lo haga, se lo ruego. No olvide la magia de los cuentos. Aunque no haya un final feliz para Gondolin y la ciudad sea destruida, ha de dejar al menos una rendija, una posibilidad para evitar que todo acabe en catástrofe. Podría ser ese túnel del que me habla y por el que usted transita de mi mano. Si quiere que yo sea para usted su guía en la oscuridad, lo seré, una especie de hada o quizá de bruja buena, como prefiera.

No deje de hacerlo, escribirme para darme cuenta de sus progresos. Hágalo siempre que lo desee. Mientras usted me recuerde, yo tampoco moriré.

GALA ELIARD

CARTA II

19 de diciembre de 1916

Mi querida Gala:

Llevo muchos días queriendo escribirle, pero no he logrado burlar la vigilancia de mi atenta esposa hasta hoy mismo. Sé que hago mal en ocultar mi correspondencia con usted. No debería hacerlo. No solo es que mi comportamiento me resulte deshonesto con Edith, a quien tanto debo, sino que la coloco a usted en un lugar inadecuado, en las zonas borrosas del secreto, con todo lo que ello supone de menoscabo para su dignidad. No es algo que usted merezca en absoluto, por lo que le pido disculpas, pero sé que si hablara sin recato de la fascinación que ejerce sobre mí, de lo que ha pasado entre nosotros, no podría seguir escribiéndole y eso es algo que no puedo soportar en estos momentos. Me he acostumbrado a usted. Anhelo sus palabras dulces, siempre llenas de sabiduría. Ha de saber que, desde que la recibí, he leído su carta una y otra vez. La he guardado junto a su mechón de cabello, en mi «Kalevala». Después he estado acechando la ocasión de tomar el papel, algo que puedo hacer con cierta libertad y a solas, pues lo pido para seguir escribiendo la historia de Gondolin o continuar inventando palabras.

Hoy es mi intención darle al menos un par de buenas noticias. Llevo ya muy avanzado mi relato sobre la ciudad blanca. Puede que tenga razón y lo que escriba sea un cuento de hadas, aunque no se trate de una narración destinada a niños, o al menos no solo a ellos. Creo que lo que llaman cuentos de hadas son uno de los géneros más grandes que ha dado la literatura, asociado erróneamente con la niñez. Ya le explicaré esto en otra ocasión.

He decidido titular mi cuento La caída de Gondolin. *Creo que no es un mal título. Tiene al menos la virtud de expresar sobre qué versa en realidad mi relato, del que le avanzo unas pocas páginas más. No se angustie, seguiré su consejo: planeo un final que, dentro de la amargura, podría ser considerado feliz. Es lo que yo llamo «eucatástrofe». Esa es la esencia de un cuento de hadas, que acabe bien.*

La segunda buena noticia es que ya estoy lo bastante fuerte para abandonar el hospital. Eso significa que pasaré las Navidades en Rock Cottage, el lugar donde los Tolkien hemos instalado provisionalmente nuestro hogar. Todo esto sería agradable de contar y un buen motivo de alegría en sí mismo si no fuera porque hace unos días supe de la muerte de uno de mis mejores amigos, Geoffrey Bache Smith. Era un buen hombre. Hizo lo posible para que ambos combatiéramos juntos con los Fusileros, aunque finalmente fui transferido a otro batallón. Lo he estado pensando, dando vueltas una y otra vez a la misma idea. ¿Sabe? Smith tenía rango de oficial y puedo decir con orgullo que era mucho más valiente, mucho mejor persona de lo que yo seré jamás —lo digo sin apasionamiento alguno—. Pero no murió en acto de servicio, de una manera heroica, sino detrás de las líneas. Es curioso. Aquella tarde había estado jugando al fútbol. Al volver al campamento, una granada estalló y varias esquirlas se le incrustaron en la nalga. Smith se tomó a broma el asunto, al menos al principio, tanto que incluso fumó un cigarrillo mientras le sacaban la metralla. No cayó en la cuenta de que la tierra está ahora abonada con pólvora y contaminada con los restos de nuestra carne. Su sangre se infectó y murió de septicemia. Supongo que otro oficial escribirá a su familia una carta de condolencia enumerando sus méritos militares, su afán de servicio, su enorme valor, nada que permita suponer que la muerte de Geoffrey ha sido en vano. Pero yo discrepo, Gala. Su muerte no solo ha sido inútil, sino también injusta. Nadie podrá reemplazarle ni llenar el vacío que deja su pérdida ni suplir su talento. Era un buen poeta, todo lo que yo no podré ser jamás. Es una mala inversión esta guerra que banaliza la muerte y hace de ella algo trivial.

La muerte de Smith supone el fin definitivo de nuestro club de juventud, el Tea Club and Barrovian Society, la T. C. B. S. Cada uno de nosotros sentía la vocación de hacer algo grande. No contábamos con nuestras limitaciones ni tampoco con la guerra. Desde luego no contábamos con nuestra propia muerte. Ahora que he perdido a dos de mis amigos —solo me queda Wiseman, mi «gran gemelo»—, he comprendido lo duro que he sido con ellos. Hace ya dos años de la última vez que nos reunimos los cuatro. Para entonces yo ya no creía ni en nuestra sociedad ni en sus objetivos. Ahora lamento haberme dejado llevar por la soberbia y la ausencia de sentido crítico, por la convicción de que podía hacer algo grande sin ellos. No era capaz de aceptar la verdad, que podía tener destellos brillantes, pero no genialidad. No fue la única que me lo hizo ver. Wiseman consideraba mis poemas barrocos y grandilocuentes. Gilson, siempre generoso, llegó a calificar alguna de mis creaciones como «simpáticas». A Smith mis poemas le parecían algo polvorientos, porque mi mirada no está hecha para mirar al presente, sino al pasado. No es algo malo necesariamente. En el pasado Gilson y Smith aún están vivos. En el pasado están los días que compartimos en Le Touquet.

Gala, mi querida dama. No quisiera ensombrecer sus días con estos pensamientos tan lúgubres. La Navidad está próxima y ni siquiera la guerra debería empañar la felicidad de saber que, como Cristo, podemos renacer una y otra vez. La admiro por eso, Gala, por su generosidad. Usted podría estar tranquilamente en casa, a la espera, disfrutando de todo lo bueno que hay en su vida, pero ha elegido cambiar sus vestidos de seda y su tiara de diamantes por un sencillo vestido blanco de algodón. Estoy seguro de que nunca será más bonita de lo que es ahora, vestida de voluntaria, con sus grandes ojos grises llenos de luz. Así la veré siempre, blanca, coronada con la guirnalda de sus cabellos de oro. Quiero que ese recuerdo perdure para siempre. Lo he estado pensando estos días mientras avanzo el relato de Gondolin. Esa era la segunda buena noticia: levantaré un reino para usted sola. Un reino indestructible donde usted será la señora por toda la eternidad. La llamaré Galadriel, mi dama blanca, la bruja del bosque. Qué inmenso privilegio saber que me leerá, Gala, que leerá esa historia de la que usted ya forma parte. La imagino tendida en su habitación, bocabajo, con sus brillantes cabellos sueltos sobre los hombros, recién cepillados, enfundada en su camisa de dormir, que también será blanca, como su uniforme.

Y ahora me atrevería a pedirle algo realmente osado. Me gustaría tener un retrato suyo donde pudiera verla así. Tengo cierta disposición hacia el dibujo y mi obsesión hacia usted es tan grande que intentaría inmortalizar su belleza con mi lápiz y mis acuarelas, aunque dudo que mi pobre mano se acerque al modelo original, tan bello.

Siempre suyo,

JOHN RONALD TOLKIEN

Le Touquet, 24 de diciembre de 1916

Mi querido teniente Tolkien:

Su carta me ha llegado justo hoy, en la víspera de la Navidad. Supongo que entretanto habrá recibido mi postal, que tenía la intención de desearle tan solo un rápido restablecimiento y unas felices fiestas. Espero que su cómplice enfermera le haga llegar la presente a su nueva dirección.

Por si mi carta llega antes que mi postal o se pierde, como es probable, tendré el gusto de describirle anticipadamente lo que representa. Se trata de una imagen del casino de Le Touquet tal y como se veía antes de convertirse en el hospital que usted conoció, donde nos encontramos por segunda vez. Era, como se aprecia, un lugar lujoso, el reducto de unos cuantos privilegiados. Echará de menos en el porche las ambulancias con el símbolo de la Red Cross. Faltarán también nuestras capas de enfermera sobre el sencillo uniforme blanco. En su lugar brillan los vestidos bonitos de las damas y los esmóquines de los caballeros, que hacen sus apuestas entre risas, sin pensar en el futuro. Imagine cuántas historias podrían contar estas paredes, historias de apetitos y pasiones satisfechas e insatisfechas. Nunca sabremos de ninguna de ellas, ni las de los virtuosos ni las de los indignos, como nunca nadie sabrá la nuestra, que ha de pervivir necesariamente entre las sombras por su propio bien. No ha de apenarse por ello. No es un menoscabo a mi dignidad, como decía, ser su secreto y que así lo sea por siempre. Solo he de advertirle algo que aprendí poco antes de la guerra. La imposibilidad tiene un peligroso encanto. No se deje seducir por ella hasta el punto de no poder saborear la alegría que dan los placeres cotidianos. Por extraño que parezca, en el terreno de la imposibilidad todo es posible.

Lamento la muerte de su amigo, el oficial Smith, sobre todo después de saber lo mucho que significaba para usted. No hay nada que pueda reemplazar a los seres que amamos y nos dejaron, ni siquiera la gratitud por el tiempo que compartimos con ellos. Cada una de nuestras pérdidas trunca de raíz cualquier promesa de futuro, dejándonos con la amargura de la vida que queda sin vivir. La conciencia de nuestra finitud, de lo efímero de nuestros días, ha de impulsarnos sin embargo a disponer del tiempo que se nos da con sabiduría y, por qué no, también con placer. Siento parecer irreverente, incluso no descarto que eso pueda granjearme su animadversión, pues no ignoro lo profundas que son sus creencias religiosas. Yo, como usted, también fui educada en las enseñanzas de la moral cristiana y siempre las respeté, hasta que un día fatídico, durante mi adolescencia, comprendí que mis rezos no podían alejar el mal ni preservarme de él. Me apena pensar que el mal forma parte de la naturaleza, como forma parte el bien, que no podemos eludirlo, como tampoco el dolor. Pero no es Dios quien nos ofrece una promesa de redención o el castigo de nuestros pecados. No puedo pensar en un infierno mayor que aquel que hemos construido con nuestro orgullo, aquí, en la tierra, ni un cielo que proporcione mayor felicidad que los días vividos junto a los seres que he amado. Ignoro si trascenderán nuestras obras, las buenas y las malas, pues todo, salvo la piedra, está abocado a la impermanencia. Pero, si las obras no son lo bastante fuertes para trascender las barreras del espacio y el tiempo, quizá sí lo sean las palabras que expresan un sentimiento verdadero, que brotan desde lo más profundo y que hacen el arte inmortal. Nunca pierda la fe en que podrá lleva a cabo su tarea, por ardua que esta le resulte. Hasta la persona más pequeña puede cambiar el devenir de los hechos si actúa movida por un corazón sincero. El suyo, a pesar de la paradoja sobre nosotros, lo es.

Esto me lleva ahora a esta historia que usted ha llamado La caída de Gondolin, *donde encuentro ecos de otras historias antiguas. Hay en ella mucho más de lo que parece a simple vista, imágenes cada vez más poderosas que forman parte de un mundo más amplio. Ya ve cuánto le han dado aquellos primeros versos de «Christ I». Le dieron a Eärendel, que ahora es también su estrella conductora, y ahora le han otorgado algo más, un lugar de leyenda donde seres espirituales parecidos a dioses se relacionan con los mortales. Al pensar en esas dos divinidades enfrentadas, Morgoth y Ulmo, y al presentar a Tuor, el enviado de Ulmo a la ciudad, no sé si cree en un destino preestablecido de antemano, como pensaban los griegos. Si la suerte de los hombres depende en esencia de las luchas entre los dioses, no somos más que simples juguetes de estos, protagonistas de nuestras Ilíadas o nuestras Odiseas. No sé hasta qué punto una historia así es capaz de proporcionar esperanza. Si el resultado no depende de nuestros actos, ¿por qué luchar, por qué no abandonarse sin más? Pero no podemos hacerlo, vivir al margen de la propia vida, dejarnos aniquilar. Todos y cada uno de nosotros hemos de participar en la batalla contra el destino con el fin de conmover al que lo determina.*

No me haga caso, o al menos no demasiado. Escribo sin pensar, llevada por un impulso entusiasta. ¿Ve lo que es capaz de provocar en mí con la sola fuerza de sus palabras? Quizá esa sea la verdadera magia, la que suscitan las palabras encadenadas. Son ellas las que levantan el puente que nos une. Solo tenga presente que, si va tirando de los hilos, si va construyendo historias épicas donde el bien se enfrente con el mal, histo-

rias donde queden patentes todas las miserias del hombre y también sus grandezas, quizá pueda ofrecer a Inglaterra algo mucho mejor que su vida. Una gran historia donde queden reflejadas las historias de muchos, las de los que nos precedieron y también las de los que nos sucederán.

Espero con impaciencia el desenlace de su relato fantástico —cuando digo fantástico no digo fantasioso, no se confunda, es diferente—. Si no hay destino, solo coraje, Eärendel tendrá una oportunidad y también nosotros. La tendremos porque son nuestros escritos los que transforman la realidad, no al contrario. Nunca olvide esto, es lo más importante de todo. Algún día se lo explicaré. Dentro de poco.

GALA ELIARD, LA DAMA BLANCA

CARTA III

Hospital de Birmingham
10 de enero de 1917

Mi querida Galadriel:

Acabo de recibir su carta y su postal navideña al mismo tiempo, una magnífica manera de empezar 1917 y de celebrar también mi aniversario. Hoy, 3 de enero, cumplo veinticinco años. Un cuarto de siglo no parece demasiado, pero ahora que los restos de juventud se agotan tengo la impresión de haber vivido ya muchas vidas.

Mi recuperación es un hecho, lo que significa que tarde o temprano habré de volver a mi regimiento, donde es más probable la muerte y la gloria que el seguir arrostrando una existencia pacífica cerca de los míos. No puedo ocultarlo. La muerte me aterra, Gala, porque aniquila toda esperanza de volver a encontrarme con usted para devolverle su estrella.

Lo último que quiero es que se enoje al leer mi carta. Nubes oscuras pueblan mi mente estos días y no descarto que eso condicione mis palabras. Las bombas han quemado la tierra y el éter venenoso de los cuerpos putrefactos flota por encima. Estoy lejos de todo aquello, caliente junto al fuego de mi casa, pero no me siento afortunado, al menos no del todo. Me hallo en una situación muy confusa. Estos días me he convencido aún más de la inutilidad de la guerra. Sería sensato actuar en consecuencia, oponerme públicamente a esta inútil masacre como han hecho otros más valientes y, como a ellos, me tacharían de loco o antipatriota. Aunque no lo soy, ni lo uno ni lo otro, como tampoco un cobarde, a pesar de sentirme así al elegir actuar de un modo práctico y contrario a mis principios. Sé que no serviría de nada exponerme. Tomo por ciertas sus palabras. Un hombre puede tiene la facultad de honrar a su patria sin entregarle su sangre si es capaz de poner sus virtudes y talentos, por pobres que estos sean, a su servicio. Y ahora sí puede juzgarme loco, querida Gala, o más probablemente tacharme de megalómano. Allá va una confesión. Desde mis días de estudiante —parece que haga mil años de todo aquello— vengo pensando que Inglaterra necesita disponer de sus propios mitos. ¿Imagina poder atrapar en un conjunto de leyendas heroicas el verde del campo inglés, el olor de la tierra tras la lluvia, el valor y el orgullo de nuestros hombres, toda la belleza de nuestras damas? Evocaría la esencia de nuestro país y de las tierras del norte, nada que recuerde a Roma, Grecia u Oriente —y me inquieta que pueda ver en mi relato alguna de esas resonancias—. No he querido construir nada que recuerde al sur. Esa tarea de la que le hablo es una empresa que podría llevar toda una vida humana razonablemente larga, y en estos días pensar en eso es casi una quimera. Si pudiera disponer de algunos años, sí podría escribir el armazón, la cosmogonía, las historias mayores o esbozar otras muchas para que luego otras manos mejores que las mías con-

tinúen mi labor. Y ahora me parece ver en sus ojos cálidos una llama burlona mientras sus labios se curvan en una sonrisa. No piense mal de mí. No es la vanidad la que me impulsa, sino en cierto modo el amor. El amor a la creación, que aviva usted con su dulce presencia a mi lado mientras escribo. Y creo que sí, que ahora es cuando más loco debe juzgarme. He intentado explicárselo muchas veces, aunque sé lo difícil que resulta de entender. Mi mundo interior, el creativo, está a oscuras. Es como un inmenso tapiz o lienzo en el que se van iluminando las esquinas, poco a poco al principio de forma tenue, luego con fuerza, para que yo pueda ver las imágenes. Es usted quien lo ilumina y lo desvela, como si descorriera un velo sobe lo oculto.

Estos primeros días del invierno, mientras atizaba los troncos y contemplaba las pequeñas volutas rojas que desprende la madera, logré componer un final para mi cuento. Se lo envío con esta carta y así podrá tener ya al menos una primera versión del relato completo, aunque he de depurarlo algo más. Mi letra intenta ser clara, incluso elegante, pero he de admitir que mi borrador contiene muchas más tachaduras de las que me gustaría, demasiados errores. Intente obviarlos. Si le agrada lo que lee, le enviaré nuevas historias. Cuando logre editarlas, si es que eso llega a suceder, volveré a Francia y le daré un ejemplar de mis cuentos libres de borraduras —más difícil será que el texto esté exento de erratas—. Entonces le devolveré su estrella de plata. Será un honor hacerlo o, si no lo consigo en tiempo y he de volver al frente, pido al cielo ser herido para regresar a Le Touquet, aunque mi destino sea expirar entre sus brazos. No habría entonces muerte más dulce ni mejor paraíso.

Siempre suyo,

Ronald Tolkien

Le Touquet, 22 de enero de 1917

Mi querido teniente Tolkien:

¡Qué emoción leer el final de su relato y comprobar que ha decidido tener un rasgo de piedad con sus criaturas! Salvó finalmente a Tuor, lo que me complace. Me ha tenido en vilo, todo este tiempo temía por la suerte de su caballero. ¡Si al menos le hubiera dado un símbolo de poder, alguna ayuda sobrenatural! Las fuerzas del mal, con aquellas criaturas terribles, los orcos, los dragones y los Balrogs —¿qué son estos exactamente? ¿Demonios?— eran demasiado poderosas y habrían acabado con el ánimo del más valiente de los hombres; pero qué valor el de Tuor al empuñar el hacha para enfrentarse a los enemigos del reino. He de confesar que su historia me mantuvo en vilo hasta el final, que sentí el terror de la reina Idril cuando se apresuraba junto a su hijo Eärendel y los escasos supervivientes de Gondolin por el estrecho pasadizo; que he sentido su tristeza por la caída de su reino, su sorpresa al ser emboscados, su lamento por la pérdida de aquel valioso elfo, Glorfinder, en el paso hacia el río. Supongo que era este un sacrificio necesario, pero no por eso menos triste, como la propia historia de la ciudad perdida. Ahora que conozco el final puedo confesar que he llegado a aborrecer a Maeglin y la pasión que lo anima. ¡Qué destructor puede ser el despecho! Pero, aunque sea tan terrible como para que Gondolin caiga, no caerán sus reyes, que fundarán un nuevo reino junto al mar. Eärendel aún tiene muchas aventuras que vivir, mucho que aprender de esas criaturas, los Noldorin, o enseñar a los que vengan después. Mi mente, estrecha y limitada, no llega aún a comprender, solo a intuir, qué son exactamente para usted. ¿Ángeles quizá? ¿Seres mágicos? Sean lo que sean de lo que no cabe duda es de su enorme poder.

Usted escribirá su historia para alegrarnos y extender su luz para acabar con las sombras, donde habita el mal. El mal volverá, siempre lo hace. Hasta que se destruya a sí mismo... Por eso, aunque el final de Gondolin esté determinado desde el principio, hay una promesa de redención implícita en su historia, lo que me llena de esperanza.

He pensado a menudo en esto durante los últimos días a propósito de su relato; en Dios, en el bien y en mal, en la Providencia y también en usted mientras sumergía las manos en el agua para lavar las heridas de mis pacientes. Los combates se han reanudado y siguen llegando heridos o enfermos a nuestro hospital. No tenemos demasiadas camas. Como siempre toda la ayuda es poca, pero estoy tan cansada que deseo marchar. Algo dentro de mí me dice, como advierte usted, que otros brazos podrán continuar mi tarea.

He consultado a mi espejo para que valide mi decisión, pero no sé interpretar lo que dice. Solo sé que a menudo me embriaga el impulso de cruzar el mar. ¿Por qué? Quizá porque he de hacer las paces con los últimos jirones de mi vida, saldar las últimas cuentas del pasado o incluso llorar lo que no lloré a su debido tiempo para empezar de nuevo en otra parte, como su Idril. Mientras hago mis tareas, pienso a menudo en el bosquecillo de árboles dorados que hay junto a mi casa de Christchurch, en los jardines de rosas amarillas y blancas de agudas espinas que nacen durante la primavera, en la suave colina del cementerio desde donde se ve el mar. Es allí donde nos reuniremos, porque el corazón me dice que no volverá a Francia. Lo esperaré allí, en mi casa, entre los arbustos de rosas, desgranando recuerdos mientras se deshojan las flores, hasta que acabe esta guerra y me devuelva su estrella. Mientras sienta sus puntas clavándose en la carne cuando la apriete fuerte entre sus manos, no habrá de temer a la muerte. Pero por si no le bastara la luz de mi pobre estrella, todo lo que significa y ha significado para mí, me comprometo a rezar por usted cada uno de los días de mi vida. Mi oración ha de ser necesariamente muy valiosa para Dios, puesto que hace tiempo que dejé de tener fe en él.

Quizá por eso, por rezar sin el fervor de la fe, solo por amor a usted, es posible que su dios se conmueva y le permita sobrevivir para narrar sus historias. Hágalo. No desista nunca hasta que haya visto el último rincón de su tapiz de historias, hasta que la última palabra haya brotado de lo más profundo. Incluso aunque yo ya no pueda estar a su lado

Suya por siempre,

GALA ELIARD, GALADRIEL

CARTA IV

10 de febrero de 1917

Mi querida dama blanca:

He leído su carta con atención. No puedo dejar de admirarme ante sus palabras, que guardaré como un tesoro. Me complace mucho la idea de un símbolo de poder, un anillo mágico para los Noldorin.

La noto triste en su carta. No ha de dejarse seducir por la melancolía, es casi una orden que me permito darle. Encontrará consuelo en Dios, no deje de rezarle, el fervor vendrá por sí solo. No tenga ninguna duda. Tarde o temprano terminará la guerra. Tarde o temprano usted y yo volveremos a encontrarnos.

Esta noche he tenido un extraño sueño. No sé si debo hablar de ello, pero creo que he de hacerlo y si he de hacerlo es porque el sueño no me pertenece a mí, sino a usted. Quiero decir que el sueño me habla de usted. En mi ensoñación nocturna yo estaba frente al mar, en un muelle solitario. Atardecía y el sol espejeaba. Frente a mí había atracada una sencilla embarcación de madera con una única vela que se balanceaba ligeramente por el impacto suave de las olas. Al volverme vi que cerca de mí había una mujer vestida de blanco. La brisa suave movía sus largos cabellos ondulados, que refulgían bajo el sol de la tarde como si fueran un casco de oro. Sabía que era usted y la llamé. Se volvió, sonriendo, y se acercó a mí. Una ráfaga de aire fresco agitó sus cabellos, que acariciaron mi rostro. Usted los apartó con tanta gracia que parecía sobrehumana.

Luego subió a la embarcación. Alzó su mano izquierda a modo de despedida y, al hacerlo, de las puntas de sus dedos brotaron luces que danzaron a mi alrededor como si fueran mariposas blancas. Entonces el viento sopló con fuerza y la barca se alejó. Me metí en el agua mientras gritaba muy fuerte su nombre, una y otra vez, pero era tarde.

Desperté, atormentado, con la garganta rebosante de tristeza. No ha de dejarme, mi querida dama blanca. Puede que la guerra termine por llevarse la belleza de antes, pero aún no ha acabado su propósito en esta tierra. Al menos yo la necesito para que su luz me guíe entre los laberintos de la creación. Por eso le ruego que marche cuanto antes a Le Havre para cruzar el Canal. Sé que no puedo aspirar a tener ningún derecho sobre usted, pero le ruego que abandone Francia, tal y como en el fondo anhela su corazón. Cruce el mar. No tiene nada que temer de Inglaterra. Aquí también puede empezar una nueva vida libre de estigmas. Sabe que haría cualquier cosa por usted. Si necesita de mi espada, no tiene más que pedirlo, aunque sea una espada imaginaria. Si necesita de mi ingenio o mis oraciones también. Nada me haría más feliz que caminar con usted hasta la linde del bosque y contemplar juntos las estrellas una vez mientras sujeto en mis manos la suya, antes de que todo termine para siempre.

Su gentil servidor,

J. R. R. Tolkien

17 de febrero de 1917

Mi querido teniente Tolkien:

Su carta, que recibí justo ayer, me ha tenido en vilo toda la noche. Sé que he de tomar decisiones de forma inmediata, decisiones que implican abandonar Francia y trasladarme a Inglaterra.

No sé si será útil hacerlo, salvarme como salvó a su Idril. Tengo la sensación de que pertenezco a un tiempo que ya acaba. La guerra ha matado las ilusiones. Resulta difícil mirar hacia delante cuando no se ve nada más que una nebulosa de color mostaza y, como es difícil, volvemos la mirada atrás. Es muy peligroso, porque volver la vista puede petrificarnos, convertirnos en estatuas de sal, como le sucedió a la mujer de Lot. Yo tampoco he de mirar atrás. Si lo hago, comprendo que no veré de nuevo la misma gaviota que planeaba contra el viento cuando era niña mientras soñaba con volar cogida de la mano de William. Si lo hago, comprendo que no podré regresar al árbol de los juegos que crecía en mi jardín; que no volverán las mariposas blancas para alegrarme ni sentiré el abrazo de mi padre ni escucharé las risas de mi hijo. No volveré a experimentar el amor ni el miedo. No alcanzaré a ver de nuevo las llamas de la fiebre en sus ojos claros ni a lavar su cuerpo o leer sus relatos con la misma pasión y entrega con que los he leído esta primera vez. La guerra lo ha convertido todo en una enorme sopa de sabor insípido. O quizá no haya sido la guerra, sino el progreso, la ciencia. La ciencia abre posibilidades infinitas y hace que dejemos de soñar porque los sueños imposibles, sueños como el de volar, se han hecho reales. No sé si podré vivir en un mundo así, un mundo de certezas, donde todo sea posible. En una vida así mi único destino será languidecer lentamente, enferma de recuerdos. No habrá puerta secreta por la que escapar.

No me tome en serio, teniente. No es propio de mí este estado melancólico que achaco solo al cansancio. Estoy tan cansada... Estos últimos días han sido complejos. No crea que se debe tan solo al tránsito de heridos, sino al clima que se respira a mi alrededor. Es en las situaciones extremas cuando suele aflorar lo peor y lo mejor del ser humano y aquí, en el hospital, no podía ser de otro modo. Mis relaciones con la enfermera jefe no son del todo cordiales y eso me entristece. Quiero que se me trate como lo que soy, una enfermera voluntaria que intenta servir lo mejor posible a su país, usando sus manos, pero no encuentro adhesiones. La mayor parte de mis sugerencias son rebatidas, incluso aunque al hacerlo se perjudique a mis pacientes. No puede imaginar el drama que vivimos. En el hospital hay muchos hombres con heridas físicas, pero también llegan otros con síntomas neurológicos, consecuencia del bombardeo continuo sobre las trincheras y del terror de haber soportado más de lo que nadie debería soportar. Usted sabe lo que significa estar metido en un agujero bajo tierra y recibir el impacto sistemático de los obuses. El doctor Myers estudia con cuidado a estos pacientes. Yo trabajo bajo sus órdenes, aunque no tenga un título. Eso me ha granjeado incluso la animadversión de mi protectora, la duquesa. A ella le gusta ser siempre el centro de atención.

He de interrumpir aquí mi carta, teniente. Me preparo para una nueva amputación, lo que explica mi letra irregular y algo torpe. Estoy nerviosa, esto es siempre desagradable, pero pronto le escribiré para darle cuenta de mis decisiones. Mañana viajaré a París para hacer unas consultas relacionadas con las cuestiones que me propone, mi viaje. No soy yo quien ilumina su camino, sino usted el mío. Puede que yo solo sea su espejo y no haga más que reflejar su propia luz.

GALA ELIARD, GALADRIEL

CARTA V

12 de noviembre de 1918

Querida Gala:

La guerra terminó ayer o, al menos, eso dicen los diarios y las campanas de la iglesia, que no han dejado de repicar en todo el día. Es un alivio saber que este festín de muerte ha llegado a su fin, que los hombres podrán enterrar los cuerpos que se pudren en tierra de nadie, doblar su uniforme y regresar al hogar. Es el comienzo de una nueva era. El mapa ha cambiado. También nuestra existencia. Ya nada será igual.

Puedo decir, aunque no con orgullo, que he sobrevivido. No volví al frente a causa de mi enfermedad, que se ha prolongado durante todo este tiempo con recidivas. Entre recaída y recaída he sido padre de un niño hermoso, John Francis. Él ha traído algo de felicidad a nuestras vidas, la de mi esposa y la mía, y ha encendido la esperanza que quedó apagada cuando usted se marchó. Pero aunque en lo externo se haya impuesto el cambio, yo sigo siendo el mismo que fui en Le Touquet, fiel a los sentimientos que usted suscitó en mí. La única diferencia está en el mundo real, el que siempre nos ha separado, ahora también en el triste hecho de su partida irremisible.

Hace ya más de un año que recibí aquella carta, la que me anunciaba su muerte física. Ahora sé que aquel extraño sueño de la noche en que renové mis votos con usted era un anticipo de esta despedida, que juzgué eterna. Entonces la fiebre volvió y con ella la debilidad, la desesperanza, la incapacidad para crear. Solo podía pensar que nunca volvería a ver su rostro ni a escuchar su risa o el eco de las erres arrastradas bajo su inglés perfecto, que nunca podría devolverle su estrella, que habría debido sujetar entre sus manos. Hasta que una noche, en medio de las llamaradas que asolaban mi pobre cuerpo, comprendí, Gala, que la muerte no puede ser una barrera entre nosotros como tampoco lo fue antes la distancia. Entonces tomé mi pluma y un trozo de papel. Me senté a mi mesa, frente a la ventana, y volví a convocarla. Durante muchos días no quiso escucharme. Supuse que estaría enfadada conmigo por haber preferido refugiarme en la tristeza en lugar de hacer lo imposible por comprometerme con ese mundo que es tan solo nuestro, el reino de la fantasía.

Cuando volvió vestía de blanco. Llevaba los cabellos sueltos, que lanzaban destellos de oro y de plata. Ellos son mi luz, mi Eärendel. Necesito notar su presencia, tenerla junto a mí, ver su rostro lleno de belleza, aspirar su olor, tan dulce, sentir el roce de su piel, el de sus cabellos, el tacto de sus labios semejantes a pétalos de rosa. No vuelva a dejarme nunca...

JOHN RONALD REUEL TOLKIEN

22

Eucatástrofe

I found that love was more than just a game.
You're playin' to win, but you lose just the same.
So long, it was so long ago
but I've still got the blues for you...

GARY MOORE, «Still Got The Blues»

La lectura de las cartas y del borrador de *La caída de Gondolin* sumió a Desmond en un estado de entusiasmo absoluto, tanto que perdonó a Anna su deslealtad.

—Intuía desde el principio que habías encontrado algo, no esto, obviamente, pero decidí esperar a que vencieras por fin tus reticencias.

Anna no pudo responder. La culpa anegó de lágrimas sus ojos. Ni siquiera podía mirar a Desmond. Este la tomó de la barbilla, obligándola a alzar la vista.

—Oh, vamos, no te castigues así. Sé que solo querías proteger al profesor, incluso de mí. Pero no debes temer nada. No le haré daño. Por el momento estas cartas serán nuestro secreto. La idea de incorporar una última carta *post mortem* añade una nota de dramatismo muy necesaria. En todo caso, no dejes de trabajar en el manuscrito. El tiempo apremia.

—Sabes que no lo hago, ni un solo día. Incluso aunque tenga que sacrificar horas de sueño.

Desmond la abrazó. Besó su pelo, que olía a madreselva.

—Tu investigación tendrá réditos académicos, no solo literarios, como espero. Deberías trabajar sobre la génesis del poema «Namárië». Consolidará tu trayectoria académica.

Entre las lágrimas de Anna, brotó una sonrisa, como esos soles que aparecen entre las nubes cuando nadie lo espera.

A finales de abril, Anna Stahl publicó un trabajo sobre la génesis del poema «Namárië» con el aval de la Tolkien State. No habló en su trabajo de las cartas que Tolkien dirigió a Gala Eliard ni de las respuestas, como tampoco del nexo que había existido entre ellos. Eso pertenecía en exclusiva al ámbito de lo fantástico, al menos por el momento, mientras no pudiera sacarlo a la luz. En el horizonte se perfilaba una aventura literaria espantosamente grande. Anna, cada vez más cerca de elaborar un borrador provisional, no opuso una resistencia explícita a los planes de Desmond, que seguía en contacto estrecho con los editores de Londres. Parecía muy ilusionado con la idea, mucho más que Anna, así que no se atrevía a confesarle la verdad: que no deseaba deconstruir un mito para construir otro, tal y como había expresado mister Walsworth al principio. Ahora ya sabía la verdad que había estado buscando, que servía para refrendar la voluntad de Pierre de volver al lugar donde había empezado la historia de su familia. Con eso bastaba para que cada pieza estuviera en su sitio. Si los muertos habían escogido mantener la verdad oculta bajo un velo, no debía ser ella la que tirara de él para revelarla.

La vida, sin embargo, parecía tomar su propio curso casi con la única finalidad de desacreditarla. La rehabilitación de Anna coincidió en el tiempo con la de André Deveroux. Supo de este asunto a través de Pierre Broussard, que la llamó desde París.

—La justicia militar ha concluido acerca de su equívoco: Deveroux no puede ser considerado ya un traidor. Le alegrará saber que un poema del teniente que pertenece a *Sacrifice*, «Noviembre no es mes de mariposas», será incorporado a una colección que está preparando Lemerre sobre poesía francesa de trinchera. Al final no se perderá del todo su obra, como era su deseo. —La voz de Pierre era neutra—. Angélique Garnier está más que satisfecha. He volado a París para asistir a una misa por la condenada alma de Deveroux, algo que le habría importado un comino, y también para participar en una charla sobre la memoria histórica de los fusilados en el frente francés por su objeción de conciencia. Si lo desea, puede estar presente. Será dentro de dos días en el anfiteatro Richelieu, en la Sorbona, a las cinco. ¿Qué le parece?

Anna estaba algo desconcertada.

—Es muy amable, pero no podré. En todo caso le confieso que me ha sorprendido, de forma agradable, además. Creí que le bastaba Rosehill y su vínculo espúreo con los Aldrich, pero me alegra que al final haya seguido el camino de los Deveroux.

—Espero no acabar tan mal como ellos. —Pierre no evitó recurrir a la ironía—. Recuerde que mi abuelo también perdió la vida frente a un paredón por sus vínculos con la resistencia.

—Sí, pero su madre ha tenido un mejor destino. Y a usted parece que la vida le sonríe. ¿No es así?

Pierre hizo una pausa.

—Anna, el destino de todos es morir, unos antes que otros. Mi madre está muy enferma. Espero que viva al menos lo suficiente para ver levantado Rosehill. Haremos lo imposible.

Anna colgó el auricular, inquieta por el significado de aquellas palabras. Mister Walsworth había puesto el nombre de Marie Broussard a la biblioteca que se había convertido en la cuna de su grial por su amor por ella, pero también para que su nombre fuera recordado no solo por sus obras, intrascendentes, sino por todo lo que fue capaz de inspirar una vez.

Unos días después de aquel suceso, Desmond la citó en Gee's, un lugar con mucho encanto, situado dentro de un invernadero. Un rato después ya estaban sentados junto al olivo que había en la terraza acristalada. Por un momento Anna tuvo nostalgia del paisaje mediterráneo, de las colinas suaves y el mar, pero no lo mencionó.

—¿Estamos de celebración? —Su pregunta era ingenua. Acababa de publicar un trabajo de cierta repercusión, pero casi lo había olvidado.

—Puede decirse así. Quiero contarte algo. Pero tendrás que esperar un poco.

Desmond se mostraba misterioso, aunque también hambriento. Como plato principal pidió un enorme bistec sanguinolento, un poco al estilo de mister Walsworth, además de un vino de textura espesa. La copa de Anna también quedó llena, ya que Desmond quería brindar.

—¿Por qué brindamos? —Anna estaba cada vez más intrigada.

—Por el éxito literario.

Ella se encogió sobre sí misma. Aquello le extrañó. Desmond nunca había sido pretencioso. Ahora, en cambio, no parecía el mismo de siempre. Anna no deseaba ser mordaz con él, era lo último que quería, pero finalmente no pudo evitarlo.

—Creí que no te interesaba el éxito, solo la perfección literaria, lo que tú llamabas grial. Por eso me convertí en la dama Loanna. No quise recrear la historia de Tolkien para extraer réditos, sino para comprender mejor las fuentes de su proceso creativo, esa nueva poética un tanto mística que es el arte de la subcreación. No lo habrás olvidado, ¿verdad?

Desmond sonrió de una manera escéptica.

—¿Por qué han de ser incompatibles? Alégrate, Anna. Verás. Mi editor de Londres insiste en publicar la historia en cuanto pase el verano. Te acuerdas de que aplazamos la firma del contrato. He vuelto a negociar las condiciones y son mucho más que ventajosas ahora, todo gracias a ese nuevo artículo sobre el origen de «Namárië». Esto no trasciende al público, claro, pero te da un perfil muy interesante, como tu futura vinculación con Merton College. He aprovechado para revisar con Susan el contenido de la propuesta. Todo es correcto. Ahora solo tienes que firmar. La aparición de las cartas avala aún más la historia.

Anna bajó la vista. Removió la sopa con la cuchara. Nada de lo que estaba pasando le gustaba lo más mínimo, mucho menos que Desmond hubiera actuado sin consultarla. Esto podía entenderlo, porque no solo la sorprendía entre las sábanas, sino también fuera de ellas. Lo que no entendía era por qué había consultado el asunto con miss Bales, era demasiado personal. Había cien explicaciones razonables y solo una irracional, justamente la que más pesaba. Anna estaba en su derecho de hacer preguntas sobre esto, de remover todas las dudas e inseguridades que había experimentado al final del año, pero el profesor Tolkien acudió en su auxilio. No es que lo hiciera exactamente, sino que al mirar su plato recordó una frase escrita en su ensayo *On Fairy Stories*. Venía a decir algo así como que hemos de conformarnos con el caldo que se nos pone delante sin pretender ver los huesos del buey con que fue hecho. La frase, que parafraseaba otra de Dasent, también tenía su sentido aplicada a aquella situación, incluso a la historia que había escrito. Lo que ella pretendía era ver los huesos del buey. Cuando ya no hubo más sopa en el plato se decidió a hablar por fin.

—No estoy segura, Desmond. Me refiero a firmar el contrato y publicar con tu editor. Bueno, sí lo estoy. Ya sé que parece una contradicción, por todo el empeño que he puesto en ello, pero no quiero hacerlo. No así.

Él dejó a mitad de camino la carne que estaba dispuesto a engullir de forma pantagruélica.

—¿Qué quieres decir?

—Hablo del contrato de edición del manuscrito. Verás, Desmond, al principio me planteé esto como un reto de índole personal, algo que tenía que ver con lo que tú y yo somos, incluso con lo que tú y yo hemos ido viviendo estando juntos. No quiero seguir adelante con su publicación. No deseo airear esta historia ni exhibir tampoco las cartas. Todo esto pertenece a un ámbito estrictamente privado. Así debería quedarse. ¿No lo crees justo? Por favor, di algo.

Desmond entrelazó sus dedos con los de Anna. Su mirada se había convertido en acero que la traspasaba. Nunca la había mirado de ese modo, tan duro y tan frío.

—La carga se hace más pesada cuando nos acercamos al final. Sé que estás cansada, pero no puedes abandonar así como así, mi querida Loanna. Ya no es solo una cuestión privada, como dices.

Anna miró el olivo. El árbol, imperturbable, le daba mucha paz. Necesitaba ser así, firme, sólida. De forma inconsciente tocó el corazón de oro que le había regalado Walsworth. Aquel gesto no le pasó desapercibido a Desmond.

—Estoy cansada, es verdad —admitió Anna—, pero no hablo de rendirme, Desmond. Voy a acabar esto, pero cuando lo haga voy a mantener el secreto sobre la naturaleza de la relación entre el profesor y Gala Eliard. Hacer literatura de la realidad que subyace tras la literatura me coloca ante un dilema moral. Estamos hablando de una relación de amor prohibido.

Desmond rio francamente.

—Oh, vamos, no seas timorata. No hubo nada ilegítimo entre el profesor y Gala Eliard.

Anna negó con la cabeza.

—No estoy tan segura. Se amaban. Es obvio desde la primera de las cartas.

Desmond evitó la tentación de tomarse a la ligera las palabras de Anna. Se pasó los dedos muy despacio por el mentón.

—Anna, ensucias con tus dudas una relación que está llena de idealismo, de belleza. Es justo eso lo que has logrado transmitir en tu manuscrito, al menos hasta donde yo he leído. Pero incluso aunque todo fuera pura invención sería legítimo escribir sobre ello. La literatura es eso, lo hemos hablado muchas veces. Engaño artístico con apariencia de realidad.

Anna dudó por un instante. Las palabras de Desmond sonaban sensatas. Volvió a tocar otra vez el corazón de oro.

—Pero es que el profesor Tolkien no es una invención ni tampoco su familia —objetó—. Recrear de forma literaria su relación, publicar sus cartas íntimas, vulnera mis estándares de lo que es ético. Hasta la literatura ha de tener límites cuando hablamos de personas que existieron, de las que aún quedan familiares vivos.

Desmond hizo un gesto a la camarera para que llenara de nuevo su vaso de vino. Necesitaba ganar algo de tiempo. Cuando la copa quedó llena la alzó, ofreciéndosela a Anna como si fuera un cáliz. Por un momento ambos la sostuvieron, como la copa fatal que Isolda ofreció a Tristán.

—No te comprendo. —Desmond parecía decepcionado—. Eres capaz de exponer la relación entre Gala y Deveroux, pero condenas a Tolkien por un simple beso.

Anna bebió un sorbo de vino para darse el valor de continuar adelante.

—Ni Gala Eliard ni Deveroux eran fervientes católicos. Solo fervientes amantes durante un breve tiempo.

Los ojos de Desmond chispearon.

—Ahora veo claro el asunto. ¿Es eso? Temo que con la Iglesia hemos topado, Sancho, como dicen en tu país.

Anna no había pensado que esa fuera la raíz de su prevención.

—¿Crees que la religión es el problema? No lo veo igual. De lo que se trata es de otro asunto. De usar la ficción para derribar otra ficción. Todos sabemos que el matrimonio de los Tolkien fue más bien frío, pero no me veo con derecho a rebajar el nivel de idealización que él mismo quiso darle, de humanizarlo hablando de los sentimientos que él albergaba hacia Gala Eliard.

—Porque no te has liberado de tus prejuicios. Piensas que el amor admirativo es indigno, que lo es el amor en general. Incluso crees que la literatura también es menos digna que lo académico. ¿Estoy en lo cierto?

Las mejillas de Anna se arrebolaron.

—No puedo racionalizar del modo en que tú lo haces, ojalá pudiera. Solo contemplo la cuestión desde varios lados y me inclino hacia lo que tiene de trágico para cada uno de los implicados. Tú mismo escribiste aquella carta que el profesor dirigía a Edith. Has tenido la oportunidad de leer las cartas. Sabes perfectamente a qué me refiero.

—¿Por qué mirarlo de ese modo, Anna? —Ella sabía exactamente por qué.

—Porque de acuerdo con los valores del profesor, amar a Gala Eliard, incluso en la distancia o después de muerta, menoscababa el compromiso de entrega contraído con Edith. Para él era un pecado. Es todo.

—¿Y qué podía hacer Tolkien entonces? —Desmond se estaba acalorando. Su tono de voz ya no era ponderado—. ¿Negarla? No lo hizo, aunque eso significara sufrir por ella. ¿No crees entonces que su tragedia podía ayudar a que otros que también sufren por amor se reconocieran?

—Los tiempos han cambiado —objetó—. Nadie se siente más ligado a sus compromisos que a sus pasiones ni hay ya amores imposibles, solo deseos que parecen imposibles por un tiempo. Cuando se consuman, se olvidan, o como mucho se convierten en un recuerdo agridulce.

Desmond tomó la copa y bebió mientras la contemplaba en silencio.

Volvieron a la casa paseando bajo la luz amarillenta de las farolas. La noche era fresca. El cielo estaba limpio de nubes. Las estrellas titilaban pálidas sobre el cielo negro, contra el que se recortaba una inmensa luna llena. Ambos se detuvieron un momento, casi al unísono, mirándola. Elevaron los ojos en silencio. La luna volvía a acercarles. Desmond se giró hacia Anna y puso las manos sobre sus hombros.

—Anna, durante la cena lo he estado pensando. Creo que tienes miedo. Acabas de publicar un trabajo académico que te abre muchas perspectivas de volver a recuperar el respeto y el reconocimiento que te mereces. Sabes que tu investigación no gustará del todo a los seguidores de Tolkien, incluso aunque logres demostrar que todas las cartas son reales. Fui yo quien te embarcó en esta historia que tanto te pesa ahora, de modo que seré yo mismo quien te libere. Me siento responsable de ti. No podemos dejar que esto se interponga entre nosotros ni enturbie nuestra felicidad. Confía en mí, mi bella dama. No necesitas llevar sola toda esta carga. Te diré lo que haremos. Me darás tu manuscrito, las cartas y lo que has construido alrededor de ellas, tu historia. Completarás tu misión de otra manera. Daré la cara. Revisaré tu obra, firmaré el contrato por ti y asumiré todas las responsabilidades ante todas esas personas que tanto temes: la familia de Tolkien, la Tolkien State, la comunidad académica, el mundo entero. No obtendré nada material a cambio, solo la satisfacción de que esta historia no quede en el olvido.

Anna reprimió un gesto de estupor. No esperaba aquello. Mientras intentaba no perder el equilibrio pensó por un momento en Sam, que tomó el Anillo y el frasco de Elbereth cuando creyó a su amo muerto en el antro de Ella-Laraña, y continuó a solas la misión para llevarlo al Monte del Destino. Pensó en cómo luego había vuelto a por Frodo, en cómo había penetrado en Cirith Ungol, en cómo lo había ayudado. Pero, a pesar de haber hecho todo aquel recorrido, de haber arriesgado su vida por él, cuando Frodo supo que Sam tenía el Anillo, que podía quedárselo, el pacífico hobbit se revolvió como una fiera contra su amigo más fiel. El anillo corrompía. Pensó en el pendrive donde guardaba su novela, en su resistencia a entregarlo. ¿Eso era lo que estaba sucediendo? ¿Que su anillo, su pendrive, también corrompía? ¿O era Desmond tan sincero como Sam y era ella la que había cambiado al poseer ese pequeño círculo donde guardaba la mejor historia de amor que había conocido jamás? ¿No podría ser así la suya propia?

Anna levantó hacia Desmond su mirada. Lo amaba, pero eso no significaba necesariamente doblegarse. Debía ser justa consigo misma.

—No puedo cargar sobre ti ese peso. Es mi responsabilidad. Mi decisión.

Desmond parecía disgustado.

—Mañana veremos todo esto con otra luz y podremos hablar de una forma mucho más ponderada. Ahora vayámonos a casa.

Esa noche hicieron el amor de un modo distinto. Eran dos guerreros luchando el uno contra al otro por la victoria del placer, tanto más intenso por lo duro de la batalla. Se buscaban, se besaban, se mordían. Ambos, sin embargo, terminaron derrotados. Mientras dejaba descansar su cabeza en el pecho de Desmond, Anna pensó mucho en la conversación que habían tenido durante la cena. Una y otra vez daba vueltas a lo que había ocurrido entre ambos desde que había llegado a Oxford para encontrar alguna luz que iluminara los sombríos sentimientos que la asolaban esa noche. Pensaba el momento en que bajó del avión y vio su figura alta y desgarbada entre la muchedumbre; en la calidez de su primer abrazo; en aquella canción que fue su regalo de bienvenida; en el viaje a Tintagel y la subida al castillo del rey Arturo, cuando él le habló apasionadamente del grial mientras su mirada lanzaba destellos irisados; pensó en el miedo y la ilusión que la embargó cuando leyó por primera vez aquel poema, «Namárië», y se abrió ante ella un nuevo camino; en aquella noche lluviosa en que ambos se dejaron llevar por el deseo, en todas las noches que habían seguido a aquella. Los últimos meses habían sido los más intensos de toda su vida, los más ricos en experiencias y quizá los más felices si es que había alguna posibilidad de ser feliz en medio del caos. ¿Era posible que todo aquello que habían construido juntos, los juegos entre las sábanas en los que saltaban chispas y llamaradas mientras escuchaban música suave y decadente, las lágrimas, las conversaciones compartidas, las miradas de complicidad, las risas, las disquisiciones, las esperanzas e ilusiones hubieran sido falsas? ¿Era por «Namárië»? ¿Era por eso, por ese estúpido manuscrito espúreo por lo que Desmond la estaba sacrificando? ¿Por causa de sus propias ambiciones literarias? ¿Era eso lo que quería? ¿El control sobre su obra? ¿Para tener la resonancia literaria que no había alcanzado por sus propios medios? Era de locos pensar que lo que ella había escrito, aquellas cartas, la historia subyacente, pudiera trascender. Si era eso lo que los estaba separando debía renunciar de inmediato a la obra, entregársela como él quería. Pero si lo hacía ni siquiera eso podría salvarlos. Anna abrazó a Desmond. Su espalda se mojó de lágrimas de amargura, pero él no llegó a notarlas porque estaba profundamente dormido.

Cuando Anna llegó a Holland House guardó las cartas de Gala en un cajón bajo llave y tomó el pendrive. Luego fue a dar un pequeño paseo por los jardines. Necesitaba pensar. Estaba de nuevo en una encrucijada. El día era claro, primaveral, pero no lograba apaciguarse. Fue a la sala de recreo en busca de una copa pensando que eso la calmaría. Tomó una botella al azar. El escogido fue Macallan, un whisky realmente caro. Si había de ahogar su inquietud, que fuera a lo grande, pensó de forma jocosa.

Justo en el momento en que alzaba el vaso para llevarlo a los labios, entró Walsworth en la sala. Anna se detuvo.

—¿Va todo bien? —Su tono de voz era dulce, pero tenía matices de preocupación. Era muy inusual ver a Anna entregada al consuelo de una botella.

Ella asintió. Dejó la copa sobre la barra, como si hubiera sido sorprendida cometiendo un delito.

—Sírvame una copa a mí también, por favor. Brindaremos juntos. Por los éxitos y los fracasos, y por el futuro. ¿No lo ha escuchado nunca? Lo mejor aún está por llegar.

Anna no lo creía así. A pesar de todo no se veía con fuerzas para discutir con Walsworth, así que hizo chocar su vaso contra el suyo y bebió. Cuando a media tarde recibió la inesperada visita de Desmond estaba un poco achispada. Era una sensación deliciosa, suave, como si flotara por encima de los problemas, del bien y del mal. Lo llamaba estado *weightless,* solo que lo habitual era alcanzarlo por la ruta de la pasión.

Desmond venía con una caja alargada. Anna la abrió. Dentro, envueltas en papel, había rosas frescas de té. Era la primera vez que él le regalaba flores. La besó por encima de las rosas. Un olor agradable se esparció a su alrededor. Por un momento Anna creyó estar en Christchurch.

—Hace una tarde agradable. —Anna dejó las flores en la mesa—. ¿Quieres que demos un paseo por el bosquecillo?

Desmond tomó la mano de Anna. Ambos salieron al jardín y caminaron en silencio por el césped mientras el sol teñía de naranja los abedules dorados que había detrás de la casa. Era una imagen preciosa.

—Anna. Ayer fui muy torpe.

Desmond acarició su cabello de forma paternal, y luego su nariz, sus mejillas, la curva del mentón.

—Dijiste lo que pensabas, ¿no es así?

—Sí, lo hice.

—¿Sigues pensando igual? —Apretó los labios y retuvo un instante la respuesta.

—Quiero ayudarte. En ese sentido mi voluntad es firme.

Se detuvieron ante el laberinto. Anna miró hacia la entrada.

—Mister Walsworth ha incorporado nuevos pasillos para que llegar al centro sea un poco más difícil. Supongo que para él es divertido pensar en que sus invitados darán una vuelta tras otra hasta encontrar la salida. Esta tarde, antes de que tú llegaras, he estado allí. Mi intención era dejar justo en el centro el pendrive que me regalaste. Dentro está grabada la única copia que existe de mi manuscrito, *Grial*. Lo he firmado con mi nombre de guerra, Loanna. Ahora te voy a hacer una propuesta. Puedes atravesar el dintel, llegar al centro y tomar el pendrive. Si esa es tu elección, podrás borrar a Loanna, firmar el contrato en tu propio nombre y después olvidarme; olvidar todo lo que ha pasado entre nosotros y disfrutar de aquello por lo que brindamos ayer, el éxito literario si crees que puedes conseguirlo así. Si te quedas, yo iré al centro, tomaré el pendrive, destruiré la copia y empezaremos de nuevo.

Desmond estaba atónito. A pesar de todo era lo bastante flemático para conservar la calma. No contestó.

—Desmond, ¿era eso lo que querías desde el principio? ¿Por eso me hiciste venir a Oxford? ¿Influiste tú sobre Susan Bales para que mister Walsworth me contratara? Ella sabía del hallazgo de «Namárië» y de lo que significaba realmente. Lo sabía porque es socia de Archer, el abogado de mister Walsworth y este no lo ocultó, incluso le consultó por la parte legal del asunto cuando falleció Marvin. No sé si te lo contaría tras una noche de juegos intensos.

Desmond retrocedió dos pasos, horrorizado. Anna comprendió que su horror procedía de verse en el espejo de las palabras de Anna.

—Desvarías, Anna. ¿Cómo puedes pensar eso? ¿Estás tan ciega que no puedes ver que te quiero?

Ella sonrió con amargura.

—Solo tienes que dar un paso adelante o atrás y sabré la verdad. Ese es mi grial.

Desmond apretaba los puños, incapaz de tomar una decisión. El sol estaba poniéndose ya sobre Holland House. Los torreones proyectaban su sombra en el laberinto, confiriendo a la tarde una luz algo fantasmal. Desmond se abalanzó hacia Anna y la besó con ímpetu. Fue un beso largo, profundo. Anna leía en el beso que él no la creía mientras los dientes chocaban y las lenguas se entrelazaban. No se había tomado en serio su ordalía. Desmond pensaba aún que podía tenerlo todo. Anna habría deseado rendirse, como él pensaba que haría, no llevar su intención hasta el final, pero sabía lo que tenía que hacer. Por eso se separó de él, de su abrazo, mientras pronunciaba entre lágrimas de tristeza y decepción una sola palabra: *namárië*.

Durante varias semanas Anna hizo lo posible por olvidar a Desmond, al igual que había olvidado a Mario. Esta vez era diferente, no podía aunque lo deseara con todas sus fuerzas.

No estaba enfadada con él, ni siquiera por lo que otros habrían considerado una traición. El dolor, sin embargo, era mucho mayor del que esperaba. Su única salida era el sueño excesivo. Walsworth intentaba animarla. Aunque Anna no le había hablado de forma explícita de lo sucedido era obvio que no le habían pasado desapercibidos los cambios en su relación con el profesor Gilbert.

—No debe desperdiciarse como hace ahora. —Walsworth no tenía pelos en la lengua—. Lamento decírselo, pero seguramente el profesor Gilbert no habrá dejado de disfrutar de la vida, ya me entiende. ¿No debería hacer lo propio?

Anna cerró de un golpe el libro que tenía entre las manos. Las imágenes que Walsworth sugería no dejaban de atormentarla.

—¿Qué le hace pensar que no disfruto? No se deje engañar por las apariencias.

—Puede mentirse a sí misma, pero no me mienta a mí también. —Walsworth la tomó de ambas manos—. Necesita alegrarse de otro modo, no enterrando su bella naricita entre cuatro paredes. Un cambio de aires sería lo óptimo. Aquí se marchita. ¿Qué le parece si vamos a Rosehill? Podemos ir hoy mismo si quiere. Pierre está operando allí un pequeño milagro. En parte se lo debe a usted. Le está muy agradecido, me consta.

Pero Anna no podía pensar en visitar la finca, mucho menos en aceptar las atenciones de Pierre, como parecía sugerir Walsworth. No estaba preparada, no después de todo lo ocurrido. Necesitaba otra clase de distancia.

Para distraerla de su sufrimiento, Walsworth la invitó a acompañarlo a Londres. Tenía varios compromisos sociales. La idea de introducirla en los círculos más selectos de la ciudad le complacía bastante.

—Será una forma de completar su educación, que parece un tanto olvidada, tanto como sus investigaciones.

El rostro de Anna se iluminó por un instante. ¡Eso era lo que necesitaba, no un viaje! Si al menos encontrara algún proyecto en el que enfocar sus ilusiones. Walsworth comprendió que ella había picado el anzuelo.

—En Londres la llevaré a Sotheby's. Le gustará ver el sistema de pujas. Quién sabe si no encontraremos alguna maravilla. Una lámina, un cuadro, un nuevo grial. Pero recuerde algo, Anna, y ahora ya no hablo de éxito ni de gloria eterna. El grial, lo imposible, no es para los que no son limpios de corazón. Lancelot no pudo alcanzarlo por ese motivo, ya que traicionó a Arturo y luego también a Ginebra, aunque esto último tiene su disculpa, ya que estaba bajo los efectos de un bebedizo. Pero de ahí, de ese pecado, salió sir Percival, que sí alcanzó el grial. Usted podrá alcanzarlo también mientras la vida no mate sus sueños ni le arrebate su inocencia intrínseca. Pero ahora olvide todo eso, diviértase. Un libro, un hombre, una mujer no son la vida. La vida es otra cosa, ya lo descubrirá, como también el significado del perdón y la compasión.

Las palabras de Walsworth quedaron suspendidas en el aire. Desde luego, Anna tenía mucho en que pensar.

—¿Vendrá conmigo a Londres?

Anna aceptó.

Fue una semana vertiginosa. Anna disfrutó de experiencias novedosas, pero, al igual que sucedió cuando viajó a Israel, nada la llenaba. La última noche que pasaron en Londres Walsworth la llevó al Beck at Brown's, en Mayfair, un italiano de lujo ubicado en el hotel más antiguo de la ciudad. Estaban disfrutando de una animada conversación cuando entró al local un hombre acompañado de dos mujeres muy vistosas. Los tres ocuparon una mesa que estaba justo frente a ellos. Anna se quedó boquiabierta. Reconoció de inmediato la figura alta y desgarbada de Desmond Gilbert. Parecía el de siempre, vestido con aquella elegancia informal y algo desaliñada que lo caracterizaba, pero Anna, que lo conocía bien, adivinaba en él cierto aire de desaliento. Se había puesto un traje que le quedaba grande.

Walsworth, que había seguido el curso de la mirada de Anna, se volvió con discreción. Cuando vio lo que sucedía esbozó una amplia sonrisa. Anna bajó la cabeza en un vano intento de pasar desapercibida, pero Walsworth ya estaba saludando al profesor Gilbert con la mano, con aquella cortesía extrema con la que solía camuflar el desprecio.

Desmond se acercó a la mesa. Walsworth se levantó para estrecharle la mano.

—¡Profesor Gilbert! Qué bien le sienta la vida mundana. Tiene un aspecto excelente. ¡Y usted que decía ser un asceta!

Desmond recibió la pulla con humor, pero el objeto de su atención no era Walsworth, sino Anna. Sus labios temblaron ligeramente cuando pronunciaron su nombre.

—Hola, Anna.

Ella esbozó una sonrisa de compromiso, fría, pero no hizo ademán alguno por acercarse a Desmond. Walsworth, sin pizca de tacto, invitó al profesor a sentarse un momento.

—¿En qué anda ahora, Gilbert?

—Estoy ultimando los detalles para la publicación de una obra literaria. Una novela.

—¡Una novela! Así que ese era su secreto, es usted escritor. Lo tenía bien guardado. Imagino que habrá tenido que hacer algún sacrificio para alcanzar su cuarto de hora de gloria.

—Así es. —Desmond miró a Anna de manera significativa—. Un gran sacrificio. Si me disculpan... He de volver a la mesa. Justamente me cogen en medido de una reunión.

—Por supuesto, profesor Gilbert, vaya con Dios.

Desmond volvió a estrechar la mano de Walsworth. Cuando se hubo alejado, este se inclinó hacia Anna, como si quisiera hacerla partícipe de alguna revelación divina.

—Sigue enamorada de él —observó.

Anna cerró un momento los ojos. Cuando los abrió su gesto era un tanto resignado.

—No creo que esa sea la palabra. Al principio lo amé de un modo admirativo, idealizado. Luego vino la pasión, una tormenta de hormonas en un momento de mucha vulnerabilidad. Es fácil confundir todo eso con el amor, incluso el desprecio que ahora siento por él, por su debilidad.

—Pero no lo ha olvidado.

Anna bebió del excelente Chablis que le habían servido. Sonrió de una manera enigmática mientras entornaba los ojos, pensativa.

—No he podido hacerlo. No podría hacerlo aunque quisiera. Al final he aceptado al menos eso. La impronta de un hombre permanece hasta siete años en el cuerpo de una mujer. Comprenderá lo difícil que resulta liberarse de esa huella. Pero eso tampoco es amor. Ya se lo he dicho. Ahora, en realidad, me resulta odioso.

Walsworth se golpeó la frente con dos dedos.

—«En una mujer hasta el odio es también una forma de amor». ¿Quién lo dijo?

En ese momento algo a sus espaldas les llamó la atención. Desmond y sus dos acompañantes reían de manera tan ostentosa que resultaba incluso vulgar. Anna supuso que habían alcanzado un acuerdo satisfactorio.

—¿No le seduce la idea de convertirse algún día en una escritora de éxito? —Ella negó con la cabeza—. Entonces ¿cuál es su ambición?

Anna lo pensó un breve instante. Respondió sin pensar, solo para acallar a Walsworth.

—Estar en casa, en paz. No es este lugar. Será mejor que nos vayamos, Julius. La cena ha sido exquisita.

Era la primera vez que Anna llamaba a Walsworth por su nombre de pila y también la primera vez que él se lo tomó en serio.

Dos semanas después de su regreso a Holland House Anna decidió acompañar a Walsworth a visitar Rosehill Manor. Pierre había acondicionado la casita de Mirror para supervisar en la medida de lo posible la evolución de la obra, en la que múltiples operarios trabajaban a un ritmo verdaderamente frenético. Pero aquella visita tenía en esencia un motivo algo triste. Se cumplía medio siglo de la muerte del profesor Tolkien. Ir a Rosehill era una manera de rendirle un pequeño homenaje.

Anna ascendió la colina a paso de *ent*. Hacía casi un año que había llegado allí en busca de respuestas. Todo aquello parecía ahora muy lejano, como si perteneciera a otro tiempo. Había cambiado. No era la misma persona que se dirigía a Tintagel impulsada por la esperanza de que lo imposible se hiciera posible; ni siquiera era ya la dama Loanna. Pero al escuchar el susurro de los abedules dorados que crecían a ambos lados del camino, al ver a lo lejos los muros blancos de la nueva casa, sin más techo aún que el cielo anaranjado del atardecer, pensó que sí, que toda aquella aventura había valido la pena, aunque al final no hubiera encontrado su grial, sino el mismo dolor de antes, un dolor incluso más profundo. Anna apretó entre sus manos la estrella de plata, que siempre llevaba consigo. Ahora comprendía mejor por qué Gala se la había entregado al profesor. Para que recordara la verdad que ella ya sabía, la verdad que había encontrado durante unos breves días: que aunque el mundo estuviera lleno de peligros y de oscuridad, también había muchas cosas que eran justas; que aunque en todas las tierras el amor se mezclara con el dolor, quizá fuera mayor el amor. Y lo era. Porque del amor de Gala había surgido todo aquello, incluso el amor que ella misma sentía por encima del dolor.

A la vuelta de Rosehill, Walsworth organizó una pequeña reunión muy íntima a la que concurrieron únicamente Marie, Pierre, Archer, el profesor Tomlinson y ella misma, además del impertérrito Stuart. No estuvo presente George Aldrich. Anna supuso que estaría bastante ocupado con Polina. Su propósito solo era uno y no tres. Walsworth anunció que se trasladaba a vivir a Japón por un año. Una mezcla de negocios y de placer.

Aquello sorprendió mucho a Anna, aunque más le sorprendió pensar que lo iba a echar mucho de menos.

—¿Cuidará de la biblioteca? Ya sabe que en realidad es suya.

—No tiene de qué preocuparse. Por supuesto que lo haré. Además, un año no es nada.

Walsworth estiró la mano para tocar el corazón de oro que pendía del cuello de Anna.

—Un año puede ser toda una vida, ya lo sabe.

Pocos días después de la marcha de mister Walsworth Anna recibió la visita de Desmond. Desde el día en que Anna se tropezó con él en Beck at Brown's, había temido que aquello sucediera. Había repasado muchas veces lo que le escupiría a la cara si tenía ocasión de hacerlo, pero ahora que estaba frente a él su discurso se borraba. Aunque quisiera buscar entre su registro de epítetos los más ofensivos, los peores, no era capaz de hallarlos. Se decía que todo lo vivido con Desmond había sido una farsa, pero el corazón era así, traicionero.

Stuart, digno en su papel, hizo pasar a Desmond a la sala de recreo, pues en la biblioteca, abierta al público desde su inauguración, trabajaban varios investigadores. Anna intentó borrar la imagen del día en que él llegó a Holland House tras la noche de la lluvia. Pierre los sorprendió allí, acariciándose frente a la chimenea, que seguía encendida, como si fuera una antorcha eterna. Ahora ya sabía la verdad, que ella solo había sido una más, ni la primera ni la última.

Desmond habría debido comprender que su presencia iba a abrir las heridas, aún demasiado recientes, pero no fue así. Su atención se dirigía no a ella, sino a las paredes de la sala, adornadas ahora por una pintura que Walsworth había adquirido en Sotheby's: un Pierre Soulages, un pintor en el que el negro y la luz tenían un significado profundo, lo que no dejaba de ser un guiño al grial y a todo lo que había representado en la vida de ambos, un acercamiento y una separación.

—¿Y bien? —preguntó Anna con sencillez una vez se sentaron en el sofá

Desmond abrió su mochila y sacó un sobre acolchado de tamaño mediano, rectangular. Era fácil adivinar de qué se trataba. Anna masticó su ira.

—Te ruego que te marches, Desmond. —Él se tomó aquello con flema.

—Esperaba eso. Admito que lo merezco, Anna. Pero antes te ruego, por favor, que lo abras. Puedes hacerlo para sentir que tu desprecio está aún más justificado de lo que pensabas, pero también puedes hacerlo por los viejos tiempos.

Anna dudó. Aunque durante los últimos meses su relación hubiera quedado contaminada por «el poder del anillo», la ilusión, la esperanza, la inocencia que habían tenido en St. Hugh había sido genuina. Rasgó el sobre con impaciencia. Lo hizo por eso, por el recuerdo de St. Hugh, por su pureza y también porque no podía soportar la presencia de Desmond.

Era lo que más había temido: el grial, solo que no era el manuscrito, sino un libro. Pero al mirar atentamente la portada comprendió que no era lo que había esperado. Anna abrió la boca para ahogar la sorpresa. En la portada del libro estaba su nombre, no el de Desmond. Todo su cuerpo se agitó con un temblor, tan acusado que el libro cayó al suelo. Él se inclinó para recogerlo.

—Sé que te fallé, Anna. No hice la elección correcta cuando me citaste en el laberinto. Podría decirte ahora que fueron tus reservas las que me hicieron tomar la decisión de perderte a ti para salvar la obra, que era esto que ves aquí, tu trabajo hecho libro, lo que había planeado todo el tiempo, pero si lo hiciera sería un embustero. Mi intención inicial fue ayudarte, no tengas dudas sobre eso, no inicié contigo una relación para utilizarte, mis sentimientos eran y son sinceros. Pero en algún momento, no sé precisar cuándo exactamente, la historia me subyugó de tal modo que quise quedármela. Todo resultó más fácil cuando hablaste de renunciar a recorrer la última etapa del camino porque no está en tu naturaleza hacer daño, ni siquiera al honor de los muertos. Llegué a pensar que darías marcha atrás y no te quedarías en Oxford, y cuando lo hiciste no llegué a saber si tu motivo era sostener lo que teníamos o simplemente aceptar una salida que te resultaba muy necesaria. Todo eso en realidad no importa, Anna. Lo que importa es que te cruzaste en mi camino, no una, sino varias veces. Después de encontrarnos en Beck tomé una resolución: debía hacer lo correcto. Esto te pertenece a ti. No es mío. El amor que sentías hacia mí lo inspiró, pero yo no lo merecía. Ahora quiero ser digno de él, incluso aunque ya no puedas corresponderme. No te asustes, no es más que una ejemplar único, solo quería que lo tuvieras un momento en las manos para que vieras con tus propios ojos cuánto te quiero y admiro tu obra. Obviamente no he podido firmar el contrato por ti, sigue todo en el punto en el que estaba cuando cometí el error de dudar.

Anna estaba lívida. Intentaba pensar, pero le resultaba imposible. Miró a Desmond. Ya no le importaba el grial. Era solo una leyenda y, como tal, se situaba más allá de lo humano; nadie podía ser tan perfecto como para poder alcanzarlo, ni siquiera lo consiguieron la mayor parte de los caballeros de la Tabla Redonda, mucho menos ella. Recordó algo que le dijo Walsworth una vez, algo sobre el perdón y la compasión.

Desmond había cometido un error, era cierto, pero ella también. Antes de absolver a Desmond, debía perdonarse a sí misma, perdonar su pecado de orgullo.

Anna se sentó junto al fuego. Las llamas de la chimenea se reflejaban sobre el corazón de oro devolviéndolo a la vida.

—Desmond, dime una cosa. Si las cartas entre Tolkien y Gala nunca se exhiben, esta novela quedaría reducida al terreno de la ficción, ¿no es cierto? Porque verosímil no significa real. Eso todos lo saben.

—Las cartas son muy valiosas por sí mismas. Son cartas reales. Hay que certificar que existen, como el borrador original de *La caída de Gondolin*. Hacerlas públicas cambiaría tu vida para siempre. Obtendrías el respeto y la proyección que no podrá otorgarte la novela en sí misma.

—Entonces me he equivocado de anillo. —Anna hablaba casi para sí misma. Al cabo de un momento se levantó. Se acercó al cuadro de Soulages y lo descolgó. Detrás había una caja fuerte. Allí estaban todos los documentos de Gala Eliard—. El anillo no es este libro, sino las cartas que sustentan la historia...

Desmond, que empezaba a comprender, le quitó la palabra.

—Y si nunca aparecen todo lo escrito será tan solo una fantasía. Pura invención, como tú decías. Literatura. En ese caso el honor de los muertos quedará a salvo y el secreto protegido, como ellos deseaban.

—Exacto. Sería un asunto para resolver entre ellos y Dios, al menos desde la perspectiva del profesor Tolkien.

Anna avivó el fuego. Luego entregó las cartas a Desmond. Este las sostuvo un momento en sus manos. A pesar del dolor que suponía destruir un material tan valioso, las echó a la hoguera. Los dos contemplaron fascinados cómo las llamas devoraban el frágil papel, cómo la letra de Gala y de Tolkien se confundía hasta disolverse en aquel fuego que se había convertido ahora en su Monte del Destino.

Un instante después Desmond sintió el roce de la piel de Anna sobre la suya. Ella le tomó de la mano y cerró sobre su palma la estrella de plata. Al mirar a Anna Desmond apreció un cambio. En sus ojos ya no había sombras ni amargura ni dudas, solo luz, la luz de su grial.

—Profesor Gilbert —acertó a decir con voz solemne—. Bienvenido a la eternidad.

Desmond ya sabía a qué clase de eternidad se refería Anna exactamente.

Epílogo

Why do you weep?
What are these tears upon your face?
Soon you will see
all of your fears will pass away.
Safe in my arms
you're only sleeping.

ANNIE LENNOX, «Into the West»

Pinewood, Meyrick Park
Bournemouth, finales de agosto de 1973

Pinewood, el chalet de los Tolhurst en Bournemouth, era un lugar lleno de encanto, con su tejado de pizarra negra y sus muros lisos, pintados de beis claro. La casa estaba situada en las inmediaciones de un bosque de pinos, no demasiado lejos de una larga playa de arena dorada a la que se bajaba por una escalera natural. Desde allí podía contemplarse cada atardecer un espectáculo inigualable. A lo lejos, recortados contra el horizonte, los alcatraces planeaban contra el viento. A veces algún charrán hambriento caía en picado cerca de la orilla en busca de anguilas de tierra.

Toda esa vida y paz eran justo lo que necesitaba ahora el viejo profesor Tolkien. El anciano había acudido a la casa del doctor Denis Tolhurst, que le había ofrecido su hospitalidad y su compañía muchas veces desde que vendiera su propiedad en Bournemouth. Los Tolkien y los Tolhurst simpatizaban mutuamente. El profesor había visitado la consulta de Denis por uno u otro motivo, por lo que se había convertido en un buen amigo de la familia. Ese verano los Tolhurst le brindaron cobijo, buenos alimentos, compañía y, sobre todo, afecto.

Jocelyn Tolhurst, la esposa del doctor, recibió al profesor con alegría, a pesar de que la tarde en que se presentó de improviso tenía la casa llena de gente muy agradable. La dama advirtió el cansancio del profesor de inmediato. Era cierto que Ronald Tolkien pasaba de los ochenta, pero la edad no había impedido que fuera un hombre lleno de entusiasmo con un excelente apetito. Ahora incluso eso parecía haber declinado, lo que mister Tolhurst lamentaba profundamente.

Al principio la dama había achacado su apatía y desánimo a varios problemas prácticos que habían estropeado los días de descanso de su invitado; aunque no, no era eso. Lo cierto es que el tiempo que estuvo en Pinewood el profesor Tolkien parecía estar muy lejos, ausente de todo cuanto lo rodeaba. Jocelyn se esforzó por cocinar para él y hacer que no se sintiera extraño, pero eso no impedía que el anciano a veces interrumpiera cortésmente el alegre parloteo de su anfitriona para sumirse en largos silencios sobre la hamaca que ocupaba en el jardín mientras mordisqueaba su pipa y su mirada se tornaba brillante, como la de un mago. A menudo se dormía en mitad de una conversación con la cabeza apoyada sobre la barbilla o, al menos, eso les parecía al doctor y a Jocelyn. En realidad no dormía, como adveraba la taza de té que sujetaba sobre el regazo, de la que no se derramaba ni una gota. Pensaba. Pensaba mucho. En el pasado, en el presente y un poco en el futuro, pero sobre todo en el primero. Le gustaba detenerse ahí. Justo en el momento en que había empezado todo.

Jocelyn habló de aquello con su esposo. Él quiso quitarle importancia a aquel ensimismamiento, que atribuyó a la melancolía o incluso a una incipiente sordera, pero Jocelyn insistía.

—No, Denis, querido, no es eso. —Jocelyn bajó mucho la voz—. Te va a parecer extraño, pero a veces tengo la impresión de que si el profesor no me presta atención es porque habla con alguien que solo él puede ver u oír.

—¿Qué quieres decir exactamente? ¿Que habla con fantasmas?

Jocelyn estaba confusa. Se acercó a su esposo y quitó una brizna imaginaria de su chaqueta.

—No lo sé bien, querido. Parece ridículo decirlo. Es como si él estuviera entretenido. Si aparezco o le hablo, le resulta incómodo.

El doctor Tolhurst se ajustó las gafas e hizo un aspaviento con las manos, como si quisiera espantar una molesta mosca.

—Jocelyn, no seas boba. El profesor envejece, está cada vez más sordo. O puede que necesite pensar, como dice. Al fin y al cabo es escritor. Los escritores tienen sus rarezas, ya sabes.

Pero Jocelyn no acababa de convencerse. Conocía a los Tolkien desde hacía años, desde los tiempos en que el profesor se había instalado en Bournemouth huyendo de la fama literaria, y podía apreciar el cambio. Había recordado, además, una confidencia que le había hecho miss Tolkien poco antes de su muerte. En una ocasión, cuando ella ya estaba muy enferma y veía cercana su partida, había mencionado algo sobre su relación con Ronald. Edith nunca había sentido que él le perteneciera por completo, al menos desde que volvió de la Gran Guerra. La anciana creía firmemente que una sombra acompañaba a Ronald Tolkien desde entonces y que, en ocasiones, él estaba más cerca de la sombra que de cualquier otra persona. Jocelyn no la tomó en serio. Había pensado entonces que aquella extravagancia era solo una forma de hablar fruto del despecho. Sabía que, a pesar del orgullo por el éxito de su esposo, Edith nunca se había sentido parte de su mundo. Ahora aquella confidencia adquiría una nueva dimensión, aunque, de haberla compartido con el doctor, no la habría creído.

—Por eso mismo no estaría de más que le echaras un vistazo —sugirió con cautela—. El profesor parece muy cansado.

—Lo haré, querida. —El doctor Tolhurst asintió distraído—. Pero te advierto que la vejez es una enfermedad que no tiene cura. La mejor medicina es la tranquilidad y, por supuesto, el cariño.

El doctor tenía una larga experiencia al respecto. Era como si los ancianos quedaran anclados al pasado. Había visto muchas veces, e incluso la veía en sí mismo, aquella nostalgia de aprehender lo que había quedado atrás. Aquellos días el profesor parecía acuciado también por esa ansia de recuperar lo perdido. La consciencia de la imposibilidad le resultaba frustrante.

Para distraer a su invitado, Tolhurst le propuso bajar al pueblo. Necesitaba comprar unos regalos para su esposa, que cumplía años al día siguiente. El anciano profesor accedió de buen grado, ya que tenía que echar varias cartas al correo, una de ellas para informar a su hija, Priscilla, de que estaba alojado en casa del doctor. Así hicieron después de visitar brevemente el oratorio. Luego recorrieron los jardines centrales de Bournemouth, disfrutando de la sombra de los cedros y de los pinos, hasta que sus pasos los guiaron hacia el funicular que tomaron para bajar a la playa.

Allí, mientras paseaban sobre la arena con las mangas de las camisas arremangadas y los zapatos en la mano, como si aún fueran dos jóvenes despreocupados, las sospechas del doctor terminaron por confirmarse. El profesor Tolkien sufría de melancolía en grado extremo. Denis pensó que echaba de menos a su esposa. En los últimos años la enfermedad de Edith había ocupado buena parte de su tiempo. Ahora ni siquiera la literatura ayudaba a llenar el vacío. Pero en realidad la causa de su tristeza era otra. Una que Tolkien no podía confesar ni siquiera al doctor Tolhurst.

Esa noche Tolkien soñó con Gala Eliard por primera vez desde su muerte en 1917. En su sueño el profesor era el mismo de 1916, un joven vestido con el uniforme del Ejército británico, solo que no estaba en el frente, sino en un lugar parecido a lo que había sido Rosehill Manor, la mansión de los Aldrich, en sus tiempos de esplendor. El joven teniente recorría con asombro y cautela los largos pasillos de la casa señorial casi a oscuras. Cuando sus ojos se acostumbraron a la escasa luz, pudo descubrir que a ambos lados del corredor colgaban grandes cuadros enmarcados en oro, pero, aunque aguzó la vista, no pudo descubrir lo que había pintado en ellos. Sus pasos lo condujeron finalmente hasta el pie de una escalera en espiral. John Ronald ascendió un par de peldaños. No estaba muy seguro de continuar. Sentía una especie de impulso, pero a la vez un enorme temor. Finalmente se armó de valor y siguió subiendo. Estaba a mitad de la escalera cuando le llegó la voz de una mujer que cantaba. El canto provocaba en su pecho un enorme regocijo, mayor a cada paso que lo acercaba hasta la torre. Al cabo de un instante cayó en la cuenta. «Namárië». La mujer cantaba el poema. Su poema.

¡Ah, como el oro caen las hojas en el viento!
E innumerables como las alas de los árboles son los años.
Los años han pasado como sorbos rápidos
y dulces de hidromiel blanco en las salas
de más allá del Oeste,
bajo las bóvedas azules de Varda,
donde las estrellas tiemblan
cuando oyen el sonido de esa voz, bienaventurada y real.

Un viento rápido le golpeó en pleno rostro, como una bofetada que le sacudía esa curiosa sensación de irrealidad que lo embargaba. De fuera llegó el sonido de los pájaros, que se arracimaban sobre las cornisas. La razón le dijo que se acercaba al final de la escalera. Justo en ese momento la voz entonó los últimos versos y se apagó. Ronald subió los últimos peldaños hasta llegar a una sala. El corazón latía apresurado en el pecho, dispuesto a estallar en mil pedazos. Apretó los puños para infundirse valor y dio un paso adelante. Miró a su alrededor. Se encontraba en un recinto cuadrangular de techos altos, apenas iluminado por la luz de varias velas.

En el centro de la habitación había una mujer. Era ella, Gala Eliard. Estaba sentada en un diván bajo, vestida con una túnica blanca, con los cabellos rubios sueltos sobre la espalda. A sus pies había un jarrón lleno de rosas recién cortadas. Algunas deshojadas, como si se tratara de gotas de lluvia roja. Al verlo entrar en la estancia, ella sonrió de forma tan encantadora que toda la habitación pareció iluminarse, como si el sol hubiera salido justo en ese momento.

—Has venido. Por fin. —Gala le tendió una mano indicándole que se aproximara.

El teniente se acercó a la dama con temor y besó su mano. Luego se postró junto a ella, con las rodillas hincadas sobre la alfombra de pétalos. La miró por un instante, pero luego inclinó la cabeza, pues la percibía como una verdadera reina. En realidad era así, él mismo la había coronado. Gala lo acogió en su regazo. Acariciaba sus cabellos con lentitud, en silencio, como si el teniente fuera un niño y no un hombre, hasta que la emoción del encuentro se atemperó y él pudo volver a mirarla. Ella, sin dejar de sonreír, sacó de entre los pliegues de su túnica un objeto. Era la estrella que el teniente había dejado esa misma tarde sobre su tumba en Rosehill Manor. Gala la prendió sobre su pecho. Entonces la plata empezó a lanzar destellos palpitantes, vivos, e iluminó la sala en penumbra. John Ronald pudo comprobar entonces que todas las paredes y la bóveda estaban pintadas. Se puso en pie. Giró sobre sí mientras contemplaba las imágenes.

Gala Eliard también se levantó y se situó a sus espaldas. Su voz sonó como un susurro cálido, musical, que rozó su nuca con dulzura.

—Esta es su obra, teniente Tolkien. Ya está completa.

Ronald Tolkien se acercó a la pared. Incrédulo, extendió sus dedos para tocar las imágenes. Allí estaba condensado todo lo que él había construido a lo largo de su dilatada vida, todo lo que era hermoso. Entre las formas bellas distinguió a Eärendel, el marinero de las estrellas; la ciudad secreta de Gondolin, oculta entre las montañas; y vio a la dulce y valerosa Idril y al dragón cruzando el cielo; más allá estaban los Silmarils, que atrapaban la luz de Laurelin y Telperion, y la bella Lúthien y el intrépido Beren, que volvió de entre los muertos para desposarla. Sus ojos recorrieron el fresco, sorprendido a cada paso mientras escalaba montañas escarpadas y penetraba en los valles o caminaba por el hielo del Helcaraxë. Su mirada llegó por fin a la Comarca. Allí vio a Bilbo Bolsón y a los cuatro hobbits que participaron en la Guerra del Anillo, Frodo, Merry, Pippin y Sam. Estaba Gandalf y también los miembros de la compañía, Aragorn, Legolas y Gimli. Y Boromir. Y Faramir y la hermosa doncella Éowyn, que derrotó al Nazgûl. Vio también a Arwen Undómiel, que renunció a la inmortalidad para ser reina de Gondor. Aparecía también el bosque dorado, Lothlórien, y la reina Galadriel, tan similar a Gala Eliard. El teniente siguió recorriendo el muro con los ojos y los dedos, mientras la estrella se estremecía con pálpitos de luz, hasta que por fin llegó al último rincón del muro, donde estaban los Puertos Grises, los barcos que se dirigían a las tierras de Valinor. Comprendió entonces por qué había regresado a Bournemouth.

Su mirada dejó los frescos. Se volvió hacia Gala, su Galadriel. Buscó con atención dentro de sus ojos, cuyas motas doradas brillaban en el gris, como hojas de otoño entre los álamos. Ella sonrió de nuevo mientras se inclinaba para besar su frente.

—Nada muere. Hoy es tan solo el pasado de otro tiempo.

Sonó una campana. Las aves de la torrecilla se asustaron y emprendieron el vuelo. Una paloma distraída se coló por la ventana. Cruzó la estancia hasta pasar cerca de su rostro, que refrescó con sus alas.

Entonces Ronald Tolkien despertó. Miró a su alrededor, pero únicamente había sombras. Ella no estaba allí. Se sintió de nuevo solo, perdido y angustiado.

La tarde siguiente Jocelyn celebró su esperado cumpleaños. Era una fecha de la que los Tolhurst disfrutaban mucho, más aún ese año en que tenían un invitado tan ilustre. Mister Tolhurst había organizado una barbacoa en el jardín, que había decorado con farolillos. Aquella luz, que se confundía con la del atardecer, hacía más intensa la sensación un tanto onírica e irreal que embargaba al profesor Tolkien desde la noche anterior. Era como si todo aquello que lo rodeaba, aquella fiesta que tanto le recordaba a otras que había vivido o sobre las que había escrito, fuera mucho menos real que lo soñado, como si solo su cuerpo estuviera presente, pero la mayor parte perteneciera al sueño de la torre o quizá a un cuento sin eucatástrofe, si eso era posible.

Intentó olvidar todo eso y conversar con los invitados de los Tolhurst mientras probaba los bocados apetitosos que le ofrecían con gran cariño. Su mente, sin embargo, revoloteaba como un pajarillo inquieto que le traía episodios de su historia personal. El suyo había sido un buen viaje, demasiado para sentirse tan solo. Pero nada de aquello habría tenido tanto valor sin los días de Le Touquet, los ocho días junto a Gala Eliard. Eso era lo que había llenado de magia una vida que, aunque excepcional en los extremos, estaba destinada a ser ordinaria. Por eso deseaba volver a la habitación de la torre, el lugar donde la noche anterior se había encontrado con ella después de tanto tiempo. Aunque fuera consciente de que aquello era solo la antesala de la eternidad.

La fiesta trascurría de forma agradable. La hermana de mister Tolhurst y su esposo se sentaron a su lado, afanándose por distraerle de sí mismo. El profesor los escuchaba con cortesía, pero al poco se hizo obvio que no le interesaba nada de lo que le decían.

Jocelyn Tolhurst se acercó un momento para ofrecer al anciano un trozo de pastel.

—¿Va todo bien?

Ronald Tolkien asintió, aunque tenía una sensación extraña, una especie de nudo punzante en la garganta, un cierto sabor a hierro y sangre en la lengua. El pastel parecía delicioso. Lo removió con el tenedor mientras sonreía a Jocelyn y se llevaba una porción a los labios, pero sentía la boca demasiado seca para tragar.

—Sí, no se preocupe. Solo que... ¿Sería tan amable de darme algo para beber?

—Naturalmente. Le traeré una copa de champán. Pronto haremos el brindis.

En ese momento los nietos de los Tolhurst, que jugaban en el jardín con un globo, empezaron a alborotar y las dos hermanas se levantaron para imponer un poco de orden.

El profesor contempló a los chiquillos. Envidiaba aquel estadio de la vida en que todo era inocencia, descubrimiento y placer. Ahora que el final parecía cercano, añoraba las peripecias vividas junto a Hilary, cuando visitaban el viejo molino de Moseley y observaban al Ogro Negro o penetraban en sus dominios para coger setas que luego su madre asaba sobre la lumbre. Sintió de nuevo aquel regusto metálico en la boca, el sabor de la sangre.

Jocelyn volvió con la bebida. Entonces Ronald recordó que aún no le había dado su regalo.

—Temo que he olvidado algo en mi habitación, un modesto obsequio que había preparado para usted. Será mejor que me apresure.

El anciano se incorporó trabajosamente.

—Pierda cuidado, profesor. Puede dármelo después.

—Oh, no, insisto. Vuelvo en unos minutos. A tiempo para el brindis.

—Denis lo acompañará. Si me permite que lo mencione, no tiene buen aspecto.

—No es nada, querida.

El anciano tomó un sorbo de la copa y marchó a la casa. Jocelyn contempló con preocupación al profesor. Algo no iba bien. Pero al cabo de unos minutos ya estaba de vuelta y aquello le resultó tranquilizador.

El regalo del profesor Tolkien fue, a petición de mister Tolhurst, un ejemplar dedicado de la obra que lo había hecho famoso, *El señor de los anillos*. Se trataba de la versión norteamericana, la de Ballantine Books, un intento de contrarrestar la edición alegal de Ace. La pugna entre ambas editoriales había convertido el libro en un auténtico best seller. Jocelyn no tenía esa versión en su biblioteca, pero lo que le importaba sobre todo eran las palabras que Tolkien había escrito para ella. Mientras estampaba su dedicatoria en la primera página, Ronald Tolkien había pensado de nuevo en el sueño de la noche anterior. Era cierto. Había completado su obra. Ya no le pertenecía. Volvió a sentir el sabor de la sangre en la boca. La hora estaba llegando.

Jocelyn recibió el regalo con una enorme sonrisa.

—Aún me quedan algunos hasta cumplir los ciento once,

con lo que, a diferencia de su Bilbo Bolsón, no tendré que dar un discurso de despedida.

La mujer estrechó las manos del anciano con profundo afecto. Este le guiñó un ojo.

—«No conozco a la mitad de vosotros ni la mitad de lo que desearía, y lo que deseo es menos de la mitad de lo que la mitad merecéis...». —Era el comienzo del discurso de despedida de Bilbo Bolsón.

Las copas altas se volvieron a llenar de líquido ambarino. El profesor alzó la suya y brindó en silencio. Las burbujas se tiñeron de rojo en la lengua. Un instante después se dejó caer sobre su silla, presa de un dolor punzante.

El hospital privado de Bournemouth estaba a escasas millas de Pinewood. Al día siguiente, por recomendación de Dennis Tolhurst, John Ronald fue ingresado. Tenía una severa hemorragia gástrica, pero eso no era lo peor, sino la infección del pecho que le impedía respirar. Por precaución, los Tolhurst avisaron a la familia, pero solo dos de los hijos, el sacerdote John Francis y Priscilla Tolkien, pudieron acudir. Ninguno de ellos vivía demasiado lejos de Bournemouth. John Francis era párroco en Stoke-on-Trent, en Staffordshire. Priscilla vivía en Oxford, donde ejercía como trabajadora social.

John Francis tomó las manos de su padre.

—Hijo mío...

Los ojos del moribundo se llenaron de lágrimas, pero no eran de tristeza, sino de orgullo.

—Ven, hijo. Quiero confesarme.

—¿Se siente con fuerzas, padre?

El anciano llevó las manos al pecho.

—Él me las dará.

John Francis se sentó junto a la cama. Su voz sonó solemne.

—Dios, nuestro padre, que ha hecho brillar la luz de la fe en nuestros corazones, te conceda reconocer sinceramente tus pecados y su misericordia.

John Ronald le pidió a su hijo que se acercara.

—Yo confieso...

Al cabo de un rato John Ronald Tolkien sintió que la paz descendía sobre él y cerró los ojos. Todo era como tenía que ser. Antes de que su hijo se marchara le pidió que abriese la ventana para que entraran el sol y la luz de la tarde. John Francis hizo lo que le demandaba, a pesar de que ya estaba oscuro.

El anciano despertó horas después, de madrugada, cuando el amanecer era tan solo una promesa en el horizonte. Por un instante no supo dónde se hallaba. Había mucha luz a su alrededor, pero no podía ver con claridad. Sentía su cuerpo débil, aunque diferente. Entonces escuchó una voz que sonó inmensamente dulce en sus oídos.

—Buenos días, teniente Tolkien. Su temperatura es aún muy elevada. Adoptaré algunas medidas para ayudarle a que descienda.

Ronald Tolkien se incorporó desconcertado. Lo último que recordaba es que estaba en Bournemouth, enfermo, con su hija Priscilla junto a su lecho. Pero ahora no estaba allí, sino en su antigua cama de Le Touquet, si algo así era posible. Como si el tiempo hubiera retrocedido hacia atrás. Hasta el otoño de 1916.

—No puedo verla con claridad, enfermera.

—Supongo que es algo transitorio —contestó la voz—. No debe preocuparse ahora. Puede cerrar los ojos si lo desea.

Así lo hizo. Una mano fresca se posó sobre su frente. Ronald Tolkien tembló.

—Tengo frío —musitó.

—Lo sé. Dentro de un rato se sentirá mejor. Volveré más tarde. Ahora descanse.

Ronald Tolkien obedeció.

—Gala —murmuró.

Ronald Tolkien volvió a sumirse en una especie de letargo intranquilo. Al cabo de un tiempo incierto, despertó.

—Buenos días, teniente Tolkien.

El anciano abrió los ojos y fijó sus pupilas acuosas en el rostro de la enfermera. Por un momento no supo si en realidad aquella imagen formaba parte de sus delirios. ¿Era posible? Extendió la mano hacia delante. Con las yemas de los dedos rozó las mejillas de la mujer, la nariz recta y fina, las cuencas de sus ojos. Las brumas se disiparon por completo.

—Así que es real.

Gala sonrió de forma enigmática.

—Me alegra comprobar que por fin puede verme.

El anciano se incorporó trabajosamente.

—Sí. No solo la veo, sino que la reconocería en cualquier parte. ¿Dónde ha estado todo este tiempo?

—Ya lo sabe —contestó ella—. Ahora guarde silencio. Debe hacer acopio de todas sus fuerzas. ¿Puede ponerse en pie?

Ronald Tolkien lo intentó, pero era imposible.

—Le resultará más fácil si se apoya en mí.

Gala pasó su mano por debajo del brazo del teniente y lo ayudó a incorporarse. El contacto de la piel y el calor de su mano eran deliciosos, dulces, un anticipo del paraíso.

—Ahora ha de hacer un último esfuerzo.

Caminaron en silencio y con trabajo por el corredor, tan escasamente iluminado como el del sueño de la torre, hasta que por fin llegaron a una puerta. Gala Eliard la empujó. Una suave brisa los golpeó de pleno en el rostro.

El teniente vio frente a ellos el mar gris, que se batía contra grandes murallas de roca que formaban un enorme pasillo natural abierto hacia el horizonte. El cielo, sobre el que se izaba la bandera del sol, estaba surcado de aves que planeaban a contraluz, semejantes a sombras chinescas. Las olas se mecían con fuerza, tanta que por un instante John Ronald temió que el mar se desbordara. Una lengua de agua lamió sus pies. Al descender la mirada se dio cuenta de que bajo sus plantas se abría un camino de escamas de plata.

—¿Listo?

Ronald Tolkien sujetó del brazo a Gala Eliard.

—El mar nos lleva a casa.

Gala y él avanzaron por el sendero. A cada paso que daban el anciano profesor sentía que el vigor volvía a sus miembros, que el sabor de la sangre, la quemazón de la piel, el cansancio de los últimos tiempos, la nostalgia y la vejez quedaban atrás. Miró con asombro sus manos. Ya no eran como sarmientos o ramas de árboles retorcidos, sino tersas, sin manchas. Al final del camino, adivinó la silueta de una pequeña embarcación, una nave con una sola vela.

—Ha llegado la hora.

Se volvió hacia Gala Eliard. Sus ojos brillaban con el fulgor de la juventud y Gala vio en ellos su reflejo, como él lo veía en los suyos.

—Hemos de apresurarnos, teniente.

—¿Adónde vamos?

—A Valinor. —Y ella sonrió como durante los días de Le Touquet, de aquella forma encantadora que traía luz a su mundo.

Subieron a la nave. Un viento soplaba garboso a su alrededor e hinchaba la vela. La embarcación se puso en marcha, cortando las aguas. Ronald Tolkien miró de nuevo a Gala Eliard. No era la de los sueños ni la Galadriel imaginada, sino la misma joven que conoció en Calais aquella calurosa mañana de junio.

Gala se sentó en un banco que había en la proa. El teniente se dejó caer sobre su regazo. Entonces levantó sus brazos y con suavidad tiró de la toca de enfermera que cubría los cabellos de Gala. Los mechones rebeldes, largos, escaparon de su celda y brillaron durante un instante bajo la luz de la mañana, agitados por el viento. *Ai! Laurie lantar*. «Como el oro». Ronald Tolkien cerró los ojos, sofocado por el resplandor, y durmió en paz mientras la vela arrastraba la nave en dirección al sol. Sobre el horizonte brilló, tenue, la luz de una estrella. Eärendel.

Nota de la autora: Lo que no es verdad

Lamento decirlo. Lamento decir que, a diferencia de lo que manifestaba Cide Hamete Benengeli con respecto a *El Quijote*, *La dama blanca* es, en esencia, una obra de ficción. Por ese motivo no han de tomarse como verdaderos la mayor parte de los hechos que se cuentan entre sus páginas, a pesar de que, todo hay que decirlo, como investigadora académica que soy no he obviado participar de un prolijo proceso de documentación que me ha llevado, al igual que a Anna Stahl, a transitar por las mejores bibliotecas y museos del mundo. Y ahora, como si fuera la muñeca que su madre dio a Vasilisa, intentaré separar las legumbres que arrojó la bruja sobre las cenizas del hogar para saber qué pasó realmente y qué no pasó.

No pasó que la doctora Stahl encontrara una primera versión temprana del poema «Namárië», conocido como «El lamento de Galadriel», a diferencia de lo que le ocurrió a Wayne G. Hammond, que descubrió en 2016 dos poemas de Tolkien, inéditos hasta la fecha, publicados en 1936 en la revista anual de *Our Lady's Abingdon School*. No pasó no solo porque, a diferencia de Hammond, Anna Stahl es un personaje de ficción, al igual que lo es Desmond Gilbert y todos los demás habitantes de ese mundo que oscila entre París, Oxford y Londres y algunas otras ciudades del sur de Inglaterra; también porque esa versión primitiva de «Namárië» no existe en la realidad. Es cierto que el idioma *quenya*, en el que fue escrito el poema, data al menos de 1915 y que el poema fue revisado muchas veces —de hecho fue el más revisado de todos los poemas que escribió Tolkien y existen numerosas muestras de ello entre las notas del profesor—. Además, en *The Road Goes Ever On* el poema se presenta en tres versiones. Estas circunstancias me llevaron a pensar que sería verosímil hablar de una primera versión del poema «Namárië» escrita en un *quenya* inmaduro, a pesar de que data presumiblemente de la misma época que fue escrito *El señor de los anillos*, en algún momento entre 1937 y 1949, en una lengua *quenya* ya muy consolidada. También pensé que sería verosímil hablar de que esa versión imaginaria del poema había sido inspirada por un personaje real, es decir, por alguien que perteneció, aunque fuera fugazmente, al mundo cotidiano de Tolkien. Es cierto que los estudiosos del profesor sostienen que sus vivencias influyeron sobre el mundo de fantasía que inventó, el *legendarium* y, desde luego, influyó sobre él la Gran Guerra.

Es la tesis que sostiene el premiado John Garth, con quien tuve el gusto de entrevistarme muy al principio de la investigación para mi novela en un lugar emblemático, el Eagle and Child, en Oxford, porque sin la Gran Guerra, siempre siguiendo a Garth y su magnífico estudio *Tolkien and the Great War*, no hubiera existido la Tierra Media. Tras leer este y otros libros es fácil ver en los cuatro hobbits que participan en la Guerra del Anillo a los cuatro miembros del núcleo duro de la T.C.B.S., Gilson, Smith, Wiseman y el propio Tolkien.

Pero hay un mundo cotidiano mucho menos épico, el de las mujeres que fueron importantes para Tolkien, que también influye en su obra. Una de ellas fue, desde luego, una joven rubia de largos cabellos y gran belleza, muy amada por el profesor. Se trataba de Mabel Tolkien, su madre, una mujer extraordinaria. Había también otra muchacha de largos cabellos negros, ojos gris azulado y piel muy blanca a la que Tolkien también amó: Marie Edith Bratt, su esposa. Esos son los dos ideales femeninos que aparecen a menudo en las obras del maestro, algo que ya tuve ocasión de advertir en nuestro trabajo «Figuras femeninas de poder en la mitología tolkeniana: Galadriel, reina y hechicera», publicado en *Quimera*. Revista de literatura, n.º 439-440, en el año 2020, págs. 64-68, y que fue expuesto el 28 de septiembre de ese mismo año en la VI International Conference on the Inklings and the Western Imagination, convocada por la Universidad del País Vasco, en Vitoria-Gasteiz (Álava) y más recientemente, en 2022, en el Congreso Myth in the Arts. Es una línea de investigación en la que sigo abundando con un nuevo ensayo sobre el ideal femenino en Tolkien, aún inédito, aunque coincido con el profesor Martin Simonson, experto en la obra del profesor, en algo: es realmente imposible saber cuáles son las fuentes de inspiración de un escritor más allá de señalar fuentes de influencia en un personaje concreto, pues el proceso creativo, lo que Tolkien llamó «el arte de la subcreación», está lleno de complejidades. La realidad, desde esta perspectiva, se convierte en una mera anécdota, muy alejada por lo general del resultado final plasmado en la obra. A veces, la mayoría, esa realidad puede ser incluso decepcionante.

A pesar de esta limitación quise plantearme literariamente si podían haber existido otras fuentes no reconocidas de inspiración para una primera versión imaginaria del poema «Namárië» que pudieran ser verosímiles y que pudiera rastrear, al menos como desencadenante, en el mundo real. La respuesta vino sostenida por una laguna documental: a principios de noviembre de 1916 Tolkien fue trasladado de la primera línea de combate al hospital de oficiales situado en Le Touquet a causa de la fiebre de las trincheras y más tarde, el 8 de noviembre, repatriado a Inglaterra. Es cierto, por tanto, que Tolkien estuvo tratándose en ese hospital, que levantó la duquesa de Westminster, una mujer cuya situación personal recuerda mucho a la de Gala Eliard. Es cierto también que, por la fuerza de las circunstancias, una enfermera tuvo que atenderlo, aunque los archivos de la Red Cross y de los St. John Ambulance no me han permitido saber su nombre, como tampoco la documentación consultada sobre Tolkien, en la mayor parte fuentes secundarias. De vacíos bebemos las personas que pretendemos hacer ficción. De esa laguna surge la enfermera Eliard, Gala Eliard y su historia. Por eso, la correspondencia entre Gala y Tolkien es exclusivamente fruto de la fantasía, de modo que no viene sustentada por ningún intercambio epistolar.

Ahora bien, eso no quiere decir que todo en esta obra haya quedado por completo al albur de mi imaginación, ni mucho menos. A excepción de una supuesta correspondencia entre Tolkien y la mujer que lo atendió en Le Touquet, una VAD, las referencias al profesor están perfectamente documentadas, como también los movimientos del Batallón número 11 de los Fusileros de Lancashire durante la Primera Guerra Mundial, digitalizados, y también otros documentos pertenecientes al profesor custodiados en la Biblioteca Bodleiana, un centro que tuve oportunidad de visitar en el verano de 2017 y también en 2018. De este modo, los poemas de Tolkien citados en el libro son reales, como también las referencias a Gondolin o a la obra publicada del profesor. Pero su nieto Simon, autor de la novela *No Man's Land,* basada en las experiencias de Tolkien en el Somme, no estuvo en la inauguración de la biblioteca de mister Walsworth, porque, de hecho, mister Walsworth no existe más allá de las páginas de este libro ni tampoco existe, más allá de estas mismas páginas, Holland House, la mansión de la que es propietario, o Rosehill Manor.

Hay un «Epílogo» en este libro que narra la muerte del profesor. Me he permitido recrearla de forma literaria, pero los datos citados también se basan en los últimos días de Tolkien, extraídos de su biografía, reconstruida a partir de sus cartas y de la lectura de varias obras en las que se habla de su trayectoria vital, especialmente la siempre imprescindible biografía de H. Carpenter sobre el autor.

Mención aparte merecen las referencias a las anotaciones del diario de Gala Eliard, en las que se recoge el estallido de la Primera Guerra Mundial en París, o los testimonios de Angélique Garnier, que narran de forma sucinta la muerte de Deveroux en Verdún. Todo bebe de fuentes documentales perfectamente contrastadas. Las acciones bélicas protagonizadas por el Regimiento 56, la guardia de corps de Francia, basadas en los diarios del regimiento que recogen su historia, digitalizada en Gallica, me han resultado un material muy valioso para comprender los movimientos de tropas y la situación en el frente francés. Estas fuentes, al igual que las del Batallón de Fusileros número 11 han sido consultadas en lengua vernácula. Ha sido muy importante también disponer de los documentos aportados por la asociación francesa Prysme 14-18, recogidos en su blog, algunos de ellos originales, sobre los fusilamientos de disidentes. Existieron el cabo Malroux y el soldado raso Nourisson, y ambos fueron acusados de insubordinación. Ninguno de ellos, sin embargo, estuvo a las órdenes de André Deveroux ni fueron respectivamente conocidos o parientes de Angélique Garnier, puesto que tanto el teniente Deveroux como Angélique son personajes fruto de mi invención —y de este modo, los *Cahiers* de André y el libro de poemas *Sacrifice* no fueron publicados por Lemerre, una editorial francesa que pervive hasta nuestros días—. El Museo de la Primera Guerra Mundial ubicado en Meaux me ha permitido asimismo conocer los uniformes y la indumentaria femenina de la época, así como los uniformes de las enfermeras de la Red Cross, diferentes a los de las VAD. Igualmente, sobre tratamientos médicos y el *shell shock* ha sido necesario leer literatura especializada, en especial extraída de *The Lancet*, y bibliografía específica sobre la historia de la enfermería.

Cabe hacer una advertencia sobre los escenarios geográficos, incluidos los cementerios. Todos ellos existen y todos los he visitado en persona, de modo que las descripciones apuntadas se pueden considerar fidedignas, pero ha de tenerse en cuenta que corresponden al periodo dedicado a la documentación, que tiene lugar entre 2017 y 2019. Puede darse la circunstancia de que algunos de los locales mencionados en el texto o la geografía de los paisajes hayan cambiado desde entonces.

He decidido por razones de economía no citar las abundantes fuentes bibliográficas revisadas en el proceso de consulta. La obra bebe no solo de fuentes históricas primarias y secundarias sobre la Gran Guerra —entre ellas la *Historia de la Guerra Europea de 1914* de Blasco Ibáñez, edición de Prometeo—, sino también de obras literarias y cinematográficas, e incluso de conferencias a las que he asistido de forma virtual pronunciadas por grandes expertos en Tolkien de varias nacionalidades. Me permito, sin embargo, no ya solo por amistoso afecto, sino por su probada competencia profesional, referirme al doctor Martin Simonson, traductor de Tolkien y escritor. Él me ha proporcionado materiales valiosos para comprender la obra del maestro, en la que es especialista. Aunque sus trabajos son muy numerosos, querría citar en especial *The Lord of the Rings and the Western Narrative Tradition*, Walking Tree Publishers, 2008, y *J. R. R. Tolkien. Mitopoeia y mitología* (edición, selección e introducción), Portal Editions, 2008, y el ensayo incorporado a la obra *Tolkien y la Tierra Media: once ensayos sobre el mayor mito literario del siglo xx*, Jonathan Alwars, 2021, además de sus traducciones para la editorial Minotauro y otros trabajos recientes publicados en la editorial Sapere Aude, que dirige, como *La tradición y la Tierra Media* o *Historia de Númenor y de la Tierra Media de la Segunda Edad* —y aprovecho desde aquí para felicitarlo por su labor, ya que está haciendo de esta editorial todo un referente en publicaciones especializadas en Tolkien.

Quisiera mencionar, para terminar esta nota, mi agradecimiento a mi agente literario, Pau Centelles, de la agencia Silvia Bastos, una de las personas más eficientes que he conocido nunca, y a mi editor, Alberto Marcos, cuya agudeza aprecio mucho más de lo que imagina. Sin ellos esta versión del manuscrito no habría sido posible, como tampoco lo hubiera sido sin Sebastián Roa, escritor consumado al que como mínimo por razones de justicia está dedicado este libro. Después de enseñarme a manejar técnicas narrativas en su excelente taller, de tener muchas conversaciones sobre creación a lo largo de estos años de génesis de mi obra, el profesor Roa me dio un día —y además lo hizo por escrito, en la dedicatoria de su novela *El caballero del alba*— el mejor consejo literario que he recibido jamás: «Escribe con el corazón», lo que hasta cierto punto, todo hay que decirlo, tiene algo que ver con el arte de subcrear. Así hice.

ALICIA GARCÍA-HERRERA, primavera de 2023